어린이,
세 번째
사람

어린이, 세번째 사람

김지은 평론집

창비

　세상은 언제나 첫 번째 사람이 누구인지에 관심이 있다. 그래서 너도 나도 첫 번째 사람이 되려고 한다. 스스로 첫 번째 사람이 될 수 없으면 어떻게든 그의 편이라도 되려고 갖은 애를 쓴다. 그렇다면 첫 번째 사람은 누구에게 관심이 있을까? 당연히 두 번째 사람이다. 첫 번째 사람의 눈에는 자신을 뒤쫓아 오고 있으며 엇비슷하게 맞설 힘이 있는 두 번째 사람만이 보인다.

　이야기는 대부분 저들 두 사람에 대한 것이다. 일인자와 이인자의 승부, 그들의 갈등과 투쟁, 두 사람의 협력과 배신, 결국은 밝혀질 누군가의 승리와 숨겨진 비밀을 다룬다. 두 사람의 이야기는 흥미진진하고 인기가 많다. 첫 번째, 두 번째가 아닌 사람들에게도 그렇다. 그것이 내 이야기가 아니라고 해도, 그래 봤자 이야기니까 같이 열을 내고 기쁨에 들떠 줄 수도 있는 것이다.

　어려서부터 이야기를 좋아했던 나는 어른이 되었고 이야기를 읽는 직업을 가지게 되었으며 각양각색의 첫 번째 사람과 두 번째 사람을 다룬 이야기를 읽었다. 어른들의 문학에는 어린 시절 동화를 읽을 때 경험하지 못했던 다른 종류의 놀라운 규모가 있었다. 그러나 그 이야기들을 읽고 난 후에도 내 마음속에는 채워지지 않는 부분이 남아 있었다. 다시금 동화를 읽는 자리로 되돌아가 앉아 있는 나를 발견했다. 동화에서만 만날 수 있는 것은 자꾸만 나를 붙잡았다. 날아갈 수 있다고 속삭이면 이미 하늘 위를 날고 있는 주인공은 동화 안에만 있었다. 동화에 나오는 장면들은 현실 세계에서는 결코 이루어지지 않을 것 같지만 우리가 진심으로 바라는 세계, 만들어 가고 싶은 세상의 실체와 더 가까웠다. 동화 속의 악인들은 가끔 경쟁의 막바지에 이르기도 전에 선뜻 두 손을 들고 항복하곤 했는데 그 순진한 악당들에게는 치밀한 모략이 없거니와 기필코 이겨야겠다는 권력투쟁의 의지도 부족했다. 이름 없고 선량한 주인공의 몇 걸음은 아무리 가벼워 보여도 그 용기의 중량을 함부로 얕잡아 보지 말아야 한다는 것을 동화에서 배웠다. 어디에도 도움을 청하지 않고 혼자서 달밤을 걷던 주인공의 조그만 발뒤꿈치는 책을 덮은 뒤에도 두고두고 떠올랐다.

선악의 이분법이 관심을 두지 않는 제3의 존재, 무명의 누군가를 사랑하게 되는 일도 동화에서는 흔했다. 현대의 아동문학은 점점 더 교실의 저쪽 구석을 향한다. 말없이 혼자 앉아 있는 아이에게 속으로 말을 건다. 동화 속에서는 그 아이가 무음에 근접한 미미한 음량으로 건네는 대답을 들을 수 있고 그 대답에 손 꼭 잡아 맞장구쳐 줄 수도 있다. 빗방울도 주인공이 되고, 불러 주기를 기다리는 존재가 있으면 마지막 하나 호명할 때까지 이야기를 끝맺지 않는 일도, 동화에서는 일어난다. 다들 투전장에 몰려가 있을 때 외딴 오두막에서 거미줄로 실을 잣는 사람처럼 하염없이 책상에 앉아서 동화를 읽었다. 이십 대 이후 나의 시간은 동화를 읽는 값으로 다 치른 것 같다. 아동문학은 무엇일까. 무엇이기에 나를 수십 년 동안이나 독자의 자리에서 떠나지 못하도록 붙잡고 있는 것일까.

동화 안에는 첫 번째 사람과 두 번째 사람의 이야기에서 잘 들려오지 않았던 국외자의 목소리가 들어 있었다. 나는 그것을 세 번째 사람의 목소리라고 부른다. 동화에서 나는 그동안 어느 이야기도 주의 깊게 살피지 않았던 세 번째 사람의 모습을 보았다. 첫 번째와 두 번째 사람의 고함에 묻혀 있던 세 번째 사람의 음성을 들었다. 어린이는 아직 성장을 완수하지 않았다는 이유로 자율성과 독자적 정체성을 부정당하면서 '나중에' 말하라거나 '가만히 있으라'는 요구를 받는다. 크면 다 해 주겠다는 말, 다 할 수 있다는 말은 어린이의 힘을 유예시키고 창조적 도전을 저지하려는 순간에 만능 칼처럼 사용된다. 첫 번째 사람과 두 번째 사람에게는 강요되지 않는 방식의 인내가 세 번째 사람에게는 무한한 미덕으로 작용한다. '착한 어린이'라는 말은 착하지 않으면 존재를 허용하지 않겠다는 뜻으로도 쓰인다. 어차피 잘 보이지도 않는 존재이니까, 잘 들리지도 않는 외침이니까, 착할 때만 살펴봐 주겠다는 선택적 허용의 전략이기도 하다. 어린이가 이렇게 외면받는 세 번째 사람이라면 아동문학은 그 세 번째 사람의 문학이다.

아동문학이 나를 사로잡았던 것은 이 사회 곳곳에서 고도로 은폐되어 온 세 번째 사람의 이야기를 진심으로 들려주고 있었기 때문이다. 동화에는 어린이의 목소리가 들어 있지만 그 목소리는 어린이만의 것이 아니다. 평생 단 한 번도 이야기의 주인공이었던 적이 없는, 가시화되지 못했던 세 번째 사람들의 서사가 동화에 들어 있다. 현란한 위계와 권력은 경쟁적 투쟁에서 힘을 갖지만 세 번째 사람들의 이야기에 오면 빛을 잃는다. 이곳에서 빛나는 것은 따로 있다. 그동안 보이지 않았던 것, 들리지 않았던 소리가 다른 파장과 계산과 무관한 빛의 세기로 조명되는 곳이 아동청소년문학이다. 아동청소년문학은 세 번째 사람들의 문학과 가장 먼저 연대하며 세 번째 사람들의 삶이 존중받는 세상을 가장 열렬히 꿈꾼다.

누군가는 첫 번째 또는 두 번째 사람으로 자랄 것이다. 그러나 우리 대부분은 세 번째 사람의 자리에서 종종걸음으로 밤길을 걸으며 평생을 살아간다. 어린 시절 내 질문을 받아 주는 유일한 대상은 동화였다. 나와 같이 걸어 주고 '나중에'라고 말하지 않으며 성심껏 대답을 들려주었던 동화가 없었다면 가슴이 터질 것 같아서 유년기를 제대로 견딜수 없었을 것이다. 책 속 친구들을 생각하면 두려움이 없어졌고 자랑하지 못했지만 수없는 용기가 솟았다. 나는 아동청소년문학이 어린이를 위해서 존재한다고 생각한다. 그러나 어린이를 넘어서 세 번째 사람들의 삶을 지지하고 그 삶을 격려하는 문학이어야 한다고 믿는다.

세 번째 사람은 창조적 다음을 만들어 가는 사람이기도 하다. 과거의 두 사람이 만든 오늘의 어린이는 미래를 살아갈 사람이다. 그 세계는 더 많은 세 번째 사람들이 자신의 음성으로 새로운 이야기를 나눌 수 있는 곳이기를 바란다. 아동청소년문학은 가짜 경쟁의 구도에 선을 긋고 우리가 살아가고 싶은 세상에 대해서 이야기하기를 바란다.

이 책에는 내가 동화와 청소년소설을 읽으면서 만났던 수많은 세 번째 사람들에 관한 기록과 생각이 들어 있다. 1997년에 동화를 쓰는 사람으로 지면을 얻으면서 아동청소년문학의 관련자가 되었지만 현재까지 나는 대부분의 시간을 읽는 사람으로 지냈다. 1부에는 그동안 관심을 갖고 고민해 온 논점들에 관한 평론을, 2부에는 작가론을 실었고, 3부에는 작가 인터뷰를 담았다. 4부는 2002년부터 지금까지 계속해 온 현장 비평글을 모은 것이다. 거의 매주 책방에 드나들면서 설레는 마음으로 새 동화를 읽었다. 이 책은 그 간소한 결과물이다.

사적인 기록에 불과할 수도 있는 부족한 글에 자리를 주셨던 잡지의 편집자 여러분과 동화책 읽기를 놓고 싶지 않을 정도로 놀랍도록 아름다운 세 번째 사람의 이야기를 펴내 주셨던 어린이책 편집자, 출판노동자 여러분께 진심으로 감사드린다. 이 책이 나올 수 있도록 긴 기간 동안 『창비어린이』를 통해서 다정한 응원과 도움을 주신 최도연, 김소영, 유병록, 백승윤, 이하나 님께도 깊은 감사를 드린다. 그동안 너무 많은 좋은 분들의 덕을 입었다.

각별히 아동청소년문학의 작가 여러분께 고마움과 존경을 전한다. 없는 목소리로 지워지기 쉬운 아동청소년문학의 현장에서 글을 놓지 않고, 때로는 글을 놓아 가면서까지 세 번째 삶의 현장에 연대하고 뛰어들었던 그분들의 열정과 노고에 경의를 보낸다. 이 책의 모든 글들은 그분들께 큰 빚을 졌다.

마지막으로 동화 읽는 사람의 시간이 헛되지 않다는 것을 곁에서 끊임없이 말해 주었던 부모님과 가족에게 감사드린다. 나와 함께 동화를 읽고 새벽 마감을 걱정해 주었던 우리 집의 어린 여성에게 고맙다. 평론가라는 낯선 직업이 내 것이 될 수 있었던 것은 '네가 몇 번째 사람이어도 좋다. 네가 선 자리에서 하고 싶은 일을 하라'라고 내내 격려해 준 가족들의 응원이 있었기에 가능했다.

현실이 동화보다 더 동화 같은 세상이다. 이 틈바구니에서도 드러날 것은 드러나고 피어날 것은 정직하게 피어나기를 바란다. 이 책을 펴낸 뒤에도 그 발화의 순간을 끝까지 기다리는 사람으로 살겠다.

2017년 5월
김지은

제1부

소년의 얼굴

어린이문학에 나타난 남성 어린이 자아에 대하여

1. 소년의 탄생

발레구나.

발레가 어때서요?

발레가 어떠냐고?

지극히 정상적이에요.

지극히 정상적? 그래. 여자들에겐 정상적이지만, 남자는 아냐. 빌리. 남자
들은 축구나 권투나 레슬링을 하는 거야. 발레는 남자가 하는 게 아니야.

무슨 남자가 레슬링을 하죠?

시비 걸지 마.

난 잘못된 건 없다고 봐요.

— 영화 「빌리 엘리어트」 중에서 아버지와 빌리의 대화

지나간 시절의 얘기다. 영화 「빌리 엘리어트」에 나오는 아버지는 발레

하는 빌리보다는 축구하는 빌리로 키우고 싶었다. 그게 더 남자답기 때문이다. 우리 부모들도 비슷한 생각을 갖고 아들을 키웠다. 이웃집 아이의 까까머리를 쓰다듬으면서 "고놈 참, 사내답게도 생겼다"라고 하는 건 큰 칭찬이었다. '사나이 중의 진짜 사나이'와 결혼하는 것이 꿈이었던 우리네 어머니들은 아들을 낳아서 '사내다운 사내'로 키우는 것이 큰 애국이라도 되는 양 아들 키우기에 지성을 다하였다. 행여 누가 금쪽같은 아들의 기를 죽일까 봐 그것이 늘 걱정이었다. 아들이 부엌 문간만 넘어도 질색을 하고, 계집애들 놀이판을 기웃거리면 당장 손을 끌고 나왔다.

요즘은 달라졌다. 양성적 가치가 존중받는 시대다. 남자답다, 여자답다는 말의 경계가 많이 허물어졌다. 학교 운동장에서 열리는 방과 후 축구교실에는 여자 어린이들이 넘친다. 사내아이가 발레를 좋아해서 배운다는데 그걸 두고 뭐라고 말하는 사람은 없다. 하지만 아직도 발레 학원에 다니는 사내아이를 찾아보기는 쉽지 않다. 적어도 여자 어린이들이 축구를 즐기게 된 만큼 남자 어린이들이 발레를 즐기고 있는 것 같지는 않다. 남자 어린이들의 변화는 시작되었으나 그 변화가 선명하지 않다. 천방지축 뛰어다니는 이웃집 남자아이를 대견하게 바라보기보다는 "사내아이 키우시기 만만치 않으시죠?"라고 인사를 건네는 사람이 늘어났다는 게 변화라면 변화랄까.

어떻든 어린이들이 남자답게 혹은 여자답게 행동하게 되는 배경에는 그들을 키우는 부모와 사회의 심리적 태도가 깊게 자리 잡고 있다. 심리학자 낸시 초도로(Nancy Chodorow)는 남녀 어린이들의 성격 차이가 어릴 적 부모와 맺은 관계와 사회의 기대치에 의해 결정된다고 주장했다.[1] 특히 주된 양육자인 엄마가 어떤 태도를 취하느냐가 중요하다. 그에 따

---

1 Nancy Chodorow, *The Reproduction of Mothering: Psychoanalysis and Sociology of Gender*, University of California Press 1978.

르면 남자 어린이들이 툭하면 엄마의 손을 뿌리치고 뛰어다니는 까닭은 엄마들의 양육 방식과 관련이 깊다. 엄마들은 자신과 다른 신체적 특성을 지닌 아들을 키우는 일이 낯설다. 아들에게는 어서 엄마에게서 벗어나 아버지처럼 될 것을 요구한다. 하지만 딸들에게는 다른 태도를 보인다. 젖먹이 딸과 엄마는 비슷한 경험을 하면서 성장하고 엄마는 딸과 지속적인 공생 결속 관계를 맺는다. 이 덕분에 딸들은 세상에 대한 관계 지향적 태도, 연결적 자아상을 갖게 되는 반면, 남자 어린이들은 일찍부터 자신을 독립적인 개체로 인식하게 된다는 것이다.

이런 견해는 태어날 때부터 남자답거나 여자다운 성질이 유전적으로 정해져 있다는 진화 심리학자들의 입장을 반박하는 것이다. '아들은 원래 남자다워!'가 아니라 '아들로 키워서 남자다워!'가 되는 것이다.

그뿐만 아니라 '남자다움'이라는 특성은 사회 정치적 필요 때문에 형성된 것이라는 주장도 있다. 서양의 경우 중세와 근대 초기까지 대부분의 남성들은 육체가 무기력해야 살아 있는 영혼이 깃든다고 믿었다.[2] 근육질의 씩씩한 남성에 대한 사회적 기대가 없었던 셈이다. 오늘날 우리가 생각하는 남성성과 여성성의 조화는 육체와 정신을 새롭게 보려고 했던 계몽주의의 등장과 관련이 깊다. 게다가 근대국가의 발생 전후로 현저하게 잦아지고 규모가 커진 전쟁을 유지하기 위해서는 야만적인 남성 전사가 필요했다. 남자 어린이를 씩씩하게 기르기 위해 『소년을 위한 체조』라는 책을 지었던 요한 구츠무츠(Johann Guts Muths)는 남자다운 용기에 대해 말하면서 무모함과 비겁함 사이에서 중간의 길을 찾고 약자를 보호하며 사고에서 희생자를 구하는 것이 미덕이라고 했다.[3] 당시 사회가 원하는 '남자다움'이란 '고귀한 야만인'이라는 모순

2 George L. Mosse, *The Image of Man*, Oxford University Press 1996.
3 J. F. C. Guts Muths, *Gymastik für die Jugend*, 1793.

된 존재였다. 계몽주의와 전사 양성 요구가 빚어낸 기묘한 결합이었던 셈이다.

남자다움이 애국주의와 결합하면서 소년들은 더 남자다워져야만 했다. 식민지 쟁탈전이 가속화되고 전장에서는 더 많은 남자가 필요했다. 전쟁터에 나가기에 아직 어린 소년에게는 전쟁과 모험 이야기를 안겨 주었다. 너도 이 책에 나오는 사람들처럼 위대한 모험을 통해 너의 사내 다움을 시험해 보아야 할 텐데 그렇지 못해서 아쉽다고 부추겼다. 모험 심은 남자다움과 동일시되기 시작했다.

중산층 소년들의 관심이었던 '남자다워지기'는 이후 산업화 과정에서 모든 계급의 관심으로 확장되었다. 기업가들은 소년들의 육체 단련을 강조했다. 노동계급이 규범적인 남자다움을 갖추게 되면 생산성이 한결 높아지기 때문이다. 소년들은 생산적인 성년이 될 준비를 해야 했다.

물론 소년들의 남자다움에 대한 독려가 모두 호전적이거나 산업 생산의 논리를 따른 것만은 아니었다. 19세기 말부터 독일 소년들에게 인기가 높았던 카를 마이(Karl F. May)의 소년소설은 북미 인디언들의 남자다운 모험에 대한 얘기였다. 가능하면 싸움을 피하는 인디언 올드 셰터핸드의 이야기를 다룬 칼 마이의 책들은 평화주의를 강하게 내포하고 있었다. 올드 셰터핸드는 어쩔 수 없이 싸워서 악인을 무찌르게 되면 반드시 그를 죽이지 않고 판사에게 데려오곤 했다.[4]

이렇게 성장한 전통적인 소년들은 각기 다른 편에 서서 남자다움을 발휘하게 된다. 파시스트와 그에 맞서는 저항군, 자본가와 자본가에 대항하는 사회주의자 양쪽은 모두 든든한 사내가 필요했다. 길고 큰 전쟁들이 허망하고 비참하게 끝나고, 여권운동 진영이 목표를 차근차근 달

---

4 George L. Mosse, "What Germans Really Read", *Masses and Man*, Wayne State University Press 1987, 62~65면.

성해 나가고, 다양한 소수자들이 비판의 목소리를 내기 전까지 소년들의 질주에는 거칠 것이 없었다.

영화 「빌리 엘리어트」는 그런 점에서 아직도 소년을 키워야 한다고 믿는 아버지의 마지막 몸부림과 소년에서 벗어나려는 빌리의 저항을 다룬 작품이라고 할 수 있다. 탄광촌 노동자인 근육질 아버지가 가족을 먹여 살려 온 힘은 그의 남자다움이었다. 그는 자신이 빌리에게 물려줄 것도 오직 몸뚱이 하나에 깃든 남자다움밖에는 없다고 믿었을 것이다.

그렇다면, 우리 어린이문학에서 소년들은 어떻게 나타났는가? 1990년대 이전까지는 여자 어린이가 주인공인 동화를 찾아보기 어려울 정도로 우리 어린이문학은 소년들의 독무대였다. 이른바 근대적 소년들은 일제강점기부터 민주화 과정에 이르기까지 우리 어린이문학을 이끌어 온 주인공들이었다. 그 겁 없고 당찬 소년 주인공들이 빌리처럼 자신의 소년다움에 대한 갈등을 겪기 시작한 것은 아주 최근의 일이다. 그런데 이들은 아주 빠르게 그 갈등을 마무리한 모양이다. 사내다움을 거부하는 문제로 부모와 다투는 어린이들을 찾아보기 어렵다. 동화 속에는 온유하고 섬세하고 자상한 소년들이 속속 등장했다. 사내 냄새 풀풀 나는 녀석들은 놀라운 속도로 자취를 감추어 버렸다. 이런 현상은 어디에서 온 것일까? 어린이문학 속의 몇몇 소년 주인공을 뒤따르며 이 문제를 살펴보기로 한다.

2. 창남이, 수남이, 석남이

앞에서 서구의 근대국가 발생 과정에서 소년의 역할에 대해 얘기했지만, 우리 어린이문학에서도 소년들은 비슷한 길을 걷는다. 육당 최남

선은 1908년 『소년』지를 창간하고 거기에 「해에게서 소년에게」라는 시를 발표하여 "담 크고 순정한 소년배들"을 찬양한다. 그는 '자유대한의 소년들'에게 "바위틈 산골 중 나무 끝까지/자유의 큰 소리가 부르짖도록"(「소년대한」) 소년들이 힘을 모아야 한다고 역설한다. 일제강점기와 해방 전후 우리 소년들은 누가 보아도 참으로 탐나는 존재였다. 일제는 소년들을 잘 키워 징용에 데려가려 했고 소년 독립군들은 만주를 누비며 작아도 한몫을 단단히 했다. 불과 50년도 안 되는 동안 식민지와 동족상잔의 혼란을 거치며 어린 나이에 아버지며 오빠며 구국 용사 노릇을 홀로 담당해야 했던 것이 당시의 그들이다. 어찌 보면 겉늙고 어찌 보면 안타까울 만큼 순진하나 끝까지 국가와 민족을 위해 최선을 다하는 씩씩한 소년들을 어린이문학 작품 곳곳에서 만날 수 있다.

1927년 3월 『어린이』지에 실린 방정환의 「만년샤쓰」에는 근사한 소년 창남이가 나온다. 성격은 "태평"이며 행동은 "병정같이 우뚝" 하고 추운 날 떨어진 신발을 신고도 "시키지 않는 뜀"을 뛸 만큼 활동적이다. 앞 못 보는 어머니를 위해 옷을 벗어 드리고 겨울날 맨몸 맨발로 집을 나서면서도 "네, 샤쓰도 잘 입고 버선도 잘 신었으니까 춥지는 않습니다" 하고 외치는, 마음 씀씀이가 넓고 당당한 소년이다.

같은 해 10월 『어린이』에 실린 연성흠의 「눈물의 은메달」에는 수남이라는 정 많고 씩씩한 소년이 등장한다. 수남이에게는 명길이라는 아픈 친구가 있다. 명길이는 병상에 누워 있기 때문에 소년답게 뛰놀지 못한다. 한창 뛰놀아야 또래의 소년들과 어울릴 수 있으련만 그러지 못해 친구도 없다. 이런 명길이에게는 소년 중의 진짜 소년인 친구가 한 명 있으니 그가 바로 수남이다. 수남이는 아픈 명길이를 찾아가면 언제나 손목을 "힘 있게 잡고" 격려를 건넨다. "몸은 튼튼하지마는 집안 살림이 말이 아니"기에 큰아버지 댁으로 양잠을 도우러 다닌다. "찌는 듯이 더운 여름날 온종일 누에똥 냄새 나는 양잠실 속에서 일을 하고도" 투덜 거림이 없다. 작가가 병들어 죽어 가는 명길이와 대비해 수남이의 건강 함과 사내다움을 강조한 것은 일제강점기의 암울한 현실 속에서도 소 년을 통해 희망을 보려는 의지를 표현한 것이었을 테다.

1938년 간행된 『조선아동문학집』(조선일보사)에 실린 송영의 「새로 들 어온 야학생」에 나오는 만득이는 겉늙어 버린 소년이다. 물론 그도 어 리광이 있고 투정 부려서라도 하고픈 일이 있다. 하지만 공장에서 쫓겨 나 공사장에서 고된 지게질을 하는 아버지를 목격하고서는 단번에 철 이 들어 버린다. 중학교 진학을 깨끗이 단념하고 야학생이 되어 낮에는 어느 회사의 급사 노릇을 하고 밤을 밝혀 공부하겠다고 다짐한다. 만득 이는 "뭐 6학년만 졸업 맡아도 좋아요. 나도 내일부터는 벌이하러 다닐 테예요. 아버지"라고 말하여 부모를 울린다. 집안의 일꾼이 되기를 자 청한 것이다.

이 같은 소년들의 당당함, 건강함, 시원스러움, 믿음직함이 절정을 이 룬 주인공은 이원수의 『해와 같이 달과 같이』(창비 1979)에 나오는 석남 이다. 석남이는 "내가 무슨 죄를 졌나? 가난한 집안에 태어났다고 내게 잘못은 없다"라고 스스로 외치는 자신감 넘치는 소년이다. 일찌감치 일 을 해서 내 손으로 돈을 벌자고 결심하고 열세 살 나이에 집을 나선다. "언젠가 빛나는 얼굴로 어두운 데서 솟아오를 때가 있을 것"이라고 믿 는다. 하지만 "무어든 시키면 열심히 하겠다"는 석남이의 패기 어린 각 오는 팍팍한 서울살이에서 잘 통하지 않는다. 철공소에 견습 자리조차 얻지 못하고 구두닦이를 시작한 뒤 여러 시련이 닥쳐오지만 석남이는 뭐든 신나게 해치운다. 솔질을 할 때도 그냥 하지 않고 '쓱쓱쓱쓱' 하고 구두닦이 통을 내려놓을 때도 '번개같이 재빠르게' 내려놓는다. 여자 어린이가 몇 등장하기는 하지만 이 작품의 주인공은 완벽하게 석남이와 주호, 두 구두닦이 소년이다. 이들은 힘든 일이 있어도 결코 길게 울지 않는다. 정직하고 건강하고 그야말로 완벽하게 사내다워서 이들에게 미래를 믿고 맡길 만하겠다는 강한 신뢰감을 준다.

해방 전후 우리 어린이문학 속의 소년들은 이중의 고통을 견뎌야 했다. 가족을 살려야 했고 국가와 민족을 살려야 했다. 작가들은 그들의 무거운 어깨에 소년다움이라는 날개를 달아 조금이라도 가볍게 해 보려고 노력했다. 아니다. 그들에게 감당하기 어려운 무거운 짐을 지워 놓고 소년다움이라는 말로 그 짐을 기꺼이 짊어지도록 독려하려는 속셈은 아니었을까. 그런 점에서 『해와 같이 달과 같이』에 나오는 직업 소년 원유회 장면은 쓴웃음을 자아낸다. 일하는 소년들을 격려하기 위해 경찰이 창경원에서 원유회를 여는 부분이다. 공부해야 할 어린 소년을 위로하고 지도한다는 이날 모임에 석남이를 보내면서 대장은 이렇게 말한다.

"꼬마가 가는 걸 (경찰) 아저씨들도 더 좋아하실 거다." (109면)

원유회장에서 경찰이 행사의 취지를 설명하는 대목은 당시 소년에 대한 사회의 기대치를 보여 준다.

"여러분은 일찍부터 직업을 가지고 나라의 발전에 이바지하는 젊은 용사들입니다. 괴로움을 괴로움으로 생각지 않고, 불행을 불행으로 여기지 않으면서 용감하게 일하는 여러분, 오늘 하루만이라도 재미있게 놀며 뜻있게 쉬어 주기를 바랍니다." (110~11면)

공교롭게도 앞에서 인용한 사내아이들의 이름은 대개 '男(남)' 자 돌림이다. 시대가 얼마나 사내다운 아이들을 원했으면 동화의 주인공들도 '사내 남' 자가 붙은 이름을 지닌 걸까. 이 대목에서 파시스트들의 저작에 '사내다움'(virility)이라는 말이 자주 등장한다는 것이 엇갈려 떠오른다. 우리 어린이들도 전후(戰後) 국가와 민족의 재건 과정에서 의문 없는 희생과 충성을 강요받았고, 사회는 그것을 사내라면 당연히 해야 하는 일이라는 말로 감추어 다독여 온 것일 수도 있다.

3. 봉식이, 장기와 상태

지금 우리 사회에는 공개적으로 구두닦이 석남이가 존재할 수 없다. 물론 보이지 않는 곳에서 각종 불법 변칙 노동에 시달리는 아이들이 남아 있다고 하더라도 일단 법적으로는 어린이에게 노동을 시키면 안 된다. 가족 부양도 마찬가지다. 아직 대단히 못 미치는 수준이지만 소년 소녀 가장을 사회가 지원하는 방향으로 나아가고 있다.

어린 어깨에 부양의 짐을 짊어져야 하는 시대는 아니지만 여전히 사회는 사내다운 소년들로 넘쳐 난다. 과도하게 사내답기를 강조해야 했던 양육 분위기는 사회가 변한다고 해서 쉽사리 변하는 것은 아닌 모양이다. 딸이 호주가 될 수 있도록 법과 제도가 변했지만 '장남'인데 기를 살려야 한다고 생각하고 사내자식이 어디 가서 한 대 맞고 오면 계집애가 맞고 오는 것보다 훨씬 더 열불이 난다고 말하는 엄마들이 많다.

최근에 미디어에서 화제가 되고 있는 '알파걸' 현상이란 이 같은 아들 엄마의 양육 태도에 일침을 가하는 분석이다. 오늘날 딸아이 엄마들은 양성성을 다 갖춘 아이가 되도록 양육하는 데 비해 아들아이 엄마들은 여전히 남성성을 강조한 방식으로 양육을 한다는 것이다. 그러다 보니 양성적 가치가 각광받는 후기 산업사회에서 딸아이들의 경쟁력이 점점 월등해진다는 것이 '알파걸' 현상을 진단한 댄 킨들런(Dan Kindlon)의 주장이다.[5]

엄마의 양육 방식이 자녀의 성 정체성에 큰 영향을 미친다는, 앞에서 언급한 낸시 초도로의 말을 빌리지 않더라도, 아이들은 엄마의 눈짓과 손짓을 보며 자란다. 침대에서 방방 뛰어도 사내 녀석이니까 괜찮다는 엄마의 눈짓이 떨어지면 그제야 맘껏 뛰는 것이 아이들이다. 엄마들은 딸아이를 축구장에 등 밀어 보내는 만큼 아들을 열심히 발레 학원에 보내지 않는다. 오히려 딸들과 싸워 밀리지 말라고 더 부지런히 태권도 학원에 보낸다. 그러면서 아들에게 다른 집 딸들처럼 '글씨가 꼼꼼하지 않다'거나 '덤벙거리며 숙제를 놓친다'고 야단을 친다. 막 태권도를 마치고 돌아온 사내아이들에게 책상 앞에서 급격히 차분한 태도로 변신한 다음 공부에 몰두하라고 요구하는 셈이다.

그뿐만 아니다. 사회는 공격적이고 경쟁적인 시스템을 상시적으로 갖추어 가고 있다. 세계대전이 일어나고 당장 전장에 나가야 하는 건 아니지만, 치열한 국가 간 경쟁 체제는 일상적으로 온 국민에게 살벌한 긴장감을 불어넣는다. 이제는 모두가 적이니, 물불 가리지 말고 짓밟으라고, 더 세차게 나아가라고, 절대로 단 하루라도 아프면 안 된다고, 그러면 뒤처진다고 외친다. 그런 점에서 '알파걸' 현상은 여자 어린이들이 양성성을 갖추어 나간다는 성별 균형의 측면뿐 아니라 모든 성이 '남성화'되고 있다는 각도에서 볼 필요가 있다. 누구나 자랑스러운 소년이 되고 국제적 전장의 전사가 되어야 하는 것이다.

보이지 않는 경쟁은 가속화되고 건강한 자신감을 발산할 길이 없는

5 댄 킨들런 『알파걸』, 최정숙 옮김, 미래의 창 2006.

아이들은 컴퓨터 게임 속의 가상 전쟁으로 모여든다. 그곳에는 마음껏 사내다움을 발산할 수 있는 통로가 있다. 아이들의 행동 양식은 가상의 전쟁을 경험하면서 더욱 사내다워진다. 그러면서 자꾸만 충돌을 빚는다. 동화에서도 사내의 기질을 감추지 못해 야단을 달고 사는 소년들이 등장한다.

김리리의 『왕봉식, 똥파리와 친구야』(우리교육 2003)에 나오는 봉식이는 전형적인 사내 녀석이다. 툭하면 일기장은 안 가져가고 텔레비전을 켤 때에도 거실 소파 위에 뛰어 올라가 켜야 직성이 풀린다. 씩씩하고 몸을 잽싸게 움직이는 건 영락없이 소년인데 수남이나 석남이처럼 부지런하고 책임감이 투철하지는 않다. 시대가 달라졌기 때문이다. 어느 누구도 귀여운 봉식이에게 집안을 먹여 살리라고 하지는 않는다. 따라서 뭔가 막중한 책임감을 느끼고 성실히 살아야 할 의무도 없다. 그렇게 하여 얻는 별명은 '왕땅콩 갈비 게으름이 욕심쟁이'이다. 봉희 누나는 전형적인 알파걸이다. 엄마의 지원 속에 열심히 공부하고 사내아이들에게 뒤지지 않으려고 악착같이 공부한다. 하지만 봉식이는 늘 뭔가를 '저지르면서' 산다.

봉식이는 오늘날 많은 남자 어린이들이 처한 딜레마를 대변하고 있다. 사내니까 기죽지 말고 맘껏 뛰고 놀라고 할 때는 언제고, 조심조심 물을 엎지르지 말고 마시라고 한다. 뭘 좀 꼼꼼하게 해 보려고 하면 남자아이가 저렇게 쫀쫀하고 통이 작아서 어디에 쓰겠느냐고 하다가 실컷 일을 벌여 보려고 하면 사고 친다고 막고 달려드니 무슨 일인들 맘껏 할 수가 있겠느냐는 것이 봉식이의 항변이다. 이런 봉식이가 칭찬받고 자신을 펼칠 수 있는 공간은 똥파리들의 세계 밖에 없었던 것이다.

조은이의 『소년왕』(문학동네 2006)은 왜곡된 남성다움이 넘칠 때 사람들의 충돌과 갈등이 얼마나 커질 수 있는가를 보여 주는 동화다. 주인공

경표의 담임은 걸핏하면 '정신봉'이라는 몽둥이로 아이들을 다스린다. 얄밉도록 제 몫을 챙기는 여학생 미진이를 편애하며 온갖 물리적·언어적 폭력을 동원해 남성성을 통제하려 든다. "강한 사람에게 약하고 약한 사람에게 강한 놈들, 세상에서 제일 치사한 새끼들이지"라고 말하지만 자기 자신도 아이들에게 강자의 폭력을 과시한다. 또한 욱하면 못 참는 성격의 주인공 경표는 부모의 불화로 인한 자신의 고통을 약한 아이 경서를 괴롭히는 일로 해소하려 든다. 감당하기 힘든 일방적 경쟁에 지친 아이들과 교사는 작품 내내 격렬하게 달아올라 있다. 게임 속에서 만나 치고받고, 교실에서 또 치고받는다. 이 과도한 남성호르몬으로부터 탈출하는 길은 꿈밖에 없기에 경표는 꿈으로 건너간다. 몽유병을 앓는다. 폭격을 맞은 듯 스산하게 주저앉은 우리들의 학교 교실 현장을 그대로 들여다보는 것 같아 마음이 불편해진다. 경표의 과도한 남성성을 가라앉혀 줄 사람은 결국 가족과 학교여야 한다. 가족과 학교는 경표의 줄달음질에 어떤 영향을 주고 있는가. 결국 경표는 모든 것을 스스로 해결하고 있는 것처럼 보인다.

한편 김송이의 「장기와 상태 그리고 축구」(『창비어린이』 2007년 봄호)는 근대 동화에서 매력적으로 그려졌던 남자아이들의 건강한 모습이 계승되는 동화다. 주인공 상태에게서는 요즘 보기 드문 사내아이 냄새가 난다. 열쩍은 감정을 달래고 싶으면 공연히 "바보 새꺄!" 하고 내깔겨 보기도 하고 일이 뜻대로 안 되면 "빌어먹을 원숭이 새끼"라고 욕을 쏟아붓기도 하지만 축구장에 서면 "날아오는 공을 필사로 받아 슛" 하는 멋진 선수다. 장기는 그런 상태가 좋다.

> 남의 밥에 든 콩이 굵어 보이는 식이라고 할까, 사내다워서 같이 있으면 자신도 멋있게 느껴지니 그게 무턱대고 좋단 말이다. (141면)

선생님도 부모도 이들의 사내다움을 격려한다. "마음 씀씀이를 깜냥대로 생각해 봐"라고 통이 큰 사람이 되기를 권하고 감독은 아이들에게 기운을 불어넣어 주기 위해서 "두 주먹을 꽉 잡고 배에다 힘을 들인 다음 매섭게 선수들을 노려"본다. 이 어린이 주인공들이 사내다움을 갈고 닦는 것은 무한 경쟁에서 승리하기 위해서이거나 전장에서 장렬하게 전사하기 위함이 아니다. 최소한 작품 속에서는 그렇게 보인다. 그들이 땀을 흘리는 것은 자기 자신과 싸워서 이기기 위한 것이고 우정을 지키기 위한 것이다. 마치 인디언 올드 셰터핸드가 평화를 위해 가능하면 싸움을 피하지만 싸우게 되면 용감하게 싸운다고 했던 것과 크게 다르지 않다.

4. 센힘이와 영모, 지후

김선희의 『나, 전갈자리 B형 소년』(주니어김영사 2006)에 등장하는 박센힘은 참 남자다운 이름을 가졌다. 그러나 센힘이는 그다지 힘이 세지 않다. 시원시원한 성격도 아니다. 아주 예민하고 비밀이 많고 눈으로 직접 보기 전에는 믿지도 않는 의심 많고 쫀쫀한 소년이다. 어쩌다 반 아이 한 명에게 주먹을 잘못 날리는 바람에 왕따가 되었지만, 원래 주먹질과 친한 것도 아니다. 아빠가 사고로 돌아가셔서 엄마와 둘이 산다. 예전 같으면 집안의 가장 소리를 들을 법도 하건만 센힘이는 엄마에게 별다른 위안이 못 된다. 그저 함께 장이나 보러 가 주는 정도다. 엄마를 위해 생일상을 차리겠다고 당면을 물에 불리기도 하는 걸 보면 전통적인 사내아이와는 거리가 멀다. 센힘이보다 더 두드러지는 것은 오히려 같은 학교 이슬이다. 이슬이는 친구를 대신해서 벌을 받기도 하고 슈퍼마 켓에서 대게를 차지하기 위해 홀쩍 몸을 날리기도 한다. 센힘이와 함께 인라인스케이트를 타고 축구도 엄청나게 잘하지만 센힘이를 위해서 슬 쩍 포지션을 양보하는 배포도 지녔다.

최근 우리 동화에는 센힘이 같은 남자 주인공과 이슬이 같은 여자 주 인공이 늘어났다. 이를 두고 그동안 성평등을 위해 노력해 온 결과라고 분석하는 것은 무척 조심스럽다. 동화 속 어린이 주인공들은 대립적인 성별 이분법을 넘어선 뭔가 다른 정체성을 향해 나아가고 있다. 그런 과 정에서 상대적으로 여성 어린이 주인공이 늘어났다. 여성 동화작가가 많은 현실에서 여성 어린이 주인공들의 증가는 자연스러운 일로 볼 수 도 있다. 하지만 동화 속 여성 어린이 주인공들이 적극적이고 건강하게 자신의 관점과 가치관을 성숙시켜 나가고 있는 사이에 남성 어린이 주 인공들은 자신의 정체성에 대해 신중한 타진을 계속하고 있다.

공지희의 『영모가 사라졌다』(비룡소 2003)는 조각을 좋아하는 영모가 주인공이다. 외로울 때마다 내 말을 들어 주는 조각과 이야기를 나누는 영모는 이전의 주인공들과 여러모로 달랐다. 외로울 때면 조각품에게 속마음을 털어 놓는다. 작가는 '뜨거워지고 있는 폭탄'이라는 말로 영 모의 숨겨진 남성성을 얘기했지만 영모는 전세대를 풍미해 온 남자다 움의 가치를 정면으로 거부하는 남자 어린이의 모습을 보여 주었다. 아 버지 앞에서는 절대로 울면 안 됐던 기억은 영모를 씩씩하고 대찬 소년 으로 키운 것이 아니라 뭐든 꾹 참는 조용한 아이로 만들어 버렸다. 아 버지가 바라는 것은 모두 전 세대가 소년들에게 바라던 것이다. 죽어라 공부하여 훌륭한 사람이 되어 가족과 나라를 구하는 판사나 대통령이 되는 것, 영모는 그 말만 들으면 숨이 막혔기에 거부하고 라온제나로 떠 난다. 아버지같이 되는 것이 남자가 되는 것이라면 자신이 남자가 될 수 있을까 의심한다.

영모를 찾아 라온제나로 들어온 아버지가 자신의 어린 시절을 고백하는 장면은 의미심장하다.

"어머니는 무능한 아버지를 만나 가난한 집 살림을 꾸려 나가느라고 언제나 뼈가 닳도록 고생만 했어요. (…) 굶는 날이 더 많았어요. (…) 나는 넋이 나간 어머니 얼굴을 뒤로하고 집을 떠나왔어요. (…) 나는 결혼하면서 결심했어요. 내 아이만큼은 고생시키지 않으리라, 그리고 남부럽지 않은 훌륭한 사람이 되도록 모든 힘을 다해 뒷받침해 줘야겠다." (136~37면)

영모의 아버지는 석남이었고 수남이었고 창남이었던 것이다. 근대적 소년이었던 아버지는 현대의 영모를 이해하지 못했다. 소년다워짐으로써 영모의 모든 어려움이 해결된다고 믿었다. 그러나 영모는 새로운 시대에서 다른 사내아이 됨의 길을 걷고 있었다.

김양미의 「털뭉치」(『창비어린이』 2007년 봄호)에는 두 명의 지후가 나온다. 김지후는 여자(일 것으로 짐작한다), 이지후는 남자다. 둘은 참 비슷한데 조용하고 말이 없는 성격에다 같은 흙공방에 다니고 고양이를 좋아한다. 작품 초반부터 이지후는 줄곧 '남자아이'라 지칭되고 있지만 김지후가 여자라는 단서는 딱히 나오지 않는다. 지후와 지후가 친구가 되었다는 것이 중요할 뿐 이 작품을 이해하는 데는 성별이 큰 문제가 되지 않는다. 남자아이가 들어오면서 공방의 공기가 확 줄어든 것 같았다는 표현이나 그의 땀 냄새, 김지후가 수다 떨기를 좋아한다는 단서 정도로 차이를 드러내고 있기는 하지만, 그건 남자든 여자든 사실 상관없는 문제다. 작품 속에서 성별을 잘 느낄 수 없는 이유는 작가가 동작과 말씨에서 남녀 차이를 거의 두지 않았기 때문이다. 이 작품을 읽으면서 끝까지 김지후를 남자라고 생각하고 읽어 보았다. 큰 문제가 없었다. 성별 특성이 두드러지지 않는데도 두 명의 지후는 각기 선명한 개성을 지닌 인물로 그려진다. 사실 성별의 차이란 그런 것일 수도 있다. 굳이 따지려고 들지 않으면 차이 이전에 한 사람의 개성으로 보인다. 또는 그 사람다움이 더 크게 보이면서 성별을 잊게 된다. 이 작가는 전작 『찐찐군과 두빵두』(문학과지성사 2006)에서도 남자아이들끼리의 사랑스러운 우정을 그려 낸 바 있다. 사내다운 아이와 여자다운 아이가 나와야 흥미진진한 얘기가 전개된다고 믿는 사람들이 많지만, 김양미 작가는 분명 이 구도에 딴죽을 걸고 싶어 하는 것 같다.

5. 남자가 된다는 것

『수학의 저주』, 『늑대가 들려주는 아기 돼지 삼형제 이야기』 등을 쓴 작가 존 셰스카(Jon Scieszka)는 남자 어린이들에게 책을 읽혀야 한다고 생각하는 사람이다. 그래서 '남자다운 책 읽기(http://guysread.com)'라는 웹 사이트를 개설하여 비영리 교양 프로그램을 운영하고 있다. 그는 많은 남자 작가들이 자신의 '사내다운 어린 시절'에 대해서 쓴 글을 모아 『남자가 된다는 것』(박중서 옮김, 뜨인돌 2007)이라는 책을 펴내기도 했다. 그가 왜 이런 책을 펴냈는지, 왜 남자 어린이 책읽기 운동을 펼치고 있는지 뚜렷하게 밝힌 자료를 찾지는 못했다. 그저 책 서문에서 늘 그가 말하는 투로 "이건 무슨 필독서도 아니고요. 그냥 남자가 된다는 것에 대한 우스꽝스럽고 어이없고 감동적인 내용들이에요. 심심하면 읽어 보세요" 하는 식의 안내만을 찾아냈을 따름이었다. 웹 사이트에도 "남자 어린이들이 책을 잘 읽게 되면 좋겠어요" 같은 간단한 메시지만이

들어 있다.

셰스카가 왜 그런 운동을 펼치고 있는지 짐작 가는 바는 있다. 아마도 그는 근대의 소년이 사라진 자리에 어떤 아이들이 서 있을까 궁금하게 생각했을 것 같다. 그리고 자신이 그 아이들을 위해 무언가 해 주고 싶다고 여겼던 것이리라. 실제 『남자가 된다는 것』을 보면 데이빗 섀논의 『안 돼, 데이빗!』이 다섯 살 때 그가 그린 그림 아이디어를 그대로 옮긴 것이라든가, 크리스 반 알스버그가 아홉 살 때 자동차를 몰고 거리로 나갔던 사건이 그의 꿈에 어떤 영향을 미쳤는가 등에 대한 일화가 실려 있다. 미래의 사내아이들은 근대의 소년들보다 더 유쾌하고 밝게 성별 이분법 구도에서 벗어나 자신의 인생을 설계하게 되리라는 것은 틀림없다. 다만 그들의 에너지가 폭력적으로 유용되지 않는 방식으로 자율적으로 건강하게 작용할 수 있도록 함께 모색해 주는 것이 동화를 쓰는 작가들의 역할이라고 생각한다.

디지털 세계와 동화의 주인공

1. 디지털 세계와 어린이 자아

R. P. G. Shine(로켓 펀치 제너레이션 샤인). 이 외국어는 인기를 모았던 가요 제목이다. 우리는 제목의 뜻도 모르면서 노래를 따라 흥얼거린다. '디지털'(digital)이라는 말은 누구나 쉽게 쓰는 말이 되었다. 뜻도 모르고 입에 붙은 노랫말처럼 우리는 이 말도 어떤 뜻인지 정확히 깨닫지 못하고 자주 쓴다.

마땅히 번역할 말도 없는 '디지털'. 디지털 시대는 어떤 시대이며 그 시대를 사는 우리 어린이의 삶은 어떻게 달라지는가. 동화는 어떤 방식으로 디지털 시대의 어린이를 그려 내고 있는가. 주인공의 변화를 통해서 이 문제를 생각해 보고자 한다.

디지털 세계를 이해하기 위해서는 먼저 '분절'과 '연속'이라는 개념을 이해해야 한다. 시간을 연속하여 가리키는 바늘시계가 아날로그(analogue)라면 뚝뚝 끊어서 가리키는 전자시계는 디지털이다. 정보의 유전자라고도 일컫는 이진수 단위 값인 '비트'(bit)가 디지털 세계를 구성하고 있는데[1] 우리의 삶 대부분은 분절적인 비트 값으로 수량화할 수 있다. 그리운 그녀의 목소리도 비트가 되고 우리 아기 첫 걸음마의 순간도 비트가 되는 시대다. 낱낱의 비트 값으로 잘려 환원된 정보는 통신망을 통해 서로 연결(networked)되며 이 연결을 통해 정보는 쌍방향으로 소통된다. 컴퓨터는 비트의 창고이자 총본부이고 인터넷은 비트의 고속도로이자 정류장이다. 비트의 거점은 다양하게 늘어 간다. 생각대로 된다는 휴대전화도, 익숙한 세상이 놀랍게 보인다는 IP TV도 모두 비트의 거점이다.

　분절이라는 특성 때문에 디지털의 여러 세계는 수없이 점멸한다. 만나고 만나지 않고, 노래하고 노래하지 않고, 사랑하고 사랑하지 않는 일이 되풀이된다. '연결되었습니다'라는 말은 아주 일시적인 연결을 뜻한다. 우리는 곧 끊어질 수 있고 언제든지 끊어질 준비를 한다. 잘 이어지다가 갑자기 '연결되지 않았습니다'라는 말을 들어도 놀라지 않아야 한다. 디지털 세계에서는 분절을 두려워하거나 서운하게 생각해서는 안 된다. 우리는 로그인(log-in)된 상황에서만 존재하면서 로그인한 상대하고만 교류한다. 내가 지금 어디에 로그인하고 있느냐가 나의 존재를 보여 준다. 이것이 디지털 세계의 원리다.

　디지털의 거울에 비추어 본 나는 아날로그 세계의 나와 어떻게 다를

---

1 디지털 세계의 도래를 구체적으로 예견한 사람은 미국 MIT의 미디어랩 설립자인 과학자 니컬러스 네그로폰테(Nicholas Negroponte)다. 그는 1995년 『디지털이다』(*Being Digital*)라는 책을 발표하여 비트의 시대가 올 것임을 주장했다. 닷컴신화의 붕괴와 함께 인간과 세계의 거의 모든 것을 비트로 환원할 수 있다는 그의 예측은 지나치게 장밋빛이었다는 비판이 일었지만 정보화 시대의 구체적인 전망을 제시하려고 했던 노력은 선구적인 것이었다.

까. 셰리 터클(Sherry Turkle)[2]은 논문 「Who Am We?」[3]에서 디지털 시대는 '자아를 쪼개는 시대'라고 말한다. 초창기 인지과학자들은 사용자 앞에 놓인 컴퓨터를 '제2의 자아'로 정의했다. 그러나 1990년대 중반 이후 사용자 환경은 여러 창을 열어 놓고 동시에 작업을 벌이는 방식으로 변화했다. 하나의 창이 하나의 자아를 뜻한다면 이제는 제3, 제4의 자아가 계속 덧붙는 셈이다. 단순한 연산 도구였던 컴퓨터가 '또 하나의 나'를 넘어서서 오프라인의 자기 자신을 포함한 '여러 명의 나'로 발전한 것이다. 단일 자아와 복수 자아의 경계는 사라진다. 자아는 또 창조할 수 있고 변형할 수도 있는 것처럼 보인다.

하지만 자아라는 말이 한 개인을 다른 사람과 구별하는 일관성을 뜻한다면 이렇게 쉽게 달라지는 여러 정체성을 자아라고 해도 될까 궁금해진다. 셰리 터클은 이런 궁금증을 '변화무쌍한 자아'라는 개념으로 해명했다. 디지털 시대의 자아는 외부 변화에 탄력적이어서 새로 생기고 나뉠 수 있다는 것이다. 윈도우 작업 관리자를 통해 지금 열린 여러 창의 현황을 확인하듯이 우리는 우리들의 정신을 둘, 때로는 그 이상의 자아로 바꿀 수 있다는 것이다.[4]

학자들은 디지털 시대 우리 자아의 변화를 '관계적 자아'라는 개념으로 분석하기도 한다. 관계적 자아는 데카르트(René Descartes)가 제시한 합리적·독립적 자아와 대비되는 말이다. 자아를 고정적 구조를 지닌 하나의 영구한 것으로 보지 않고 다양한 경험을 통해 확립되는 담론의 장

---

2 과학사회학자이며 정신분석학 임상 의사. MIT에서 '과학, 기술, 사회적 측면에서 본 자아'에 대한 프로그램을 연구했다.

3 "Who Am We?", *Wired*, Issue 4.01, January 1996.

4 같은 글 참조. 그는 이 논문에서 "There are many Sherry Turkles"라는 명제로 자아의 다수성을 나타냈다.

34　제1부

으로 본다.[5] 언어는 사회적이며, 그 언어를 사용하는 인간은 애초에 고립적이고 단독적인 자아일 수 없다는 것이다.[6] 사람은 누구나 공동체를 통해 다른 사람과 관계하면서 사고와 언어를 배우고 행위를 통해 그 관계를 실천해 나가는 관계적 '나'를 지니고 있다. 디지털 시대는 특히 이러한 관계적 '나'가 전면에 드러나는 시대다. '나'라는 존재는 어디 있는가? 끝없이 끊어졌다 이어지는 나에 대한 언어적 표현의 사슬 속에서 어렴풋이 느낄 수 있다. 데카르트가 뚜렷한 사고의 바탕으로 삼으려 했던 선명한 '나'의 존재는 찾기 어려우며 관계의 연결망 속에서 수시로 열렸다 닫히는 흐릿한 '나'가 있을 뿐이다.

우리의 자아가 관계적 자아라는 것, 말하자면 '나'의 정체성이 고정되어 있지 않다는 것은 개성 강한 주인공을 창조해야 하는 작가로서는 난처한 얘기다. 동화작가가 어린이 독자의 마음을 사로잡으려면 뭐니 뭐니 해도 선명한 주인공을 창조하는 것이 중요하다고 보기 때문이다. 근대의 우리 어린이문학 작품에 나오는 주인공은 작가의 욕심에 부응할 만큼 뚜렷한 개성의 소유자들이었다. 「만년샤쓰」(방정환, 1927)의 창남이나 『몽실 언니』(권정생, 1984)의 몽실이는 요즘 유행하는 말로 포스가 넘치는, 일관된 정체성을 보여 준다.

그러나 이런 매력덩어리 주인공이 등장하는 동화를 쓰기에는 작가들의 눈에 비친 우리 어린이의 모습이 예전처럼 단순하지 않고 관계적이다. 그렇다 보니 동화의 주인공들도 그들을 닮는다. 근대의 주인공에 비해 자기 주관이 뚜렷하지 않고 행동은 적은 반면, 여러 관점을 이동하며

---

5 프로이트, 라캉, 그리고 포스트모더니즘을 지지하는 여러 학자들이 데카르트적 자아 개념을 해체하고 관계적 자아 개념을 도입하는 경향 위에 서 있다. 자아에 대한 이러한 사상을 '탈중심 자아론'이라고 정리하기도 한다.
6 김선희 『자아와 행위: 관계적 자아의 자율성』, 철학과현실사 1996, 323면 참조.

판단의 순간에는 갈팡질팡한다. 어린이 주인공의 모습 또한 디지털 시대의 자아 변화와 무관하지 않은 것이다.

항상 말만 앞서고 행동하진 못해/나는 좀처럼 스스로 판단할 수 없어/필요한 건 Rocket Punch/때론 나 대신 싸워 주는 로봇/그건 말도 안 되는 만화 속 이야기/너의 어깨가 부서져라 부딪쳐야 해/one & two & three & four/걱정하는 것을 걱정하지 마/Rocket Punch Generation/지루하게 선명하기보다는 흐릿해도 흥미롭게/You have to cha, cha, cha, change yourself.

이것은 앞서 소개한 「R. P. G. Shine」(W & Wale)의 노랫말 일부분이다. 내용을 보니 디지털 시대의 자아가 겪는 갈등을 절묘하게 간추렸다. 데카르트가 생각하는 강력한 자아는 우리의 꿈과 만화 속에서나 존재하는 "나 대신 싸워 주는 로봇"이었을 수 있겠다. 오늘날 우리의 자아는 자기에 대한 경험적 의미를 획득하기 위해서 "너의 어깨가 부서져라 (현실의 여러 상황과) 부딪쳐야" 하지만, "좀처럼 스스로 판단할 수 없"는 관계적 자아다. 그러기에 흐릿하다. 그렇다면 동화 속에서 주인공의 흐릿한 고뇌가 어떻게 드러나고 있는지 살펴보기로 한다.

2. 주인공 속에는 주인공이 너무나 많아: 'multi-me'

최근 몇 해 사이 우리 동화에는 주인공들이 비현실적인 경험을 통해 일시적으로 다른 자기가 되어 보는 이야기들이 여러 편 있었다. 주인공 한 사람의 마음에 존재하는 여러 가지 갈등을 다루고자 했다면 굳이 비현실적인 세계를 들여오지 않았어도 될 것이다. 사람이란 누구나 마음이 오락가락하는 것이 당연하기 때문이다. 동화작가들이 비현실적 장치를 들여와 주인공을 둘 혹은 그 이상으로 나누는 것은 단지 내면의 갈등으로만 처리할 수 없는 주인공의 본격적인 분화가 필요했기 때문이라고 생각한다. 관계에 따라 달라지는 주인공의 자아를 표현하려면 한 명이면서 여러 명인 주인공이 있어야 한다.

김리리의 『왕봉식, 똥파리와 친구야』(우리교육 2003)의 주인공은 왕봉식 한 사람이다. 그러나 봉구 형의 관점에서 그는 '바보'이며 여동생 봉순이의 관점에서 '왕땅콩 갈비 게으름이 욕심쟁이'이고 봉식이 친구 똥파리의 관점에서 '아주 멋진 녀석'이다. '내 거 만날 뺏어 먹는 먹보', '남의 물건 망가뜨리기 대장', '떼쟁이'까지 합치면 봉식이의 이름은 더 늘어난다. 이름이 늘어난다는 것은 주인공 봉식이에 대한 언어적 규정이 여러 가지라는 뜻이다. 봉식이의 자아가 누구와 무엇으로서 관계 맺느냐에 따라서 봉식이는 다른 자기를 보여 준다. 작가는 이러한 다면체 같은 주인공을 그냥 '봉식이는 게으르지만 근사한 구석도 있는 녀석이에요'라고 말하는 것에 한계를 느꼈을 것이다. 작품 속에서 주인공 봉식이는 사람 봉식이와 똥파리가 된 봉식이, 둘로 나뉜다.

임태희는 「내 꿈은 토끼」(『내 꿈은 토끼』, 바람의아이들 2006)에서 주인공으로 모범생 오영빈과 토끼가 되어 가는 오영빈을 그렸다. 이웃집 관찰자 정민우가 보기에 이 두 사람은 절대 한 사람으로 보이지 않는다. 정민우는 "영빈이는 내가 생각했던 것과는 완전히 다른 아이였다"(102면)는 말로 오영빈이 지닌 두 개의 자아를 본 충격을 나타낸다. 공부를 하다가 머리가 돌아 버린 것이 아닌가 의문을 품는다. 그러나 문제집을 팔팔 끓였다고 말하는 오영빈과 전교 1등 오영빈은 하나의 육체를 공유하는 한 사람이다. 어떤 관계 속에 있느냐에 따라 한쪽의 특성이 더 강하게 나타날 뿐이다.

이민혜의 「가오리가 된 민희」(『가오리가 된 민희』, 문학동네 2009)는 아예 첫 문장부터 주인공이 자기의 고정된 존재에 대한 의문을 던지면서 시작한다. "내 이름은 김, 민, 희. 그것에 의문을 가진 사람은 아무도 없었다"(8면)라는 민희의 말은 하나의 자아에 대해 강한 물음을 던지기 시작했다는 신호다. 그동안 어딜 가든 '생선 가게 미혼모의 딸'로 규정되었던 민희는 그런 자기가 싫다. 그래서 민희는 자아의 또 다른 창을 열고 '생각할 수 있는 가오리'가 된다.[7] 다른 사람은 민희가 꿈을 꾸었다고 말하지만, 민희는 자신이 현실과 다른 시간이 흐르는 세계에 다녀왔다고 생각한다. '김민희'와 '김민희 가오리'는 둘 다 이 작품의 주인공이다.

디지털 시대의 특성을 나타내는 신조어 중에 '여러 가지 나'(multi-me)[8]라는 말이 있다. 디지털 공간에서 새로운 이야기를 만들고 전파해 나가는 사람을 '디지털 호모나랜스'(digital homonarrans)라고 표현하는데 이들의 가장 중요한 특징은 모든 이야기의 중심에 자신을 둔다는 점이다. 그들은 여러 이야기에 동시다발적으로 '나'를 주인공으로 등장시킨다.[9] 주인공은 '하나'이면서 '여럿'이다.

---

7 민희는 '생각할 수 있는 가오리'가 되어 데카르트적 의미의 근대적 자아에 도전한다. 민희의 자아관은 '관계적 자아'라고 볼 수 있는데 이런 자아관은 사회적 약자의 관점을 옹호하고 그들을 해방시키고자 하는 이론에서 자주 활용된다. 사회적 소수자인 민희의 처지도 '관계적 자아론'으로 분석했을 때 더 해방적이다.

8 김난도·권혜진·김희정 대표집필 『트렌드 코리아 2009』, 미래의 창 2008 참조.

9 디지털 호모나랜스 중에는 인터넷 공간에서 여러 별명으로 활동하는 사람이 있는가 하면 하나의 인터넷 공간에서 여러 별명으로 활동하는 사람도 있다. 자신이 속한 여러 가상공간에서 '오늘 저는요……'로 시작하는 수많은 이야기를 창조해 내는데 그들은 모두 다르면서 같은 사람이다.

3. 주인공들과 주인공

한 사람의 주인공이 여러 주인공이 되는 경우가 있는가 하면 여러 주인공이 한 사람의 주인공이 되는 경우도 있다. 여러 명의 병렬적 주인공은 하나의 주인공이 드러내 주지 못하는 자아의 관계적 다양성을 드러내면서 더 매력적으로 독자들에게 호소한다.

이금이의 『유진과 유진』(푸른책들 2004)은 두 유진이가 주인공이다. 이야기 구성이 누가 더 주인공이라고 말할 수 없는 구조이기도 하거니와 작가는 의도적으로 둘 가운데 누구 하나를 더 주도적으로 앞세우지 않는다. 두 유진이는 무의식 속에서 어린 시절의 충격적 성폭력 사건을 공유한 한 몸 같은 존재이기도 하다. 큰 유진이와 작은 유진이가 같은 이름을 쓰는 것은 그들이 암묵적으로 '하나의 자아'의 두 모습이라는 것을 나타낸다.[10] 이 주인공들은 하나의 주인공이었다면 드러내기 힘들었을 무의식 속 '두 개의 자아' 이야기를 성공적으로 구현한다. 각각 다른 유진이의 관점에 서서 하나의 사건을 놓고 '내가 성폭력을 겪었더라면 느꼈을' 다차원의 감정을 실감 나게 보여 준다. 유진이는 둘이 아니라 수십 명일 수도 있다. 이들은 유아 성폭력의 피해자라는 큰 맥락에서 하나의 자아 정체성을 지닌다.

김양미의 「털뭉치」(『털뭉치』, 사계절 2008)에도 두 사람의 지후가 등장한다. 이 둘은 서로 다른 개성을 지녔지만 '연두'라는 하나의 고양이로 연결되어 있다. 지후가 지후에게 관심을 갖는다는 설정은 인터넷 공간에서 같은 아이디를 쓰는 사람을 만났을 때의 관심과 비슷한 심리를 자극

---

10 성폭력의 문맥에 놓인 유진이는 둘, 셋이 아니라 열 명 이상일 수도 있다. 다른 맥락으로 가면 유진이는 또 다른 사람들과 그룹을 이루어 자신의 정체성을 형성한다.

하는 매력적인 부분이다. 오프라인 이름이 타의로 붙여진 것이라면 온라인 이름은 자의로 붙인 이름이다. 따라서 같은 온라인 이름을 쓰는 사람을 만났을 때는 묘한 동질성을 느끼게 된다. 지후는 지후를 통해서 자신의 다른 면모를 발견하고 또 지후에게서 자신의 모습을 본다. 디지털 공간에서 우리는 뿔뿔이 흩어진 분절된 존재이지만 연결되어 있다. 우리를 연결해 주는 그 뿌리는 어쩌면 우리 모두를 연결하는 거대한 무의식일지도 모르겠다. 「털뭉치」를 덮었을 때 독자들은 이 이야기가 '지후들의 이야기'라고 느낀다. 결코 김지후와 이지후의 알력이나 갈등을 치열하게 다루지 않는, 얼핏 밋밋해 보이는 병렬적 구성의 이 이야기는 하나의 주인공이 걸어가는 다른 길을 두 사람을 통해 보여 줌으로써 독자가 이지후와 김지후 모두에게 자신을 대입해 볼 기회를 제공한다.

4. 독자의 경험을 소극적으로 대행하는 주인공

근대 어린이문학의 주인공이 작품의 주요 사건을 주관하고 자율적으로 모험에 뛰어드는 독립적이고 적극적인 인물이었다면, 디지털 시대 동화의 주인공들은 독자의 경험을 대행하는 보조적이고 소극적인 인물들이 적지 않다. 관찰자라고 말하기에는 적극적이고 주인공이라고 말하기에는 소극적인 이러한 인물 유형은 스타와 대중이 자리바꿈을 하는 디지털 시대의 특성과 관련이 있다.

1인 미디어 시대라고 일컬어지는 디지털 시대는 누구나 자신을 스타의 위치에 올려놓을 수 있는 매체 환경을 자랑한다. 사이버 네트워크에는 내가 만들 수 있는 수많은 공간이 있다. 물리적 공간에서 한 사람만이 주인공이 되는 것과 전혀 다르다. 내 계정에서 내가 주인공이 되겠다는 것을 막을 사람은 없다. 바야흐로 수천수만의 주인공들이 할거하는 시대다.

이러한 디지털 세계에서는 이름 없는 개인이 스타를 지향하는 반면 스타는 이름 없는 일상인을 지향한다.[11] 대중이 자신을 스타로 연출하는 데 제약이 없는 상황에서 스타의 화려한 자기 과시는 핀잔의 대상이 되기 일쑤다. 대중의 심리는 독보적인 1인을 허용하지 않는다. 대중은 스타를 통해서 자신의 욕구를 충족하려 하기보다는 스스로 온라인 공간에서 스타가 되기를 즐긴다. 그들은 이미 미디어에서 주인공 되기를 충분히 경험하고 욕구를 충족하고 있다. 따라서 상대적으로 대중과 가깝고 일상적인 태도를 보이는 털털한 스타가 각광을 받는다.

어린이와 청소년도 마찬가지다. 디지털 미디어 환경에 익숙한 그들은 원한다면 훨씬 손쉽게 가상공간에서 스타가 될 수 있다. 집단 주인공 시대[12]에 익숙한 그들은 주인공의 카리스마를 추앙하기보다는 자신의 경험을 소극적으로 대행하는, 좀 더 겸손한 주인공과 동료로 관계 맺기를 원한다. 이는 '연대와 연결'은 익숙하지만 '종속과 지배'에는 익숙하지 않은 디지털 시대 관계적 자아의 특성을 보여 주는 것이다.

김려령의 『완득이』(창비 2008)는 소극적인 인물이 주인공이 된 사례다. 완득이는 주인공이라고 하기에는 보조적이고 조용한 인물이다. 근대적 주인공들처럼 이야기를 주도하거나 강력한 결단으로 자신의 존재감을

---

11 디지털 마케팅을 연구하는 사람들은 이런 현상을 'Wanna-Be-Star/Wanna-Be-Mass' 현상이라고 일컫는다. 김난도 외, 앞의 책 참조.

12 어린이와 청소년이 좋아하는 가수가 어느 순간부터 1인에서 '단체'가 되고 그 '단체' 도 소속 인원을 늘리기 시작한 것은 이런 경향과 관련이 있다고 생각한다. 13인의 슈퍼주니어, 9인의 소녀시대는 환호를 받고 있지만 1인 강인이나 1인 태연이 각각 이 그룹들에 소속되지 않고 솔로로 먼저 데뷔했더라면 그만한 인기를 얻을 수 있었을까. 은연중에 1인 독주는 달가워하지 않는 것이 그들의 심리가 아닐까 싶다.

드러내지도 않는다. 그렇다고 교사 똥주가 주인공인가 하면 그 또한 고개를 갸웃하게 된다. 강도는 약하지만 이야기의 중심축은 완득이가 틀림없기 때문이다. 윤하도 여자 주인공으로 구분하기에는 존재감이나 비중이 떨어진다. 『완득이』의 주인공은 누구인가?

『완득이』에는 개성이 강한 인물들이 병렬적으로 등장한다. 어쩌면 독자마다 자신이 동일시하는 각기 다른 한 사람을 이 작품의 주인공으로 생각하고 책을 읽을지도 모르겠다. 이를 두고 조연의 역할이 강화되었다고 볼 수도 있겠지만 주인공의 힘이 수평적으로 분산되었다고 볼 수도 있겠다. 심지어 관장님도 누군가의 맥락에서는 주인공에 버금가는 지위를 확보할 수 있는 것이다. 누구도 두드러지지 않게 배치한 이 작품의 인물 구성은 선명한 주인공의 매력을 포기하여 상대적으로 밋밋한 이야기로 읽히는 약점이 되기도 했지만, 독자들의 인물에 대한 동일시 반경을 넓혀 다수 독자의 지지를 얻어 내는 데 성공했다. 이 작품에서 병렬적 주인공은 강점으로 보인다. 독자는 장면에 따라 다른 인물에게 자신의 감정을 대입하며 자신의 경험을 대행하는 주인공들을 바라본다.

하지만 작가는 병렬적 인물 배치가 지닌 약점을 보완하고 작품에 대한 흡인력을 높이기 위해서 인물 각각을 더 특별하게 창조해야 하는 부담을 안게 되었다. 『완득이』의 인물이 '기존 만화의 전형적인 캐릭터'에 의존하고 있는 것이 아니냐는 비판도 이러한 부담과 무관하지 않다. 독보적인 1인 주인공이 없는 상황에서 여러 명이 모두 독자에게 매력을 호소해야 하기 때문에 과도하고 전형적인 인물 표현이 등장하게 된다. 과장된 표현은 인물의 진정성을 훼손할 수 있다. 강력해 보이지만 상투적일 수 있는 『완득이』의 인물 구도는 절반의 성공이라고 생각한다.

5. 나를 찾는 어린이, 주인공을 찾는 작가

이야기를 풀어 나가다 보니 뭔가 모순된 이야기를 하고 있다는 생각이 든다. 디지털 시대를 맞이하여 1인 주인공 시대는 가고 다수의 주인공 시대가 오고 있는 건 틀림없는 것 같다. 그런데 다수의 주인공은 사실 1인이며, 그 1인은 가상공간에서는 스스로 주인공이 되고 싶어 하면서도 독자적 권력의 획득보다는 관계 속에서 연대하는 자기를 지향하는 겸손한 존재이기 때문이다.

디지털 시대의 주인공은 이렇게 변증적인 존재다. 시대가 우리 자아를 관계 안으로 해체할수록 사람들은 자기 자아의 실체가 무엇인지에 더 관심을 갖는다. 해체된 나는 과연 어떤 나인가가 더더욱 궁금해지는 것이다. 어린이들은 더 많은 다수의 주인공들 속에서 복수의 자기 자아를 찾으려고 애쓸 테고, 작가는 더 다양한 면모의 주인공을 통해서 그들의 자아 찾기를 돕고자 노력할 것이다. 오늘 하루도 컴퓨터에서 수많은 창을 열고 닫지만 그 총체적 목록이 '나'를 말해 주는 것인지에 대해서는 누구도 쉽게 대답하지 못한다. 그만큼 이 시대의 주인공을 찾는 일이 어려운 문제라는 뜻이다. 어떻든 어린이문학에서 지금처럼 자아에 대한 고민이 깊은 때가 없었다는 것만큼은 분명해 보인다. 더욱 실험적이고 도전적인 경우들이 등장하기를 기대해 본다.

살아 있는 죽음을 이야기하기

죽음을 다룬 어린이문학

1. 동화가 죽음을, 죽음이 동화를

우리가 흔히 입에 담는 말 가운데 '나 죽겠다'는 말이 있다. '뒤로 넘어가겠다'나 '미친다'보다 더 고된 어려움을 나타낼 때 쓰곤 한다. '죽을 지경이다'라거나 '죽을 만큼 괴롭다'고도 말한다. '죽음'을 언급하는 표현들이 반드시 그에 합당한 최고 난도의 상황에서만 사용되는가는 의심스럽지만 적어도 이 말을 하는 순간 화자는 대단히 힘겨운 심리 상태일 것이다. 죽음은 우리가 상상할 수 있는 고통의 가장 바깥쪽에 위치하기 때문이다.

죽음을 넘어서는 더 거대한 고통을 상상하는 것이 가능할까. 논리적으로는 안 된다. 내가 살아 있지 않은 상태에 대해서 상상해야 하는데 이는 불가능하기 때문이다. 누구든 죽을 뻔했을 수는 있어도 죽어 볼 수는 없다. 그런데도 우리는 삶의 어떤 고비를 넘기면 '생사를 넘나들었다'고 말한다. '깜박 죽었다 깨어났다'는 말도 자주 쓴다. 과장임이 분명한 이 말을 쓴다는 건 그만큼 죽음이 우리 가까이에 있다는 뜻이다. 실제로 죽었다가 살아 돌아오는 일은 불가능하지만, 죽음과 내가 엇갈려 지나가는 일은 매우 흔하다. 예측 불허의 사건으로 아무렇지도 않게 툭 끊어지기도 하는 것이 우리들의 목숨이다.

상상할 수 없는 거대한 무게를 갖고 있지만 언제나 떠올려 볼 수 있는 죽음이라는 경험. 그 야누스 같은 얼굴 때문에 작가들은 '죽음'이라는 낱말의 마력을 버리지 못했다. 죽음을 곁에 두고 삶을 이야기할 때 비로소 삶을 치열하게 바라볼 수 있는 측면도 있다. 오늘이 값진 까닭은 내가 언젠가 죽기 때문이다. 인간이 다른 존재와 비교하여 놀라운 존재인 것도 자신이 열망하는 바를 향해 죽도록 노력하기 때문이다. 인간은 자신 앞에 죽음이 버티고 있다는 것을 본능적으로만이 아니라 이성적으로도 안다. 언젠가 끝이 찾아오고 그 앞에서 절망할 것을 뻔히 알면서도, 지치지 않고 죽을 각오로 덤벼든다. 그런 인간의 모습은 사뭇 숭고하다. 다시 굴러 내려올 바위를 끊임없이 굴렸던 시시포스나 시한부 인생을 선고받고도 오지에서 활동을 멈추지 않는 봉사자의 모습에서 우리는 감동을 느낀다. 이때 그들 앞을 가로막는 죽음은 고통의 상징이라기보다는 불굴의 의지를 시험하는 잣대이다.

어린이들이 '죽음'이라는 말을 입에 담는 것은 오랜 금기였다. 말이 씨가 된다는 생각 때문이었을까. 하지만 엄마 아빠는 '힘들어 죽겠다'는 말을 밥 먹듯이 하면서도 어린이들을 죽음이라는 단어와 먼 곳에 격리해 두려고 애썼다. 삶을 시작한 지 얼마 안 된 그들을 어두운 상상으로부터 보호하려는 의도가 컸겠지만 다른 한편으로 생각해 보면 어린이들의 삶 안에도 분명히 존재하고 있을 격렬한 고통의 경험이나 삶에 대한 강렬한 의지 자체를 인정하려 들지 않았던 것이 아닌가 하는 반성을 하게 된다. 그들도 자신의 한계를 어렴풋이 안다. 죽도록 노력하면서 죽을 만큼 힘든 순간을 견뎌 낸다.

어린이를 세상의 그늘로부터 보호하기 위해서였다는 주장에 대해서도 할 말이 없는 건 아니다. 어린이들도 예외 없이 가까운 이들의 죽음을 겪는다. 과거와 달리 현대사회는 어른들끼리 덮어서 죽음이라는 사건을 감출 수 없는 구조다. 거리 표지판에 어제 교통사고로 사망한 사람의 숫자가 새겨진다. 이미 죽음에 버금가는 선정적이고 참혹한 언어가 그들을 둘러싸고 있다. 이 형편에 죽음 자체를 감춘다고 어린이들이 겪는 정서적 충격이 달라질까. 오히려 우리를 둘러싼 죽음을 자연스럽게 이해하도록 돕고 죽음이 갖는 의미를 함께 짚어 보는 것이 생명의 가치를 이해하는 데 도움이 된다. 그런 점에서 당집의 굿판이나 갖가지 제사의 현장을 통해서 죽음과 귀신에 대한 어른들의 담화를 자연스럽게 지켜보며 자랐던 옛 어린이들은 죽음이 삶의 단순한 종착점이 아니라는 것을 알고 있었다. 산 자들이 죽은 자를 기리는 여러 제의(祭儀)를 보면서 떠난 이는 남은 이의 마음속에 오래오래 살아 있다는 것을 깨달았다. 제의는 죽음의 충격을 완화해 주는 치유적 장치였다.

최근 죽음을 본격적으로 다룬 어린이문학이 늘어났다. 몇 해 전부터 죽음을 소재로 한 외국문학 작품이 꾸준히 번역되었고, 요새는 우리 동화도 죽음을 정면으로 다루는 작품이 많아졌다. 어린이문학이 죽음을 본격적으로 다루게 된 것은 크게 두 가지 의미가 있다고 생각한다. 하나는 어린이 실존의 권리를 인정한다는 의미이다. 작가들이 비로소 그들이 처한 고통이 죽을 만큼이며, 그들도 죽도록 애쓰고 있다는 현실을 있는 그대로 바라본다는 것이다. 두 번째 의미는 어린이문학이 자신의 역할을 적극적으로 설정하기 시작했다는 것이다. 오랫동안 어린이문학은 '방어'의 문학이었다. 어린이가 목도해야 할 진실과 목도하지 말아야 할 진실을 구분하고 어린이의 삶에 문학으로 울타리를 구성하는 데 애를 썼다. '훈육', '계몽', '보호' 등 이름은 제각각이었으나 방어라는 목적은 같았다. 그러나 이제 울타리를 치는 일은 한계에 다다랐다. 문학이 외면하고 있던 진실을 선명한 인터넷 동영상이 반복 노출하는 마당에 문학 혼자 어린이의 수호자인 양할 수 없는 노릇이다.

필자는 죽음 관련 동화가 늘어나는 현상은 어린이문학이 어린이의 삶 전체를 자신의 대상으로 여기기 시작했다는 신호라고 생각한다. 문학은 인간의 삶 전체를 다루는 것이 당연할진대 그동안 동화는 그러지 못했다. 동화가 죽음을 다룬다는 것은 죽음이 동화를 더 성숙한 문학적 위치로 이동시켰다는 뜻이라고 본다.

문제는 어린이문학이 신문 기사가 아니라 문학이라는 것이다. 문학은 어떤 사실에 대한 창조적 승화를 거쳐 생산되는 것이다. 죽음이 문학적 승화를 거치지 못하고 날것 그대로 소재로만 쓰였을 때 독자는 이를 '선정적'이라고 비판한다. 죽음이 신문 기사를 통해 전달된 것과 문학을 통해 전달된 것 사이에는 분명한 차이가 있어야 한다. 기사는 '죽음의 사실'을 전달하는 것이 목표이지만 문학은 '죽음'을 통한 '생명과 삶의 현실'을 전달하는 것이 목표다. 어린이가 문학을 통해 죽음을 목격하는 것이 그들의 삶에 힘이 되는 이유도 거기에 있다. 우리는 끔찍한 죽음을 다룬 뉴스 앞에서 아이의 눈을 가린다. 그러나 죽음에 대한 어린이문학은 그들의 무릎에 펼쳐 놓아 준다. 그럴 수 있도록 작품을 쓰는 것이 작가의 의무다.

2. 죽음의 다양한 얼굴

김미혜의 『아빠를 딱 하루만』(창비 2008)은 아버지의 죽음을 다룬 동시집이다. 이전에도 죽음을 소재로 삼은 동시가 없었던 것은 아니지만 김미혜의 작품이 눈을 사로잡는 것은 연민이나 신파에 기대지 않고 비교적 담담하게 죽음을 다루었다는 것이다. 그의 시는 '마지막'이 갖는 실존적 한계를 확실히 나타낸다. "귀는 끝까지 열려 있대요"(「마지막 말」)라는 구절에서 가장 애절하게 와 닿는 낱말은 '끝'이다. 주인공은 그 끝이 채 닫히기 전에 사력을 다해 속삭인다. 말 안 들어서 미안하다고, 어제 백 점 맞았다고, 사랑한다고 말한다. 그러나 삶의 마지막 순간까지 열려 있던 아빠의 귀가 죽음으로 닫히고 나면 "아빠의 집은 언제나 굳게 닫혀"(「약속」) 열리지 않는다. 나는 이제 아빠를 만날 수 없다는 것을 안다. "아빠는 햇살로 내려오고/바람으로 다가"와 "걸음마다 쫓아"다닌다는 것을 믿지만 그것은 삶 너머의 일이다. 아빠의 죽음을 겪고 하염없이 무너진 "엄마가 진짜 웃으면 좋겠어요"(「엄마가 화장을 합니다」)라고도 생각한다. 죽음이라는 섬뜩한 현실의 한계를 넌지시 일러 주었을 때 더 빨리 의연해지는 것은 오히려 어린이다. 작가의 이런 태도는 어린이 독자를 성숙한 주체로 대하고 있음을 알 수 있는 대목이다.

죽음에는 여러 가지 얼굴이 있지만 동시에서 다룰 수 있는 죽음은 한계가 있다. 주로 자연사에 대한 이야기를 할 수밖에 없다. 그러나 동화는 다르다. 작가는 서사의 힘을 이용해서 쉽게 경험하기 힘든 낯선 죽음의 세계로 어린이를 안내한다. 특히 최근 동화는 그 묘사가 더 구체적이고 선명해진 것이 특징이다. 다음은 동화가 죽음을 대하는 방법을 몇 가지로 나누어 본 것이다.

1) 자연사와 비자연사

구드룬 멥스(Gudrun Mebs)의 『작별 인사』(문성원 옮김, 시공주니어 2002)는 언니의 죽음에 대한 사실적인 묘사로 화제를 모았던 작품이다. 암에 걸린 언니가 죽음에 이르는 과정을 멀리서 따라가는 동생의 눈길은 산 사람은 살아야 한다는 냉혹한 체념의 과정과 겹쳐진다. 언니가 수술을 받아도 동생은 어김없이 수학 숙제를 해야 하고 아침을 먹어야 한다. 어린이 관은 하얀색이며 언니가 그 관 속에 양 인형을 갖고 들어갔으면 좋겠다고 생각하는 주인공의 모습은 죽음이 어디선가 몰래 치러지는 음습한 행사가 아님을 알려 준다. 잠이 들면 다시 깨어나는데 죽음은 다시 깨어날 수 없다는 말을 통해서 주인공은 끝을 배운다. 주인공이 언니가 입었던 빨간 티셔츠를 다시 입어도 좋겠냐고 묻는 장면은 한 사람의 삶이 끝난다는 것이 얼마나 전면적인 일인가를 보여 준다. 그를 둘러싼 모든 것을 어떻든 정리해야 하는 순간인 것이다.

자연사를 다룬 동화는 대부분 인간의 실존적인 한계와 그를 받아들이는 모습에 대해서 이야기한다. 이종은의 『아빠 아빠 아빠』(문학동네 2007)가 다룬 아버지의 죽음도 마찬가지다. 인간은 누구나 자연스럽게 죽음에 이르고 그 시점이 약간씩 다를 뿐이다. 가장 큰 차이점이 있다면 죽음을 맞이하는 자세다. 어린이 독자들은 죽음을 준비하는 아빠의 모습을 보면서 삶의 의미를 다시 배운다. 그것은 다름 아닌 '누군가와 함께한다는 것'이다. 시한부 삶을 예고받은 아빠는 자신이 죽고 나면 더 이상 가족과 함께할 수 없다는 것을 가장 안타깝게 여긴다. 그래서 그들과 조금이라도 더 많이 함께하려고 애쓴다.

자연사를 다룬 동화가 잔잔하게 작중인물의 마음을 그려 내는 데 반해 비자연사를 다룬 작품은 거칠고 가파르게 죽음을 그릴 수밖에 없다. 예측할 수 없었던 죽음이란 더 충격적인 일이기 때문이다. 이경혜의 『어느 날 내가 죽었습니다』(바람의아이들 2004)는 비자연사의 충격을 "재준이는 그 자리에서 즉사했다"는 날 선 문장으로 전달했다. 프롤로그에 등장하는 이 문장은 작가들이 죽음을 다루는 방식이 얼마나 직접적인 곳까지 진격했는지 보여 준다. 자연사와 달리 비자연사는 남아 있는 사람들이 죽음을 받아들이기가 훨씬 어렵다. 유미는 죽더라도 '마음속에 살아 있다'는 말이야말로 짜증 나는 거짓 위로라고 일갈한다. 자연사를 다룬 작품이 죽음과 삶의 보편적 연결 고리에 대해서 이야기할 여유를 가질 수 있는 데 반해서 이 작품은 '죽음'의 한계를 명백히 보여 주는 것에 더 초점을 둔다. 친구 재준이의 죽음이 보여 준 한계가 결국 살아남은 유미의 삶에 대한 태도를 바꾸어 놓는다. 이 작품이 '삶의 가치'를 더 극명하게 표현할 수 있었던 것은 재준이가 사고로 갑자기 죽었기 때문이다. 이것은 안타깝지만 인정할 수밖에 없는 현실이다. 우리 모두는 가까운 누군가의 어이없는 죽음 앞에서 자신의 삶을 더욱 깊게 성찰하며 감사할 수 있었던 대단히 죄스러운 기억을 가졌거나 가지게 되곤 한다.

2) 개인적 죽음과 사회적 죽음

죽음은 누구에게나 두렵다. 노예였다가 철학자가 된 고대 그리스의 에픽테토스(Epictetus)는 유명한 논변을 제안하며 죽음의 공포를 해결하려고 했다.

에픽테토스의 주장에 따르면 죽음이 나를 찾아왔을 때에는 이미 나는 존재하지 않을 것이고 내가 존재하는 한 죽음은 나를 찾아올 수 없으므로 나의 존재와 죽음은 결코 같은 시점에서 만날 수 없다. 따라서 우리들은 죽음을 두려워할 필요가 없다는 것이 그가 남긴 주장이다.

하지만 에픽테토스도 자신의 죽음 앞에서 의연했다는 기록은 남아 있지 않다. 아마 그 또한 수없이 더 오래 살 수 있기를 빌었을 것이다. 누가 죽음을 두려워하지 않겠는가. '무엇 무엇을 위해서라면 나는 죽어도 좋다'는 말은 한낱 수사일 뿐이다.

그럼에도 불구하고 세상에는 무엇 무엇을 위해서 자신의 목숨을 내

던지는 사람이 존재한다. 소크라테스(Socrates)는 죽음의 공포를 뛰어넘는 의지를 몸으로 보여 준 학자였다. 그는 독배의 공포를 당당히 감수함으로써 살아남은 제자들에게 육신의 한계를 뛰어넘는 정의로운 영혼의 세계를 직접 보여 주려고 했다.

죽음 너머의 세계에 대한 옛 선인들의 생각은 여러 가지였지만 그들이 보여 주고자 했던 것을 정리하자면 죽음 너머에 대한 생각이 삶에 대한 애착을 버리게 하는 것이 아니어야 한다는 점이었다. 죽음에 대한 공포로 삶을 소비한다면 그것은 잘못된 일이라고 보았기 때문에 끊임없이 죽음에 대한 공포를 제거해 주려고 노력했던 것이다. 사람들의 약한 마음을 이용해 죽음을 볼모로 삼아 괴롭히려 드는 것이 사이비 종교라면 사상가들은 그와 정반대로 삶의 의미와 의욕을 고취하기 위해서 죽음에 대해서 탐구한다.

문학도 그래야 할 것이라고 생각한다. 그런 점에서 작품 속에서 삶의 의미를 더 강렬하게 보여 주는 것은 개인적 죽음보다는 사회적인 죽음이다. 죽음은 모두 어떤 개인이 당하는 일인데 '사회적 죽음'이라니, 과연 무엇을 말하는 것일까.

사회적 죽음에는 표면적으로 두 가지가 있을 수 있는데 하나는 '사회에서 얻은 고통을 이기지 못해 죽음을 맞이하게 된 경우'이다. 나머지 하나는 '사회가 죽음의 분명한 원인을 제공하였거나 사회를 위해서 죽음을 맞이하게 된 경우'가 있겠다. 첫 번째 죽음은 사회적 원인을 동반한 개인적 죽음으로 보아야 한다는 견해가 많다. 두 번째 죽음은 개인이 사회적 변화의 의지를 표명한 죽음이기에 개인적 죽음으로만 볼 수 없는 경우다. 이 둘은 어떻게 다를까.

많은 종교는 삶의 고통을 인간의 숙명이라고 가르친다. 종교가 삶의 고통을 이기지 못하고 스스로 목숨을 끊는 사람을 비판하는 것은 그 행동이 자신의 숙명을 거스르는 일이기 때문이다. 자살은 불효라거나 자살한 자는 내세가 불행하다는 교리들은 모두 사람들의 섣부른 행동을 막기 위한 종교적·도덕적 설득 장치이다.[1] 하지만 이 같은 설득에도 불구하고 누군가가 깊이 헤아린 끝에 죽음을 선택했다면 그 죽음에 대해서 숙명을 저버린 나약함이라고만 몰아세우고 말 것인가 하는 고민을 하게 된다. 한 개인이 자신의 목숨을 버린다는 것은 전부를 버리는 선택이다. 남은 것에 대한 미련이 없다는 뜻이다. 누군가가 그런 결정을 했다면 그는 극단적인 허무감에 빠져 있었다는 이야기가 된다. 그렇다면 그 개인이 그토록 극단적인 허무에 이르게 된 사회적 원인이 무엇인가를 살펴야 할 책임이 남은 자들에게 있다. 그랬을 때 또 다른 누군가의 극단적 결단을 막을 수 있기 때문이다.

임태희의 『쥐를 잡자』(푸른책들 2007)는 고교생 미혼모의 자살을 다룬 작품이다. 이 작품은 우리 사회가 청소년의 성에 관해서 얼마나 준비가 부족한 집단인가를 여실히 보여 준다. 작가는 주홍이의 죽음을 통해서 이 문제를 호소하고 싶었던 것 같다. "엄마, 내가 없더라도 걸음을 멈추지 마"[2](150면)라는 부분은 주홍이의 죽음이 단순한 한 여학생의 죽음으로 끝나지 않기를 바라는 작가의 목소리다. 주홍이의 죽음은 사회적 죽음이라는 것을 암시한다. 이 길 끝에 멋진 게 기다리고 있을 거라는 주홍이의 말은 자신과 같은 청소년 산모의 희생이 이어지는 사회가 되지 않기를 바라는 희망으로 읽을 수도 있다. 작가는 작품의 마무리에서 주홍이가 남긴 교훈이라며 생명을 낳고 기르는 일이 한 사람의 희생이 아닌 온 우주의 축복일 수 있기를 바란다고 말한다. 하지만 주홍이가 없으면 멋진 게 다 무슨 소용이냐는 엄마의 절규는 주홍이를 잃은 자들의 고

---

1 소흥렬 「삶과 죽음」, 한국철학사상연구회 엮음 『삶, 사회, 그리고 과학』, 동녘 1991 참조.
2 주홍이 엄마의 상상 속에 나오는 주홍이의 말이다.

통은 그대로 남는다는 것을 보여 준다.

이 작품의 복잡한 지점은 주홍이의 교훈보다 엄마의 절규가 더 설득력 있게 들린다는 데 있다. 작가는 주홍이가 자살이라는 극단적 선택에 이르는 과정을 치밀하게 묘사한다. 쥐와 고양이의 상징은 주홍이의 불안한 심리 상태를 대변한다. 그러나 심리 묘사에 치중했기 때문에 이 작품은 사회적 죽음으로서 주홍이의 자살이 갖는 의미를 설득하는 데는 취약하다. 독자는 물론 주홍이를 안타까워하겠지만 그가 죽음으로써 무엇이 달라졌는가를 물으며 허탈해할 수 있다. 『쥐를 잡자』는 청소년소설에서 자살을 묘사하는 것이 양날의 칼이 될 수 있다는 것을 보여주는 작품이다. 독자가 죽은 주홍이만 안타깝다고 생각한다면 자살을 잘못된 선택이라고 여길 것이다. 이것은 어느 정도 의미 있는 결말이다. 하지만 작가가 바랐던 것은 그 이상이라고 보인다. 작가가 심혈을 기울여 던진 마지막 메시지가 작품과 어우러질 수 있도록, 주홍이의 심리적 혼란보다는 주홍이를 극단으로 몰고 간 사회의 구조를 더 치밀하게 보여 주었더라면 어땠을까. 주홍이의 죽음은 청소년 산모의 고립에 따른 사회적 죽음의 의미를 드러내면서 독자에게 더 큰 고민을 남겨 주었을 수도 있겠다는 생각이 든다.

배유안의 『스프링벅』(창비 2008)의 경우를 보자. 이 작품은 청소년들이 죽음을 선택하는 상황을 넓은 의미의 사회적 맥락 속에서 읽어 보려고 한 작품이다. 죽음의 원인을 어느 하나에 직접적으로 돌리지 않지만 이 시대 청소년을 둘러싼 지나친 경쟁 시스템에 혐의를 두고 있다. 성준이가 죽기까지 할 줄은 몰랐다는 또래의 말은 성준이의 죽음을 입시경쟁 때문에 일어난 사회적 죽음으로 명백하게 규정하지 않겠다는 작가의 의사를 보여 준다. 하지만 '나도 편하지는 않았다'는 식의 느슨한 화살이 작품을 읽는 독자의 귀에 자꾸만 걸리면서 성준이는 그냥 죽은 게 아니라는 생각을 쌓아 가도록 만든다. 대놓고 말하지 않는 작가의 전략은 성공하는 것처럼 보이는데 후반부 '장근이 형의 메일'을 통해서 다시 어색함과 조우한다.

"어머니를 너무 미워하지 마. 학벌과 경쟁, 우리 사회가 그렇게 몰아붙이기도 한 거야"(179면)라는 장근이의 말은 지나치게 직접적이다. 우리가 성준이의 죽음에 대한 뉴스 논평을 보고자 하는 것이 아니라면, 적어도 이런 직접적인 설명은 감추어 두었어야 한다는 생각이 든다.

사회적 죽음임이 명백한 경우는 어떨까. 이는 흔한 경우도 아니고 역사적인 의미가 동반된 경우가 많기 때문에 문학작품보다는 인물 이야기에서 주로 다룬다. 지하철 선로에 떨어진 일본인을 구하고 숨진 이수현의 죽음이나 안중근 의사의 죽음은 그런 사례다. 이런 이야기를 읽으면 큰 감동을 느끼기는 하지만 문학의 감동이기보다는 사실이 주는 감동이다. 이런 사건을 소재로 동화를 창작한다면 사실이 주는 감동을 뛰어넘는 문학적 서사를 구성하여 이야기를 재창조해야 할 것이다.

인물 이야기가 아니면서 사회적 죽음을 감동적으로 다룬 동화의 한 장면을 꼽으라면 권정생의 『하느님이 우리 옆집에 살고 있네요』(산하 1994)를 들 수 있다. 여기 등장하는 연탄가스에 희생된 여섯 살 봉수의 죽음은 죄 없는 어린아이들을 죽음으로 몰고 간 사회의 냉혹한 그림자를 분명히 느끼게 만든다. 작가는 죽음으로 저학년 어린이 독자들이 받을 충격을 달래기 위해서 하느님이 이 가난하고 외로운 아이들과 늘 함께한다는 완화책을 제시한다. 사회적 죽음이든 개인적 죽음이든 불의의 사고는 어린이 독자를 무척 힘겹게 하는 장면이기 때문이다. 일종의 종교적이면서 우화적인 해결이라고 할 수 있겠다. 지금 우리 동화의 흐름과 비교하면 다소 소박한 선택이기 때문에 이 또한 대안은 아니라고 생각한다.

그렇다면 어떤 방식으로 사회적 죽음의 현실성을 명징하게 드러내면서도 문학적으로 그 죽음의 의미를 승화시킬 수 있을까. 환상적 장치를 활용하는 것이 하나의 방법이 되리라고 본다. 전쟁과 죽음의 의미를 다룬 마츠타니 미요코(松谷みよ子)의 『말하는 나무 의자와 두 사람의 이야기』(민영 옮김, 창비 1996)는 그런 대안을 제시하는 동화라고 생각한다. 나오끼와 유우꼬가 말하는 의자와 만나도록 한 것은 독자를 거부감 없이 죽음의 의미로 끌어들이는 효과적인 장치로 보인다. 최은영이 『살아난다면 살아난다』(우리교육 2009)에서 접신하는 할머니를 등장시킨 것도 참신한 시도라고 생각한다. 안락사와 장기 기증이라는 사회적 죽음의 메시지를 표면에 드러내지 않기 위해 활용한 무속적인 장치는 병원이라는 현대적 공간 안에서 묘한 매력을 자아내면서 독자들의 거부감을 줄인다. 이분법적으로 받아들이기 쉬운 죽음과 삶의 공간 사이에 다른 공간을 두려는 이와 같은 시도는 죽음을 둘러싼 문제가 얼마나 대놓고 다루기 어려운 것인가를 반증하는 사례이기도 하다.

3. 죽음을 넘어선 삶, 살아 있는 죽음 이야기를 위하여

작가는 죽음을 다루는 동화를 쓰면서 여러 가지 크고 작은 고민에 시달린다. 간단한 것만 꼽아 보더라도, 죽음의 과정을 어디까지 사실적으로 묘사해야 하는가, 죽음 이후의 삶에 대해서 어떻게 이야기할 것인가, 죽음의 주체가 어린이 자신일 경우 어떤 입장을 취해야 할 것인가, 판타지를 통해 가상의 죽음을 이야기하는 것이 어린이들에게 있어서 실제 삶이 반복 가능한 것으로 오해될 여지는 없는가 등이 있다.

죽음의 과정에 대한 묘사는 갈수록 사실적인 방향으로 나아가고 있다. 자연사를 다룬 작품의 경우 그 경향이 더 강한데 병동 장면의 자세한 묘사는 물론 죽음을 맞이하는 환자의 고통까지 사실적으로 나타내는 작품이 늘어나고 있다. 이 같은 경향은 어린이 독자가 고통에 대해서 비교적 성숙하게 이해할 수 있으리라는 믿음으로부터 출발한 것이다. 사실적으로 죽음을 다룬 작품을 통해 독자들은 죽음은 특별한 것이 아니며 누구나 자연스럽게 맞이하는 것이라는 생각을 가질 수 있다.

그러나 비자연사를 다룬 작품에서 죽음의 과정을 사실적으로 묘사하는 것은 주의 깊게 결정해야 할 문제라고 본다. 자살이나 사고사, 범죄에 의한 사망과 같은 비자연사는 그 자체로 독자가 받는 심리적 충격이 크다. 이를 사실적으로 묘사하는 것이 작품의 완성도를 높이는 데 얼마나 필요한가를 헤아릴 필요가 있다. 자칫 문학적 이유가 없는 선정적인 묘사에 그친다면 작가가 표현하고자 하는 문학작품 안에서 죽음의 의미가 훼손될 수 있다.

죽음 이후의 삶에 대한 이야기는 존재론이나 종교적 고민과 연결되어 있다. 작품을 쓰는 작가의 존재론적 지향이 작품 안에서 자연스럽게 나타나는 부분이므로 어느 것이 바람직하다고 말할 문제라기보다는 지나치게 작위적이거나 교조적인 구성이 되지 않도록 경계하는 것이 중요하겠다는 생각이 든다. 동화 안에서 죽음 이후의 공간은 문학적인 필요에 따라 등장시키는 것이지 작가의 내세관을 설명하기 위해 등장시키는 것은 아니기 때문이다.

죽음의 주체가 어린이 자신인 경우는 아직까지 다루기 조심스러운 것이 사실이다. 앞서 언급한 최은영의 『살아난다면 살아난다』는 그 조심스러운 영역에 도전하고 있는 작품이라고 할 수 있을 텐데, 이 작품을 읽는 것은 적지 않은 부담이 따른다. 장기 기증이라는 장치가 없었다면 작품으로 완결되기 어려운 주제였겠다는 생각을 해 본다. 어린이 독자들이 이 작품을 통해 자신과 같은 어린이도 죽음을 맞이할 수 있다는 사실을 깨달았을 것이다. 어떻게 받아들이고 있을지 궁금하다.

판타지를 통해 죽음을 언급하는 일은 어린이문학에서 이미 여러 차례 시도한 일이다. 아스트리드 린드그렌(Astrid Lindgren)의『사자왕 형제의 모험』이 처음 등장했을 때 논란을 불러일으켰던 것처럼 어린이들이 주인공들이 현실의 삶을 떠나 판타지로 투신하는 일에 대해서 환상적 기대를 가지게 될까 염려할 수 있다. 그러나 이는 판타지 자체의 완성도와 깊은 관련이 있다고 생각한다. 잘된 판타지라면 이것이 단순한 물리적 죽음이 아니며 부활도 아니라는 것을 작품 안에서 설득할 수 있는 구조를 갖추고 있을 것이다.『사자왕 형제의 모험』을 읽고 투신자살하는 어린이가 늘어날 것이라는 이야기가 우스개로 들리는 이유는 작품의 완성도가 뒷받침한 덕분이다. 결국 작가의 몫인 셈이다.

죽음이 흔한 시대라고 한다. 이럴 때일수록 눈앞의 죽음을 넘어선 살아 있는 죽음 이야기가 필요하다고 생각한다. 모든 죽음이 같은 죽음이 아니라는 것은 모든 삶이 같은 삶이 아니라는 이야기와 일맥상통한다. 결국 죽음에 대한 이야기를 쓰는 일은 삶에 대한 이야기를 쓰는 일이며, 가치 있는 삶의 의미를 재발견하는 일이다. 자살하고 싶었다는 고백이 하루가 멀다 하고 뉴스가 되는 시대다. 우리 어린이인들 죽고 싶은 현실이 없겠는가. 그러나 죽고 싶은 현실에서 살고 싶은 희망을 발견할 수 있는 죽음에 대한 동화가 더 많아지기를 기대한다. 그런 움직임이 우리의 삶을 더 올바로 일으킬 수 있기를 바란다.

유년동화에 담긴 말과 마음

1. 일곱 살, 마음의 비밀

'미운 일곱 살'이라는 말이 있다. 일곱 살 무렵의 어린이가 말썽을 가장 자주 부린다는 뜻에서 하는 말이다. 듣는 일곱 살에게는 억울한 말이다. 밥상의 물 잔을 넘어뜨리고 바지에 오줌을 싸기로는 서너 살이 더할 테고, 엄마 아빠를 감쪽같이 속이고 뒤로 딴짓을 하기로는 머리 굵은 열 살배기가 훨씬 선수다. 왜 일곱 살만 콕 집어 뭐라고 하느냔 말이다.

그러나 이 시기에 유난스러운 변화가 있기는 한 모양이다. 긴 인생의 약 10분의 1 지점쯤을 통과하는 '일곱 살'이라는 나이는 심리학자들에게도 꾸준한 관심의 대상이었다. 그 나이의 아이들은 무엇이 궁금하고 어떻게 생각하는 것일까.

대표적인 아동심리학자인 장 피아제(Jean Piaget)는 인간의 성장 과정에서 일곱 살 무렵이 '자폐적 사고'를 지나 발생한 '자기중심적 사고'

가 '이성적 사고'로 전환되는 때라고 보았다.[1] 자폐적 사고는 무의식적이고 방향이 없고 순수하게 개인적이다. 이성적 사고는 사회적이고 방향이나 목표를 추구하는 의식적인 사고다. '자기중심적 사고'란 현실에 적응하고자 하지만 그 자체로는 의사소통의 가능성이 없는 경우를 말한다.[2] 미운 일곱 살쯤이면 비로소 생각의 결과를 행동에 적용하기 시작한다. 이때가 '어린이의 생각이 어린이의 말을 결정'하는 중대한 시점이라는 것이 피아제의 주장이다.[3]

일곱 살에 대한 피아제의 해석은 유년동화의 독자를 이해할 때 도움을 준다. 유년동화에 등장하는 주인공의 성격을 설정할 때도 참조할 수 있다. 그러나 어린이의 발달을 단계적으로만 파악하고 그에 정해진 대응 방식이 있다고 생각하는 것이 자칫 문제가 될 수 있다. 요즘 출판사들이 앞다투어 기획하는 유년동화를 보면 유년기를 발달의 한 단계로 규정짓고 해당하는 소재와 문장을 짜맞추려 한다는 느낌을 받는다. 그러나 어린이의 발달에는 단계나 틀로 가늠하기 어려운 변증적인 면이 있다.

예를 들어 레프 비고츠키(Lev S. Vygotsky)는 어린이의 마음에서 '비현실적 기능'과 '현실적 기능'이 지그재그로 발달한다고 보았다. 그는 어린이의 비현실적인 생각은 거의 전적으로 다시 현실을 지향한다고 주장한다. 현실적 생각도 마찬가지 전환을 거듭한다. 비고츠키는 어린이가 말을 배울 때 '외적인 말'(바깥 말, 사회적인 말)에서 시작하여 '속삭

---

1 피아제 『어린이의 언어와 사고』(*Le langage et la pensée chez l'enfant*, 1923) 참조.

2 자폐적 사고는 'pensée autistique', 자기중심적 사고는 'pensée égocentrique'를 옮긴 말이다.

3 비고츠키 「피아제의 가르침에서 어린이의 말과 생각의 문제: 비판적 연구」, 『생각과 말』, 배희철·김용호 옮김, 살림터 2011, 60~67면 참조.

이는 말'(자기중심적인 말)을 거쳐 '내적인 말'(안의 말)을 배운다고 보았다. '내적인 말'은 어린이 자신이 겪는 현실적 문제와 만나면서 거듭 분화하여 여러 가지 추상적인 말로 이어진다.

비고츠키는 어린이가 이전에 부모나 친구 등 다른 사람들에게 하던 말과 정확하게 똑같은 말을 스스로에게 말하기 시작하는 순간에 주목한다. 처음에 어린이는 부모와 이웃의 도움을 받아 바깥의 '낱말'을 하나둘씩 배우고 놀이를 통해 말을 주고받으며 자란다. 그러나 어느 순간부터 낱말도 없이 생각의 성숙을 겪고 말로 표현하지 못했던 개념을 이해하여 그것으로 작문을 하고 나아가 정신적 탐구를 벌이게 된다는 것이다. '엄마'나 '물 주세요'와 같은 바깥 말을 하기 시작한 어린이는 점차 안으로 파고드는 말을 쓴다. 이 변화는 어느 나이에만 고정되어 일어나지 않는다. 겪고 보고 말하고 다시 겪고 보고 조금씩 말수가 줄어드는 과정은 꾸준한 변증적 과정이다.[4]

그렇다면 '미운 일곱 살'이라는 말은 수정되어야 마땅하다. 일곱 살은 유아기 내내 형성한 자폐적 사고가 이끌어 낸 '자기중심적 사고'로 충만한 이기적 시기가 아니다. 비고츠키에 따르면 이 무렵 어린이의 자기중심적 말은 세계와 동떨어진 고립적 상상의 표현이 아니라 어린이가 스스로 처한 환경에서 택한 '현실적 생각의 수단'이다. 일곱 살가량의 어린이들은 과제를 수행하다가 어려움에 부딪히면 자연스럽게 '자기중심적 말' 대신 '내적인 말'을 쓴다.

유년동화에 대하여 논의하기 전에 '유년기 어린이의 마음과 말'에 대한 심리학자들의 견해를 짚어 본 까닭은 유년동화야말로 본격적으로 주인공의 '말'이 시작되는 장르이기 때문이다. 아기 그림책이 보여 주

---

4 같은 책 108~109, 112면 참조.

는 첫 발견이 '이미지의 발견'이라면 유년동화에서 보여 주는 발견은 '말의 발견'이자 '마음의 발견'에 가깝다. 비고츠키의 피아제 비판처럼 유년동화라는 말은 그 개념에서부터 '학령'에 대한 고정된 생각을 내포하고 있다. 예상 독자를 일러 주는 것이 책의 판매 때문에 어느 정도 불가피하다고 하더라도 '일곱 살에겐 이런 동화'식의 접근은 우려가 된다. 피아제식의 발달단계에 대한 인식에 치우치면 동화를 발달의 도구로만 여기고 동화가 지닌 문학적 힘을 뒤로 미루어 둘 위험도 있다.

그렇다면 유년동화에서 문학의 힘이란, 변증적 독자 이해란 무엇인가? 다음 논의에서 몇몇 유년동화를 예로 들어 가면서 밝혀 보도록 한다.

2. 유년동화의 인물: 말과 마음의 발견

마음은 모두 '문장'이 되어 나오지 않는다. 어떤 것은 온전하게 물음표나 온점을 찍지만 어떤 것은 '외침'이 되며 어떤 것은 '흐느낌' 또는 '삼킴'이 된다. 사람은 태어나서 '울음'으로 마음을 드러내지만 그 마음결이 복잡해질수록 말을 배워서 쓴다. 말을 배운다는 것은 '외침'을 배우는 것이기도 하고 '삼킴'을 배우는 것이기도 하다. 유년동화의 주인공들은 '사과는 맛있어'나 '친구야, 나랑 놀자' 같은 문장을 이미 가지고 있으면서 점차 '지금 이거 우는 거 아니에요!' 같은 외침이나 '눈물만 질질 흘러내렸어요' 같은 삼킴을 배우게 된다. 흐느낌이나 삼킴을 통해서 자기 마음의 다른 국면을 발견한다. 다른 사람도 미처 말하지 못하고 흐느끼거나 삼킨 말이 있다는 걸 짐작한다. '내적인 말'을 아는 것이다. 이것이 마음의 성장이다.

고재은의 『내 이름은 김신데렐라』(문학동네 2009)에 실린 단편동화 「나는 보리차가 싫어!」에는 말의 다양한 갈래를 깨닫는 어린이의 모습이 색다른 장치로 나타나 있다.

> 인섭이는 천 원짜리 한 장을 오른쪽 귀에, 또 한 장을 왼쪽 귀에 댔어요.
> "나는 보리차가 싫어. 나는 보리차가 싫다고!"
> 이황 선생님이 말했어요. 인섭이는 너무 놀라 들고 있던 천 원짜리 두 장을 팽개쳐 버렸어요.
> "허허, 내 뭐라 했느냐. 싫다는데 억지로 보리차 사는 데 쓰면 되나. 그럼 안 되지. 이 양반은 나를 따라가고 싶은 게야."
> 하얀 사람이 말했어요. 그리고 인섭이 눈꺼풀을 쫙 벌리더니 '후' 하고 바람을 불어 넣었지요. 그러자 모래알만 한 티끌이 눈물을 타고 인섭이 손등 위로 톡 떨어졌어요. 인섭이는 눈을 깜박였어요. 티끌이 빠지자 눈이 너무 시원했어요. (18면)

킹파워 딱지를 갖고 싶은 인섭이는 보리차 심부름을 가면서 내내 '딱지를 갖고 싶다'는 마음에 시달린다. 그러나 그 마음은 인섭이의 '말'이 되어 나오지 않는다. 엄마와 약속을 어기는 것은 옳지 않은 일이기 때문이다. 이 마음을 대신 말해 주는 것은 어디선가 나타난 '하얀 사람'과 천 원 지폐 속 '이황 선생님'이다. '인섭이 – 하얀 사람 – 이황 선생님'은 동일한 인물이다. 인섭이는 '바깥 말'을 하고 하얀 사람은 '안의 말'을 하며 이황 선생님은 '속삭이는 말'을 할 뿐이다. 두 개의 자아가 말을 주고받으며 갈등하는 방식은 이미 다른 작품에서도 많이 보아 온 것이다. 그러나 이 작품에서는 '이황 선생님'이라는, 실존 인물이면서 돈에 그려진 인물의 목소리를 등장시켜서 새로운 구도를 형성한다. 하얀 사람이 인섭이를 유혹하여 인섭이가 직접 돈을 지불하고 킹파워 딱지를 사게 만들었다면 흔한 이야기에 머물렀겠지만 작가는 '이황'이라는 존경스러운 존재가 '보리차가 싫어!'라는 자기중심적인 말을 속삭이게 함으로써 인섭이 마음의 극단적인 갈등을 더 선명하게 나타냈다. 인섭이 마음의 '이황'은 다 큰 어른으로서 인섭이를 야단쳤던 인섭이 엄마의 마음 안에도 있었다. 며칠 뒤 인섭이 엄마는 고기를 사러 정육점에 갔다가 '세종대왕'의 속삭임에 넘어가 예쁜 블라우스를 들고 귀가하고 만다.

작가는 여기서 '이황'과 '세종대왕'이라는 '다른 속삭임'을 하는 인물을 등장시켜 두 가지를 얻는다. 흔히 '선한 나'와 '악한 나'의 싸움에서 '선한 나'가 이겨야 한다는 훈화의 구도를 넘어서서 '내 안의 여러 가지 목소리에 귀를 기울이는 것이야말로 정직한 것'이라는 이야기를 전한다. 이와 더불어 킹파워 딱지나 예쁜 블라우스로 상징되는 '돈'의 목소리, '욕망과 소비'의 목소리가 누구나 존경하는 '이황'과 '세종대왕'의 입을 통해 흘러나오게 함으로써 물질을 경배하면서 물질과 경쟁하고 자신의 생존을 지켜 내야 하는 우리 삶의 현실을 냉정히 보여 준다. 그러므로 '보리차'와 '고기' 대신 '딱지'나 '예쁜 블라우스'를 선택하는 인섭이나 엄마의 모습은 '저러면 안 되겠다' 이상의 울림을 안겨 주는 것이다.

임정자의 『싸움괴물 뿔딱』(미세기 2010)에는 혼잣말과 '버럭말'을 오가는 동수가 나온다. 동수는 말을 차분히 하지 못하고 내뱉거나 씹거나 잘라먹거나 삼킨다. 몸과 마음의 반응을 따르다 보니 자연스럽게 그러게 된다. 그런데 세상에는 이런 동수의 말을 나무라고 꾸짖고 알아듣지 못하는 사람투성이다.

"몰라서 묻냐? 너 지금 뭐라고 했잖아. 내가 다 들었거든!"
강훈이 형 말끝에 힘이 팍, 실려 있어. 동수는 가슴이 덜컥 내려앉았어. 강훈이 형은 성질낼 때 꼭 그렇게 말을 하거든.

"그냥 호, 혼자 말한 거거든!"

"그러니까 혼잣말로 뭐라고 했냐고! 엉?"

강훈이 형은 동수 코앞에 얼굴을 들이밀고는 으르딱딱거렸어. (7~8면)

"에이씨이!"

동수는 짜증이 났어. 엘리베이터가 1층까지 내려갔다 오려면 시간이 꽤 걸릴 거 아니야? 그럼 자칫 뿔딱을 놓칠 수도 있잖아.

"에이씨? 얘! 너 그게 어른에게 할 소리니?"(45면)

난청자들로 가득한 세상에서 '뿔딱'이라는 괴물은 동수를 알아주는 척척박사다. "동수의 마음속 말도 알아듣"는다. 이 작품에서는 마음속 말을 알아듣는 괴물이 동수의 통제를 벗어나면서 문제를 일으킨다. 작품의 초중반부까지는 자신의 온전한 말을 만들어 내지 못하고 소통에 어려움을 겪는 어린이의 모습을 활력 있게 그리며 공감을 일으킨다. 그런데 동수가 '괴물 뿔딱'을 어쩌지 못해 갈팡질팡하면서 자기 내면의 뿔딱과 싸워 이겨야 하는 상황을 그린 후반부에서는 고개를 갸웃하게 된다. 흥미진진한 초반의 이야기는 동수와 뿔딱의 대결을 기점으로 위기로 달려가는데 이 서사의 '위기' 부분은 작품의 공감대 형성에서도 '위기'가 된다.

뿔딱은 동수의 '내적인 말'을 대행하는 자아로 보이는데 이 자아는 동수의 현실에 대한 인식으로부터 지나치게 벗어나 있다. 불뚝불뚝 치솟는 마음은 "동수 안에서" 일어나는 것이다. 동수는 "눈길을 먼 곳으로 돌"려 멀리 "시커먼 연기가 피어오르"는 곳을 바라봐야 찾을 수 있는 뿔딱을 잡으러 다니고, 뿔딱은 건물을 닥치는 대로 부수고 모조리 삼켜 버리면서 모든 것을 파괴한다. 이 과정은 과도하다 싶을 만큼 길고 거세다. 뽈딱과 동수의 요란한 싸움에서, 자신과 겨루는 동수의 진정성은 "풍선이 바람을 빼며 날아가듯" 흩어져 버렸다. 모험은 통쾌할 수 있겠지만 왜 싸우는지, 누구와 싸우는지 잊게 된다. 그럼에도 동수는 뽈딱을 제압하고 "네, 주인님"이라는 말을 다시 듣게 되는데 오히려 이러한 결말의 봉합이 '우리는 내 마음의 욕망을 이렇게 제압할 수 있다'는 선언처럼 들려 살짝 불편하기도 하다. '내 마음'은 '다스리는 것'일 뿐 '복종시키기 어려운 것'이라는 일은 어린이들도 쉽게 짐작하기 때문이다. 알라딘은 램프가 있어 지니와의 거래에 성공했지만 현실의 우리는 지니를 잡아넣을 램프를 갖고 있지 않다. 환상 속 싸움의 파고(波高)가 조금만 더 낮았더라면, 뽈딱과 동수에게 타협의 여지를 남겨 두었더라면, 동수의 갈등을 더 잘 이해할 수 있지 않았을까 싶다.

유년기의 어린이는 여러 마음의 차이를 발견하면서 세상살이가 쉽지 않다는 것을 느낀다. 내 마음과 네 마음이 다르니 걸핏하면 충돌한다. 그런 독자에게 '네게는 여러 가지 말이 있어'라고 들려주는 일은 그 자체만으로도 큰 힘이 된다. 그들은 피아제의 말처럼 '자폐적'인 환상의 시기를 지나 '자기중심적'인 돌출의 단면에 서 있다기보다, 현실과 환상을 견주면서 끈질긴 앞섬과 물러섬, 외침과 삼킴의 터널을 통과하고 있다. 이것이 유년동화의 인물이 마냥 충동적일 수만은 없는 이유이기도 하다.

3. 유년동화의 배경: 몸의 크기와 공간의 한계 사이에서

어린이는 어른의 예상보다 산을 잘 탄다. 몸이 유연하고 몸집이 작아서 땅과 몸을 가까이 둘 수 있으니 균형 잡기가 쉽다. 같이 산을 올라도 어린이는 시야가 좁아서 보는 것이 적을 거라고 말하는 이들이 있는데 기준을 상대적으로 적용하면 얘기가 달라진다. 목표 중심으로 시선을 옮기는 어른이 지나치고 마는 나무뿌리 틈새의 잡동사니를 단숨에 찾아내고 산 구석과 바위 틈새까지 샅샅이 본다. 필연적 공간만 보는 어른이 '자동 삭제'하는 부분이 어린이의 '우연적 공간' 안에는 포함되기 때문에, 비유하자면 프레임은 좁아도 화질은 좋은 줌 카메라인 셈이다.

한편 어린이의 시선이기 때문에 저절로 삭제되는 공간도 존재한다. 어디는 높아서 안 보이고 어디는 못 보게 해서 못 본다. 그들이 읽지 못하는 영어 간판이 달린 문 닫힌 술집은 창고나 다름없다. 혼자 골목을 걸을 때는 오만 벌레나 깡통들이 다 참견을 하지만 친구네 집에 달려갈 때는 한달음에 가느라 어디를 스쳐 왔는지도 모른다.

유년동화가 어린이의 시선으로 이야기를 다룬다고 할 때 배경의 표현 또한 달라질 수밖에 없다. 근래 유년동화에는 그런 배경의 차이를 섬세하게 고려한 작품들이 눈에 띈다.

배유안의 『콩 하나면 되겠니?』(창비 2010)에는 콩깍지 크기의 초정밀 공간이 나온다. 몸져누운 할머니를 위해 두부를 만들려는 은이는 콩을 얻으러 개미나라에 들어간다. 『이상한 나라의 앨리스』에서 앨리스가 몸이 작아지는 약을 먹었던 것과 달리 은이가 개미나라에 들어가거나 그들과 돌아다니는 과정에서는 크기를 줄여 주는 어떤 특별한 장치가 나오지 않는다.

은이는 엎드려서 눈을 바싹 갖다 댔어요. 어? 틈이 약간 벌어지네요. 양손으로 미니까 조금씩 자꾸 벌어졌어요. 은이는 사부작사부작 틈 안으로 들어갔어요. (…)

엉덩이를 넣고 마지막으로 왼발까지 쏙 넣자 갑자기 안이 환해졌어요. (23~25면)

작은 개미의 몸집에 비하면 은이 몸의 크기는 어림잡아도 수천 배는 될 것이 틀림없다. 그러나 이야기 속에서 은이는 아무렇지도 않게 개미들과 마주 서서 맷돌을 돌리고 콩물을 끓인다. 이것을 어떻게 이해해야 할까.

작품 안에서 은이의 이런 행동이 어색하게 여겨지지 않는 까닭은 이 나이의 어린이 독자가 자신을 생각하는 '심리적 크기'와 관련이 있다. 어린이들은 자신과 같은 아이가 코끼리나 매머드와 나란히 줄넘기를 했다는 장면이 나오면 '어떻게 갑자기 커다랗게 되었지?'라고 궁금해할 수 있다. 그렇지만 개미와 놀았다는 얘기는 별로 이상하게 받아들이지 않는다. 자신들이 이 세상에서 상대적으로 조그만 존재라고 생각하기 때문이다. 그러니 은이가 개미나라에서 겪는 사건에 논리적 개연성이 없다고 비난할 문제가 아니라는 얘기다. 할머니를 위해 콩물을 쑤어 두부를 만들려는 은이는 몸집은 작지만 참 큰 아이다. 은이가 한 일이 더 큰 일로 여겨지려면 은이의 몸집은 더욱 작게 묘사되는 것이 맞다. 그런 점에서 은이가 '개미나라'에서 '콩 두 알'을 가져오는 모험은 적절하고 자연스럽다. 만일 은이가 개미처럼 줄어들기 위해서 주문을 외우거나 다른 환상적 장치의 도움을 받았다면 은이가 덩치 큰 아이라는 것이 환기되어 이야기가 시시해졌을 수도 있다. 작은 은이가 작은 개미들과 조물조물 만들어 낸 두부라니, 얼마나 재미있는 상상인가. 이 책 44면에 등장하는 은이와 개미 두 마리의 콩깍지 여행 그림은 이 이야기가 얼마나 작은 공간 안에서 이루어지고 있는지 단박에 알려 준다. 작지만 큰 모험, 이것이 유년동화의 힘이라고 할 때 은이의 모험은 거기에 어울리는 이야기 구조를 택하고 있다.

은이는 부엌으로 되돌아올 때도 별다른 장치를 거치지 않는다.

> 문 앞에서 큰 개미와 작은 개미가 앞발을 흔들었어요. 은이가 발을 디밀자 문이 뽀도독 벌어졌어요. 엉덩이를 들이밀자 한 번 더 뽀도독 열렸어요. 타박타박 어두운 계단을 올라가니 가느다란 틈새가 보였어요. 틈새를 비집고 머리를 쏙 내밀자 갑자기 눈이 부셨어요. (65면)

개미의 발, 은이의 발은 '작고 용감한 발'이라는 점에서 비슷한 심리적 크기를 지녔다. 어린이는 여기서 '개미처럼 작은 은이'의 씩씩한 성공에 박수를 보낸다. 콩을 한 자루 가져오는 것이 아니라 '두 알'만 손에 쥐고 되돌아와서 그 콩이 주렁주렁 자라는 결말도 뜻깊다. 은이의 환상은 현실 속에서 쑥쑥 자라나 실재가 된 것이다. 꿈은 현실과 다르기 때문에 꿈을 이루려면 별도의 노력이 필요하지만 언젠가 반드시 이루어진다는 것을 작가는 이러한 구조를 통해 보여 주고 있다.

이 책에서 문제가 되는 것은 오히려 표지 그림이다. 개미와 은이의 크기를 이야기와 어울리게 그려 넣은 본문 그림과 달리 표지에서는 은이와 지네가 같은 크기, 개미는 콩알보다도 작은 크기로 그렸다. 이야기 안에서 은이와 일개미들이 동료 관계를 맺는다는 것을 생각해 보면 이 표지 그림은 적절하지 않다고 생각한다.

어린이 독자의 마음으로 본 상대적 크기를 잘 이해하여 적절히 그려 낸 또 다른 작품으로는 강정연의 '꼬마 다람쥐 두리' 시리즈[5]가 있다. 이 동화 곳곳에는 상식과 다른 크기에 관한 배경 묘사가 나온다. 예를

---

5 강정연의 동화 『깜빡해도 괜찮아』와 『끝내주는 생일 선물』은 '꼬마 다람쥐 두리' 시리즈(사계절 2011)로 출간되었다.

들어서 미미네 집의 '커다란 리본이 달린 문'에서 '커다란'이 꾸미는 것은 '문'이 아니라 '리본'이다. 문이 커다랗지 리본이 커다랄 리야 없건만 두리와 친구들의 마음으로 보기에 그 집 앞에 섰을 때 커다란 것은 '리본' 쪽이다. 눈에 띄고 마음이 가는 것이 훨씬 더 크게 보이는 것이야말로 어린이의 눈이 가진 특권이다. 그렇다고 하여 작가가 모든 장면에서 크기 비례의 논리를 무시하고 글을 쓴 것은 아니다. 오히려 작품에 등장하는 다른 물건의 크기는 비례를 정교하게 고려했다. '옥수수수염으로 짠 식탁보'와 '강아지풀 먼지떨이', '산딸기 달린 구두' 등은 주인공인 다람쥐 가족의 생활공간의 크기와 딱 맞아떨어진다. 유년동화의 작가 자신이 어린이 독자의 상상에 따라 이러쿵저러쿵 크기를 조절하는 게 아니라, 작품 곳곳에서 꼭 필요한 순간에만 '크기의 마법'을 구사하고 있다. 손수레가 꽉 차도록 '커다란 케이크'라든가 큰꼬리 다람쥐들이 여름 내내 수영을 하며 신나게 놀 수 있는 큰머리 할아버지의 '커다란 모자'는 작지만 사실적으로 묘사된 다람쥐 두리네 공간 안에서 또렷한 기억을 남긴다. 필요한 장면에서 깜짝 놀랄 만한 심리적 상상을 구현하면서도 나머지 부분에서는 치밀하게 현실감을 유지하는 배경 묘사는 유년동화에 감칠맛을 주는 중요한 변주의 요소라고 생각한다.

4. 유년동화의 사건: 갈등은 어디에

최근 출간된 유년동화를 살펴보면 이야기 구조가 오밀조밀한 편이다. 작가 스스로 '더 어린' 아이를 위한 작품은 '더 작고 사랑스러워야 한다'고 생각하는 것이 아닌가 싶을 만큼 이야기의 결이 곱다. 그만큼 대부분의 유년동화는 갈등의 내용이 간단하고 심지어 갈등이 거의 드러나지 않는 경우도 있다.

김옥의 『달을 마셨어요』(사계절 2010)에 실린 단편 「달을 마셨어요」는 형제가 시골 할머니 댁에서 바가지로 퍼올린 우물물 속의 달을 마시며 벌이는 실랑이를 그렸다. 동생과 형이 두 개를 마셨나, 세 개를 마셨나 하는 사이에 달이 우물에 들어가 버려, 자신들이 달을 마셨는데도 몸이 빛나지 않는 거라는 형제의 대화로 이야기를 마친다. 구름을 먹어서 구름처럼 하늘을 날게 되었다는 그림책 『구름빵』(백희나, 한솔수북 2004)을 생각하면 '달을 마셔서 빛나야 한다'는 발상이 그다지 신선하지 않을 뿐더러 짧은 이야기를 읽고 나면 '그래서 어쨌다는 거예요?'라는 물음을 던지는 독자도 있을 법하다. 오밀조밀한 공간에서 벌어지는 이야기라고 해서 서사의 진폭이 밋밋해도 좋다는 뜻은 아닐 것이다. 아무리 좁은 공간에서 아무리 짧은 시간을 보내더라도 가슴이 벅차오르는 순간이나 눈물이 뚝뚝 떨어지는 계기는 있다. 내포독자의 연령을 낮게 설정한 작품일수록 갈등이 옅어지는 경향이 두드러지는 것은 '공간의 왜소함'이나 '크기의 왜소함'을 '갈등의 평평함'으로 잘못 짚은 데에서 비롯되는 것이 아닐까 싶다.

김양미의 『여름이와 가을이』(사계절 2010)에 실린 단편 「불공평해」는 다리에 석고붕대를 해서 나가 놀지 못하는 가을이가 놀이터에서 놀고 있는 친구 지민이를 얼마나 부러워하는지 생생히 그리고 있다. 지민이가 놀이터에 서서 집 안 베란다에 서 있는 가을이에게 '토끼 귀'를 만들어 보이는 장면은 애틋한 사랑의 느낌까지 전한다. 하지만 김양미 작가도 같은 책의 「달과 호빵」에서는 이야기의 선이 잡히지 않는 희미함을 반복하고 있다. '팥 호빵'과 '야채 호빵'의 반복과 남매의 동네 걷기는 같은 책에 실린 「오줌 누고 물 마시게, 물 마시고 오줌 누게?」와 대구를 이루면서 여름이와 가을이 남매의 지루하지만 따뜻한 일상을 알콩달콩

조명한다. 하지만 그 무렵 아이들이 타박타박 걷는 길에서 꿈틀대고 있을 돌발 상황을 생각해 보면, 두 아이가 소원을 비는 것만으로 이야기가 끝나니 어쩐지 맥이 풀린다. 또 이 이야기가 이 동화집의 마지막 작품이라는 것을 생각하면 결말이 평탄한 점이 더욱 아쉽다. 남매의 삶이 그렇게 부연 얼굴을 하고 있었다는 걸 보여 주는 것이 작가의 의도라고 생각할 수도 있다. 그러나 이 남매의 삶에도 여느 유년기 어린이들의 일상이 그러하듯 분명 '도도록 튀어나온 각'이 있을 텐데, 그걸 확인하지 못해 아쉽다.

5. 작은 목소리, 큰 외침

유년동화의 창작이 늘어나면서 더욱 다양하고 개성 있는 작품을 만날 기회가 늘어난 것이 반갑다. 특정한 나이를 대변하는 천편일률적인 등장인물이 아니라 우리 옆집 아이 같은 바로 그 '가을이', 바로 그 '대성이'(황선미 『뻔뻔한 실수』, 창비 2010)를 만날 수 있는 것도 좋다. 여름이는 지금까지 동화에서 적잖이 보아 온 인물이지만 가을이는 보기 드물게 느긋하면서도 해 보고 싶은 게 많은 호기심 어린 유년을 보여 준다. 가을이가 쪼물쪼물 집 안에서 무슨 일을 벌인다거나 머뭇거리듯 누나 여름이에게 질문을 던지는 모습은 일곱 살이든 아홉 살이든 요즘 우리 주변에서 실제로 자주 볼 수 있는 어린이의 모습이다. 대성이는 치사한 녀석들과 영원히 관계를 끝낼 수도 없는 억울한 열 살이다. 잠깐의 장난으로 왜 닦달을 당해야 하는지 이해하지 못하는 대성이 같은 투덜이들이 우리 주위에 많다.

이반디의 「꼬마 너구리 삼총사」(『꼬마 너구리 삼총사』 창비 2010)에 나오는 세 꼬마 너구리는 스머프처럼 전형적이지 않으면서도 각자 선명한 자기 얼굴을 지니고 있다. 누구는 심술쟁이, 누구는 순둥이 같은 식으로 틀을 정해 두지 않고 퉁명스러우면서도 용감하고 느리지만 인기 최고 인 입체적인 인물을 그리려고 노력한 결과다. 작가는 어린아이들에게 있을 법한 재치와 장난을 빼놓지 않으면서 '소곤소곤대는 진짜 이야기' 를 창조했다. 책을 읽다 보면 너구리들이 무슨 실수를 하든 내내 그럴 수도 있겠다는 말이 절로 나온다. 의인 유년동화가 빠져들기 쉬운 교훈 주의의 덫은 이 이야기를 포획하는 데 실패했다.

안미란의 『내일 또 만나』(우리교육 2010)에 나오는 찬이와 보람이와 여 희는 학원 간판으로 꽉 찬 답답한 동네 안에서도 숨 쉴 구멍을 찾아 야 무지게 뛰어다닌다. 작품 속에서 그들의 모험이 펼쳐지는 공간이 대단 히 넓다고 볼 수는 없다. 하지만 방과 마당을 벗어나 골목과 큰길을 가 로지르는 것만으로도 시원한 기분을 안겨 준다. 이 작품의 찬이와 보람 이는 결코 고요한 가운데서는 성장하고 성숙해질 수 없다고 신나게 외 친다. 오늘 쿵짝쿵짝 놀았듯이 "내일 또 만나"자고 힘차게 말한다.

그렇다면 우리 유년동화 작가들은 어떻게 하면 어린이 독자의 마음 을 더 깊게 이해하면서 새로운 서사를 찾아 나설 수 있을까. 지금은, 비 고츠키식으로 말하자면 유년동화 자신이 '바깥 말'로부터 '안의 말'을 찾아 오락가락하는 변증적 성숙의 과정이라고 할 수도 있을 것이다. 우 리 어린이들의 마음에 어떤 말이 숨겨져 있는지 작가는 알아야 한다. '안으로 파고들어 가는 말 없는 말'의 목소리를 발굴하고 표현하는 일 이 중요한 과제일 것이다. 어린이의 말과 마음을 예민하게 어루만지는 일은 단계별 학습지 같은 이야기로는 가능하지 않다. 작가가 유년기라 는 연령대만이 가진 특별한 제약을 이해하면서 그 제약을 극복하는 동 화를 쓰고자 노력했을 때 가능할 것이다. 앞으로 어린이들의 내일 또 만나자는 외침의 마음과 억울하거나 야릇한 삼킴의 마음을 두루 살피는 동화가 활발하게 등장하기를 기대한다.

한국 아동문학, 폭력의 역사

1. 문학이라는 안전지대

폭력은 복잡한 주제다. 사람들은 어떤 행위에 대해서 나쁘다고 생각하기 때문에 금지하지만, 또 어떤 행동은 금지되어 있기 때문에 나쁘다고 생각한다. 나쁜 것이면서 아직 금지되지 않은 일이 있고 나쁘지 않으면서도 금지된 일이 있다는 얘기다. 만약 폭력의 문제를 법이 이야기한다면 '금지된 것'과 행위의 일치 여부에 대해서 논의할 것이다.

그러나 문학이 이야기할 때는 달라진다. "때렸어? 안 때렸어?"가 아니라 어디까지 합리적으로 인물이나 집단의 폭력적 행위를 설명할 수 있는지, 등장인물은 왜 쉽게 설명되지도 않는 난폭한 감정에 휘둘리는지, 누가 어떤 행위를 폭력이라고 규정하고 금지했는지, 폭력 행위 밑바닥에 깃든 구조는 무엇인지 등을 물어볼 것이다. 작가는 검사와 달라서 원칙적으로 자신의 작품 안에서 아무것도 금지하지 않고 필요하다면 어떤 나쁜 것도 허용한다. 평화가 그러하듯이 폭력에게도 문학이라는 공간은 안전지대다. 작가가 확보한 안전지대 안에서 폭력은 열심히 자신을 변호하고 힘을 과시한다. 때론 뜻밖의 속내를 드러낼 때도 있다. 그 대목에서 작가는 독자와 함께 기다려 왔던 질문의 고삐를 당긴다.

'세계적인 것의 폭력성'에 대해서 논했던 장 보드리야르(Jean Baudrillard)는 오늘날의 세계가 "총체적인 불균형과 함께 점점 더 급진적으로 변해 가는 적대(antagonisme)를 경험하고 있다"고 말한다. 그는 평화가 있기 위해서는 중재(mediation)가 있어야 하는데, 지금 우리를 지배하는 세계적인 힘은 패권적인 것이며 패권적인 것은 타협할 수 없는 것이므로 "우리는 어떤 것이 중재가 될는지 알지 못한다"고 주장한다.[1] 따라서 전형적인 형식의 화해는 존속되기 힘들 것 같다는 회의적 전망을 내놓는다. 더불어 현대사회의 폭력은 미디어를 통해 "마음의 세계 속에서 열린 구멍으로 화면의 공간을 지배"[2]하고 있기 때문에 우리는 무수한 폭력 사건을 목도하면서도 내가 그 안에 있지 않다는 사실에 안도하곤 한다는 것이다.

2012년의 대한민국도 마찬가지다. 나날이 격차가 심해지는 패권적 사회 구조에서, 강자는 밀어붙이고 그 아래 깔려서 신음하는 약자의 비명은 그치지 않는다. 존재를 위협당한 약자는 불특정 다수를 향해 분노의 화살을 돌리기도 한다. 그 틈에 공포를 자산으로 활용하려는 신문과 방송은 처참한 폭력의 현황을 선정적으로 보도한다. 이 과정에서 어린이는 피해자로, 가해자로, 목격자로 맨 앞줄에 노출되어 있는 상황이다. 어린이가 관련된 범죄는 어린이가 가해자든 피해자든 '싹을 잘라라'라

---

1 이상길「'세계화'와 '과잉 시뮬라시옹'의 시대를 응시하기: 장 보드리야르 서울 대담」, 『프로그램/텍스트』12호, 방송영상산업진흥원 2005, 189면.

2 J. Baudrillard, *La Transparence du Mal*, Galilée 1990, 22면, 오생근『문학의 숲에서 느리게 걷기』, 문학과지성사 2003, 34~35면에서 재인용.

는 강경 처벌 주장의 표적이 된다. 2차, 3차로 발생하는 간접적 분노까지 여기에 집중되고 있는 것이다. 우리 사회의 분노 지수는 이미 아슬아슬한 선까지 치달은 상태다. 계측할 수 없이 늘어난 사회적 공포의 양까지 생각하면, 이제 폭력으로부터 자유로울 수 있는 어린이는 거의 없다.

아동문학이 폭력의 문제에 더욱 민감할 수밖에 없는 이유다. 이런 적대의 시대에 어린이는 폭력을 다룬 아동문학 작품을 읽음으로써 정신적 외상을 다스리고 부당한 힘으로부터 자신을 지키는 방법을 찾아 나간다. 긴장과 공포를 조성하는 직접화법의 신문 기사와 달리, 문학은 폭력의 내면을 고백하면서 난폭한 행위에 숨겨진 의미를 드러내고 가해자와 피해자의 심리를 파고들어 공감의 가능성을 탐색한다. 성인인 아동문학 작가는 비대칭적인 어린이 독자를 향한 서사와 표현의 배려에 익숙하다. 따라서 어린이 독자가 잔인한 현상에 질겁하여 속수무책이 되지 않도록 사건의 실체를 알맞은 방식으로 전하고 그들의 불안을 어루만진다. "문학은 '반폭력'의 방식으로 폭력에 대응하는 '극도의 정신적 투쟁'"[3]이라는 견해처럼, 아동문학은 어린이들에게 폭력의 원인을 조명하고 현실의 폭력을 압도하는 문학적 카타르시스를 일으켜 평화의 실마리를 제안하는 역할을 맡아 온 것이다.

이 글에서는 우리 아동문학에서 폭력이 구체적으로 재현되는 방식을 두 가지로 살펴볼 것이다. 먼저 아동문학사에서 폭력을 다루었던 주요 작품을 짚어 보고 다음으로는 최근 우리 아동문학이 폭력을 다루는 방식을 폭력의 정의와 연결해 사례 중심으로 분석해 볼 것이다. 논점을 확장하자면 한없이 넘치는 주제인 까닭에 제한된 작품을 두고 논의할 수밖에 없는 점에 대해 양해를 부탁드린다.

---

3 이성천·이문재「현대시에 나타난 폭력 연구」,『한국문예창작』9권 제3호, 한국문예창작학회 2010, 76~77면.

2. 우리 아동문학사에 나타난 폭력

1) 역사적 상흔과 어린이

일제강점기와 한국전쟁은 폭력을 고민하는 문학작품이 등장하는 결정적인 계기가 되었다. 국권 피탈이나 동족상잔의 비극은 존재의 근거를 뒤흔드는 강력한 폭력의 경험이기 때문이다. 초창기 아동문학에서도 이 두 가지 역사적 계기는 중요한 요소로 작용한다.

이원수는 1950년대에 민족의 비극과 전쟁 전후 상황을 다룬 작품을 집중적으로 발표하였을 뿐 아니라 1960년대 베트남전쟁과 파병 문제를 다루면서도 반전 평화주의를 견지했던 대표적인 반폭력 작가다.[4] 5·16 군사 쿠데타 이후의 엄혹한 현실을 다룬 「토끼 대통령」(1963), 전태일의 분신을 계기로 노동자에 대한 사회적 폭력과 의로운 죽음을 상징적으로 그려 낸 「불새의 춤」(1970)에서 볼 수 있듯이 우리 사회를 지배하는 폭력의 그늘은 이원수 작품의 대표적인 주제다.

그의 작품 중 「아이와 별」(1974)은 자신의 어린 시절이기도 했던 일제강점기를 배경으로 무서운 별 꿈을 꾸는 다섯 살 아이의 마음을 나타낸 이야기다. "그 별은 노래를 부르며 오는 군인처럼 보였다. 별의 노랫소리가 들렸다 (…) 무심히 보고 있던 아이는 그 노래를 따라 부르다가 왈칵 겁이 났다. 별이 아이를 잡으러 오는 것이라 생각되었던 것이다"(『날아다니는 사람』, 웅진출판 1984, 32~33면)라는 부분을 보면 자신이 어린 시절 경험한 폭력에 대한 공포를 생생하게 읽을 수 있다. 이원수는 작품 후반

---

4 원종찬은 「별아기의 여행」(1969)과 「별」(1973)을 베트남전쟁에 대한 반전 평화주의적 시각을 나타낸 대표적인 작품으로 본다. 원종찬 「이원수와 70년대 아동문학의 전환」, 『한국 아동문학의 쟁점』, 창비 2010, 140면 참조.

부에서 "별보다 무서운 것"이라는 소제목을 두고 "그 무서운 것들은 호랑이처럼, 혹은 악어처럼 나타나서 이 세상이 저희 세상인 듯이 뽐내며 덤비고, 더 무서운 노래를 부르며 날뛰었다"(38면)라고 쓰고 있다. 평론가 이재복은 이 동화에서 "별보다 무서운 것"이 아마도 일제를 말하는 것이라고 짐작하면서 작가 이원수가 실제로 무서운 별을 보았을 시기를 대략 1916년(「아이와 별」 기준), 또는 3·1운동이 일어났던 1919년(「별」의 기록 기준)으로 추정한다.[5] 이 시기는 일제의 폭력이 가시적으로 표출되던 무렵이다.

마해송은 『떡배 단배』(1953)에서 광복 이후 벌어진 소련과 미국의 폭력적인 분할통치 과정을 날카롭게 풍자하고 있다. 우리 아동문학의 대표작으로 꼽히는 권정생의 『몽실 언니』(창비 1984)는 한국전쟁 전후를 배경으로 전쟁이라는 거대한 폭력이 어떻게 개인의 존엄성을 파괴하는지 보여 준다.

한국전쟁 직후에 등장한 작가 손창섭은 전쟁을 헤치고 처절하게 생존한 인간 군상들의 이야기를 소설로 다루었을 뿐 아니라 이를 아동문학에 적극 끌어들임으로써 폭력이 인간 삶을 어떻게 파괴하는지 집중조명한다. 특히 그의 작품은 싸움을 전면에 내세우며 구체적인 폭력 행위를 작품 안에서 갈등 요소로 다루었다는 점에서 폭력을 관념적으로 접근하는 다른 작가들과 뚜렷이 구별된다. 그는 맞고 때리는 장면이 나오는 동화를 썼다. 동화집 『장님 강아지』(우리교육 2001)나 장편 『싸우는 아이』(우리교육 2001)에는 이러한 경향을 보여 주는 대표적인 작품이 실려 있다.[6] 예를 들어 「장님 강아지」(1958)에서 주인공 종수가 장님 강아

---

5 이재복 「이원수 문학이 우리에게 남긴 과제」, 이원수 탄생 백주년 기념논문집 준비위원회 엮음 『이원수와 한국 아동문학』, 창비 2011, 31면.
6 손창섭 동화 속의 신체가 훼손된 동물들, 예를 들어 '장님 강아지'(「장님 강아지」)나

지를 괴롭히는 삼덕이네 개를 힘껏 후려치는 장면에는 일방적인 폭력이 피해자의 사적 보복으로 이어지는 과정과 그에 대한 어린이의 갈등이 생생하게 묘사되고 있다.

　　종수는 덜컥 겁이 나면서도 더 화가 발끈 치밀어서 죽어라 하고 몽둥이로 냅다 갈겼습니다. 그랬더니 삼덕이네 개는 캥 하고 비명을 지르고는 뱅글뱅글 돌아가기 시작했습니다. 종수는 두어 번 더 갈겨 버렸습니다.
　　그러자 삼덕이네 개는 입에 거품을 물고 뻗어 버리고 말았습니다. (「장님 강아지」, 『장님 강아지』 42면)

　여기서 종수는 죽은 개를 보면서 통쾌하기보다는 더럭 겁이 난다고 말한다. 분노 때문에 개를 폭행했지만 그렇다고 폭력의 악순환을 바랐던 것은 아니기 때문이다. 삼덕이의 아버지는 약한 개에게 행패를 부린 누렁이가 죽어 마땅하다면서 종수를 용서한다.
　손창섭의 동화는 세계나 타인이 무자비한 폭력을 행사할 때 개인이 어떻게 반응하는가에 주목하고 있다. 토머스 홉스(Thomas Hobbes)는 인간을 비롯한 모든 존재는 본성적으로 자기를 보존하기 위해 최선을 다한다고 보았다. 홉스에 의하면 자연 상태는 "개인이 자기의 안전을 위해서 자신의 힘과 지혜에 의존하는 상태"[7]이다. 내 신체에 해를 가하려는 존재가 있으면 나는 정당하게 폭력을 사용하여 그를 죽이거나 내쫓을 수 있다. 폭력에 폭력으로 맞서는 상황에서 하나의 가능한 귀결은

_____

'뒷다리를 지프차에 깔린 셰퍼드'(「돌아온 셰리」) 등은 당시 한국전쟁에서 자행된 폭력으로 부상을 입고 몸의 자유를 빼앗긴 인간을 상징한다고 보는 견해가 있다. 최명표 「세계의 폭력성에 대한 소년소설적 탐구」, 『시와 동화』 2007년 여름호 251면 참조.
7 F. C. 코플스턴 『영국경험론』, 서광사 1991, 56면.

파국이다. 하지만 자기 보존의 결과를 자기 파괴로 가져갈 수 없었던 인간은 "사람들이 동의하게 될지도 모를 평화의 편리한 조항들"[8]을 만든다. 개인은 자기 보존의 자연적 권리를 부분적으로 포기하거나 양도한다. 파국을 막고 평화를 얻기 위해 폭력의 집합적 구성물을 만드는 것이다. 이것이 홉스가 '리바이어던'이라는 괴물로 표현한 '국가'의 모습이다. 손창섭의 작품은 긴 전쟁으로 국가가 만신창이가 되고 난 후 '자연상태'에 가까웠던 우리 땅에서 어른들의 보호조차 제대로 받지 못한 채 '만인의 만인에 대한 투쟁'을 벌여야 했던 어린이들의 모습을 비춘 것이다.

덕기는 계속해서 문수의 어깨와 등을 주먹으로 후려쳤습니다. 마침내 문수는 덕기 앞에 무릎을 꿇고 항복을 하고야 말았습니다. 창호도 겁을 집어먹은 얼굴로,
"덕기야, 나도 너한테 잘못했어."
그렇게 사과를 했습니다.
"야, 오늘부턴 덕기를 우리들 대장으로 하자."(「싸움 동무」,『장님 강아지』117면)

「싸움 동무」(1959)의 덕기는 '대장' 문수의 괴롭힘이 계속되자 자신을 지키기 위해 마침내 싸움을 벌인다. 문수네 패거리는 덕기를 새로운 대장으로 세우자고 말하지만 덕기는 "난 대장도 되고 싶지 않아. 그리고 부하 노릇도 하고 싶지 않아. 그저 우리들은 이제부터 사이좋게 지내면 되는 거야"라고 말한다. 이것이 파국에 이르는 폭력의 악순환을 끊어

---

8 Thomas Hobbes, *Leviathan*, 1장 14절, F. C. 코플스턴, 같은 책 58면에서 재인용.

보려는 덕기의 결심이다.

손창섭의 다른 작품 「마지막 선물」(1956)에 나오는 '덕수'라는 인물은 폭력 앞에서 비참함과 분노를 삼켜야 하는 약자의 대표적 유형이다. 그는 살아남기 위해 거친 맞대응을 하기도 하지만, 근본적으로 평화로운 생존에 대한 기대를 버리지 않는다. 덕수는 알코올 중독자인 아버지의 가정 폭력과 동급생의 학교 폭력을 모두 견뎌 내는 순한 아이로 등장한다. 이 작품에서 덕수를 도와 싸워 주는 것은 친구 동조다. '돌대가리' '빵구차'라고 부르며 "화나는 일이 있으면 공연히 트집을 걸어 툭툭" 덕수를 갈기는 아이들에 맞서서 동조는 몇 번이나 싸움을 벌인다. 이렇게 치고받는 아이들이 등장하는 것은 어린이의 삶을 사실적으로 묘사했다는 점에서도 큰 의미가 있다. 손창섭 이전까지 동화가 아이들의 싸움을 직설적으로 묘사하는 일을 은근히 꺼려 왔던 것은 싸우지 않는 아이가 착하며 동화에는 착한 이야기를 써야 한다는 계몽적 강박관념과 관련이 깊다고 본다.

가정이나 학교에서 벌어지는 어린이들끼리의 폭력을 다룬 단편들과 달리 장편 『싸우는 아이』(1960)는 어린이 찬수가 세상의 폭력에 맞서는 내용을 그렸다. 이 작품에서도 아이들끼리의 몰매질이나 동네 패거리들과 싸우는 장면이 등장하지만 더 근원적인 싸움의 맞수는 권력으로 찬수를 위협하는 어른들과 폭력적인 세계다. 찬수는 어른하고 싸울 수 있느냐는 친구 광호의 물음에 대해 "어른은 어른이지만 나쁜 사람인걸. 남의 돈을 떼먹고 머리를 깨뜨리니까 도둑놈이나 같은걸 뭐"(53면)라고 대꾸한다. 찬수는 이 작품에서 어린이에게 폭력을 행사하는 수많은 어른과 당당하게 싸운다. 외상값을 떼어먹고 욕지거리하는 이웃, 누나의 월급을 떼어먹고서 머리를 밀쳐 다치게 한 과장, 아이들이 파는 신문을 낚아채고 따귀를 올려붙인 신사에게 기죽지 않고 악착같이 덤벼

든다. 하지만 공정해야 할 순경마저도 찬수의 진실보다는 어른의 거짓말을 더 믿고 찬수에게 "어른의 팔뚝 같은 몽둥이"를 들이댄다. "싸움을 안 할래도 자꾸 싸울 일이 생기는 것"은 찬수의 탓이 아니다. 힘을 무기로 한편이 되어 약자인 어린이를 짓밟고 업신여기는 위선적인 어른들이 먼저 도발한 것이다. 작가가 찬수의 폭력적 행동에 끝까지 손을 들어주는 이유는 폭력을 독점적으로 소유하려는 어른들의 위압적인 태도가 더 부당하다고 보았기 때문이다. 위압과 위선에 대한 찬수의 격렬한 대응은 "속으로 깊이 동정하면서도 무서워서 도와주지 못하고 있던" 주위 어른들의 각성을 불러온다. 영실이를 부당하게 괴롭히는 악덕 권력인 인구 어머니와 찬수가 큰 싸움을 벌인 이튿날 비로소 파란 대문 집 변호사 아저씨가 법적 도움을 주려고 움직이기 시작하는 것은 그런 대목이다. 수동적 피해자로 묘사될 수 있는 어린이 주인공을 동정의 대상이 아닌 폭력의 적극적 해결자로 설정했다는 점이 손창섭 작품에서 주목할 만한 부분이라고 생각한다.

2) 어린이에 의한, 어린이를 향한 폭력

이후 1980, 90년대를 거치면서 전란의 상처에서 서서히 벗어난 우리 아동문학은 1990년대 말부터 새로운 양상을 보이기 시작한다. 외부의 폭력적 조건보다 어린이 내면의 폭력적 심리를 분석하는 작품이 늘어난 것이다. 채인선의 『내 짝꿍 최영대』(재미마주 1997)가 그 무렵부터 부각되던 어린이들 사이의 왕따 문제를 다루면서 화제를 모았고, 박기범의 「문제아」(『문제아』, 창비 1999)는 불량배들과 싸움을 벌이다 얼떨결에 문제아로 찍혀 버린 창수의 내면을 그렸다.

2000년대는 본격적으로 어린이와 폭력에 대한 다양한 접근이 이뤄진 시기다. 송재찬의 『무서운 학교 무서운 아이들』(푸른책들 2001)은 학교 폭력 현장에 대해 놀랍도록 사실적인 묘사를 시도했다. '늑대'로 불리는 기태는 약한 아이들의 영혼과 육체를 파괴해 나가지만 무심한 어른들은 눈치채지 못한다. 작가는 평범한 어린이가 다른 평범한 어린이에게 가지는 적대감을 선명하게 나타내면서 관찰자인 동균이의 격렬한 심리적 고통에 집중해 사건을 끌어간다. 틀에 박힌 순탄한 해결로 마무리 짓지 않았던 것도 인상적이었다. 늑대만 사라지면 무서운 꿈을 꾸지 않을 줄 알았던 동균은 늑대가 다른 곳으로 가 버린 후에도 계속 같은 꿈을 꾼다. 그가 얼마나 깊은 정신적 외상을 겪었는지 알 수 있는 부분이다. 작가 자신의 교직 경험을 토대로 쓴 이 작품은 단순히 '아이들 싸움'으로 여기고 학교 폭력의 현장을 외면했던 어른 독자들에게 강한 충격을 주었다.

어린이의 어린이를 향한 폭력이 본격적 사회문제로 대두하면서 문선이의 『양파의 왕따일기 1, 2』(파랑새어린이 2001, 2012)나 이윤학의 『왕따』(문학과지성사 2006)처럼 아예 표제에 집단 따돌림을 걸고 나온 작품이 등장했다. 이 작품들은 피해자의 심리에 초점을 맞추고 사건의 해결과 피해자의 자존감 회복 과정을 주로 그렸다. 반면 이경화의 『장건우한테 미안합니다』(바람의아이들 2007)는 작품을 반으로 나누어 절반은 피해자인 건우, 나머지는 가해자인 소영이의 시점에서 구성하였는데 그중에서도 특히 가해자의 내면에 대한 심층적 분석이 돋보였다. 소영이는 "나는 착한 어린이가 아니다"라는 자책에 시달리면서도 건우에 대한 가해를 쉽게 멈추지 못한다. 이 작품은 권선징악의 단순한 구도로 진행되던 집단 따돌림 서사의 방향을 흔들어 놓았다는 점에서 의미가 크다.

가정 폭력을 다룬 작품 가운데 김양미의 「멸치」(『털뭉치』, 사계절 2008)와 김옥의 『불을 가진 아이』(사계절 2008)는 폭력의 인과 관계보다는 피해자 아동의 절망과 분노를 따라가는 구성으로 관심을 모았다. 「멸치」

에서 혜원이는 자신을 때리는 폭력적인 아빠에 대한 미움을 솔직히 드러내지 못한다. 오히려 엄마가 맞을까 걱정하고 아빠는 좋은 뜻이었을 거라고 이해하려고 처절하게 애쓴다. 피해자가 가해자에게 동화되어 그들에게 동조하는 일종의 '스톡홀름 증후군'[9]으로 보인다. 어린 혜원이에게 이 가부장적 가정은 감금 장소, 엄마는 또 다른 인질, 아빠는 인질범이었을 수도 있다.

『불을 가진 아이』의 동배는 가정 폭력, 교사의 폭력에 시달리는 피해자이면서 불안과 분노를 '훔치기'와 '불 지르기'로 분출하는 가해자이다. "공부도 잘하고 좋은 냄새를 풍기는 아이"가 되고 싶지만 매 맞고 울다가 잠들기 일쑤인 동배는 "내가 먼저 나가 버리면 엄마는 집을 나가지 않겠지"라는 생각으로 산속 빈집으로 가출한다. 그리고 "다시는 복도에서 뛰지 않겠습니다", "다시는 말썽부리지 않겠습니다", "착한 어린이가 되겠습니다"라고 쓴 반성문들을 불태운다. 이 작품에 등장하는 어른들은 자신의 삶에서 실패했거나 지나친 경쟁에서 뒤처져 절망한 사람들이다. 그들의 분노는 어린이에게 "너라도 착한 아이가 되게 하려고 그랬다"고 다그치는 강박적 폭력으로 분출된다. 아무런 힘도 갖지 못한 어린이는 '불'이라는 힘에 눈을 뜨고 그것으로라도 파괴된 자신을 되살려 보려 한다.

그 밖에 어린이 성폭력을 다룬 이금이의 『유진과 유진』(푸른책들 2004), 가정 폭력을 자행하는 어른의 심리를 성숙한 눈으로 꿰뚫어 보는 어린이가 등장하는 최나미의 「턱수염」(『진휘 바이러스』, 우리교육 2005), 교실 안 서열화의 문제를 다룬 김영주의 『짜장 짬뽕 탕수육』(재미마주 1999), 국가의 폭력에 맞선 5·18 광주민주화운동을 아동문학에 담아낸 한정기의

---

9 인질 사건에서 인질로 잡힌 사람이 인질범에게 정신적으로 동화되어 오히려 자신을 볼모로 잡은 범인에게 호감과 지지를 나타내는 심리 현상을 가리키는 범죄심리학 용어.

『큰아버지의 봄』(한겨레아이들 2006), 일제가 조선 침략 과정에서 저지른 폭력을 일본인 어린이의 시점에서 비판한 손연자의 「마사코의 질문」(『마사코의 질문』, 푸른책들 1999) 등도 눈길을 끌었던 작품이다.

3. 폭력의 발생과 기록, 기록과 창작의 차이

최근 들어서 흉흉한 사건 사고가 이어지면서 갈수록 이 사회에 폭력이 급증하고 있다는 걱정의 목소리가 높다. 타인을 제거해야 살아남는다고 믿는 냉혹한 경쟁, 인간관계의 붕괴와 개인의 고립, 심화되는 빈부 격차에서 오는 박탈감, 기본 소득과 공공복지 체계가 갖춰지지 않은 상태에서 오는 생존에 대한 위기감의 표출 등 여러 가지 분석이 가능하겠다.

그러나 우리가 폭력적 현상을 바라볼 때는 '어쩌려고 이래?'라는 개탄보다 그 원인과 배경, 폭력 보도의 실체에 대해서 냉정하게 파악하는 것이 중요하다. 올해(2012) 1월부터 9월까지 전국 117센터에 접수된 학교 폭력 피해 신고 건수는 총 3만 8,930건(법률 상담 1만 823건 제외)에 이른다.[10] 월별 추이를 보았을 때 신체 폭력은 줄어드는 추세이며 언어폭력은 세 배가량 증가했다. 우선 물리적 폭력에 대한 처벌을 강화하다 보니 폭력의 형태가 언어폭력으로 변화했다는 분석이 가능하다. 언어폭력은 증거를 남기기 어려워 상대적으로 처벌이 어렵기 때문이다. 하지만 폭력을 적극적으로 신고하는 사회 분위기 덕분에 신고율이 높아지고 있다는 분석도 가능하다. 성폭력의 경우, 그동안 발생 건수보다 신고 건수가

---

10 조현일 「어이, 뚱보 왔어: 학교 폭력의 진화」, 『세계일보』 2012년 10월 31일자.

워낙 적었으나 지금은 인식의 변화로 신고가 늘면서 외연이 커진 것으로 보일 수 있다. 잠재적 추정이지만 사건 발생량 전체는 줄어들고 있다는 분석도 있다. 폭력을 보도하는 언론의 태도가 갈수록 선정적이 되어가고 있는 것도 비판받아야 할 부분이다. 당사자의 인권을 침해하거나 자극적인 문구에 집착하여 사건의 충실한 기록자 역할도 제대로 못 하는 언론이 많다.

그렇다면 아동문학 작가는 이러한 상황에서 어떤 태도를 가져야 할까. 기록자를 넘어선 창작자로서 반드시 고려해야 할 중요한 논점은 없을까. 비교적 최근 발표된 몇 작품을 예로 들면서, 아동문학 창작자가 폭력을 대하는 관점에 대해 논의해 보고자 한다.

1) 피해자의 느낌이 중요하다

어른이 일상에서 부딪히는 폭력에 대해서 어린이와 이야기를 나눌 때, '거칠다'라는 말을 자주 쓴다. "누가 너를 거칠게 대하니?"라는 말에는 어떤 행위를 폭력으로 규정하기 전에 조심스럽게 접근하는 태도가 깔려 있다. 폭력은 "파괴를 수반할 '수 있는' 힘"[11]을 의미하지만 그 힘은 모든 사람에게 동일한 두려움을 안겨 주는 것은 아니다. 경험과 적응 여부에 따라 견디기 힘든 것이 되기도 하고 "저는 아무렇지도 않았는데요"라고 대답할 만한 사소한 것이 되기도 한다. 강하게 단련된 신체는 유약한 신체에 얼마든지 폭력적이 될 수 있다. 권력관계에서 권력을 가진 사람의 "내일도 그 멋진 짧은 치마를 입지"라는 한마디는 권력에 복종해야 하는 사람에게 수치심과 두려움을 줄 수 있다. "폭력의 폭력성을 결정하는 것은 폭력의 사용자가 아니라 폭력의 대상"[12]이다.

---

11 공진성 『폭력』, 책세상 2009, 18면.
12 같은 책 23면.

폭력의 상대성에 대한 위와 같은 정리는 이른바 폭력의 '피해자 중심주의'라는 개념의 토대가 된다. 성폭력 여부를 결정할 때 우리는 어떤 행위에 대한 사회의 통념이나 가해자가 가진 의도만으로 판단하지 않는다. 여자 어린이가 폭력이라고 느끼는 교사의 성적 발언을 남자 어린이는 아무렇지도 않게 여길 수 있다. 이럴 경우 피해자의 관점에서 폭력 여부를 결정하는 것이 타당하다.[13]

아동문학이 성폭력을 다루면서 피해자 중심주의 시각을 지킨다는 것은 어떻게 가능할까? 사건 발생 이후에 형량을 결정하기 위해 쓰는 판결문과 달리 동화는 사건 발생 여부와 무관하게 읽는 상상의 텍스트다. 비슷한 사건을 경험하지 않은 독자에게는 폭력에 대한 예방과 주의의 기능을 할 수 있고 폭력을 경험한 독자에게는 위안과 치유의 매개체가 되기도 한다. 독자가 앞으로 폭력적 사건을 바라볼 때 어떤 감수성과 시각을 가질 것인가에 큰 도움을 준다는 점에서 동화의 관점은 중요하다.

어린이 성폭력을 다룬 이은정의 『안녕, 그림자』(창비 2011)는 피해자의 시선에서 성폭력에 대한 불쾌한 감정을 세밀하게 그려 냄으로써 '이것이 범죄다'라는 독자의 지지를 이끌어 내고 있다. "커다란 손이 내 배를 다시 쓰다듬으며 지나갔다. 벌레가 기어가는 느낌이었다"(51면)라는 피해자 정윤이의 정확한 감정 언급은 "괜찮긴. 땀이 이렇게 많이 나는데"라고 말하는 가해자 아저씨의 말 뒤에 쓰인 "쓰윽"이라는 표현과 대조를 이루면서 지금 이 상황은 분명히 폭력인데 아저씨가 폭력이 아닌 것처럼 위장하고 있다는 사실을 독자에게 알려 준다. "아저씨가 부드럽고 다정한 말투로 말했다. 하지만 내 귀에는 조금도 다정하게 들리지 않았

---

13 이를 '수신자 언어의 우선성'이라고도 한다. 발신자가 '그거 참 멋지구나!'라고 말하더라도 듣는 사람이 '내 물건을 빼앗으려고 한다.'라고 느끼면 그 언어적 소통은 수신자의 입장으로 정리된다. 같은 책 26면 참조.

다. 명령하는 말로 들렸다"(87면)처럼 정윤이는 피해자로서 자신의 감정을 놓치지 않고 독자에게 거듭 고백한다. 어린이들은 이 책을 읽으면서 피해자의 감수성을 예민하게 느끼게 되고 자신은 물론 타인의 사건을 바라볼 때 피해자 중심주의의 입장에 서게 된다.

이 작품의 더욱 뛰어난 점은 성폭력의 피해자였던 두 어린이가 연대하여 고발장을 작성하고 반폭력 활동을 벌인다는 결말 부분이다. 혜미와 정윤이의 적극적인 행동은 아직도 성폭력 피해자에 대한 비난을 반복하고 사건을 은폐하려고 드는 어른들의 태도보다 훨씬 더 앞선 것이다.

2) 마음에 입은 상처의 회복과 연대

폭력의 대상은 직접적이거나 간접적으로 인간이다. 우리는 매 맞는 강아지를 보면서 인간인 '나'의 아픔을 떠올린다. 그리고 그것이 폭력적이라고 생각한다. 연상에 관한 스피노자(Baruch Spinoza)의 견해에 따르면, 우리는 "어떤 신체의 고유한 속성이 파괴되는 것을 볼 때, 실제로 그것이 내 신체와 아무런 관계가 없더라도 그것을 폭력적으로 느낄 수 있다. 이때 우리는 우리의 신체가 파괴되는 것을 연상하기 때문이다. 파괴되는 신체가 우리의 신체와 유사할수록 우리는 더 생생하게 그러한 파괴를 폭력적인 것으로 느낄 수 있게 된다."[14] 어떤 간접 폭력은 직접 폭력 못지않은 파괴적 효과를 일으킨다. 사진을 찢거나 비슷한 인형을 만들어 해를 가하는 일이 지켜보는 사람에게 고통을 주는 까닭은 이러한 연상 작용 때문이다. 집단 따돌림을 당하는 다른 어린이를 묵묵히 지켜보는 어린이는 이 폭력의 소극적 가해자이면서 피해자이다. 피해자를

---

14 같은 책 22면.

구제하려고 적극적인 노력을 하지 않았다는 점에서 가해자이지만 자신도 피해자가 되는 장면을 떠올리면서 고통받는다는 점에서 피해자다.

아동문학은 간접 폭력에 대한 서술을 통해 직접 폭력의 부당함을 고발하는 방식을 자주 취한다. 왜냐하면 어린 시절을 비롯한 우리 삶의 대부분은 '직접 폭력'에 노출되는 순간보다 '간접 폭력'에 노출되는 순간이 훨씬 더 많으며 독자가 폭력의 관찰자로 자신을 감정이입하기가 쉽기 때문이다. 간접 폭력에 노출된 다수의 사람들이 자신도 폭력의 희생자임을 깨닫고 반폭력의 대열에 서서 직접적인 피해자를 돕지 않는다면 강자로부터 유발된 폭력의 연쇄 고리는 끊기 어렵다. 또 심리적으로 취약한 어린이에게 직접 폭력의 현장을 노출하는 것은 종종 부담이 따른다. 따라서 고통받는 동물을 등장시켜 인간의 고통을 표현하면서 약자에 대한 연대 의식을 자극하는 작품들이 이러한 기능을 대신한다. 김남중의 「날아라 장수풍뎅이」(『동화 없는 동화책』, 창비 2011)의 주인공 강건이는 하늘 높이 "수박씨처럼 흩뿌려진 장수풍뎅이"를 통해서 아빠에게 찾아온 갑작스러운 해고 조치가 얼마나 폭력적인 일이었는지를 뒤늦게 깨닫는다. 자신의 가족이 파괴의 위기에 몰렸음을 직감한다. 강건이가 손에 쥐고 있던 장수풍뎅이의 죽음은 아빠의 죽음을 암시하는 것으로 보이지만 작품에 명시적으로 드러나지는 않는다. 독자의 충격을 고려한 것이다.

그런 점에서 모든 아동문학은 '직접 폭력을 목격하는 간접 폭력 경험자'의 구조를 가지고 있다. 책 속 인물이 경험하는 폭력은 어린이 독자에게 모두 간접 폭력의 현장으로 기능한다. 폭력을 다룬 책을 읽을 때 불편한 까닭은 독자인 '내'가 그 폭력의 일부를 작품 속 피해자와 함께 감수하면서 마음에 상처를 입기 때문이다. 그러나 폭력을 다룬 동화를 읽으면서 어린이들은 반폭력에 대한 의지와 함께 이 상처를 스스로 회복시키고 피해자와 연대하겠다는 결심을 굳힐 수도 있다. 피해자와 연대하라고 외치는 어떤 반폭력 논설문보다 잘된 동화 한 편이 아이들의 마음을 움직이는 데 효과적일 수 있는 까닭은 거기에 있다. 우리는 책을 읽는 동안 그 서사 속에서 누구보다 생생한 목격자, 방관자, 간접 폭력의 피해자가 된다. 물론 한 권의 책이 폭력의 전시 효과에 그칠 것인지 독자의 삶을 움직일 것인지는 작품의 문학적 완성도에 달렸다. 작가는 이 완성도를 위해 자신의 목소리를 끝까지 숨긴다.

3) 보이는 폭력의 뒤편에 누가 있는가?

우리 사회는 폭력의 문제를 다룰 때 아직도 가해자 규명과 처벌에 초점을 맞추는 것이 사실이다. 그러나 "가해자에게 초점을 맞춘 정책으로는 학교 폭력이 줄어든 사례를 발견할 수 없다"[15]는 사실은 우리가 폭력 이면의 구조, 방관자들의 협동 행위, 나아가 폭력을 일으키는 이 사회의 더 큰 시스템에 대해 관심을 가져야 한다는 것을 의미한다.

아동문학은 끊임없이 보이는 폭력의 뒤편을 들여다보아야 한다. 조향미의 『달려라 펫』(문학동네 2011)은 아이들끼리 서열을 정해서 벌이는 폭력적인 펫 놀이를 다룬 작품이다. 작가는 놀이의 이면에 숨겨진 지배자의 얼굴을 찾아내 손전등을 비춘다. "아이들이 만들어 준 나를 받아들인 그 순간부터 나를 지배하는 건 내가 아니라 아이들인지도 모르겠다. 아이들의 말이 나를 지배하고, 아이들의 시선이 나를 움직이고, 이러다 진짜 나는 사라지고 마는 게 아닐까?"(131면)라는 현민이의 고백은 '어른들의 시선으로 움직이는 어린이 자아'가 던지는 자신을 향한 위기경보다.

---

15 문재현 외 『학교 폭력, 멈춰!』, 살림터 2012, 118면.

최근의 우리 아동문학은 보이는 폭력의 가면을 벗겨 내는 일에 관심을 보이고 있다. 이민혜의 「병아리 죽이기」(『가오리가 된 민희』, 문학동네 2009)에 나오는 인호와 상수의 잔인함 뒤에는 불평등한 세상에 대한 강한 불만이 버티고 있다. 김선희의 『귓속말 금지 구역』(살림어린이 2011)은 어른을 모방하여 세운 아이들의 권력관계가 평화로운 교실을 어떻게 뒤흔드는지 고발한다. 하은경의 『나리초등학교 스캔들』(한겨레아이들 2012)에서 아이들을 바늘방석에 올려놓은 실체는 알고 보면 어른들이 대놓고 저지른 부정과 비리다.

최근에 들어서는 보이는 폭력의 뒤편을 살필 여유가 없을 정도로 눈에 보이는 거대한 폭력적 사건이 이어졌다. 제주도 강정마을의 문정현 신부, 평택의 쌍용자동차 해고자 가족들, 크레인 위에서 309일을 보낸 김진숙 민주노총 지도위원, 또 다른 철탑 위에 올라간 현대자동차 비정규직 노동자들, 금강에서 죽어 간 수만 마리의 물고기를 비롯해 이제는 사회가 숨기지도 않고 뻔뻔스럽게 노출해 놓은 폭력의 희생자가 줄을 잇는다. 앞으로 우리 아동문학은 또 어떤 작품을 내놓게 될까. 그 작품들은 폭력의 악무한(惡無限)을 끊는 데 어떤 역할을 하게 될까.

말해도 괜찮니?

유럽 청소년문학이 고민하는 성과 사랑의 문제

1. 에로틱 청소년문학을 고민하는 스웨덴 작가들

2013년 볼로냐 국제아동도서전의 주빈국은 스웨덴이었다. 스웨덴은 아동청소년문학에서 여러모로 큰 의미를 지니는 나라다. 아동문학사에서 '어린이'의 주체적 지위를 완전히 바꾸어 놓은 아스트리드 린드그렌과 환상적인 서사와 절제된 문체로 아동문학의 지위를 한 단계 올려놓은 셀마 라겔뢰프의 고향이기 때문이다. 스웨덴 청소년의 삶도 늘 관심의 대상이 된다. 우리나라 청소년들이 가장 부러워하는 부분은 수업 시간보다 휴식 시간이 더 많다거나 성장기 내내 '수면권'을 존중받기 때문에 늦은 시간의 숙제나 과도한 공부가 불법이라는 사실일 것이다. 부모가 이혼할 경우 양육자를 선택할 권리도 어린이와 청소년에게 있다. 성평등 의식이 높은 이 나라에서는 여성과 남성이 사회에서 어떤 위치를 차지하느냐가 어린이의 미래를 결정하는 가장 중요한 요소가 된다고 여기고 성차별의 여러 가능성을 없애기 위해서 오랫동안 노력해 왔다. 예체능을 잘하지 못하면 상급 학교 진학이 불가능한 교육제도에서 알 수 있듯이 몸과 마음의 균형 잡힌 성장과 성숙에 대한 고민도 깊은 편이다.

볼로냐 국제아동도서전은 아동청소년 도서에 관한 한 세계에서 가장 큰 행사라고 할 수 있지만 전시장의 활기나 출판계에 이슈를 던지는 측면에서 몇 해 전부터 주춤하는 기미가 확연했다. 스웨덴이 50주년을 맞는 이 도서전의 주요한 행사를 맡게 되었으니 이전과는 뭔가 다른 제안을 들고 나오리라는 기대가 있었다. 여기에 스웨덴은 '그래! 어린이의 문화적 권리 말이야'(Yes! Children's right to culture)라는 슬로건을 들고 나왔다. 아동청소년문학을 통해서 어린이의 권리를 향상시키는 데 앞장서 왔던 나라다운 선택이었다. 포괄적인 의미의 권리가 아니라 '문화적 권리'라고 특징지은 것이 인상적이었다.

그들이 슬로건을 구체화하기 위해서 마련한 몇 가지 행사는 특히 눈길을 끌었는데 '어린이, 문학과 21세기의 뉴미디어'라는 심층 토론은 문화적 권리의 방향이 새로운 매체와 함께 어디로 나아가고 있는지를 보여 주는 신선한 기획이었다. 발제자들은 디지털 격차는 더 이상 젊은 이와 노인 사이의 문제가 아니라고 했다. 디지털 세계 안에서 콘텐츠를 발견, 분석, 창조할 수 있는 동력을 가진 사람과 그러지 못한 사람 간의 문제라는 것이다. 어떻게 하면 모든 어린이가 이 기초적 시민의 역량을 가질 수 있도록 도울 것인가가 핵심이었다. 이미 독서를 포함한 문화적 활동의 상당 부분이 디지털 통신망으로 이전하고 있는 상황이다. 정보 격차로 소외되는 어린이에게 문학이 더 큰 관심을 기울여야 한다는 의미 있는 제안이라고 할 수 있다. 더불어 그들이 준비한 행사 가운데 청중의 관심이 모였던 것은 '청소년들을 위해서 이렇게 써도 괜찮겠니?'(Is it OK to write like this for young people)라는 제목의 작가 토론이었다.[1] '특별히 청소년을 위해 쓰는 에로틱 단편소설'이 주제였는데 에로틱 청소년문학의 사례, 성에 대한 옛날과 오늘날의 가치의 비교, 여러 가지 성적 경계에 대한 문학의 도전, 금기시되었던 성 문제에 관한 관점의 변화 등을 다루었다. 특히 욕망의 긍정적 느낌과 기쁨에 대해 청소년들과 어떻게 이야기를 나눌 것인가가 주요 관심사였다.

스웨덴은 청소년들의 성에 대한 관심과 고민을 적극적으로 이해하고 도와주는 시스템을 갖추고 있다. '러브박스'를 학교에 설치하여 몸의 변화에 대한 설명뿐 아니라 성과 사랑에 관한 어떤 질문이든 적어 넣으면 답변을 해 주는 제도도 마련되어 있다. 각 지방자치단체가 운영하는 청소년을 위한 성상담센터(ungdomsmottagningen)도 청소년이 쉽게 찾을 수 있는 거리 곳곳에 자리 잡고 있어서 청소년들은 하교 후에 또래 혹은 부모와 함께 이곳을 찾아 피임에 대한 상담을 하거나 임신 테스트를 받기도 한다.

그러나 청소년의 성적 권리를 비교적 자유롭게 인정하는 이 나라에서도 문학이 성을 이야기하는 문제에 대해서는 여전히 조심스러운 고민의 지점이 있다. 청소년을 성의 독립적 주체로 바라볼 경우 평등한 성적 관계의 내용, 다양한 성적 취향에 대한 존중, 미성년 임신과 출산에 대한 시각 등에서 입장에 따라 충돌하는 부분이 발생할 수밖에 없기 때문이다. 하루가 다르게 변화하는 성에 대한 여러 관점들을 청소년문학이 어떻게 받아들이고 문학적으로 형상화할 것인가도 과제다. 또한 이들의 고민은 '어디까지'를 넘어서 '얼마나' 더 아름답게 청소년의 성을 그려 낼 것인가에 이르러 있었다. 생활의 일부분이기도 한 사랑과 성을 문학을 통해 더욱 긍정적이고 풍부하게 이해한다면 앞으로 더 인간과

---

1 토론자로는 스웨덴 작가 예게르펠드(Jenny Jägerfeld), 올손(Ingrid Olsson)과 출판인 레빈(Anna Danielsson Levin)이 참여했다.

인간의 관계를 소중히 여기면서 풍요로운 삶을 살아갈 수 있을 것이라고 생각하고 있었다.

그에 비해 우리의 상황은 어떠한가. 스웨덴 사회와 우리 사회의 성 의식 차이를 고려한다고 하더라도 청소년의 사랑과 성에 대한 세간의 시선은 지나칠 만큼 고루하다. 최근 한국교육개발원은 2005년부터 시작한 한국교육종단연구를 중간 발표하는 보고서2에서 '남녀공학 재학이 수능 점수에 부정적인 영향을 끼친다'는 연구 결과를 내놓아 화제가 되었다. 남녀공학에 다니는 여학생의 수능 점수가 여고 재학생의 수능 점수보다 낮았다는 것이다. 각 언론 매체는 이 결과를 놓고 이성 교제 때문이라고 소리를 높이는 형편이다. 한 도시의 교육감은 청소년들에게 동성애는 없는 것으로 가르쳐야 한다는 소신을 피력하기도 했다. 또한 학생인권조례를 정할 때는 임신한 청소년의 교육받을 권리에 대한 저항에 부딪히기도 했다. 청소년들이 교육과 규제로서가 아니라 '관심과 생활'로서 사랑과 성에 대한 이야기를 나눌 수 있는 창구는 여전히 많지 않다.

우리 청소년문학이 사랑과 성을 다루는 방식도 마찬가지다. 몸의 욕망에 대한 뻐딱한 시선, 권력과 폭력의 연장선 위에 있는 억압적인 성관계, 불온한 공기처럼 취급받는 사춘기의 사랑, 전형적인 통과의례 정도로 취급되는 결별의 경험은 청소년 독자들을 연애의 주체로 인정하지 않는 작가의 태도를 은연중에 드러낸다. 예전보다 청소년의 성을 적극적으로 다루는 작품이 늘어났지만 변화하는 청소년들의 성 의식이나 연애관을 반영하기에는 더딘 감이 있다. 문학은 사회학이 아니기 때문에 현실과 늘 발 빠르게 연동해야 하는 것은 아니지만 적어도 독자와 진

---

2 김희삼 「학업성취도 분석은 초중등교육에 대해 무엇을 말해 주는가」, KDI 보고서, 2013.

실한 교감을 이루어 낼 수 없는 거리에 문학이 존재한다면 추적이 필요하다고 생각한다.

다른 나라의 청소년문학은 사랑과 성에 대해서 어디까지 어떻게 이야기하고 있을까. 우리 청소년문학과는 어떤 점이 비슷하고 다를까. 몇몇 작품을 예로 들면서 비교하여 살펴보기로 한다.

2. 몸과 마음의 역설을 변증적으로 돌파하기

오스트리아의 작가 크리스티네 뇌스틀링거(Christine Nöstlinger)는 까다롭고 예민한 주제를 경쾌한 글로 풀어내는 데 능숙하다. 『깡통 소년』(유혜자 옮김, 아이세움 2001)에서 로봇과 인간의 관계라는 형이상학적인 주제를 정감 있는 이야기로 엮어 냈으며, 『오이대왕』(유혜자 옮김, 사계절 1997)에서는 볼프강 가족을 통해 권위의 허상과 불신으로 가득한 가족의 실상을 날카롭게 파헤쳤다.

그의 청소년 소설 『나는, 심각하다』(이미화 옮김, 한겨레틴틴 2012)는 15세 소년이 겪는 성에 대한 고민을 시종일관 유머러스한 고백의 말투로 밀착 중계하는 셀프카메라 같은 이야기다. 세바스티안은 학급에서 체구가 가장 작다. 정신적 성숙은 누구보다 빠르지만 몸의 성장이 따라잡아 주지 않아서 이만저만 속상한 게 아니다. 세바스티안에게는 에바-마리라는 동갑내기 이종사촌이 있다. 둘은 어려서부터 함께 자랐기 때문에 지금도 종종 주말이면 한방에서 잔다. 에바-마리가 혼자 집을 봐야 할 때면 걱정쟁이인 이모 때문에 남자인 세바스티안이 경호원처럼 급파되는 경우도 있다. 세바스티안은 에바-마리에 대해서 연대 의식 같은 걸 가지고 있다. 이모도 엄마도 싱글맘이고 그들이 각각 하나뿐인 자식을 키우면서 얼마나 외롭고 두렵고 힘겨운 순간을 겪고 있을지 세바스티안도 충분히 짐작할 수 있기 때문이다.

한번은 세바스티안이 에바-마리와 장난을 치다가 그의 요청으로 여자 옷을 입고 여장 사진을 찍게 되는데 엄마가 까닭을 묻자 농담으로 자신이 동성애자인 것 같다고 대답해 버린다. 그러나 엄마는 이 문제를 진지하게 받아들인다. 평소 섬세하고 2차성징이 잘 나타나지 않는 아들의 상황을 생각하면서 의사의 상담을 받아야 하는 건지 염려하기 시작한 것이다. 한술 더 뜨는 것은 에바-마리다.

"몇몇 애들한테 시험해 봤거든. 그 애들은 하나같이 아주 크게 화를 냈어. 그런데 넌 아주 재미있어했어. 그런 걸 보면 어쩌면 네가 동성애자일 수도 있다는 결론을 내릴 수 있어. (…) 아니면 적어도 양성애자든지. (…) 근본적으로 모든 인간은 양성애자인데, 그저 교육을 통해서 그런 성향이 억압되는 거래. (…) 동성애자이든 레즈비언이든 그들은 그렇게 독특하지 않아. 우리나라에도 고양이 숫자만큼 동성애자들이 있대. (…) 나도 내가 이성애자인지 양성애자인지 동성애자인지 정확히 몰라." (30~31면)

이어서 에바-마리는 자신들이 동성애자인지 이성애자인지 실험을 해 보자고 말한다. 처음에는 얼토당토않다고 되받아치던 세바스티안도 슬슬 자신의 성 정체성에 대한 고민에 빠져든다. 세바스티안의 실험은 도색잡지를 구입해서 감정의 변화를 느끼려고 노력해 본다거나 친구들의 성기를 관찰하고 자신과 비교해 보는 식의 독자적인 방식이었다. 그 과정에서 엄마와 충돌을 빚기도 한다. 자신의 성기가 남보다 작다고 고민하는 세바스티안에게 엄마는 사랑의 힘을 음경의 길이로 증명하려는 마초-바보들에 대해 비웃으며 성관계를 할 때 중요한 것은 우스꽝스러운 길이가 아니라 아주 다른 성질의 것들이라고 말해 준다. 그러나 세바스티안은 엄마가 자신의 작은 키를 위로하려 할 때도 비슷한 표정으로 말한 것을 기억하기 때문에 이 말을 믿기가 어렵다. 오히려 "내가 키가 작은데 음경 길이만 길면 그게 더 이상할 것"이라는 식으로 스스로 논리를 만들어 본다.

성 정체성에서 시작된 세바스티안의 고민은 자신이 다른 아이들보다 늦게 성숙하는 겨울 배일지 모른다는 자조감에 이른다. 자신의 더딘 육체적 성장을 만회하기 위해서 좀 더 특별한 직업을 가지고 싶고 철학적으로 친구들보다 더 먼저 원숙해지고 싶다는 생각을 한다. 자신이 이성애자인지 알아보기 위해 에바-마리와 함께 동성애자들이 애인을 만나는 구역에 찾아가 보기도 한다. 그러는 사이 엄마는 세바스티안이 여자 옷차림에서 쾌감을 느끼는 복장 도착자일지 모른다고 생각하고 아들에게 성 소수자로 살아야 하는 삶의 어려움에 대해서 일장 연설을 한다. 엄마 혼자 성 소수자의 부모 역할에 대한 정신과 의사의 상담까지 받고 온 참이었다.

"왜, 그리고 어째서인지 고민하지 말고 그걸 받아들이는 것을 배워야 한대. 내가 그 문제를 좀 더 편안한 마음으로 대하려면 시간이 걸릴 거래. 엄마들이 보통 아들의 미래에 대한 확고한 상상을 하기 때문이래. 그래서 그 상상이 비눗방울처럼 터지면, 사실은 전혀 슬퍼할 일이 아닌데도 슬퍼하는 거래." (73면)

녹색당 당원이기도 한 엄마는 세바스티안에 대해서 지레 단정하고 성향을 받아들여야 한다는 사실과 특별한 삶을 살 것이라는 염려 사이에서 갈팡질팡하고 있었다. 그런데 상황은 의외의 방향으로 흐른다. 사촌 에바-마리와 함께 잠든 어느 날 에바-마리의 도발적인 행동으로 인해 성적 충동을 느끼면서 세바스티안 스스로 이성애자라는 것을 확인하게 된 것이다. 게다가 그들 둘은 친사촌처럼 자란 것이었을 뿐 혈연이 아니라는 사실이 뒤늦게 밝혀진다. 에바-마리를 만날 때마다 점점 커지는 자신의 감정 때문에 고민하던 세바스티안은 이런 느낌이 사랑으로 이어질 수 있다는 것에 안도감을 느끼면서도 진짜 사랑인지에 대해서는 의문을 놓지 않는다.

이 작품은 소년이 겪을 수 있는 성에 대한 솔직한 질문과 아슬아슬한 검증의 시도를 가감 없이 묘사한다. 개인에서 시작된 세바스티안의 고민은 가족의 문제로 확장된다. 세바스티안의 엄마는 아들이 태어난 지 3개월 만에 성에 대한 태도 차이 때문에 이혼했다. 다른 여자와 재혼한 아버지에 대해 아직도 미련을 버리지 못해 아름다운 여자가 되려고 몸부림치는 엄마를 보는 세바스티안의 감정은 미묘한 것이다. 싱글맘으로서 소년의 육체적 변화가 낯설지만 가장 다정하고 정확한 방식으로 도와주고자 동분서주하는 세바스티안의 엄마도 인상 깊다. 이러한 장면을 보면서 독자들은 이 자그마한 소년을 둘러싼 성이라는 화두가 점점 속 깊은 한 인간을 키워 내고 있다는 것을 느낄 수 있다.

또 하나 주목할 것은 주위의 어떤 어른도 세바스티안의 좌충우돌하는 자기 실험과 관찰의 과정을 함부로 부정하고 폄하하거나 제지하려 들지 않는다는 것이다. 모두가 그에게 꿈꿔 왔던 멋진 청년이 되어 가고 있는 것이라고 느긋하게 격려하고 지켜본다. 발갛게 달아오른 소년은 지독하다 싶을 만큼 감정을 사실적으로 고백하고 어른은 흔쾌히 그 고백의 무게를 나누어 짊어진다. 통념의 벽을 지니고 있는 어른들이지만 청소년과의 대화에서는 성 정치적으로 올바른 균형을 유지하려고 애쓴다. 성은 사람에 대한 존중의 문제이며, 그들은 미래의 사람들이고,

적어도 지금보다는 더 자유롭고 평등하게 살아가도록 도와주어야 하기 때문이다. 믿음직한 보호자란 그런 것이 아닐까. 마침내 세바스티안 자신도 지금 제어하기 어려운 혼돈을 겪고 있음을 인정하면서 사춘기라는 시기가 그저 "잘라 낸 바짓단" 같은 것 때문에 고통스러운 것이 아님을 받아들이는 데 성공한다.

마무리 부분에서 이 작품의 방향은 '자유와 사랑'이라는 철학적 지점으로 나아간다. 사랑은 다른 사람의 자유에 영향을 끼치지만 온전하게 그 자유를 허용하는 것을 목표로 한다는 것이 작가의 생각이다. 따라서 사랑하는 사람은 무엇보다 노력하는 독립적이고 주체적인 인간이 되어야 한다는 대답에 이른다. 사랑의 딜레마는 사랑이 '하는 것'이 아니라 '받는 것'이기도 하다는 부분에 있다. "사랑받고 싶다는 것은, 다른 사람의 자유를 보장한다는 조건하에 영원히 나를 새롭게 만들어 달라고 강요하고 싶어지는 부분이 있다"는 엄마의 말은 사랑의 놀라운 역설을 아름답게 포착해 낸다.

노련한 작가 뇌스틀링거는 세바스티안이 새로운 몸의 변화와 마주칠 때마다 철학자의 말과 철학적 개념을 인용하면서 몸의 움직임을 분석해 나가도록 이야기를 구성해 두었다. 작가의 이와 같은 시도는 얼핏 이질적으로 보인다. 짙은 성적 묘사 사이에 존재하는 박힌 돌같이 느껴지는 것이다. 그러나 정신적 성숙에만 매달렸던 주인공이 육체의 성장을 경험하면서 한순간의 뜨거움을 넘어서는 변증적 경험을 얻어 내는 모습은 인상적이다. '가볍게만 보이는' 이 작품은 결말에 이를 즈음이면 발랄하고 노골적인 문장을 넘어서는 묵직함을 만들어 낸다. 머리와 가슴과 성기는 결코 따로따로 자라지 않는 것이다.

3. 느낌의 문학을 놓치지 않기

프랑스 작가 미카엘 올리비에(Mikaël Ollivier)는 『나는 사고 싶지 않을 권리가 있다』(윤예니 옮김, 바람의아이들 2012)에서 청소년의 성관계와 임신에 대한 이야기를 썼다. 우리 문학작품에서 청소년의 임신이 여자 청소년의 관점에서 다루어지는 경우가 많았던 것에 비해 이 작품은 남자 청소년의 관점에서 이야기를 이끌어 나간다. 마다가스카르와 아프리카 대륙 사이의 작은 섬 마요트에서 사춘기를 맞이하게 된 위고는 문명의 전파자를 자임하면서 자신들의 이익 챙기기에 열심인 프랑스인 어른들의 위선적인 태도에 강한 염증을 느낀다. 서서히 사회를 바라보는 독립적 눈을 가지게 된 위고는 도시인의 삶을 한 겹만 걷어 내면 그 안에 물질적 교환 시스템을 향한 얼마나 비굴한 모략이 자리 잡고 있는지를 깨닫기 시작한 것이다.

반면 마요트 섬과 바다는 마법 같은 경험 그 자체다. 그는 바다거북과 함께 헤엄을 치고 미끄러지고 숨을 쉬면서 살아 있는 생명으로서 자신의 몸과 마음을 생생하게 느끼게 된다. 돈으로 결코 살 수 없는 최고로 아름다운 바닷가의 호화로운 호텔에서 단 한 번뿐인 경험을 하고 있다는 기분을 느끼고 자기 자신을 투명하게 들여다볼 계기를 갖는다.

마요트 섬의 아이들은 사춘기가 되면 바로 남자는 남자, 여자는 여자로 대접을 받았는데 위고에게는 그것이 신기할 뿐이었다. 이제 거의 다 컸다고 생각하는 자신은 아직도 프랑스의 소년으로 취급받고 있었기 때문이다. 그런 열네 살 위고가 마요트 섬의 열여섯 살 자이나바와 사랑에 빠지게 된다. 자이나바에게는 네 명의 엄마와 열다섯 명의 형제자매가 있다. 성과 가족에 대한 다른 관점을 접하게 된 위고는 혼란에 빠져

들지만 그 혼란을 순식간에 잊어버리게 할 만큼 자이나바는 매력적인 사람이었다. 위고는 자이나바와 함께 천장에 도마뱀붙이가 있는 흙벽 아래서 영화 속 인물처럼 사랑을 나눈다. 사랑을 나누고 난 후 자이나바에게는 이미 어린 아들이 있다는 사실을 알게 된다.

미카엘 올리비에가 이 작품에서 남자 청소년의 시각을 취한 것은 중요한 의미가 있다고 생각한다. 그는 무엇이든 '살 수 있는' 사회를 비판하고 싶어 했고, 현대사회에서 우리가 계산기를 두드려서 사는 것 중에 가장 비인간적인 것이 바로 '사랑'과 '성'이라고 했다. 그는 '사는 사람'의 권력이 가진 폭력성과 모순을 비판하기 위해서 철저히 '사는 사람'의 시선에 설 수 있는 남자를 주인공으로 택했다. 순진하고 솔직한, 그러나 자신 또한 숨은 권력의 힘을 입고 있는 위고의 성적 경험과 성장기는 읽는 내내 독자에게 불편함을 안겨 준다. 자이나바의 임신을 확인한 위고의 부모는 그를 본토로 돌려보내고, 자책감에 시달리던 위고는 어느 순간부터 스스럼없이 다른 또래의 프랑스인 여자아이와 조금 더 평등한 사랑을 나눈다. 우리는 '성'을 이야기하면서 끊임없이 '인간'을 이야기하고 있지만 그 인간을 정치 경제적인 힘의 관계를 통해서 바라보지 않는다면 자유롭고 평등한 사랑이라는 말은 권력을 가진 쪽만의 착각일 수 있다.

이 작품의 작가가 성, 정치, 권력이라는 거대한 문제에 도전하면서도 놓치지 않은 것은 '느낌의 문학'이다. 그는 마요트 섬이라는 천혜의 공간을 배경으로 잊히지 않는 사랑의 장면을 그려 냈다. 적어도 위고의 시선으로 작품을 읽게 되는 1부의 마요트 섬의 생활 부분에서 독자는 자이나바의 아름다움과 위고의 건강한 육체, 그들이 경험하는 새로운 느낌의 세계에 대해서 긍정적으로 귀를 기울이게 된다. 자이나바가 위고보다 더욱 아름답게 느껴지는 것은 생명과 욕망의 실체를 부인하지 않는 건강한 태도 때문이다. 대부분의 청소년문학 작가들이 성을 다루면서 내심 지니고 있는 금기는 '성을 아름답게 묘사하는 것'이 가져올 교육적 효과에 대한 두려움이다. 그러나 이미 느끼고 있고 알고 있는 사실에 대해서 '어둡고 부담스럽게 묘사하는 것'이 가져오는 결과에 대해서 고민하는 작가는 적다. 미카엘 올리비에는 그런 점에서 '아름다운 것은 아름답다'고 말하는 쪽에 손을 들었다. 그리고 작가로서 그 부분에서 탁월한 능력을 발휘했다. "바다, 비, 태양 따위를 달아오른 우리 둘의 몸이 만들어 내는 느낌에 견줄 수 있을까?"라는 문장은 과감할 뿐 아니라 작품 내적으로 상당한 설득력을 가지는 문학적 성취의 결과다. 에로스를 다루는 장르문학은 따로 있고 청소년문학은 그보다 경건한 이야기를 나누어야 한다는 강박 같은 것은 그에게서 찾아볼 수 없다. 그는 오히려 탄탄한 문학적 접근으로 독자가 사랑의 아름다움에 집중할 수 있도록 이끄는 일에 최선을 다한 것으로 보인다.

4. 경쾌하고 발랄한 방식으로 성을 이야기하기

라자스탄, 이스라엘, 트란실바니아, 오스트레일리아, 뉴질랜드를 떠도는 젊은 시절을 보내고 프랑스에 정착한 작가 모드 르틸뢰(Maud Lethielleux)는 『난 열다섯, 한 번도 그거 못 해 봤어』(이세진 옮김, 탐 2012)를 통해서 여성 청소년 시선에서 성을 대하는 적극적이고 능동적인 이야기 방식을 보여 준다. 그동안 성을 다룬 작품에서 여성 청소년은 늘 성폭력의 피해자이거나 성에 무지하고 소극적인 존재로 그려지곤 했다. 성인 문학이 여성의 주체적 성에 대해서 주목하기 시작한 역사가 이미 오래된 것을 생각할 때 청소년문학은 무척 늦은 셈이다. 주인공 카퓌신은 또래 남자아이들에게는 눈곱만큼도 관심이 없으며, 역사 선생님을 첫 경험 상대로 공략하는 발랄한 여학생이다. 또래 남학생이 한없이 작아 보이는 반면 자신은 이미 능숙한 사랑의 조율사처럼 이 방면으로는 뭘 좀 안다고 여겨지는 시기, 능청스러운 사춘기 여학생의 성적 판타지를 보태지도 빼지도 않고 고스란히 적어 놓았다. 자신보다 더 능숙해 보이는 여자애를 만나 "수학을 전혀 못하는 여자애도 69체위는 할 수 있느냐"는 기술적인 질문이 섞인 비아냥을 맞받아쳐 주지 못하고 기가 죽는다거나 상대가 "95에 D컵"이라는 말에 입을 꾹 다물어 버리는 카퓌신의 모습은 사실 우리 여자 청소년들의 세계에서도 흔히 볼 수 있다. 좋아하는 선생님과 단둘이 있을 때 자신이 팬티를 갈아입지 않았다는 것을 떠올리면서 훌쩍 혼자 달려가는 상상을 한다거나 만약 어떤 남자가 내 속을 들여다본다면 날 어떻게 생각할지 고민하지만, 그런 생각 자체를 불쾌하다고 여기지 않는 이 경쾌한 여학생은 부끄러워하거나 숨기지 말라는 성교육의 훈화 백 마디보다 더 힘 있게 독자의 마음으로부터 성에 대한 대화를 이끌어 낸다.

금기와 아픔으로서의 성, 은폐되었거나 모호한 반쪽의 느낌만으로 가득한 사랑 이야기와 비교할 때 앞의 작품들이 가지는 공감의 영역은 훨씬 넓고 뚜렷하다. 우리에게는 성을 다루는 조금 더 부드럽고 밝은 방향의 노력이 필요한 것이 아닐까. 왜곡된 성 의식과 억압적 사회 분위기 속에서 폭력적 성의 모델이 자라날 가능성은 더욱 커진다. 그런 점에서 욕망의 긍정적 측면과 기쁨에 대해서 이야기하자는 스웨덴 작가들의 제안은 성 문화의 차이를 접어 두고 생각해 보더라도 곱씹어 생각할 만한 이야기라고 본다.

"말해도 괜찮니?"라는 질문의 수위는 앞서 언급한 서양의 여러 국가들과 우리의 환경이 약간 다를 수 있을 것이다. 그러나 그 본질은 사랑과 욕망의 기쁨을 이해하면서 인간의 인간에 대한 존중을 무너뜨리지 않는 방향으로 진행되어야 한다는 점에서 같다고 생각한다. 그리고 지금까지 '성에 관한 금기어를 말해도 괜찮니?'라는 단계에 조심스레 머물러 왔다면 우리 청소년문학도 앞으로는 '얘들아, 이렇게 다양한 관점에서 말해도 괜찮니?'라는 질문을 통해 더 다채롭고 풍부한 예술적 경험으로서의 성과 사랑을 함께 이야기해 나가야 할 시점이 아닐까 싶다.

어린이의 새 얼굴을 바라보다

나는 이원수의 『해와 같이 달과 같이』를 읽고 자랐다. 1977년 『가톨릭 소년』에 발표된 이 동화는 1979년 창비아동문고 10번으로 출간되었다. 1970년대의 아이 석남이와 주호는 험한 세상을 스스로 헤쳐 나가는 씩씩한 아이들이었다. 나의 아버지는 자신이 석남이였다고 말했으며 우리에게 석남이가 될 수 있다고 격려했다. 석남이처럼 살라고 말했다는 것은 석남이가 어린이 독자의 적극적인 대행자였다는 것을 의미한다. 책 속의 석남이는 참 어른스러웠는데 어릴 때부터 어른으로 살아야만 했던 많은 어린이에게 힘이 되는 친구였다. 오늘을 열심히 사는 석남이에게 내일은 결코 쉽게 찾아오지 않았지만 적어도 어제보다는 조금씩 나아졌다. 당시 나는 아버지처럼 내가 곧 석남이라고 생각하지는 않았다. 하지만 내 삶이 우리 아버지가 치열하게 석남이로 산 결과라는 것은 알고 있었으며 유리 가게 일성이 아버지도, 카센터 주희 아버지도 아들과 딸에게 석남이처럼 살라고 말하지만 그들이 더 이상 석남이로만 살게 하지는 않으려고 발버둥 치고 있다는 걸 어렴풋이 깨닫고 있었다.

그 무렵 같이 읽은 책 중에 미하엘 엔데(Michael Ende)의 『짐 크노프와 기관사 루카스』가 있었다. 당시 청람문화사에서는 차경아 선생의 번역으로 미하엘 엔데의 작품을 연달아 펴냈는데 그중 한 권이었다. 1978년에 가수 김만준의 노래 「모모」가 인기를 끌어 엔데의 또 다른 작품 주인공인 '모모'를 아는 사람이 더 많았지만 나는 '짐 크노프' 시리즈를 더 강렬하게 기억한다. 기차 엠마와 머나먼 곳으로 여행을 떠나는 흑인 소년 짐 크노프의 이야기는 앞으로 내가 살아가게 될 세계의 기분 좋은 아득함을 보여 주는 것 같았다.

『창비어린이』 창간 6주년 기념 세미나에서 발표했던 「디지털 세계와 동화의 주인공」(『창비어린이』 2009년 여름호)이라는 글은 기차 엠마를 타고 넓은 곳으로 여행을 떠난 석남이의 아들과 딸, 그들이 다른 세계에서 출산한 손자 손녀 들의 삶에 대한 이야기였다. 그 글에서 언급했던 동화 주인공은 『왕봉식, 똥파리와 친구야』(김리리, 우리교육 2003)의 봉식이, 「내 꿈은 토끼」(임태희 『내 꿈은 토끼』, 바람의아이들 2006)의 영빈이, 「가오리가 된 민희」(이민혜 『가오리가 된 민희』, 문학동네 2009)의 민희였다. 석남이나 짐 크노프가 그랬던 것처럼 '나는 이런 사람이야!'라고 한마디로 정의하기 어려운 이 인물들은 이야기의 맥락 속에 분할하여 존재했다. 꿈속에서는 씩씩하지만 현실에서는 의기소침하고, 엄마 앞의 모습과 친구 앞의 모습이 달랐다. 이 소극적인 주인공들은 짐 크노프처럼 용 어금니 부인에게 잡혀 있는 리 씨 공주를 구하러 가기는커녕 고작 문제집을 냄비에 넣고 팔팔 끓이면서 경쟁 교육의 현실에 어설프게 저항할 뿐이다. 『잃어버린 일기장』(전성현, 창비 2011)의 준호, 지우, 세희, 동현, 혜진이는 한 작품의 다섯 주인공이다. 이들은 비슷한 문제를 중심에 두고 병렬적으로 작품에 포진해 있지만 이야기 속에서는 철저히 개별적으로 움직인다. 독자는 이들 다섯 사람을 번갈아 살펴보면서 나의 40퍼센트는 준호를 닮았고 30퍼센트는 지우와 비슷하고 5퍼센트는 세희와 같다라는 식으로 생각하며 이야기를 읽어 나간다.

앞으로 10년의 아동문학은 어떻게 달라질까. 지금은 거대한 두려움의 시대다. 아이들은 후쿠시마 원전 사고를 통해 전쟁 없이 일어난 핵위협을 눈앞에서 지켜보았다. 원자력발전소를 처음 짓던 시대와 노후화된 발전소의 가동이 수시로 중단되는 시대의 생존에 대한 감각, 기술에 대한 신뢰는 다를 것이다. '자동차가 편리하지만 교통사고가 날 수도 있겠네요'라는 식의 두려움이 아니라는 얘기다. '전쟁이 일어나면 며칠 만에 다 죽는데 뭐하러 도망을 가니?'라는 말이 아홉 살 짝꿍의 입에서 침착하게 흘러나오는 사회, 아빠의 해고와 자살을 침묵으로 용인하는 이웃을 둔 사회, 자정까지 아이들에게 수학 문제를 풀게 하면서 '너희가 우리의 노후를 책임져야 한다'는 뉴스를 끝없이 반복하는 사회, 집값의 붕괴가 가정의 붕괴보다 더 크게 거론되는 사회. 동화의 주인공이 아이들의 얼굴이라면 석남이와 봉식이를 거쳐 온 지금, 우리 동화의 주인공들은 더욱 위축된 표정을 짓고 있다. 그들을 둘러싼 두려움의 크기를 생각하면 나무랄 일도 아니다.

이 시점에 미래의 아동문학을 이야기하는 일은 희망의 단서를 찾아내는 일이 될 수밖에 없을 것 같다. 동화는 꿈이 아니었던 적이 없고 꿈이기만 했던 적도 없다. 모든 사람이 어린이의 미래에 대한 걱정을 늘어놓을 때 동화작가는 쉴 새 없이 이야기를 쓴다. 그 이야기 속에서 꿈은 현실의 버팀목이 되기도 하고 현실이 꿈의 지렛대가 되기도 하는 것이다.

1. '괜찮아!'라고 말하는 아동문학

한동안 '긍정의 심리학'이 장안의 화제였다. 어린이의 심리를 연구하는 학자들도 마찬가지였다. 나는 현실의 모순을 개인 심성의 탓으로 돌리는 이들의 보수적인 의도를 알고 있기에 긍정의 심리학이라는 말에 강한 유감을 갖고 있었다.

그러나 최근 아동심리학자들이 여러 차례 소개했던 심리학 용어 가운데 '회복 탄력성'(resilience)이라는 개념은 미래의 아동문학을 이야기하면서 한 번쯤 살펴볼 만하다는 생각을 하게 되었다.

회복 탄력성에 대한 이야기는 물체마다 탄성이 다르듯이 사람도 탄성이 제각각 다르다는 전제에서 출발한다. 사람에게는 어떤 역경 때문에 감정이 밑바닥까지 떨어지더라도 다시 튀어 오를 수 있는 심리적 능력, 위기나 역경을 경험으로 바꾸어 원래의 상태로 자연스럽게 되돌아오는 힘이 있는데 어릴 때부터 그 힘을 키워 주는 게 중요하다는 것이다. 한 학자는 이를 '마음의 근육'이라고 표현하기도 했다. '나에게는 언제나 나쁜 일들만 생겨'라는 잘못된 일반화를 피하고 문제의 원인을 제대로 분석하여 '스스로 무엇인가를 해낼 수 있다는 믿음'을 갖는 것은 회복 탄력성의 중요한 요소로 꼽힌다. 회복 탄력성이 높은 사람은 모멸감이나 파괴된 현실에 대한 절망에 머무르지 않고 어려움을 딛고 일어나기 쉽다고 한다.

석남이처럼 살아온 기성세대는 이를 악물고 역경을 극복하는 편이었지 '띠용! 그럴 수도 있지'라며 역경을 경험으로 변환하는 쪽은 아니었다. 봉식이가 똥파리가 되어 자유낙하를 경험하면서 느꼈던 쾌감은 다시 올라올 수 있다는 느긋함과 여유 만만함이 있었기 때문에 가능했다.

이것은 자연의 변증법적 섭리이기도 하다. 축 늘어진 가지가 물을 빨아들이면 언제 그랬냐는 듯 원래 모습으로 되돌아오는 것처럼 어떤 시련을 겪더라도 '괜찮아, 다시 갈 수 있어'라는 태평스러운 힘이 지금의 우리 아동문학에도 필요한 것이 아닐까.

송미경의 단편동화 「오빠 믿지?」(『복수의 여신』, 창비 2012)에서 준영 오빠는 늘 엄마로부터 산만하다는 핀잔을 받는 효정이에게 산만한 사람에게는 비밀을 빠른 속도로 잊어버릴 수 있는 장점이 있다고 격려한다. 누구나 그에게 안심하고 비밀을 털어놓을 수 있으니 얼마나 듬직하냐는 것이다. 한글도 잘 모르고 학교에 입학한 효정이에게 준영 오빠의 유연한 상상력은 큰 힘이 된다. 현실의 충격과 공포가 의지를 압도하는 시대일수록 절망으로부터 상상을 지켜 줄 수 있는 회복 탄력성 높은 인물이 우리 동화에도 필요한 것은 아닐까 생각해 본다.

2. 새벽 3시의 아동문학

니혼티브이(日本TV)는 2013년 4월 13일부터 심야 어린이 코미디 프로그램 「새터데이 나이트 차일드 머신」을 방영하기 시작했다. 매주 토요일 새벽 1시 20분부터 30분간 방영되는 이 프로그램에는 어린이들 사이에 인기가 높은 아이돌 그룹 AKB48의 코지마 하루나, 카시와기 유키, 시마자키 하루카 등이 출연한다. 감독과 각본은 드라마 '용사 요시히코' 시리즈를 만들었던 후쿠다 유이치가 담당한다. 만들기, 낭독, 그림, 연극, 노래 등의 코너가 있는 정통적인 구성의 어린이 프로그램이다. 새벽 1시가 넘어서 방영되는 어린이 프로그램은 예전 같으면 상상할 수도 없었던 기획이다. 니혼티브이가 이 프로그램을 구상하게 된 배경에는

'심야의 어린이'가 늘어나고 있지만 그들이 볼만한 것은 없다는 진지한 고민이 자리 잡고 있다.

그동안 어린이에게 밤은 활동이 허락되지 않을 뿐 아니라 수면의 권리를 행사할 수 있도록 안전하게 보호되는 시간이기도 했다. 근대적 가족이 안정적으로 운영되고 있을 때 밤은 휴식의 기능을 충실히 담당했고 어린이에게는 엄마, 아빠의 든든한 보호 속에 푹 잠들 수 있는 꿈의 시간이었다. 그러나 현대적 가족의 밤은 더 이상 다정한 시간이 아니다. '편의점 야간 알바 하실 분, 주부 대환영'이라는 채용 공고는 이 땅의 수많은 엄마들이 아이를 재우고 나서 깊은 밤에 일하러 나간다는 것을 알려 주는 하나의 증거다. 24시간 운영하는 식당, 가게, 병원, 야간 교대 근무를 하는 공장, 밤과 낮이 따로 없는 온라인 근무는 이미 가족으로부터 밤의 평온함을 빼앗아 간 지 오래다. 부모 없이 혼자 잠들거나 24시간 놀이방에 맡겨지는 어린이가 늘고 있는데도 게임 셧다운제(shutdown 制) 같은 금지 조치만 있을 뿐 밤의 외로움에 대해서는 적극적으로 이야기하지 않는다.

혼자 있는 어린이에게 밤은 낮보다 더 외로운 시간이다. 프랑스의 동화작가 자닌 샤르도네(Janine Chardonnet)는 1971년에 이미 『여보세요, 니콜라』(Allo! Allo! Nicolas!)를 발표하여 야간 경비원과 야간 병원 간호사 부부의 딸이 깊은 밤 느끼는 외로움을 동화로 그려 낸 바 있다. 엄마와 아빠는 딸 리즈가 잘 자고 있을 거라고 생각하지만 리즈는 늘 한밤중에 잠에서 깨어 힘들어한다. 그런 리즈에게 친구가 되어 주는 것은 우연히 잘못 걸린 전화로 알게 된 먼 시골에 사는 니콜라다. 리즈와 니콜라의 심야 통화로 이어지는 이 동화에서 밤은 중요한 시간적 배경이다.

아동문학은 어린이가 있는 곳이 어디든, 어린이가 있는 시간이 언제든 동화의 배경으로 가져올 수 있어야 한다고 생각한다. 학교에 가고 집에 와서 부모와 저녁을 먹고 제시간에 잠드는 아이들에 대한 동화가 발견하지 못하는 어린이의 삶이 있거나 위로하지 못하는 어린이의 외로움이 있다면 그것을 적극적으로 작품 안에서 다루어야 하지 않을까. 새벽 3시의 어린이가 있다는 것은 안타깝고 슬픈 일이지만 새벽 3시의 아동문학은 필요하다고 생각한다. 그 시간에도 곤히 잠들지 못하는 어린이가 있는 한.

3. "너도 느끼고 있니?"라고 묻는 아동문학

2013년 볼로냐 국제아동도서전의 주빈국은 스웨덴이었다. 도서전 50주년을 맞아 스웨덴은 '어린이의 문화적 권리'를 슬로건으로 내걸면서 관련 행사로 '청소년들을 위해서 이렇게 써도 괜찮겠니?'라는 토론을 개최했다. 이 토론은 청소년들의 성과 사랑을 문학이 어떻게 다룰 것인가에 대해 작가와 출판 편집자 들이 함께 이야기하는 자리였다. 현장에 다녀오지 못한 까닭에 토론의 구체적인 내용은 알지 못한다. 그러나 배포된 토론 개요를 살펴보면 '성에 대한 옛 가치와 오늘날의 가치 변화', '성적(性的) 표현의 경계와 새로운 표현에 대한 도전' 등을 다룬다고 나와 있다. 흥미로운 것은 토론 방향에 대한 발제자의 제안이었는데 '청소년들에게 그들이 경험하는 욕망의 긍정적 느낌과 기쁨에 대해서 어떻게 말할 것인가'를 고민으로 내놓고 있었다.

어린이에게 사랑에 대해서 이야기해 주는 일, 청소년에게 사랑과 성의 기쁨과 흥분에 대해서 이야기하는 일은 그들이 그러한 감정을 이미 느끼고 있음에도 우리 아동문학에서 보이지 않는 금기로 여겨져 왔다. '사랑'과 '성'은 좀 다른 문제이고 연령대에 따라서 기준이 바뀌기도 한다. 초등학생 독자를 상대로 한 동화에서 사랑에 대한 이야기가 적은 까닭은 그것이 금기라기보다는 작가들이 어린이의 사랑 이야기를 쓰는 일에 익숙하지 않은 것과 관련이 있다고 생각한다. 하지만 최근 들어 어린이의 사랑을 다룬 작품이 늘어나고 있다. 이현의 동화 『오늘의 날씨는』(창비 2010)을 보면 정아의 사랑이 그야말로 사랑스럽게 그려진다. 최근작으로는 김민령의 「견우하고 나하고」와 「첫눈이 오면」(이상 『나의 사촌 세라』, 창비 2012)도 애틋하고 솔직한 사랑 이야기라고 할 수 있을 것이다.

그러나 청소년문학에서 성을 다루는 방식은 여전히 '억눌린 성', '감춰진 성', '부끄러운 성', '폭력으로서의 성'의 영역에 머물러 있는 작품이 더 많은 것 같다. 이는 사회 전반적인 분위기의 퇴행과도 관련이 깊다. 얼마 전 한 신문은 '특수 목적 고등학교의 이성 교제 금지 학칙'을 큼지막한 기사로 다루었다. '여고에 다니는 학생의 학업 성취도가 높다'는 내용의 기사는 청소년기의 연애와 성적을 연관시켰다. 이처럼 '청소년의 성과 사랑'에 대해서 백안시하는 태도는 청소년들이 느끼고 경험하는 현실과 거리가 먼 것이다. 작가는 그들이 어떤 느낌을 어떻게 풍요롭게 누리고 그 안에서 자신의 몸에 대한 권리와 의무를 발견해 나갈 것인지 한발 앞서 지켜봐 줄 필요가 있다. 더 자유로운 상상과 함께 움직이는 사랑과 성의 이야기가, 그들이 공감할 수 있는 아름다운 문체로 그려지기를 바란다.

4. 사고팔 수 없는 것에 대한 아동문학

인도에서는 6,250달러를 지불하면 여성 대리모 서비스를 이용할 수 있고 미국에서는 마약 중독 여성의 불임 시술에 300달러의 장려금이 지급된다. 7,500달러를 주면 제약 회사는 자신들의 약물이 안전한지 실험 대상이 되어 줄 사람을 구할 수 있다. 마이클 샌델(Michael J. Sandel)은 '시장과 도덕'이라는 철학 강의에서 '돈으로 살 수 없는 것'에 대해 강의한 내용을 책으로 펴냈다. 그에 따르면 시장의 가치가 삶을 지배하는 현실에서 '사고판다'는 것은 더 이상 물질적인 재화에 한정되지 않는다. 그렇다면 우리는 무엇까지 사고팔 수 있을까. 무엇을 살 수 없고, 무엇을 팔 수 없을까. 그는 새치기, 인센티브, 생명 거래 행위 같은 것들이 어떻게 도덕을 파괴하는지 파헤친다. '놀이공원에서 더 비싼 요금을 내고 다른 사람보다 먼저 놀이 기구에 탑승하는 것이 옳은 일일까?', '금연이나 다이어트에 성공한 사람에게 사회에서 돈을 주는 것은?', '웹 사이트에서 다른 사람의 죽음을 가지고 도박을 하는 행위는 무엇이 잘못되었을까?' 등이 그가 던지는 질문이다.

약간의 돈을 더 내면 더 빨리 들어가고, 더 좋은 곳에 앉고, 더 잘생긴 사람과 사랑을 나눌 수 있는 사회에서 우리는 무엇이든 살 수 있다는 착각에 빠지기 쉽다. 공부를 열심히 하면 돈을 받고, 살을 빼면 돈을 받고, 고양이를 팔아 돈을 받는 사회에서 우리는 무엇이든 팔 수 있다는 생각을 가진다. 점점 더 텔레비전 드라마에 몰입하기 힘든 이유는 간접 광고 때문이다. 우리는 고조된 감정의 일부를 떼어 돈과 바꾸고 있는 것이다. 커다란 로고가 박힌 옷을 입는 것은 스스로 광고판이 되겠다는 선언이나 다름없지만 그것을 오히려 자랑스러워하는 문화가 강세다.

이런 현실에서 아동문학은 무엇을 이야기해야 할까. 작가는 필사적으로 '사고팔 수 없는 것'을 찾아 나서야 한다. 세상의 모든 것을 사고 팔 수 있다는 강력한 주문으로부터 탈출하는 고된 길에 나서야 한다. 어린이 독자가 동화를 읽으면서 '살 수 없는 것'의 목록을 더 많이 만들어 나갈 수 있다면 그의 삶은 화폐가 대체할 수 없는 방향으로 한발 더 나아가 있을 것이다. 화폐가 무엇이든 대체할 수 있는 사회에 대한 저항은 화폐가 쓸모없는 순간을 발견하는 것에서부터 시작된다. 동화작가는 그 일을 가장 잘할 수 있는 사람이면서 가장 즐겁게 할 수 있는 사람이라고 생각한다.

5. 만나지 못하는 친구에 대한 아동문학

2013년을 살아가는 어린이의 삶에 가장 큰 영향을 끼칠 것으로 예상되는 물건은 '똑똑전화'다. 전화기가 아이들의 소지품이 된 것은 어제 오늘의 일이 아니지만 국립국어원의 표현을 따르자면 '똑똑전화'로 불리는 스마트폰은 인간관계의 전반을 뒤흔드는 1순위 변화 요인이 될 전망이다.

어린이 전용 SNS(Social Networking Service)를 표방하는 '빅처'(Bigture)는 'Big', 'Picture', 'Future'의 합성어인데 어린이들이 그림을 그려서 공유하면 전 세계의 어린이 사용자, 디자이너, 아티스트, 큐레이터, 대학교수 등 다양한 분야의 전문가들이 그 그림에 대해서 응답해 주는 서비스다.

스마트폰이 기반이 된 SNS의 가장 큰 변화는 인간관계에서 심리적 거리와 물리적 거리의 간극이 커지고 있다는 점이다. 경쟁과 효율을 강조하는 현대사회에서 어린이들은 물리적으로 가까운 거리에 있는 사람과 자주 만나기 어렵고 만나더라도 깊은 이야기를 나누지 못한 채 자란다. 학원에 가야 하고 친구를 만나기보다 책을 봐야 한다. 어른 또한 마찬가지다. 회사에 가야 하고, 아이보다는 돈을 더 오래 바라보아야 하는 게 현실이다. 그런데 스마트폰은 시간과 공간의 제약을 뛰어넘어 관계를 확장할 수 있는 기반을 마련해 주었다. 그 사람이 스마트폰을 가지고 있다면 나는 그 사람과 더 가까워질 가능성이 높다. 물리적 거리는 문제가 되지 않는다.

앞에서 예로 든 SNS만 보아도 알 수 있다. 아이가 그린 그림을 퇴근한 엄마보다 말레이시아에 있는 온라인 친구가 더 먼저 보고 이야기해 준다. 따돌림은 채팅방에서 일어나고 화해도 쪽지로 한다. 과거의 어떤 가정용 컴퓨터 시스템보다도 스마트폰이 어린이에게 더 강력한 영향을 미치는 것은 이 물건이 '개인 소유'이기 때문이다. 전화번호가 정체성을 대신한다. 스마트폰은 어느 곳이든 함께 이동한다.

만나지 못하는 친구를 다루는 문학은 어떤 모습일까. '만나는 우정' 밖에 모르고 살았던 대다수의 작가 집단은 만나지 못하는 친구를 더 많이 둔 어린이 독자와 어떤 이야기를 나누게 될까. 무엇이 우리 사이에서 '친구'라는 교집합을 만들어 내게 될까.

미래의 아동문학은 관계에 대해 분명히 지금까지와는 다른 방법으로 접근할 것이다. 하지만 그 본질은 크게 다르지 않을 것 같기도 하다. 사귐의 문제는 결국 마음이 오가는 문제이기 때문이다. SNS상에서 벌어지는 얼핏 평면적으로 보이는 관계가 문학 안에서 어떤 입체감을 지니게 될지 궁금하다. 물리적 사건을 통해서 그 심리적 연결을 3D로 구성해 내는 것도 동화작가의 몫이라고 생각한다.

올해(2013) 볼로냐 국제아동도서전에서 스웨덴이 마련한 '어린이의 문화적 권리'에 대한 주제 토론에서는 '디지털 격차는 더 이상 젊은이와 노인 사이의 문제가 아니다. 디지털 세계 안에서 콘텐츠를 발견, 분석, 창조할 수 있는 동력을 가진 사람과 그러지 못한 사람 간의 문제다. 어떻게 하면 모든 어린이가 이 기초적 시민의 역량을 가질 수 있도록 도울 것인가?'라는 문제가 제기되었다. 만나지 못하는 친구를 사귈 수 없는 어린이가 경험하는 고립감에 대한 관심, 새로운 방식의 우정과 창조적 놀이를 전개하지 못하는 아이들에게 이야기가 기여하는 방법 등이 앞으로 우리가 고민할 문제가 될 것이라고 생각한다.

일을 준비하는 아이들

1. 진짜 어른이 되고 싶은 아이들

서울의 한 어린이 직업 체험 놀이공원은 실제 도시의 모습을 3분의 2 크기로 축소하여 만든 일종의 '사회 모형'이다. 어린이들은 이곳에서 우유 배달부, 소방관, 거리의 화가, 의사, 출판 편집자 등 90여 가지의 직업을 순환 체험할 수 있다. 장래 희망을 상품화한 기획인 셈인데 직업의 외부 특징을 주로 따왔기 때문에 일회성 오락에 가깝다. 그럼에도 그곳에 어린이들이 열광하는 현실에는 주목할 필요가 있다. 미래의 일과 꿈에 대한 어린이의 관심이 그만큼 높다는 뜻이기 때문이다. 세계 여러 곳에 만들어진 이 놀이공원은 멕시코에서 처음 생겼고 우리나라에서 여덟 번째로 문을 열었다. 이 놀이공원은 중진국 도시에 많이 세워졌는데 아동노동 착취가 심각한 저개발 국가나 노동과 인권 교육이 일상화된 선진국의 경우에는 이런 놀이에 대한 마땅한 수요가 없는 편이다.

유럽의 아이들은 대개 열 살 정도에 첫 아르바이트를 경험한다. 방과 후 가게에서 자전거 바퀴에 바람을 넣는 일처럼 복잡하지 않은 작업을 돕고 두 시간에 5유로 정도의 돈을 받으면서 '남과 함께 일하는 것'이 무엇인지 알아 간다. 유럽 아동문학에도 아르바이트를 다룬 작품이 적지 않다. 프랑스 작가 아네스 드자르트(Agnès Desarthe)의 『공주의 발』(조현실 옮김, 문학과지성사 2004)은 발 관리실에서 조수로 일하는 열 살 소년 이반의 이야기다. 이반은 손가락 끝이 박하 향 크림에 절 때까지 손님들의 발을 마사지하면서 '공주를 만나는 삶'에 대한 환상을 접는다. 같은 프랑스 작가 마리 오드 뮈라유(Marie-Aude Murail)는 『열네 살의 인턴십』(김주열 옮김, 바람의아이들 2007), 『열여섯 살 베이비시터』(김영미 옮김, 사계절 2010) 등 청소년의 노동에 대한 작품을 꾸준히 발표했다. "수학은 영 헤매는 데다 독어 시간에는 아예 잠을 자던" 열네 살의 루이는 미용실 인턴으로 일하면서 비로소 '손을 써서 뭔가 하고 싶다'는 욕망을 발견하고 미용 기술 학교에 진학한다.

우리나라는 어린이에게 교육 차원의 일자리 경험을 나눠 줄 만큼 상황이 한가롭지 않다. 용돈을 위해 아르바이트를 해도 이현의 「짜장면 불어요!」(『짜장면 불어요!』, 창비 2006)의 기삼이처럼 배달 일이 대부분이다. 직업을 갖는다는 것은 '진짜 어른의 삶'을 상상하기 위한 필요충분조건이다. 동화에서 종종 백수 삼촌이 어린이와 잘 놀아 주는 사람으로 등장하는 것은 이상한 일이 아니다. '무직자'는 어린이에게 어른으로 여겨지지 않는다. 환상적인 직업 체험 놀이공원은 어린이들에게 "이 안에서는 어른이야"라고, "모든 직업 중에 네가 원하는 것을 택해 봐"라고 낭만적으로 속삭인다. 좋아하는 일을 마음껏 하라는 메시지는 이상적인 지침으로 반복된다.

그러나 공원 문밖에서 어린이를 기다리고 있는 미래의 직업 전망은 안타깝게도 장밋빛이 아니다. 부모는 직업 체험 판타지를 마치고 상기

된 얼굴로 빠져나오는 어린이를 데리고 귀가하면서 아까 재미있었다는 그 직업을 가지려면 얼마나 열심히 공부해야 하는지 설명한다. 혹시 자녀가 이끌린 직업이 취업 시장에서 낮은 평가를 받는다면 그걸로 먹고 살기는 힘들다고 설득한다. 상당수 부모가 속물적인 반응을 보이는 데는 '일자리 위기'(work crisis)라고 불리는 사회변동을 그들 스스로 체감하고 있기 때문일 것이다.

미국 매사추세츠 공대 경영대학원 교수 에릭 브리뇰프슨과 앤드루 매카피는 「왜 노동자는 기계와의 경쟁에서 지는가?」라는 글에서 앞으로 벌어질 노동의 양극화를 경고했다.[1] 기술 중심의 사회로 나아갈수록 고용은 급격히 줄어든다. 예를 들면 한때 14만 5천 명의 노동자를 고용했던 필름 회사 코닥은 최근 부도가 났지만, 소셜 네트워크 서비스(SNS)와 사진 기술을 결합한 신생 기업 인스타그램은 직원 13명이 3천만 명의 고객을 관리하며 승승장구하고 있다. 반복적 화이트칼라 업무는 사라지고 창의성을 활용해야 하는 고소득 일자리 일부만 남으며 자동화가 거의 불가능한 식당 종업원, 경비원, 요양 보호사, 청소부 등 서비스직에 대한 수요가 큰 폭으로 증가할 것으로 전망된다. 일자리 자체가 없어지지는 않겠지만 사회가 필요로 하는 노동의 성격이 변화하리라는 주장도 많다. 지금 자라는 아이들이 어른이 되었을 때는 일에 대한 패러다임이 전격적으로 바뀔지도 모른다.

우리나라 동화는 '일'에 대해서 어떻게 이야기하고 있는가. 이 글에서는 근대 초창기에 우리 동화가 직업과 노동에 대해서 보였던 태도를 시대별로 짧게 살펴보고 최근에 창작된 작품에서 동화가 일을 이야기하는 방식이 어떻게 달라지고 있는지 짚어 보겠다. 특히 요즘 동화 몇

---

1 Erik Brynjolfsson and Andrew McAfee, "Why Workers Are Losing the War Against Machines," *The Atlantic* 2011년 10월 26일자.

편은 앞서 언급한 여러 가지 사회 변동의 신호를 예민하게 포착하고 있어서 흥미롭다.

2. 어린이와 일을 이야기하는 방법

우리 어린이들이 아동노동의 굴레에서 벗어난 것은 오래된 일이 아니다. 1978년에 출간된 『일하는 아이들』(이오덕 엮음, 청년사)에는 부모님을 도와 농사나 집안일을 해야 했던 당시 어린이의 삶이 고스란히 드러난다. "아버지하고／동장네 집에 가서／비료를 지고 오는데／하도 무거워서／눈물이 나왔다"(「비료 지기」)라는 대곡분교 3학년 정창교의 시에 나타나듯 1970년대는 아이들이 한몫의 일꾼이었던 시대다. 마해송의 동화 「그때까지는」(『가톨릭소년』 1963~64)에는 중학교 진학을 포기하고 직업전선에 뛰어든 창수와 춘성이가 나온다. 창수는 구두닦이로 열심히 일을 하면서도 날마다 '이건 임시다!'라고 되뇐다. 학교 다니는 친구들을 보면 부끄럽기도 했고 부럽기도 했기 때문이다.

산업화가 진행되면서 큰 공장에서 일하는 노동자를 꿈꾸는 아이들도 생겨난다. 이원수의 『해와 같이 달과 같이』(창비 1979)의 석순이는 석남이에게 "이 댐에 나도 중학교 가기 어려우면 오빠 있는 공장에 취직할 수 없을까"(117면)라고 편지를 쓴다. 석남이와 주호는 공장 취업에 실패한 상태였지만 '가정 방문 구두닦이'라는 아이디어로 일의 세계를 헤쳐나간다. 그들은 직업 소년으로서 씩씩하게 살아가면서 자신의 노동을 자랑스럽게 생각한다.

1980년대와 90년대를 거치면서 동화 속 어린이의 노동에 대한 인식도 확장된다. 노동자를 둘러싼 사회의 그늘을 이해하기 시작한 것이다.

아이엠에프(IMF) 구제금융 시기는 기폭제가 되었다. 박기범의 「문제아」(『문제아』, 창비 1999)에서 주인공 창수는 도배장이로 일하다 다친 아버지 병원비를 대기 위해 신문 배달을 시작하지만 남보다 더 많이 신문을 돌리려고 탔던 오토바이 때문에 폭주족으로 몰린다. 이 밖에도 박기범은 같은 책에 실린 다른 작품들에서 산업재해, 해고 노동자의 연대와 갈등 문제를 전면에서 다룬다. '일과 생존'은 그 전부터 동화의 주제였지만 '노동과 연대'가 동화 서사에 본격적으로 등장한 것은 그즈음부터로 보인다.

직업에 대한 어린이의 생각도 구체적으로 변한다. 김중미의 『괭이부리말 아이들 1, 2』(창비 2000)에서 교도소를 들락거리던 중퇴생 동수는 신문 배달 40일을 뛰고 13만 원을 번다. 동수는 대영 중공업의 삼교대 노동자를 가리켜 저 정도면 "살 만한 사람들"이라고 말하지만 "순전히 빚투성이라 곧 망할지도 모른다"(2권, 112면)며 저 공장 문 닫으면 우리는 더 가난해질 것이라는 말로 경제 위기에 대한 두려움을 표현한다. 그래도 동수의 꿈은 '기술자'다. 배우는 데 좀 힘들어도 오래 할 수 있는 일을 하는 것이 소원인데 마침내 직원이 10명인 소규모 사업장에 취직하여 선반공이 된다. 흥미로운 것은 동수의 친구 명환이다. 배춧속 넣는 것도 꼼꼼히 잘하는 명환이는 제빵 기술을 배우러 학원에 다닌다. 이전까지 '하고 싶은 게 뭐냐?'는 질문은 중산층 이상의 어린이에게 허용되는 한가한 얘기였지만 생활보호 대상자인 명환이도 '하고 싶은 것'과 '잘할 줄 아는 것'에 대해서 고민하기 시작한 것이다.

2000년대부터 동화에는 '일하는 아이들'보다 '일을 준비하는 아이들'이 압도적으로 많아졌다. 자녀 수가 줄어들고 2002년 중학교 의무교육이 시행되면서 노동 현장으로 들어서는 평균연령이 높아졌기 때문이다. 아동의 진로와 직업에 대한 이야기보다는 학습을 둘러싼 갈등이 서사의 중심이 되었다. 노동은 '부모의 일'을 통해서 간접적으로 들여다보게 된다. 어린이가 일을 하더라도 현장에 더 심층적으로 접근하며 묘사도 섬세하다. 「짜장면 불어요!」의 중국집 아르바이트생 용태는 양파 까기의 고수 기삼을 만나 발로 뛰는 일은 신성하다는 그의 '노동 철학'을 듣게 된다. '제대로 된 철가방'이 되기 위한 비법을 전수받으면서 하나의 작은 직업이 어떻게 다른 직업과 연결되는지 깨닫게 된다. "대한민국에 철가방의 발이 안 미치는 데가 있어, 없어?"(『짜장면 불어요!』, 108면)라는 기삼의 말은 개인 노동의 사회성에 대한 정확한 표현이다.

어린이의 꿈에 부모가 개입하는 경우도 늘어났다. 박효미의 「박순미 미용실」(더작가 모임 작품집 『박순미 미용실』, 한겨레아이들 2010)에서 희용이는 엄마의 미용실에서 조수로 일하는데 희용이의 꿈은 엄마가 정했다. 엄마는 미용실의 업무 원칙인 '눈치'를 가르치면서도 희용이에게는 '노력'을 원칙 삼아 의사가 되라고 한다. 부모 직업을 통해 자신의 미래를 생각하는 어린이의 모습이 가장 잘 드러난 작품으로는 유은실의 「내 이름은 백석」(『만국기 소년』, 창비 2007)이 있다. 작가는 '시인'과 '닭집 주인'의 비교를 통해 머리 쓰는 일과 몸 쓰는 일에 대한 선입견을 예리하게 꼬집는다. 아빠가 아직 미래를 알 수 없는 아들에게 "나중에 아빠처럼 닭을 자르고 살아도 말이지……"(18면) 하고 당부하는 말에서 비장함이 느껴진다. 이 부자간의 대화는 언제나 목이 달린 신선한 닭만 팔아 온 아빠의 직업 전문성이 담긴 말 "닭은 언제나 목이 길게 달려 있는 게 맞는 거야"(20면)로 마무리되지만 끝까지 백석 시집을 손에 땀이 나도록 쥐고 있는 석이의 모습에서 '나는 어떤 일을 하는 사람이 될 것인가'라는 깊은 고민이 남는다는 걸 알 수 있다.

1970~80년대에 그 많은 인력을 해외로 수출했으면서도 '먼 일터' 이야기가 동화에 나온 적은 거의 없었지만 2000년대 중반 들어 이주 노동

이야기는 동화에 종종 나온다. 이는 우리가 이주 노동자 고용 허가제를 시행한 시점과 겹친다. 『박순미 미용실』에 실린 김해원의 「연극이 끝나면」은 이주 노동의 문제를 다룬 단편이다. 주인공 '나'는 미국에 돈 벌러 간 아빠의 직업을 늘 꾸며 내어 말한다. '백화점에서 마이클 조던이 운동화를 신기 전에 길들여 주는 일', '박물관의 티라노사우루스 먼지 털기 전문가' 등이 아빠의 직업이다. 정작 아빠는 닭발 공장으로 갔는지 어느 초라한 창고에서 웅크리고 있는지 알 수도 없다. '나'는 베트남 아저씨가 가면 방글라데시 아저씨가, 그 아저씨가 안 보이면 네팔 아저씨가 오는 이웃 공장에 새로 온 버마 아저씨와 친구가 되면서 이주 노동자의 절박한 삶을 들여다보게 된다. "우리 동네 공장 가구는 아시아 사람들이 힘을 합쳐 만든 '아시아표'"(65면)라고 말하는 부분에서 작가는 국경을 넘은 노동자의 연대를 우회하여 표현한다.

동화에 등장하는 직업군이 다양해진 것도 특징이다. '농부', '공원(工員)', '장사' 등으로 표현하던 부모의 직업은 '백화점 디스플레이 디자이너'(길지연 『엄마에게는 괴물 나에게는 선물』, 국민서관 2005), '치과 간호조무사'(유은실 『나의 린드그렌 선생님』, 창비 2005) 등으로 더 상세해진다. 맞벌이가 늘면서 '아빠-출퇴근', '엄마-집'의 공식도 깨진다. 가족 해체와 재구성으로 아이가 부모의 삶에 더 관심을 갖게 된 것도 동화에서 '아빠엄마의 일'의 묘사가 풍부해진 원인으로 짐작한다.

3. 직업, 낭만과 사실 사이에서

이세 히데코(伊勢英子)의 『나의 를리외르 아저씨』(김정화 옮김, 청어람미디어 2007)에서 어린 주인공 소녀는 예술 제본가인 '를리외르'를 만나 일을 배운다. 프랑스어로 다시 묶는다는 뜻의 '를리외르'(relier)는 고도의 수작업 때문에 디지털 시대에도 살아남은 몇 안 되는 장인의 일이다. 를리외르의 일은 모두 손으로 한다. "실의 당김도, 가죽의 부드러움도, 종이 습도도, 재료 선택도, 모두 손으로 기억"하라고 가르치던 아저씨는 이렇게 충고한다. "이름을 남기지 않아도 좋아. 얘야, 좋은 손을 갖도록 해라."(45면)

노동하는 자의 자세에 대해서 를리외르 아저씨는 분명하게 짚어 준다. 어린이와 미래의 직업에 대해서 말할 때 가장 고민이 되는 것은 이런 부분이다. 어떤 일을 하는 사람이 되어야 한다고 말해야 할까. 어떻게 하면 일을 사랑하게 도울 수 있을까.

요즘 어린이들이 가장 많이 듣는 직업에 관한 조언은 '좋아하는 일을 하라'는 말일 것이다. 스티브 잡스(Steve Jobs)가 스탠퍼드대 졸업 연설에서 던지면서 유명해진 이 말은 사회적 노동을 '개인적 애호'에 국한하는 문제를 낳는다. 잡스의 멋져 보이는 언급 뒤에는 중국의 공장에서 밤새워 스마트폰을 조립하는 수많은 노동자들이 있다. 과연 그들은 좋아하는 일을 하고 있을까?

원래 '애호가'(amateur)와 '직업인'(professional)을 구분할 때는 '그 행위를 사랑하는가'를 묻는다. '사랑하는 사람'이라는 라틴어 'amator'에서 온 애호가에 비해 직업인의 어원은 '맹세'라는 뜻을 가진 'profess'다. 소명을 갖고 맹세했을 때만 직업이 된다는, 훨씬 무거운 책임과 권리를 동반하는 개념이다. 펜실베이니아대에서 미술사를 전공한 미야 토쿠미츠는 「사랑의 이름으로」[2]라는 글에서 '좋아하는 일을 하라'는 것은 오늘날의 노동자를 향한 주문이라고 첫 문장을 시작하며 잡스식 낭

2 Miya Tokumitsu, "In the name of Love," *JACOBIN* 2014년 1월 24일자.

만적 직업관의 허구성을 비판한다. 자본주의 사회에서 사랑하는 일을 하면서 먹고살 수 있는 특권적 계층은 일부에 불과하며 사랑하기 힘든 일에 종사하는 이들의 궂은 노동의 가치를 깎아내리지 말아야 한다는 것이 그의 주장이다. 요즘 젊은이의 농담처럼 '부모님 돈 많아'가 낭만적 직업관 뒤에 숨어 있다는 얘기다. 낭만적 직업관이 노동 강도를 높이고 비정규 고용을 확산시키는 데 기여한다는 비판도 덧붙인다. '사랑하니까 더 열심히 하라'는 공세가 계속된다는 것이다.

최근 몇 년간의 동화들은 이 민감한 문제를 다루고 있다. 김남중의 「수학왕 기철이」(『동화 없는 동화책』, 창비 2011)는 비싼 학원비 때문에 공부를 포기하는 것이 더 나은 길이라는 기이한 결론을 얻은 수학왕 기철이의 이야기다. 공부를 해야 돈을 많이 번다는 의견과 공부를 안 하는 게 돈을 버는 것이라는 모순된 주장 사이에서 기철이는 혼란스럽다. 마지막 장면에서 기철이가 흘리는 "녹아내린 아이스크림 같은 땀"(25면)은 절묘하게 유은실의 동화 「내 이름은 백석」에서 주인공 소년 '백석'이 흘리던 땀과 겹친다. 진로에 대한 고민은 이렇게 아이들의 냉정한 현실과 교차하면서 낭만을 내려놓게 만든다.

유은실의 『일수의 탄생』(비룡소 2013)은 날카로운 눈으로 직업의 문제를 다룬다. 일수는 좋아하는 것도 잘하는 것도 하나 없었던 어린이다. "일수 씨는 '하면 된다'가 끔찍했어요. 해서 된 게 하나도 없었으니까요"(84면)라는 말에서 알 수 있듯 일수는 평범해서 부모의 기대를 모두 저버렸던 아이다. 그는 자라서 어릴 적의 서예반 경험을 바탕으로 독창적으로 서투르게 글을 써서 동네 가훈업자로 살아간다. 이야기의 마지막에 이르러 결국 '창의성'이 해결책인가 싶을 때에 독자는 커다란 한 방을 맞는다. 일수는 '당분간 가훈 못 써 드립니다'라고 붙여 놓고 일을 그만둬 버린 것이다. '나의 쓸모는 누가 정하는 것인가?'라는 깨달음이 평생 수동적으로 성실하게만 살아온 일수의 삶을 원점으로 되돌린다. 책 속의 일수는 어쩌면 학원을 순례하며 자라나 이력서까지 부모가 써주는 우리 아이들의 미래일지도 모른다.

송미경의 「어른동생」(『어떤 아이가』, 시공주니어 2013)은 더욱 공격적이다. '좋아하는 일'을 하지만 먹고살지 못하는 정우 삼촌에게 열세 살의 나이를 준 것은 '좋아하는 일을 하는 어른이 되라'는 말이 허구에 가깝다는 현실을 폭로한 것이다. 마지막 장면에서 정우 삼촌의 기타 연주를 들으면서 주인공 하루의 속이 울렁거렸던 것은 이와 관련이 있다. 작품 제목의 '어른'은 직업과 밀접하게 연동되는 낱말이다. 하루의 가슴속에는 어른이 못 될지도 모른다는 불안이 숨겨져 있다.

'좋아하는 일'의 문제를 어둡게 다룬 작품만 있는 것은 아니다. 김유의 『내 이름은 구구 스니커즈』(창비 2013)는 스니커즈를 좋아하고 거기서 위안을 받던 구구가 스니커즈 사업을 하고 스니커즈 발견가가 되는 얘기다. "요즘은 한 가지 일만 해선 먹고살기 힘들거든"(19면)이라는 키다리 아저씨의 말은 구구의 삶에서 예외가 된다. 물론 구구는 운이 좋았지만 종횡무진 통쾌한 구구의 이야기는 어린이들에게 '나도 한 가지를 열심히 해 볼까'라는 희망을 안겨 준다. 정연철의 「주병국 주방장」(『주병국 주방장』, 문학동네 2010)도 요리를 좋아하는 병국이가 요리사를 꿈꾸는 얘기다. "우예뜬동 주방장은 절대로 안 된다. 니도 엄마맨키로 얼굴 뻘겋게 달가 가면서 이 짓 하고 싶냐?"(26면)고 소리치는 병국이 엄마는 직업의 고충을 사실적으로 전한다. 그러나 병국이는 화상까지 입어 가며 첫 요리 대접에 도전한다. 구구와 달리 병국이는 처절하게 패퇴하지만 새로운 다짐으로 자신의 희망을 꿋꿋이 밀고 나간다. 병국이가 무릎을 꿇지 않았던 것은 동화답다. 어떤 상황에서도 동화작가는 무엇을 열심히 하는 어린이에게 '그 일 좋아해 봐야 소용없어'라고 말할 수 없다는 딜레마를 안고 있다.

김혜정의 『우리들의 에그타르트』(웅진주니어 2013)는 낭만적 직업관과 사실적 직업관 사이에서 비교적 현명한 중재에 나선다. 에그타르트의 본고장 마카오에 가기 위해 돈을 모은 증평읍의 네 소녀는 마카오 원정에 실패한다. 그들이 마카오에 가고 싶었던 건 스타일리스트, 드라마 작가, 요리사 등 자신의 꿈을 펼치기 위해서는 더 큰 세상이 필요하다고 믿었기 때문이다. 좋아하는 일을 하면서 살고 있는 '에그에그' 가게의 주인 세진 언니는 이들에게 소박한 '롤 모델'이다. 이들의 낭만적 직업관을 향한 길은 매우 사실적인 아르바이트인 방울토마토 따기, 인삼밭 잡초 뽑기의 난관을 만난다. 작가는 '일'이 결코 꿈과 단순한 동의어가 아니며 모든 일에는 '땀의 절차'가 기다린다는 것을 보여 준다. 그러면서도 펑펑 울던 네 소녀가 꿈을 위한 타르트 건배를 하는 마지막 장면을 통해 격려를 멈추지 않는다.

4. 이런 좋은 일터는 처음이지?

최근 유행처럼 번지는 '좋아하는 일을 하라'는 낭만적 권고는 고용주와 피고용인 중에 누구를 이롭게 할까. 고민할 문제가 많은데도 토끼몰이 하듯 직업별 경쟁 구도에 아이들의 꿈을 밀어붙이느라 바쁜 것이 오늘의 현실이다. 어린이들과 함께 좀 더 유연하고 폭넓은 태도로 달라지는 흐름에 대해서 이야기 나눠 볼 필요가 있다.

우리가 놓치고 있는 것은 '일'을 단지 생계 수단이 아니라 인간의 고귀한 노동으로 바라보는 관점이다. 현 정부의 진로 교육 방향은 '꿈과 끼를 살리는 교육'이지만 노동법을 비롯한 노동자의 인권에 대한 교육 내용은 구체적으로 찾아보기 어렵다. 아이돌 그룹을 좋아하던 열여덟 살 소녀가 첫 직장에서 2년도 안 되어 산업재해로 세상을 떠나는 일이 반복되는데도 꿈과 끼를 독려하기에만 바쁘다. 대기업들은 정부의 묵인 속에 비극을 방치하고 있다. 미래의 그들에게 "진짜 어른이 된 것을 환영한다. 이런 좋은 일터는 처음이지?"라고 자신 있게 말할 수 있으려면 지금 할 일이 많다. 동화가 노동을 어떻게 다루는가도 그 할 일에 포함된다.

어떻게 사랑할 것인가

1. 로미오의 첫사랑

로미오의 첫사랑은 줄리엣이 아니었다. 그는 아름다운 로잘린을 사랑했으나 로잘린은 순결을 맹세한 상태여서 로미오의 사랑을 받아 주지 않았다. 두문불출하며 송장처럼 지내던 로미오는 잠시라도 로잘린을 볼 수 있을까 싶어 캐퓰릿 가문의 무도회에 갔다가 로잘린의 사촌인 줄리엣을 만난다. 만나자마자 로잘린을 까맣게 잊고 줄리엣과 뜨거운 사랑에 빠진다. 줄리엣은 아침이 올 때까지 가지 말라고 소년 로미오를 붙잡는다. 줄리엣은 2주 후에 열네 살이 되는 소녀다. 여기서 우리는 아직 중학교 1학년 정도인 줄리엣이 벌써 그런 사랑을 하고 있다는 사실에 놀란다. '벌써 그런 사랑'이란 어떤 사랑인가.

사랑이란 무엇일까. 낭만적 사랑의 교본처럼 여겨지는 『로미오와 줄리엣』을 읽어 보아도 사랑의 정체는 알기 어렵다. 철학자 마르틴 부버(Martin Buber)는 '나-그것'(I-it)의 관계가 주도하는 우리의 삶에서

'나-너'(I-Thou) 관계로 갈 수 있는 가능성을 사랑에서 찾았다. '너'라고 말하는 사람은 아무것도 대상으로 삼지 않으며 자기의 전 존재를 기울여 만남의 당사자를 인정하고 받아들인다. 상호적인 인정을 통해서 사랑하는 두 사람은 참다운 자기의식에 도달하고 존재를 확인하게 된다는 것이다. 사랑은 이처럼 동등한 주관들 사이에서만 성립되는 실존적인 교제이다.[1] 사랑의 이러한 관계적 특성은 인간의 주체성과 더불어 한 사회의 정체성을 해명하는 데에도 결정적인 단서를 제공한다. 우리가 얼마나 사랑하고 있는가는 그 사회가 얼마나 다양한 '나-너' 관계를 가지고 있는가와 연결된다. 사랑은 개인의 자유와 밀접하기 때문에 자유롭지 않은 사람은 사랑의 권리를 행사하지 못한다. 청소년이 사랑할 수 있다는 것은 자유롭고 자율적인 주체로 인정받는다는 것을 의미한다.

그러나 오늘날 우리 청소년들은 어쩌면 로미오와 줄리엣만큼도 사랑을 누리지 못한다. '벌써 그런 사랑'을 해서는 안 된다는 감시의 시선은 유교적 성 문화가 지배적인 우리나라에서 여전히 기세등등하고, 학습 성취도를 위해 공부 이외의 시간은 철저히 관리되고 통제된다. 연애를 하더라도 동시에 성적을 관리하지 못하면 "거지발싸개 같은 자식"이 된다.[2] 『열정으로서의 사랑』을 쓴 니클라스 루만(Niklas Luhmann)의 말에 따르면 현대사회는 과거의 사회구성체들과 비교할 때 비인격적 관계를 맺을 가능성이 증가한 사회다. 점원과 손님의 관계처럼 '나-그것'으로 서로를 대상화하는 관계가 늘어나 우리를 옥죈다. 그 때문에 우리는 몇 남지 않은 '나-너'의 인격적 관계에 더욱 의존하게 되고 그 안에

---

1 신옥희 『문학과 실존』, 이화여자대학교출판부 2014, 227~32면 참조. 부버는 인간관계를 '나-그것' 관계와 '나-너' 관계로 분류하면서 그중에서 '나-너' 관계의 중요성을 강조한다. '나-너' 관계는 상대를 대상화하지 않는 관계다.
2 김하은 『얼음붕대 스타킹』, 바람의아이들 2014, 139면.

서 더욱 밀도가 높은 친밀함을 나누고자 한다. 청소년들은 경쟁 기계로 취급당하는 일상을 벗어나 조금이라도 자율적이고 도덕적인 주체로서 자신을 확인하기 위해 농도가 높은 사랑을 원하는 것이다. 내 남자 친구에게만은 "떡볶이처럼 따뜻한 마음이 숨겨져 있을 것" 같아서, "내 얼음을 녹일 스위치를 제대로 찾은 것" 같아서[3] 오늘도 청소년은 연애를 꿈꾼다. 그들에게 로맨스는 "기능으로는 충족될 수 없는 자신의 인격적 정체성을 사랑 안에서 고무시키고자 하는" 도덕적인 선택이기도 한 것이다.[4]

이 글에서는 우리 청소년문학에서 사랑을 다룬 작품을 살펴보면서 로맨스가 청소년의 삶에 어떤 역할을 하는지, 그 작품들은 청소년이 경험하는 사랑의 현실을 잘 반영하고 있는지 짚어 보고자 한다. '로맨스'라는 말의 어원을 살펴보면 '이야기를 한다'라는 의미가 들어 있다. 나와 연인의 이야기는 두 사람만의 특별한 이야기이고 낭만적 사랑은 내가 유일한 사람이라는 것을 깨닫게 해 주는 운명적인 경험이다. 왜 사랑이 우리를 그렇게 만드느냐고 묻는다면 대답은 '사랑하기 때문에'라는 말밖에 없다.[5] 문학은 그것의 가장 신실한 기록자다. 그러나 끊임없이 소비와 사랑을 연결시키는 후기 자본주의 사회에서 낭만적 사랑은 점점 찾아보기 어려워지고 있다. "사랑합니다, 고객님!"을 외치며 커플 통화 상품과 데이트 패키지를 구매하라고 몰아붙이는 시장의 협박은 청소년이라고 해서 비켜 가지 않는다. 청소년이 스스로 낭만적 사랑의 기

---

3 같은 책 126~27면.

4 이현재 「포스트모던적 로맨스 주체: 줄타기와 저글링」, 『여/성이론』 2013년 여름호 15면.

5 니클라스 루만 『열정으로서의 사랑: 친밀성의 코드화』, 정성훈·권기돈·조형준 옮김, 새물결 2009, 50면 참조. 니클라스 루만은 이것을 사랑의 '자기지시'(selbstreferenz) 또는 '재귀성'(reflexivität)이라고 부른다.

대를 접는 경우도 있다. 작품 속 주인공은 과외 선생님과 계약 연애를 시도하고 "우리 엄마가 S대 법대생한테 시집가려면 열공해야 한다는데요? 난 열공할 생각은 샤프심으로 찍은 마침표만큼도 없는데, 어때요? 예쁘지도 않고 버릇도 없는 내신 4.5등급짜리 여자애는"이라고 자조하면서 연애의 자격조차 서열화되는 시대에 대들어 보기도 한다.[6] 삶의 구석구석을 기능적·비인격적인 관계에 의해 점유당하면서 청소년들은 '나-너'를 잇는 사랑도 덩달아 불신한다. 어떤 학자들은 유일무이한 사람과 영원을 기약하는 '낭만적 사랑'은 사라지고 각각의 사랑을 특별한 관계로 보아 존중하는 '합류적 사랑'의 새로운 규범이 떠오르고 있다고 주장하기도 한다.[7] '상품의 낭만화'와 '로맨스의 상품화' 속에서 우리 청소년은 지금 어떤 사랑을 하고 있는 것일까.

2. '분홍분홍'의 꿈과 낭만적 사랑의 물리적 조건

'부농'이라는 말은 '부유한 농부'가 아니라 사랑하는 연인들을 일컫는 인터넷 신조어다. 사랑이 피어나는 모습이 분홍빛이라는 데서 온 '분홍분홍'이 '부농부농'이 되었으며, 여기에서 연애하지 않는 사람을 일컫는 '빈농'이라는 말도 생겨났다. 2012년 크리스마스에는 광화문에서 '빈농 해방을 위한 좌파 솔로들의 크리스마스 파티'가 열렸는데 참여한 젊은이들은 이 행사에서 연애 경쟁에서 살아남으려고 애쓰는 것이 정말 우리가 행복해지기 위한 것인지 생각해 봐야 한다면서 "외로움과 쓸쓸함을 연애가 아니라 사회적 연대로 해결할 수 있다"고 주장했다

---

6 박선희 『줄리엣 클럽』, 비룡소 2010, 27면.
7 이현재, 앞의 글 27면 참조.

고 한다.[8] 하지만 환상과 쾌락을 포함하는 사랑에 대한 욕구가 연대적 활동만으로 대체될 수 있을지 의문이다.

청소년들이 꿈꾸는 낭만적 사랑은 주로 부드러운 사랑의 장면들과 연관되어 있다. 육체적 성장이 왕성한 그들은 자신의 몸이 보내오는 신호에 예민하게 귀를 기울이고, 이는 곧 직접적인 스킨십에 대한 상상으로 이어진다.

바래다주는 건 사귀는 증거라고 박박 우겨서 겨우 버스 뒷좌석에 나란히 앉을 수 있게 되었다. (…) 그녀의 다리와 내 다리가 슬쩍 스치자 머리털까지 전기가 오르는 듯했다. (…) 기타를 그녀와 나 사이에 두었다. 숨을 몇 번 조절하고 나니 그제야 말을 건넬 수 있었다.[9]

나는 그 순간을 자주 상상했다. 방금 전까지만 해도 아카시아 잔향이 묻어 있던 봄밤, 택시의 좁은 뒷좌석에 엉글어 있는 어둠, 창밖에서 빠르게 두 사람을 스치고 지나가는 한밤의 불빛들, 음악에 섞여 귀를 기울이지 않으면 들리지 않지만 분명히 그곳에 있는 그의 숨소리, 맥박 소리, 술과 흥분으로 높아진 체온…… 닿을락 말락 가까이 놓인 손. 그리고 그곳에 누나가 아닌 내가 있다면.[10]

위의 두 장면은 남성 청소년의 시선이다. 『하하의 썸 싱』에서 주인공 오하하는 동아리 선배 여진을 향해 낭만적 구애를 펼친다. 그가 자신의 사랑을 자각하는 곳은 버스 뒷좌석이다. 『누나가 사랑했든 내가 사랑했

8 「좌파 솔로들의 색다른 성탄 파티」, 『경향신문』 2012년 12월 25일자.
9 전경남 『하하의 썸 싱』, 자음과모음 2015, 93면.
10 송경아 『누나가 사랑했든 내가 사랑했든』, 창비 2013, 105면.

든』의 전성준은 누나의 남자 친구인 희서 형을 사랑한다. 여기서는 택시가 매개의 공간으로 등장한다. 이처럼 낭만적 사랑은 늘 특별한 공간을 통해서 인물의 마음에 각인된다.

　　열여섯 살 화이트데이 때 승준이는 인형과 사탕을 선물하며 자기 마음을 고백했다. (…) 하지만 막상 승준이와 사귀게 되면서 좋은 감정보다 부담이 점점 커져 갔다. 수줍음이 많았던 승준이는 시간이 지날수록 조금씩 변했다. 갑자기 손을 잡으려고 하거나, 장난치는 척하면서 나를 안으려고 했다.
　　승준이의 손길이 몸에 닿을 때마다 기분이 나빠지고 온몸에 소름이 돋았다.[11]

　　노래를 끝낸 녀석이 지점토를 조물거리듯 내 목덜미를 조물거렸다. 온몸의 신경이 솜털처럼 보슬보슬 일어나면서 얼굴이 뜨끈해져 왔다. 이대로 앉아 있다가는 내 몸이 모래성처럼 스르르 허물어질 것만 같다. 안 돼! 정하연, 인생 깔끔하게 살자.[12]

위의 두 장면은 여성 청소년의 시선이다. 「문」에서 중학교 3학년 정유리는 소꿉친구 승준이의 스킨십에 불쾌감을 느낀다.『키싱 마이 라이프』의 정하연은 스킨십으로 쾌락을 느끼는 삶이 '깔끔하지 않다'고 여긴다. 이 작품뿐만 아니라 상당수의 청소년소설에서 여학생은 아직도 스킨십을 두려워하는 존재로 표현된다. 밀폐된 공간이 낭만적으로 여겨지기보다는 폭력적으로 느껴지기 쉬운 이유는 여성이 힘의 약자이기 때문이다. 또한 여성 청소년의 성적 행위를 묘사할 때 상대적으로 사회

11 김리리「문」,『어떤 고백』, 문학동네 2010, 115~16면.
12 이옥수『키싱 마이 라이프』, 비룡소 2008, 16면.

적 시선이 부담스러울 수도 있겠다. 그러나 청소년이 자기 몸의 느낌에 솔직하게 귀 기울이고 능동적 주체로서 연애를 들여다볼 수 있으려면 몸에 대한 죄책감으로부터 더 자유로운 묘사가 진행되어야 한다고 생각한다. 앞의 두 편 모두 5~7년 전 작품임을 감안하면 앞으로 등장하는 작품에서는 빠르게 변화하는 청소년의 성 의식을 반영한 더 적극적인 표현이 나타날 것으로 본다.

프랑스의 청소년소설 『난 열다섯, 한 번도 그거 못 해 봤어』에는 또래 남자아이와의 스킨십을 열망하는 여학생 카퓌신이 나온다. 카퓌신도 여성 청소년의 성생활을 바라보는 사회의 편견에서 자유로운 것은 아니다. "내 또래 남자애는 (…) 일요일 아침에는 축구를 하고, 집요한 이메일이나 보내고, 토끼처럼 신속하게 섹스를 한다"고 투정하면서 "순결을 버리고 나서 쪽팔림이나 상대에 대한 경멸 때문에 죽고 싶어지느니 차라리 순결을 지키며 살련다"라고 말한다. 하지만 남자애와의 키스를 바라고, 입 속에서 남자애가 혀를 어떻게 돌릴지 상상하고, 그 남자애의 "축축한 손길"을 좋아할 수 있었으면 좋겠다고 털어놓는다.[13] 적어도 이 작품에서는 청소년이 느끼는 두 가지 모순된 감정 가운데 무엇이 더 솔직한 것인지에 대해 고민하고 있다.

2013년 볼로냐 국제아동도서전에서는 '청소년들을 위해서 이렇게 써도 괜찮겠니?'라는 포럼이 열려 아동·청소년을 위한 에로틱 소설에 대해 이야기를 나눈 바 있다. 참가자들은 성에 대한 옛 가치들의 경계를 허물고 청소년들에게 욕망의 긍정적 느낌과 기쁨에 대해 어떻게 말할 것인가를 토론했다. 우리 작품들에서는 억압적 성 경험이 많이 나타나고 있으며 여성 청소년의 육체적 느낌과 기쁨을 말하는 일에 인색한 편

13 모드 르틸뢰 『난 열다섯, 한 번도 그거 못 해 봤어』, 이세진 옮김, 탐 2012, 111면.

이다. 남성 청소년의 경우도 성적 충동에 대한 묘사에 치우쳐 있다. 욕망의 긍정적 느낌이 무엇인지 좀 더 고민해야 할 것이다.

한편 청소년이 꿈꾸는 낭만적 사랑은 종종 '사탕', '인형', '반지'와 같은 약속의 선물과 함께 등장한다. 낭만적 사랑은 영원성을 특징으로 삼기 때문에 약속을 보장할 수 있는 물건은 중요한 문학적 장치다.

> 아람은 가슴이 푹 파인 환자복 안으로 손을 집어넣었다. 브래지어 캡에서 꺼낸 것은 조그만 티슈 뭉치였다. 돌돌 말린 티슈를 풀자 심플한 디자인의 반지가 나왔다.
>
> "커플링이구나, 예쁘다."
>
> (…)
>
> 아람은 통통한 손가락에 커플링을 끼웠다.
>
> "우린 엎드려 있을 거야. 학교라는 수용소를 떠날 때까지. 그리고 스무 살이 되면 먼 곳으로 가 버려야지. 캐나다든 네덜란드든 어디든 상관없어.14

에바 일루즈(Eva Illouz)는 『낭만적 유토피아 소비하기』(박형신·권오헌 옮김, 이학사 2014)에서 사랑에 빠진 이들이 낭만적 경험이라고 느끼는 상황은 네 가지의 상징적 경계로 이루어지는 경향이 있다고 말한다. 시간적 경계, 공간적 경계, 물건을 통한 경계, 감정적 경계다. 낭만은 일상과 노동의 시간보다 휴일이나 기념의 시간을 통해서 구현된다. 공간도 시간과 마찬가지여서 낭만을 구현하려면 일상과 구분되는 고립된 사적 공간이 필요하다. 사랑을 하는 곳은 "집에서 수천 마일 떨어져 있는" 느낌을 주는 "작은 천국" 같은 공간이어야 하는데 이것은 심리적 공간감

---

14 박선희, 앞의 책 269~70면.

을 말하는 것으로 반드시 외연이 아름답거나 잘 치장된 곳을 의미하는 것은 아니다. 물건을 통한 경계는 양초, 꽃, 첫 만남에서 입었던 옷 같은 사물들이 불러일으키는 낭만성을 말한다. 마지막으로 낭만적 감정은 "우정이나 여타의 다른 감정들과 경계가 뚜렷한 감정", 즉 감정적 경계가 필요하다. 상대에게 압도당하고 상대를 신성하게 느낀다는 점에서 낭만적 사랑의 경험은 종교적인 경험과 비슷하다.[15]

앞에서 인용한 작품들에 등장하는 버스나 택시 뒷좌석이 세대를 초월한 낭만적 공간이라면 최근 청소년문학 작품에서는 유난히 밴드 연습실이나 공연장 한쪽 구석이 낭만적 사랑의 장소로 자주 등장한다. 실제로 청소년들은 방음이 잘되며, 24시간 빌릴 수 있는 연습실을 동아리 모임이나 자신들이 사랑을 나누는 장소로 이용하기도 한다. 연주에 몰두한 연인의 손목, 목덜미 등에 감각을 집중하게 되는 연습실 환경은 연애를 그려 내기에 상당히 적합한 장소임에 틀림없다. 그러나 제목을 일일이 언급하기 어려울 정도로 많은 작품에서 밴드 활동을 통해 연애를 시작하고 연습실이나 공연장에서 첫 키스를 하는 인물들이 등장한다. 이것은 어떤 이유일까. 작가들이 '청소년-밴드-연애'의 비교적 쉬운 설정을 가져오고 있는 것은 아닐까. 청소년의 다양한 삶을 반영하여 '공간적 상상력'을 발휘할 필요가 있다고 생각한다.

크리스티네 뇌스틀링거의 『나는, 심각하다』(이미화 옮김, 한겨레틴틴 2012)에서 주인공 세바스티안과 에바-마리는 주말에 찾아간 시골 농장의 욕실에서 서로의 몸을 처음 경험한다. 공부가 없는 '주말'이라는 시간은 둘 사이에 낭만적 사랑의 순간을 만들기에 적절하며, '시골 농장'은 일상생활에서 분리된 곳으로 자연과 어우러져 각별한 느낌을 자아

---

15 박이은실 「로맨스 자본주의: 소비주의와 사랑의 계급화」, 『여/성이론』 2013년 여름호 44~45면.

내는 효과적인 장소다. 자두나무 옆 작은 벤치에 앉아 있던 주인공은 욕실에 난 작은 창문을 통해 자신을 부르는 에바-마리의 목소리를 듣고 다가갔다가 에바-마리가 보여 주는 몸을 보게 되고, 다시 돌아 나와 자두나무 옆 벤치에 앉은 채 한참을 보낸다. 별빛을 바라보던 소년은 소녀의 몸에서 얻은 흥분을 가라앉히기 위해서 별빛 아래 벤치를 떠나지 못한다. 세바스티안은 그날 농장에서 별빛이 아니라 에바-마리의 몸과 이야기에 반응하는 소년이 되었다.

최상희의 「노 프라블럼」에서 릭샤를 끄는 아룬은 유진과, 호객꾼 쿤마르는 리나와 애틋한 사랑의 감정을 나눈다. 아룬과 유진에게 사랑의 공간은 한낮 텅 빈 영화관의 특별석 A16번과 A17번이다. '소리와 빛이 아득히 멀어지는 어두운 극장'에서, 그것도 가야 할 학교를 안 가고, 해야 할 일을 방기한 상태에서 이루어지는 금지된 연애는 아찔한 낭만을 불러일으킨다. 둘은 갠지스 강변의 화장터로 가는데 이것은 또 다른 금지된 사랑을 벌였던 쿤마르와 리나의 종말과 이들 모두의 비극적 결말을 암시하는 절묘한 공간 이동이다. 작가는 이 작품에서 오감을 골고루 활용하여 연애의 낭만성을 극대화한다.

어두운 거리로 희미한 피아노 소리가 퍼져 나왔다. 그 소리를 듣고 있자니 마치 강가 물속에 손을 담그고 있는 기분이었다. 강가의 물은 우유처럼 따뜻하고 부드러웠다. 화장터에서 쏟아 내는 재와 썩은 부유물이 강가의 물을 강가 여신의 피부처럼 매끈하게 만들었다. 강가의 물이 몸을 감싸고 도는 것처럼 몸이 나른해졌지만, 이상하게 심장은 두근거렸다.[16]

---

16 최상희 「노 프라블럼」, 『델 문도』, 사계절 2014, 64면.

이 부분에서 갠지스의 '강(江)가'와 갠지스 강의 여신을 뜻하는 '강가' (Gaṅgā)는 동음이의어로 쓰이면서 독특한 시적 리듬감과 함께 아룬의 마음에 여신처럼 와 닿은 유진의 존재를 신비롭게 드러낸다. "우유처럼 따뜻하고 부드러"운 것은 유진의 존재이며 "재와 섞은 부유물"은 아룬이 생각하는 자기 자신의 모습이다. 두 사람의 교감은 강물처럼 유연하고 부드럽게 그려진다. 아룬은 유진에게 꽃배를 건네준다. 작품 속에서 아룬이 유진의 손에 쥐여 주는 '디아(꽃배)'는 물건을 통한 경계로 기능한다. 언제나 '나-그것'의 관계 속에 놓인 채 릭샤 보이로 살아가던 아룬은 낭만적 사랑을 통해서 비로소 '나-너'의 관계인 실존적 교제를 나눈다. 자아를 발견하고 존재의 빛나는 의미를 깨닫는다. 물론 그도 쿤마르를 잃고 난 후에는 냉엄한 현실을 깨닫고 유진에게서 물러서고 만다. 독자는 한동안 이 비극적 사랑의 목격자 자리에서 되돌아 나오지 못한다.

3. '단지 키스' 혹은 '겨우 키스'[17]: 몸의 자유와 평등

몸이라는 말은 퉁구스어 'mən'에서 왔으며 '사람을 이루는 전체', '인격적 전체'라는 뜻이다. 우리는 몸을 통해 자신의 내면을 타인에게 드러내 보이고 의사를 전한다. 성장기 청소년의 몸은 조금 더 복잡하다. 청소년소설에 등장하는 인물들은 변화하는 자신을 거울로 바라보며 '보는 몸'과 '보이는 몸' 사이의 긴장을 겪는다. 외모 꾸미기, 임신, 출산, 성 정체성 등에 대한 고민과 마주하느라 '몸'과 청소년은 늘 갈등상태에 있다.

---

17 남상순 『키스감옥』, 문학과지성사 2012, 148면 "임신 가능성 어쩌고 하는 극단적인 비약이 단지 '키스' 혹은 겨우 '키스'라는 낮은 건반 위로 다시 돌려놓기를 나는 간절히 바랐다"에서 인용.

기본적으로 타인이 내 몸을 바라보는 시선은 불편하다. 그러나 모든 시선이 불편하기만 한 것은 아니다. 신의 눈길, 부모의 애정 어린 시선, 애인의 눈빛은 마음에 평안과 위안을 주기도 한다. 청소년들이 사랑을 꿈꾸는 이유도 이런 따뜻한 시선을 갈망하는 마음과 관련이 있다. 나는 내가 못났다고 생각하면서 자신의 몸을 원망하는데 연인은 내 몸을 훌륭하고 아름다운 것으로 바라봐 주기 때문이다. 그들은 연인에게 더 아름답고 멋진 몸으로 보이기 위해 외모를 꾸미는 일에도 열성이다. 그러나 외모 꾸미기를 향한 노력은 청소년의 의도와 무관하게 외부의 가부장적인 남성적 응시나 물신화된 관계 안에 놓이기도 한다. 이러한 왜곡은 연인 사이에서도 일어날 수 있으므로 둘의 사이가 친밀하고 대등한 연인 관계인지 되짚어 보는 것이 필수적이다.

『키스감옥』의 영주는 '제5회 탄천페스티벌 놋다리밟기 대회'에 공주로 응모한다. 공주를 뽑아 여자들로만 이루어진 시녀 인간 다리를 건너게 하는 이 행사는 전형적으로 여성의 외모를 대상화하는 축제다. 영주는 '그냥 예쁘기만 하던 애'를 넘어서고 싶어서 이 대회에 나가지만 허리 굽히는 시녀 역할로 밀려날까 봐 전전긍긍한다. 영주가 대회 참가 요강이 담긴 피디에프(PDF) 파일을 열기 위해 연인 규원을 불러 도움을 요청하는 장면은 '여성은 기계에 약하다'라는 성 역할 고정관념을 그대로 내보인다. 영주는 규원과 나누는 사랑에서 도전적이고 적극적인 모습을 보이지만 이런 장면에서 모순을 드러낸다. 영주의 외모 꾸미기도 도전적인 삶의 일부로 지칭된다. "예쁘다는 말만 접수하기로 했다. (…) 나는 나를 기죽이는 말보다는 나를 응원하며 돋보이게 하는 말만 접수하며 살 거다"[18]라는 얘기에서 보듯 자존감을 얻기 위해 아름다워지려

18 같은 책 68면.

고 하는 것이다. 그러나 작품 속에서 주요 소재로 등장하는 놋다리밟기 대회가 어린 소녀의 성 상품화를 강요하는 현실이라든가 영주 자신도 극복하지 못하는 성 역할 고정관념에 대한 비판이 더 날카로웠더라면 하는 아쉬움이 남는다.

몸과 관련된 청소년들의 고민은 성관계와 임신이다. 『키싱 마이 라이프』에서 채강과 하연의 관계는 임신과 출산으로 이어진다. 이들의 첫 성관계는 전형적인 데이트 강간으로 보인다. 그런데 "거부할 수 없었다. 아니, 거부하기 싫었다"[19]라는 하연의 말로 이 폭력적 상황은 스르르 넘어간다. 채강은 자신의 데이트 강간을 커다란 곰 인형 선물로 무마하며, 하연은 꿀 먹은 벙어리처럼 아무 말도 하지 못한 채 흔들리다가 이어지는 스킨십에 '내가 여자라서 정말 좋다'라는 생각까지 한다. 자신의 육체에 대한 하연의 비주체적인 태도는 유감이다. 청소년 연애의 현실을 솔직하게 다룬다 하더라도 이후 내용에서 데이트 강간에 대한 선명한 비판이 없다는 점은 폭력적 성을 묵인한다는 점에서 대단히 염려되는 부분이다.

사랑하는 청소년 사이의 성 경험이 지나치게 어둡게만 묘사되는 경우도 있다. 「서랍 속의 아이」의 주인공인 열두 살 '나'는 주위 사람들로부터 외면받는 열다섯 살 병태를 만나면서 혼란스러운 애정과 두려움을 느낀다. 둘은 반쯤 합의를 하고 성관계를 맺는데 그 뒤 사실을 알게 된 엄마는 자주색 고무 대야에 발가벗긴 주인공을 앉히고 뜨거운 물로 주인공의 몸을 구석구석 씻긴다. 주인공은 훗날 그때의 나를 향해 "너는 더럽지 않아"라고 말해 주고 싶다고 고백한다.[20] 하지만 작품이 안겨

---

19 이옥수, 앞의 책 41면.

20 신여랑 「서랍 속의 아이」, 7인 단편소설집 『호기심: 10대의 사랑과 성에 대한 일곱 편의 이야기』, 창비 2008, 90면.

주는 '더러움'의 이미지가 너무 강렬해서 결말을 읽은 후에도 그 잔상은 잘 지워지지 않는다. 사랑과 성을 금기에 둘러싸인 복잡한 감정으로 묘사하는 것은 청소년이 성적 주체성을 인식하는 데 큰 도움이 되지 않는다고 본다. 좀 더 경쾌하고 건강하게 그들의 사랑과 성을 그려 낼 방법이 필요하다.

「호기심에 대한 책임감」에서도 여성은 성적 주체성이 부족한 존재로 그려진다. 이민희는 한방에 갇혀 있었던 자신과 태우를 둘러싼 소문을 해명해 달라고 태우에게 부탁한다. 태우는 '이민희가 화끈하다'라는 소문을 낸 당사자이다. 민희의 부드럽기 그지없는 부탁 편지를 받은 태우는 "쪼다 새끼"가 될 수 없어 해명을 망설이다가 용기를 내어 친구들 앞에서 민희와 아무 일도 안 했다는 것을 밝힌다. 태우는 얼마 되지 않아 누군가와 "가그린 맛" 키스를 하는 데 성공한다.[21] 연애에 대한 남학생의 시선을 산뜻하게 그려 내고 있지만 괴소문 앞에서 무기력하게 상처 입었던 이민희는 어떻게 되는가. 둘의 관계가 너무 쉽게 복원되었다는 쓸쓸함이 남는 것은 어쩔 수 없다.

「깨지기 쉬운, 깨지지 않을」은 답답할 만큼 신중하지만 평등하게 전개되는 연애를 보여 주고 있어서 눈길을 끈다. 상천과 시은의 연애는 유리공예 가게를 배경으로 깨질 것처럼 아슬아슬하게 진행된다. 작품 안에서 "안 더워요?"[22] 같은 무심한 말은 제법 힘을 가진 사랑의 언어가 된다. 작가는 '사람이 만든 것은 늘 잘 깨진다'라는 말로써 낭만적 사랑에 대한 환상에서 벗어나 현실을 직시하게 만들면서도 끝까지 연애담의 투명한 매력을 유지하고 있다. 다만 이 연애담의 잔잔한 여운은 '단

---

21 임태희 「호기심에 대한 책임감」, 같은 책 208면.
22 김혜진 「깨지기 쉬운, 깨지지 않을」, 7인 단편 소설집 『깨지기 쉬운, 깨지지 않을』, 바람의아이들 2007, 186면.

지 키스'로도 나아가지 않았던, 어쩌면 연애의 전 단계만을 그려 놓고 이야기를 마친 덕분이 아닐까 싶기도 하다.

최영희의 「첫 키스는 엘프와」(『첫 키스는 엘프와』, 푸른책들 2014)에는 몸의 쾌감을 부정하지 않고 현실의 연애와 적절히 연결해 보려고 애쓰는 윤채아가 나온다. 채아는 자신의 첫 키스 상대를 고르다가 동네 여학생들의 우상인 미남 최상연을 지목하고 아직 만난 적도 없는 그와 키스했다는 소문을 퍼뜨린다. '여친'이 있는 척해야 하는 최상연과 첫 키스 경쟁에서 우위를 점해야 하는 채아의 가짜 데이트는 뜻밖의 진짜 키스로 이어진다. 이 작품은 여성 청소년 화자가 자신의 욕망을 자연스럽게 나타내면서 구분하기 힘든 사랑과 성의 연결 지점을 경쾌하게 탐색하고 있어서 흥미롭다.

상당히 자유로운 연애관을 볼 수 있는 작품도 있다. 『하하의 썸 싱』에서 좋아하는 선배 여진의 '문어 다리' 같은 연애에 가슴을 졸이던 하하는 자신의 엄마조차 애인을 수시로 바꾸고 새로운 남자 친구와 멀리 떠나 버리는 것에 실망한다. 하하가 꿈꾸는 사랑은 타인에게 유일한 상대, 영원히 인정받는 존재가 되는 것이기 때문이다. 하지만 성장의 과정에서 사랑이란 하나의 경험일 수 있다는 사실을 받아들이고 "날 최고로 사랑하는 사람은 없지만, 두 번째든 세 번째든 날 사랑하기는 하니까!"[23]라는 말로 여진과 엄마의 새로운 연애관을 이해한다.

성 정체성에 대한 고민도 다양하게 이루어지고 있다. 김이연의 『나는 즐겁다』(사계절 2011)는 '스스로를 사랑하니?'라는 핵심적 질문을 놓치지 않는다. 자신의 성 정체성을 찾아 나가는 란의 오빠 락은 자신의 연

---

23 전경남, 앞의 책 166면. 이 책에서 여진은 친구는 여럿을 사귀면서 왜 사랑은 여러 사람과 하면 안 되느냐고 질문하며 유일무이한 낭만적 사랑의 공식에 도전한다. 하하의 엄마도 기존 결혼 제도에서 자유로운 '합류적 사랑'의 모델을 보여 준다.

인 정지민을 데리고 집에 오기도 한다. 동성애에 대한 이해의 폭을 넓히 겠다는 작가의 의도가 앞서는 바람에 설명적인 부분이 많기는 하지만 사람마다 다르게 느끼는 사랑의 즐거움과 권리를 자연스럽게 드러내는 작품이다. 앞서 언급했던 『누나가 사랑했든 내가 사랑했든』에서 동성애 자 주인공 성준이의 첫사랑은 시종일관 발랄하게 그려진다. 성준이는 자신의 마음을 알리고 싶어 희서 형을 찾아가서 고백하지만 그 마음을 상대방은 이해하지 못한다. 실패담이기는 하지만 성장의 경험으로 산 뜻하게 마무리된다.

최근작 중에서 김중미의 『모두 깜언』(창비 2015)은 청소년의 삼각관계 를 생동감 넘치는 건강한 갈등으로 다루고 있어 인상적이다. 윤유정은 유치원 시절부터 자신의 옆자리를 지키며 걸핏하면 시집오라고 무뚝뚝 한 문자를 날리는 광수와 절친한 친구다. 하지만 정작 유정이가 좋아하 는 건 성공회 신부님의 아들이면서 낭만적 문자를 보내오는 우주다. 광 수의 짝사랑을 알면서도 모른 척하는 캔디형 단독 주인공 유정이와 유 정이를 향한 마음을 광수에게 털어놓는 눈치 없는 모범생 이우주, 그 사 이에서 거부할 수 없는 농촌 청년의 매력을 풍기는 광수는 각각 다른 각 도에서 독자를 설레게 한다. 과학고에 1차 합격한 우주는 사랑의 감정 앞에서 너무 오래 주춤거려 애를 태운다. 대학에 가지 않겠다는 유정이 에게 애써 '생태 환경 연구'를 위한 대학 진학을 권하는 우주는 어쩌면 자신의 미래에 이 사랑이 걸림돌이 될 것을 두려워하고 있는지도 모른 다. 우주는 특목고에 다니는 『얼음붕대 스타킹』의 주인공들처럼 사랑을 스스로 유예할 수도 있고, 농고 기숙사에 들어간 광수는 유정이를 잊고 새 여자 친구를 사귈 수도 있다. 그럼에도 그들 세 사람은 건강하게 성 장할 것이고 발랄한 사랑은 계속될 것이라는 짐작이 든다.

4. 사랑은 문제

앞서 언급했던 최상희의 「노 프라블럼」에서 경찰은 계급이 다른 리나와 애절한 사랑을 나누다 살해당한 쿤마르의 시신을 놓고 아룬에게 묻는다. "왜 너희는 맨날 문제를 일으키는 거냐?" 하고 말이다. 청소년의 연애를 '문제'로 보는 시각은 여전히 존재한다. 이것은 누구의 가치 판단에 따른 것일까. 청소년은 사랑을 통해서 자신을 깨닫고 관계와 삶을 배운다. 그럼에도 그들을 연애로부터 분리하려는 성인들의 태도는 그들을 무기력하게 만든다. 그 때문인지 몇몇 작품에서는 청소년들이 매우 서툴고 무관심한 존재로 그려지기도 한다. 김봉래의 『흑룡전설 용지호』(문학동네 2014)에서 지호는 연애에 능숙하지 못하고 자신의 연애 감정을 낯설어하는 소년으로 등장한다. 오문세의 『그치지 않는 비』(문학동네 2013)의 '나'는 '지나가는 행인 A'가 되고 싶었던 지극히 평범한 18번 남학생이다. 그런 그가 짝이었던 19번 여학생을 찾아 나서면서 자아 발견의 여정을 시작한다. 이 작품은 아주 엷은 연애의 기록이다. 18번과 19번이 깊은 연애에 뛰어들 수 없었던 것은 희미한 자존감과 관련이 있다. 누가 그들을 무력하게 만들었는가. 성적이든 돈이든 '잘나가는 애'가 되지 않으면 연애조차 불가능한, 로맨스가 상품화된 사회가 청소년들을 건강한 사랑의 경험에서 밀어내고 있다.

사랑은 분명히 문제다. 한 사람의 온전한 성장을 돕고 절망 속의 삶을 일으킬 수도 있는 중요한 문제다. 앞으로 우리 청소년들이 좀 더 많은 문제를 일으키기를 바란다. 더불어 청소년소설의 작가는 자신의 청소년기에 겪었던 문제에서 머무르지 않고 변화된 사랑의 장면 속으로 좀 더 적극적으로 뛰어들기 바란다.

아동청소년문학의 대중성

1. 팬덤과 함께 성장하는 작가

K양은 서울의 M초등학교 3학년이다. 지방의 한 도시에서 살다가 서울 한복판으로 이사 왔다. 허교범 작가의 열렬한 팬인 K양은 학교에서 친구들과 '스무 고개 탐정' 시리즈 이야기를 나누는 것이 큰 즐거움이다. 얼마나 되풀이해서 읽었는지 구석구석을 외울 정도다. 최근 6권 출간을 손꼽아 기다리면서 작가를 응원하는 손편지를 보냈다. 그리고 작가로부터 직접 사인한 포스터를 우편으로 선물 받았다. 너무 기뻐서 눈물이 나는 줄 알았다. 5권 『네 개의 사건』(비룡소 2015)과 6권 『엘리트 클럽의 위기』(비룡소 2016)를 가장 좋아한다. "전혀 생각하지 못한 사람이 범인임이 밝혀지는 순간이 짜릿해서" 이 시리즈가 좋은데, 끝나지 않고 계속 나왔으면 좋겠다고 간절히 바라고 있다.

요즘 K양처럼 작품이나 작가의 팬이 되는 어린이들이 곳곳에 있다. 과거에도 작가에게 독후감 편지를 보내는 어린이들은 있었지만 아이돌 가수를 좋아하는 것과 비슷한 감정을 느끼면서 그 작가의 후속 작업까지 챙기는 경우가 많아진 것은 흥미로운 현상이다. 인터넷과 SNS를 통해 자발적으로 블로그 글을 공유하고 작품 내용으로 그림이나 팬픽 같은 2차 창작물을 만들기도 한다. 신간이 나오면 친구들에게 홍보하고 인터넷 카페에서 작품의 마케팅 방향에 대해서 의견을 나누는 경우도 있다. 매우 능동적인 독자군의 등장이다.

일본 작가 하야미네 가오루(勇嶺薫)의 '괴짜 탐정의 사건 노트' 시리즈[1](첫 권 2008년, 비룡소)라든가 김진경의 '고양이 학교' 시리즈[2](첫 권 2001년, 문학동네)는 일찌감치 이런 팬덤을 형성한 대표적인 작품이며 최근에는 허교범의 '스무 고개 탐정' 시리즈(첫 권 2013년, 비룡소), 천효정의 '건방이의 건방진 수련기' 시리즈(첫 권 2014년, 비룡소), 앤디 그리피스(Andy Griffiths)의 『13층 나무 집』 등 '나무 집' 시리즈(첫 권 2015년, 시공주니어)가 눈에 띈다.

일본의 베스트셀러였던 '괴짜 탐정의 사건 노트' 시리즈는 사건 해결에 집착하느라 자기 생년월일을 잊을 정도로 일상생활은 엉망인 논리학 전공 교수 출신의 유메미즈가 탐정으로 활약하는 전형적인 추리물

---

1 "『괴짜 탐정의 사건 노트』 12권 도서관에 언제쯤 나오나요? 빨리 읽고 싶은데." "현재 제가 아는 바로는 나오지 않았습니다. 보통 도서관에 나오려면 3~4달 정도 걸리니 신간이라면 5~6월쯤에 나올 듯합니다. 그러나 사서 보는 것이 낫다고 생각하신다면 사서 보세요." "도서관에는 모르겠고 인터파크에는 나왔습니다." (네이버 '지식인 문답' 중에서)

2 "『고양이 학교』에 보면 아포피스가 전설에 나오는 거대한 뱀으로 나오는데 처 봤는데 소행성 얘기밖에 안 나오더라고요. (…) 아포피스에 대해 자세한 설명 부탁드립니다." "제가 오늘 『고양이 학교』라는 책을 5권까지 다 읽었어요. 근데 그 책에 나오는 아포피스의 날 진짜 있나요? 그리고 진짜 그림자 고양이가 있나요?" "저도 읽어 봤어요! 정말 흥미진진하고 재미있어서 3부까지 다 읽었죠. 하지만 친구들한테 말하니까 다 판타지라고 믿지 말라고 그러더라고요." (네이버 '지식인 문답' 중에서)

이다. 2008년부터 2013년까지 번역 출간되었으며(원작 『名探偵夢水清志郎事件ノート』는 1994년부터 2009년까지 15년에 걸쳐 본편 12권, 외전 2권으로 출간됨) 온라인 카페를 중심으로 초기부터 강력한 팬덤이 생겨났다. 두 번째 사건 노트를 포함하면 모두 16권이다. '고양이 학교' 시리즈는 2001년 첫 권이 출간된 이후로 올해(2016) 3월에 출간된 『고양이 학교 파리 편: 불로뉴 숲의 마녀』까지 무려 15년 동안이나 독자와 만나고 있는 판타지물이다. 신화와 설화에 바탕을 둔 이 시리즈의 깊이 있는 서사는 지적 호기심이 높은 독자를 중심으로 골수 팬덤을 형성했다. 세대를 뛰어넘는 폭넓은 팬덤을 가진 책이 되어 가고 있다.

앤디 그리피스의 '나무 집' 시리즈는 2015년에 『13층 나무집』이 나온 이후 26층, 39층, 52층을 거쳐 최근에는 『65층 나무집』(2016)까지 출간되었는데 어린이들 사이에서 이 숫자는 암호처럼 통한다. 그들은 서로 다음은 몇 층일까를 맞혀 보고 출간 정보를 미리 입수하려고 애쓴다. 내적 서사의 밀도보다는 모험의 확장에 중점을 둔 이야기들인데 독자들은 게임에서 레벨을 올리듯이 앤디, 테리와 함께 더 높은 집을 짓고 다른 공간으로 떠나는 것에서 성취감을 느낀다. 고전적인 서사에 적응된 성인들은 왜 이런 작품에 아이들이 그리 열광하는지 잘 모르겠다고 말하는 경우도 많다. 그러나 어린이들은 '나무로 진짜 65층까지 집을 지을 수 있을까?'를 진지하게 논의하면서 작품 읽기에 몰두한다.3

『스무 고개 탐정』이나 『건방이의 건방진 수련기』의 경우 장르적 성격을 가진 아동문학 공모전을 표방하는 '스토리킹'의 수상작들이다. 어린

---

3 "13, 26, 39, 52층 나무 집이 진짜 있을 수 있을까요? 책이 너무 재미있네요. 65층도 지을 수 있을까요?" "죄송하지만 65층 나무 집은커녕 13층 나무 집도 짓기 어려운 형편입니다. 저도 그 책 독자인데 찾아보니까 세상에서 가장 높은 나무 집이 13층이더라고요." (네이버 '지식인 문답' 중에서)

이 심사위원 100명의 본심 참여로 초기부터 화제를 모았던 이 공모전은 올해에 제 5회를 맞는다. 두 작품 모두 첫 권을 출간 당시 인물의 설득력과 구성에서 약간 빈틈이 있다는 평가를 받았으나 시리즈로 안착하는 과정에서 서사와 캐릭터를 보강했고 후속 작품이 더 많은 사랑을 받은 경우다. 보통 시리즈의 첫 권이 가장 많은 인기를 얻고 뒤로 갈수록 시들해지는 것과는 반대의 현상인데 비교적 신인 작가의 작업이었던 것과도 관련이 있을 것이다. 특히 '스무 고개 탐정' 시리즈는 근작으로 오면서 완성도가 높아지고 있는데 이에 대해 어린이 독자들은 '작가와 시리즈가 함께 성장 중인 이야기'라고도 말한다. 마치 데뷔 초부터 함께 했던 팬이 스타의 성장을 즐기듯이 허교범 작가의 팬들은 이 시리즈를 열광적으로 응원하면서 작가와 함께 자신이 자라나고 있다는 만족감을 느끼는 것 같다.[4] 같은 공모전의 '분홍 올빼미 가게' 시리즈[5](보린, 비룡소 2014)나 장편『쥐포 스타일』(김지영, 비룡소 2015)도 조금씩 성향이 다른 독자군을 지니고 있지만 작품에 적극적 관심을 보이는 점은 앞의 시리즈들과 비슷하다.

이런 유형의 능동적인 독자는 원래 만화라든가 공포물 쪽에 꾸준히 존재했었다. 대중적 지지가 높은 아동문학도 요즘은 이러한 독자와 직접 대면하는 추세인데 아무래도 온라인 커뮤니티의 발달과 관련이 깊다. 서적 구매의 주체가 되기 어려웠던 어린이들이 직접 소비자가 될 수 있는 구조가 생겨났고 도서관에서 대출을 하더라도 블로그나 카페를

---

4 『스무 고개 탐정』은 판타지인가요? %로 표현해 주세요. 아빠가 판타지 소설은 반대하는 것 같아서." "한 20% 정도요? 저도 그 책 읽는데 판타지 별로 없는 것 같아요. 근데 그 책 정말 재미있어요. 꿀잼." (네이버 '지식인 문답' 중에서)
5 "오늘 도서관에서 『분홍 올빼미 가게 3』을 빌렸다. 빌리느라고 도우미 사서 선생님에게 4번 물었다. 책을 찾았을 때 도우미 사서 선생님이 잘했다고 하였다. 참 좋았다." (다음 블로그 '귀욤이연서' 중에서)

통해 입소문을 나눌 기회가 많아진 것이다. 이런 작품들은 신간이 출간되면 본격 홍보가 시작되기도 전에 독자들이 알아서 반응을 보이는 경우가 많다. 오프라인 서점보다 온라인 서점을 통한 구매율이 높으며 명절이나 크리스마스 직후에 문화상품권으로 결제하는 독자가 늘어난다. 분석해 보자면 어린이가 책에 먼저 관심을 갖고 정보를 알아본 다음 구매까지 결정했을 가능성이 높다. 그야말로 자발적인 대중의 지지를 획득해 나가는 작품들이라고 할 수 있겠다. 추리, 무협, 판타지, SF 등 장르적 성격이 강하고 캐릭터 의존도가 높은 작품들이 대부분이다. 어휘나 갈등 구조가 복잡하지 않아 쉽게 잘 읽히고 윤리적 가치 중심의 결말보다는 사건의 경과 중심의 마무리가 특징이며 주제의 목적성이 약한 편이라는 것도 공통점이다.

2. 독자를 만나는 빈도와 익숙함이라는 조건

고정욱은 1992년 문화일보 신춘문예로 등단한 이후 200권이 훨씬 넘는 어린이책을 집필했다. 그중 『아주 특별한 우리 형』(대교출판 1999), 『가방 들어주는 아이』(사계절 2002) 등은 학교 필독서 목록에서 반드시 한 번쯤 만나게 되는 스테디셀러다. 독자가 작품을 접한 숫자로만 헤아린다면 전국에서 가장 많은 어린이가 고정욱의 작품을 읽었을 가능성이 높다. 부지런히 강연을 다니는 작가로도 알려져 있어서 상당히 많은 어린이들이 그와 직접 만났을 것이다. 현재 전국의 독자가 매우 친숙하게 생각하는 동화작가인 것은 틀림없다. 2013년 한 방송에 소개된 고정욱의 인터뷰에 따르면 당시 인세의 일부를 기부한 누적 금액이 2억 5천만 원이 넘는다고 한다. 스스로 "평생 500권의 동화를 쓰고 100개국에서 번

역되게 하는 것이 꿈이다"라고 말해 왔다.[6] '꿈과 희망', '장애의 극복'
이라는 익숙한 패턴으로 독자를 만나고 있기 때문에 과거의 작품과 현
재 작품 사이의 구체적인 변화를 찾아내는 것보다는 유사성을 찾는 편
이 더 빠르다. 오랜 활동 과정에서 작가는 위로와 격려의 아이콘이 된
것 같고 그의 작품에 친숙한 독자는 읽기 전부터 고정욱의 작품으로부
터 자신이 얻고 싶은 소감을 미리 갖고 있는 경우도 많다. 어린이문학과
거리가 있는 일반 성인 독자들이 생각하는 '동화'의 상에 가장 가까운
작품을 써내고 있는 작가이기도 하다. 작가는 최근 '까칠한 재석이' 시
리즈로 청소년문학 독자와도 만나고 있는데 이 독자들은 어린 시절 고
정욱의 작품을 읽고 자랐을 것이다.[7]

박현숙은 2006년 대전일보로 등단한 이후 첫 장편동화『오천 원은
없다』(문공사 2008)를 펴내고 해마다 수십 권의 책을 펴내고 있는 작가
다. 2014년 4월 29일자 국제신문과의 인터뷰에서 "한 해에 20권 예정"
으로 계획을 잡고 작업한다고 밝혔으며 아침 6시에 눈을 떠서 오후 5시
까지 글을 쓴다고 말했다. 2016년 상반기 현재 논픽션이나 기획동화 포
함 20권 이상의 책을 냈기 때문에 기록적인 출판 불황 속에서도 충분히
올해의 계획을 넘길 것으로 보인다. 그는 문학상 공모전의 최종심에서
12회 낙선한 끝에『크게 외쳐!』(2011)로 제1회 살림어린이문학상을 받
기도 했다. 작가 스스로 "아직 대표작을 갖지 못했다"고 아쉬워할 정도

---

6 2016년 7월 현재 공저, 품절, 절판, 일시품절된 책을 합해서 인터넷 서점 교보문고에서
   는 389건, 알라딘에서는 327건, 예스24에서는 433건의 책이 '저자 고정욱'(동명이인
   제외)으로 검색된다. 세트와 특별 판형이 포함되어 있으므로 정확한 창작 권수는 알기
   어렵다.
7 기사에 따르면 '까칠한 재석이' 시리즈는 2016년 3월 현재 20만 부를 돌파했으며 고정
   욱의 책은 지금까지 400만 부 이상 판매되었다고 한다. (「까칠한 재석이가 달라졌다」,
   『한국경제신문』 2016년 3월 21일자)

로 그의 작품은 두드러지게 어느 책이 어떤 성취를 이루었다는 평가에서 비껴가 있는 것이 사실이다. 그러나 어린이 독자는 박현숙의 작품을 어디선가 만났던 경험을 가지고 있을 것이다. 창작보다는 기획동화가 많기 때문에 단순히 비교할 수는 없지만 최근 몇 년간은 밀리언셀러를 가진 작가들 못지않게 독자와 접촉했을 가능성이 있다.

그의 『수상한 아파트』(북멘토 2014), 『수상한 우리 반』(북멘토 2015), 『수상한 학원』(북멘토 2016) 등의 작품은 열세 살 여진이가 주인공이며 세태를 이야기할 때 주로 등장하는 '이웃 간의 이기심', '교실 안의 삭막한 관계', '사교육의 문제점' 등을 다룬다. 최근작 『닭 다섯 마리가 필요한 가족』(뜨인돌 2016)은 새마을운동이 전개되던 1970년대를 배경으로 가난하지만 마음이 부자인 상태로 살아가는 아이들의 이야기를 담고 있다. 그 시대는 지금 어린이들에게 '할아버지의 시대' 정도로 먼 이야기지만 이 작품은 그때 일을 오늘의 경험처럼 현재적 느낌으로 서술하는 것이 특징이다.

"이장이 와 아침 댓바람부터 찾아와 소리를 지르노?"

"새마을운동에 안 나온다고 화내드라. 아부지가 매일 술 마시고 아침마다 못 일어난다 아이가. 이장님이 새마을운동에 안 나올 거믄 넓힌 길로 다니지 말고 논두렁으로만 다니라고 하드라."

"하이고야, 인심도 고약하다. 그렇다고 논두렁으로 다니라고 하드나?"

요즘 이장은 수시로 연이 집에 찾아왔다. 집집마다 의무적으로 한 명씩 나와 길을 넓히는 새마을운동을 하는데 아버지가 나가지 않기 때문이다.

"그라고 할매, 이장님이 우리 집보고 여자가 없으니 집도 엉망이고 애들도 엉망진창이라고 했다. 우리가 엉망진창이가?"(16면)

아버지가 게을러서 새마을운동에 참여하지 않는 바람에 아이들이 타박을 받는다는 부분이나 여자가 없는 집이어서 애들도 엉망진창이라는 표현은 지금의 50대 이상이 자라던 시절에 통용되던 이야기로 오늘날은 한부모 가정의 아이들에 대한 비하나 성차별적인 표현으로 비판받을 수 있는 부분이다.

어린이가 읽을 책을 선택하고 결정하는 성인의 입장에서는 작가가 이 작품에서 다룬 주제와 배경과 교훈이 자신들에게는 가장 익숙하고 편안한 '동화적'인 이야기라고 생각할 가능성이 높다. 반면 어린이 독자 입장에서는 지금 왜 자신들이 새마을운동 이야기를 읽어야 하는가에 대해서 의아할 수 있다. 작가는 그 시대를 배경으로 구성원이 많은 가족의 화목함을 그린다. 기성세대 입장에서는 '새마을운동의 근면 정신 부활'과 '저출산 방지'라는 이 책에 담긴 메시지가 의미 있다고 받아들여졌을 것이다. 박현숙이 많은 작품을 펴내고 왕성한 활동을 벌이고 있다는 점은 도서를 권장하고 선정하는 성인들이 작가의 대중성을 가늠하는 데 영향을 줄 것이다. 이 작품은 구매권이 강한 어른들에게 더욱 지지를 받는 작품으로 보인다. 아동문학은 구매자의 지지가 반드시 내포독자의 지지를 의미하는 것은 아니다.

해마다 수많은 신간이 쏟아져 나오는 상황에서 독자를 만나는 빈도가 높다는 것은 대중적인 지지를 얻을 하나의 조건을 갖추고 있는 셈이다. 이 빈도에 도움을 주는 결정적인 요소 중에는 미디어가 있다. 케이트 디카밀로의 『에드워드 툴레인의 신기한 여행』(비룡소 2009)이나 기무라 유이치의 '가부와 메이' 시리즈(첫 권 2005년, 아이세움)는 각각 드라마 「별에서 온 그대」와 「주군의 태양」에서 방영되기 전까지 독자를 거의 만나지 못했지만 방영 이후 폭발적인 사랑을 받았다. 아카데미상을 받은 배우 줄리앤 무어(Julianne Moore)는 『주근깨가 어때서?』(책그릇 2008)

라는 작품을 낸 베스트셀러 동화작가이기도 하다. 아마존에서 그의 작품이 인기를 모으는 이유 중에는 '독자가 작가를 잘 안다'는 사실이 크게 자리 잡고 있을 것이다. 작품의 내적 요건과 무관하게 독자의 입장에서 '그 책이나 작가가 익숙하다'는 것이 얼마나 큰 구매의 매력으로 작용하는지 알 수 있는 부분이다.

우리 아동청소년문학 중에 미디어와 좋은 작품이 만나 대중적 지지를 얻었던 사례는 어떤 것이 있을까. 드라마로도 방영된 권정생의 『몽실 언니』(창비 1984), TV 예능프로그램 「느낌표」에 소개된 김향이의 『달님은 알지요』(비룡소 1994)와 김중미의 『괭이부리말 아이들』(창비 2000), 원래 대중적 지지가 단단했지만 애니메이션으로 독자를 확장한 황선미의 『마당을 나온 암탉』(사계절 2000) 등이 대표적인 미디어셀러다. 과거에 비해서 요즘은 상업적 계약(PPL)을 통해서 미디어에 출판물을 노출시키는 경우가 대부분이고 책 자체가 깊이 있게 소개되기보다는 표지, 제목을 보여 주는 정도에 그치기 때문에 미디어셀러의 의미는 더 협소해지고 있다. 육아 예능 프로그램에 잠시 나오는 등의 가벼운 미디어 노출로는 작품의 함량을 파악하기 어렵기 때문에 판매고가 작품의 대중성 덕분이라고 말하는 것도 맞지 않다.

미디어셀러나 인기 작가의 작품은 권장도서 목록 등을 통해 독자와 만난다는 점에서 수동적인 만남의 사례다. 어떤 작품을 왜 읽었느냐고 물었을 때 '쓰신 분이 우리 학교에 오신 적이 있어서', '숙제여서', '유명해서' 그 책을 읽어 보았다는 것은 그 책이 '안정적인 독자 만남의 경로'를 가지고 있다고 볼 수도 있겠지만 독자와 작가 사이의 상호작용에 취약하고 어떤 측면에서는 독이 될 수도 있는 것이다. 권하는 사람을 통해 책이 독자와 만나는 구조에서는 작가가, 권하는 사람이 좋아하는 소재와 주제를 다루게 될 염려도 있다. '주어져서 읽은 작품'의 한계를 어떻게 뛰어넘어 독자와 생동감 있는 관계를 만들어 갈 것인가가 '대중적 지명도를 가진 작가'의 과제다.

독자 입장에서 어떤 문학을 '자주 만날 수 있다'는 것은 노출 빈도에 관한 문제만은 아니다. 작품이 보여 주는 이야기의 방식이나 주제의 익숙함, 인물의 전형성, 갈등 해소 방향의 상투성은 모두 '대중적 지지'의 조건이면서 '자주 만나는 경험'을 만들게 된다. 다작을 하는 작가의 작품에서 이런 요소가 많이 나타나는 것은 틀림없다. 한 사람의 창작물이라는 물리적 조건의 한계이기도 하고 기획 과정에서부터 의도된 것일 수도 있다. 창작동화보다는 기획동화에서 이런 측면이 더욱 강할 수밖에 없는데 독자는 그것을 별로 구분하지 않는다는 것이다. 이런 작품들은 독자가 '많이 본 이야기' 중 하나로 분류하기 때문에 기억에 남는 내용이 빈약할 수밖에 없다. 작가가 자신의 브랜드를 만들 수는 있겠지만 문학적 정체성을 형성하는 일이 어려워지고 그 정체성이 단순하게 고정되는 결과를 낳는다. '읽기 편하다'는 말 속에 담겨 있는 '새로운 것이 없다'는 함의를 읽지 않는다면 '대중성을 가진 작품'이라는 말은 작가에게나 우리 아동청소년문학계에나 양날의 칼로 작용할 수 있을 것이다.

3. 대중성이란 무엇인가?

대중성에 대해서 우리가 갖고 있는 생각은 여러 가지다. 베스트셀러를 대중적인 작품이라고 생각하기도 하고 독자가 '쉽고 재미있게 읽었다'고 말하는 작품을 대중적인 책으로 분류하기도 한다. 그렇다면 문학에서 '대중성'이란 무엇일까?

철학적 개념으로서 '대중성'(popularität)은 주로 강의나 서술에서 사용되는 수법상의 특징을 이야기한다.8 흥미 있는 것과 일상적인 것에서 출발하는 것이 대중성의 기본 원칙인데 이 개념의 등장 배경에는 '책을 읽는(강의를 듣는) 사람의 지성을 계몽해야 한다'는 시각이 바탕에 깔려 있다. 추상적인 사항은 피하고 흔한 말을 사용하면서도 학문적 정확함을 손상하는 것이 아니라면 그것은 참된 대중화의 방식으로 평가되었다. 문학에서도 '가볍고 쉽게 읽을 수 있다'는 대중성의 조건이 내용의 부재나 예술적 빈약함을 의미하지는 않는다.

문학작품을 접근 가능한 소수만 향유하던 시절이 있었다. 종이에 쓰인 언어는 지식인들이 세계를 지각하고 탐구하는 고급의 수단이었다가 활판인쇄가 보급되면서 누구나 들고 다닐 수 있는 '책'이라는 상품이 되었다. 인쇄술의 발전과 함께 "문학은 공적 낭독이 아니라 사적 음독의 대상이 되었고 연행을 통해서가 아니라 독서를 통해서 소통되게 되었다"9는 마셜 매클루언(Marshall McLuhan)의 말은 우리 손에 책이 들어온 것이 그렇게 오래된 일이 아님을 보여 준다.

근대적 책의 유통이 시작되면서 책은 비로소 대중의 관심을 끌기 위한 광고에도 관심을 갖게 되었다. 우리나라의 초기 출판은 '필사본-방각본-딱지본(구활자본)'을 거치면서 오늘날의 컴퓨터 조판에 이르게 되었는데 1930년대 말까지 약 250여 종의 딱지본 소설이 간행된 것으로 알려져 있다. 책은 1906년에 신문이 창간되면서 독자층을 놓고 경쟁 관계에 돌입하게 된다. 1906년에 『만세보』 수만 부를 무료 배포했다는 기록을 보면 당시 독자 확보 경쟁이 얼마나 치열했는지 알 수 있다. 작

8 사카베 메구미 외 『칸트사전』, 이신철 옮김, 도서출판 b, 2009 '대중성' 항목 참조.
9 마셜 매클루언 『구텐베르크 은하계: 활자인간의 형성』, 임상원 옮김, 커뮤니케이션북스 2001, 314면.

가 확보 다툼도 많아서『무정』의 이광수는『삼천리』지면을 통해 매일신보가 주는 자신의 고료가 네 배 폭등했다고 밝히기도 했다. 연재소설의 상업적 효과가 주목받기 시작했으며 당시 신문이 소설에 요구하는 가장 중요한 조건은 재미였다.[10]

김동인은 "매일 백 몇 십 행씩 연재를 하여 신문을 장식하면 독자가 그 때문에 끊으려는 신문을 끊지 못하고 그냥 구독을 하겠느냐"고 질문하면서 성공적인 신문 연재소설을 쓰기 위해서는 "이 소설은 그만한 흥미와 매력을 가졌느냐. 첫 회부터 이 소설은 독자의 흥미를 넉넉히 끌겠느냐. 중도에서 읽기 시작해도 넉넉히 흥미를 끌겠느냐"를 생각하는 것이 중요하다고 밝혔다.[11]

재미가 중요하다지만 의미를 가져야 한다는 의견도 있었다. 염상섭은 소설『삼대』의『조선일보』연재를 앞두고 "아무쪼록 흥미 있게 쓰려고 하지마는 그렇다고 웃는 것만이 인생의 일은 아니니까 감히 생각하는 무게도 있는 소설이 되기를 스스로 기대하고 있습니다"[12]라고 포부를 나타냈다. 김환태는 "통속소설은, 다시 말하면 신문소설은 처음부터 흥미만 중심으로 하고 아무렇게나 써도 관계치 않는다는 의식을 가지고 쓰기 때문에 그럴듯한 작품이 없습니다. 조선에서 신문소설을 쓰는 이들은 그저 돈과 생활을 위하여 되는 대로 쓴다고 말들을 하더군요"라고 재미만 좇는 현상에 대한 비판의 날을 세우기도 했다.[13] 신문과 잡지의 경쟁도 치열해서 소파 방정환이 발행하던 잡지『별건곤』은 1927년

---

10 최성민「근대 서사 텍스트의 매체와 대중성의 문제」,『한국근대문학연구』7권 1호, 한국근대문학회 2006, 66면, 71면 참조.

11 김동인「신문 소설은 어떻게 써야 하나」,『조선일보』1933년 5월 14일자.

12『삼대』연재를 예고하는 '작가의 말',『조선일보』1930년 12월 27일자.

13 김환태「문예좌담회」,『신인문학』1936년 10월호.

창간호를 펴낼 때 '신년출세말판'과 같은 요즘으로 치면 알라딘굿즈 같은 사은품을 나눠 주기도 했다.[14] 석촌생은 「나의 항의, 신문 경영자에게」라는 글에서 "깨어 가는 민중에게 더욱 미신과 혼미를 늘려 주니 그 어떤 심사란 말이오?"[15]라는 글을 『별건곤』에 실어 경쟁자인 신문 연재소설을 비판하기도 했다. 대중성에 대한 경계는 다른 나라의 문학계에서 이미 꾸준히 있었던 일이어서 스튜어트 홀의 경우 '대중'이 매우 규정하기 어려운 개념이며 특히 그것이 '문화'와 결합될 때 "그 어려움은 끔찍한 수준이 된다"고 경고하기도 했다.[16]

이무영의 글에 따르면 당시 작가들도 생활고가 심각했던 것으로 보인다. "신문에 한 편의 연재소설을 쓰기 시작하면 그것을 쓰는 동안 이렁저렁 생활이 안정되기 때문에 7~8개월 동안 생활의 안정을 얻는다는 일은 사실 생활의 기초를 못 가진 문사들에게는 여간한 큰일이 아니었기 때문이다"[17]라는 부분에서 현실을 짐작할 수 있다. 비록 "대중의 저급한 취미에만 호응하는 현실성도 심각미도 없는 문학"[18]이라는 비난을 받더라도 대중의 취미를 파악하고 그들이 좋아하는 작품을 쓰는 일에 투신하겠다는 작가들이 늘어나게 되었다.

1930년대 후반 영화가 신문 연재소설과 단행본 소설의 경쟁 구도에

---

14 당시 『별건곤』과 경쟁하던 또 다른 잡지 『삼천리』의 발행인 파인 김동환은 독자를 확보하기 위해 여성 상반신 사진을 응모받아 '지상미인대회'를 싣기도 했다.
15 석촌생 「나의 항의, 신문 경영자에게」, 『별건곤』 1930년 8월호.
16 Stuart Hall, "Notes on Deconstructing 'the Popular'", R. Samuel (ed.), *People's History and Socialist Theory*, London: Routledge & Kegan Paul 1981, 227면, 여건종 「문화는 대중과 어떻게 만나는가: 벤야민, 뉴레프트, 그리고 서사의 대중성」, 『새한영어영문학』 55권 1호, 2013. 2, 47면에서 재인용.
17 이무영 「신문 소설에 대한 관견」, 『신동아』 1934년 5월호.
18 이무영 「대중문학이 가야 할 길」, 『학등』 1934년 7월호.

뛰어들면서 대중성과 예술성은 더욱 격렬하게 긴장을 만들어 내기 시작했다. 일부 소설은 대중성을 강화하기 위해서 삽화를 넣거나 읽기 쉽도록 순 한글로만 작성하는 결정을 내렸다. 예술성을 강조하려는 작가들은 '심경소설'이라고 해서 상대적으로 영화가 나타내기 어려운 인간 내면의 심리를 서술하는 작품을 내놓기도 했다.[19]

당대의 어린이문학은 상대적으로 대중성 논쟁과 떨어져 있었다. 동화는 '어린이를 위해서 어른이 쓰는 글'이라는 그 무렵의 동화관 때문에 작가의 자기표현이라는 생각이 엷었던 것 같다. 소파 방정환이 23세이던 1921년에 도쿄에서 엮어서 1922년 봄 서울 개벽사에서 출간한 번안동화집 『사랑의 선물』은 최고의 인기를 누렸다. 훗날 방정환의 유가족과 이웃으로 지냈던 문학평론가 정지창의 전언에 따르면 소파가 서른셋의 나이로 세상을 떠날 때 그 장례식에는 "전국 각지에서 몰려온 어린이 조문객들이 너덜너덜 닳은 『사랑의 선물』을 들고 엉엉 우는 소리가 '왕벌 떼 소리처럼 땅을 진동시켰다'"고 한다. 방정환이 '북극성'이라는 필명으로 『어린이』(1926. 4~1927. 12)에 연재한 탐정동화 『칠칠단의 비밀』도 대단한 인기였다. 주인공 상호가 일본인 단장의 곡마단에서 학대를 받다가 탈출하여 동생 순자를 구출하는 과정을 그린 모험담인데 아편 밀매의 비밀까지 파헤치는 대작이다. 이원수는 "방정환의 문학은 센티멘털리즘에 서 있다 하더라도 그것은 불우한 시대의 아동들에게 즐거운 이야기만 들려주는 '유쾌한 아동문학'보다는 훨씬 높은 자리에 있는 것이며, 진실한 것이라 할 수 있다"라고 그의 문학을 평했다.[20] 이원수는 대중의 정서에 영합하여 감성에만 호소하는 '유쾌한 문학'을 경계해 왔는데 방정환은 그 한계를 뛰어넘으면서도 대중의 사랑을 받

---

19 최성민, 앞의 글, 78면, 81면, 82면 참조.

20 이원수 『동시 동화 작법』(이원수아동문학전집 29), 웅진출판 1984, 171면.

는 데 성공한 작가로 본 것이다.

근대 어린이문학 작품 가운데 커다란 대중적 반응을 얻었던 작품으로는 김내성의 『쌍무지개 뜨는 언덕』(『소년』지에 1950년 1월부터 연재되다가 한국전쟁으로 중단된 후 1952년 청운사에서 단행본으로 출간)이 있다. 신드롬에 가까운 열풍을 일으키며 1965년과 1977년에 두 차례 영화로도 만들어졌으나 신파에 가까운 묘사로 대중에게 선정적으로 호소한다는 비판을 받기도 했다.

"그렇다! 죽어 버리자! 눈을 딱 감고 죽어 버리면 모든 문제는 해결이 되는 것이다!"
그렇게 마음속으로 부르짖으며, 떡쇠의 옆을 획 하고 떠나자마자 눈을 딱 감고 은주는 쏜살같이 달려오는 자동차 바퀴를 향하여 맞받아 뛰어 들어갔다.
"앗, 은주야!" 하고 외치며 떡쇠가 부리나케 달려갔을 때는 벌써 은주의 다람쥐 같은 발걸음이 부살같이 달려오는 자동차를 향하여 뛰어 들어가고 있을 때였다.[21]

그러나 초기 우리 어린이문학이 대중성을 고민하던 무렵에서 100년 가까이 지난 지금은 자본주의적 대량생산이 확산되면서 예술로서의 문학을 수호하는 일은 어려워지고 문학은 점점 탈신비화되었다. 발터 벤야민(Walter Benjamin)은 '종교적·제의적·주술적' 가치를 갖던 예술이 상품생산사회에서 '전시적 가치'를 갖게 되었다고 말한 바 있다. 대중은 능동적으로 문학을 소비하고 쌍방향 소통을 통해 생산에 개입한다. 문학상인 '스토리킹'의 심사에 어린이 심사위원이 참여한다거나 다음

---

21 김내성 『쌍무지개 뜨는 언덕』, 『소년』(1950. 1) 연재분 일부, 네이버 '동화묘사사전'에서 발췌.

편의 나아갈 방향을 제안하는 현상은 독자의 양상이 상당히 변화한 것
으로 볼 수 있다.

시장을 흔드는 독자의 움직임은 예상치 못한 방향에서도 나타난다.
'해리포터' 시리즈를 번역 출간하고 있는 프랑스의 갈리마르 출판사는
2014년 이 책의 매출이 급격히 늘자 원인 분석에 나섰다. 같은 시기에
'해리포터'에 관한 온라인 언급도 빠르게 늘었다. 이유를 찾아보니 해
리포터 시리즈가 처음 출간되었던 1997년 무렵 청소년 애독자였던 세
대가 부모가 되어 자신의 아이에게 줄 책을 재구입하기 시작한 것이다.[22]
이러한 현상은 대중적인 지지 덕분에 지명도를 얻은 문학작품은 이른
바 '일찍 뜨고 일찍 질 것'이라는 예상을 보기 좋게 무너뜨린다. 초대형
베스트셀러가 스테디셀러로 자리 잡는 경우도 늘어나고 있다. 채인선
의 『내 짝꿍 최영대』(재미마주 1997), 김영주의 『짜장 짬뽕 탕수육』(재미마
주 1999)은 출간 이후 지금까지 큰 기복 없이 독자의 사랑을 받고 있다.

4. 대중성의 방향과 고민

영화감독 앨프리드 히치콕(Alfred Hitchcock)은 '좋은 이야기는 지루
한 부분을 잘라 내고 남은 인생'이라고 말한 바 있다. 신화나 옛이야기,
게임 서사에 이르기까지 대중적 지지를 받는 문학작품에 구조적 유사
성이 있다면 '지루하지 않다'는 것이다. 상업적 플롯은 주인공이 겪는
문제와 패배의 상황이나 눈앞의 위험이 명백하게 제시되며 유형화되어

---

22 Thierry Laroche(Editor in chief of Literature and Comics-Gallimard Jeunesse)의 2016 서
울국제도서전 세미나 발표문 「한국과 프랑스의 아동문학 및 문학시장: 베스트셀러 효
과」(2016. 6. 16) 참조.

있는 것이 특징이다. 독자는 인물이 그 문제에 어떻게 도전하고 대결하며 완승을 거두게 되는지를 확인하기 위해서 작품을 읽는다. 모호하거나 희박한 것은 대중적인 것과 거리가 있다. 독자의 집중력을 유지하기 위해서 가시적이고 보편적인 목표가 제시된다. '몸져누운 부모님의 약을 찾아온다'거나 '범죄자의 누명을 벗는다'거나 '사랑을 얻고 결혼하는 것' 등 누구나 동의할 수 있는 내용이 수없이 많은 옛이야기와 게임에서 인물의 목표로 제시되었다.

구성상 3막 구조는 독자의 기대와 가장 일치하는 방식이다. 웃긴 이야기의 경우 '어설픈 주인공 등장－우스운 사건으로 봉변－주인공의 숨은 미담' 같은 3단 구조가 흔하고, 영웅 이야기의 경우 '평범한 인물에게 임무 부여－스승 등장과 대결 준비－결전과 귀환'의 구조가 많다. 여기에 '한밤중에 누군가가 나타난다'거나 '우연히 목격자가 된다', '떠나는 인물이 쪽지를 남긴다', '중요한 순간에 기계가 고장 난다', '가장 믿을 만한 사람이 배신자다' 등의 익숙한 장치가 포함되면서 대중적 서사는 '견딜 만한 긴장감'을 만들어 나간다.

아동문학의 경우 '문장의 대중성' 또는 '표현의 대중성'이라고 볼 수 있는 측면도 존재한다. 읽기 쉽게 단문을 쓰거나, 청유형 또는 경어를 쓰거나, 중간에 해설자 역할을 하는 인물을 배치하여 설명하고 부연하는 부분을 지속적으로 둔다거나, 어린이가 일상생활에서 자주 듣는 유행어나 비속어를 넣어서 친근감을 만들어 내는 것이 그런 시도다. '구어체'를 사용하는 것도 독자가 글의 건조함에 질리지 않도록 하는 효과가 있다.

작가가 대중적 흥미를 북돋우기 위해서 무리수를 두는 경우가 있다. 예를 들면 과장은 현실과 떨어진 이야기라는 느낌을 주기 때문에 독자의 감정을 이완시켜 편안하게 즐기면서 작품을 읽을 수 있도록 도와준다. 그러나 과장된 유머는 자칫하면 인물의 고통이나 아픔을 그저 '웃음거리'로만 여기게 만들 수 있기 때문에 비판을 불러오는 경우도 많다. 오세란은 "현재 대중 코드를 가진 작품에서 가장 우려되는 점은 작중인물들이 상처를 대하는 방식"이라고 하면서 "주체가 상처받지 않는다는 것은 곧 진실과의 거리가 멀다"는 뜻이라고 말한다. "청소년문학에서 상처는 무엇보다 정면으로 마주 보아야 할, 놓쳐서는 안 될 '오브제'"인데 그 상처를 단지 현실에서 파생된 코미디로 다루는 것은 경계해야 한다고 말한다.[23] 대중성을 추구하더라도 소설적 진실을 놓쳐서는 안 된다고 보는 것이다.

대중성이 놓치지 말아야 하는 '소설적 진실'은 무엇일까. 추상적인 이야기처럼 들릴 수 있지만 필자는 아마도 어린이가 '책에서 구하고자 하는 길'이 아닐까 생각한다. 이러한 생각에 이르도록 도와준 릴리언 스미스(Lillian H. Smith)에 따르면 어린이가 '구하고자 하는 것'은 환경의 경계를 훌쩍 뛰어넘는다고 한다. 어린이들은 책 속에서 '자신의 길'을 발견하면 그 순간 경계란 본래부터 없었던 것처럼, 어른들의 눈에는 마치 날개라도 돋아난 것같이 그 책에 어린이다운 열중을 바치게 된다는 것이다. 그는 어린이와 청소년 독자들이, 특히 어린이의 경우 읽고 싶어하지 않는 책을 억지로 읽게 할 수는 없다고 본다.[24] 어린이들은 늘 손이 닿는, 가까운 곳에 있는 책을 선택한다는 한계를 갖고 있고 대개는 어른들의 생각대로 책을 만나게 될 것이다. 그러나 그들에게는 싫은 책은 대충 본 척할 수 있는 외면의 자유, 반면에 좋아하는 책은 열광적으로 선택할 수 있는 권리가 있다. 릴리언 스미스는 "어떤 책을 어린이가 좋아하지 않으면 안 된다는 것에 대해 어른 쪽의 잘못된 생각이 있었을

23 오세란 『청소년문학의 정체성을 묻다』, 창비 2015, 24면.
24 릴리언 스미스 『아동문학론』, 교학연구사 1998(초판 1966), 3면 참조.

경우 오히려 이 때문에 어린이로 하여금 책을 사랑하게 하려던 어른들의 목적을 이룰 수 없을 경우가 있다"고 지적한다. "어린이의 상상력을 불러일으킬 수 없는 독서, 어린이의 마음을 자라게 하지 못하는 독서는 어린이들의 시간을 허탕으로 없앨 뿐만 아니라 어린이를 영구히 붙잡을 수가 없을 것이다"라고 주장한다. "어린이는 확실히 자신에게 필요하다고 생각하는 것을 꼭 쥐면 (본능적으로) 놓지 않으려고" 하는데 그 이유는 "불후의 가치가 있는 책에서만 성장에 필요한 재료를 찾아낼 수가 있기 때문"이라는 것이다.[25]

우리 아동청소년문학에도 적극적으로 대중성을 확보하려 했던 다양한 사례가 많다. 김리리의 『만복이네 떡집』(비룡소 2010)은 옛이야기의 구수한 구어체와 미각을 자극하는 화려한 표현으로 독자의 눈과 귀를 붙잡는다. 김기정의 『박뛰엄이 노는 법』(계수나무 2008)은 놀이를 상실한 어린이들이 책을 읽는 동안만은 무기력에서 벗어날 수 있도록 한껏 과장된 표현으로 '노는 법'의 중요성을 보여 준다. 권정생의 『랑랑별 때때롱』(보리 2008)은 '먼 미래로 가서 옛이야기 들려주기'라는 독특한 방식을 도입하여 오늘의 문제를 비판하면서도 환상적 즐거움을 안겨 주는 작품이다. 판타지를 통해서, 절대로 움직일 수 없다고 믿었던 시간을 전복하는 경험은 어린이들에게 현실은 마음대로 바꿀 수 없지만 생각의 질서는 내가 재편할 수 있다는 것을 느끼게 해 준다. 전성희의 『거짓말 학교』(문학동네 2009)는 제목에서부터 대중적 감각을 발휘한 경우다. '거짓말'과 결코 양립할 수 없을 것 같은 '학교'라는 단어를 조합하여 이 책을 읽으면 절대 권력인 '학교'에 대해서 저항적 에너지를 발산할 수 있을 거라는 기대감을 갖게 한다.

---

25 같은 책 5면.

김려령의 『완득이』(창비 2008)는 만화에서 무수히 쓰였던 인물의 구도인 '이상한 사부님과 엉뚱한 제자'의 틀을 가져와서 이야기의 친숙도를 높인 작품이다. 최은영의 『게임 파티』(시공주니어 2013)나 선자은의 『게임왕』(문학과지성사 2013)처럼 인기 있는 소재를 전면에 내세워 관심을 모으는 작품도 있다. 김혜정의 『맞아 언니 상담소』(비룡소 2016)는 제목에서부터 여성 어린이 독자의 흥미를 겨냥한다. 김소민의 『캡슐 마녀의 수리수리 약국』(비룡소 2012)은 '마녀'와 전통적으로 연관이 높은 '약'이라는 소재를 연결했다. 어디서나 볼 수 있는 '약국'이라는 공간을 매개 지점으로 설정하여 현대적인 이야기로 풀어낸 것이 독자와 작품의 거리를 좁히는 역할을 한 것으로 보인다. 제목에서도 대중적 감각이 느껴지는데 '수리수리 마하수리'는 불교의 『천수경』에 나오는 주문으로 산신령이나 남성 도사들이 많이 쓴다. 그런데 이 주문을 서양에서 온 여성 인물인 '마녀'와 연결하여 새로운 느낌을 만들어 냈다.

최은옥의 『칠판에 딱 붙은 아이들』(비룡소 2015)은 어린이들이 좋아하는 불가사의한 사건을 소재로 삼았다. 사람이 어느 순간 '그대로 멈춰버리는' 화소는 옛이야기에 많이 나왔던 것이다. 여기에 이 순간에도 아이들보다는 다른 곳에 관심이 있는 어른들의 모습을 풍자함으로써 '어른'이라는 권력을 비판하는 통쾌함을 준다. 임정자의 『내 동생 싸게 팔아요』(아이세움 2006)나 이용포의 『왕창 세일! 엄마 아빠 팔아요』(창비 2011)는 절대 '새로 고침' 할 수 없는 관계인 '가족'을 '팔 수 있는 것'으로 만드는 발상의 전환에서 해방감이 생기는 작품이다. 어린이들은 '할 수 없는 것'을 해 보기 위해서 책을 읽는다. 청소년 역사소설이지만 오늘날 연예인과 기획사의 갈등에 빗댈 수 있는 대중적 코드를 적절히 배치하여 '전기수'라는 직업을 화려하게 재조명한 윤혜숙의 『뽀이들이 온다』(사계절 2013)나 능청스럽게 옛이야기 구조를 가져와 의외의 결말로 이어 가는 천효정의『삼백이의 칠일장』(문학동네 2014)도 옛 화소의 현대적 변용으로 대중적 지지를 얻어 낸 작품들이다. 또한 꾸준히 추리소설과 추리동화를 통해 독자를 만나고 있는 정은숙도 대중성과 관련해서 짚어야 하는 작가다.『봉봉 초콜릿의 비밀』(푸른책들 2008)이나『명탐견 오드리』(바람의아이들 2012) 같은 작품은 장르적 요소를 동화에 접목한 자연스러움이 돋보인다. 정은숙의 작품은 논리의 밀도에 있어서는 베스트셀러인 '스무 고개 탐정' 시리즈보다 여러 발짝 더 나아간 성공적 서사를 구축하고 있다.

대중성과 문학성에 관한 판단을 내릴 때 우리는 어느 쪽의 손을 들어야 할까. 독자인 어린이를 더 믿어야 한다는 결론에 닿게 된다. "훌륭한 어린이책은 구구하지 않고 시원스럽다"[26]는 릴리언 스미스의 말은 대중성이 일종의 속도감이나 통쾌함과 연결된 요소를 갖고 있으며 그런 측면에서 작품의 문학성에도 기여한다는 것을 말해 준다. 만약 그 시원스러움이 단지 독자를 억지로 붙잡아 두기 위한 미끼에 불과하다면 어린이들은 그것을 쉽게 내려놓아 버릴 것이다. 그렇지 않고 불후의 가치가 있는 것이라면 성장을 위해서 오래 간직할 것이다. 그것이 어린이들이 책에서 구하고자 하는 바이기 때문이다.

---

26 같은 책 7면.

기억은 어떻게 저장되는가

4·16과 어린이책

한 개인의 성장은 그 시대의 아픔을 함께 안고 간다. 일제강점기의 어린이, 전쟁터의 비명 속에서 살아남은 몽실 언니, 5·18 광주의 어린 목격자는 이제 골목길의 지팡이 할아버지, 누구네 집의 딸, 어떤 가게의 주인이 되어 평범하게 살아가면서도 결코 자신이 겪었던 그날들을 잊지 못한다. 아동문학 작가는 당대 어린이의 삶을 이야기에 담는 역사적 임무도 맡고 있다. 동화의 한 장면은 어린이의 입장에 서서 그 시대를 보는 기억의 눈이나 다름없다. 슬프고 고통스러운 기억일수록 신중하게 저장하는 것이 작가의 자세일 것이다. 비극의 시점과 가까울수록 섣부른 비유나 해설의 태도를 경계해야 한다. 충격이 클수록 작가들은 대부분 그것을 아직 쓰지 못하는 것으로 남겨 둔다. 한 줄의 글도 제2, 제3의 가해가 될 수 있기 때문에 말을 아낀다.

그렇다면 4·16의 기억은 아동문학에서 어떻게 저장되고 있는가. 진실이 제대로 밝혀지지도 않았고 거듭 파헤쳐진 상처의 깊이를 가늠할 수도 없는 상황이다. 희생자의 가족과 어린 목격자들에게 어디에서부터 말을 건네야 할 것인가. 그날 이후 우리는 '배'와 '가라앉다'는 단어의 조합을 아동문학에서 다루기 어렵게 되었다. 수학여행 장면을 쓰는 것도 아직 우리의 손과 마음이 허락하지 않는다. 그러나 눈물을 저장하는 마음으로 몇몇 작가들은 자기 나름의 우회로를 찾아 목소리를 내기 시작했다. 어떤 작품은 문장을 통해서, 어떤 그림책은 색과 형태를 통해서 엷고 희미하게 그날의 기억을 드러낸다. 판타지나 옛이야기 속으로 슬픔을 데리고 간 경우도 있다. 반면 4·16이 우리에게 남긴 것과는 거리가 멀거나 어긋나게 유비된 내용이 4·16의 기억으로 재현된 경우도 있다.

박영란의 동화 『옥상정원의 비밀』(북멘토 2016)은 판타지 속으로 한날한시에 형제자매를 잃은 아이들의 슬픔을 데리고 간 경우다. 수정이는 손끝에서 새싹이 자라는 것을 발견하고 그 싹을 지키기 위해서 애쓴다. 수정이는 세상을 떠난 형이 우주 정원사가 되어 온 우주를 돌보고 있다고 믿고 있기 때문에 그 나무도 형이 보내 준 선물이라고 생각한다. 작가는 '그날'에 대해서 이야기하지 않으면서 남겨진 사람들의 그리움을 통해 슬픔을 저장하려고 한다. 옥상정원에 모여 앉은 아이들의 마음은 세월호의 진실이 밝혀지기를 기다리는 우리들의 마음처럼 단단하게 서로 연결되어 있다.

이금이의 동화 『하룻밤』(사계절 2016)은 할아버지의 마지막 여행에 동행하는 손자의 이야기다. 용궁에 다녀왔다는 할아버지의 모험담을 들은 손자는 자신도 할아버지처럼 바닷속 용궁에 다녀올 기회를 얻게 된다. 주인공의 모험은 액자 속 액자의 형태로 이야기 깊숙한 곳에 들어 있고 독자는 '듣는 사람'이 되어서 나란히 그 안쪽을 더듬어 보면서 사랑하는 사람의 죽음이라는 아픈 현실을 직시하게 된다. "세상을 떠난 사람은 남은 사람의 기억을 통해서 영원히 산다"라는 주인공의 말은 그들을 그리워하는 사람의 몫을 되돌아보게 만드는 부분이다. 이 작품은 『옥상정원의 비밀』보다 훨씬 더 연하게 4·16의 기억을 작품 위에 살짝 얹어 놓았다. 서사보다 더 강렬하게 그 기억을 소환하는 것은 표지에 그려진 수많은 노란 나비를 비롯해 여러 장면에서 가장 중요한 색으로 등장하는 '노랑'이다. 우리는 이 노란색을 보면서 주인공이 용궁에서 무사히 살아 돌아왔듯이 그날 떠난 아이들도 우리 곁으로 돌아왔으면 좋겠다는 이루어질 수 없는 소원을 되새겨 보게 된다.

이처럼 세월호 이후로 우리는 생각만 해도 가슴이 먹먹한 하나의 색을 갖게 되었다. 노란 리본, 노란 나비를 보면 바로 사라진 사람들이 떠오른다. 전주영의 그림책 『노란 달이 뜰 거야』(이야기꽃 2016)는 처음 책을 펼치는 순간부터 주인공의 '몸'이 등장하지 않지만 독자는 금방 그 보이지 않는 몸을 상상할 수 있다. 그리고 그 한 사람을 먼 곳으로 떠나보내는 일에 관한 이야기를 다룬다. 표지의 노랑은 처음부터 우리에게 어떤 예감을 준다. 첫 장을 펼치면 한 어린이가 독자를 등진 채 책상에 혼자 앉아서 종이에 나비 그림을 그린다. 현관에 아무렇게나 벗어 둔 아이의 신발만 동그마니 놓여 있는 것으로 보아서 아이를 챙기는 사람이 없다는 걸 알 수 있다.

이 책은 사랑하는 한 사람의 부재를 통해서 그 생명의 소중함을 다룬 책이다. 사라진 사람에 관한 기억은 부재를 통해서 섬세하게 복원된다. 나비를 그리는 아이의 가족은 세 사람이지만 엄마는 아빠를 찾으러 떠났는지 벽에는 이모 번호, 삼촌 번호처럼 엄마를 대신할 어른들의 전화번호가 붙어 있다. 아빠가 오랫동안 돌아오지 않고 있다는 짤막한 글이 이 집의 상황을 확인시켜 준다. 집 안 구석구석에는 아빠의 손길이 닿았던 것으로 짐작되는 물건들이 남아 있는데 물건의 주인인 아빠는 '빈자리'로만 존재가 증명된다. 그런데 다음 장을 넘기면 놀라운 일이 일어난다. 아이가 그린 나비 그림이 책 속 공간을 가득 채우는 살아 있는 노란 나비가 되어서 창문 밖으로 날아가는 것이다. 아이는 이 나비를 따라서 동네 나들이를 나간다.

노란 나비는 아이를 그리워해서 잠시 곁으로 돌아온 사라진 아빠다. 앞서거니 뒤서거니 하며 팔랑팔랑 날아가고 다정하게 아이의 나들이 길을 안내한다. 아빠는 보이지 않지만 아이가 먹는 아이스크림은 아빠가 사 준 것일 거라는 환상을 갖게 한다. "끝까지 올라가 보자"라는 아빠의 말은 의인화된 나비에게서 들려오는 환청일 수도 있고 아이의 마음에서만 울리는 아빠의 음성일 수도 있다. 독자는 이 음성을 '끝까지 진실을 찾아보자'라는 말로도 듣는다. 아이가 마침내 뒷동산에 올라 하늘 가득한 노란 보름달을 볼 때 그를 따라 날아온 수많은 노란 나비들은 둥근 달이 되고 밤하늘의 별이 된다. 마지막 장면에서 아이는 곰을 꼭 껴안고 엄마 품에서 잠이 든다. 이 방의 달력은 4월이며 첫 장면에서 오후 4시 16분을 가리키던 벽걸이 시계는 이 이야기가 4·16의 기억을 말한다는 것을 독자에게 알리기 위한 작은 표지일 것이다.

옛이야기를 재화한 이청준의 소설을 그림책으로 다시 그려 낸 김세현의 『아기장수의 꿈』(낮은산 2016)은 세월호와 직접적인 관련이 없어 보인다. 그러나 앞서 말한 '노랑'의 기억과 노란 리본의 힘으로 독자는 이 이야기가 떠난 아이들의 환생을 바라는 강력한 주술적 이야기망을 갖고 있다는 것을 어렴풋이 깨닫게 된다. 작가는 표제의 글씨를 뒷받침하는 선명한 노란색으로부터 시작해 속표지의 날개에 붙은 세월호 리본으로 이 작품의 방향을 미리 시사한다. 아기장수가 태어나는 그 밤에는 노란 리본이 산천에 가득 떠다닌다. 이것은 비슷한 무렵에 동갑으로 태어나서 세상의 빛이 될 수 있었던 수많은 아기장수를 상징하는 것이다. 어른들의 잘못으로 아기장수의 꿈이 무너지는 통한의 장면은 4·16 그날에 떠나보내야 했던 어린 생명들에 대한 어른들의 죄책감을 대행하는 것이다. 우리가 잘했더라면 아기장수가, 너희들의 그 소중한 목숨을 잃지 않았을 거라는 작가의 암시는 어린이 독자보다 어른 독자의 마음에 더 깊게 박히는 화살이다. 작가는 세월호 리본을 작품 안에서 무늬처럼 사용하면서 우리가 잊을 만하면 그 기억을 다시 생각해야 한다고, 잊지 말아야 한다고 주문한다. 마지막 장면에 등장하는 거대한 날개와 그 날개를 둘러싸고 있는 '노랑'은 여기서 이 기억의 저장을 멈출 수 없다고, 더 많은 진실을 말하면서 그 아이들을 대신해서 날아야 한다고 이야기하는 것 같다.

앞의 작품들과 달리 세월호의 기억을 불편하게 가져오는 그림책도 있다. 한 척의 배가 겪는 일생을 다룬 『늙은 배 이야기』(방글 글, 임덕란 그림, 책고래 2016)이다. 이 그림책의 주인공인 '배'는 사람과 짐을 싣고 바다를 오가다가 어느 날부터 찌그덕거리기 시작한다. 배가 낡아서 날이 갈수록 손볼 곳이 많아진 것이다. 그림책 속의 수리공들은 이 배를 요란하게 수리하고 그 배에 많은 물건을 싣기 시작하는 장면부터 독자는 불안을 느끼기 시작한다. 우리는 이미 어떤 한 척의 배를 잘 알고 있기 때문이다. 앞머리에 끈으로 묶지도 않은 채 하물을 과적하여 바다를 달리던 그 배는 불편한 짐작처럼 침몰한다.

"바닷골이 깊은 곳에 다다랐을 때였습니다. 갑자기 바람이 거세지고 파도가 높이 치솟았습니다. 우우웅 우우웅."

이 장면에 이르면 독자는 호흡을 고르기 힘들다. 우리는 너무 익숙한 장면을 알고 있다. 그리고 배는 자신이 온 힘을 다해 맞섰다고 말한다. 받아들이기 힘들다. 4·16을 기억하는 독자들이라면 그 순간 많은 것이 뇌리를 스쳐 갈 것이다.

정확히 말하면 '노란' 바탕의 표지를 펼칠 때부터 독자는 불안을 안고 있었다. 이 이야기는 '내'가 알고 있는 그 배에 관한 이야기일지도 모른다는 불안이다. 4면과 5면의 펼친 부분에서, 한복판 우측에 수학여행을 떠나는 학생들의 뒷모습이 선명하게 그려진 것을 보면서 다시 가슴 먹먹함을 누르고 책장을 넘겨야 한다. 정말 그 배에 관한 이야기구나 하면서 말이다. 그런데 이 이야기는 '배의 시선'으로만 진행된다. 침몰의 순간에 사람은 보이지 않는다. 이 배를 운행했을 사람, 그 안에서 일했을 사람, 그 누구도 없이 짐과 배만 가라앉는다. 그리고 마지막 장면에서는 믿기지 않는 글과 그림의 부조화를 만난다. 절반쯤 침몰한 배의 모습은 세월호가 가라앉은 모습을 바라보던 동거차도 앞바다의 장면을 생생하게 연상시킨다. 글은 "늙은 배는 그렇게 깊이깊이 가라앉아서야 쉴 수 있었습니다"라는 하나의 문장만 남아 있다. 면지는 바닥까지 침몰한 늙은 배 위로 색색의 산호초가 자라고 잠수부가 한가롭게 그 사이를 헤엄치는 장면이다. 인양되지 못하고 부식된 늙은 배를 그린 장면은 이 배가 '그 배'라고 생각한 독자의 분노를 일으킬 수도 있는 위험한 장면으로 보인다.

4·16의 기억은 우리에게 어떻게 저장되는가. 작가는 좋은 의도를 갖고 있을 것이다. 그리고 독자는 그 의도를 읽는 일조차 얼마나 힘든 것인 줄 알면서도 책을 펼쳐 든다. 그 힘든 마음을 책이 채워 준다는 것은 한계가 있다. 그러나 분명히 백배 더 조심해야 할 부분은 있다. 우리는 그것을 잊지 말아야 한다.

제2부

누구의 마음으로 생태 이야기를 쓸 것인가

이상권론

1. 두더지에게 나누어 준 하루

몇 해 전 가을, 경희대 박병권 선생님과 함께하는 우면산 자연생태공원 탐방 모임에 합류한 적이 있다. 도심 참나무 군락을 원형에 가장 가깝게 보존하고 있다는 이 숲에 머물 수 있는 인원은 한 시간에 40명뿐이다. 드나드는 사람을 엄격히 제한할 뿐 아니라 음식물은 자두 한 알조차 지니고 들어갈 수 없다. 20명 남짓한 우리 일행은 이 숲에 살고 있는 소쩍새며 노랑턱멧새의 대화를 방해하지 않기 위해 조용조용 산을 올랐다. 땅에서도 눈길을 떼지 않았다. 발 디딤판을 정확하게 디뎌야 하기 때문이다. 디딤판은 이 숲의 동물들이 산을 오르는 사람에게 나누어 준 공간이다. 벌레는 사람을 위해 설치한 디딤판 위로는 잘 다니지 않는다. 벌레들이 약속을 잘 지키는 것처럼 사람도 약속을 지켜야 한다. 생각 없이 디딤판 바깥을 꾹꾹 디디면 무수한 개체들이 발밑에서 죽어 간다. 숲에 갈 때는 화장품을 바르지 말고 가야 한다는 걸 그날 처음 배웠다. 아무리 옅은 화장이라 해도 화장품 냄새는 나비들을 교란시킨다. 그들이 꽃을 오가며 응당 해야 할 일을 잊게 만든다.

일행을 뒤따르던 산 지킴이 한 분이 재미있는 이야기를 들려주었다.

"일주일 중 단 하루, 월요일은 탐방객을 받지 않아요. 그런데 놀라운 건요, 일요일 오후 5시, 문 닫을 시간이 가까워 오면 벌써 온 숲이 들썩들썩한다는 거예요. 뛰어나올 준비를 하는 거지요. 월요일은 개체수가 얼마나 많아지는지, 다들 살판이 나요. 동물과 사람이 같이 써야 마땅한 시간의 겨우 7분의 1을 나눠 주었을 뿐인데 저렇게 좋아하는구나, 생각하면 정말 미안해요."

생명이란 무엇일까. 생명은 핵산이라는 물질로 이루어져 있다. 하지만 생명은 핵산 자체가 아니라 그것의 구조, 체계, 어우러진 관계의 그물망에서 드러난다.[1] 어우러짐 없이 홀로 생명을 이룰 수 있는 존재는 세상에 없다. 그런데 어우러짐 없이 홀로 생명을 이룰 수 있다고 '믿는' 존재가 세상에 딱 하나 있다. 바로 인간이다. 인간은 생명이 여러 존재들 사이의 동등한 관계로 이루어져 있다는 것을 한사코 부인하면서 다른 생명들의 권리 관계를 자신이 좌지우지할 수 있다는 거침없는 자신감을 드러내 왔다. 앞서 말한 월요 휴장일 문제도 그렇다. 헤아려 보면, 숲에 사는 두더지가 우리에게 나누어 준 엿새인지, 우리가 두더지에게 나누어 준 하루인지 아리송하다. 어떻든 모든 시공간은 분명 그들과 함께 사이좋게 나누어 써야 하는 것이 맞다. 그런데 사람은 단 한 뼘, 단 일분이라도 독차지하지 못해 안달이다. 그날 우면산 숲을 나서는 길목에도 택지 개발에 관한 현수막이 크게 내걸려 있었다.

이상권은 살아 있는 것의 '관계'에 대한 문학을 끊임없이 시도하는 작

1 신승환 「'생명 해석'의 철학과 탈형이상학적 사유틀」, 우리사상연구소 편 『생명과 더불어 철학하기』, 철학과현실사 2000, 26면 참조.

가다. 생명이 하나의 총체적인 구조임을 일깨우면서 부서지고 무너진 그 구조의 일부분을 복원하고자 간절하게 노력한다. 이상권의 작품 대다수에서 주인공은 단수가 아니라 복수다. 늘 둘 이상의 존재가 구조적으로 뒤엉켜 있다. 엄밀히 말하면 그들 사이에 형성된 '관계'가 주인공인 셈이다. '멧돼지 뜸돌양반'과 '사냥꾼 쌍칼'과 '감나무'의 관계2, '꽃뱀'과 '수민이'와 '개구리'와 '소나무'와 '보리피리'의 관계3, '불개미 엉덩장군'과 '왕진딧물'과 '송충이'와 '소나무'와 '시우 및 그 친구들'의 관계4처럼 적게는 셋에서 많게는 예닐곱 가지의 살아 있는 것들끼리 빚는 충돌과 어울림이 이야기의 핵심이다. 이 관계를 왜 '플롯'이라고 하지 않고 굳이 '주인공'이라 이름 붙이는가 하면 이상권 문학에서는 작품 속 어느 한 사람(혹은 어느 한 동식물)도 이야기를 선명하게 주도하지 않기 때문이다. 그의 작품 속 등장인물들은 마치 이인삼각 경기를 하는 선수 같아서 한 인물만 떼어 놓고 움직일 수가 없다. 갖가지 사건이 수평적으로 맞물려 다른 생명과 함께 살아간다는 것이 얼마나 복잡하고 끈끈한 것인지를 여과 없이 보여 준다. 이러한 작가의 경향을 언론과 평단에서는 흔히 '생태동화'라는 말로 간단히 요약하곤 했다.5 하지만 이상권 작가의 작품을 '생태동화'라는 큰 틀로만 묶는 것은 지나

2 「멧돼지가 기른 감나무」, 『멧돼지가 기른 감나무』, 사계절 2007
3 『겁쟁이』, 시공주니어 2002
4 「불개미 엉덩장군」, 『그 녀석 왕집게』, 웅진주니어 2004
5 "이 씨는 계간 『창작과비평』으로 등단한 소설가이지만 생태동화 작가로 더 잘 알려져 있다."(『경향신문』 2005년 11월 7일자); "『멧돼지가 기른 감나무』는 생태동화집이다."(대구 『매일신문』 2007년 2월 13일자); "(『멧돼지가 기른 감나무』는) 인간과 여타 동물들 사이의 관계에 대한 도덕적·윤리적 해석이라고 할 수 있습니다. 이런 동화를 생태동화라고 합니다. 작가는 동화를 통해 이런 작업을 꾸준히 해 왔습니다."(신덕룡 「작품 해설: 더불어 사는 지혜」, 『멧돼지가 기른 감나무』); "함평 출신 이상권 씨는 생태동화 작가이다."(『전남일보』 2007년 2월 10일자)

치게 거친 구분이라고 생각한다.[6] '모든 유기체는 서로 연결되어 있으며 인간은 지구라는 거대한 집에 다른 생물 그리고 무생물과 함께 세 들어 사는 관계적 존재라고 보는 것'이 생태학적 인식이라고 한다면[7] 그의 문학은 분명 생태학적 인식의 범주에 속해 있다. 하지만 그는 작품마다 약간 다른 각도에서 유기체들의 관계를 조망하고 있다. 우선 문명 비판적 측면에서 인격적으로 자연을 대하는 방식을 고민한 작품들이 있다. 한편 인간과 자연의 한 몸 됨, 이른바 생태적 평등주의를 드러내는 데 치중한 작품도 있다. 작품 창작 기법을 보아도 자연의 모습을 사실적으로 기록하는 데 충실한 작품이 있는가 하면 강도 높게 의인화하여 전통적인 동물우화에 가까워 보이는 경우도 있다.[8] 구체적으로 어떤 차이가 있는지 작품을 통해 살펴보겠다.

---

6 평론가 김현숙도 비슷한 지적을 하고 있다. 그 지적은 다음과 같다. "생태라는 주제어로 그의 작품 세계를 조망하는 일이, 그의 작품 전반을 지나치게 협소한 잣대로 살피거나 두루뭉수리하게 몰아가는 일이 될 수도 있다."(『책으로 여는 세상』, 2005년 여름호 24면) 김현숙은 "생태문학이란 생태학적 인식을 바탕으로 생태 문제를 성찰하고 비판하며, 나아가 새로운 생태 사회를 꿈꾸는 문학을 의미한다"(『생태문학』, 책세상 2003, 97면)는 김용민의 정의를 인용하면서 이상권 작품 가운데 『겁쟁이』와 『애벌레가 애벌레를 먹어요』(웅진주니어 2002)의 경우는 생태문학으로 보기 어렵다고 지적한다. 이 두 작품은 자연물을 통해 '왕따'와 '장애'라는 주제를 풀어 나간 작품으로서 다른 동화들과 따로 분류해야 한다는 것이다. 필자는 『겁쟁이』가 생태동화적 특성을 갖고 있다고 생각하는 점에서 김현숙의 견해와 다르지만, 이상권 동화를 더 작은 그룹으로 분류해서 분석해야 한다는 점에는 동의한다.

7 김용민 『생태문학』, 책세상 2003, 98면.

8 이상권은 생태적 인식과 관련짓기 어려운 동화도 상당수 창작하였다. 『엄마 생각』(우리교육 2001)이 대표적인 경우인데, 작가는 본인의 홈페이지에서 이와 더불어 『싸움소』(시공주니어 2007), 『아름다운 수탉』(창비 2001), 『겁쟁이』 등도 생태동화 쪽이 아니라 창작동화 쪽에 분류해 놓고 있다.

2. 인간은 대지의 피부병이다
– 인간 대 자연의 관계, 문명 비판적 생태동화의 경향

인간이 자연을 멋대로 대상화하고 착취한 역사는 오래되었다. 니체는 인간을 일컬어 '대지의 피부병'이라고 부르기도 했다. 인간은 자신들이 편안하게 살기 위한 인공 세계 개발에 몰두해 다른 생명과 촉촉한 유대 맺기를 거절했다. 그 결과 이 대자연 속에서 인간이 선 자리는 유독 단단하게 버스럭거리는 부스럼 딱지가 되어 버렸다. 인간은 아파트를 짓고 댐으로 강을 막으면서 자기 자신뿐만 아니라 다른 살아 있는 존재들까지 탈자연화시켰다. 물질적인 풍요로움을 향한 질주에는 끝이 없어 보였다. 그러나 세계를 사막으로 만들면서 인간이 캐낸 풍요로움은 이제 한계에 달했다. 인간 중심으로 자연을 개발의 대상으로 바라보던 관점을 해체해야 한다는 것이 작가 이상권의 생각이다. 인격적으로 자연을 대하고, 나아가 인간이 자연화되어야 한다는 것이다.

"사람들은 날아다니는 오리를 잡아다가 날지 못하도록 했단다. 토끼장 같은 곳에다 오랫동안 가둬 놓거나 날개를 잘라 버리기도 했지. (…) 사람들은 굳이 먼 곳으로 날아다니지 않아도 살 수 있다고 거짓말했지. (…) 그래도 날려고 하면 때리기도 했지. (…) 그러다 보니 날지 못하게 된 거야."9

"아빠, 꼭 코를 뚫어야 해요? 달소는 보통 소와 다르단 말이에요!"
"민구야, 아빠도 이러고 싶지 않아. 하지만 코를 뚫어야만 네가 마음대로

---

9 「하늘로 날아간 집오리」, 『하늘로 날아간 집오리』, 창비 1997, 194면.

끌고 다니지……"¹⁰

이상권 작품에 등장하는 인간들은 자신들의 편의에 따라 목적을 세우고, 그것을 이루기 위해서라면 수단 방법을 가리지 않은 채 다른 존재의 삶을 파괴한다. 교사들은 개교기념일을 핑계로 아이들을 시켜 토끼몰이를 시킨 뒤 산토끼를 때려잡아 술안주로 먹고,¹¹ 또 어떤 아빠는 쥐며느리가 징그럽다는 이유로 "미제 노래기약을 뿌려"¹² 깡그리 씨를 말리려고 한다.

하지만 교사들은 전교생을 동원해 요란한 토끼몰이를 하고서도 겨우 토끼 열 마리를 잡아먹었을 뿐이고, 아빠는 "전쟁 무기를 세계에서 가장 잘 만드는 놈들"이 판매한 벌레잡이 약을 쓰고서도 자잘한 쥐며느리를 박멸하지 못해 쩔쩔맨다. 오히려 그 과정에서 자신들이 얼마나 메마른 사람인지를 확인했을 뿐이다.

"녀석들에게 항복할 때가 왔다는 생각이 들어. (…) 본디 그런 것들은 사람 냄새를 맡으면 일부러 도망치는데, 사람 냄새가 약하면 많이 생긴다면서 (…) 그러니까 우리 집에 사람 냄새가 약하다는 뜻이야."¹³

「작은 탱크 쥐며느리」의 결말은 묘하다. 작가는 이 작품에서 벌레가 득시글거리던 '용호 방'에 불편 없이 살다 나간 순재 아재네 부부를 통해 자신의 생각을 말한다. 벌레와 사람 사이에 대결 구도를 긋고 상대방

---

10 『싸움소』 55면.
11 「집토끼가 기른 산토끼」, 『멧돼지가 기른 감나무』 106면.
12 「작은 탱크 쥐며느리」, 『그 녀석 왕집게』 154면.
13 같은 책 155면.

을 박멸하려고 했을 때 사람은 벌레에게 완패하고 말지만, 벌레에게 마음을 전하면 벌레가 사람의 마음을 다 헤아리고 물러난다는 것이 이상권의 생각이다. 순재 아재네는 약을 뿌리지도, 쑥대를 베어다 태우지도 않았다. 그저 방에 애정을 갖고 열심히 살았을 뿐이다. 그런데도 벌레와 맞부닥뜨리지 않고 살다가 나간다. 벌레들은 자신들과 대결하려 하지 않고 평화롭게 삶터를 가꾼 순재 아재의 마음을 이해하자 그 공간을 순순히 내어 주었다는 것이 작가의 해석이다. "쥐며느리도 사람처럼 생각한다"는 작가의 말은 더는 자연을 종속적 관계로 대하지 말라는 경고로 이해할 수 있다. 그의 작품 속에서는 벌레가 아니라 인간 자신이 오히려 이 생태계의 문제적 존재, 곧 '대지의 피부병'인 것이다.

그러나 독자 처지에서 작가의 사유를 이해하고 대폭 공감하면서도 그 결말이 얼마나 실현 가능한 것인지에 대해서는 의문이 든다. 안타깝게도 인간은 이미 저질러 놓은 일이 많고 이제 생태적 실천의 문제는 반성과 다짐만으로 되는 것이 아니다. 훨씬 더 복잡한 행위의 전략을 펼쳐야 하는 단계에 와 있다. 올여름만 해도 인공 하천 청계천에 들끓는 쥐떼의 처치 방법을 놓고 정부가 고심 중이라는 보도가 있었다. 쥐들을 사람 대하듯 하면서 문제가 자연스럽게 해결된다면 얼마나 좋으랴. 청계천 부근에 사는 저소득층 어린이들의 불안정한 주거 공간을 쥐 떼가 습격하게 될 경우 파장이 만만치 않다. 이상권 작가의 작품은 대개 강렬한 생태적 메시지를 전하는 단계에서 마침표를 찍는다. 하지만 독자의 갈등은 생태적 결단 이후에 더 치밀하게 이어진다. 작가는 병의 진단뿐 아니라 난해하기 짝이 없는 생활 속 처방에 대해서도 독자와 함께 적극적으로 고민해야 하는 것은 아닐까.

3. 세상의 모든 사물은 변하며 내 것이라고 집착할 것이 없다
- 인간과 자연의 관계, 불교적 생태주의의 경향

이상권의 초기 작품에서는 야생동물 이야기가 좀 더 많은 비중을 차지했지만 이후 그는 사람과 함께 사는 동물들 이야기도 여러 편 창작한다. 서양 동화에서 반려동물과 인간의 관계가 나오면 대개 행복한 결말이 뒤따른다. 사람 주인은 그가 사랑하는 동물 주인공이 위기를 맞이할 경우 최선을 다해 그를 돕고 목숨을 구한다. 그리고 오래오래 행복하게 함께 산다.[14] 물론 그 동물의 생명을 구하지 못하는 비극적 결말도 종종 있다. 그럴 땐 안타까움 속에 세상을 떠난 영혼의 안식을 빌어 준다. 죽은 동물을 예쁜 관에 넣어 무덤에 십자가를 세워 주고 기도해 주는 애절한 마무리 같은 것 말이다.[15]

그런데 이상권 동화에서는 색다른 결말이 나온다. 동물이 독자적인 힘으로 사람과 대결하다가 노화하여 자연사하는가 하면, 사랑하는 동물이 죽으면 그걸 덥석 삶아 먹기도 한다. 자기 천적인 구더기를 낳아 주고 죽는 생명도 있다. 뭔가 다른 면모다. 이를 어떻게 받아들여야 할까?

「외눈박이 암탉」에 나오는 외눈박이는 후손을 60여 마리나 본 장한 암탉이다. "자그마치 5년 2개월"을 살다가 최장수 닭의 명예를 안고 잠자듯 편안하게 눈을 감는다. 제 몸이 위협당해 죽을 고비를 넘긴 것이

---

14 애너 슈얼(Anna Sewell)의 『검은말 뷰티』(*Black Beauty: The Autobiography of a Horse*, 1877) 같은 경우.

15 루이자 올컷(Louisa M. Alcott)의 『작은 아씨들』(*Little Women*, 1868)에서 조가 키우던 카나리아 피프의 장례를 치러 주는 장면이나 로비 해리스(Robie H. Harris)의 『굿바이 마우지』(*Goodbye Mousie*, 2001)에서 아이가 생쥐 마우지를 크레파스 상자에 넣어 장례를 치르는 장면은 사람의 장례 못지않게 정중하다.

한두 번이 아니었지만 모두 자기 힘으로 이겨 냈다. 어머니는 "찔겨서 먹지도 못헐" 고마운 닭 외눈박이를 묻어 주자고 하지만 할머니는 반대한다. "집에서 기르는 짐승이란 사람헌티 잡아먹힐 운명으로 태어난 것"이므로 먹는 것이 순리라는 것이다. 할머니는 "솔개가 배암을 잡아먹고, 배암이 깨구리를 잡아먹고, 깨구리가 벌거지를 잡아먹대끼" 자신이 삶아 먹겠다고 나선다.16

> 할머니는 하루 종일 한뎃솥에다 군불을 때서 외눈박이를 삶아 놓고, 며칠 동안 조금씩 뜯어 먹었다. 억센 뼈는 누렁이한테 주었다. 그리하여 외눈박이는 할머니와 누렁이 몸이 되었다.17

늘 외눈박이 편을 들며 때리지도 못하게 하던 할머니는 어쩌자고 외눈박이를 먹은 것일까. 외눈박이의 죽음 앞에 누구보다 크게 통곡해야 할 사람은 할머니가 아니었을까.

석가모니가 설파한 불교적 생명 사상은 이 상황을 이해할 수 있는 실마리를 제공한다. 석가는 진실의 참모습에 대해서 얘기하면서 세 가지를 강조한 바 있다. '모든 현상은 항상성이 없다(諸行無常印)', '모든 것에 나라고 할 것이 없다(諸法無我印)', '번뇌의 불이 꺼지고 나면 고요하고 평안하다(涅槃寂靜印)'가 그것이다.18 이 말은 세상의 모든 사물은 변하는 것이며, 내 것이라고 집착할 만한 실체가 없다는 것인데, 이를 깨달으면 오히려 고통스럽지 않다는 의미다. 의미를 더 깊이 풀어 보면 생명현상이란 단기적인 생물학의 영역을 넘어선 것이라는 뜻이 담겨 있

---

16 「외눈박이 암탉」, 『멧돼지가 기른 감나무』 25면.
17 같은 책 26면.
18 김동화 『불교학개론』, 보련각 1984, 95~102면 참조.

다. 존재하는 것은 총체적으로 변화하고 있다. 육신이 생동감 있게 움직이는 순간도 있지만 내부에서 불화를 일으키면 병이 된다. 결국 그 기운이 흩어지면 죽음을 맞는다. 불교적인 이해에 따르면 외눈박이는 호흡이 중단되면서 체온이 사라져 결국 죽음에 이르렀지만 이는 크게 슬퍼할 일은 못 된다. 업력과 인연에 따라 다시 새로운 일생을 시작할 계기를 일으킬 것이기 때문이다. 또한 불교의 연기설(緣起說)에 따르면 만물은 '이것이 있음으로 저것이 있고 이것이 생김으로써 저것이 생기는 것'이다. 내 생명이 존재하기 위해서는 남의 생명이 존재해야 하고 나 이외의 어떤 존재도 나와 무관한 것이 없다. 이 세상에 일시적이고 독자적인 생명은 존재할 수 없고, 통시적이고 연대적인 생명들만이 있는 것이다.

외눈박이의 죽음을 대하는 할머니의 담담한 태도를 불교적 생명 사상과 연결하면 이해가 된다고 하자. 그렇다면 할머니가 외눈박이를 잡아먹은 행위는 어떻게 해석해야 할까? 이는 초목과 벌레조차 함부로 해치지 말라는 불교의 계율에 크게 어긋나는 행동이 아닐까?

불교의 불살생(不殺生) 계율은 매우 까다롭다. 물속에 들어 있는 벌레들 생명까지 염려하여 물을 마실 때 걸러서 마시라는 지침이 있을 정도다. 그러나 '죽이지 말라'는 불교의 계율은 죽이고 싶은 마음을 수동적으로 참으라는 뜻이 아니다. 스스로 그 뜻에 공감하여 죽이지 않겠다는 다짐을 하는 것이다. 할머니는 곤경에 처한 외눈박이가 죽을 뻔한 상황에서 몇 번이나 그의 목숨을 구해 주었다. 그가 외눈박이를 먹은 것도 자연적인 명을 다한 다음의 일이다. 의도적인 살생이라고 보기 어렵다. 오히려 할머니가 외눈박이를 먹은 행위는 죽음을 애도하며 일종의 '제(祭)'를 지낸 것으로 해석할 수 있다. 또한 누렁이와 나눠 먹어 외눈박이가 누렁이, 할머니와 한 몸이 되었다는 마지막 문장은 뭇 생명과 우주가 모두 한 몸이라는 불교적 세계관의 표현으로 읽을 수 있을 것이다.

생명과 죽음을 바라보는 작가의 이 같은 불교적 관점은 다른 작품에서도 유사하게 나타난다. 「멧돼지가 기른 감나무」에서 멧돼지 뜸돌양반은 살생하려는 자들의 칼에 맞서 싸우다 죽지만 수남이 아재는 그의 무덤에 감나무 한 그루를 심는다. 감나무로 다시 태어나 맛있는 감을 주렁주렁 맺은 뒤 다시 다른 멧돼지들이 그 감을 먹고 살았으면 좋겠다는 것이다. 일종의 윤회다. 또 「집토끼가 기른 산토끼」의 산토끼도 자신을 겨누고 벌어지는 모진 위협을 다 이겨 내고 천수를 다한 뒤 죽는다. 산토끼를 아끼던 성민이 형이 "주서다가 해 먹을라고 삶아"도 "찔겨서 먹을 수가 없"어 살과 뼈를 묻어 준다.[19]

청소년소설 『애벌레를 위하여』는 생태에 대한 불교적 이해가 더 극적인 구성으로 나타난 경우다. 열세 마리의 가중나무고치나방 애벌레 가운데 천신만고 끝에 살아남은 열세 번째 애벌레는 기온이 5도 이하로 떨어지는 한계상황에서도 목숨을 부지하기 위해 최선을 다한다. 먹는다는 행위가 불가능할 만큼 힘겨운 상황에서 애벌레는 자신의 몸에 고치벌의 구더기가 잔뜩 매달려 있는 것을 깨닫게 된다. 애벌레의 몸속을 제 집 삼아 피를 빨아 먹으며 살아온 구더기들은 알에서 깨어나 세상으로 나간다. 열세 번째 애벌레는 자신의 배 속으로 들어온 천적의 새끼들을 위해 열흘 동안이나 더 살아남은 셈이다.

본능적으로 자기 몸에서 살다가 세상으로 나간 구더기들이 자기 새끼들이라고 생각했다. (…) 애벌레는 구더기들이 어서 고치를 짓고 안전하게 숨기를 바라고 있었다. (…) 말벌은 아직 고치를 짓지 못한 구더기를 쪼아 먹으려고 다가갔다. 그런데 그 순간 열세 번째 애벌레가 불가사의한 힘으로 상체

---

19 「집토끼가 기른 산토끼」, 『멧돼지가 기른 감나무』 128면.

를 들어서 옆으로 휘둘렀다. (…) 애벌레의 몸은 모든 생명을 길러 내는 대지 위로 툭 떨어졌다. (…) 애벌레는 늙을 대로 늙어 버렸고 모든 힘을 고치벌 새끼에게 빼앗겨 버렸다. 그렇지만 애벌레는 편안한 모습이었다. (…) 천적 이냐 아니냐 그런 따위의 잣대는 아무런 의미가 없었다. (…) 애벌레는 행복 했고 이렇게 땅에 누워서야 비로소 숲의 일부가 되었다는 편안한 느낌이 들 었다. (…) 숲은 비로소 평등한 세상이 되었다.[20]

작가가 생각하는 생명과 생명들 사이의 관계는 이렇다. 나와 적이 따로 없고 남이 나를 내 집 삼아 피를 빨아 먹어도 괘념치 않으며 마침내 모든 생명을 길러 내는 대지에 귀속되어 평안을 찾는 관계다. 존재론적으로 인간과 다른 생물은 모두 평등하다. 어느 시점에 초점을 맞추느냐에 따라 존재가 달라지고 그 생명의 본질에 대한 다양한 서술이 가능하다. 결국 살아 있는 모든 인연은 어떻게 화합하고 해체하느냐에 달린 것이다. '순리'라고도 할 수 있는 이 자연스러운 생명의 이치는 결코 특정한 누군가를 위해서 진행되는 것이 아니다. 따라서 숲은 평등하다.

4. 새의 마음으로 새를 기르기
- 누구를 위한 관계인가? 일관된 관계인가?

이상권의 작품을 처음 만난 것은 1997년 겨울이었다. 한 서점의 서가에서 『하늘로 날아간 집오리』를 별 뜻 없이 집어 들고 읽다가 선 채로 두 시간가량을 훌쩍 보내 버린 기억이 있다. 당시 두 가지가 강하게 인

---

20 『애벌레를 위하여』, 창비 2005, 239~43면.

상에 남았는데, '작가가 어느 정도로 동물들의 생활과 가깝기에 글 속에서 그들의 관점이 이토록 생생하게 드러날 수 있는가' 하는 것과 '소설 같다'는 느낌이었다.

10년이 흘렀다. 이후 작품들은 그때보다 더욱더 뚜렷이 자연을 묘사한다. 작가는 이 분야에서 한 전범을 보여 주고 있다. 작가가 스스로 밝혔듯이 애벌레의 삶을 최대한 가깝게 느끼기 위해서 "비바람 치는 밤에 알몸으로 몇 시간 동안 산초나무 밑에 서 있기"도 하였다. 그래서인지 『애벌레를 위하여』에서 단 한 줄의 따옴표도 없이 이루어진 240여 쪽의 묘사는 곳곳이 몸서리쳐질 만큼 정교하다.

또 하나, '소설 같다'는 느낌의 문제다. 이는 앞서 말한 정교한 묘사와 떼어 놓고 생각할 수 없는 부분이기는 한데, 덧붙여 등장인물들의 행동이나 감정을 나타낼 때 어느 정도 거리를 두는 냉정한 서술방식도 큰 몫을 했던 것 같다. 어린이들이 썩 친근하게 여기지 않는 쥐나 살쾡이가 중립적으로 등장한 것도 새로웠을 뿐 아니라 "새끼는 기운이 하나도 없다", "긴 꼬리 들쥐는 잔뜩 긴장한다"와 같은 현재형의 짧고 담백한 표현은 당시 동화에서 찾아보기 어려운 것이었다. 작가는 이런 문체를 통해서 '우리 모두 예쁜 꽃과 나무를 꼭 사랑해야 해요. 어린이 여러분! 약속!'과 같은 간지러운 말투의 동화들과 확실히 차별되는 지점을 보여 주었다. 최근 출간되는 동화들 가운데에는 구성이나 문체에서 소설과 비슷한 길을 걷는 작품이 많아서 이 점이 두드러지지 않지만, 당시에는 신선하고 선구적인 시도였다.

작가는 지난 10년 동안 인간과 자연 사이의 관계에 대한 꾸준하고 성실한 모색을 거듭했다. 작품 전반의 결실에 대해서는 앞에서 다룬 바 있다. 하지만 몇몇 작품에는 작가가 추구해 온 작품의 방향에 정합하지 않는 흔들린 시선이 담겨 있어 읽다가 고개를 갸웃거리게 된다.

의문이 남는 대표적인 경우가 『아름다운 수탉』이다. 작가는 외로운 아이와 병아리의 우정을 통해 동물과 사람 사이의 동반자적 관계가 어떻게 성장하는가를 보여 주고 싶었던 것 같다. 처음에는 어리고 못났던 정희와 달개비가 이런저런 사연을 함께 겪으며 성숙하는 줄거리로 되어 있다. 그러나 마지막까지 정희는 별달리 크게 성숙한 것 같지 않다. 정희는 달개비 덕분에 더는 외롭지 않다고 소리치지만, 외롭지 않다는 외침이 곧 한 존재의 내면적 성장 전부를 나타낼 수 있는 것은 아니다. 정희의 감정과 사유의 변화가 더 섬세하게 묘사되었어야 한다고 생각한다. 한편 달개비의 성장에도 의문이 남는다. 달개비는 병아리에서 시작하여 큰 수탉이 되었다. 몸은 분명히 자란 것이다. 하지만 그가 과연 진정으로 '근사한' 수탉이 된 것인지에 대해서는 동의하기가 불편하다. 왜일까?

달개비의 성숙이나 근사함이 처음부터 정희를 비롯한 인간의 시선과 관점에 의존하고 있기 때문이라는 생각이다. 징그럽다면서 벌레 집어 던지듯 달개비를 던지고 나갔던 아빠는 갑자기 달개비가 진짜 멋있는 닭이 되도록 만들겠다고 결심한다. 그가 한 일은 "두꺼운 종이에 그린 닭볏"을 고무줄로 달개비의 턱에 매어 주고 머리에 초록색 스프레이를 뿌리는 일이었다. 달개비는 정희의 이모부가 가져온 오리발을 발에 신고 "해외 토픽에 나오기 위해" 헤엄을 배운다. 결혼식에 데려간 달개비를 놓고 사람들은 "공작처럼 아름답다"고 말한다. 물론 닭은 인간과 함께 사는 동물이지만 모든 닭이 달개비처럼 살아야 하는 것은 아니다. 달개비가 정희 덕분에 약한 병아리에서 큰 수탉으로 자라나긴 했지만, '정희의 달개비'가 아니었더라면 굳이 겪지 않아도 좋을 온갖 어려움을 겪었다. 그 때문에 작품의 감동이 반감된다.

『싸움소』는 소를 기르는 민구의 이야기를 담고 있다. 이 작품을 읽으면서 소와 인간의 적절한 관계에 대한 작가의 생각이 흔들리고 있다는 생각이 들었다. 작품의 묘사는 상당히 사실적이다. 하지만 그 안에 깃든 혼란스러움은 감추기 어렵다. "달빛을 받으며 태어난 달소"는 "마음대로 뛰어다니고 싶"지만 싸움소가 아니기에 "이름도 받지 못할 뻔"하다가 민구를 만나 외양간 안에서 목에 가죽띠를 매고 자라난다. "죽고 싶도록 싫은 코뚜레"를 했지만 쥐나 닭에 비하면 다행스럽게도 오래 살다가 죽는 운명을 지닌 달소는 홀로 팔려 가지 않기 위해 매몰찬 단식투쟁을 한다. 하지만 "맛있는 쇠죽을 받으면 주인에 대한 증오심이 눈 녹듯 사라지는" 등 갈팡질팡한 태도를 보인다. 달소는 황소가 되어 가면서 어릴 때의 '말썽'을 접고 주인을 위해 열심히 일한다. 매서운 회초리를 연달아 맞으면서도 "다른 소보다 쟁기질을 빨리 배운다"는 말에 기쁨을 느낀다. 수술비 때문에 자신이 팔려 갈 운명에 놓이자 "하얀 거품을 물고" 미친 듯 내달리기도 하지만 소 싸움터에 올라가서는 민구 아버지의 치료비를 마련하기 위해 오줌까지 줄줄 싸면서 처절하게 싸운다.

사람과 함께 사는 동물은 행복한가? 달개비와 달소의 경우를 보면서 내내 고민하게 되는 문제다. 작가 또한 비슷한 고민을 안고 작품을 써 나갔던 것 같다. 야생동물에 관한 얘기를 쓸 때는 잘 드러나지 않던 불안정한 흔들림이다.[21] 작가는 야생동물과 인간 사이의 관계를 다룰 때에는 둘 사이의 평등함에 대한 강건하고 일관된 관점을 지키고 있는 것처럼 보였다. 그러나 '집에서 키우는 동물'의 문제를 다룰 때는 달랐다. 인간은 동물과 어떤 관계를 맺으며 그야말로 '함께 살아야 하는 것'일까. 함께 사는 동물의 문제는 떨어져 사는 야생동물 문제보다 훨씬 더 다루기 어려운 관계라는 것이 작가의 혼란을 통해 나타난다.

---

21 외눈박이는 닭장에서 쫓겨나다시피 한 야생 닭이었고, 앞에서 언급한 멧돼지, 산토끼, 애벌레 등은 모두 인간과 떨어져 사는 동물들이다.

하지만 어린이 독자들이 더 마음을 기울여 열심히 읽는 것은 '집에서 키우는 동물'에 대한 이야기일 것이다. 솔개야 뱀을 잡아먹든 말든 이야기만 흥미로우면 그만이겠지만, 내가 키우는 병아리를 복날 끓여 먹는 것은 다른 문제다. 아이들은 오늘도 학교 앞 후문에서 염색한 병아리를 살까, 집으로 데려온 길고양이의 불임수술을 해 줄까 말까, 애완견의 털을 깎아야 할까, 햄스터를 주무르고 놀아도 되나 심사숙고하고 있을 것이다. 섣부르게 인간의 손에 맡겨졌다가 더 비참한 최후를 맞이하는 동물들도 적지 않다. 그러기에 아직 자기 몸을 챙기기에도 어설픈 어린이들에게 살아 있는 동물을 키워 보라고 선뜻 말하기가 내키지 않는 것도 사실이다. 동물을 키운다면 어떻게 키워야 하는 걸까. 공동주택에서 동물을 키우는 일은 과연 어느 정도나 가능한 일일까. 이런 고민에 빠진 어린이들에게 동화는 어떤 말을 걸어 주어야 하는 것일까.

이상권의 동화를 읽고 동물과 인간의 관계에 대해서 생각하면서 마지막으로 던지게 되는 질문은 이것이다. '누구를 위한 관계인가?', 그리고 '얼마나 일관된 관계인가?'

옛 사상가 장자(莊子)가 남긴 글 중에 다음과 같은 대목이 있다.

옛날 바닷새가 날아와 노나라 서울의 교외에 멈추었다. 노후는 이 새를 맞이하여 술을 마시게 하고 소, 돼지, 양을 갖추어 대접하였다. 새는 한 조각의 고기도, 술도 먹지 않은 채 사흘 만에 죽어 버렸다. 이는 노후가 자기를 보양하는 방법으로 새를 보양했지, 새를 키우는 방법으로 새를 보양하지 않았기 때문이다. (…) 나의 마음으로 새를 기르는 것이 아니라 새의 마음으로 새를 길러야 하는 것이다.[22]

22 『장자』 외편, 제18편 「지락(至樂)」. 번역은 필자의 것임.

이상권은 생태동화라는 가장 어렵고도 중요한 영역에 도전하는 작가다. 아마도 그의 마음은 새의 마음으로 새를 기르는 것에 닿아 있을 것이다. 하지만 일상 속에서 독자들은 나의 마음으로 새를 길렀다가 새의 마음으로 새를 길렀다가 하기를 반복한다. 어떻게 기르는 것이 새의 마음으로 새를 기르는 것인가? 지난 10년 동안 작가가 생태동화의 길을 개척하면서 보여 주었던 노력에 기대를 걸어 본다. 이 까다로운 질문에 새로운 작품으로 가장 현명하게 대답할 수 있는 사람도 바로 이상권 작가일 것이라고 생각한다.

변증적 치유의 문학

유은실론

1. 상처와 이야기

예나 지금이나 어린이들에게는 상처가 많다. 경중경중 뛰는데 두루 두루 살피지는 못하니 넘어지기 일쑤다. 사실 워낙 살성이 좋아서 가만 두기만 하면 웬만한 상처는 쓱싹 낫는 것이 어린이다. 딱지가 아물기도 전에 또 넘어져서 그게 문제일 따름이다.

가끔 속을 후벼 파는 큰 상처가 날 때도 있다. 큰 상처일수록 가만 두기가 어렵다. 잘 아물게 한다고 약을 거듭 바르기도 하고 잘 아물고 있나 본다고 거즈를 들어 상처를 만지기도 한다. 그러다가 상처는 덧나기 시작한다. 벌겋게 퉁퉁 붓고 누렇게 곪는다.

지금은 처음부터 독한 약을 써서 상처가 곪도록 내버려 두지 않지만, 예전에는 이렇게까지 상처가 진행되면 약상자에서 고약을 꺼냈다. 고약상자에는 진밤색의 고약 덩어리와 더불어 조그맣고 노란 '발근고'라는 꼬마 고약이 들어 있었다. 고약은 여느 약과 달라서 엄지와 검지 사이에 놓고 체온으로 부드럽게 매만져 발라야 한다. 납작하게 다듬은 고약 덩어리 한가운데 발근고를 떼어 조심스레 올리고 상처에 붙인 뒤 기름종이를 찢어 덮었다. 이 모든 시술을 다 마치고 난 모습이 어찌나 우스꽝스러운지 꼭 고약한 놀부의 심술단지 사마귀처럼 보였다.

고약에 대해서 생각할 때마다 놀랍게 여겨지는 것은 바로 발근고의 존재다. 발근고는 겉으로 보면 별로 안 곪은 것처럼 보이는 상처의 속을 헤집어 종기의 뿌리를 뽑는 역할을 한다. 시일이 지나 발근고를 떼어 내 보면 툭 터진 상처 속에 구멍이 뻥 뚫려 있다. 그동안 속으로 얼마나 곪았는지 대번에 알 수 있다. 어떤 상처든 처음부터 안 곪게 한다고 장담하는, 아니 아예 딱지도 안 생기게 해 준다고 우기는 세련된 요즘 약들과는 달라도 많이 다르다.

유은실의 동화는 크고 작은 상처에 대한 문학이다. 바쁜 맞벌이 부모 덕분에 밥 한 그릇 제대로 못 얻어먹고 살아 밖에서 먹는 것은 뭐든지 잘 먹게 된 '나'(『우리 집에 온 마고할미』, 바람의아이들 2005), 중병을 앓는 아버지의 입원 이후로 바닐라 맛 아이스크림을 먹어 보지 못한 선미(「기도하는 시간」, 14인 단편집 『달려라, 바퀴!』, 바람의아이들 2006), "가난한 딸을 둔 채 피로에 시달리는" 치과 조무사 엄마와 단둘이 살아가는 비읍이(『나의 린드그렌 선생님』, 창비 2005), 닭집을 하는 아빠 때문에 '닭대가리'라고 놀림받는 '대거리닭집' 아들 백석(「내 이름은 백석」, 『만국기 소년』, 창비 2007), 집에 책이 국기책 한 권밖에 없어서 그 책만 달달 외우는 진수(「만국기 소년」, 『만국기 소년』) 등 작품 속에 등장하는 어린이들은 모두 아프게 다친 경험이 있다. 그러나 그들의 단단하게 부은 상처는 겉으로 잘 드러나지 않는다. 생활 세계는 그들의 상처를 드러내 줄 만큼 한가하게 돌아가지 않기 때문이다. 여기에 작가는 성큼 '발근고'를 꺼내든다. 작가 유은실의 '발근고'는 고약한 현실에 맞선 어설프고 무모한 결투 신청일 때도 있고

(「내 이름은 백석」, 「선아의 쟁반」), 현실의 핵심을 파고드는 작고 신비스러운 환상적 장치(『우리 집에 온 마고할미』)일 때도 있다. 어떻든 유은실은 발근고를 쓴다. 상처는 상처라고 솔직히 얘기하고 곪은 건 곪았다고 알려 준 뒤 고약을 떡하니 붙여 버린다. 갈등을 감추기보다는 종기를 터뜨림으로써 상처를 드러내는 변증적 문학이다. 고약을 붙인 모양새는 얼핏 우스꽝스럽지만 이야기의 결말에서 우리는 뚜렷이 확인할 수 있다. 그것이 얼마나 뻥 뚫린 상처였는지 말이다.

2. 말 잘 들어 주는 평등한 어른

유은실 동화에서 상처를 입은 존재는 어린이만이 아니다. 어른들의 상처는 더 아프고 쓰리게 방치되어 있다. 그러나 어른들은 애써 그 상처를 감추거나 부인하려고 든다. 어린이는 그런 어른들에게서 상처를 감추거나 외면하는 법을 먼저 배운다.

나는 그럭저럭 아빠 없는 생활을 잘하고 있다. 문제는 엄마다. 엄마는 아빠 없는 나를 보는 게 힘든 모양이다. 그래서 나한테 거짓말을 한다. (…) 나는 거짓말인 줄 알면서도 믿는 척한다. 속아 주는 게 엄마한테 좋을 것 같기 때문이다. (『나의 린드그렌 선생님』 11면)

"엄마, 이 옷 어때요?"
부엌으로 가서 엄마한테 물었다.
"집에서 입기에는…… 좀 그렇다."
(…)

다시 방으로 들어가 짙은 남색 티셔츠랑 청반바지로 갈아입었다. 학교나 학원에 갈 때 입는 옷이었다. 거울을 보았다. 너무 새 옷 같지도 헌 옷 같지도 않고 괜찮았다. (「손님」, 『만국기 소년』 119면)

아빠가 돌아가신 걸 뻔히 알면서도 미국 갔다는 엄마의 거짓말을 믿는 척하는 일이나, 형편이 기운 집에 손님이 오자 조금이라도 괜찮게 보이고 싶어 안절부절못하는 엄마를 돕는 일은 임시방편일 뿐이다. 한 번 베인 상처는 가려 준다고 아물지 않는다. 그러기에 주인공은 아무렇지 않은 척 웃다가도 "어린이 친구들에게도 조금은 쓸쓸하고 외로운 자기만의 시간이 있었으면 좋겠다"(『나의 린드그렌 선생님』)고 생각하고, 공사장에서 돈 버느라 고생하는 엄마를 생각해 동생의 투정을 단속하다가도 일기장에는 "천 원이라도 맘대로 써 봤으면 좋겠다"고 몰래 쓴다. (「맘대로 천 원」, 『만국기 소년』)

어른의 상처가 어린이의 상처를 만들고 그 상처들은 세상의 상처로부터 비롯된다는 건 어제오늘의 얘기가 아니다. 다만 유은실의 동화에 나오는 문제 해결 방식과 어른 아이의 관계는 과거의 동화들과 좀 다르다. 이전까지 상처를 다루는 많은 동화가 보여 준 치유의 방식은 '극적인 해결'이었다. 어린이에게 지워진 과도한 짐은 종종 성공적인 반전이나 주인공의 자기 극복을 통해 해소되곤 했다. 동화 속의 주인공들은 보통의 어린이들과 달리 의지도 굳고 속도 깊이 들어서 주어진 난관을 스스로 잘 헤쳐 나가곤 했다.

그런데 유은실 동화에서는 문제가 시원하게 해결되지 않는다. 작가는 종종 상처를 다 뒤집어 보여 주는 것으로 이야기를 마무리 짓는다. 작품에 나오는 어린이들은 변변치 못하다. 속이 깊은 듯하면서도 뭐든 쉽게 잊어버리며 자기도 문제를 어떻게 풀어야 할지 몰라서 쩔쩔맨다.

이에 대한 작가의 태도는 덤덤하다. 상처는 다스릴 수 있겠지만 흉터는 어떤 방식으로든 남는다는 것을 보여 주고서 슬쩍 자리를 피해 버린다. 내가 린드그렌 선생님께 보내는 마지막 편지를 쓰는 순간에도 나를 잘 이해하지 못하던 엄마는 여전히 졸고 있으며(『나의 린드그렌 선생님』), 마고할머니가 대개혁해 놓은 집안은 할머니가 떠나자 다시 지저분해진다.(『우리 집에 온 마고할미』) 치매에 걸린 할머니를 혼자 돌보며 뭘 어떻게 해야 할지도 모르겠는데 일하러 간 엄마는 끝까지 나타나지도 않는다.(「엄마 없는 날」,『만국기 소년』) 유은실 동화의 사실성은 이 같은 냉정함으로부터 나오는데 이미 냉랭할 대로 냉랭해진 세상을 적잖이 경험한 어린이 독자들은 작가의 무덤덤한 마무리 앞에서 소박한 공감을 느낀다.

그렇다면 유은실 동화는 세상에 대한 냉소와 포기를 가르치는가. 간혹 끝까지 다 읽은 독자를 갈 곳 모르게 하는 부분이 없지 않다. 「손님」(『만국기 소년』)의 경우 "드디어 손님이 왔는데 이제 어쩌자는 거지?" 하는 멍한 기분이 들기도 한다. 그러나 대개의 등장인물들은 아픈 가운데도 근사한 넉살을 부려 가며 상처의 치유를 위해 노력한다. 현실을 뚫고 나갈 상상에 대한 믿음이 있기에 가능한 넉살이다.

특히 이런 치유의 과정에 어른과 어린이가 짝을 이루는 경우가 많다. 어른도 어린이만큼 어설프기 때문에 공동 작업이라고 해서 대단한 성과를 거두지는 못한다. 그동안 동화 속에 등장하는 우호적인 어른은 대개 강한 카리스마를 지닌 안내자이거나 힘 있는 조력자였다. 그러나 유은실 동화의 어른들은 어린이들이 걱정해 주어야 할 만큼 별 볼 일 없는 사람들이다. 백석이 누군지 물어볼 변변한 친구 한 명 없고, 천 원 한 장 선뜻 쥐어 주지 못할 만큼 가난하다. 하지만 그들의 동반자 관계만큼은 평등하며 진지하다. 많이 못 배운 아버지는 백석 시집이라도 사서 읽어 아들의 난처함을 도와주려고 노력하고(「내 이름은 백석」), 그렇게 언니는 헌책만 읽는 비읍이에게 새 책을 선물해 준다.(『나의 린드그렌 선생님』) 이들은 '이끌어 주는 어른'에 대한 환상을 깨면서 '어린이들의 말을 잘 들어 주는' 새로운 어른 조력자들이다. 어린이들은 그런 어른 앞에서 자신을 다 털어놓으며 한 뼘씩 성장한다.

3. 아무도 해치지 않는, 대화가 있는 세상

유은실 동화가 갖는 또 하나의 특징이라면 상처를 드러내는 방식이 가학적이거나 폭력적이지 않다는 것이다. 아픔이나 슬픔은 유머가 되고 행복한 반전의 계기가 된다. 작가가 '상처'의 긍정적인 면과 부정적인 면을 모두 통찰하고 있기 때문에 가능한 일이다. 나타샤는 몰라도 닭은 잘 아는 아버지의 자부심이나, 얻어다 준 국기책을 달달 외우는 아들에 대한 배관공 아저씨의 자랑이 그런 대목이다. 유은실 동화의 주인공들은 닭대가리라고 놀려도 '꼬끼오'라고 답할지언정 누구를 비난하거나 해치지 않는다. 물론 아픔이 봇물처럼 터져 나올 때도 있다. 아이스크림이 녹은 물 앞에서 펑펑 울며 그 국물을 마시는 선미(「기도하는 시간」)나, 외할머니가 친할머니 드리라고 건네준 부침개를 다혜네 집에 갖다 주고서 쟁반을 옥상 구석에 처박아 두는 선아(「선아의 쟁반」)는 상처받은 사람만이 할 수 있는 최소한의 공격적 행동을 보여 준다.

폭력이나 비명 대신 작가가 시도하는 것은 대화이다. 잘 들어 주고 잘 말하는 사람은 문제를 해결할 수 있다. 그렇게 언니는 비읍이와 대화하고 비읍이는 린드그렌 선생님과 대화하며 아버지는 백석과 대화한다. 선미는 보이지 않는 하느님과 대화하며, 이모부는 전화로라도 대화를 하고 싶어서 안달을 내기도 한다. 사실 바쁜 현대를 살아가는 우리들이 막다른 골목에 들어선 까닭은 내 말을 찬찬히 들어 주는 사람이 없었기 때문일지도 모른다.

"미안해요. 우리 엄마 말대로 나는 예의가 부족한가 봐요."
"아니야, 너는 예의가 넉넉한데 뭘. 솔직하게 말하고 내 얘기도 잘 들어 주고 있잖아. 앞으로는 예의가 더 많아질 게 분명해." (『나의 린드그렌 선생님』 79면)

실제로 대부분의 작중인물들은 말로 위로받는다. 말은 상처를 후벼 파기도 하지만 상처를 다독일 수도 있다. 물론 이모부의 일방적인 전화 통화나 전도사님의 기도처럼 대화라고 할 수 없는 꽉 막힌 말도 있다. 명우의 이모부는 누구하고든 말을 하지 않으면 못 살고, 전도사님은 오만 가지 사실을 하나님께 고해바치느라 바쁘다. 그러나 그들도 오죽하면 그런 말이라도 하려고 애쓰겠는가. 말이란 하다 보면 속이 풀리고 말을 듣다 보면 이해가 가는 효과 좋은 상처 치료제이기 때문이다.

'하나님, 우리 친척들이 기도를 안 해도 되게 해 주세요. 술 먹지 않고, 도망가지 않고 살게 해 주세요.' (「기도하는 시간」, 『달려라, 바퀴!』 60면)

"명우야, 어떤 이모부라도 말이지…… 열두 살밖에 안 된 너를 붙잡고 얘기하진 않을 거다." (「어떤 이모부」, 『만국기 소년』 104면)

고약처럼 곪은 곳을 쏙 빼내 주는 것이 있다면 덕지덕지 발라 주고 싶을 정도로 고약한 일이 많은 요즘 세상이다. 동화가 다루는 얘기들도 어쩔 수 없이 거칠고 험악해졌다. 유은실의 동화는 험악하지 않지만 안타깝고 처절하지는 않지만 서럽다. 그렇다고 어린이들에게 다 부수고 주저앉아 버리라고 말할 수는 없다. 작가 유은실은 아프지만 툭툭 털고 우리 한번 이야기나 해 보자고 권한다. 그러면 나을 수 있을 거라고 부추긴다. 유은실의 동화가 건강한 치유의 문학이 될 가능성이 여기에 있다고 생각한다.

다른 말을 거는 이야기

이경혜론

1. 독자에게 거울을 주다

'박쥐'를 생각하면 떠오르는 장면은 무엇일까. 필자의 기억 속에서 박쥐는 그 소리가 먼저, 그다음에 촉감이, 마지막으로 시각이 등장한다. 푸드덕거리는 박쥐의 날갯짓 소리와 가는 비명을 주로 어디에서 들었나 생각해 보면 서양의 모험 영화나 공포 영화가 진원지다. 박쥐의 날개가 어떤 느낌일지 만져 본 적이 없기에 정확히 알지 못하지만 수백 마리의 박쥐 떼들이 갑자기 내 어깨며 뺨을 투둑 치고 지나갈 것을 연상하면 손발이 오그라든다. 박쥐는 세상 무엇보다도 무서웠다. 박쥐가 어떻게 생겼나에 대한 시각적 상상이 가장 늦게 떠오르는 이유는 그 때문이다. 상상만 하더라도 무서워서 눈을 감으니까 보일 리가 없는 것이다. 차마 눈 뜨고 볼 수 없는 두려운 박쥐들. 최소한 『마지막 박쥐 공주 미가야』(문학과지성사 2000)를 읽기 전까지는 박쥐에 대한 생각을 하면, 그랬다.

이경혜의 작품 세계에 본격적으로 관심을 갖게 된 것은 『마지막 박쥐 공주 미가야』 때문이었다. 필자에게 이 작품은 다른 큰 의미가 있다. 박쥐를 사랑하게 해 준 작품이기 때문이다. 이 작품을 읽고서 우리에게 박쥐가 친숙한 존재였다는 사실을 처음 알게 되었다. 그토록 선명한 내 머릿속의 박쥐가 내 할머니와 할아버지의 박쥐가 아니었다는 사실은 큰 충격이었다. 무엇보다 비굴하고 기회주의적인 면모의 소유자이거나 악과 결탁하는 존재처럼 여겨졌던 박쥐가 얼마나 사랑스럽고 보송보송하며 강단 있는 동물인가를 미가야를 통해 알았다.

이경혜는 1960년 진주에서 태어났으며 1987년 『웅진아이큐』에 동화 「짝눈이 말」을 발표하고 1992년 문화일보 동계 문예 중편소설 부문에 「과거 순례」가 당선되면서 본격적인 활동을 시작한 작가다. 2001년에는 바로 그 『마지막 박쥐 공주 미가야』로 한국백상출판문화상을 수상하기도 했다. 그림책 번역가로도 활발히 활동했으며, 동화 『형이 아니라 누나라니까요!』(비룡소 2003), 『유명이와 무명이』(푸른책들 2005) 등과 청소년소설 『어느 날 내가 죽었습니다』(바람의아이들 2004) 등을 발표했다. 옛이야기 그림책 『구렁덩덩 새선비』(보림 2007)와 옛이야기를 새롭게 쓴 동화 『심청이 무슨 효녀야?』(바람의아이들 2008)를 발표한 것으로 보아 구전설화와 민담에도 관심이 깊은 작가다.

이경혜의 작품을 꾸준히 따라가 보면서 건져 올릴 수 있는 핵심적인 단어는 '존재', '죽음', '이름', '거울'과 같은 낱말이다. 이는 모두 형이상학적인 함축이 강하거나 상징적인 낱말들인데 그렇다고 해서 그의 작품이 난해하다는 뜻은 아니다. 다만 보통 우리 어린이문학 작품이 자주 드러내 보여 주는 낱말과 좀 차이가 있는 것은 확실하다. 작가는 이 추상적인 낱말들을 데리고 어딘가 다른 말씨로 말을 건다. 과감하게 파고드는 강렬한 주제의 깊이와 비교할 때 그 말씨는 무척 상냥하고 조심스럽고 유약해서 책장을 넘기기가 조심스럽다. 이야기꾼 중에는 자신의 이야기를 술술 풀어 펼쳐 놓는 사람이 있는가 하면 마치 이야기가 독자의 손에 있는 것처럼 말을 걸어오는 사람이 있는데 이경혜는 후자에 속한다. '당신이 혹시 알고 있는 이야기가 아닌가요? 그렇다면 죄송스럽지만……' 하면서 말을 붙여 오는 작가 이경혜만의 독특한 목소리는 책을 읽는 사람에게 어떤 막중한 책임감을 함께 지워 준다. 독자는 그를 따라나서려는 순간 작가가 여러 개의 거울을 들고 있는 것을 본다. 그리고 그 거울 중 하나가 자신의 손에도 들려 있다는 것을 깨닫는다. 자기 자신을 보면서 따라오라는 작가의 상냥하지만 냉정한 권고에 따라, 거울을 들고 내 얼굴을 들여다보면서 퍼드덕거리는 그의 이야기 속으로 제 발로 걸어 들어가게 되는 것이다.

2. 판타지와 만난 박쥐

'해리포터' 시리즈가 지난해(2007)에 출간 10년을 맞았다. 『마지막 박쥐 공주 미가야』가 출간된 것이 2000년 12월, 김진경의 『고양이 학교 1』이 출간된 것이 2001년 8월이었다. 해리포터의 열풍에 휩싸여 서점가가 서양의 마법 이야기로 뒤덮여 있을 때 우리 판타지 어린이문학을 기다리던 독자들은 나란히 등장한 박쥐와 고양이들에게 큰 환호를 보냈다. 우리에게도 정교한 환상을 펼칠 사랑스러운 박쥐와 고양이의 세계가 있다는 사실만으로도 독자들의 반응은 대단했다.

『마지막 박쥐 공주 미가야』는 박쥐와 인간이 사이좋게 살아가던 미가야 왕국으로부터 이야기를 시작한다. 약재상을 하는 인간의 무자비한 습격이 있기 전까지 박쥐는 사람과 친구였다. 그러나 박쥐 공주 미가야가 겨울잠을 자고 나와 보니 세상은 완전히 딴판이 되어 있었다.

눈보라가 몰아치는 한겨울, 절벽에서 내리꽂히던 폭포도 그대로 얼어붙었다. 얼어붙은 폭포 뒤쪽으로 깊숙한 동굴 하나가 숨어 있다. 눈보라가 몰아치는 바깥과는 달리 동굴 속은 무덤처럼 고요하기만 하다. 살아 있는 것이라곤 보이지 않는다. 아니다. 살아 있는 것이 있다.

동굴 벽에 자그마한 박쥐 한 마리가 매달려 있다! 겨울잠에 빠져 있는 박쥐. 날개로 온몸을 폭 감싸 안은 채 꼼짝 않고 죽은 듯이 매달려 있는 자그마한 박쥐 한 마리.

(…)

그렇다. 외롭게 잠들어 있는 이 조그만 박쥐가 바로 우리의 미가야 공주다.

(…)

미가야 제국의 마지막 공주이며 동시에 마지막 백성. 미가야 공주마저 사라지게 된다면 미가야 제국은 이 땅에서 영원히 사라진다. 영원히. (9~10면)

겨울잠에서 깨어난 박쥐 공주 미가야가 자신의 친구들과 마지막 왕국을 건설하는 과정은 기존의 동물 이야기를 뛰어넘는 새로운 이야기 구조였다. 인간의 도움을 받거나 인간에게 도움을 주는 보조적 존재에 불과했던 동물들은 판타지의 옷을 입고 서사를 이끌어 가는 주체가 되어 자신들의 세계와 세계관을 독자에게 설득해 보여 주었다. 오래도록 우리나라에서 박쥐는 해충을 잡아먹는 친근한 동물이었기 때문일까. 검고 침침한 박쥐의 이미지는 박쥐 공주 미가야의 활약과 함께 사랑스럽고 영리한 동물로 탈바꿈하게 된다. 박쥐의 멸종을 다루었다는 이유로 이 작품은 환경 문제에 대한 의식을 보여 주는 작품으로 평가되기도 했고, 인간과 자연의 수평적 관계를 이야기했다는 점에서 만물상생의 동양적 자연관을 보여 주는 작품으로 인정받기도 했다.

무엇보다 이 작품이 남긴 의의는 판타지라는 양식이 단지 공허한 유희가 아니라 지금 이 세계의 현실을 비판할 수 있는 대단히 창조적 장치가 될 수 있다는 사실을 보여 주었다는 점이다. 미가야 공주의 분투는 박쥐 왕국의 생존 투쟁을 다룬 작품이지만 읽기에 따라 우리 역사 속에서 주권을 지키려고 노력했던 백성들의 삶으로 보이기도 하고, 난개발에 소리 없이 사라져 가는 옛것들의 울부짖음으로 보이기도 한다. 어린이들이 열광하니까 판타지가 필요하지 않겠느냐는 식의 당시로서는 일반적이었던 오해를 깨뜨린 작품으로 평가할 만하다.

3. 이름과 존재에 대한 재조명

이경혜의 작품에서 주인공들은 자신이 무엇으로 불리느냐에 상당히 민감하다. 아예 작가가 민감할 수밖에 없도록 이름을 지어 주는 경우도 있다. 어차피 말로 소통하고 말로 존재의 의미를 파악하는 우리들에게 '이름'이란 존재의 향방을 규정짓는 중요한 열쇠가 될 수밖에 없는데 작가는 그것을 간파하고 이름에 대한 질문을 작품의 주요 테마로 삼았다.

대표적인 작품은 『유명이와 무명이』이다. 이 작품에서 두 주인공은 이름에 대한 이름을 지니고 살아간다. 한 사람은 '이름 없는' 이름이고 한 사람은 '이름난' 이름이다. 얼핏 열세 살 노무명과 정유명의 우정을 다룬 작품처럼 보이지만 그렇게 단순치 않다. 작가는 '이름'이 한 존재의 존재다움을 결정하는 데 얼마나 많은 영향을 주는가를 놓치지 않는다. 이야기 속에서 무명이는 어지간해서는 남 앞에서 창피를 느끼지 않는 아이인데, 정성껏 이름 지을 시간조차 없어 그런 이름을 지었다는 바쁜 아버지 덕분에 털털한 성격을 지니게 된 셈이다. 이름이 없다는 것은 자신에 대한 주위의 큰 기대나 부담이 없다는 뜻이기도 하고 그러기에 남보다 더 가벼운 존재로 살아갈 수 있기도 하다. 늘 정의감에 불타는 아버지는 정작 자신의 아이에게는 관심도 없고 춤의 세계에 빠진 엄마는 이름이 험할수록 자식이 잘 산다는 믿음 하나로 아이를 내버려 둔다. 결국 무명은 아무 규정도 없는 상태에서 자신을 일으켜 세우고 어른으로 자라나야 하는 셈이다. 그런 자유로움이 무명에게 큰 혜택이기도 하지만 막연한 두려움이기도 하다.

그에 비하면 유명이는 '전 세계적으로 유명해지라고' 부모가 그런 이름을 준 경우다. 하지만 그닥 유명할 것이 없는 그에게 '유명이'라는 이름은 벗어 버리고 싶은 굴레다. 존재가 이름을 따라가지 못한다는 열등감에 시달리던 유명이는 마음을 굳게 닫고 세상과 소통을 거부하는 것으로 자신의 이름에 대해 반항한다. 아예 이름을 말하지 않음으로써, 대화를 포기함으로써 자신다움을 지키려고 했던 것이다. 하지만 자신에게 이름의 무게를 안겨 주지 않는 강아지 뽀뽀는 유명이를 있는 그대로 인정하고 사랑해 주는 유일한 친구였다. 강아지의 죽음과 함께 그대로 사흘이나 몸져누운 유명이의 모습은 그가 누구에게 자기 존재를 의탁해 왔는지 보여 준다.

천하태평 무명이는 유명이를 통해서 자신의 빛나는 면모를 발견하게 되고 얼음공주 유명이는 무명이와 마음을 허물고 친구가 되면서 존재의 부담을 벗어 버리게 된다. 학기의 마지막 날 유명이가 무명이에게 보낸 편지에는 그 고마움이 고스란히 담겨 있다.

"이제 난 내 얼굴을 가리지 않아. 내가 얼룩이란 걸 인정하기로 했어."
(185면)

여기서 '얼굴'은 자신의 이름에 가리워져 있던 '존재의 참모습'을 말한다. 그리고 얼룩이임을 인정한다는 것은 이름에 맞추어 존재를 고통에 몰아넣지 않고 자기답게 살겠다는 유명이의 마음을 표현한 것이다. 무명이와 유명이가 결혼하는 이 이야기의 결말에서 작가는 넘치는 재치를 보여 준다. 정작 노무명은 유명한 만화가가 되었으나 그가 예명을 썼기에 아무도 그의 본명을 몰랐고, 정유명은 뛰어난 수의사가 되었으나 말할 줄 모르는 동물들이 그의 고객이었기에 유명의 이름은 별로 유명하다고 할 수 없었다는 것이다. 이름은 사람에게 무엇일까. 다시금 생각해 보게 하는 통찰이 돋보이는 결말이다.

　이경혜는 또 다른 작품 『형이 아니라 누나라니까요!』에서도 이름과 존재에 대한 생각을 드러낸다. 재승이 누나는 겉모습이나 행동거지가 사내아이 같다. 게다가 긴 머리마저 싹둑 잘라 버려 선머슴애 꼴이다. 걸핏하면 사람들에게 '형'으로 불린다. 재승이는 누나의 모습이 그렇게 싫을 수가 없다. 누나가 '여자'답게 자기를 꾸미고 좀 예쁘게 하고 다니면 얼마나 좋을까, 늘 그게 꿈이다. 하지만 누나 재영이는 본래 '누나'답기보다는 '형'에 가까운 존재다. 상보를 벗길 때도 두둥둥 장난을 치고 싸움은 형들보다 더 세다. 재승이의 눈을 통해서 본 재영이의 '이름과 존재의 불일치'는 마지막에 가서 유쾌한 결론으로 이어진다. 누나는 머리를 길러도 기르지 않아도 재승이와 자동차 놀이를 해 주겠다고 약속한다. 이 결말은 무엇을 뜻하는 것일까. '누나'는 사회가 붙여 주는 이름이다. 하지만 누나의 본성은 갖고 있는 존재의 본질이다. 머리를 길러서 '누나'처럼 보여도 머리를 기르지 않아 '형'처럼 보여도 언제나 자동차 놀이를 해 주겠다는 것은 사회적인 지칭인 이름보다 존재의 본성, 즉 그 존재다움이 더 결정적이라는 작가의 생각을 드러낸 것으로 보인다.

4. 거울과 죽음을 통한 존재 조명

이경혜의 작품에는 거울이 종종 등장한다. 『유명이와 무명이』에 나오는 유명이는 얼굴에 얼룩점이 있다. 그는 종종 '손거울'을 들고 자신을 바라본다.

유명이는 손거울을 집어 들고 제 얼굴을 들여다보았다. 태어났을 때는 우유처럼 하얗고 깨끗했다는 자신의 얼굴. 그런데 돌이 지나고부터 왼뺨에 작은 얼룩이 생겨나서 자랄수록 저점 커졌다고 했다. 이제 그 얼룩은 더 이상 커지지는 않았지만, 이미 얼굴 반쪽을 그늘처럼 덮고 있었다. (41면)

거울을 보는 행위는 유명이에게 존재의 내면을 돌아보는 행위이다. 얼굴의 얼룩을 보고 있지만 실은 마음속에 자리 잡은 콤플렉스를 들여다보고 있는 것이다. 유명이의 친구 나희도 거울을 지니고 다니기는 마찬가지이다.

나희는 곧 눈물을 닦고 일어나더니 조그만 상자를 가져와 유명이에게 보여 주었다. 그 상자 속에는 열쇠고리, 거울, 반지, 머리핀, 쪽지 등 온갖 잡동사니가 들어 있었다. 그것들은 모두 어머니와의 추억이 얽혀 있는 물건들이라고 했다. (54~55면)

나희에게 거울은 엄마를 돌아볼 수 있는 추억의 물건이면서 자기 존재의 근거를 이어 주는 물건이기도 하다. 작가는 이렇게 자신의 주인공들에게 종종 거울을 들려 주면서 독자에게도 당신의 거울을 들여다보라고 말한다.

작가가 거울을 좀 더 적극적으로 활용하는 작품은 「귀신 친구」(7인 동화집 『달려라, 그림책버스』, 문학과지성사 2004)이다. 어린 나이에 목숨을 잃고 귀신이 된 토희와 겁쟁이 미솔이가 만나는 장면에서 화장실 거울은 중요한 매개체 노릇을 한다. 미솔이가 자신을 들여다보듯이 토희가 자신을 들여다보는 도구로 거울이 활용되고 그들 둘은 모두 거울을 보고 화들짝 놀란다. 자신이 자신의 얼굴을 들여다보고 놀란다는 것은 자기 존재에 대한 새로운 발견으로 읽을 수 있는 부분이다. 사실 나는 그동안 나를 잘 모르고 있었고 나의 참모습을 거울이 알려 준 것일 뿐이다.

겁쟁이 미솔이는 거울을 보면서 만난 친구 토희를 도와주면서 자신 안에 숨겨진 용감한 면모를 발견하게 된다. 거울을 들여다본다는 것은 용감해진다는 것을 뜻한다. 그 말은 곧 자기 자신을 긍정하고 받아들일 수 있을 만큼 성숙했다는 의미도 된다. 왜 많은 귀신 이야기에서 거울을 들여다보는 것을 두려워하는 인물이 등장하는가. 그것은 누구든지 자기 존재와 정직하게 대면하는 것을 두려워하기 때문이다. 작가는 그것을 간파하고 토희에게도 미솔이에게도 거울을 통한 만남을 주선한다. 그 둘은 귀신과 인간이지만 사실 자기의 다른 모습이기도 하다. 미솔이는 토희에게서 토희는 미솔이에게서 자신을 보고 놀란 것일 수도 있다는 얘기다. 그러기에 이 작품 속에서 귀신 토희와 사람 미솔이를 동시에 비추는 화장실 거울은 귀신 이야기의 소도구 이상의 상징적 의미가 크다.

『어느 날 내가 죽었습니다』는 청소년소설이면서 작가의 최근 대표작이다. 죽음을 전면에 내세우고 있다는 점에서 화제를 모았고 정작 이야기는 죽음을 묘사한 이야기가 아니라 죽음 이전의 삶을 돌아보는 내용이라는 점에서 반전이 있었던 작품이다. 오토바이 사고로 갑작스러운 죽음을 맞은 재준이는 자신의 존재에 대해서 의미를 헤아릴 겨를도 없이 순식간에 세상에서 사라졌다. 재준이의 죽음을 계기로 친구 유미는 그를 다시 생각해 보게 된다. 그가 어떤 사람이었나, 그리고 그의 죽음은 어떤 의미를 가지는가. 유미에게 단서가 되는 것은 재준이가 남긴 일기장이다. 유미는 일기장을 되짚어 보면서 이 땅에서 사라진 재준이를 복원한다.

여기서 작가는 거울 대신 일기장을 사용한다. 하지만 일기장은 글로 쓴 거울이나 다름없다. 거울이 존재의 외면을 비추어 준다면 일기장은 그 존재의 내면을 가감 없이 비추는 사물이기 때문이다. 작가는 자신의 작품에서 '얼굴을 가린다'는 표현을 자주 사용한다.『유명이와 무명이』의 정유명도 말미에 '이제는 얼굴을 가리지 않겠다'는 고백을 한 바 있고,『어느 날 내가 죽었습니다』의 재준이와 유미가 함께 여행을 떠나는 장면에서도 '얼굴을 가리는 것'이 언급된다.

우리의 앳된 얼굴은 가릴 길이 없었다. 그래도 나는 키도 크고 성숙해 보여서 얼핏 대학생으로 보는 사람도 있었지만, 재준이는 얼굴에 '아직 자라는 중입니다'란 글자를 크게 써 붙인 것처럼 나이 어린 티가 확 나는 데다 키까지 작아 별 도리가 없었다. (28~29면)

'얼굴을 가린다, 얼굴을 본다'는 말은 '일기장을 가린다, 일기장을 본다'는 말과 연결하여 해석이 가능한 부분이다. 죽은 존재는 더 이상 얼굴을 가릴 수 없다. 재준이의 일기장은 유미에게 공개된다. 그리고 그 일기장을 통해 유미는 재준이의 얼굴을 본다. 일기장은 거울이고, 얼굴이다.

유미는 얼굴을 바로 보기 힘든 것처럼 일기장을 바로 보기 힘들다. 그것은 재준이의 모습이기도 하고 자신의 모습이기도 한 까닭이다. 하지만 힘겹게 일기장을 들추면서 거듭 묻는다. 한 존재가 살아 있다가 사라진다는 것은 과연 뭘까를 묻고 죽음에는 의미 같은 게 있냐고 묻는다. 재준이의 일기장을 덮으면서 유미는 헤드폰을 끼고 한바탕 춤을 추고 다시 유리창을 본다. 유리창에 비친 자신의 모습은 좀 기괴하고 땀에 젖어 있었다. 자신이 재준이의 내면을 들여다보았다는 것 때문에 미안했지만, 그 유리창을 통해 재준이에게 자신의 내면을 보여 준 것 같아서 미안함이 좀 가신다. 여기서 유리창은 또다시 존재를 비추는 거울로 등장한다.

5. 존재를 돌아보는 일에는 나이가 없다

흔히 뒤를 돌아보는 일은 어른, 혹은 노년기의 몫이라고 생각하는 경향이 있다. 그러나 존재를 돌아보는 일에는 나이가 없다. 인간이 거울을 보고 그것이 자신임을 깨닫는 시기를 자아 발견기라고 한다. 대부분 생후 18개월 정도에 그 시기를 지난다. 그 뒤로 우리는 수없이 거울을 본다. 거울을 보면서 나를 보고 나의 내면에 도사린 겁을 보고 그 밑바닥에 꿈틀대는 용기를 본다. 사춘기에 거울을 유난히 많이 보는 것은 그들이 자신의 외면에 관심이 쏠려 있기 때문만은 아니다. 그들은 궁금한 것이다. 자신이 누구인가, 자신의 존재가 어떤 의미를 갖고 있는가가 말이다.

이경혜의 작품은 판타지 동화로부터 형이상학적 질문을 형상화한 청소년 소설에 이르기까지 폭넓다. 그런 그의 작품이 우리 어린이문학에서 갖는 중요한 의미는, 모두 갖고 있으면서도 없는 것처럼 행동하는 존재의 거울을 어린이문학에 본격적으로 들여놓은 데 있다고 생각한다. 살고 죽고 사라지고 생겨나는 모든 일들은 어린이에게도 큰 관심거리이다. 이경혜는 계속 말을 걸어오는 작가다. 모두가 바깥을 물을 때 안을 물어보는 작가다. 그런 점에서 그의 작품이 어떤 말을 걸어오게 될지 나는 여전히 궁금하다.

내 뜨거운 아바타 쇼핑 후기

임태희론

1. 예민한 흥분

작가 임태희는 흥분한다. 그의 흥분은 그가 쓴 문장 곳곳에서 느낄 수 있다. 그에게 남다른 점이 있다면 흥분한 채 외치지 않는다는 것이다. 글 속의 많은 말은 하릴없는 수다의 곡선 위에 놓여 있고 절반가량은 흘려들어도 큰 상관이 없는 모노톤의 말투다. 툭툭 끊어진다. 종종 무엇을 말하려다가 멈칫한다. 작품 속 인물들의 숨겨진 성대가 발갛게 달아 있는 것은 차마 외치지 못한 말의 열기 때문이다. 감정의 핏줄은 날카롭게 일어서 있고 독자는 그것을 느낄 수 있다. 작가는 그 발열의 원인을 찾기 위해 이러쿵저러쿵 쉴 새 없이 파헤친다. 그러나 그가 정작 창조한 인물들은 그 공들인 말을 덥석 받아서 엉뚱한 곳으로 획 날려 보낸다.

'아이스크림 튀김'처럼 그의 인물들이 뱉어 내는 불은 냉소를 품고 있다. 독자는 이러한 엇갈림이 임태희의 매력이라고 생각한다. 만약 동화 속 등장인물을 모아 심리검사를 해 주는 기관이 있다면 임태희가 만들어 낸 인물들은 코웃음을 치며 검사를 거부할 것 같다. 우울증 검사를 한다고 해도 너끈히 '정상 범위입니다'라는 소견을 받아 낼 것이 틀림없어 보인다. 그러나 그들은 누구보다 예민하게 아프다. 작가는 시도 때도 없이 문자질을 하고 때때로 환각의 언어를 넘나들며 닥치는 대로 글을 쓴다. 죽어도 아프다고 말하지 못해 온 자신의 인물들을 대신하여 흥분해 주기 위해서다. 중얼거리는 그의 문장은 '아닌 척하기' 선수인 그의 인물들이 은폐한 가장 예민한 부위에 손을 댄다.

임태희는 어느 작가의 말을 빌려 스스로 '습관성 외박 증후군'과 '습관성 잠적 증후군'을 오가며 살아왔다고 고백한다. 작가가 되고 나니 "전화기도 꺼 놓고 집에만 콕 틀어박혀서 절대로 안 나가는 날"이 많다면서도 "인생은 재미있는 것 같다"고 질러 말해 버린다. 20대 후반에 자신의 첫 동화책을 낼 수 있었고 그 책으로 주목받았던 운 좋은 작가였지만, 잡다한 직업을 전전했고 나 자신의 가치를 의심하며 조바심을 냈다고 술회한다.

그는 이런 배포로 첫 작품집 『내 꿈은 토끼』(바람의아이들 2006)를 출간한 이후 다섯 해 동안에 『옷이 나를 입은 어느 날』(바람의아이들 2006), 『나는 누구의 아바타일까』(사계절 2007), 『쥐를 잡자』(푸른책들 2007), 『환생전』(다림 2008), 『백설공주와 마법사 모린』(사계절 2009), 『길은 뜨겁다』(우리같이 2011) 등의 작품집을 연달아 펴냈다. 『달려라, 바퀴!』(14인 단편집, 바람의아이들 2006), 『그 순간 너는』(7인 단편집, 바람의아이들 2009) 등의 단편집에 인상 깊은 작품을 실었고, 최근에는 동료 작가 3인과 함께 큰 서사를 공유하는 조각 이야기 모음 『가족입니까』(바람의아이들 2010)를 펴냈다. 초등학교 저학년 아동을 위한 동화부터 청소년소설까지 작품이 아우르는 독자의 폭도 넓다. 그의 작품을 읽으며 초·중·고교 시절을 보낼 수 있을 만큼 다양한 독자를 대상으로 한 글을 골고루 써낸 셈이다. 이 글에서는

주로 초등학교 고학년부터 청소년 독자가 읽을 만한 작품을 중심으로
작가의 작품 세계를 살펴보고자 한다.

임태희가 그동안 발표한 작품 제목은 작품 세계의 흐름을 대략 간추
리고 있다. 그는 '뜨겁'게 달구어진 '옷'(아바타)을 입고 달리는 '토끼'
처럼 뜀뛰며 글을 쓴다. '마법'과 '환생'은 종종 그 불 속으로 더 깊게 들
어가 '쥐를 잡기' 위한 창구다. 아마도 그가 추구하는 것은 '길'의 문학
이 아닐까. 그의 길은 막다른 줄 알았던 골목의 끝에 몸 비비고 빠져나
갈 틈새가 있는 그런 길이다. 유유자적한 늙은이의 관조의 길이 아니라,
어떻게 좀 나아질까 싶어 부르트도록 걷고 또 걸어 보는 징글징글한 길
이다.

2. 숨쉬기와 숨기기
– 타협과 폭로 사이에서

임태희는 출판사 '바람의아이들'에서 첫 작품집을 냈으며 이곳에서
펴내는 '바람단편집'(『달려라, 바퀴!』, 『그 순간 너는』)에 작품을 실어 온 작가
다. 여기에 실린 그의 단편들에서 작가의 작품 세계 일면을 선명하게 엿
볼 수 있다는 점은 흥미롭다.

「개 죽음」(『달려라, 바퀴!』)은 사회 교과서에 실린 문장으로 시작한다.
"인권은 인간이 태어남과 동시에 지니게 되는 고유의 권리이다"라는
문장은 이 작품 내내 주인공을 괴롭히는 열쇠가 된다. 2학년 2학기 기말
고사를 앞둔 주인공은 입학하고부터 내내 전교 1등이었다. 부모님은 언
제나 이제부터가 중요하다고 말한다. 그가 기계처럼 머릿속에 입력한
사회 교과서의 반듯한 문장은 공부방 창밖에서 벌어진 어느 강아지의

뺑소니 교통사고와 함께 산산조각이 난다. 깊은 밤 골목에는 홀로 남겨진 이름 모를 강아지의 처절한 신음이 이어지고 주인공은 애써 외면하며 공부에 집중하려 애쓴다. 두 시간은 족히 까먹을 그 일에 나설 수 없다고 맘을 다잡는다. 그 버려진 강아지를 구할 사람이 '나밖에 없는가'라며 고통스러워하는 주인공의 모습은 '생명'과 '성적'이 나란히, 혹은 '성적 우위'에서 저울질되는 현실을 냉정하게 보여 준다. 앞뒷집에 살면서 주인공과 마찬가지로 길거리 떠돌이 개의 죽음을 방관했던 주인공의 경쟁자 종혁은 "나도 탐이 났다"는 말로 당시 심정을 설명한다. '탐'이라는 그의 말은 주인공이 절대로 인정하고 싶지 않았던 내면의 욕구를 정확히 가리킨다. 끊임없이 성적을 탐하고 서열을 탐하고 상대방의 노력을 탐하도록 길들여진 두 사람은 숨이 막혀 견딜 수 없었던 그날 밤의 기억을 공유하면서 공범이 되었다. 제대로 숨을 쉬기 위해서는 숨기지 말아야 한다. 그러나 그들은 '숨쉬기' 대신에 '숨기기'를 선택했다.

「네 얘길 들려줘」(『그 순간 너는』)에는 가벼운 척하는 중학생들이 등장한다. 이들이 자신을 숨기는 방법은 가볍게 굴기이다. "심각한 사연은 채택하지 말 것"이 이들 세계의 불문율이다. 그러나 더 가볍게 굴수록 가슴 한켠은 묵지근하다. 주인공 현서는 독서실에서 문제집을 풀어 보려고 해도 책 속의 질문보다 친구들에 대한 궁금증이 더 많아서 "속이 시끄러워 진도가 안 나간"다. 이들이 숨쉬기의 어려움을 겪는 이유는 걷잡을 수 없이 떠오르는 물음표의 무게 때문이다. 아무도 이 물음에 귀를 기울여 주지 않는 세상에서 현서와 친구들이 의지할 수 있는 것은 질량도 무게도 느껴지지 않는 라디오 전파뿐이었다. 라디오방송 작가인 엄마는 "죽도록 외로워하면서 남들과 소통하려는 노력을 털끝만큼도 하지 않는" 청소년 청취자를 욕하지만 정작 자신의 딸의 고뇌에는 관심을 가질 여유조차 없다. 누군가는 속이 뻥 뚫리라고 담배에 손을 대고 누군가는 어른들 노는 데를 기웃거려 보지만 그들의 막힌 가슴을 뚫어 주는 어떤 타협도 되어 주지 못한다. 작품 제목이기도 한 '네 얘길 들려 줘'는 '제발 누구라도 좋으니 나에게 주파수를 맞춰 달라'는 10대의 간절한 호소이면서 10대를 향한 작가의 호소이기도 하다. 남의 고민은 듣기 싫다던 은채는 강아지의 신음 소리를 외면했던 종혁처럼 소통 거절의 외길을 걷고 있다. 작가는 이들의 같으면서도 다른 호흡곤란에 지속적으로 주목한다.

「지금 하세요」(『가족입니까』)는 '숨기는 것'에 관해서는 최고봉이라고 할 수 있는 광고 제작 현장이 배경이다. 광고 기획자로서 눈코 뜰 새 없이 바쁜 주인공 안지나는 어쩌다 '가족폰'이라는 핸드폰 광고 촬영에서 딸 역할을 맡는다. 가벼운 응답이라도 오고 갔던 「네 얘길 들려줘」의 문자 교환과 달리 이 공간에서는 가벼운 진실조차 '숨김의 상업주의' 속에서 철저하게 밀려난다. '효과', '전략', '선정적', '아이디어'가 난무하는 이곳에서 제작하는 광고의 콘셉트는 놀랍게도 '핸드폰으로 가족 간 소통의 차원이 달라진다'는 것이다. 소통은 여기서도 중요한 화두가 되지만 '지금' 하지 않는 소통은 의미가 없다. 광고는 대성공을 거두지만 안지나의 엄마는 '딸'이 무엇이냐는 안지나의 질문에 "내가 쓸 수 없는 한 글자"라고 돌려 답한다. 작가는 이 작품에서 인터뷰, 문자, 광고 카피, 원고 등의 다양한 형식으로 소통에 몸부림치는 닫힌 인간들의 모습을 그려 낸다. 이 모든 훌륭한 소통의 장치는 마음을 그대로 말하지 않는 사람들의 태도와 지금 하지 않는 시점의 엇갈림 때문에 무용지물이 되고 만다.

임태희가 앞의 세 단편을 통해서 그려 낸 인물들은 누구도 언성을 쉽게 높이지 않는다. 그러나 그 안에는 잔뜩 흥분한 작가의 심정과 독자들의 진심이 들어 있다. 주인공은 타협하지만 그 타협을 풍자하면서 작가는 타협에 감추어진 곤란한 진심을 폭로한다. 주인공이 왜 '숨겼는가' 는 작가가 파고드는 끈질긴 주제다. 광고 카피면서 작가의 질문이기도 한 '지금 하세요'는 '지금 하세요?'이면서 '지금 하세요!'이기도 하다. 무엇을? 이 대목에서 작가는 인간의 양심에 대한 믿음을 끝까지 놓지 않는 것 같다. 무엇을 해야 한다고는 말하지 않기 때문이다. 해야 하는 것, 할 수 있는 것을 찾아낼 수 있는 건 당신이라고 독자에게 답변을 미룬다.

3. 아바타가 할 수 있는 것과 할 수 없는 것
- 자본과 폭력으로부터 자립하기

2007년 발간된 청소년소설 『나는 누구의 아바타일까』와 같은 해 출간된 제4회 푸른문학상 수상작인 『쥐를 잡자』는 여러 측면에서 나란히 살펴볼 만한 작품이다. 모두 고등학교 1, 2학년 여학생의 삶을 다루고 있으며 같은 해에 출판되었다는 것 말고도 주제, 이야기를 다루는 방식, 인물 형상화의 특징 등에서 견주어 볼 부분이 많다. 우선 이 두 작품은 상당히 공격적이다. 그 공격의 화살은 사방을 향한다. 세상을 향한 공격이기도 하고 이웃을 향한 공격이기도 하지만, 무엇보다 자기 자신을 향한 공격이 두드러진다. 그들이 자신을 공격하는 이유를 한두 가지로 요약하는 것은 무의미하다. 그들은 제대로 된 무기도 없이 긴 전쟁을 헤치고 나가는 병사와 같다. 전쟁은 추악하지만 엄밀하게 가려진 내막은 끝이 없다. 버젓이 자신의 파괴 본능을 드러내는 적 앞에서 움츠러들거나 숨는 것은 흔한 말로 표시조차 나지 않는다. 도려내지기 위해서는 존재감이라도 있어야 하지 않겠는가. 적의 파괴 본능에 어떻게든 맞서기 위해서 이 두 작품의 인물들은 자기를 잘라 내고 버리고 무너뜨리는 방법을 쓴다.

『나는 누구의 아바타일까』의 이손이는 스스로 자신의 손을 자른다. 무속인인 엄마의 신내림에 대한 강권과 외도를 일삼는 아버지의 공격 앞에서 자신의 몸에 칼을 대는 방식으로 저항하며 살아남는다. 남에게 머리카락을 잘린 류화는 그 나이에 싹틀 수 있는 사랑의 감정을 스스로 뭉개 버린다. 그리고 또래 남자아이의 아버지에게 성을 팔고 돈을 받는다. 자신이 누구인가 변명할 기회를 버리면서까지 처절하게 소멸의 길을 택한다. 그런 그도 "류화가 죽었다"는 악플로 가득 찬 홈페이지를 보면서 "내가 정말 살아 있는 건지 의심스럽다"고 두려움을 호소한다. 그들에게 세상은 더러운 공기가 가득한 곳이며 전부 엉터리이고 벌레들의 전쟁터다.

이들의 날 선 마음을 다독이고 일으켜 주는 것은, 마찬가지로 세상의 공격에 지칠 대로 지친 주인공 영주다. 영주는 알코올 중독자인 아버지를 사고로 잃었고 엄마는 자살 기도 끝에 목숨을 건졌다. 도와주겠다는 손길을 따라 인천으로 올라오지만 그곳에서는 집안의 자랑이라던 사촌 오빠 영채에게 중학 시절 지속적으로 성폭행을 당한다. 사실을 아는 유일한 사람인 고모는 상점 개업과 용돈 지원으로 일을 무마하려 한다. 이런 영주가 다른 두 친구에게 마음을 여는 과정은 사실과 환상을 오가면서 진행된다. 이손이와 영주가 쓰는 소설은 이손이와 영주의 아바타를 주인공으로 삼아, 자신들을 아바타로 만든 세상에 대해 거침없이 찔러 대는 복수이기도 하다. 둘이서 쓴 소설은 알고 보니 진짜 '이야기'이고 '진짜 이야기(사실)'는 '만든 이야기(환상)'보다 더 참혹하다. 그래도 그들은 이야기 안에서 겨우 '질문'을 할 수 있었고 한없이 자신을 찔러 대고도 목숨을 부지할 수 있었다. "나를 위로할 안식처는 오로지 이 소설 안에 있다"고 믿는다. 만약 이 친구들에게 '이야기'가 없었다면 아마도 진작에 이 세상 사람이 아니었을 것이다.

『쥐를 잡자』에는 고교생 미혼모 주홍이가 나온다. 이 작품의 주홍이는 자신을 대행해 세상을 겨눌 아바타를 갖지 못했다. 그래서 스스로 목숨을 끊는다. 아니, 어쩌면 주홍이는 또 한 사람의 아바타를 세상에 낳는 일이 두려워서 세상을 떠나는 길을 택했을 수도 있다. 주홍이의 두려움은 쥐가 득시글거리는 이 세상에 대한 두려움이 첫째이며, 내가 낳게 될 아이가 결국 그 쥐를 닮을 것이라는 두려움이 둘째다. 첫 번째 두려움은 시작에 불과했다. 끝없이 쥐를 낳고 쥐에게 먹힌 자들을 파묻는 사회에 대해 '무엇이 시작이고 무엇이 끝이었느냐'고 물을 수 없다는 것을 알게 되자 그는 죽음의 길을 택한다.

두 작품은 독자에게 상당한 인내심을 요구한다. 임태희는 『쥐를 잡자』에 쓴 작가의 말에서 "많은 사람들에게 공감을 얻을 것이라고 기대하지는 않는다. 그래도 어쩔 수 없다"라고 단언한다. 이 소녀들이 처한 상황에 "슬퍼하고 분개하기만 했던" 무렵의 글은 전부 다 버렸다고 고백한다. 작품 속 소제목처럼 "포맷을 거부"하다가 삭제하기를 거듭했을 피 냄새 흥건한 이야기들을 단단한 마음으로 엮은 작품들이다.

『쥐를 잡자』에 비해 『나는 누구의 아바타일까』는 한결 중층적인 문학적 구성을 시도한 작품이다. 그렇기 때문에 더욱 현란하고 아찔하다. 하지만 두 작품이 본질적으로 비판하고자 하는 바는 크게 다르지 않다. '누가 우리를 아바타로 만드는가'라는 문제다. 그들이 바로 '쥐'다. 아바타 월드는 쥐의 세계다. 쥐는 자본이자, 자본과 생명을 바꾸려 드는 폭력이다. 어떤 독자는 끝내 쥐로부터 더 소중한 자신을 지켜 내지 못한 주홍이의 선택이 틀렸다고 말할 것이다. 어떤 독자는 류화가 왜 분홍빛 소녀의 얼굴 대신 명품 가방을 선택했느냐고 비난할 것이다. 또 이손이의 잘린 손을 목도하는 장면은 이손이가 당했던 폭력 못지않게 잔혹하다. 작품 속 이손이를 아끼는 독자라면 더욱 고통스러운 장면이었을 테다. 그러나 작가가 독자에게 물어보고 싶은 것은 그들의 선택에 대한 심판이 아닌 듯하다.

임태희는 아바타가 대행할 수 없는 것에 대해서 묻고 있다. 그 어떤 슬픔도 '내 소설을 읽는 기쁨'만 못하다는 이손이와 영주의 말은 다름 아닌 주체성에 대한 자각이다. 끊임없이 아바타 월드에서 대행자의 역할을 하면서 살아야 하는 것이 우리들의 삶이다, 그러니 그 삶을 받아들여라, 이렇게 말할 바였다면 애당초 소설을 쓰지 않았을 것이다. 이손이는 울먹이면서 말한다. "세상이 나보다 더 중요하다는 발상은 어디서 시작된 것일까"라고. "세상이 내게 그렇게 가르친 것"이라면 부디 지금부터라도 그 가르침에서 뛰쳐나와 "내겐 내가 중요했으면 좋겠다"고 호소한다. 내가 아바타의 삶에서 빠져나오려면 '누가 나를 아바타로 만들었는가'를 물을 수밖에 없다. 그걸 알아야 비로소 나 스스로를 공격하는 것이 아니라 아바타로 만든 시스템에 저항할 수 있기 때문이다. 이야기는 원점으로 돌아온 것 같지만 결코 원점이 아니다. 이손이와 영주가 허황된 이야기를 쓴 것 같지만 그 안에 깊은 진실과 치유의 힘이 담겨 있었던 것처럼 말이다.

작가는 이 두 작품을 통해서 독자들에게 대단히 불편한 공감을 바란다. 그가 이손이와 영주의 소설을 일컬어 자꾸만 '우리 소설'이라고 부르는 것은 그런 이유일 것이다. 자본과 바꿀 수 없고 폭력에 굴복할 수 없는 '내 몸과 나 자신'에 대한 이야기는 이 불편하고 고통스러운 연대를 통해서 겨우 첫발을 내딛는 것이다.

4. 쇼핑의 환상, 탈옥의 욕망

임태희의 다른 작품 가운데『옷이 나를 입은 어느 날』과「내 꿈은 토끼」(『내 꿈은 토끼』)는 독자의 연령대가 다르지만 비슷한 상상의 연장선에서 분석할 수 있는 작품이다.『옷이 나를 입은 어느 날』은 옷이라는 물질적 매개물이 나를 구속하고 내가 그 안에서 대행자로 격하되는 경험을 다루었다. 앞에서 말한 아바타 이야기와 연결해 생각해 볼 수도 있을 것이다. 작품의 느낌은 한결 경쾌하지만 음험하기 짝이 없는 '아바타 월드'와 '동대문시장'은 같은 맥락에 놓여 있다. "사람은 옷이 고르고 레깅스가 허벅지를 고르는 사회"는 우리의 감정 상태를 누군가가 '기쁨'으로 설정해 놓은 사회와 무엇이 다른가.『옷이 나를 입은 어느 날』은 나의 정체성이 해체된 상태에 관한 이야기라는 점에서『나는 누구의 아바타일까』와 비슷하고, 등장인물이 정체성의 해체를 두려워하지 않는다는 점에서 그 작품과 다르다. 인물을 '리더', '날개옷', '애정과다' 등의 애칭으로 부르는 것은 이미 이들 스스로 '아바타 되기'를 거부하지 않는다는 뜻으로 읽힌다. 작가는 이 작품에서 필요 이상의 풍자나 비판을 시도하지 않으며 그저 '허전하다'는 말로 인물들의 감정을 설명한다. 정체성의 상실을 거부하고 자해했던 앞의 인물들과는 좀 다르다. 우리 안의 짙고 어두운 환상은 탈옥의 욕구를 부추기지만 사실 우리는 '밝은 캔디 컬러 환상'을 자청해서 따라다니며 아바타가 되겠다고 외치기도 한다.『옷이 나를 입은 어느 날』은 대행자로 살아가기 쉬운 우리들 자신의 다른 얼굴을 보여 주는 데 작가의 의도가 있었다고 생각한다. 이른바 쇼핑의 환상 같은 것이다. 옷이 자신을 입든 자신이 옷을 입든 그것은 아무래도 좋다는 얘기쯤에서 결코 해피엔딩이 될 수는 없음을 이 작품의 주인공도 어렴풋이 알고 있다. 그런 점에서 주인공이 느꼈다는 '허전함'은 '검은손'과 조우하는 출발일 수도 있다.

「내 꿈은 토끼」는 초등학생을 위한 동화다. 이 작품 속 영빈이는 '토끼가 되는 것'이 꿈이다. 그의 꿈은 '우등생'이라는 족쇄에 갇혀 실현이 요원하다. 영빈이의 친구이자 관찰자인 민우는 '영빈이의 꿈이 정말 토끼'라는 사실에 한 번 놀라고, 영빈이가 진짜 토끼가 되어 우유 투입구를 빠져나오는 장면에 다시 한 번 놀란다. 이 작품에서 작가는 『나는 누구의 아바타일까』에서 보여 주었던 환상과 사실의 절묘한 결합을 먼저 시도해 본다. 토끼처럼 자유롭고 싶다는 영빈이의 꿈은 민우의 꿈에서 현실이 된다. 민우의 꿈과 영빈이의 꿈이 더해져 하나의 현실로 드러나는 풀밭 장면은 이손이의 상처와 영주의 상처가 더해져 현실의 아픔을 폭로하는 소설 속 장면과 유사한 짜임이다.

이쯤 오면 임태희가 꾸준히 추적하고 매달리는 문제의 윤곽을 보게 된다. 그는 대행할 수 있는 것과 대행할 수 없는 것, 대항할 수 있는 것과 대항할 수 없는 것에 대한 이야기를 하고 싶어 한다. 쇼핑의 환상이 결코 탈옥의 욕망을 대체할 수 없다는 이야기도 그의 주제인 것 같다. 그렇다면 영빈이 부모의 우등생 꿈은 동대문 시장 쇼핑의 환상과 마찬가지일 수 있고, 토끼가 된 영빈이의 탈주는 주홍이가 목숨을 버린 것과 유사한 맥락에서 바라볼 수 있다. 그들은 등신불이 되어서 아바타 월드의 모략을 고발한다. 작품의 매끈함을 놓고 보자면 「내 꿈은 토끼」가 가장 앞서지만 문제의식의 민감도를 놓고 보자면 『나는 누구의 아바타일까』가 가장 예민하다. 독자 연령의 차이 탓도 있겠지만 작가의 일관된 문제의식이 성숙한 결과라는 생각도 든다.

5. 새로운 행보

앞서 임태희의 문학을 '길'에 비유했다. 이러한 비유를 가능하게 만든 작품이 2011년에 출간된 청소년소설 『길은 뜨겁다』이다. 한동안 휴식의 시간을 가졌던 이 작가는 『길은 뜨겁다』에서 자신의 예민한 흥분을 어떻게 침착하고 영근 분노로 조직할 수 있는지 보여 준다. 기말고사를 거부한 은우와 출소 후 외롭게 삶을 복원해 나가는 삼촌의 이야기는 앞서 언급했던 작품이 보여 주는 알 수 없는 공허감을 탄탄하게 메우면서 작가의 새로운 면모를 보여 준다. 이 작품 안에는 작가가 달려 지나온 '타협과 폭로', '자본과 폭력으로부터의 자립', '아바타 되는 것을 거부하기' 등의 문제가 촘촘히 실려 있다. 작가는 이전까지 자본주의의 총아인 상품의 언어를 구사하는 데 상당한 능력을 보여 왔는데 이 작품에서는 이를 넘어서서 삶과 사람의 언어를 눅진하게 펼쳐 보인다. 작가의 행보가 어떤 변화를 향해 나아갈지 지켜보게 만드는 작품이다.

그의 작품을 시간을 두고 읽으면서 느낀 점은 자기 자신에 대해서 부단히 알려고 노력하는 작가라는 점이다. 그는 자신이 무엇을 잘 알고 어떤 글을 잘 쓸 수 있는지 늘 되묻고 공부하는 사람이라는 느낌을 받았다. 다른 청소년소설이 그들의 졸린 듯 몽롱한 언어를 배회할 때 임태희는 문자와 댓글에 새겨진 그 또래들의 선명한 말투를 발굴했다. 임태희의 작품 곳곳에서는 이 시대 10대들의 욕망을 구체적으로 대변하는 장면이 빛난다. 이것은 그가 자신이 아는 말로 글을 썼거나 자신이 알 때까지 지독하게 그 말을 연구하여 얻은 말로 글을 썼기 때문에 가능한 일이다. 작품의 주제가 큰 선회를 시작할지, 더 맹렬하고 아픈 질주로 나아갈지 지켜보면서 그의 차기작들을 만나고 싶다는 욕심이 크다.

거울로서의 아동문학

김남중론

1. 삼면거울로서의 아동문학: 자연-사회-역사

김남중의 작품은 삼면거울과 같다. 거울은 '나 자신'을 보기 위해서 사용한다. 그렇다면 삼면거울은 언제 필요한가. 삼면거울을 사용하는 때는 뒷모습을 보고자 할 때이다. 정면만 비추어 보아서는 결코 들여다 볼 수 없는 뜻밖의 뒷모습. 삼면거울은 그런 뒷모습을 고스란히 비추어 준다. 자기 자신의 뒷모습은 대개 놀라움을 자아낸다. 몰랐던 거칠고 외롭고 투박하고 나약하고 악한 면모가 뒷모습에 담겨 있다. 앞모습을 단장하기 위해서 평면거울만을 보았던 사람은 이러한 자신의 뒷모습을 평생 발견하지 못하고 살아갈 수도 있다.

김남중은 어린이도 자신을 비추어 볼 수 있어야 함은 물론 '자신의 뒷모습'까지 들여다보면서 자라나야 한다고 믿는다. 동화는 꽃단장을 위한 거울이 아니라 아름다움과 추함 모두를 생생하게 비추어 주는 거울이어야 한다고 믿는다. 그의 거울에는 정직이 있다. 따라서 거울을 바라보는 일은 상당히 고통스럽다. 그는 이 고통의 경험이 세상을 바꾸는 데까지 나아갈 수 있다고 생각한다. "문학이 세상을 바꿀 수 있다면 그것은 동화가 해낼 것이다"라고 말한다. 다른 문학과 아동문학의 차이점이 무엇이기에 이렇게 말하는 것일까. 어른은 자신의 이면을 알면서도 보지 않는다. 보고 나서는 감추기에 급급하다. 자신이 변할 수 있다는 사실을 쉽게 받아들이지 않는다. 그러나 어린이에게는 자신의 뒷모습이 새로운 발견이다. 보았다면 잊지 않으려고 한다. 그리고 혹시 그 뒷모습에 보기 싫은 모습이 있다면, 어그러진 부분이 있다면 바로잡고 싶다고 생각한다. 자신을 둘러싼 모든 것이 '상식적으로' 멋진 모습이기를 바란다. 작가는 그런 어린이의 솔직한 존재 변화의 가능성에 기대를 걸고 있는 것 같다.

한편 김남중의 작품을 다른 측면에서 지지하고 있는 것은 어린이와 동물의 본성 속에 있는 본질적인 생명의 가치이기도 하다. 그는 아무리 작은 생명이라 하더라도 그 안의 고됨과 부지런함과 간절함과 아름다움으로부터 눈길을 놓지 않는다. 그의 작품에 나오는 동물과 어린이는 자신의 본질적 가치를 지키고자 분투하는 존재들이다. 아무리 작아도, 아무리 약해도 그 마음과 가치의 무게는 똑같다. '살아 있다'는 것은 그에게 가장 중요한 기준이자 수호의 대상이다. 그의 대표작이기도 한 단편집 『자존심』(창비 2006)은 "살아 있는 것은 모두 자존심이 있다"는 작가의 말로 시작한다. 작품 속에서 어린이는 종종 동물과 겨룬다. 그러나 그것은 누가 누구를 이기기 위한 것이 아니라 각자 존재의 소중함을 깨닫는 치열한 과정이다.

김남중의 동화 속 삼면거울은 크게 세 가지 주제로 어린이의 삶을 비춘다. 첫째는 자연이다. 그에게 자연은 나를 행복하게 하기 위해 있는 것이 아니라 '스스로 행복해야 하는 것'이다. 『덤벼라, 곰!』(문학동네

2004), 『자존심』, 『주먹곰을 지켜라』(우리교육 2007), 『살아 있었니』(낮은산 2009) 등은 이 계열의 작품으로 분류할 수 있다.

둘째는 사회다. 그는 한국 사회에서 어린이의 삶을 지배하는 여러 가지 징후를 있는 그대로 작품에 담는다. 마치 사진을 찍어 차곡차곡 보여 주는 것 같은 그의 사실적 재현은 극화를 통한 과장과 축소, 해피엔딩을 향한 갈등 조정에 익숙한 동화의 독자들에게 분명히 낯선 것이었다. 그래서 '동화의 소설화 경향'을 이끌고 있다는 평가를 받기도 했다. 자전거 타는 사람들을 다양한 축으로 등장시켜 그들이 겪는 고민의 연결 고리를 짚어 본 『불량한 자전거 여행』(창비 2009), 『바람처럼 달렸다』(웅진주니어 2010), 『멋져 부러 세발자전거!』(낮은산 2010)가 그러한 작품이다. 그 밖에 새만금 간척 사업과 환경 파괴를 다룬 『위험한 갈매기』(해와나무 2011), 가정생활과 학교생활의 갈등을 조명한 『속 좁은 아빠』(푸른숲주니어 2011), 『미소의 여왕』(사계절 2010), 『동화 없는 동화책』(창비 2011) 등에 실린 작품을 이 계열로 분류할 수 있다.

셋째는 역사다. 그의 첫 장편동화 『황토』(아이세상 2003)는 동학혁명을 다루었으며, 광주민주화운동을 다룬 『기찻길 옆 동네 1, 2』(창비 2004), 이라크 전쟁을 다룬 『들소의 꿈』(낮은산 2006) 등 한국과 세계의 근현대사를 배경으로 한 작품이 적지 않다. 『보손 게임단』(사계절 2011)은 아주 가까운 현재와 다가올 미래의 문제를 다루고 있다.

김남중이 조명하고 투영하는 어린이의 삶은 하나의 키워드하고만 연관되는 것이 아니다. 그는 인물과 갈등을 형상화할 때 자연 – 사회 – 역사의 그물을 골고루 던진다. 그만큼 작품에 담긴 의미가 깊고 입체적이다. 그는 누구보다도 한국 어린이의 현실을 잘 비추는 문학적 표현력을 지닌 작가다. 그리고 자신의 작품이 단순한 현실 반영의 기능만이 아니라 구조의 재조명과 발견까지 해내기를 바란다는 점에서 철학적 해석의 가능성이 풍부한 작가다. 이 모든 과정의 밑바탕에는 생명과 평화에 대한 의지, 소수자에 대한 이해의 시선이 깔려 있다는 점에서 인본주의적인 작가다. 한국의 독자들은 김남중의 다음 작품이 어떤 얼굴을 포착할 것인지 큰 애정과 기대를 가지고 지켜보고 있다.

2.「크로마뇽인은 동굴에서 산다」에 대하여

단편동화「크로마뇽인은 동굴에서 산다」(『동화 없는 동화책』)는 엄마 아빠가 꽤 오래 집을 비운 상태에서 빈집을 지키며 굶주림과 추위를 견뎌야 하는 고립된 남매의 이야기다. 누나와 동생이 손을 꼭 잡고 머물러야 하는 허름한 집은 누나에 의해서 '동굴'로 지칭된다. 아마도 동굴처럼 컴컴한 반지하층에 있을, 그들의 보금자리에는 배를 채울 먹을거리도, 땔감도 남아 있지 않지만 냉랭한 세상으로부터 이 작은 두 몸뚱이를 지켜 줄 수 있는 곳은 여기뿐이다.

누나는 남동생을 돌보면서 이곳을 자꾸만 동굴이라고 상상해 본다. "우리는 크로마뇽인이야. 지금 동굴 놀이를 하고 있는 거야"라고 마음을 먹으면 조금이라도 더 오래 고통과 외로움을 견딜 수 있을 거라고 생각했기 때문이었다. "사냥 나간 아빠가 큰 멧돼지를 잡아 올 거야"라고 말하며 보채는 동생을 겨우겨우 달랜다. 더 구체적으로 상상할수록 더 긴 시간을 버텨 낼 수 있다. 이들 남매의 상상은 크로마뇽인의 사냥법에서 식사법까지 망라하며 아슬아슬하게 이어진다.

이 남매의 처절한 '무한 공상 생존기'를 읽노라면 독자들은 몇 번이나 손을 내려놓게 된다. 왜 이 두 어린이에게 보호의 손길이 닿지 않는 것인지 애타고 부끄럽고 울화통이 터지는 순간이 한두 번이 아니다. 그럼에도 이 작품은 슬프도록 아름답다. 원시인의 삶으로 돌아가서라도 하루를 이틀을 꿈꾸며 지탱하려는 아이들의 노력이 눈물겹다. 누나는 동생의, 동생은 누나의 생명을 지켜 주고자 하는 두 아이의 간절함 앞에 누구라도 숙연해진다. 비록 넉넉하지는 않았지만, 이들에게도 가족이 둘러앉던 저녁 밥상이 있었고 동굴이 밤새 훈훈하던 순간이 있었다. 이제 벼랑 끝까지 몰린 이 남매는 그 순간을 마음 놓고 회상하지도 못한다. 옛날을 눈 감고 떠올리든 오늘날을 눈 뜨고 바라보든 지금의 이 배고픔과 외로움이 더 커질까 두려운 것이다.

두 아이가 희망을 버리지 않도록 도와주는 버팀목은 '크로마뇽인'이다. 아마 지금보다 훨씬 힘들었을 그들의 삶만이 유일한 위안이다. 한 가닥 남은 힘과 온기를 다 모아서 지탱하던 그들은 결국 원시인들이 그랬던 것처럼 불을 지피기 위해 라이터 불을 켠다. 더 이상 추위를 견딜수 없는 마지막 순간에 내린 결정이었다. 동굴의 아이들은 어떻게 되었을까. 크로마뇽인이 불을 사용하며 춥고 긴 세월을 건너와 살아남았던 것처럼 이 남매의 삶에도 비상구가 열릴까.

작가는 남매의 이야기를 더 이상 들려주지 않는 것으로 작품을 끝맺는다. 그러나 독자로서 우리는 감히 작가의 이러한 선택에 이의를 제기할 수 없다. 그들을 외면했거나 돕지 못했던 것은 우리 자신이고 그들이 불을 댕기게 만든 것도 우리 자신이기 때문이다. 함께하지 않았던 고통의 결과를 물을 만큼 뻔뻔스럽지는 못하다. 그저 남매에게 어서 따뜻한 손길이 닿고 그들의 동굴에도 활활 기운 찬 모닥불이 타오르기를 바랄 뿐이다.

작품 속 남매는 어디에서 어떻게 살고 있는 아이인지 자신을 소개하지 않았다. 그러나 우리는 알고 있다. 한반도를 비롯한 지구 곳곳의 수많은 어린이들이 지금 이 순간에도 가혹한 동굴에 내팽개쳐져 있다는 사실을 말이다. 누가 그들을 크로마뇽인으로 돌아가게 하였는가. 그것은 문명의 속도를 어떻게든 앞지르겠다는 각오로 달려들던 사람들일 것이다. 그들의 계획에는 함께 걷는 것이나 다른 동굴을 들여다보는 것 따위는 들어 있지 않다. 내 이웃 가운데 누가 크로마뇽인의 삶으로 퇴행하든 자신만은 미래의 이익을 차지하기 위해서 혈안이 되어 있다.

짧은 작품이지만 이 작품이 전하는 울림은 매우 크다. 동굴 남매의 야무진 상상은 어린이가 시련을 이겨 나가는 방법이 어른과 다르다는 것을 보여 준다. 그들은 동화의 힘을 안다. 하지만 상상은 상상일 뿐, 현실의 그들을 일으켜 세우는 것은 다른 문제다. 작가는 문장으로 적어 두지 않았지만 독자는 선명한 질문을 받는다. 이제 누가 무엇을 할 것인가.

이 단편이 실려 있는 작품집 제목은 '동화 없는 동화책'이다. 이 작품의 경우도 '동화'이면서 '동화가 없다'고 볼 수 있는 이야기다. 작가는 현실이 달라지지 않았는데 책을 읽고 나서 마음만 편안하다면 그것은 잘못이라고 말할 것이다. 독자는 이 무겁고 불편한 마음을 안겨 준 작가에게 고마워할 것이다. 동굴에 살고 있는 크로마뇽인은 우리가 결코 모를 수 없는 바로 그 사람이기 때문이다.

.

보장되지 않는 해피엔딩의 매력

구병모론

1. 상상에 대한 냉정한 의심

구병모 작가는 세상의 머나먼 저쪽, 비밀스러운 동굴 너머로부터 왔다. 그가 그 먼 곳으로부터 가져온 이야기는 오직 그의 귀로만 들을 수 있는 방식을 거쳐서 열 개의 입을 사용하는 사람처럼 다양하게 흘러나온다. 구병모의 소설은 인류의 오랜 전통인 구전문학(Oral Literature)의 방법을 닮았다. 작가는 수천 년 동안 겹겹이 눈처럼 내려 수북이 쌓여 있으나 그 장소와 주인을 알 수 없는 이야기의 무덤을 홀로 찾아간다. 그리고 그 무덤 안에 묻혀 있는, 돌보지 않았던 목소리를 불러낸다. 무거운 돌덩어리를 들추고 찾아낸 그 오래된 목소리는 작가의 입을 통해 가볍게 날아와서 마치 어제 만난 사람과 대화하는 것처럼 '지금 여기'의 문제를 들려주기 시작한다. 그 목소리의 주인은 때로는 숨이 곧 멎을 것같이 더듬거리며, 때로는 '네가 잘못 알고 있다'는 것을 알려 주기 위해서 온 사람처럼 선명하고 날카롭게 말을 이어 간다. 독자는 마치 기억을 통째로 교체당한 사람처럼 흔들리게 된다. 이 이야기들은 분명히 '내가 아는 이야기'이지만 '내가 전혀 모르는 이야기'라는 모순을 느끼면서 시간을 관통한 그 대화에 깊게 빠져든다. 독자는 결국 이야기에 설득당한다. 자신의 삶을 믿지 못하게 되고 상상을 냉정하게 의심하기 시작한다. 구전설화와 민담의 흔한 해피엔딩은 끝까지 기다려도 나타나지 않는다. 책에서 고개를 들면서 비로소 몽환적인 청자의 역할에서 벗어난 독자는 마지막에서 받아 든 카드의 불운을 확인하고 자꾸만 고개를 가로젓는다. 그리고 '내가 상상한 것이 이 이야기가 맞느냐'고 작가에게 묻는다. 그들에게 구병모 작가는 이렇게 말한다. "상상은 행복을 보장해 주지 않는다."

2. 환상의 절실한 의뢰인들

구병모는 2009년 『위저드 베이커리』로 제2회 창비 청소년문학상을 받으며 데뷔했다. 장편소설 『아가미』(자음과모음 2011), 『방주로 오세요』(문학과지성사 2012), 『피그말리온 아이들』(창비 2012), 『파과』(자음과모음 2013) 등을 꾸준히 발표하면서 매우 독창적인 작품 세계를 구축해 왔다. 2015년에는 단편집 『그것이 나만은 아니기를』(문학과지성사 2015)로 제39회 '오늘의 작가상'을 수상했다. 1977년 제정된 '오늘의 작가상'은 시대의 정신을 수렴해 내고 문학이 지니는 고유한 아름다움의 사회적 소통을 이루어 낸 작품에 수여하는 한국 문단의 권위 있는 문학상이다. 특별히 2015년부터는 평론가, 작가, 편집자, 언론인 등으로 구성된 50인 위원회의 1차 심사, 인터넷 서점 알라딘 독자들의 직접 투표로 진행된 2차 심사를 거쳐 3차 심사에서 최종 수상자를 결정하였다. 1만 6천

명에 달하는 독자 심사위원들은 치밀하고 생소한 매력을 지닌 구병모의 작품에 압도적으로 손을 들어주었다. '오늘의 작가상' 선정위원회는 구병모가 "집합적인 목소리의 징후들 사이에서 이야기를 직조하는 힘"을 보여 주었다고 평했다. 이처럼 그의 작품은 평단으로부터 평범한 독자에 이르기까지 고른 지지를 받고 있으며 특히 소설의 세계에 입문한 청소년부터 이야기의 마법을 잊지 못하는 중장년에 이르기까지 독자의 범위가 대단히 넓다.

그는 자신의 작품에서 깨지고 말라 버리고 썩어 가고 추락하는 것을 다룬다. 작가는 "살아 있는 모든 것이 농익은 과일이나 밤하늘에 쏘아 올린 불꽃처럼 부서져 사라"진다(『파과』 332면)고 말한다. 그래서 주어진 모든 것을 잃어버리고 마는 그 최후의 순간에 집중한다. 작가에 따르면 우리는 결국 사라지지만 그 전에 누구나 빛나는 순간을 한 번쯤은 갖게 된다고 한다. 따라서 깨진 과일의 한계를 알면서도 그 땅에 구르기를 멈추지 못한다.

그에게 현실은 "그넷줄이나 위로 튀어 오르는 공과 같이 건조하고 절망적"인 것이어서 "언제나 눈에 보이는 곳까지밖에 오르지 못하"는 악몽의 인과율로 구성되어 있다.(『위저드 베이커리』 123면) 그러나 그의 주인공들은 그 현실을 벗어나 얼마나 더 높이 오를 수 있는지 알기 위해서 "옛이야기 속의 바보 셋째처럼" 떨어질 것이 분명한 아파트의 벽에 악착같이 매달리고 또 매달린다.(「여기 말고 저기, 그래 어쩌면 거기」, 『그것이 나만은 아니기를』 38면) 작품 속 인물 하이가 매달리는 장소가 현대의 도시를 상징하는 초고층 아파트라는 것은 인상적이다. 그는 초고층 아파트를 "할멈이 요술부채로 부치는 영감의 코"와 같다고 묘사한다. 축축하고 검은 숲의 깊은 땅 밑바닥에서 발굴했을 것 같은 설화의 이미지를 가져와 산업사회의 가장 높이 솟아오른 구조물에 접속시킨다.

그의 작품 속 인물들은 남들이 보기에는 무의미하지만 "중요하고 위험한 일"(『방주로 오세요』 175면)을 하는 사람들이다. 그들이 하는 일은 이미 숨이 끊어진 인간을 되살리는 일과 같이 "위험한 일인 동시에 해서는 안 되는 일"(『위저드 베이커리』 172면)이다. 시간을 되감고 삶과 죽음의 순서를 뒤바꾸며 우주적 원리에 도전한다. 이것은 신의 의지를 거역하는 행동처럼 보이지만 돌아보면 우리가 "지금 살고 있는 시간은 어딘가의 누군가에 의해 앞으로 당겨지거나 뒤로 늦추어진 시간"(『위저드 베이커리』 155면)일 수 있으므로 내가 다시 바꾼다고 해서 뭐가 크게 달라질 건 없다. 작품 속 인물들은 절대적인 중력을 지배하고 싶다는 욕망을 놓지 못하고 마법과 환상의 절실한 의뢰인이 된다.

구병모는 스스로 자신의 작업이 우리들에게 알려진 이야기의 또 다른 판본이라고 말한다. 작품 속의 주인공들은 끊임없이 다시 살아나며, 오타로 전송된 부고를 보고 가까이 다가온 죽음을 예감하며, 주인공의 가족들은 말라 버린 마을의 우물을 두고 마실 물을 구하기 위해 산속 샘물로 떠난다. 그들의 입술에서는 핑크 장미 두 송이와 진주 두 알과 다이아몬드 두 개가 차례로 비집고 나온다. 입에서 뱉어 놓은 개구리는 개울물에서 목욕을 즐기면서도 끊임없이 비극은 계속된다는 듯이 울음 주머니를 부풀린다. 그의 작품에 등장하는 장미, 개구리, 진주, 우물, 거짓말쟁이 양치기와 같은 요소는 우리가 수많은 설화에서 이미 경험한 것이다. 그래서 독자는 이 작가가 보여 주는 세계에 한결 친근하게 들어선다.

그의 작품 곳곳에서는 '알지 못합니다' 또는 '모른다'는 서술이 자주 등장한다. 『위저드 베이커리』에서 작가는 지금 들려주는 이야기가 '굳이 알고 싶지 않은 이야기들'일 것이라고 시큰둥하게 말한다. 그의 작품 속 인물들은 '지금까지도 알지 못합니다'라는 말을 되풀이한다. "어떤 사연이 얽혀 있는지는 물론 어떤 경로를 통해 여기 도달했는지도 관심 가질 까닭이 없었"다(「이물」, 『그것이 나만은 아니기를』 210면)고 말한다. 독자는 자꾸만 앎을 부정하는 작품 속 인물들에게, 그리고 무대의 커튼 안쪽에서 이 '모르는 사람들의 행렬'을 총지휘하는 작가에게 묻는다. "저 소리가, 당신은 들리지 않아요? 아니면 들리지 않는 척할 뿐입니까?"(「덩굴손증후군의 내력」, 『그것이 나만은 아니기를』 217~18면) 작가는 작품 속 인물의 입을 빌려서 이렇게 대답한다. "저의 추측이나 상상을 보탤 자격이 없고 그래서도 안 되거든요."(「덩굴손증후군의 내력」 232면) 작가는 동굴 너머에서 가져온 이야기를 전하기만 한다. 심지어 그 이야기에 대해서 굳이 알고 싶지 않은 이야기들일 것이라고 시큰둥하게 말한다.

　구병모는 이렇게 묻고 있는 것일 수도 있다. 왜 이렇게 오랫동안 전해져 내려온 이야기를 우리는 왜 모르는가 또는 모른다고 대답하는가. 우리는 왜 이 중요하면서도 위험한 이야기들을 알고 싶어 하지 않는가. 세상에는 얼마나 많은 판본이 있는데 내가 들었던 것이 진실이며 전부라고 섣불리 추측하는가. 냉소적이며 무관심한 그의 서술 태도는 현대인이 타인을, 부조리로 가득한 세계를 대하는 방식을 꼭 닮았다. 작가는 출처와 결말을 모른다고 부정하는 자신의 서술 방식을 통해서 오랜 세월 물에 잠겨서 저수지가 되어 버릴 때까지도 왜 이 땅이 말라붙었는지에 대해서 묻지 않고 외면으로 일관하는 사람들에 대한 비판적 시각을 드러낸다. 그리고 수없이 많은 모르는 이야기들을 통해서 감추어진 진실의 뼈가 만천하에 드러나는 것은 이 작가가 바탕을 두고 있는 구전문학의 고유한 특징이기도 하다.

　설화와 민담을 기반으로 하여 이곳이 아닌 것처럼 보이지만 바로 우리가 살아가는 이곳인 세계를 묘사해 왔던 구병모 작가는 『빨간구두당』(창비 2015)이라는 신작 소설집에서 훨씬 더 적극적이고 공개적으로 옛이야기와의 만남을 시도한다. 이 책에 실린 여덟 편의 이야기는 모두 옛이야기의 독특한 변주다. 작가는 이 작업이 숨 쉬는 것처럼 자연스러웠다고 고백한다. 안데르센의 「빨간 구두」, 「성냥팔이 소녀」가 뒤틀린 공간에서 새 이야기를 만나고 러시아 민담인 「커다란 순무」는 「카이사르의 순무」로 다시 등장한다. 「개구리 왕자 또는 맹목의 하인리히」는 그림형제 민담집에 실린 「개구리 왕자」를 신하 하인리히의 시각에서 다시 구성한 이야기다. 또한 이 작품집에서는 『탈무드』에 나오는 마법 사과나 새뮤얼 콜리지의 「노수부의 노래」까지 나온다. 작가가 변용하고 가져오는 이야기의 반경이 한층 넓어진 것이다. 그는 우리 모두의 삶 속에 한 가지 화소의 이야기만 들어 있지 않다는 사실을 생각해 보라고 말한다. 정확히 누구의 어디였는지 가물가물한 여러 개의 원본 화소들이 지금 당신이 바라보는 세계 안쪽에 숨겨져 있다고 이야기한다. 그리고 그 빛바랜 화소들을 비틀어 무한 루프처럼 반복되는 삶에서 한 발짝쯤은 벗어나 보라고 권한다.

3. 소극장의 전통을 계승하다

구병모의 작품은 매우 환상적이다. 작품에 드리워져 있는 베일은 부드럽고 섬세하고 때로는 달콤하기까지 해서 아무도 이 베일이 장중한 무덤을 가리고 있다는 것을 예상하지 못한다. 이러한 반전의 매력에 빠져든 독자는 쉽게 그의 극장에서 벗어날 수 없다. 우물가에서, 들판에서, 어느 지붕 모닥불 아래에서 오붓하게 모여 이야기를 듣고 울고 웃는 것은 인류가 태초 이래 계속해 온 일이었다. 우리는 무수히 많은 소극장을 들락거리면서 힘과 위로를 얻고 살아간다. 구병모는 소극장의 전통을 가장 감각적으로 계승하고 있다는 점에서 한국 청소년문학과 현대문학에 묵직한 존재감을 남길 것이 틀림없다.

고백의 권리

미카엘 올리비에론

1. 차마 내가 건드리지 못하는

프랑스 작가 미카엘 올리비에(Mikaël Ollivier)의 문학은 안 닿았으면 좋겠다고 생각하는 부분을 건드린다. 까칠하게 굴면 대부분 아예 묻지도 않고 지나치는 문제, 에둘러 말하면 서로 약속이나 한 것처럼 피해 가는 문제, 언제 그런 문제가 있기나 했느냐는 듯 그럴듯하게 파묻어 버린 문제를 끄집어 내어 파헤친다. 그런 점에서 그의 문학은 대단히 철학적이다. 비판의 날카로움이 살아 있기 때문이다. 철학자는 소에게 침을 쏘는 '등에'가 되어야 한다는 말이 있다. 사는 게 만만치 않아서 그랬다고 좋은 게 좋은 거니까 좀 넘어가자고 생각해 왔다면 미카엘 올리비에의 글을 읽으면서 좀 성가실 것이다.

그는 건드리기만 하는 것이 아니다. 집요하다. 결말 가까이에 이르면 쇳소리를 내면서 독자에게 '너 그런 문제를 안고 있지 않냐?'고 정곡을 짚어 따지기도 한다. 작가가 앞서 쿡쿡 찔러 댈 때 눈치채지 못한 둔감한 사람은 깜짝 놀랄 것이다. '이게 그런 얘기였어?' 하면서 말이다. 그러면 작가는 이 눈치 없는 독자에게 한 번 더 화살을 쏜다. "말해 줘서 불편해? 불편하기 싫으면 책을 읽지 마. 책 읽기는 좀 불편해야 해." 이렇게 말하는 것 같다.

하지만 미카엘 올리비에의 책은 어렵지 않다. 비교적 읽기 쉽고 재미있다. 이야기 전개가 빠르고 독자를 붙잡는 장면이 곳곳에 영리하게 배치되어 있다. 툭툭 던지는 묘사는 구체적이어서 어슴푸레 뭘 상상해야하는 번거로움이 없다. 독자가 이야기의 진행 방향을 향해 상상력을 집중할 수 있도록 잡아끄는 효율성이 있다. 대부분 흔한 직업의 부모와 흔한 성격의 선생, 딱 중간쯤 되는 성적의 학생이 이야기를 이끌어 간다. 그렇다고 해서 이야기까지 흔해지는 것은 아니다. 그들 각자의 처지, 개별적인 시각에서 이야기를 풀어 나가므로 새롭다. 페이지를 넘기는 일은 독자 고유의 권한이지만 상당히 유쾌한 속도로 책 읽기를 마칠수 있다.

그의 작품 가운데 한국에 번역된 책들은 2012년 현재 모두 여섯 권이다. 『뚱보, 내 인생』(조현실 옮김, 바람의아이들 2004), 『엠마의 인생 수업』(김영신 옮김, 크레용하우스 2008), 『아빠가 집에 있어요』(최연순 옮김, 밝은미래 2009), 『나는 내가 누구인지 말할 수 있었다』(최윤정 옮김, 바람의아이들 2009), 『이덴』(공저, 박희원 옮김, 바람의아이들 2010), 『나는 사고 싶지 않을 권리가 있다』(윤예니 옮김, 바람의아이들 2012)이다.

모든 작품이 1인칭 시점이다. 이것은 미카엘 올리비에 작품의 가장 중요한 특징이기도 하다. 독자는 작품 속 인물인 '나'의 고백을 들으면서 읽고 있는 자신의 내적 고백을 시도하게 된다. 지금까지 아무도 고백하지 말라고 한 적이 없는 문제들을 놓고 '고백해도 될까'를 진지하게 검토하는 색다른 경험을 하게 된다. 여기까지 말하는 것이, 설령 나 자신에게 하는 말이라고 해도 괜찮을지 머뭇거리는 독해의 순간은 중요하다. 다가가지 않았거나 다가가지 못했던 자신에게로 용케 바짝 붙어서는 것, 그것도 나의 고백을 결코 누설하지 않는 '책' 덕분에. 이것이 독서의 보람이다.

청소년기는 고백의 의미를 알기 시작하는 시기다. 언제나 출발은 내적 고백이 먼저다. 마음에서 수백 번도 더 되뇌어 봐야 비로소 한 마디가 입으로 나온다. 자기에게 말을 걸 줄 알아야 타인에게도 고백할 용기가 생긴다. 미카엘 올리비에는 그런 청소년기의 독자에게 고백의 권리를 알려 주는 작가다. 생각한 대로 자신에게 말을 해 보라고 격려하는 작가다. 다만 그의 권고는 상당히 모질다. 작은 원칙이 있으나 대범하기도 하다. 감당할 자신이 있다면 읽어 보기 바란다. 쓰라릴 것을 각오하고.

2. 인생을 말할 나이

어른들은 청소년들에게 아직 인생을 말할 나이가 아니라고 훈수를 둔다. 그렇다면 인생을 말할 나이는 언제부터인가.

『나는 사고 싶지 않을 권리가 있다』는 자본주의 사회의 소비에 대해 정면으로 문제를 던지는 작품이다. 표제는 '나는 사지 않겠다'나 '사지 않아야 한다'가 아니라 '사고 싶지 않다'이다. 이것은 미묘한 차이가 있는데 '사지 않겠다', '사지 않아야 한다'고 말하는 것에서는 교육된 가치에 순응하여 욕망을 억제하거나 당위적인 이유로 소비를 절제하겠다는 뜻이 보인다. 반면 '사고 싶지 않다'고 말한다면 자신의 자연스러운 욕망을 긍정하는 태도가 담겨 있는 것이다. 굳이 사고 싶지 않은데 살 필요가 무엇이며, 사고 싶지 않은 나를 누가 어떤 이유로 사도록 이끄는

가를 묻는다. 소비와 욕망의 문제에 있어서 한층 적극적인 태도다.

주인공 위고는 교사인 부모를 따라 프랑스령 식민지였던 작은 섬 '마요트'로 이주한다. 식구가 먹고사는 데 하루에 5유로가 들면 딱 5유로어치만 물고기를 잡으면서 살던 마요트 사람들은 뭐든 살살 하는 '코코넛 세대'에서 빨리빨리 돈을 버는 '코카콜라 세대'로 급격히 전환 중이었다. 그곳에서 자연의 매력에 눈뜨고 한 소녀와 사랑을 나누어 아기까지 임신시켜 버린 위고는 '강제 송환'되듯이 본토로 되돌아온다.

다른 삶의 결을 알아 버린 위고에게 본토의 소비 지향적인 삶과 광고의 홍수는 정신적 강간처럼 느껴졌다. 원하는지 원하지 않는지 스스로에게 묻지도 않고 세일이니까 사야 한다고 달려 나가는 가족에게 위고는 강력히 반발한다. 위고는 무엇에 가치를 둘 것인가 고민한다. "방 안에서 북쪽을 가늠할 줄 알고, 빨래를 말려 주는 바람의 이름을 아는 일"이 왜 얼음이 나오는 냉장고보다 더 가치 없는 것인지 자신에게 질문한다. 마침내 반소비운동을 벌이는 또래 샤를리를 만나 그 일에 가담하게 된다.

위고는 경찰서에서 만난 아빠가 "네가 원하는 것은 엄마 아빠가 다 해 주었다"고 말하자 "절대 엄마 아빠처럼 되지는 않을 거야!"라고 대답한다. 위고의 정치의식을 일깨운 것은 아이러니하게도 프랑스인들이 정치적으로 억압하고 경제적으로 점령했던 마요트 섬에서의 삶과 그곳의 사람들이었다. 위고에게 던지는 아빠의 말, "나도 네 나이 때는 세상을 바꾸고 싶었어"는 더없이 무기력하다. 위고의 아빠가 추구하는 가치라는 것이 다른 사람들에게 전시하기 좋은 수준의 생태적 삶에 불과함을 위고도, 독자들도 이미 보아 버렸기 때문이다.

미카엘 올리비에의 다른 작품에서도 '인생'의 향방을 논하고 사회 현실을 바꾸어 나가려 하는 능동적인 청소년 주인공이 자주 등장한다. 그들의 정치적 활동은 구색 맞추기가 아니라 사건을 이끌어 가는 중심축으로 작용한다. 따라서 간접적인 정치 풍자나 비판이 깃든 소설과 다른 강도의 설득력을 가진다. 『나는 내가 누구인지 말할 수 있었다』의 마르탱은 소극적이고 방어적인 경찰력을 대신해 자신이 수사에 나선다. 『이텐』의 페리와 친구들은 전자 마약을 파괴하는 프로그램을 개발하기 위해서 신체의 위험을 무릅쓰고 해킹에 뛰어든다. 이 작품에서는 혼탁한 정치인의 삶도 여과 없이 그려진다. 이처럼 미카엘 올리비에는 자신의 작품을 읽는 독자들에게 당신들도 충분히 '인생을 말할 나이'라고 권한다. '자기의 욕망과 시선을 되돌아볼 권리'를 일깨운다.

3. 정직한 시선에 가치를 둔다

미카엘 올리비에의 작품은 '비만'을 소재로 다루든 '가족사의 비밀', '아버지의 실업', '과소비'를 소재로 다루든 간에 일단 정직한 시선에 가치를 둔다. 1인칭으로 진행되기 때문에 자신의 생각을 고스란히 노출해야 하는 주인공부터 자기 내면의 위선을 가감 없이 드러낸다. 주인공을 둘러싼 주변 인물들도 마찬가지 요구를 받는다. 더 그럴듯해 보이기 위한 근사한 해명은 허용되지 않는다.

보통 작품 속에서 대표적 악인으로 묘사되는 경우가 아니라면 어떤 인물이든지 자기 사정을 변명할 기회를 얻기 마련이다. 그러나 미카엘 올리비에의 작품에서는 정직하지 않은 자라면 누구라도 그 대가를 치러야 한다. 『이텐』의 세르주는 청소년 마약 사범을 검거하는 마약 전문 수사관이지만 정작 자신의 아들이 마약에 빠져드는 상황은 막지 못한다. 더없이 성실한 직장인이며 속 깊은 아빠처럼 보이는 그도 아들 고랑에게만큼은 정직하지 못한 아빠였다. 세르주가 진실은 그보다 훨씬 더 끔찍하다는 것을 인정하기까지 적지 않은 시간이 걸렸으며 그만큼의 혹독한 고통을 겪는다.

『나는 내가 누구인지 말할 수 있었다』의 데스파르 서장은 자신들의 오만한 수사 방식에 대해서 반성하지 않다가 낭패를 맞이할 지경에 이른다. 데스파르 서장은 결코 악역이 아니지만 그의 허울 좋은 장담과 엉성한 수사 과정은 직업 세계의 위선을 그대로 보여 준다.

『나는 사고 싶지 않을 권리가 있다』에서는 오지 근무를 자원한 교사이며 생태주의자인 위고의 엄마, 아빠가 얼마나 위선적인가를 남김없이 보여 준다. 위고는 고백하려니 끔찍스럽기는 하지만, 반에서 유일한 백인이면서도, 무의식적으로 내가 최고라고 생각했다고 말한다. 하지만 위고의 엄마, 아빠를 비롯한 본토 출신 백인들은 그런 자신의 모습을 감추고 직접 고백하지 못한다. 자신들을 '파견자'라고 규정하면서 원주민과 거리를 두는 모습이나 "여기 애들은 참 정이 많아, 열심이진 않지만 착하다고나 할까"라는 식으로 원주민을 폄하하면서 뭐든 문화적인 문제라는 식으로 포장하는 모습에서 인종주의와 제국주의적 시각을 볼 수 있다. 그들에게 생태주의나 인권은 자신들을 더 돋보이게 하는 액세서리 수준이었을지도 모른다. '비과세 파견 수당'을 받아서 전원주택을 지을 꿈을 꾸면서도 자신들은 마요트 학생들에게 열정적이고 헌신적이라고 말한다. 이들의 부분적 혹은 전체적 거짓말은 진실의 힘을 깨달은 아이들의 눈에 그대로 걸린다.

정형화된 나쁜 사람보다 자신의 위선적인 모습을 슬쩍 내비치는 미카엘 올리비에 방식의 인물들이 훨씬 더 생생하게 정직의 문제를 깊게 건드린다. 우리는 어디까지 정직해야 할까.『아빠가 집에 있어요』에서 졸지에 실업자가 된 아빠는 딸 엘로디를 위해서 밥상을 차려 주고 이런 것도 멋지지 않냐고 말하지만 요리를 하다가 문득문득 "젠장!"이라고 소리치곤 한다. 진심이 내비친 것이다. 미카엘 올리비에는 이와 동일한 방식을 사용해서 위선을 내비치게 만든다. 우리 안의 숨은 거짓말을 마저 고백할 때까지.

4. 앞서서 걸어 보기

미카엘 올리비에는 앞을 내다보는 것이 아니라 아예 앞서 걸어가면서 문제를 터뜨리는 작가다. 2001년에 발표한 『뚱보, 내 인생』에서는 비만으로 보험 가입까지 거절당하고 백수로 지내는 삼촌이 나온다. 사회가 비만을 바라보는 시각이 개인의 삶을 어디까지 주저앉힐 수 있는지 파고든 것이다. 이전의 비만 관련 청소년문학 작품에서 잘 들여다보지 않았던 부분이다.

2006년에 발표한 『나는 내가 누구인지 말할 수 있었다』에서는 연쇄살인을 다루었다. 연쇄살인은 자극적인 소재이지만 청소년들이 뉴스를 보고 듣는 이상 이 문제에 대한 의문을 피해 갈 수는 없다. 이 작품은 연쇄살인범으로 몰린 형을 끝까지 믿어 주는 동생의 시각에서 이야기를 풀어 나감으로써 사람의 목숨을 둘러싼 무수한 주변 논의를 끌어내는 데 성공했다. 잘못된 수사가 그대로 진행되었다면 법정 최고형을 살아야 했을 형에게서는 사형 제도의 정당성 문제가, 자식인데도 결백을 믿지 못하는 부모에게서는 신뢰의 한계 문제가, 형의 결백이 밝혀졌음에도 수사 이전의 삶으로 되돌아가지 못하는 마르탱에게서는 죽음의 무게가 느껴진다. '나는 내가 누구인지 말할 수 있었던' 마르탱은 살인 사건에 연루되면서 '말할 수 없는' 상태가 된다. 자신의 형이 범인이 아니라고 해서 죽은 사람들의 목숨이 되살아나는 것은 아니다. 범죄의 그늘이 왜 범인 한 사람이 아닌 가족과 이웃, 사회 전체를 어둠으로 몰아넣는지 생각해 보게 만드는 결말이었다. 죄는 한 사람이 짓지만 대가는 공동체 전체가 치른다.

2004년 작품으로 SF 작가인 레이몽 클라리나르와 함께 쓴 『이덴』은 청소년 마약 복용의 문제를 전면에서 다루었다. 이제 약리적 중독이 아닌 전자 중독을 우려해야 하는 시기가 도래할 것임을 일찌감치 간파한 것이 놀랍다. 이미 우리 청소년들도 컴퓨터 네트워크 안에서 인간관계의 천국을 맛보고 외로움을 달래는 경향이 늘어 가고 있다. 신종 마약이나 초강력 마약이 등장하는 것보다 더 빠른 속도로 사람들 사이의 참다운 관계가 소멸해 가는 것이 요즘의 현실이다. 위안받아야 할 사람은 넘쳐 나는데 위안해 줄 '서로'는 없다.

『나는 사고 싶지 않을 권리가 있다』에서 제기하는 청소년 임신 문제는 특별히 앞선 것이라고 하기 어렵지만 그들의 '성적 결정권'뿐만 아니라 '결혼권'을 다루었다는 점에서 선도적이라고 생각한다. 학생인권 조례에 임신한 학생의 수업권을 보장한다는 조항이 들어간 것만으로도 보수 단체의 반발이 일어나는 우리 현실이지만 10대의 결혼권은 진지하게 고민할 문제라는 생각이다.

5. '나인 것'과 '나여야만 하는 것'

앞서 말했듯이 미카엘 올리비에의 작품은 '나'를 중심으로 펼쳐진다. 만일 그를 만난다면 왜 계속 '나'였는가를 질문하고 싶은 생각이 있다. A군과 B양이 엮는 이야기에 대한 C의 서술로도 얼마든지 이야기는 쓸 수 있지 않은가. 어쩌면 그는 '나'의 눈으로 던진 질문만이 세상을 변화시킨다고 믿었는지 모르겠다. 더불어 '나'를 정직하게 대면하지 않는다면 어떤 객관적으로 훌륭하고 지고한 가치도 무력하게 무너질 수밖에 없다는 것을 말하고 싶었는지 모른다. 작품 속 주인공 위고는 대체 뭐가 되려고 이러느냐는 아빠의 질문에 다음과 같은 대답을 마련한다.

달 위를 걷고, 매일 사랑을 나누고, 여자들의 사랑을 받는 스타가 되고, 배로 세계 일주를 하고, 모든 암을 예방할 수 있는 백신을 개발하고, 말을 받아치는 재주를 얻고, 아버지가 될 용기를 갖고 싶다고 대답할 수도 있겠지……. 하지만 진짜 대답은 더 단순하면서도 더 복잡하다. 나중에, 나는 자유로운 사람이 되고 싶다. (『나는 사고 싶지 않을 권리가 있다』 167면)

미카엘 올리비에는 우리에게 권리를 안겨 준 작가다. 그가 환기해 준 우리들의 권리는 '나여야만 하는 것'을 까다롭게 들여다보고 스스로 '나 아닌 것' 또는 '진실 아닌 것'을 예민하게 고백할 권리다. 이처럼 까칠한 그의 작품이 딱딱하게만 느껴지지 않는 것은 언제나 그 매듭 사이에 사랑이 놓여 있기 때문이다. 뭐니 뭐니 해도 청소년기는 사랑의 시기다. 나를 사랑하고, 타인을 사랑하는 자신을 더더욱 사랑하는 시기다. 언젠가 본격적으로 까칠하고 불편한 사랑 이야기가 그의 신작으로 나오지 않을까 기대해 본다.

여자아이의 왕국을 찾아서

이보나 흐미엘레프스카론

1. 첫 만남

몇 해 전, 봄비가 자박자박 내리는 오후, 세계작가축제가 열리는 남산 문학의 집에서 이보나 흐미엘레프스카(Iwona Chmielewska)를 처음 만났다. 폴란드에서 갓 입국한 사람이라고는 믿기지 않을 만큼 생기 있는 표정이었다. 나는 예전부터 그의 그림책이 담고 있는 어떤 일관된 의미망에 대해서 골똘히 생각해 왔고, 만나면 그가 정말 그런 생각을 하고 그린 것인지 이야기를 나누어 볼 참이었다. 대화를 나누기 위해서는 폴란드어 수행 통역의 도움을 받아야 했다. 다행히 그는 매우 상냥한 사람이었고 말수가 많은 편은 아니었지만 재치가 넘쳤다. 곧 그의 그림책 이야기를 구체적으로 꺼낼 만큼 친해졌다.

"당신의 그림책 『파란 막대 파란 상자』(사계절 2004)를 보면 여자아이 클라라와 남자아이 에릭, 두 아이의 시점으로 나란히 진행되는 평행적 서사로 전개되는데요. 특별한 이유가 있나요? 그 전까지 누구도 그림책에서 여자아이의 시선을 이렇게 남자아이와 독립적·대조적으로 다루지는 않았거든요."

"저는 여자아이도, 남자아이도 키우고 있어요."

그는 네 아이의 엄마였다. 세 아이를 데리고 첫 번째 남편과 헤어진 후 지금의 두 번째 남편을 만났고 또 한 아이를 얻었다.

"아홉 살 생일에 여자아이 클라라는 대대로 물려 내려온 파란 막대를 선물 받고 남자아이 에릭은 파란 상자를 선물 받아요. 굳이 기호적 의미를 생각하자면 여자아이에게 상자를, 남자아이에게 막대를 줄 것 같은데 오히려 반대로 배치한 이유가 있나요?"

"내 그림책을 읽는 사람은 그 안에서 각자 자신의 의미를 만들겠지요. 나는 그림을 그릴 뿐 해석은 당신의 몫이에요."

나는 책 안에서 내가 발견한 구체적 의미의 단서들을 좀 더 이야기해 나갔다. 클라라의 언니 주자가 자신의 붓을 파란 막대에 연결해 손에 들고 누구의 손도 닿기 어려운 천장에 그림을 그리는 장면이라든가, 소년 빈첸티가 파란 상자에 알뿌리를 키우는 장면, 티모테우스가 상자에 병아리를 품고 재우는 장면의 함의가 궁금했다. 혹시 작가가 여성과 남성에 대한 통념에 도전한 것은 아니었는지 조심스럽게 물어보았다.

그러나 가만히 내 이야기를 듣던 흐미엘레프스카는 더 조심스러운 목소리로 대답했다.

"나는 그림으로 당신의 무한한 상상력을 제한하고 있었네요. 미안해요."

2. 그림책의 글과 그림을 보는 법

그림책은 글 기호와 그림 기호가 하나의 지면에 배치되어 있는 특별한 예술 형식이다. 도상 기호(iconic signs)와 관습 기호(conventional signs), 두 가지 모두를 활용해서 독자와 소통하는 장르이기도 하다. 도로 표지판과 같은 만국 공통의 단순한 도상 기호를 이해하기 위해서는 따로 공부를 해야 할 필요가 없지만 관습 기호는 좀 다르다. 해당 언어의 코딩 방식, 즉 철자와 단어의 조합, 문장의 배열 방식을 알아야 한다. 글자가 아니라 어떤 무늬나 스타일로 구성된 관습 기호라 하더라도 그것이 상징하고 나타내려는 의미의 문맥을 알지 못하면 관습 체계 밖에 있는 사람은 의미를 모호하게 받아들이거나 이해하기 어렵다고 토로한다. 도상 기호인 그림은 대상의 특징을 고스란히 묘사하지만 관습 기호인 글은 사건의 순서에 따라서 이야기한다. 독자들은 그림책을 읽다가 비선형적인 도상 기호와 선형적인 관습 기호의 충돌과 조화를 종종 경험한다. 서로 다른 기능을 가지고 있는 이 두 기호의 상호작용 덕분에 그림책 읽기는 글 책을 읽는 것보다 훨씬 흥미진진하고 다양한 변용을 만들어 낸다.

또한 그림책은 같은 독자에 의해서도 거듭 다르게 해석될 수 있는 예술형식이다. 어린이들은 한 권의 그림책을 여러 번 되풀이해서 읽어 달라고 하는 경우가 많다. 처음에는 글과 그림이 따로 노는 것처럼 보이지만 의미의 순환 작용 때문에 읽을 때마다 전체를 연결 지어 해석할 수 있는 새로운 어떤 것이 생겨난다. 마리아 니콜라예바(Maria Nikolajeva)는 "어린이는 같은 책을 다시 읽는 게 아니고 같은 책의 의미를 점점 더 깊이 파고드는 것이다. 어른은 그림책의 그림을 전체와 연결 지어 읽지 않고 장식으로만 여기기 때문에 그림책을 어린이처럼 읽지 못하는 경우가 아주 많다"[1]고 지적한 바 있다.

---

1 마리아 니콜라예바, 캐롤 스콧『그림책을 보는 눈』, 서정숙 옮김, 마루벌 2011, 20~21면.

그림책의 독자-반응 이론(reader-response theory)에 따르면 글과 그림 사이에는 독자가 자신이 가지고 있었던 경험, 지식, 상상의 방식에 따라서 채워 넣을 수 있는 공간이 풍부하게 남아 있다. 어떤 그림책에는 글의 공간이 더 많은가 하면 어떤 그림책에는 그림의 공간이 넉넉하다. 성별, 연령, 문화적 배경 등이 다를 경우 독자에 따라 글과 그림은 서로 의미의 형성과 창조를 북돋을 수도 있고 독립적인 기능을 담당할 수도 있다. 그림책이 지닌 이와 같은 가변적 해석의 넓이 때문에 그림책을 이해하려면 '부호'나 '문법'에 입문해야 한다고 말하기도 한다. 많은 학자들이 그림과 글의 상호작용이 중요하다고 말하면서도 정작 글에 의지하여 의미를 분석하는 경우가 많은 것은 두 가지를 동시에 읽는 일이 완전히 새로운 훈련을 필요로 하는 일이기 때문이다. 동일 화면 안에서 순차적 표현(simultaneous succession)이 일어나기도 하고 글과 그림의 지시체가 정반대인 경우도 있다. 펼친 면 우측과 좌측에 다른 시점을 적용하여 전체 서사와 부분 서사가 평행적, 또는 독립적으로 이야기를 전개해 나가기도 한다. 더 명료한 표현을 위해서 글과 그림이 각각 서로에 의존하기도 하고, 글과 그림이 대응하여 중복을 만들어 내면서 특정한 의미를 강조하기도 한다. 가장 중요한 서사가 글에 의해 진행되는지 그림에 의해 진행되는지도 작품에 따라 선택적이다. 이 능동적인 예술형식의 연구는 무척 흥미로운 일이며 최근 들어 많은 연구자들이 이 분야에 매달리고 있다.

이보나 흐미엘레프스카는 앞에서 말한 바와 같은 그림책의 특성을 가장 가시적이며 실물감 있는 형태로 구현하고 있는 작가다. 그는 그림책에서 글과 그림의 다양한 대위법을 통해 서로 다른 공간과 시간, 다른 관점, 다른 말과 마음을 하나의 작품 안에서 환상적으로 결합시킨다. 묘사하지 않은 것이 오히려 상상을 불러일으켜 묘사의 기능을 하도록 만드는 그의 그림책은 처음 접하는 사람들에게 흔히 '허전하다', '난해하다'는 평을 받는다. 화면에 의미를 꽉 채우지 않아서일 뿐 아니라 그는 언제나 글과 그림의 협조 방식에 초점을 맞추므로 단지 글이나 그림 한쪽만을 보아서는 의미에 다가가지 못하는 경우가 생기기 때문이다. 그는 자신은 글을 쓰고 그림을 그릴 뿐 나머지는 독자의 상상이 감당해야 할 부분이라고 말한다. 독자의 상상력을 제한하는 것이야말로 그림책 작가가 가장 신중하게 주의해야 할 일이라고 생각한다.

따라서 그의 그림책에 대한 해석은 어떤 면에서 자유롭고 쉽다. 그의 책이 섣부른 의도를 내비치지 않고 내 경험의 거울 역할을 충실히 하기 때문이다. 이는 작가 자신에게도 마찬가지인 것으로 보인다. 여성이면서, 이혼과 재혼을 통해 얻은 네 아이를 키우는 엄마이면서, 현대사의 날카로운 굴곡을 거쳐 온 폴란드에서 자란 사람인 그가 글과 그림을 통해서 풀어내는 자신의 이야기는 그림책 속에 고스란히 투영된다. 구체적인 작품을 예로 들면서 흐미엘레프스카의 서사와 독자인 나의 질문이 만나는 지점을 찾아보고자 한다.

3. 연애

이보나 흐미엘레프스카는 폴란드 사람이지만 한국에서 작가로서의 삶을 시작했다. 그는 폴란드의 작은 중세 도시인 토루인에서 태어나 코페르니쿠스대학 미술학부를 졸업하고 일러스트레이터로 활동했다. 그는 그림책 창작을 위한 영감의 원천을 르네상스와 중세의 작품 속에서 주로 찾아낸다. 이는 그녀 자신 안의 과거를 돌아보는 일이기도 하다. 그러나 주제와 그림이 지나치게 철학적이라는 이유로 출판사들마다 출간을 사양했다. 그는 2003년 자신이 그린 그림 뭉치를 들고 이탈리아에서 열린 볼

로냐 국제아동도서전을 찾았다가 인생의 동선을 바꾸게 된다. 폴란드에서 미술사를 전공하고 그림책 기획자로 활동하던 이지원을 그곳에서 만나게 된 것이다. 그는 이 시점을 '한국과 연애를 시작한 시기'로 기억한다.

이지원은 그의 그림책에 깊이 공감하면서 한국에서 출판해 볼 것을 권했고 두 사람의 만남은 새로운 길을 열었다. 폴란드는 상당한 수준의 일러스트레이션 전통을 보유하고 있지만 자본주의의 물결이 유입되면서 상업적인 출판만이 명맥을 유지하는 상황이었다. 폴란드의 부모들은 책방에 가더라도 언제나 다른 부모들과 똑같은 책을 살 수밖에 없었다. 출간 종수와 양이 워낙 적고, 공급이 잘되지 않았고, 수요가 아무리 많더라도 부모들에게는 선택권이 없었다. 흐미엘레프스카 본인이 자라던 1970년대의 폴란드는 그렇지 않았지만 급격한 시장경제로의 이동은 폴란드 그림책의 문화적 기반을 삽시간에 무너뜨리고 만 것이다.

한편 한국은 어린이책 출판 기획 분야에서 세계적인 수준의 노하우를 가지고 있었지만 전통적 스타일을 벗어난 좀 더 개방적이고 자유로운 그림책 원고가 필요했다. 흐미엘레프스카의 그림책은 한국에서 기획, 출판되기 시작했고 큰 반향을 불러일으켰다. 이지원을 만나기 전까지는 한글을 한 번도 본 적이 없던 그는 『생각하는 ㄱㄴㄷ』(논장 2005)이라는 작품으로 한글 자모의 이미지를 철학적으로 해석해 냈다.[2] 그는 볼로냐 국제아동도서전에서 일생 한 번도 받기 어렵다는 라가치상 대상을 두 번이나 수상했다. 그의 그림책은 동양적 마음과 서양의 이미지

---

2 "한글이 가진 뜻을 전혀 모르다 보니 아무런 느낌이 없었지만, 오히려 그 덕분에 나는 자유롭게 표현할 수 있었던 것 같다. 보다 더 폭넓은 해석을 가지고 일러스트레이션 작업을 할 수 있었다. 한글이란, 굉장히 논리적이고 치밀하게 짜여진 언어라는 생각이 든다. 마치 건축에 비유할 수 있을 정도로. 아이들이 가지고 노는 조각처럼 정확히 맞춰지는 그런 느낌이 굉장히 아름답게 여겨졌다." (이보나 흐미엘레프스카 인터뷰, 2011년 9월 23일 인터넷 서점 알라딘)

가 결합된 독특한 결과물이라는 평가를 받았다. 라가치상 수상작『마음의 집』(김희경 글, 창비 2010)과『눈』(창비 2012)은 모두 판권지에 '경기도 파주시'로 기록되어 있는 한국 출판물이다.『마음의 집』은 철학과 미술사를 전공한 김희경[3]과 기차 안에서 우연히 만나 함께 작업한 글과 그림을 토대로 만든 책이다.

흐미엘레프스카의 그림책을 이해하는 경로는 여러 가지다. 그의 삶이 누군가와의 만남으로부터 달라졌다는 것을 생각한다면 그 출발점이 되는 작품은『두 사람』(사계절 2008)이 될 것이다.『두 사람』은 사람 사이의 관계와 만남, 더 정확히 말하면 연애에 대한 그림책이다. "두 사람은 나란히 한쪽으로 나 있는 두 개의 창문과 같아요. 두 창문을 통해 똑같은 것을 볼 수도 있지만, 사실 둘은 다른 풍경을 보여 준답니다", "두 사람은 사랑에 관한 책의 앞표지와 뒤표지처럼 단단히 서로 엮여 있기도 해요. 둘이 아니라면, 이 이야기도 떨어져 나가고 말 거예요" 등의 사람 사이에 관한 이야기는 "두 사람이 함께한다면 무엇이든 할 수 있답니다. 세 번째 사람을 만들어 낼 수도 있어요"로 이어지면서 사랑과 그 너머의 일들을 다룬다. 그러나 그가 말하는 연애는 남녀의 연애만이 아니다. 물론 여기서 '세 번째 사람'이라는 것도 '아기'만을 의미하는 것은 아니다. 두 사람이 함께 만들어 낼 수 있는 창조적인 다음 내용을 '세 번째 사람'이라는 상징적인 표현으로 나타낸 것뿐이다. 그는 이렇게 말한다.

"이것은 세상에서 가장 가까운 어떤 두 사람 이야기입니다. 그 두 사람은 엄마와 딸일 수도 있고 형제일 수도 있고 남매일 수도 있고 친한 친구일 수도 있고 남편과 아내일 수도 있어요. 함께하는 두 사람이라면

---

3 김희경은 이 책의 영감을 이화여대 철학과에서 심리철학을 가르치던 정대현 교수의 강의로부터 얻었다고 말했다. 이 책은 마음에 관한 동서양의 이해를 절묘하게 결합한 작품으로 평가받고 있다.

누구나 이 이야기의 주인공입니다."

그는 관계의 변증적 종합과 관계 속에서도 지켜야 하는 자신의 독립성에 대한 이야기를 이 그림책을 통해서 풀어냈다. 이것은 동양과 서양을 오가면서 낯선 관계들 속에서 힘들게 첫 그림책을 펴냈던 자신에 관한 이야기이기도 하다.

4. 결혼

『파란 막대 파란 상자』는 책은 한 방향으로 읽는다는 통념을 시원하게 깨뜨리는 작품이다. 이 책은 두 방향에서 읽어야 하며 한쪽에서는 『파란 막대』, 다른 쪽에서 『파란 상자』로 읽힌다. 두 권의 책은 한가운데서 정확히 만난다. 반투명하게 비치는 유산지를 사이에 두고 『파란 막대』의 주인공인 아홉 살 클라라와 『파란 상자』의 주인공인 아홉 살 에릭이 얼굴을 마주한다. 그리고 그들이 들고 있는 막대와 상자는 그림책 안에서 하나로 결합한다.

이것은 명백한 결혼에 관한 상징이다. 그러나 작가는 이 작품을 통해서 '결혼'의 과정을 이야기하는 것이 아니라 각각 같으면서 다른 두 존재 클라라와 에릭의 성장을 보여 주는 것에 초점을 맞춘다. 하지만 책 속에서 클라라와 에릭은 개별적인 한 사람이 아니다. 한 가정의 역사를 거쳐 온 수많은 여성과 남성의 집합체다.

한 번도 만난 적 없는 두 아이는 아홉 살 생일날 각각 '파란 막대'와 '파란 상자'를 선물 받는다. 이 막대와 상자는 집안의 여자아이와 남자아이들이 대대로 물려받아 온 것으로 그들은 자신이 어떻게 이 물건을 사용했는지 낡은 갈색 공책에 빠짐없이 기록해서 다음 아이에게 물려

주곤 했다. 클라라와 에릭은 이 공책을 통해서 자신 안에 내재된 성장의 역사를 들여다본다. 그리고 자신도 이 막대와 상자를 재미있게 써 봐야 겠다고 결심하면서 이야기는 끝난다. 그러나 작가는 책의 정확히 중간 지점에서 보이지 않는 서술자로 등장해 이렇게 말한다.

"그런데 여러분은 파란 막대가(파란 상자가) 어떤 상자에(어떤 막대 에) 딱 맞게 들어간다는 사실을 아시나요?"

실제 그림책 속에서 막대와 상자는 성적 결합을 상징하듯이 반투명 유산지를 사이에 두고 분명하게 하나로 겹친다. 아직은 서로 모르지만 이들 두 사람이 성숙하는 어느 시점이면 일어나게 될지도 모를 가까운 미래에 대한 암시다.

책 속의 여자아이들은 파란 막대로 흔히 이 사회가 '남성적'이라고 평가하는 일에 거침없이 도전한다. 경향적으로 그렇다는 것일 뿐 완연 한 성적 대결의 구도를 취하는 것은 아니다. 1700년대 말쯤 살았을 것 같은 클레멘티나는 생쥐 키치아를 훈련시키는 도구로 썼으며 클레멘티 나의 딸인 테클라는 완벽한 원을 작도하기 위해 이 막대를 썼다. 테클라 의 딸인 발비나는 대패로 깎아 만든 나무배의 돛으로 사용했고, 1900년 대 초반에 막대를 손에 넣었을 법한 발비나의 딸 체칠리아는 "난 그렇 게 하지 않겠어요!"라는 글자를 쓴 시위용 팻말의 기둥으로 파란 막대 를 사용했다. 이렇게 대대로 전해진 파란 막대는 클라라의 손에 들어온 다. 여자 아이들은 이 막대를 마음대로 가지고 놀면서 "하마터면 다른 여자아이들은 막대를 갖고 놀 수 없게 될 뻔했"다는 말을 한다. 그들의 진취적인 실험은 오늘의 클라라를 만들었다.

반면 책 속의 남자아이들은 파란 상자를 가지고 노는데 그들의 놀이 에도 '여성적'인 것으로 간주되곤 했던 일이 섞여 있다. 빈첸티가 희귀 한 튤립 알뿌리를 얻어 상자에 심어 정성껏 가꾼다거나 그의 손자뻘 티모테우스가 병아리의 잠자리로 상자를 사용한다거나 티모테우스의 손자인 판크라치가 수레를 만들어 인형과 보물을 실어 나른다거나 하는 일이 그렇다. 그 밖에도 흔히 남자아이들의 삶에 없으리라고 믿는, 그러나 실제로는 아주 잦은 놀이의 장면에 대한 이야기가 담겨 있다.

흐미엘레프스카는 '결혼' 또는 '성적 결합'을 암시하는 장면으로 이야기를 끝내면서 그것을 책의 한복판에 배치하는 구성을 택했다. 여성과 남성은 각자 자신의 내력 속에서 기나긴 성장의 시간을 보내는데 그 시간은 유사성과 차이점을 두루 가지고 있다. 그런 그 두 사람이 만나서 이루는 결혼은 책의 끝이 아니라 책의 한복판이며 아무도 그 중첩의 방향을 알 수 없는 전혀 새로운 시작이다. 서로 만나기 전까지 펼쳐지는 막대와 상자의 수백 년 역사는 다른 성의 삶을 이해하려는 노력이 얼마나 깊고 오랜 것이어야 하는가를 보여 준다.

5. 초경

이보나 흐미엘레프스카를 이해할 수 있는 세 번째 그림책은 『여자아이의 왕국』(창비 2011)이다. 이 책은 초경을 시작하는 여자아이가 주인공이다. 어쩌면 클라라와 에릭이 만나서 태어났을지도 모르는 세 번째 사람인 이 여자아이는 초경이 시작되는 날 특별한 속삭임을 듣는다.

"공주야, 오늘 너는 여자가 된 거야."

엄마와 아빠가 아이를 특별하게 안아 주지만 여자아이는 그날이 즐겁지 않았다. 온 세상이 한 색깔로만 보였다. 그리고 이날부터 여자아이는 자기 왕국의 주인이 된다. 매달 정확히 빠짐없이 찾아오는 왕국의 지도는 여자아이의 길을 안내한다. 이 왕국을 걸으면서 여자아이는 세찬

강줄기와 아무렇게나 떨어지는 폭포, 폭발하는 화산을 목격한다. 너무 길어 바닥에 질질 끌리다 엉키고 마는 베일을 쓴 것처럼 머리가 무겁기도 했다. 완두콩 한 알에도 신경이 곤두섰고 탑에 갇혀 마법에 걸린 공주처럼 졸리기도 했다.

몇 해가 지나 여자아이는 서서히 자신의 왕국을 다스리는 법을 알게 된다. 지도에서 따뜻한 호수도 발견하기 시작했고 어두운 숲은 친근하게 변했다. 원한다면 높은 탑에서 내려오게도 되었다. 그리고 자신이 이 왕국에서 가장 중요한 존재이며 여왕이라는 사실을 알게 된다.

흐미엘레프스카는 자신이 폐경을 맞이하면서 이 작품을 기획하게 된다. 그는 열 살에 초경을 시작했고 그 시기를 아프고 고통스럽기만 한 순간으로 기억한다. "어떤 기쁨도 느낄 수 없었다. 그냥 아이로 남고만 싶었다. 가슴이 자라고 월경을 해야 하는 그 과정 자체가 굉장히 힘들고 아팠다"고 말한다. 그러나 정작 월경을 끝내야 하는 시기가 다가오면서 월경 기간 자체에 대한 그리움이 쌓이는 것을 느꼈다고 한다. 그는 자신의 월경 기간 40년을 돌아보면서 월경을 시작한 어린 소녀들이 "어깨가 잔뜩 굽은 자세로 걷게 되고 자신 있게 가슴을 펴고 다니지 못하고 행복하지 않은 감정"으로 초경의 시기를 보내는 것에 대해서 공감과 응원과 격려의 말을 전하고 싶었다고 한다. 열 살 어린 갓난아기 동생이 있었던 집에서 어린 흐미엘레프스카는 통증이 찾아오는 배를 움켜쥐고 담요를 둘러쓴 채 하루 종일 책만 읽었다고 한다. 그런 그에게 주위에서는 '여자가 되는 준비'라는 말만 되풀이할 뿐 누구도 "너는 네 왕국의 주인이야"라고 말해 주지 않았다는 것이다.

『여자아이의 왕국』은 또 다른 의미에서 작가 본인의 깨달음이 담긴 책이기도 하다. 그는 마음의 주인은 항상 자기 자신이어야 한다고 생각한다. 지금 같이 살고 있는 남편은 흐미엘레프스카의 두 번째 남편이다.

그는 첫 번째 남편과 부부의 인연을 맺었던 시기에 자신의 마음의 주인은 남편이었다고 생각했다고 회상한다. 그러나 "마음속에 동의할 수 없는 어떤 것이 생겨나고 결혼 생활을 지속할 수 없는 이유들이 생기면서" 그는 세 아이를 데리고 첫 남편을 떠나겠다고 결심한다. 비로소 그때 마음에 빈 자리가 생겼고 "나 자신이 들어왔다"고 말한다. 자신이 자신의 마음의 주인이 되었다는 것이다.

흐미엘레프스카는 세 아이와 함께 어떻게든 삶을 지탱해야 했던, 첫 결혼과 두 번째 결혼 사이의 시기가 말할 수 없이 힘들었지만 자신의 왕국이 누구의 것인가를 돌아볼 수 있었던 기간이었다고 말한다. 그리고 지금 자라는 그의 네 아이들은 『여자아이의 왕국』을 가장 엄마다운 책으로 꼽으면서 좋아한다고 말한다.

6. 그림책과 여자아이의 눈

많은 그림책 작가들은 아이들을 순수하게 오랫동안 지켜 주기 위해서, 너의 어린 시절이 멋지고 그럴듯한 시기라는 환상을 심어 주기 위해서 글을 쓴다. 그러나 이러한 아동기에 대한 목가적 이미지는 이미 위선이라는 것을 어린이들이 더 잘 알고 있다. 거침없는 폭력 앞에서 자신의 몸과 마음의 성장을 촛불처럼 사수해야 하는 어린이들에게 '좋을 때'라는 말은 한가하게 들린다. 그럼에도 많은 작가들은 '아름다운 어린 시절'에 대한 이야기를 쓴다. 어른이 되었으나 성장하지 못한 자신에 대한 보상과 치료의 기능을 담당하는지는 모르겠으나 그런 종류의 서사는 어린이를 삶의 관찰자로만 내몬다는 점에서 어린이 독자에게는 탐탁하지도 않고 어른 독자에게 환영받지도 못한다.

관찰자로 쫓겨난 어린이들 가운데 여자 어린이들의 자리는 더욱 외곽이다. 그 많은 어린이책의 화자를 살펴보면 대부분의 잠재적 성이 여전히 '남성'이다. 수많은 남자아이의 눈은 여자아이에게 '너의 삶을 아름답게'라는 주문을 외운다. 그러나 여자아이는 '네가 말하는 너의 삶이 나의 삶인가, 아니라면 누구의 삶인가'에 대한 질문을 던지고서야 비로소 자신의 왕국에서 사용할 주문을 찾아 나설 수 있다.

이 시간에도 많은 여자 어린이는 소녀로, 여자 어른으로 성장하고 있다. 이보나 흐미엘레프스카는 아이의 성장을 다루고 있지만 그를 통해서 여성의 세계가 어떻게 달라지는가를 보여 준다. 무엇이 여자아이를 둘러싼 것이며 걷어 내어야 할 것인지에 대해 그가 벌이는 성찰적 탐구는 그림책이라는 '모호한 장르'를 통해서 끝없이 계속된다. 이미지 언어에 기초한 그림책은 소설과 비교할 때 좀 더 두드러진 상상의 언어로 구성되어 있다. 따라서 다른 문학 영역이 이루지 못했던 다층적인 상징의 조합이 가능하다. 이 글에서 내가 흐미엘레프스카의 그림책을 읽은 방식은 나의 서사를 바탕으로 한 것이며 나의 상상을 복구한 것임을 고백한다. 다음에는 이 글을 읽은 누군가가 그의 그림책 안에서 다른 결의 창의적 독해를 발견하기를 기대하는 바이다.

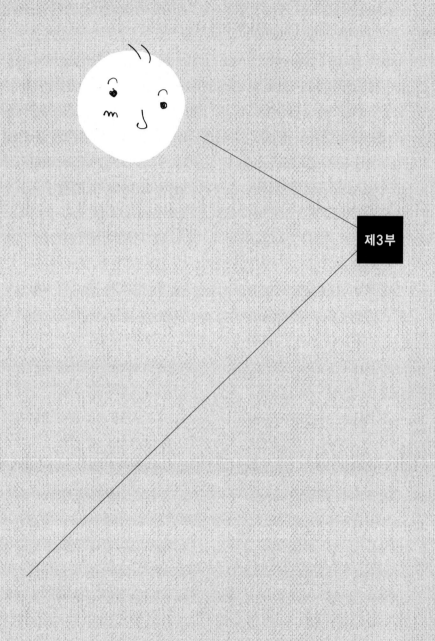

제3부

『완득이』의 작가, 김려령을 만나다

작가 김려령은 소설로 글을 쓰기 시작했지만 대학에서 한 학기 동안 들었던 아동문학 강의가 그를 동화작가의 길로 이끌었다. 가장 늦게 온 문학이 그를 데뷔시킨 첫 문학이 되었다. 첫 동화는, 그것이 동화인지도 모르고 썼다. 쓰고 나니까 사람들이 동화 아니냐고 했다. 동화를 위한 문학이론이 있는 건가 싶었다. 작품에 아이가 들어오면 동화일까 생각했다. 그러나 이론은 이론이었고 이야기는 그렇게 쓰여지지 않았다. 몸에서 내 안의 아이를 찾아내고 뽑아내야 했다. 그는 불과 1년이 채 안 되는 기간 동안 큰 상을 세 번이나 받았다. 2007년 동화『기억을 가져온 아이』(문학과지성사)로 마해송문학상, 『내 가슴에 해마가 산다』로 문학동네 어린이문학상, 2008년 소설『완득이』로 창비 청소년문학상을 휩쓸면서 한국 아동문학에서 기억해야만 하는 작가로 우뚝 섰다.

작품 안에 절실한 내가 있다

김지은　반갑다. 당신은 동화와 소설을 모두 쓰고 어린이부터 청소년, 성인에 이르기까지 폭넓은 독자의 대단한 지지를 받고 있다. 당신에게 그 두 가지 글쓰기는 어떻게 다른가?

김려령　나는 항상 '왜?'에서 시작한다. 어떤 상황 안에 선과 악의 구도, 범죄자와 피해자가 있다면 나는 묻는다. '왜 울지?', '왜 때렸지?', '왜 맞았지?' 동화든 소설이든 '왜'에 접근하는 일이 가장 어렵다. 특히 동화는 시선을 낮춰야 '왜?'에 접근할 수 있다. 사람들은 수준을 낮추는 것이 동화냐고 묻는데 그렇지 않다. 오히려 작품의 수준을 올리면 올렸지 내릴 수 없는 게 동화다. 어린이의 눈높이까지 나를 낮추는 것이 가장 어렵다. 나는 어린이들의 '왜?'에 가까이 가기 위해서 끊임없이 노력한다. 그러다 보면 어린이의 시선이 내게도 확 열리는 순간이 온다. 그때부터 초고가 시작된다. 작가는 '주시하는 자', '질문하는 자', '기록하는 자'다. 동화든 소설이든 단순한 선악 구도는 형성되지 않는다. 누구에게나 '왜?'가 있으니까.

김지은　그래서인지 당신은 누가 누구를 비난하기 힘든 구도 속에서 삶의 다양한 국면을 이야기한다. 『내 가슴에 해마가 산다』에서는 양부모와 입양이 된 아이가 각자 상대방의 마음을 들추어 보고, 『기억을 가져온 아이』에서는 잊혀진 여러 존재들의 기억을 다 함께 더듬는다. 당신은 누구에게나 공평한 편이다. 사람들을 그렇게 바라보게 된 어떤 특별한 개인적 경험이 있나?

김려령　어떤 작품이든 그 안에 내가 있다. 그냥 내가 아니라 절실한 내가 있다. 내 안의 절실함을 건드리는 이야기여야 타인도 건드릴 수 있다. 나는 어떤 좋은 소재가 와도 그 소재가 나를 건드릴 때까지 놔둔다. 작품에 반영되는 경험이란 그런 것이다. 고등학생 때 일이다. 우리 반 아이들이 유난히 핑계를 대고 조퇴를 많이 했다. 담임교사가 젊고 만만했다. 하루는 담임교사가 굳게 마음을 먹었다. "어떤 핑계를 대더라도 지금부터 절대로 조퇴는 안 된다"라고 선포했다. 그런데 그날 누군가가 싸 온 번데기 두 톨을 내가 먹고 바로 식중독에 걸리고 말았다. "부모님이 돌아가셔도 조퇴는 없어"라고 단호하게 선언했던 교사를 찾아가서 울긋불긋 온몸에 두드러기가 돋은 얼굴로 부탁해야 했다. "선생님, 조퇴해야 할 것 같아요." 그때 나를 딱 쳐다본 선생님의 난감한 얼굴을 잊을 수 없다. 그게 내 안의 뭔가를 건드렸다. '어떻게 하지? 저 선생님. 내가 여기서 조퇴해 버리면 어떡하지?' 그가 그렇게도 세워 보려고 했던 첫 번째 위엄이 엉뚱한 식중독 환자 한 사람 때문에 곧바로 무너지는 순간, 나는 눈까지 벌겋게 부은 채 진심으로 그를 걱정했다. 젊은 신참 교사는 아마 이를 갈았을 것이다. 이렇게 시트콤 같은 황당한 상황에서도 우리를 강하게 건드리는 그 무엇은 존재한다. 그것이 바로 이야기다.

김지은 그렇다면 당신의 작품에 등장하는 여러 사람들 중에는 언제나 '무언가에 건드려진' 당신이 있는가?

김려령 사람들이 내 작품을 읽고 하는 얘기가 있다. '이 이야기 속의 누가 김려령이냐?'는 것이다. 독자가 누구라고 믿고 싶으면 그렇게 믿으라고 해라. 그들은 나이기도 하고 내가 함께했던 사람이기도 하다. 나는 끊임없이 나를 밑바닥까지 건드린 인물을 작품에 등장시킨다. 그러나 어떤 인물에 대해 글로 쓴다는 것은 고발하는 것이 아니라 잡아 주는 것, 그에게 고백하는 것, 고해하는 것이다. '나는 너를 몰랐어', '지금 보니까 네가 맞았어' 이렇게 말하는 것이다. 그들에게 고마워하는 것이다. 그들의 운명을 함구하는 것이기도 하다. 물론 나는 작가이고 작가는 표면만 다루지 않는다. 기록이 미처 다루지 못한 반 발자국 더 들어간 곳을 헤집는다. 인물과 눈만 마주치는 것이 아니라 눈을 통해 보이지 않는 것을 찾는다.

아이들에게도 인생의 호신술이 필요하다

김지은　당신의 작품은 고백적으로 읽히는 이야기가 많은데 어떨 때는 철저하게 남자의 목소리, 어떨 때는 놀랍도록 여자의 목소리이다. 남자의 시각과 여자의 시각을 자유롭게 오갈 수 있는 드문 작가라는 생각이 든다.

김려령　내가 여자인지 남자인지 독자들에게 최대한 안 걸리려고 한다. 다들 남자가 썼는지 여자가 썼는지 잘 모르겠다고 한다. 『완득이』를 쓰고서는 내가 여자임을 안 걸린 것에 안도했다. 그런데 선배 작가 장정일을 우연히 만났더니 "완득이(『완득이』를 쓴 작가) 남자 아니었냐. 너 여자니?"라는 말을 들었다. 좀 놀랐다. 여고생 때 친구들과 쿵후를 배웠다. 그게 도움이 되었을까. 운동을 하면서 남자든 여자든 함께 살을 부딪친다. 밑바닥의 이야기까지 스스럼없이 털어놓는 법을 배웠다. 녹다운을 통해서 말이다.

김지은　당신의 작품에는 나약하고 미숙한 어린이들에게 전적인 신뢰를 보내는 어른이 꾸준히 등장한다.

김려령　나는 못 할 것 같은 일을 해 주고 나를 믿어 주는 사람이 고비마다 있었다. 증조할머니와 외할머니 댁을 오가며 자랐는데 증조할머니는 100세가 넘은 할머니였다. 그 존재감은 대단했다. 그 정도 살았기 때문에 아무런 거리낌도 없고 내거는 조건도 없었다. 늘 나를 믿어 주는 동네 아주머니도 있었다. 그분들은 그저 '여기 나 있어' 하면서 끝내 어린 나를 놓치지 않을 위치에 든든히 서서 어린 내 뒷덜미를 꽉 잡아 주었다. 내가 삶의 가장 밑바닥에 있을 때, '내가 너 잡았다. 이젠 괜찮아'라고 말해 주는 사람이 있었기 때문에 나는 성장했다. 어린이에게 어른이란 그런 존재다. 『그 사람을 본 적이 있나요?』(문학동네 2011)의 건널목 아저씨도 그런 사람이다.

김지은 당신은 주인공의 성공담보다는 웃어넘길 수 있는 방어의 경험을 말한다. '꽤나 얻어맞았지만 우리들은 살아났다'는 접근은 솔직한 접근 때문에 공감을 일으킨다. 그러면서도 아이들에게 절대 포기하지는 말라고 한다. 어린이들에게 인생의 호신술을 가르친다는 느낌을 받는다.

김려령 쿵후를 배우면서 호신술을 함께 배웠다. '싸움은 치사한 것'이라는 킥복싱 관장님의 대사(『완득이』)도 그때 들은 것이다. 자칫 얻어맞고 살기 쉬운 누덕누덕한 세상이다. 가끔은 어린이에게 그 실체를 보여 줘야 한다고 생각한다. 나는 어린이의 삶에 착 달라붙는 희망을 원하지 '저기 이상향이 있으니까 가 봐!'라고 말하는 것은 원치 않는다. 내가 자랄 때는 적어도 서로 지켜 주고 돌보는 '우리의 법칙'이 있었다. 그런데 지금은 잘난 사람도 자기 하나만을 지키는 세상이다. '나의 법칙'이 경쟁한다. 이럴 때일수록 '우리'를 보여 주고 싶었다.

웃음과 눈물에는 진정성이 들어 있다

김지은 당신의 주인공들은 '겉치레 말'에 유난히 강한 거부감을 나타낸다. '완득이'는 끊임없이 어른들의 위선을 비웃고, '천지'(『우아한 거짓말』, 창비 2009)는 진심을 간절히 구하다가 죽음을 맞기도 한다.

김려령 나는 사람들이 험담을 위해서 맘에도 없는 칭찬을 앞세우고 험담하는 자의 영향력에 굴복하는 모습을 수없이 보았다. 대개 그들은 권력을 가졌다.

김지은 당신의 동화는 세상의 권력형 '가짜'들을 선명히 드러내면서 위선적 권력을 왕따시킨다. 당신의 작품 속에서 권력은 종종 우스꽝스럽다.

김려령 나는 어린 시절 견딜 수 없이 몹시 힘든 상황이 있었고 그때마다 주술처럼 '웃자'라고 말했다. 진짜 웃음은 눈물이 뚝뚝 떨어지는 웃음이다. 웃다가도 진액 같은 눈물이 펑펑 나는 그런 웃음이다. 그 웃음과 눈물에는 진정성이 들어 있고 그것은 반드시 힘이 된다.

김지은 진정성의 힘을 알려 준 것은 아무래도 할머니들이었을까? 조건 없이 당신을 지켜보아 준 할머니들. 물론 당신의 작품에서는 핏줄도 아닌 이웃들이 깊은 위안과 격려를 건네기도 한다.

김려령 내 증조할머니는 결국 108세에 돌아가셨다. 외할머니는 그가 땅에서 신선이 되어 하늘로 올라갔을 거라고 말했다. 그렇다면 나는 신선과 동거한 것이 아닌가. 어쩌면 그랬을 거라고 생각한다. 대여섯 살의 나는 나보다 100세나 많은 그 증조할머니의 발등에 올라가서 나란히 맷돌을 밟으며 도토리 껍질을 깠다. 서로 안 떨어지려고 꼭 붙어서 열매를 부수었다. 할머니는 '껍질은 물러가고 알곡만 남아라'라는 노래를 불렀다. 그런 증조할머니와 외할머니까지 차례로 돌아가셨을 때는 신들이 다 떠나고 빈 몸만 남은 기분이었다. 내가 아는 한 그분들은 가장 어른답게 살다 가셨다. 나는 그분들의 언어를 대신 기록한다는 느낌을 받는다.

종교라는 것도 나에게는 따뜻한 기억이었다. 엄마는 교회에, 할머니는 절에 다녔고, 결혼은 성당에 다니는 집안과 했다. 어려서 동학사라는 절에 자주 따라 다녔는데 부처님 무릎 위에 누워서 잠들면 스님이 깨워주곤 했다. 교회 전도사님에게는 "정말 보리떡을 해 줄 건가요?"라고 묻고 졸졸 따라다녔다. 여러 신이 있지만 '해라, 하지 말라'는 것은 같다는 생각을 했다. 동네마다 그들이 좋아하는 모습으로 다르게 나타났지 결국은 하나의 신이 아닐까 싶었다. 그래서 『기억을 가져온 아이』처럼 수많은 정령의 눈으로 어린이의 마음을 헤아리는 동화를 썼는지도 모르겠다.

김지은 아동문학이 한 세대와 다음 세대를 연결하는 마음의 돌다리 같은 것이라면 당신은 세대를 각각 이해하고 한편으로는 초월하는 지혜로운 시선을 이미 지니고 있는 것 같다.

김려령 작품을 쓰고 있으면 계속 내 안에서 할머니 같은 면이 나온다. 분리해야 할 필요를 못 느끼고 더 오래 붙어 있었으면 좋겠는, 나이를 초월한 그런 사랑스러운 존재들. 나는 어쩌면 103세까지는 살 것 같다고 막연히 짐작하고 있다. 100세가 넘으면 그때 동화냐 소설이냐를 구분할 수 없는 멋진 작품 한 편 남기고 세상을 떠나고 싶다. 100세 문학을 열어 보인다고나 할까.

『만국기 소년』의 작가, 유은실을 만나다

　유은실 작가와 나는 그의 표현처럼 "단둘이 만나 밥 한 끼 먹은 적 없는 사이"다. 그러나 전혀 멀게 느껴지지 않았다. 나는 그의 작품들이 출간되자마자 아마도 가장 열심히 읽은 독자였을 것이다. 『나의 린드그렌 선생님』(창비 2005)은 아스트리드 린드그렌을 존경한다는 공통분모 때문에 또 다른 팬의 헌정작을 읽는 마음으로 보았다. 『우리 집에 온 마고할미』(바람의아이들 2005)는 우리 눈앞에 여신을 그려 낸 것 같은 여성주의적 캐릭터가 인상적이었다. 가장 충격적이었던 작품은 『만국기 소년』(창비 2007)이었다. 굵직한 장편이 등장하던 2000년대 초반 암중모색하던 단편 아동문학을 단숨에 끌어올려 논의를 시작하게 만든 것이 바로 작가 유은실이다.

　그 책의 첫 작품, 부모와 어린이 자신, 그들이 속한 사회에 대한 총체적 성찰을 바탕으로 한 「내 이름은 백석」은 장편 이상의 존재감을 보여주었다. 그 묵직함은 『멀쩡한 이유정』(푸른숲주니어 2008)으로 이어지면서 경쾌한 풍자와 쓸쓸한 재치를 더했다. 오늘날 각종 어린이 문학상에서 단편이 두각을 나타내고 독자들이 단편동화의 아름다움을 사랑하게 된 바탕에는 유은실의 작품들이 있었다고 생각한다. 그와 만나 『만국기 소년』을 중심으로 짧아서 더 아름다운 단편의 매력에 대해 이야기를 나눠 보기로 했다.

"너, 슬퍼서 작가 되겠다"

김지은 처음 글을 쓰실 때 얘기부터 시작할까요. 2004년에 데뷔하셨는데요.

유은실 『나의 린드그렌 선생님』, 『우리 집에 온 마고할미』 모두 2003년에 초고를 쓴 거예요. 제가 2003년 10월 말에 『나의 린드그렌 선생님』을 창비 '좋은 어린이책' 원고 공모에 냈는데, 그해 12월 31일에 떨어졌다고 전화가 왔어요. 하필이면 한 해 마지막 날 떨어졌다는 연락을 하나 싶어서 기분이 좋지 않았는데 책으로 내자고 하더라고요. 권사우 선생님의 그림을 기다리는 사이에 창비 편집부에서 단편 써 놓은 것 좀 보여 달라고 했어요. 그 전까지 저는 하도 많이 떨어져서 폴더째 원고를 넘겼어요. 그랬더니 놀라더라고요. 그중에서 「내 이름은 백석」이 『창비어린이』 2004년 겨울호에 신인 작품으로 소개되면서 등단한 거예요. 당시에는 신인문학상이 따로 없었으니까 제가 『창비어린이』라는 잡지로 등단한 최초의 신인이에요. 그러곤 2005년 1월 28일에 『나의 린드그렌 선생님』이 나왔어요. 그날이 린드그렌 선생님이 돌아가신 지 3년 되는 날이에요. 제가 그 날짜를 맞춰 주면 좋겠다고 했더니 창비에서도 그게 의미가 있겠다고 하더라고요.

김지은 우리 아동문학을 정리할 때면 2005년 전후로 출간된 작품들이 많은 걸 바꾸어 놓으면서 좀 다른 흐름을 불러왔다는 생각을 하는데 요. 그 한복판에 선생님이 쓰신 두 권의 책, 장편 『나의 린드그렌 선생 님』과 단편집 『만국기 소년』이 있어요. 『나의 린드그렌 선생님』이 여성 적 화법을 사용한 작품인 데 비해서 『만국기 소년』은 중성적이고 소설 에 가까운 측면이 많아서 대조적이었어요. 그래서 선생님을 떠올리면 2005년이라는 분기점에 딱 버티고 서서 인상적인 책 두 권을 거의 동시 에 내놓았던 작가로 기억하게 돼요. 독자였던 저도 그때 작품들로부터 받은 충격이 생생히 떠오릅니다. 대학에서는 식품영양학을 전공하셨는 데 어떻게 동화를 쓰게 되셨나요?

유은실 시작은 아픈 것부터였어요. 그때 꿈이 이루어졌다면 지금 저 는 '집밥 유 선생'이 됐어야 해요. 요리 연구가를 꿈꿔서 영양사 자격증 에, 한식 조리 자격증도 땄어요. 4학년 1학기 때 요리 학원에 취직됐는 데, 열두 시간씩 근무하면서 '열정 페이'를 감수해야 하는 일이었어요. 원장님 오시기 전에 지단 부치는 것부터 시작해서……. 그런데 갑자기 살이 너무 많이 빠지는 거예요. 끝없이 배가 고프고. 그러다가 1997년 3월 중순에 신림역에서 쓰러졌어요. 갑상선 이상인데 피검사 결과 수치 가 너무 높아서 입원했어요. 다시 심장 발작이 올 수 있으니까 '절대 안 정'이라고 붙여 놓고 갑자기 모든 걸 멈추고 침대에 누워 있으라는 거예 요. 누워서 할 수 있는 게 책 보는 것밖에 없었고 책 보다 지겨우면 옆으 로 누워서 벽에다 글을 썼죠. 어느 순간 불 꺼진 6인실에서 도시의 불빛 을 내려다보는데 갑자기 '글을 쓰고 싶다'라는 생각이 드는 거예요. 처 음에는 작가가 될 수 있을 거라고는 상상을 못 했어요. 너무 어려우니 까. 덕성여대 국문과 수십 년 역사에서 계속 작품을 내는 작가가 된 사 람은 한두 명밖에 없대요. 그중에 한 명이 임정자 선배예요.

김지은 한국 아동문학에서 임정자, 유은실 작가를 배출했으면 덕성

여대는 다 이루었네요.(웃음)

유은실 교직원으로 잠시 근무하다가 명지대 문창과로 학사 편입을 했는데 소설 시간에 박범신 선생님이 제게 "너 누구냐" 그러는 거예요. "편입생이에요. 덕성여대 식품영양학과 졸업하고 그쪽에서 일하다 왔어요" 했더니 빵이나 만들지 뭐하러 왔느냐는 거예요. 너무 열 받았죠. 내가 왜 왔는지 보여 줘야 할 거 같아서 오기로 소설을 열심히 썼어요.

지금 보면 되게 못 쓴 소설이에요. 그런데 선생님이 읽고 내 머리를 쓰다듬더니, "너 되게 슬픈 년이구나, 슬퍼서 작가 되겠다" 그러시는 거예요. 저는 그 말이 혁명적으로 들렸어요. 슬픔이란 게 감추거나 극복해야 하는 거라고 생각했는데, 너의 슬픔이 너의 재능이라고 말해 주는 거예요. 그것도 나를 괴롭히던, 엄청난 소설가 선생님이 그러니까요. 문학은 남루한 옷 같은데, 나한테 맞는 그 옷을 그제야 입고 사는 느낌이었어요.

결정적인 계기는 아스트리드 린드그렌을 만난 거예요. 과외를 했던 아이가 『떠들썩한 마을의 아이들』(논장 1998)을 "선생님, 이거 읽어 보실래요?" 하고 빌려주는데 저자를 보니 내가 어렸을 때 오줌을 쌀 만큼 재미있어했던 드라마 「말괄량이 삐삐」의 린드그렌 선생님이었어요. 바로 교보문고에 가서 삐삐 시리즈 세 권을 사서 읽었죠. 평생 남자에게도 그렇게 순간에 반한 적이 없어요. 세상에, 이렇게 쉬운 말로도 장엄하게 인생을 얘기할 수 있다는 걸 깨달았어요. 삐삐의 슬픔이 그 밑에 빙산의 아랫부분처럼 있는데, 내가 문창과에서 배웠던 어떤 소설, 어떤 시를 능가하는 거예요. 미치겠는 거예요, 너무 좋아서. 마리아 니콜라예바의 『용의 아이들』(문학과지성사 1998)이라는 책을 찾았고 그 책을 혼자 공부하면서 동화를 쓰기 시작했어요.

그런데 아마 더 내려가 보면 제 무의식적인 욕구에는 충분히 아이로 살지 못한 어린 시절에 대한 어떤 보상 심리가 있지 않았을까 싶어요.

충분히 아이로 살지 못한 어린 시절

김지은 충분히 아이로 살지 못한 어린 시절. 그 이 이야기를 좀 더 자세히 들을 수 있을까요.

유은실 아버지는 제가 아버지라는 걸 인식할 때부터 장애인이셨어요. 저는 엄마한테 어른스럽게 보일 때 칭찬을 받았던 것 같아요. 엄마는 사는 게 힘들어도 딸들이 어른스럽고 속 안 썩여서 산다고 말했고, 나는 이 가정이 깨지지 않으려면 엄마가 원하는 아이로 살아야 한다고 믿었던 것 같아요. 그러면서 장독대 같은 곳에 앉아 옆집에 삐삐가 이사 오는 상상을 많이 했어요. 모든 걸 가졌잖아요. 돈, 말, 힘, 자립심.

김지은 선생님이 그때 드라마 속 삐삐에 대해 어떤 감정을 느끼지 않았더라면 어른이 된 뒤에도 린드그렌의 작품에 반하는 순간이 안 왔을 테고, 그러면 계속 덕성여대 교직원으로 근무하셨을 수도 있고, 결국 우리가『만국기 소년』같은 작품을 못 만나는 거잖아요.(웃음)

유은실 동화가 저를 살린 것 같아요. 소설은 세상에 대한 분노만으로도 써져요. 근데 동화는 어떤 폐허와 상처를 그리든, 사랑으로 다가갈 수밖에 없는 거 같아요. 처음에『나의 린드그렌 선생님』을 쓸 때까지는 아이들에게 린드그렌과 만나는 다리와 같은 작품을 쓰고 싶다는 열망이 강했어요. 그리고 아동문학도 충분히 문학성이 있다는 것을 보여 주고 싶었어요. 지금『만국기 소년』을 다시 읽어 보면 "아동문학도 문학이야. 단편 아동문학이 얼마나 다양한 변주와 문체와 아름다운 문장을 만들어 낼 수 있는지 내가 보여 주겠어"라고 주먹을 불끈 쥐고 서 있던 제가 보여요.

김지은 『만국기 소년』은 각 작품이 힘 있게 꽉 차 있는 단편집이죠.

『나의 린드그렌 선생님』을 읽고 '이 사람의 글이 어쩌면 이렇게 나에게 결이 맞는 위로를 해 주지?'라고 생각했는데 『만국기 소년』을 읽고 나서는 뒤통수를 한 대 맞은 것 같았어요. 이분이 결이 고운 게 아니라 쇠망치를 들고 서 있는 사람이었구나. 어떻게 제련을 했기에 이렇게 강판이 단단한가 싶었어요. 말랑말랑한 단편동화집에 대한 시선을 완전히 바꿔 놓은 책이었어요.

유은실 문학이란 불온한 것이고 동시에 또 따뜻한 것이잖아요. 아동문학 안에서도 불온함과 예술성과 따뜻함이 아름답게 만날 수 있다고 생각했어요. 『또야 너구리의 심부름』(창비 2002)에 실린 김중미 선생님의 「희망」이라는 단편동화가 있어요. 마지막에 아버지에게 학대받던 아이를 데리고 도망가는 장면이 나오는데요. 그런 강렬한 작품을 읽으면서 저도 청춘을 걸고 꽉 차게 쓰고 싶었어요. 아동문학은 문학의 이유식이어야 한다고 생각했고, 어렸을 때 단편의 미학을 경험한 어린이는 훗날 시, 단편소설, 단편영화의 미학을 이해할 수 있는 어른이 되지 않을까 생각했어요.

진실을 똑바로 보는 아이들

김지은 『만국기 소년』이 첫 책이 아님에도 저는 이 책이 작가 유은실의 출사표 같다고 느꼈어요. 그 후로도 좋은 장편이 있지만 이 책과 『멀쩡한 이유정』이라는 단편집은 한국 단편 아동문학에 큰 성장점이 되어 주었다고 생각해요. 후일 등장한 송미경의 『복수의 여신』(창비 2012), 『돌씹어 먹는 아이』(문학동네 2014), 김민령의 『나의 사촌 세라』(창비 2012), 최근에는 김태호의 『네모 돼지』(창비 2015)까지 선생님의 단편들을 자양분으로 자신만의 전환을 시도했다고 생각해요. 선생님이 '아동문학의 장엄함'이라고 말씀하셨는데, 저는 『만국기 소년』의 단편들을 장엄하다고 느껴요. 아무리 짧은 서사 안에서도 선생님의 인물들은 자기 앞에 닥친 순간을 절대 피하지 않아요. 그 전까지는 어린이들을 약간 비켜선 관찰자로 세우는 단편들이 많았어요. 아니면 어린이의 나약함을 서둘러 뒷받침해 주는 강력한 조력자가 나오죠. 그런데 선생님의 작품에는 작은 아이가 자기 눈앞에 보이는 것 때문에 슬프거나 부끄럽거나 고통스럽더라도 그걸 똑바로 바라보는 모습이 나오는 거예요. 저는 그게 좋았는데 아마 그 점 때문에 '아, 동화가 이럴 수 있어?'라는 반응이 나오기도 했죠.

유은실 『만국기 소년』이 나왔을 때 이게 동화냐 소설이냐, 그런 논쟁이 있었어요. 그런데 지금은 송미경 선생님의 글도 사람들이 무척 좋아하는 것을 보면, 아, 송미경 좋겠다.(웃음)

김지은 2000년대 중반에 선생님의 단편들이 앞서서 길을 마련하지 않았더라면 훗날 인쇄기에 들어갈 수가 없었던 동화들도 많았겠죠.

유은실 저는 당시 그 논의들이 당황스러웠어요. 어서 수많은 빛깔을 가진 다양한 작가들이 나와서 날 좀 감춰 줬으면 싶었어요.

김지은 저는 『만국기 소년』에 실린 「내 이름은 백석」을 처음에 소리 내서 읽었거든요. 문장이 잘 직조되어 있어서 지금도 학생들에게 자주 낭독해 주는 작품이에요. 짧은 동화 안에 백석 시의 여운을 가지고 들어오면서 '석이'만의 이야기를 만들어 내는 점도 놀라워요. 석이가 제 이름에 대한 고민을 계기로 자신의 정체성, 가족의 의미, 사회의 구조를 생각하는 내용이 나오는데, 이런 철학적인 내용은 우리 동화에서 드물었지요. 석이가 아빠를 '용머리' 같은 사람이라고 믿었다가 그 믿음을 의심하게 되면서 주춤하는 장면은 표제작인 「만국기 소년」과 이후 『멀쩡한 이유정』에 실린 「할아버지 숙제」, 「새우가 없는 마을」에서 세계에 대한 확장된 의심으로 이어집니다. 그 작품의 주인공들은 예민한 편인데요. 주위의 어른들은 아이를 외면하거나 고민을 거부하지 않고 다정하게 현실의 문제를 말해 주잖아요. 냉정한 현실을 따뜻하게 알려 주는 어른이 있다는 것, 어찌 보면 찾기 힘든 판타지죠. 선생님 주변에 혹시 건강한 성인 조력자 모델이 있나요?

유은실 제가 아동문학에서 말할 수 있는 희망의 최대치예요. 아이를 그냥 그 상황 속에 조력자도 없이 두고 싶진 않거든요. 너희가 어른이 되면 삶이 아무리 누추할지라도 이런 어른이 되어 달라고요. 아빠가 초등학교 선생님이셨는데 제가 일곱 살 때 완전히 못 걷게 되셨어요. 일요일에 주일학교를 다녀오면 별로 할 게 없는 거예요. 아빠랑 어디 나가서 공을 던질 수도 없고, 언니는 중고등부, 엄마와 할머니는 성인 예배를 가시고요. 저랑 아빠랑 단둘이 있는데 텔레비전에서 「전국 노래 자랑」을 해요. 예를 들어 '서산 편'이 나오면 아빠가 알고 있는 서산에 대한 역사와 이야기를 들려주시는 거예요. 저는 「전국 노래 자랑」으로 세상을 배운 거 같아요. 그런데 '광주 편'이 있는 날, "은실아, 지금 우리나라 대통령이 누구냐?"라고 물어보셨어요. "전두환요" 그랬더니 "전두환이 개새끼다" 이러시는 거예요. 그때 저는 어른들의 비밀을 안 것 같아서 조심스러우면서도 으쓱했어요. 너희 할머니는 전라도 사람을 욕하지만 전라도는 우리나라에서 가장 위대한 땅이다, 광주 사람들이 옳은 말을 했는데 되게 나쁜 방법으로 피를 흘리고 죽었다, 네가 앞으로 누릴 민주주의가 있다면 저분들의 핏값이다, 이런 얘기를 하시면서 광주의 위대함을 광주민주화운동에서부터 얘기해 주신 거예요. 주일학교에서 배운 그 피, 예수님의 피와 아빠의 말씀이 겹치면서 광주는 제게 슬픈 이상향이 된 것 같아요(유은실은 2015년부터 조선대 문창과에서 아동문학을 가르친다. 인터뷰 안에 담지는 못했지만 그는 그날, '어린 날 슬픈 이상향'이었던 광주에서 선생이 된 기쁨과 무게에 대해 이야기했다—편집자). 스무 살이 되어 대학에서 5·18 민주화운동에 대한 영상을 보는데 부모에게 직접 그 이야기를 들은 사람은 저밖에 없었어요. 아버지는 "은실아, 사람은 진실을 위해 때로는 죽을 수 있어야 된다"라고 말씀하셨죠. '위험하면 피해라'가 아니라.

김지은 작품에 등장하는 자상하고 정직한 조력자와 진실을 똑바로 보는 아이들이 거기에서 왔군요.

유은실 지금 생각하면 아버지가 정말 훌륭한 분이었어요. 또 엄마는 동네 할머니들이 제 얼굴을 보고 부잣집 맏며느릿감이라고 하면 이렇게 말씀하셨어요. "은실아, 부잣집 맏며느리는 나쁜 거야. 엄마가 너를 전문가로 키울 건데, 평생 네 입에 들어갈 것은 네가 벌어먹고 살아."(웃음) 제가 『일수의 탄생』(비룡소 2013)에서 가훈 얘기를 했는데요. 아빠의 가훈이 "진실을 위해서 죽어라"였다면 엄마의 가훈은 "가난하고 열심히 공부한 남자와 결혼해라"였어요. 부유함에 의존하면 게을러진다면서요. "진짜 어른하고 결혼해라"라고 하셨죠. 엄마는 여성 가장으로서 장애가 있는 남편하고 살면서도 전문직 여성이고 자기 삶의 주체였던 거예요. '나는 내가 사랑하는 남자랑 결혼해서 내 새끼를 낳았고, 그가 장애를 입었지만 모두 끌어안고 우리의 삶을 끌어간다'라는 자부심을 가지고 있었어요.

김지은 선생님 작품을 학생들하고 읽으면서 이렇게 말해요. 흔히 동화는 어린이를 잘 그려야 된다고 얘기하는데, 어른도 잘 그려야 된다.(웃음) 멋진 어른이 나오지 않으면 좋은 동화는 절대 만들어지지 않는다. 왜냐하면 어린이에게는 그런 어른이 되는 것이 꿈이고 자신들의 미래가 그 안에 있는데 이상한 어른들만 나오면 곤란하잖아요. 유은실의 작품에는 너무나 멋진 어른 인물이 많다고 생각했는데 실제로 주변에 그런 분이 계셨군요.

유은실　네. 그리고 할머니는 저에게 전혀 다른, 좋은 모델이 되어 주셨죠. 가장 본능적이고 욕을 많이 해서 인간의 본성을 많이 보여 주신 분.

김지은　「할아버지 숙제」에 나오는 할머니처럼요?(웃음)

유은실　욕하고, 사실을 거침없이 막 얘기하고. 엄마 아빠는 너무 훌륭해서 내 어둠을 드러낼 수 없는, 존경받는 어른들이었어요. 그런데 우리 할머니랑 있으면 싸울 수도 있고 쌍욕도 할 수 있었어요.

김지은　선생님을 둘러싼 인물 지형도가 범상치 않네요. 작품에서 드러나는 사회적 소수자를 향한 건강한 시선이 어디에서 왔는지 알겠습니다. 결국은 선생님 자신의 이야기였기 때문이네요. 선생님의 작품 속 인물을 보면 남이 뭐라고 하든 말든 우리는 진짜 '왕새우'를 향해서 간다는 결기가 느껴져서 좋거든요.(웃음) 심지가 굳은 어른들이 유은실이라는 어린이를 지키고 있었군요.

「내 이름은 백석」 마지막 장면에 보면 석이가 웃어야 한다는 생각을 하면서도 웃지 못하고, 석이의 손바닥에서는 땀이 나잖아요. 한동안 이 엔딩은 뭐지, 그런 얘기 많이 했던 것 같아요. 이렇게 멋진 아버지가 있는데 석이는 왜 아버지의 존재를 긍정하면서 제대로 웃지조차 못하냐는 거죠. 그러나 저는 이 마지막이 '아빠, 사랑해요' 유의 결말을 바꾸어 놓은 명장면이라고 생각하거든요. 어떻게 해서 이런 마지막 장면을 쓰셨나요?

유은실　그 장면은요, 아이가 가짜이지 않을 수 있게 하고 싶었어요. 어린이들에게 네 안에 있는 그 복잡한 감정들을 인정하라고, 천천히 자기 자신과 그 상황을 응시해도 되니까 이런 순간에 아빠를 위해서 가짜로 웃지 않아도 된다고, 이렇게 울타리를 만들어 주고 싶었어요. '그냥 너희 자신으로 살아도 돼'라고요. 어린 은실이는 하지 못했지만요.

김지은 선생님 작품에는 '멀쩡한', '정상', '진짜'라는 낱말이 자주 나와요. '정상성'에 대한 사회적 통념을 보란 듯이 비판하고 걷어차는 인물들이 많아서 통쾌합니다. 반면에 『내 머리에 햇살 냄새』(비룡소 2012)에 나오는 「도를 좋아하는 아이」에는 허위의 소속감을 갈망하는 지수가 나오고 주인공 현우의 엄마가 그런 지수를 달변으로 제압합니다. 현우는 엄마와 지수 두 사람을 번갈아 보면서 잘못한 것 같은 기분에 시달립니다. 그동안 이 정도로 민감하게 어린이의 죄책감을 다룬 작품은 없었던 것 같아요. 어린이가 어느 정도의 윤리적인 판단 감각을 갖고 있다고 생각하세요?

유은실 개인차가 클 텐데, 대부분의 아이들은 모호한 감정의 덩어리로 느끼지 그렇게 섬세하게 말로 풀어내지 못하죠. 동화는 어쩌면 아이들이 모호하게 느끼는 그 감정의 덩어리들을 언어화해 주는 게 아닐까요. 아이들이 '아, 내가 느꼈던 감정이 이런 거였구나' 하는 부분까지는 그릴 수 있지 않을까요.

'당신들은 왜 세상을 이렇게 만들었어?'라는 화살이 우리 세대에게 돌아오고 있어요. 지난봄 국회에서 필리버스터를 하는데 눈물이 나는 거예요. 문득 세상 수많은 사람들이 자신만의 필리버스터를 하고 있는 것 같고, 아이들도 그렇다는 생각이 들었어요. 누군가가 세상은 더 나빠지고 있고 아동문학은 소용없으니 다 없애 버리겠다고 하면 나도 물 안 마시고 화장실 안 가고 11시간 40분 동안 떠들 수 있어야겠구나 싶었어요. 이 세상에 왔으니 덜 나쁜 세상을 위해 노력하다 가고 싶어요. 저는 18년 전에 스물네 살짜리 아프고 돈 없고 직장 없는 막막한 청춘이었고 등단 전까지 닥치는 대로 '알바'를 하면서 버텼는데 지금은 용 됐죠. 그때는 사흘 아르바이트하고 사흘은 집을 감옥처럼 만들어서 글 쓰면서 살았으니까요.

김지은 그 감옥을 구체적으로 묘사해 주실 수 있어요?

유은실 월, 화, 수에는 학원 강사로 일하고 수요일 날 집에 올 때 토요일 밤까지 먹을 걸 사 가지고 와요. 인터넷은 정지를 시켰고 TV 리모콘하고 집 전화기, TV 코드를 다 싸서 엄마한테 갖다 줘요. 아니면 친구한테 맡겨요. 내가 도망치고 싶을까 봐. 마지막으로는 신발을 싸서 창고에 넣었어요. 그때 눈물이 났어요. 이렇게 글을 쓰고 버티지 않으면 이제 더는 물러날 데가 없어서. 그렇게 쓴 작품이 『나의 린드그렌 선생님』이에요. 그 감옥에서. 『우리 집에 온 마고할미』와 『만국기 소년』이 그 감옥 같은 집에서 쓴 글이에요.

김지은 그랬군요. 『만국기 소년』에서 선생님이 가장 좋아하는 작품이 있나요?

유은실 저는 「손님」을 좋아해요. 신영복 선생님의 『감옥으로부터의 사색』(햇빛출판사 1990, 개정판 돌베개 1998)에 「손님」이라는 글이 있어요. 감옥에 손님이 온다고 감옥 청소를 시킨 거예요. 어릴 때 누가 오는지는 엄마가 말은 안 해 주고 '손님 오신다'라고 했을 때의 분주함과 설렘, 낯선 타자가 나의 세계로 들어올 때의 기분을 쓴 딱 한 바닥짜리 글이에요. 저는 그 글을 읽고 어린이가 손님을 맞는 이질적인 사태와 집에 도는 활기 같은 걸 단편동화로 썼죠. 책이 나오고 나서 신영복 선생님께 팬레터를 보내고 싶었어요. 책으로 뵀지만 선생님을 스승으로 생각한다 하면서요. 유명한 사람은 이런 게 귀찮지 않을까 하고 망설이다 말았는데 돌아가시고 나니 후회돼요. 그래도 제 편지 받으면 좋아하셨을 것 같아요.

환대받는 어린이

김지은   선생님의 작품 속에는 아이들이 낯선 자신의 모습을 발견하고 우물쭈물하는 장면이 자주 나와요. 어린이의 자존감이란 어떤 거라고 생각하세요? 그걸 아주 소중하게 생각하는 것 같아요, 선생님은.

유은실   최근에 김현경 님의 『사람, 장소, 환대』(문학과지성사 2015)라는 책을 읽고 있어요. 한 학생이 제가 학생들을 환대한다면서, 읽으며 저를 생각했다고 말해 줘서 이 책을 알았어요. 환대의 힘, 아동문학은 그런 놀라운 힘을 갖고 있는 것 같아요.

김지은   『멀쩡한 이유정』을 읽고 키가 185센티미터인 대학생들이 울기도 하죠. '요즘 대학생들이 그런 거 읽고 울어?'라고 말하는데 수업하다 보면 자주 만나잖아요.

유은실   그래요, 학생들이 동화 읽고 울어요. 저는 그 눈물 안에 있는 어린아이와 이제 청년이 된 그들을 동시에 환대하고 싶어요. 제 마음이 그래요.

김지은   그래서인지 선생님 작품에서는 '필요 이상으로 부끄러워하지 마라'라는 작가의 목소리가 들려요. 당당하게 그렇게 실행하는 아이들이 있고요. 그리고 치명적인 수치의 장면 앞에 아이를 고스란히 노출시키는 사회에 대해서는 아주 냉정하게 비판하고 있죠. 단편 안에 이 모든 것이 응축되어 있기 때문에 독자들이 이견을 달지 않고 유은실의 작품들을 사랑하는지도 모르겠습니다. 단편 아동문학이 가지는 미학은 무엇이라고 생각하세요?

유은실   단편의 미학이라면 밀도, 시적인 아름다움, 반전. 그다음에는 아이들이 지닌 작은 것을 포착하는 눈을 함께 가지는 거죠. 삶의 작은 순간순간들을 바라보는 힘이 생기면 그것을 좀 더 사랑할 수 있을 것 같아요. 문장의 아름다움에 대해서도 많이 생각해요.

김지은 「내 머리에 햇살 냄새」는 '동화시'를 생각하면서 쓰셨다고 들었어요.

유은실 현덕의 『너하고 안 놀아』(창비 1996)에 보면 마치 동화시 같은 작품이 있잖아요. 좋더라고요. 버려질 수도 있지만 한번 해 보고 싶어서 쓴 거예요. 15매예요. 다행히 표제작으로 쓰였어요. 제가 썼던 단편들, 참 많이 버렸고 버려졌죠. 독한 편집자들에게.(웃음)

김지은 단편은 쓰는 품이 굉장히 많이 드는 데 비해 한 권이 될 때까지 긴 시간이 걸리는 어려운 작업인 듯해요. 그 밖에 작은 도서관 활동도 오래 하시고, 안산 단원고에서 약전(略傳) 작가로도 일하셨죠?

유은실 안산에서 일하면서 저에게 특별한 또 하나의 '만국기 소년'을 만났어요. 제가 약전 쓴 학생이에요. 그 아이 방을 엄마가 보여 준다고 하는데 '제발 내 책 없어라, 너는 내 독자면 안 돼'라고 생각했어요. 못 견딜 거 같은 거예요. 방 안에 가 보니 『세계의 국기와 국가』라는 책이 나달나달해져서 있더라고요. 그 책이 제가 「만국기 소년」 쓸 때 참고한 도서예요. 아이가 그 국기 책을 너무 좋아해서 하도 읽으니 닳아서 테이프로 붙여 놓고 맨날 형이랑 나라하고 수도 이름 맞히기를 했대요. 세상의 어떤 아이는 이렇게 놀 수도 있겠다고 상상하며 쓴 단편인데 그렇게 그 아이를 만난 거예요. 그래서 이제 저에게 '만국기 소년'은 그 학생이에요.

독자들이 죽어 나가고 그게 묻히는 세상에서 아동문학은 뭘 해야 하나 싶어요. 한동안 제대로 된 창작을 하지 못했어요. 한 권 분량 글을 엎기도 했고요. 저는 현재의 대한민국을 배경으로는 당분간 글을 못 쓸 거 같아요. 지금까지 제가 발표한 작품은 리얼리즘이고 캐릭터가 모두 '사람'이었는데, 지난겨울엔 곰이 주인공인 장편을 썼어요. 개강하고 학생들에게 폼을 확 잡았죠. "얘들아, 너의 선생은 400매를 썼는데 쓰다 지운 것까지 하면 1000매를 더 썼다. 장편을 쓰겠다는 자에게 나의 손목 보호대를 주겠다" 그랬는데 한 놈도 없어요. 겁나나 봐요.(웃음)

김지은 멋진 작품일 것 같아요. 정당한 분노와 아픔, 그것이 유은실 문학을 탄탄하게 지탱해 왔던 힘이고, 그 마음을 독자들이 사랑하고 있는 것 같습니다. 『변두리』(문학동네 2014)에서 보여 주셨던 것처럼 긴 서사에서도 진실에 대한 감각을 믿고 밀고 나가는 선생님만의 매력이 있어요. 새로 도전하시는 작품도 기대하겠습니다. 오늘 긴 시간 정말 감사합니다.

유은실 감사합니다.

그날 인터뷰를 마치고 길 건너편 중국집에 나란히 앉아 유은실 작가와 처음으로 밥을 먹었다. 잡채밥을 먹으면서 불 맛에 대해서 이야기했다. 불 맛에는 떠날 수 없는 매혹이 있다는 것이다. 어느 온도 이상의 뜨거운 불이 잠시 닿았기 때문에 생기는 특별한 그 맛, 오래 닿으면 까맣게 타 버리기 때문에 순간에 집중하는 조리사의 고난도 기술이 필요한 것이 불 맛이다. 단편 아동문학은 서사의 불 맛을 보여 준다는 생각이 들었다. 작가는 이 짧은 이야기에 누구보다 집중하고 하나의 이야기 그릇에 응축한 감정을 손상 없이 담아낸다. 그만큼 잊을 수 없는 선명한 경험을 독자에게 안겨 주는 것이 단편문학이기도 하다. 우리가 오래도록 사랑할 수 있는 좋은 단편들이 유은실 작가에게서, 그의 작품을 사랑했던 다른 작가들에 의해서 더욱 많이 쓰이기를 바란다.

『거기, 내가 가면 안 돼요?』의 작가, 이금이를 만나다

2005년, 이금이 작가의 '밤티 마을' 연작(1994~2005)이 10년 만에 완간된 후, 이듬해 봄에 계간 『창비어린이』에 그에 대한 글을 발표한 적이 있다. 작품에 렌즈를 대고 기다리는 평론가의 입장에서 작가로부터 직접 듣고 싶은 이야기가 많았지만 질문을 아껴 둔 채로 다시 10년이 더 흘렀다. 첫 인터뷰를 앞두고 작은 흥분이 일었다. 가장 최근 작품인 『거기, 내가 가면 안 돼요?』(사계절 2016)로부터 되짚어 올라가면서 지난 20년의 퍼즐을 맞춰 볼 수 있는 자리가 마련된 것이다. 꼭 확인하고 싶은 몇 가지 중요한 빈칸도 있었다.

김지은 선생님, 만나 뵙게 되어서 영광입니다. 2005년에 '밤티 마을' 연작을 완간하셨죠?

이금이 네. 1994년에 시리즈의 첫 책 『밤티 마을 큰돌이네 집』(푸른책들)을 펴내고 10년 만에 완간했어요.

김지은 대단한 인기였죠. 드라마 「밤티 마을 큰돌이네 집」이 KBS 드라마시티에서 방영되었던 것도 기억나요. 팬 생활 20년 만에 성공한 '덕후'로서 이렇게 인터뷰를 하게 되었습니다. 정말 감사합니다. 먼저 어린 시절 이야기를 좀 들려주세요.

이금이 저는 이야기를 좋아했어요. 활달하고 적극적인 아이는 아니었지만 동화책이든 만화책이든 뭘 보더라도 그걸로 끝나지 않고 뒷이야기를 만들었어요. 막 뛰어노는 건 싫어했는데 골목에 모여서 하는 연극놀이를 굉장히 좋아했어요. 제가 각색을 하는 거지요. 가장 즐거운 일, 가장 제 존재감을 드러낼 수 있는 일이었어요.

여자아이들의 롤 모델 될 만한 여성을 그리고 싶어

김지은 선생님 작품에서는 어른, 어린이를 떠나 여성 인물들이 늘 강렬한 인상을 남기는데요. 이번 작품 『거기, 내가 가면 안 돼요?』도 두 여성의 운명적인 엇갈림과 동행에 대한 이야기죠. 선생님께서 『토지』의 주인공 서희에게 흠뻑 빠진 적이 있다는 인터뷰를 읽었어요. 그래서 습작기에 1,200매가 넘는 장편소설을 쓰기도 하셨다고요.

이금이 『토지』를 읽어 보니 서희가 대단히 매력적인 인물인 거예요. 남성과 여성의 차별이 지금보다 더 심했고, 여성은 뭔가 소극적이어야 하고 남성보다 좀 뒤에 있는 것이 미덕으로 여겨지던 때였는데, 서희라는 인물은 정말 당차게 자기가 하고 싶은 말과 행동을 다 하잖아요. 그런 모습에 제가 굉장히 끌린 것 같아요. 뒤늦게 안 사실이 있는데 박경리 선생님의 본명이 '박금이'였어요. 이것도 제 마음에 인연으로 간직하고 있어요.

김지은 선생님 작품 속 여성 인물들도 당차요. 저는 '밤티 마을' 연작에서 가장 강렬한 인물은 '팥쥐 엄마'라고 생각하거든요. 팥쥐 엄마가 큰돌이, 영미와 관계를 맺었을 무렵을 보면 그렇게 나이가 많은 것도 아니고요. 참 어려운 자리에 들어간 아직 어린 여성인데요. 세 아이와 함께 새 가족을 만들어 가는 삶이 존경스러웠어요.『유진과 유진』(푸른책들 2004)의 큰 유진과 작은 유진도 관계의 변화를 주체적으로 받아들이는 야무진 여학생들이죠. 이번 신작『거기, 내가 가면 안 돼요?』에서는 더 큰 그림이 펼쳐져요. 두 주인공은 소녀가 되고 엄마가 되는 과정에서 다른 삶의 변곡점을 지나지만 결국 여성이라는 이름 앞에서 만나잖아요. 그들에게서 유진이들과 팥쥐 엄마의 모습이 겹쳐 보여서 흥미로웠어요. 선생님이 우리 근현대 여성사를 여러 작품으로 계속 풀어내고 계신다는 생각을 했지요. 여성의 삶에 관심을 갖게 되신 계기가 있는지요?

이금이 사실 저는 여성 문제에 대해서 일찍부터 그렇게 깨어 있던 사람은 아니었어요. 우스운 얘기지만 아주 어릴 때 제 꿈은 대통령 부인이었어요. 남자아이들이 너 뭐가 되고 싶으냐고 물으면 '대통령'이라고 대답할 때, 저는 '대통령 부인'이라고 말했던 거지요. 자라면서는 차별을 크게 못 느꼈는데 우리 집도 아들을 귀하게는 여겼지만 저는 맏이 프리미엄을 누렸던 거 같아요.

성차별을 처음 느낀 건 1991년에 제가 딸을 낳았을 때였어요. 결혼해서 시골에서 살았는데요. 첫아이가 아들이었음에도 불구하고 둘째 아이 딸을 낳으니 아들 때만큼 반기지를 않는 거예요. 시골이어서 더 그랬겠지만, 두 아이를 키우면서 딸에게만 던져지는 시선에 놀랐어요. 똑같이 벗고 다녀도 아들은 그놈 남자답다 그러는데 딸한테는 '계집애가', 이런 말을 하는 거예요.

그 무렵 많이 막막했어요. 애를 봐 줄 사람이 없었기 때문에 글 쓸 시간도 나질 않는 거예요. 그런데 신문을 봤더니 청주에서 주부 연극반을 모집한대요. '아, 여기는 애를 데리고 다녀도 되겠다' 싶어 달려갔어요. 여성민우회에 소속된 주부 연극반이었어요. 회원 교육을 받으면서 여성 문제를 알게 됐어요. 그때 했던 연극도 '매 맞는 아내', 이런 연극이고 제가 매 맞는 역을 맡았는데 딸이 객석에서 보다가 우리 엄마 때리지 말라고 막 소리 지르고 그랬어요.

『밤티 마을 큰돌이네 집』을 쓸 때만 해도 좀 새로운 모습의 새엄마를 그리고 싶다는 생각이었지만 여성주의적 시각이라든가 이런 건 솔직히 없었어요. 제가 본격적으로 여성의 이야기를 해야겠다고 생각하게 된 건 『너도 하늘말나리야』(푸른책들 2002)부터였어요. 애초에 구상할 때는 어른들 이야기를 많이 쓸 생각은 없었고 세 아이들을 주인공으로 해서 쓰려 했죠. 미르 엄마도 미르를 달밭 마을로 데려오는 매개자로만 쓰려고 했어요. 그런데 제가 여성민우회 활동을 하고 우리 딸을 키우고 하면서 제 안에서 여성 문제에 대한 어떤 생각들이 생겨났어요. 여성의 이야기를 아이들에게 좀 더 들려줘야겠다, 여자아이들에게 롤 모델이 될 만한 여성을, 그런 엄마를, 더 긍정적인 모습의 엄마를 그려 보자는 생각을 했죠. 진료소 소장이 그냥 미르 엄마로만 나오는 것이 아니라 미르한테 얘기를 하거든요. "나를 엄마이기 전에 한 여자로 한 인간으로 봐 달라"라는 말을 작품 속 미르 엄마 입을 통해 제가 이야기를 하는 거나 다름이 없어요. 그때부터 시작됐던 것 같아요. 조금씩.

『거기, 내가 가면 안 돼요?』의 인물 모델

김지은 '조금씩'이라고 하셨는데 읽는 독자 입장에서 강렬하게 여성의 이야기로 가고 있다고 느꼈어요. 여성 인물의 매력 차원이 아니라 주제에서 여성이 경험하는 차별과 폭력, 여성의 음성이 더 적극적으로 드러나고 있다는 생각이 들어요. 『유진과 유진』을 읽으면서 '우리는 너도 유진, 나도 유진, 개도 유진'이다, 비록 우리가 크고 작은 유진으로 살아가지만 그게 '여성이라는 하나의 이름이다'라고 말하는 작품 같았어요. 『거기, 내가 가면 안 돼요?』에서는 그 하나의 목소리가 더욱 거대한 성장을 하는 거예요. 채령과 수남이 삶을 서로 바꾸어 살면서 이 소녀들이 구체적으로는 다른 운명을 걷지만 일제강점기라는 절벽 같은 시대에 여성으로서 헤치고 나가야 하는 공통의 한계에 부딪치게 되는 모습이 가슴 아팠어요. 전혀 다른 선택이었는데도 만날 수밖에 없는 두 여성의 삶을 보면서 작가 이금이가 꾸준히 그리려고 했던 '하나의 이름으로서 여자'라는 문제가 이 작품에서 빅뱅을 일으켰구나, 이렇게 생각했어요. 두 주인공 외에도 분이를 비롯한 그 시대의 많은 소녀들의 얼굴을 들여다보게 한다는 점에서 집단 여성 서사라고도 느꼈습니다. 마지막 반전에 집중하기 전까지는 수남과 채령의 자매애가 애잔한 감동을 주기도 했고, 떨어져 있는 내 안의 두 얼굴 같은 생각도 들고 그랬어요. 그래서 『유진과 유진』 때보다 여성으로서의 제 자아와 일치도가 더욱 높다고 할까요. 『거기, 내가 가면 안 돼요?』의 인물들은 어떤 모델이 있나요?

이금이   수남이는 애초에 이 이야기를 생각할 때 가장 먼저 태어난 인물이에요. 작품을 쓰려고 할 때 떠오른 장면이 수남이의 출생 장면이었거든요. 그런 힘겨운 환경에서 자란 수남이가 어떻게 닥쳐 오는 역경이나 난관을 이겨 내고 좁디좁은 공간을 벗어나 큰 경험들을 하고 돌아올까, 저도 그것이 궁금했던 거죠. 막연한 생각을 구체화해 가면서 영감을 받았던 인물들은 우리 근대 여성들이에요. 작품을 쓰기 전에 관련 자료나 책을 많이 봤는데 그때 당시 우리나라 여성들이 미국에 가서 공부하고, 그냥 돌아오는 게 아니라 6개월이나 걸쳐서 세계를 다녔어요. 단지 유람이 아니라 어떤 지식, 어떤 새로운 세계를 찾아서 그분들은 사명감을 가지고 돌아다녔던 것 같아요. 나중에는 친일파가 되기도 했지만 당시에는 큰 공부라고 생각하면서요.

제가 이사벨 아옌데를 좋아하는데 『운명의 딸』(권미선 옮김, 민음사 2001)이라는 작품이 있어요. 거기에서도 10대 중후반 되는, 귀족 집안에서 곱게 숙녀로 자란 아이가 연애를 해요. 그 남자가 샌프란시스코로 금을 찾아 떠나 버리는데 이 여자아이는 남장을 하고서 배를 타고 그 남자를 찾아가는 이야기거든요. 여자아이를 그 자리에 앉히고 싶었다는 게 가장 큰 동기나 바람이었던 것 같아요. 모험은 주로 남자들의 몫이었잖아요.

김지은 그동안 일제강점기의 여성을 다루는 몇몇 전형적 방식이 있었다는 생각이 들어요. 민족 지사형 아니면 화려한 신여성 타입요. 그런데 수남이와 채령이의 풋풋하고 거침없는 이야기들은 제게 생경할 정도였어요. 진짜 소녀 같은데, 이런 건 본 적이 없었거든요. 자신이 삶의 길을 결정하고, 연애를 깊게 고민하고, 이런 장면이 상당히 해방감을 주더라고요. 일단 소녀들이 예쁘게 나오는 게 맘에 들었어요.

역사소설에서 반짝이는 소녀들이 잘 나오지 않는 건 "너희는 어머니 같은 여자가 되어야 한다", 정확히 말하면 작은 조강지처들을 키워야 한다는 사회의 통념 때문이 아니었을까 싶어요. 여성 인물이 활개를 치면 반드시 도덕적 비난을 되돌려 주죠. 그런데 채령이는 뽀뽀도 뜨겁게, 먼저 하잖아요. 수남이도 "내가 거기 가면 안 돼요?"라고 어려움을 감당하고요. '어머니 같은 희생'이 아니라 자신의 욕망을 선택하죠. 그게 참 좋았어요, 저는.

이금이 일제강점기가 배경이지만 역사보다 먼저 인물에 집중을 했어요. 1920, 30년대의 명동거리는 신문물이 물밀 듯이 들어오는 시기였지만 우리가 책에서 만나는 인물은 대부분 독립투사거나 일본의 압제에 신음하는 사람들이죠. 독자도 죄책감과 부채의식을 가지고 그 시기를 떠올려야만 하고요. 하지만 그때도 연애도 하고, 결혼도 했겠죠. 신문물을 보면서 어떤 걸 갖고 싶어 하기도 했겠고요. 기록한 모습들로만 남아 있는 거지 그때가 그 모습뿐이었던 건 아니니까요. 저한테는 인물들이 먼저 왔거든요. 언제 어떤 사건이 일어나고는 그다음이었어요. 저는 역사적 지식이 그렇게 풍부하지도 못해요. 사람이 저에게 먼저 찾아왔기 때문에 역사에 너무 눌리지 않도록 해 두고 그들의 이야기를 펼쳐 나갔던 것 같아요.

김지은 남성 인물들 이야기를 안 할 수가 없네요. 채령이의 아버지 윤형만은 자수성가한 거대한 아버지 밑에서 희미한 존재로 살다가 딸 하나에 집중하죠. 남자 주인공 강휘도 임시정부의 왕자님이 아니에요. 자신의 꿈으로 여성을 압도하지 못하니까요. 오히려 채령이와 수남이가 역할을 바꿔 가면서 공주를 맡았고 결국 여왕이 되죠. 준페이도 권력을 가진 일본인 남성임에도 불구하고 채령이의 페이스에 끌려 다니는 인물로 그려져요. 저는 이렇게 인물의 성별 음영이 뒤바뀐 것이 인상 깊었어요. 만약에 채령이나 수남이가 오빠들의 설교에 감명받아 삶의 경로를 바꿨다든가 이랬다면 지금의 이야기가 빚어지지 않았을 것 같아요.

이금이 저는 사실 강휘를 더 찌질하게 그리려고 했어요. 고급 룸펜으로.(웃음) 청소년소설이라서 제가 좀 타협을 한 거지요. 인물들을 어떤 타입에 의존하지 않고 끝까지 입체적으로 그리고 싶었어요.

삶은 어떤 모양이든 가치 있고 의미 있는 것

김지은 저는 이 작품이 미화 없이 인물의 한계를 노출한다는 점에서 리얼리티가 높다고 생각하는데요. 이런 부분이 끝까지 저를 몹시 불편하게 하는 거예요. A도 아니고 B도 아닌 여러 가지 삶, 술이네부터 곽 씨까지 등장하는 여자들만 봐도 그래요. "거기, 제가 가면 안 돼요?"라고 묻고, 뭐가 있는지도 모르면서 눈앞의 선택을 믿고 가는데 답답함이 치밀어 오르면서 아, 이 시대가 진짜 무섭고 고통스러웠겠다는 생각이 들었어요.

문학은 그동안 나한테 학습해야 할 역사를 알려 줬구나 싶었어요. 짐작했던 시대의 민낯이 이 정도였나 실망도 하고요. 그게 저의 조상에 대한 실망이니까 저에 대한 실망이기도 한데, 그런 혼란이 겹치면서 편하게 읽을 수가 없었어요. 채령이 같은 경우는 카메라를 반대편에 들이대고 서 있는 것처럼 낯설기도 했고요. 선생님은 이 책을 읽고 청소년 독자가 어떤 걸 느끼고 어떤 마음을 가지기를 바라시는지요?

이금이 우리는 굉장히 성공 지향적인 삶을 살잖아요. 책에서도 안중근, 김구 이런 역사적인 위인의 삶을 배우죠. 우뚝 솟아 빛나는 사람의 삶을 보여 주면서 그렇게 되라고 말하고요. 그런데 사실은 그보다 훨씬 많은 평범한 사람들이 있잖아요. 김연아, 박태환 같은 선수가 나오기 위해서 그 밑에 너무나 좌절하고 헤매던 수많은 인물들이 있는데도요.

이 책에 등장하는 인물들은 어떻게 보면 역사 속에 자기 기록을 하나도 남기지 못한 사람들일 수 있어요. 대다수의 사람들은 그렇게 주어진 삶 속에서 힘겹게 고민하면서 살아갈 거라고 생각해요. 저는 그런 삶이 결코 의미 없는 게 아니고 그 선택도 정말 어렵다는 거죠. 이 책을 읽는 청소년들도 그렇다고 생각해요. 자신이 빛나는 역사 속의 한 인물이 되지 못해도 일류대학을 못 가도, 그 삶이 어떤 모양이든 너의 삶으로서 가치 있고 의미 있다, 굳이 얘기하고 싶은 걸 찾아 내자면 그런 거라고 할 수 있겠어요. 작품을 쓰면서 내 삶은 역사 속에서 하나의 수단인가, 수단으로 쓰이는 삶은 과연 의미가 없는 것인가 이런 고민도 했고요. 저 자신의 질문이 제가 이야기하고 싶은 것일 수도 있겠지요.

김지은 그리고 일단 '거기'에 가기는 가야겠군요. 그것도 내가 가야 겠군요. 일단 가겠다고 말하고 내 삶과 싸워야겠어요. 긴 시간 말씀 나눠 주셔서 진심으로 고맙습니다.

우리의 삶을 말해 줄 수 있는 사람은 있는지 모르겠지만 내 삶을 말해 줄 수 있는 사람은 없다. 책을 읽으며 독자는 적용 가능한 근접 사례를 찾는다. 이금이 작가는 여성이면서 이 땅에 사는 우리의 삶을 가능한 한 '내 삶'의 눈으로 이야기해 주려고 했다. 그러나 답변을 구성하는 것은 다시 독자의 몫이다.

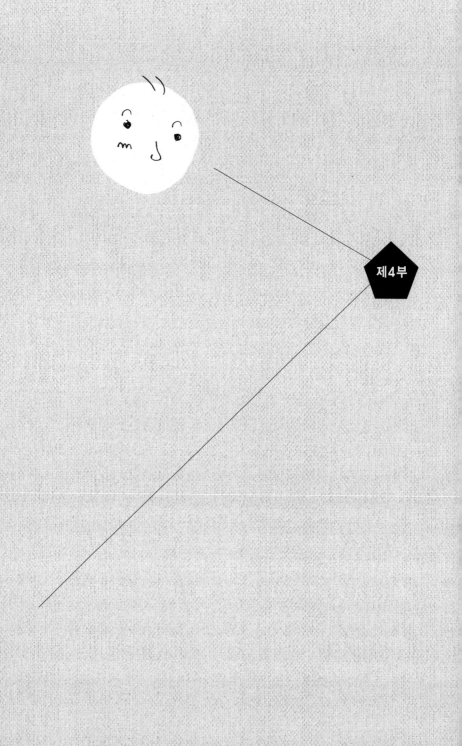

제4부

어린이의 도덕, 어른의 도덕

오승희『그림 도둑 준모』
김리리『왕봉식, 똥파리와 친구야』

1. 왜 돌고래는 저렇게 멍청할까?

휴일 오후, 돌고래 공연장 앞은 늘 북적인다. 부모 입장에서 볼 때 500원 하나면 뭔가 '보여 주었다'는 생색도 내고, 지친 다리를 쉬어 갈 수 있기 때문이다. 게다가 두 마리 돌고래가 솟구치는 장면은 딱 그림일기 감이다. 일석삼조다.

공연이 시작된다. "돌고래는 말이야⋯⋯." 어른은 이른바 '교육적 발언'을 시작한다. 드디어 돌고래가 헤엄쳐 나온다. 목소리가 더 높아진다. 손가락을 펴서 흔든다. 자, 봐라. 나온다. 저기 저 돌고래!

어린이는 어떨까. 아까부터 골똘히 생각하는 중이다. 저 두 돌고래는 형제일까, 친구일까, 물개와 돌고래는 말이 통할까, 돌고래가 받아먹는 꽁치는 언제 사 온 걸까, 저걸 하려고 얼마나 야단을 맞았을까, 그런데도 돌고래들은 왜 여기 계속 살까. 공연이 끝났다. 어른은 묻는다.

"정말 멋지지, 어땠니?"

"아빠, 왜 돌고래는 저렇게 멍청할까?"

"뭐?"

2. 어린이의 깊은 한숨

어린이들의 생각은 음식을 씹고 트림하고 방귀를 뀌듯이 자연스러운 것이다. 어른은 깊은 안락의자에서 신문을 펼치고 중대한 것을 생각하지만, 어린이는 그렇지 않다. 겉치레가 뭔지 잘 모르기 때문에 본성적으로 생각을 즐기고 문제에 도전한다. 입에서는 자연스러운 생각의 결과가 거침없이 튀어나온다. 어른 눈에 그 결과물은 예상치 못한 방귀 냄새처럼 고약하고 못마땅하다.

『그림 도둑 준모』(낮은산 2003)의 준모나 『왕봉식, 똥파리와 친구야』(우리교육 2003)의 봉식이는 끊임없이 냄새를 풍기고 다닌다. 뭔가 생각하고 있다는 얘기다. 하지만 어른들은 준모나 봉식이가 무얼 씹는지에 관심을 기울이지 않는다. 그저 냄새 탓에 바쁘다.

> "엄마, 상은 잘한 사람에게 주는 거잖아, 칭찬해 주려고."
>
> (…) 가만히 앉아 있으려니 아까 예린이가 상 받는 모습이 떠올랐다.
>
> "아아, 예린인 좋겠다. 걘 맨날 상 타고. 난 잘하는 게 하나도 없나 봐."
>
> (…) "야, 그렇게 부러워만 하지 말고 노력을 해, 노력을! 그래야 상을 타든 말든 할 게 아냐?" (『그림 도둑 준모』 15면)

> "넌 왜 그 모양이니? 지금 당장 들어가서 숙제부터 해! 다 하기 전에는 네 방에서 나올 생각은 아예 하지도 마. 알았지?"

"엄마, 오늘은 토요일이라고요!"(『왕봉식, 똥파리와 친구야』 13면)

물론 이 두 책에 나오는 부모가 늘 무지막지한 건 아니다. 상 탄 사람만 가장 훌륭한 것이 아니라면서 잔소리를 하지 않겠다고 약속하기도 한다. 특히 준모 엄마는 자녀를 존중하는 부모의 자세를 알면서도 잘 실천이 되지 않아 고민하는 모습을 보여 준다.

"난 공부만 잘하라고 강요하는 엄마가 아니야. 요즘은 공부 못해도 한 가지만 잘하면 먹고사는 세상이라구. 엄만 네 소질을 키워 주고 싶어."(『그림 도둑 준모』 30면)

엄마는 준모가 미술에 소질이 있다고 판단해 학원에 보낸다. 그러나 준모는 마음이 더 무거워진다. 계속되는 다그침 속에 준모는 자신에 대해 생각할 여유를 잃고 만다. 이제 준모가 궁금한 것은 '내가 왜 미술에 소질이 있는지'가 아니라 '내가 왜 미술에 소질이 있다고 엄마가 생각하는지'가 되어 버렸다. 부모는 자녀를 격려하려고 한다. 하지만 언제나 '중요한'과 '누구나'라는 수식어를 곁들여 말한다. '누구나 하니까 너도 할 수 있다'라는 격려는 어린이에게 전달되었을 때 눈물을 동반하며 깊은 한숨이 된다. '누구나 한다. 왜 나는 못할까?' 하고 주저앉아 버리는 것이다.

한숨이 절로 나왔다. 며칠 전 엄마가 이모한테 전화 걸던 게 생각났다.
"은진이는 얘보다 더 늦게 배우기 시작했잖아. (…) 얘는 왜 이리 늦되는지 모르겠어. 애가 잘 따라 줘야 무얼 시켜도 재미가 나는데, 도대체가……."
(…) 정말 열심히 했는데, 손가락이 아프도록 정성을 기울였는데. 어른들

이 말하길 최선을 다하면 못 이룰 일이 없다 했는데……. (『그림 도둑 준모』 36~37면)

어린것이 무슨 한숨이냐는 말은 통하지 않는다. 한숨 쉬어서 날려 보낼 수만 있다면 차라리 나으련만. 결국 준모와 봉식이는 다른 출구를 더듬어 본다.

3. 다른 존재 되기, 다른 이야기로 날아가기

사람들은 지금의 내가 마음에 들지 않으면 다른 내가 되려고 한다. 자신이 속해 있는 이야기가 마음에 들지 않을 때 새로운 이야기를 찾아 나서기도 한다. 준모와 봉식이도 새로운 변신을 시도한다. 그러나 방식은 다르다. 준모가 현실 속에서 어른의 입맛에 맞는 '다른 존재 되기'를 꿈꾸었다면, 봉식이는 자기 마음에 맞게 꾸민 '다른 이야기'로 날아간다. 준모의 경우 변신 노력이 거듭 실패하는 가운데 우연한 오해가 준모를 극적으로 변신시킨다.

"서준모, 뭐 하고 있어. 상 받으러 나오지 않고. 준모가 미술 열심히 하더니 이렇게 결과가 좋구나. 처음엔 못해도 이렇게 열심히 하면 다 상 받을 수 있는 거예요. 모두 박수!" (『그림 도둑 준모』 65면)

예린이의 그림을 준모 것으로 착각해 벌어진 사건은 준모를 변신시켜 주지만 준모는 죄책감으로 잠을 못 이룬다. 우연한 일이었지만 준모가 바라던 일이었기 때문이다. 엄밀히 말하면 준모 엄마가 바라던 일이었다. 준모는 이 우연을 책임지고 죗값을 받기로 결심한다. 하늘같이 높은 하늘나무에 올라가기로 한 것이다. 준모의 주체적 결단에 따른 참된 변신이 시작되는 것은 이 대목이다. 나무에 올라가다가 많이 다치면, 사람들이 용서해 줄 거라고 생각한다. 올라갈 수 없을 만큼 높이 올라간 준모는 눈물 콧물 쏟으며 펑펑 운다. 양심을 팔더라도 성과를 가져오라던 어른의 죗값은 나약한 어린이에게 가혹한 대속(代贖)의 멍에를 지운다.

준모에 비하면 봉식이는 아직 한숨이 얕다. 봉식이의 성격 탓일 수도 있고 노력해 봤자 현실에선 변신이 불가능하다는 자체 판단에 따른 것일 수도 있다. 봉식이는 아예 자신이 속한 '이야기'를 버리고 '다른 이야기'인 똥파리의 세계로 떠난다. 거기서 봉식이는 "밥 먹고 사고만 쳐서 당장 꺼져 버려야 하는" 아이가 아니다. 똥파리 친구에게 공중비행 돌기를 배우고 "아주 멋진 녀석"이 된다.

그렇지만 변신하여 한바탕 항해를 벌인 주인공들은 또 다른 한계상황을 만나게 되고 다시 부딪혀 난파한다. 준모는 그 후로 한 번도 상을 받지 못한다. 봉식이는 이야기에서 나오자마자 아빠한테 붙잡혀 엉덩이를 두들겨 맞는다. 하지만 준모와 봉식이는 예전의 그들이 아니다. 다른 존재와 세계를 경험하면서 성숙과 좌절의 경험을 쌓은 새로운 준모와 봉식이다.

4. 누가 도덕적인가? 누구의 도덕인가?

이 책들은 두 가지 다른 해석이 가능하다. 도둑으로 몰릴 뻔한 준모가 진실을 밝히고 떳떳해지는 과정으로 읽으면 '도덕의 승리'를 일깨우는 책이 된다. 봉식이가 '왕땅콩 갈비 게으름이 욕심쟁이'라는 별명을 벗기 위해 노력하는 부분에 맞추어 보면 훈육서가 된다.

하지만 이 이야기들은 어린이들이 던지는 '도덕에 관한 절규'로 읽어야 옳다는 생각이다. 어른들은 걸핏하면 도덕을 내세우고 가르친다. 하지만 준모와 엄마 가운데 누가 더 도덕적인가. 과연 아빠는 봉식이에게 도덕을 운운할 자격이 있는가. 그들의 도덕은 누구의 도덕인가.

어른들은 종종 자신의 도덕적 책임을 어린이의 등에 지운다. 그들이 말하는 도덕은 자신들이 주체적으로 판단한 도덕이 아닌 경우도 많다. 그에 비하면 우리의 주인공은 참 씩씩하다. 스스로 부딪히고 껴안아 올라보기 전에는 좀처럼 주어진 도덕을 덥석 믿지 않는다. 이것이 어린이에게 희망이 있는 이유이다.

팥쥐 엄마의 재발견

이금이 '밤티 마을' 연작

1. 「장수 만세」 유감과 '큰돌이네 집' 공감

오래전 「장수 만세」(1973~1980)라는 TV 인기 프로그램이 있었다. 어르신 세 분이 나와 노익장을 겨루는 내용이었는데, 가장 인상적인 순간은 자손들이 모두 빙 둘러서서 가족 자랑을 하는 시간이었다. 자손들은 '5남' 혹은 '증손녀' 같은 이름표를 달고 나와 '물장수를 하며 키워 주신 아버님 덕분에 명문대 출신 아들이 우리 집안에 몇 명'이라는 식의 얘기를 들려주었다. 더 많은 자녀를 더욱 극적으로 키운 분이 우승을 차지하곤 했기 때문에, 늘어선 식구들의 수를 헤아리는 것이 시청자의 재미이기도 했다. 이 프로그램에서는 무엇보다 대가족의 '화목'과 가족 구성원의 '희생'이 중요한 덕목으로 꼽혔는데, 그래서 '이혼을 하셨고 현재 별거 중'이라거나 '독신으로 장수하셨다'는 어르신이 출연한 것을 본 기억은 나지 않는다.

우리네 가족은 철저하게 '피', 곧 혈연을 중심으로 구성되었다. 입양,

재혼 가족을 비롯해 비혈연 공동체 가족까지 여러 가족 형태가 등장한 오늘날에도 '피는 물보다 진하다'고 믿는 사람들이 많다. 「장수 만세」는 혈연의 힘을 자랑하는 공간이기도 했다. 고난과 시련 속에서도 '내 새끼'를 챙겨 온 어르신들의 끈끈한 가족애는 시청자에게 감동을 주었지만, 이른바 '모범 가족'의 틀을 만들어 그 틀을 벗어난 사람들을 소외시켰다. 동화도 마찬가지다. 우리 동화에는 이런저런 위기를 겪지만 '반드시 화목해지고야 마는 혈연가족'이 주로 등장했으며 부모의 '이혼'이나 '재혼'은 도덕적 결함으로만 그려졌다. 비혈연 가족은 비정상적인 관계로 취급되기 일쑤였다.

이런 점에서 동화작가 이금이의 『밤티 마을 큰돌이네 집』(대교 1994; 개정판 푸른책들 2004, 이하 『큰돌』)은 혈연 중심의 가족 관계에 대한 고정관념을 흔드는 뜻깊은 작품이었다. 이 작품에는 모두 세 명의 엄마가 나오는데 한결같이 과거의 가족 관계에 도전하는 인물로 그려진다. 가정 폭력에 시달리다가 스스로 집을 나가 독립한 큰돌이네 엄마는 돈 벌면 아이들을 데려가겠다며 친권을 포기하지 않는다. 영미를 공개 입양한 '예쁜 아줌마' 엄마는 자신이 '진짜 엄마'가 아니라는 사실을 담담하게 인정하고 양부모로서 최선을 다한다. 무엇보다 큰돌이의 새엄마인 팥쥐 엄마는 주인공을 두려움으로 몰아넣던 이전의 사나운 새엄마들과 뚜렷이 다르다. '뒤꼍'도 큰돌이의 마음을 환하게 만드는 재주 많고 후덕한 엄마로서 독자의 공감을 불러일으킨다. 작가는 『밤티 마을 영미네 집』(푸른책들 2000; 개정판 2005, 이하 『영미』), 『밤티 마을 봄이네 집』(푸른책들 2005, 이하 『봄이』)으로 이어지는 연작에서 내내 '혈연가족이 역시 낫다'는 식의 넋두리보다는 새로운 가족 구성에 대한 노력과 희망에 무게를 두고 이야기를 펼친다.

2. 수비형 미드필더 팥쥐 엄마

작가가 옛 가족제도의 폐쇄성에 문제를 제기하기 위해 내세운 인물은 팥쥐 엄마다. 그러나 축구 경기에 빗대자면 팥쥐 엄마는 속 시원한 슛을 날리지 못하는 공격수처럼 골대 가까이를 맴돌기만 한다. 오히려 수비형 미드필더에 가까운데, 새엄마에 대한 편견에서 비롯된 갖가지 비난을 막기 위해 숨 가쁘게 뛰어다닌다. 그런 팥쥐 엄마도 『큰돌』에서 『영미』를 거쳐 『봄이』로 가는 사이에 몇 차례 미세한 변화를 겪는다.

"큰돌이한테 환한 공부방 하나 만들어 줬으면 좋겠어요. 큰돌이 아버지."
(『큰돌』 103면)

"이렇게 열이 나는 앨 두구 어떻게 잠을 자." (『큰돌』 132면)

팥쥐 엄마는 『큰돌』에서 '착한 새엄마도 있다'는 증거를 제시하며 수비수 모습을 보였다면 『영미』에서는 혈연 중심주의의 모순을 우회적으로 공격한다. 새엄마인 자신을 놀리는 아이들을 따끔하게 혼내 주는가 하면, 어린 시절 혈연가족에서 소외되어 겪은 고충을 털어놓는다. 앞으로 태어날 아기와 큰돌이, 영미가 혈연의 차이를 뛰어넘어 의좋은 형제가 되어 달라고 당부하기도 한다.

"너희들두 나를 놀리는 건 괜찮지만, 우리 큰돌이나 영미를 한 번이라도 괴롭히면 당장 쫓아와서 곰보 돌 맛을 보여 줄 테니까, 알아서 해. 알았어?"
(『영미』 47면)

"그 설움을 누가 알겠어요. 혼자 살면서 제일 그리운 사람은 엄마 아버지가 아니라 날마다 한 이불을 덮구 자면서 싸우기도 많이 한 바로 아랫동생이 었어요." (『영미』 87~88면)

"큰돌이하구 영미는 애기하구 한 형제인걸. 너희들두 애기 이뻐해 줄 거지?" (『영미』 112면)

그러나 『봄이』에서 작가는 팥쥐 엄마에게 더 강한 힘을 실어 주지는 못한다. 봄이를 낳고 큰돌이와 영미에게 더욱 희생적이 된 팥쥐 엄마는 큰돌이 아버지가 일구어 놓은 혈연을 보살펴 주는 보조적 역할로 자신의 지위를 결정짓는다. 모든 상황에서 자신의 감정을 삭이고 큰돌이 남매를 지극히 위하는 팥쥐 엄마를 보면 '착한 새엄마 콤플렉스'를 떠올릴 수밖에 없다. 팥쥐 엄마는 큰돌이네 엄마에게 '엄마'라는 호칭마저 양보하며 고개를 수그린다.

"애들은 지 엄마 늙어 가는 모습을 봐야 정이 쌓이지요." (『봄이』 73면)

혈연에 얽매이지 않은 새로운 가족에 대한 기대는 오히려 다른 인물을 통해 건강하게 드러난다. '새엄마'의 노력을 신뢰하고 그에게 감사하는 큰돌이네 엄마나, 친정아버지보다 더 자상하게 팥쥐 엄마를 챙기는 큰돌이네 할아버지가 그들이다.

작가가 물꼬를 튼 '나쁜 새엄마 신화'에 대한 공격은 원유순의 『우리 엄마는 여자 블랑카』(중앙출판사 2005), 문선이의 『나의 비밀 일기장』(금성출판사 2000; 개정판 푸른숲 2005) 들로 이어졌다. 재혼 가족에 대한 세상의 인식도 많이 바뀌어서 2008년 1월부터는 호주제를 대신할 새 신분등록제가 실시될 예정이다. '밤티 마을' 연작이 10년에 걸쳐 나온 것을 생각하면 팥쥐 엄마도 10년간 혈연 중심의 가족제도와 싸워 온 셈이다. 그렇다면 오랜 노력이 결실을 맺는『봄이』에서는 좀 더 적극적이고 씩씩한 팥쥐 엄마의 모습을 보여 주었어야 했다.

그러나 요즘 동화에 나오는 새엄마들은 어수룩하게 여겨질 만큼 한없이 착해서 사실감이 떨어진다. 게다가 '새엄마는 친엄마보다 더 착해야 인정받을 수 있다'는 또 다른 신화를 만들 가능성이 있다. 10년에 걸친 팥쥐 엄마의 노력은 '두려움을 없애 주는' 차원을 넘어서서 '새엄마와 친엄마의 구분을 뛰어넘는 참다운 모성'과 '가부장제 사회에서 농촌 여성으로서 겪는 엄마의 고민'을 보여 주는 데까지 기운차게 나아갔어야 한다.

팥쥐 엄마는『큰돌』과『영미』에서 이미 충분히 좋은 엄마로서 자리매김했다.『봄이』에서는 팥쥐 엄마가 여성으로서, 모성으로서 자신의 주체적 지위를 깨닫고 고민하는 얘기가 등장했으면 어땠을까. 우리들의 팥쥐 엄마는 앞으로도 계속 새엄마와 농촌 여성을 향한 세상의 편견과 차별에 맞서야 하며 영미와 봄이를 당당하게 키워야 하기 때문이다.

3. 여성 영웅 정옥순 씨

팥쥐 엄마 정옥순 씨는 최근 우리 아동문학에 등장하는 엄마들 가운데 가장 생명력 넘치는 인물이다. 작가는『큰돌』과『영미』에서 '팥쥐 엄마'라는 호칭만 사용하다가『봄이』의 마무리 부분에 가서 '정옥순'이란 이름을 되찾아 준다. '누구누구의 새엄마'라는, 이름에 앞서던 굴레를 떼고 이제 정옥순으로서 자아를 찾아 나가라는 작가의 기대와 애정이 담긴 부분이라고 생각한다.

그런데 앞서 정옥순 씨의 '완벽한 모성애'가 고민 많고 평범한 새엄마의 모습보다 사실감이 떨어진다고 지적한 바 있다. 그런데 혈연 중심적 사고의 벽이 단단했던 1994년의 상황을 돌이켜 보면 그 당시 새엄마를 둔 어린이들에게 필요한 것은 '영웅적인 새엄마'였을 수도 있겠다는 점에서 작가의 시도에 고개가 끄덕여지기도 한다.

정옥순 씨는 어떤 점에서 여성 영웅들과 닮았을까. 그는 옛 신화에 등장하는 '바리공주', 조선 숙종 때의 소설 『박씨전』의 '박씨', 조선 정조·순조 때 남편을 지도하고 깨우치는 능동적 여성상을 보여 준 실존 인물 '강정일당'에 견주어 볼 수 있다.

바리공주는 세상에 나오자마자 '베려라 베리데기, 던져라 던져데기' 취급을 받으며 가족, 사회, 국가로부터 불필요한 존재로 여겨졌다는 점에서 정옥순 씨와 비슷하다. 비리공덕 할아비와 할미의 도움으로 자립하는 지혜를 배우고 약을 구하는 여행을 다니면서 수많은 육체노동으로 생활력을 터득하는 부분도 그렇다. 정옥순 씨는 더부살이와 공사 현장 밥집 일로 40년을 보내지만 그 과정에서 몸의 고달픔을 헤쳐 나갈 용기와 지혜를 얻는다. 쑥골 할머니의 조언과 도움을 받아 성숙하는 부분도 바리공주와 비슷하다.

무엇보다 바리공주의 자기희생은 정옥순 씨와 많이 닮았다. 바리공주가 전통적 사회에서 여성에게 주어진 몫인 빨래, 요리, 양육 들을 묵묵히 해내면서 모성의 생산력을 보여 주고 자아를 발견하려고 했던 것은 정옥순 씨가 큰돌이 삼남매를 성심껏 키워서 자신의 정체성을 확인하려고 했던 것과 크게 다르지 않다.

또한 정옥순 씨는 외모가 험상궂으나 마음이 곱고 강한 사람이라는 점에서 '박씨'를, 사업에 실패한 게으른 남편을 깨우치고 가르쳐 가족을 일으킨 점에서 '강정일당'을 닮았다. 정옥순 씨가 대단한 것은 그가 어떤 어려움이 닥쳐도 청심환을 곱씹을지언정 비명 한 번 내지르지 않는 강인한 여성상을 보여 주기 때문이다. 그런 점에서 '밤티 마을'은 바리공주의 계보를 잇는 현대적 여성 영웅을 탄생시켰다고도 볼 수 있다.

4. 이제는 정옥순 씨를 위하여

'밤티 마을' 연작은 가족 평등의 문제를 다시 한번 떠올리게 하는 이야기이기도 하다. 정옥순 씨처럼 든든한 여성을 아내로 맞이하고서도 '술 담배를 끊는다'거나 '아이들을 위해 들마루를 만드는 것' 이상의 적극성을 보이지 않는 큰돌이 아빠는 가부장적인 농촌 가족의 현실을 그대로 보여 준다. 고추밭을 매는 것도, 비에 젖은 고춧가지 때문에 새벽잠을 설치는 것도 모두 정옥순 씨 몫이다. 연로한 시아버지 밥상을 차리고, 영미 머리를 매어 주고, 학교 급식 당번을 하러 달려가고, 정옥순 씨는 몸이 열 개라도 모자랄 만큼 바쁘고 또 바쁘다.

작가가 이 작품을 통해 보여 주려고 했던 것이 '좀 다른 엄마'의 모습이었다면 큰돌이네 식구의 다음 얘기에서는 '좀 다른 여성과 남성'의 모습도 드러났으면 하는 바람이다. 정옥순 씨와 아이들이 살아갈 집은 '영미네 집보다 포근하고 행복했던 봄이네 집'보다도 더 평등한 집이 되기를 희망하기 때문이다.

없는 아버지와 있는 그들

김양미 『찐찐군과 두빵두』

1. 아버지, 계세요?

몇 년 전 『가시고기』(조창인, 밝은세상 2000)라는 소설이 독자들의 뜨거운 반응을 얻은 적이 있다. 한 민물고기의 애틋한 부성애를 현대 가족의 삶에 빗댄 작품이다. 발 빠르게 『동화로 읽는 가시고기』(주니어파랑새 2002)를 펴낸 곳도 있고 드라마와 다큐멘터리로도 여러 차례 방영되었기에 적지 않은 어린이가 '가시고기'의 사연을 알고 있을 것이다. 자식을 먼 곳에 유학 보낸 기러기 아빠들이 아이들에게 부쳐 준 선물 1호였다는 얘기도 있고, 가정의 달에 빠지지 않고 등장하는 중학생들의 필독서였다고도 한다. 아이들이 이 책을 좋아했다기보다는 이 시대의 아버지들이 아이들에게 읽히고 싶어 했다는 편이 맞다.

좀 더 앞서 인기를 끌었던 소설 가운데 『아버지』(김정현, 문이당 1996)라는 작품도 있다. 긴 세월 철통같이 유지되어 온 가부장제의 권력을 뒤흔드는 움직임이 세상 구석구석에서 일어나고 있을 무렵이었다. 학자들은

'여성학'이 활기를 띠는 것에 맞서 '남성학'이 등장해야 한다고 목소리를 높이기도 했고 '위기의 남자'를 위한 상담 센터도 여러 곳에 개설되었던 것으로 안다. 아버님의 헛기침 한 번이면 집안이 쥐 죽은 듯 조용해지던 예전과 달리 파김치가 되도록 일한 아빠가 아이스크림을 사 들고 와 애교를 부려도 아이들은 텔레비전이나 컴퓨터 앞에 붙어 앉아 일어날 생각을 않는다. '집에 아버지가 계셔야 할 필요를 느끼지 못한다'는 아이들의 반응은 '아버지의 이름으로' 모든 관계를 튼튼하게 지탱해 온 과거의 가족사를 돌이켜 보면 분명 새로운 변화다. 무슨 까닭일까?

어머니의 권력이 커졌기 때문에 아버지의 자리가 줄어들었다고 보는 사람들이 있다. 부분적으로 그럴 수도 있다. 예전보다 경제적으로 자립 능력을 가진 어머니들이 많아졌고 가족과 사회에서 차지하는 여성의 지위도 높아졌다. 그러나 '아이들이 아빠를 외면하는 문제'의 원인을 부부간의 권력 이동만으로 보는 것은 옳지 않다. '아이들이 아빠보다 엄마를 더 따르게 되었다'고만 해석할 수 있는 일이 아니라는 것이다. 아이들은 이제 더 이상 하나의 권력에 복종하려고 하지 않는다. 그것이 때로는 폭력적인 형태로 강요되었던 가부장 권력이든 아니면 사랑과 배려의 이름으로 칭칭 감겨들던 모성의 간섭이든 마찬가지다.

아이들은 본래 부모의 권력으로 장악되는 존재가 아니다. 게다가 세상은 좀 더 민주적이고 다원적인 방향으로 힘의 중심이 흩어지는 추세다. 이것이 아버지의 권위가 사라진다는 식으로 접근해서는 답이 나오지 않는 이유다. 아이들의 마음은 아버지로부터 떠나고 있다. 종종 아버지는 없다고 여긴다. 그러나 어른들은 희미해진 아버지의 존재를 아이들에게 강하게 되살려 주려고만 할 뿐 그들이 왜 아버지를 부인하고 있는지에 대해서는 귀 기울여 듣지 않는다.

그런 점에서 『찐찐군과 두빵두』(문학과지성사 2006)는 '아버지 부재(不

在)'에 대해 다룬 이전의 작품들과 뚜렷이 다른 경향을 보여 주는 작품이다. 우선 작가는 아버지의 입장을 대변하려고 노력하지 않는다. 섣부른 갈등 조정이나 아버지의 존재 회복을 시도하지도 않는다. 그렇다고 해서 '없는 아버지'를 '있는 어머니'로 대체할 수 있다고 보면서 어머니 됨의 강점을 주장하는 것도 아니다. 작가가 주목하는 것은 오직 '없는 아버지'를 두고 살아가는 아이들의 꾸밈없는 생각과 고민이다.

이 책의 주인공 찐찐군 기영이는 '아버지는 없는 것이나 마찬가지'라고 생각한다. 자기 삶에 몰두해 집에도 잘 들어오지 않는 아빠를 더 이상 믿지 않고 아빠의 마음을 알려고 하지도 않는다. 아빠도 자신을 모를 거라고 생각한다.

"또, 술 드셨어요?"

"어, 그래. 와인 좀 마셨다. 기분이 하도 좋아서. 기영아, 넌 아빠 마음 알지?"

난 이런 말이 제일 짜증 난다. '넌 아빠 마음 알지?' 이 말을 들을 때마다 '몰라요' 해 버리고 싶다. (63면)

또 다른 주인공 두빵두의 경우는 좀 다르다. 엄마 말에 따르면 11년째 공부만 하고 있다는 '없는 아버지'를 몹시 궁금해하고 그리워한다. 아빠는 무슨 색을 좋아할까, 내가 못 걷는다는 걸 알고 있을까 혼자 되물어 본다. '아빠가 있었으면 어떨까' 궁금한 것이다. 하지만 '아빠가 없어서 문제가 되는 것'은 아니다. 아버지가 없어도 씩씩하고 밝고 사내답다. "1학년 때까진 어쩌다 한 번씩 아빠 얘기 물어봤"지만 이제는 엄마가 자꾸 미안해하니까 묻지도 않는다. 얼굴도 본 적이 없는 아빠가 호주라는 얘기를 듣자 대뜸 놀라기도 한다. "왜? 왜 아빠가 우리 집 대표야? 난 아빠 얼굴 본 적도 없는데?"(94면)

2. 우리 이야기 속의 '없는 아버지'들

심리학자들은 어린이가 균형 잡힌 어른으로 성장하기 위해서는 '아버지의 존재'가 필수적이라고 말한다. 아버지가 없는 사람에 대한 공격은 어제오늘의 일이 아니다. 우리 옛이야기에 나오는 영웅담 가운데 많은 이야기가 '아버지가 일찍 돌아가시고 홀어머니가 정성껏 키운 아들들'의 얘기다. 『조웅전』, 『유충렬전』이 대표적이다. 세상은 아버지 없는 사람의 가능성을 쉽게 인정하지 않는다. 영웅이 되어야 비로소 인정해 준다. 그런 아들을 영웅으로 만들기 위해서 노력하는 어머니는 지나칠 정도로 헌신하고 희생하는 모습으로 과장된다. 존재하지 않는 아버지를 극복하고 그보다 더 나은 사람이 되어야 한다는 목표는 아들에게 지나친 부담을 준다. 아버지가 눈앞에 없기 때문에 아버지를 더 크고 대단한 이로 상상하도록 부추기기도 한다.

재미있는 것은 이런 식의 '아버지 없는 아들이 영웅 되는 옛이야기'가 어린이들에게 남자다움에 대한 판타지를 심어 준다는 것이다. 어린 시절에 읽는 남성 영웅담은 남자 어린이들이 '거대한 아버지'가 되어야겠다고 다짐하도록 이끈다. 남성 영웅담에서는 실제 아버지의 초라한 얼굴이나 고민은 애써 감추려 든다. 이야기에는 '멋진 아버지가 되려고 애쓰는 대단한 아들들'이 나오지만 그 이야기를 읽는 아이들의 마음속에서 현실 속 진짜 아버지에 대한 이해는 사라져 버린다. 또한 어머니는 그 다짐을 실현하는 과정에 존재하는 보조자일 뿐이다. 아무리 노력해도 '아버지'가 될 수 없는 여자 어린이들의 좌절에 대해서도 헤아리지 않는다.

이런 남성 영웅담에 대한 반작용이 문학에서도 나타났다. 이른바 '여자들의 이야기'(her story), '자매애'(sisterhood)를 다룬 이야기이다. '아버지가 없으면 어떠냐. 어머니가 있는데'라는 말로 요약할 수 있는 이런 이야기에서는 역사의 물줄기를 바꿀 만한 영웅은 아니지만 남성 없이도 놀랍도록 단단하게 역사를 직조하는 여성들의 이야기가 나온다. 영웅을 꿈꾸는 아버지들은 끊임없이 어머니들을 실망시켰다. 여성은 자기 자신에게 기대를 걸기 시작한다. 사회학자 조은은 어머니와 고향 아짐들의 이야기를 다룬 『침묵으로 지은 집』(문학동네 2003)을 쓰면서 "잃어버린 아버지를 찾기보다는 아버지 부재의 역사 속에서 여자들이 무얼 잃었고 어떻게 살아남았는가를 쓰고 싶었다"고 말했다. 어린이문학과 청소년문학에서도 그런 시도가 활발했다. 이규희의 『아버지가 없는 나라로 가고 싶다』(푸른책들 2003)는 어렸을 때 아버지를 잃은 작가의 경험이 녹아 있는 이야기다. 작가는 이 작품을 쓰면서 없는 아버지에 대한 미움과 그리움을 동시에 달랬다고 말했다. 그러나 누구보다 여성들 사이의 연대에 익숙했을 작가의 목소리는 여성들의 삶을 그린 대목에서 한결 반짝반짝 빛난다. 특히 두드러지게 감동을 주는 부분은 딸인 수희와 어머니의 변화다. 딸은 폭력적인 아버지의 권력에서 독립해 스스로 일어나고, 아버지의 그늘에서 상처 입었던 어머니는 자식들 따순 밥 먹이고 따순 데서 재울 수 있다면 뭐든지 하는 강한 어머니를 거쳐 선생님을 찾아가 "수희, 서울 중학교에 원서 써 주세요"라고 요구하는 당당한 어머니로 거듭난다.

『엄마에게는 괴물 나에게는 선물』(길지연, 국민서관 2005)이나『나의 린드그렌 선생님』(유은실, 창비 2005)도 이른바 여성들 사이의 갈등과 치유, 자매애를 다룬 작품이다. 배경은 아예 아버지가 없는 집이거나 아버지가 있더라도 있는 둥 마는 둥 한 집이다. 오랫동안 써 내려온 남성 영웅담에 대한 반작용이기라도 하듯 최근 많은 우리 어린이문학 작품에서는 아버지가 잘 보이지 않는다.

한편 '남성 영웅담'에 대한 아들의 반격을 본격적으로 다룬 작품도 있다. 바로 『영모가 사라졌다』(공지희, 비룡소 2003)이다. 영모는 아버지를 피해 아버지가 없는 '라온제나'로 떠난다. 아버지를 피하고 싶은 건 영모의 친구 병구도 마찬가지다. 아들에게 남성 영웅 되기를 강요했던 아버지는 마침내 반성하고 아들은 아버지의 꿈을 이해하게 되는 결말이다. 힘을 잃어 가는 아버지의 권력에 대해 본격적으로 다루었다는 점에서 의미 있는 작품이라고 할 수 있다.

그런데 『찐찐군과 두빵두』에는 앞의 작품들에 나오는 '없는 아버지'들과 다른 색다른 '없는 아버지'가 등장한다. 여행가인 찐찐군의 아버지는 권력형 아버지가 아니다. 오히려 현실적 권력을 피해 도망 다니는 '꿈꾸는 자'에 불과하다. 여행을 핑계로 잡문을 쓰면서 아버지 되기를 거부한다. 두빵두의 아버지는 아예 나오지도 않는다. 흥미로운 것은 작품 속의 그 누구도 이런 아버지들에게 어떤 기대를 걸지 않는다는 것이다. 남성 영웅은 아예 존재하지도 않는다.

3. 형제애가 대신하는 아버지의 빈자리

『찐찐군과 두빵두』에서는 없는 아버지 대신 할아버지와 이웃 형과 동성 친구가 나온다. 여성은 중요하게 등장하지 않으므로 '형제애'(brotherhood)를 바탕으로 한 동화라고 볼 수도 있겠다. 이 작품 속 사내들의 관계는 아버지의 권력처럼 거대하거나 아버지의 그림자처럼 든든하지는 않지만 서로 어깨를 빌려줄 정도의 힘이 있고 상대방에게 상처 입히지 않으려는 배려가 담긴 건강하고 풋풋한 인간관계다. 우리들은 함께 죽고 함께 산다는 식의 근육질 의리는 절대 아니며 너는 반드시 아버지 못지않은 위대한 영웅이 되어야 한다고 등 떠미는 일 따위는 하지도 않는다.

걷기가 취미인 두빵두의 할아버지는 다리가 불편하지만 영특한 외손주를 자청해서 돌본다. 그러나 외손주에게 무슨 근사한 기대를 걸지 않는다. 손주가 책을 읽고 싶다고 하면 도서관에서 대신 책을 빌려다 주지만 그마저도 귀찮으면 남을 시킨다. 손주가 방학을 하면 나도 방학을 해야 한다고 생각하는 설렁설렁한 할아버지다.

찐찐군은 아버지가 사회에서 인정받는 훌륭한 여행작가라는 사실을 알고 있으면서도 그런 평가에 얽매이지 않으려고 한다. 아버지가 세상에서 어떤 존경을 받든 찐찐군에게는 재작년에 만나고 못 만난 사람일 따름이다. '빈 수박'처럼 허전한 있으나마나 한 아버지다. 아무리 특별한 선물을 보내도 아버지가 보낸 선물이니까 버릴 수 없어서 간직하는 정도다. 곁에 있다면 함께 비석치기를 하고 싶지만 그렇다고 아버지에게 곁에 있어 달라고 매달리지도 않는다. 두빵두의 아버지를 찾아 주려고 나서면서 오히려 자신 안에 옅게 감추어져 있던 아버지에 대한 그리움을 어색하게 발견한다.

두빵두는 '없는 아버지'가 더 이상 자아의 발전을 가로막는 장애물이 될 수 없음을 보여 주는 인물이다. 두빵두에게는 아버지만 없는 것이 아니다. 다리도 없다. 그러나 두빵두는 어느 심리학자가 말했던 것처럼 동일시 대상이 없어 자존감이 부족하거나 좌뇌가 불안정하게 발달하여 수리 능력이 뒤지지 않는다. 그는 자신의 아빠일지도 모르는 '김유원'이라는 아저씨를 찾기 위해 찐찐군, 만만형과 함께 백방으로 노력하지만 그것은 아빠의 도움으로 무엇을 하기 위해서가 아니다. 자기 존재의 근거를 확인해 보고 싶다는 근본적인 욕망의 표현일 뿐이다. 그나마도

'김유원'이 아버지가 아님이 밝혀지면서 물거품이 된다. 하지만 두빵두의 반응은 읽는 이가 민망할 정도로 경쾌하다.

"두빵두, 그 아저씨가 너희 아빠 맞아? 그런 거야?"
"아냐. 그 아저씬 결혼한 적이 없대. 식물이 좋아서 식물들하고만 산대."
"그런데 뭐가 고마워?"
"그냥. 함께 아빠 찾기 해 준 게 고마워. 나, 실은 처음부터 아닐 거라고 생각했나 봐."(177~78면)

찐찐군은 여기서 한 술 더 떠 두빵두에게 이렇게 말한다.

"아빠 얘기 안 했을 때도 우린 친했어."
"고맙다. 찐찐군."(183면)

'없는 아버지'의 빈자리를 '있는 형제애'가 대신하는 것을 보여 주는 장면이다. 이들의 모습을 보고 있노라면 세상에는 우리가 복종하거나 힘입어야만 하는 무슨 초강력 울트라 슈퍼 권력이란 없는 것이다. 그저 다양한 인간들의 정감 어린 엮임이 있는 것이다. 그것이 때로는 아버지 아들이 되기도 하고 어머니 딸이 되기도 하며 형님 아우, 친구, 할아버지와 손주가 되기도 한다.

4. 형제애와 자매애를 넘어서 박애로

문학에서 '자매애'를 다룬 작품들이 화제를 모으면서 사람들은 자매애의 실체에 대해서 논쟁을 벌이곤 했다. 남성들과 담을 쌓는 여성들만의 연대가 아니냐고 실눈 뜨고 바라보는 경우도 있었다. '형제애'를 다루는 작품도 좀 나와 줘야 하는 게 아니냐는 우스갯소리도 들었다. 특히 요즘 우리 어린이문학은 여성 작가가 많이 활동하고 있기 때문에 여자 어린이의 마음을 대변하는 작품이 속속 쏟아져 나오고 있다.

하지만 수많은 세월 동안 대부분의 이야기가 '남자 주인공'을 내세워 펼쳐졌다는 것을 생각한다면 여자 주인공과 여자 등장인물이 좀 흔하게 나오는 게 뭐 어떠냐는 생각도 든다. 또 여자 주인공이 자주 나온다고 해서 여자 어린이들이 처한 처지를 씩씩하고 올바르게 보여 주고 있는 작품이 많아졌다고 보기는 어렵다. 아직도 많은 동화 속 여자 어린이들은 걸핏하면 울고, 질투가 강하며, 잘 토라진다. 남자 어린이들이 문제의 해결사로 척척 기용되는 경우도 많다.

문제는 자매애냐 형제애냐의 성별 구분이 아닌 것 같다. 동등한 관계, 평등한 만남을 다룬 작품이 많아지고 있다는 점에서 자매애든 형제애든 긍정적인 변화가 일어나고 있다고 생각한다. 어른과 어린이의 연대, 어린이와 어린이의 연대, 여성과 여성의 연대, 남성과 남성의 연대, 장애우와 비장애우의 연대는 세상 모든 이들을 서로 존중하고 아끼는 끈으로 이어 주지 않을까.『찐찐군과 두빵두』는 그런 연대의 다양한 가능성을 결코 무겁지 않게, 진짜 할 수 있을 것처럼 신나게 보여 주었다는 점에서 하나의 분기점을 이루는 작품이다. 형제애를 다룬 작가가 여성이라는 사실은 기존의 남녀 이분법이 극복되는 하나의 신호탄으로 볼 수도 있지 않을까.

프랑스의 사상가 자크 아탈리(Jacques Attali)는『합리적인 미치광이』(중앙M&B 2001)라는 책에서 '형제애 유토피아'를 주창한다. 자유와 평등이 동시에 가능한 유토피아는 형제애를 바탕으로 한 세계라는 것이다.

여기서 형제의 개념은 아주 폭넓은 인간적 연민을 바탕으로 한 것이다. 그는 형제애가 시장 자유주의의 독재에 제동을 걸 수 있는 유일한 길이라는 의견을 내놓고 있다. 그의 거창한 개념을 빌리지 않더라도 우리들의 찐찐군과 두빵두는 보여 주고 있다. 우리가 '형제'라는 사실만으로 우리는 많은 힘을 얻으며 형제인 이상 서로 양보하지 못할 일이 없다는 것을.

소리가 들려온다

최진영 『땅따먹기』

바야흐로 움직임보다는 말이 성한 시대다. 세상을 한판 연극으로 본다면 요즘 연극에는 확실히 동작보다 대사가 많다. 말을 건넬 수 있는 매체가 많아진 탓이리라. 전화로 부모님의 안부를 묻고 문자메시지로 친구를 위로하고 주먹보다는 말로 더 험하게 싸운다. 말에 신명 나고 말에 지친다.

사실 수다는 문학의 뿌리다. 예로부터 사람들은 수다로 한을 풀고 마음을 달랬다. 판소리는 길고 파란만장한 수다의 결정판이다. 특히 판소리에서 '아니리'는 말로 떠드는 연기가 얼마나 흥겨운 것인지 보여 준다. 명창 중에는 소리를 잘하는 '소리광대'도 있었지만 재담에 능한 '아니리광대'도 있었다. 때로는 그들의 인기가 소리광대 못지않게 높았다. 신분의 벽, 유교 예절의 벽으로 몸의 속박이 많았던 시대였기에 말로라도 자신을 표현하려는 욕구가 더 컸는지도 모르겠다. 생각해 보면 요즘 아이들도 학교로 학원으로, 몸의 속박이 많은 시대를 살고 있기에 말에 대한 욕구가 더 폭발적일 수 있겠다. 말에도 여러 가지가 있겠는데, 겨우 축약어로 떠드는 욕설이나 속사포 같은 휴대전화 문자로 경쟁의 속박에서 탈출해 보려는 그들이 안타깝기만 하다.

『땅따먹기』(청년사 2006)를 읽으면서 판소리에서 아니리광대의 계보를 잇는 씩씩한 동화라는 느낌이 들었다. 무엇보다 엄청나게 많은 책 속의 큰따옴표에 놀랐다. 모든 등장인물이 지치지도 않고 수다를 주고받는다. 한 면에 열 쌍의 큰따옴표가 나오는 곳도 있다. 가장 수다스러운 인물인 쩩쩩이는 무려 41줄에 걸쳐 큰따옴표 한 쌍을 차지하고 숨 쉴 틈 없이 말을 하기도 한다. 차례는 아예 일곱 등장인물의 '이야기'로만 짜여 있다. 그런데 신기하게도 이 두툼한 책이 썩 잘 읽힌다. 대여섯 시간 앉아서 들어도 질리지 않는 판소리처럼 말이다. 이 동화의 문체가 고전적인 것은 아니다. 도리어 인터넷에서의 댓글 공방 분위기를 풍긴다. 하지만 음독(音讀)을 염두에 둔 것 같은 짤막한 문장이나 현재형으로 처리한 생동감 있는 문체는 판소리와 무척 비슷하다. 그러면서도 어린이 독자가 읽기 쉬운 길이의 문장을 구사하려고 애쓴 흔적이 뚜렷하다. 군데군데 배치된 가지각색의 의성어는 입을 거쳐 보니 참 익살맞다. 작품을 읽으면서 자꾸만 소리를 내 보고 싶다는 생각이 드는 건 아마 이러한 공연성, 현장성 때문일 것이다.

『토끼전』이나 『장끼전』처럼 동물들이 사건을 이끌어 나간다는 점에서도 판소리가 떠오른다. 동물의 생태를 보여 주는 장면이 배치되어 있으나 내용상 우화에 가깝다. 평소에 '찍찍, 멍멍, 냐옹' 같은 모호한 의사 표현만 하던 동물들은 마치 자신들의 언어를 해석해 줄 유능한 통역자를 만나기라도 한 양 상세하게 자신들의 감정과 생각을 시시콜콜 떠든다. 내용을 들어 보니 사람들 틈에서 힘겹게 살아가는 동물들의 처지와 아웅다웅 다툼에 관한 얘기다. 동물끼리 자기들 일을 얘기하지, 섣불리 사람 일을 가지고 훈계하려 들지 않는다는 점에서 『땅따먹기』는 우화계 판소리와 큰 차이가 있다. 그럼에도 도시 혹은 농촌이라는 한 터전에서 얽혀 살아가는 사람과 동물은 고민도 맞닿아 있을 수밖에 없다. 다른 고민 같지만 같은 곳에서 출발한 고민이다. 결국 어떻게 하면 어울려 잘 살 것인가에 대한 고민이다.

작가는 그림이나 사건보다 소리를 전달하는 데 관심을 갖고 있었던 것 같다. 앞서 출간한 『샘물 세 모금』(창비 2006)에서는 도깨비를 비롯한 옛 설화 속 상징을 끌어와 현대적인 판타지로 엮고자 한 적이 있다. 이번 작품에서는 장황한 수다의 전통을 현대적인 이야기로 엮어 냈다. 소리만으로 이야기를 엮는다는 건 만화도 영화도 해낼 수 없는 문학만의 영역이다. 이미지가 넘치는 시대에 소리에 주목한다는 것은 문학만의 특수성을 살려 내려는 긍정적인 노력이라고 생각한다.

아쉬운 점이 있다면 작품 속 논점이, 달려가는 방향이 분명치 않다는 것이다. 작가는 어린이들의 땅따먹기에 어른들의 재건축 갈등을 빗대어 들여다본다. 가장 현명하게 갈등을 처리하는 건 동물들이다. 그들이 보기에 땅따먹기란 재미로 하는 놀이일 뿐이다. "서로서로 생명을 나누어 가지"(214~15면)려면 영역 다툼을 그만두어야 한다는 게 동물들 생각이다. 그러나 사람들의 갈등과 연결되는 부분에서 내적 인과관계가 헐거워진다. 예를 들어 기영이네 식구들이 재건축 이익을 포기하고 그냥 마당 있는 집에서 살겠다고 결정하는 장면을 보면 가족 안에서 나눈 한 차례의 긴 대화가 결정 과정의 전부다. 후반부에서 주제와 관련된 긴 설교가 반복되는 부분은 현대 동화가 극복하고 싶어 하는 우화의 약점과 비슷하다. 재건축과 투기의 부작용을 '설명'하려고 하기에 투박한 문장이 튀어나오기도 한다. 장마다 각각 다른 시점을 적용한 기법은 사건을 향해 좀 더 엄밀하게 직조되었으면 싶다. 또한 작가는 땅을 놓고 서로 싸우지 말고 '비무장지대'를 두자며 상생의 중요성을 말한다. 어린이든 어른이든 각자의 이익을 놓고 첨예하게 대립하는 현대사회에서 상생이라는 소박한 대안이 얼마만큼 독자의 삶에 영향력 있게 작용할지 궁금하다. '좋은 얘기지만 그렇게 살기는 어렵지'라고 생각하지 않게 하려면 작품 속에서 '비무장지대'의 존재 이유가 좀 더 구체적으로 드러났어야 한다고 생각한다.

조선 후기의 판소리 연구가 신재효는 판소리에서 아니리의 중요성을 강조하였다. 아니리는 내용도 잘 짜여 있어야 하지만 아니리 연기법도 아름답고 공력 있고 교묘하여야 한다는 것이다. 오늘의 소리를 찾아내려는 작가의 노력은 이번 작품에서 의미 있는 실험으로 나타났다. 앞으로 더 탄탄하고 짜임새 있는 내용을 안고 공력 있게 발전하기를 기대해본다.

마음속의 불을 보라

김옥『불을 가진 아이』

　요즘은 불을 보기가 어렵다. 살고 있는 공간이 첨단을 지향할수록 더 그렇다. 산불이나 화재는 마음먹는다고 볼 수 있는 것이 아니고, 기껏해야 라이터 불과 가스 조리 기구의 불꽃쯤인데 전기 덕분에 그나마도 점점 더 보기 어려워질 것이다. 불을 직접 볼 수 있는 작업은 볼 수 없는 방식으로 대체된다. 불은 우리 눈에 띄지 않는 곳으로 들어간다.

　불과 얼마 전만 해도 불을 보기가 지금처럼 어렵지는 않았다. 흔한 집들이 선물이었던 유엔팔각성냥처럼 불은 우리 가까이에 있었다. 날마다 크고 작은 수십 가지의 불꽃을 보면서 살았다. 어린이들에게 불을 다룰 권리를 주지 않는 것은 지금이나 마찬가지지만 예전에는 적어도 불을 볼 권리마저 빼앗지는 않았다. 학교 소각장에서 일하는 아저씨는 불을 질러 쓰레기를 태울 때면 일부러 우리를 큰 소리로 불러 세우기도 했다. 얘들아, 불이다. 불 봐라. 아저씨가 철 꼬챙이로 쓰레기를 뒤적여 매캐한 연기 속에서 더 큰 불길을 일으키는 걸 바라보면 속이 확 뚫리는 것 같았다.

얼마 전(2008년 2월) 숭례문에 불이 났다. 온 국민이 모처럼 큰불을 보았다. 그것도 누군가가 지른 불이었다. 후드득후드득 불타오르는 숭례문 앞에서 기자는 밤새 '불을 가진 사람'을 찾고 있다고 보도했다. 돌아보니 우리는 대부분 불을 갖고 있지 않았다. 도대체 누가 불을 갖고 저기 올라갈 배짱이 있다는 거야. 미친 사람이 아니라면. 사람들은 그렇게 얘기했다. 우리는 불길을 보는 것조차 크게 두려워한 지 오래되었다는 걸 느끼면서 말이다.

불은 동화책에도 잘 나오지 않는 소재 가운데 하나다. 프로메테우스가 신들로부터 불을 훔쳐 온 지 수천 년이 지났다지만 불은 여전히 강력한 권력의 상징이다. 불은 문명을 일으켰지만 문명이 발달하면서 어딘가로 숨었다. 거대 권력이 보이지 않는 곳으로 철저히 숨어 버린 것처럼 말이다. 불을 다룰 수 있다는 것은 여전히 대단한 일이지만 우리는 누가 불을 다루는지조차 알지 못하고 살아간다. 불이 동화책에 나오지 않는 것은 어쩌면 당연하다. 이 사회는 어린이에게 아주 작은 힘도 허용하지 않으며 권력에 대한 접근이나 사고조차 가로막고 있기 때문이다. 어린이는 자신의 손과 발로 자신의 시간을 쓰는 일조차 모조리 감시받고 통제받으면서 불로부터 가장 먼 삶을 살아간다.

『불을 가진 아이』(사계절 2008)는 어린이에게 불을 주었다는 것에서 가장 큰 의미를 찾을 수 있는 작품이라고 생각한다. "불 지르는 놈들은 단단히 버릇을 고쳐 줘야 해"(20면)라는 금기가 엄존하는 현실에서 4학년 동배는 불을 가지고 불을 지른다. 그가 불을 지르는 이유는 가슴에서 불이 나기 때문이다. 준비물도 안 가져오고 구구단도 못 외운다고, 동배를 둘러싼 사람들은 동배에게 "꺼져 버려"라고 한다. 동배 가슴속의 불을 알아차리지 못한 것도, 먼저 기름을 끼얹은 것도 그들이다. 화장품 노점을 하는 엄마는 동배 가슴속의 불길을 알아차리기에는 삶이 너무 고단

하고 선생님은 활활 타는 불보다 더 무섭다. 불을 가져 본 적도 가져 볼 수도 없는 나약한 아버지는 동배를 짓밟음으로써 자기 마음속에서 치솟는 불길을 다스린다.

그런 동배가 성냥이라는 권력을 갖게 된다. 동배는 막다른 길에 몰린 자기 자신을 위해 그 불을 사용한다. 세상에 동배 편이 되어 주는 것이라고는 오직 성냥 몇 개비뿐이다. 나날이 더 크게 번지는 동배의 도벽을 지켜보아 주는 것도, 말없이 격려해 주는 것도 동배 주머니 속의 불이다. 그러나 밥상의 조기를 뒤집을 자유조차 허락되지 않던 동배에게 성냥은 스스로 제어하기 힘든 커다란 힘이었다. 짧은 순간 자신의 힘을 가져 보았던 동배는 그 힘에 밀려 나동그라진다. 동배도 어찌할 수 없는 힘은 반쪽이 산을 태우고 동배를 불사른다.

이 작품이 주는 먹먹함은 동배에게 다른 길이 없었기 때문에 오는 것이 아니다. 동배는 불을 갖지 않아도 다른 방법으로 자기 가슴속의 불을 다스릴 수 있다. 그것은 누군가 현명한 조력자의 도움으로 가능할 수도 있고, 부모의 뒤늦은 반성과 같은 흔한 장치로도 가능할 수 있다. 동배 자신을 향해 불꽃을 겨누는 것은 작가에게도 동배에게도 가장 위험한 길이었다.

하지만 작가도 동배도 그 길을 택했다. 어쩌면 동배는 몰랐겠지만 작가는 분명히 위험을 알면서도 그 길을 택했다. 동배는 물리적인 불로 세상을 겨누기 전에 이미 스스로 불타고 있었다. 어쩌면 이미 모두 불타서 꺼져 버린 것이나 다름없는 존재였다. 작가가 그런 동배에게 불을 준 것은 동배를 살리기 위해서 준 것이 아니다. 불타고 있는 동배를 보아 달라고, 꺼져 버린 동배에게 불을 들려 준 것이다.

어떤 점에서 동배의 불놀이는 소신공양과 같다. 이렇게까지 하지 않으면 다다를 수 없는 깨달음을 전하기 위한 마지막 몸부림 같은 것이다.

그래서 그것을 지켜보는 독자의 가슴이 더 먹먹하고 뒤늦은 눈물로는 그 불을 끌 수도 되살릴 수도 없다는 사실이 처연하다. 그 처연함 속에서 독자는, 특히 어른 독자는 동배에게 주어야 할 것은 성냥 몇 개비가 아님을 알게 된다. 그들에게 그들을 위한 진정한 불을 돌려주어야겠다는 두려운 깨달음을 얻는다. 그렇다면 어린이 독자는 동배에게서 무엇을 보았을까. 개인적으로 그 문제를 좀 더 깊이 파고들 기회를 가져 보고 싶다.

우정의 혼합 계산

김소연 『선영이, 그리고 인철이의 경우』

덧셈, 뺄셈, 곱셈, 나눗셈의 여러 기호가 섞인 하나의 식을 푸는 것을 '혼합 계산'이라고 부른다. 혼합 계산을 할 때는 몇 가지 기본 원칙을 잘 지켜야 한다. 계산식 안에 곱셈이나 나눗셈이 함께 섞여 있다면 반드시 먼저 풀어야 한다. 덧셈과 뺄셈이 섞여 있을 때는 괄호를 묶고 푸는 일도 주의해야 한다. 간단한 것 같지만 복잡하고 실수도 많은 것이 혼합 계산 문제다. 논리적으로 원칙과 경우를 잘 헤아려야 문제를 풀 수 있다.

『선영이, 그리고 인철이의 경우』(사계절 2009)는 간단하면서도 복잡한 '가족' 문제를 택해 혼합 계산처럼 또박또박 풀어 가는 동화다. 간단하다고 말하는 이유는 '이혼과 재혼'이라는 평범한 소재를 다루고 있기 때문이다. 한 가족의 탄생과 해체라는 심각한 사실을 '평범하다'라고 말할 수밖에 없는 현실이 안타깝지만, 부부의 이혼이나 재혼이 더 이상 놀라운 이야기가 아닌 것은 맞다. 요즘 주례사를 들어 보면 '검은 머리 파뿌리 될 때까지 영원하라'고 선언하기보다는 '아무쪼록 서로 최선을 다하라'고 권고하는 말씀이 더 많다. 물론 가족의 해체를 조장하는 일은 옳지 않겠지만, 피치 못할 상황에서 당사자들이 내리는 고통스러운 선택을 이해하고 새 출발을 격려하는 태도는 이제 자연스럽다. 독신 가정이나 재혼 가정을 색안경 쓰고 보는 사람도 점차 줄어들었다. 긴 인생에서 결혼의 횟수는 개인적 결단의 문제로 보는 것이다.

그런데 '이혼과 재혼'이 또한 복잡하다고 말하는 이유는 '어린이' 때문이다. '부부'의 이혼과 '부모'의 이혼이나 재혼은 전혀 성격이 다른 문제다. '부부'의 권리 관계를 놓고 이혼 탐색전을 벌일 때면 각각 변호사까지 내세우지만 정작 가족 구성원인 '자녀'의 주체적 의사나 권리는 종종 왜곡되기 일쑤다. 자녀 변수가 개입하면 너무나 복잡한 혼합 계산식이 되기 때문이다. '양육권과 양육비', '마음의 상처' 같은 건조하고 모호한 표현을 통해서나 잠시 등장할 뿐이다. 자녀가 가족의 최초 구성 과정에서 소외되는 것은 생물학적으로 어쩔 수 없는 일이지만 해체와 재구성 과정에서도 소외되는 것은 옳지 않다는 생각이다. 따라서 동화 작가는 부모의 이혼과 재혼 상황에 처한 어린이의 주체적 목소리를 듣고 함께 고민하며 그들이 제기하는 문제를 푸는 일에 능동적으로 동참해야 한다.

작가는 '부모의 이혼과 재혼에 처한 어린이의 문제'라는 만만치 않은 혼합 계산식에 도전하면서 기존 동화와 선을 긋는 새로운 풀이 방식을 보여 주었다. 이 작품은 크게 보아 두 개의 괄호가 연결된 하나의 식으로 구성되어 있다. 상황과 진행 과정이 다른 두 사람의 괄호는 일단 따로 풀어야 한다. 작가가 제목에서부터 선영이의 경우와 인철이의 경우를 '그리고'로 떼어서 나누어 놓은 것은 그런 까닭이다. 한 작품인데도 두 편의 동화가 독립적으로 진행되는 것 같은 느낌을 받는다.

하지만 두 개의 괄호 묶음을 어떻게 풀 것인가는 한꺼번에 보고 생각해야 한다. 결국 두 괄호 모두 '가족의 소외와 존재의 회복'이라는 큰 식의 일부이기 때문이다. 이 작품의 혼합 계산에서 괄호를 풀기 전에 먼저 움직이는 것은 둘의 우정에 작용하는 '곱셈'과 '나눗셈'의 힘이다. 선영이와 인철이는 친구이기 때문에 기쁨을 두 배, 세 배 함께 곱하고 씩씩하게 성장한다. 가족 해체의 과정에서 생기는 아픔도 나누어 이해하면서 이겨 낸다. 이것이 작품을 이끄는 가장 큰 매력이다. 어른들이 자신들의 괄호 안에 갇힌 채 덧셈과 뺄셈만 견주고 있을 때 이 두 어린이는 슬기롭게도 상대방을 위한 곱셈과 나눗셈을 먼저 행한다. 두 사람의 눈에 어른들의 계산은 원칙을 지키지 않은 잘못된 풀이처럼 보인다.

내가 생각에 골똘해 머리를 북북 긁는데 선영이 말소리가 들렸다. 선영이는 깊이 감추었던 진심을 털어놓듯 조심스럽게 말했다.
"난 엄마가 재혼 안 했으면 좋겠어. 아빠도 마찬가지야. 그냥 이렇게 살다가 엄마 아빠가 각자 잘못을 깨닫고 다시 합쳤으면 좋겠어. 서로가 서로에게 사과하고 용서하면 되잖아."
(…)
하고 싶은 말을 다 했는지 어깨도 한결 가벼워 보였다. (…) 선영이는 자기 얘길 들어 줘서 고맙다고 했다. (…) 선영이를 도우려던 것이 되레 내 속에 묻혀 있던 문제를 끄집어낸 꼴이 되었다. (100면)

이 작품의 또 다른 힘은 선영이나 인철이를 바라보는 세상의 시각보다는 선영이와 인철이의 주체적 시각에서 논리적으로 문제를 풀고자 노력한다는 점이다. 남들이 이 둘의 상황을 어떻게 생각하느냐를 표현하는 부분은 상대적으로 매우 적고 두 사람이 자신들의 상황을 치열하게 따지고 들여다보는 내용이 많다. 정서적 어려움에 초점을 맞추었던 기존 동화들과 확연하게 다른 점이다. 선영이와 인철이는 성격이 다르다. 하지만 문제를 담담하게 풀어 가는 인철이나, 격렬하게 부딪히는 선영이나 모두 자신의 관점을 또렷하게 세우고 오해와 이해를 분별하며 논리적으로 이야기를 이끌어 가고 있다.

아빠가 요즘 자꾸 술 마시고 늦게 들어오고 새엄마를 구박하니까 새엄마가 덩달아 나까지 미워하는 거다. 나는 아빠 자식이긴 해도 새엄마 자식은 아니니까 아빠가 미우면 당연히 나까지 미워지는 거다. 그래서 새엄마는 걸핏하면 내게 성철이 보살피라는 얘기만 하고 저번처럼 내가 아빠를 빼다 박았다며 흘겨보는 거다.
여기까지 생각하고 나자 새엄마보다 아빠가 더 미워졌다. (99면)

인철이의 이런 태도를 보면 '이혼'과 '재혼' 과정에서 어린이가 얼마나 독립적인지 알 수 있다. 뭉뚱그려서 사랑과 이해로 접근하는 것과 다른, 작가의 처방이 신선하다. 작가는 선영이와 인철이를 통해 가족의 해체 복원 과정에서 어린이의 권리를 세우는 데 분명히 기여했다.
그런 의미에서 『선영이, 그리고 인철이의 경우』는 실험이면서 의미 있는 작품이다. 어린이도 자신의 삶을 주체적으로 운영하며 산다. 어떤 면에서 그들은 더 빠르게 삶이라는 혼합 계산의 원리를 터득한다. 덧셈과 뺄셈에만 연연하지 않기 때문이다. '이혼과 재혼'이라는 소재를 눈물과 사랑으로 보듬어 안던 작품들과 비교하자면 이 작품은 냉랭하고 무뚝뚝한 감이 없지 않다. 하지만 '곱셈과 나눗셈'의 힘을 믿으며 지혜롭게 괄호를 묶고 푸는 작가의 해법은 매력적이다. 선영이, 인철이를 넘어 또 다른 누군가의 경우에 대한 작가의 도전을 기대해 본다.

의인동화의 본령

선안나 『삼식이 뒤로 나가!』

퇴근길에 문득 마주친 길고양이의 시선을 잊을 수 없을 때 우리는 이런 생각을 한다. '저 녀석도 퇴근 중일까, 혹시 나를 기억할까?' 평행 우주처럼 우리가 알지 못하는 공간 어딘가에 우리와 많이 닮은 동물들만의 세계가 비밀스럽게 존재할지도 모른다고 생각한다. 몇몇 동화작가들은 '의인동화'라는 이름으로 그들의 알려지지 않은, 경계 너머의 삶을 끊임없이 추적했다. 그중에서도 작가 선안나는 무척 성실하고 유능한 추적자다. 그는 이미 동물의 세계 깊숙한 곳까지 디디고 들어가 이야기로 입증했다. 가까운 예로 산토끼, 여우, 다람쥐, 살쾡이 손님들에게 목욕탕을 야간개장해 주는 인심을 썼고(「떡갈나무 목욕탕」, 『떡갈나무 목욕탕』, 파랑새어린이 2001), 개울에서 수영하다가 '얼룩무늬'를 잃어버린 아기 호랑이의 고민을 풀어 주기도 했고(『내 얼룩무늬 못 봤니?』, 미세기 2013), 중국 황후의 비단양말을 수집하는 살쾡이네 집을 방문한 적도 있다(「살쾡이 양의 저택」, 『떡갈나무 목욕탕』).

『삼식이 뒤로 나가!』(창비 2011)는 까마귀 가욱이와 사람 삼식이의 학교생활을 평행 우주처럼 나란히 들여다본 연작 의인동화집이다. 사람들에 의해 폐교된 참꽃분교에 다니는 동물 학생 가욱이는 곧 폐교될 운명에 처한 초롱꽃분교의 사람 학생 삼식이와 날카롭게 대립한다. 초롱꽃분교는 학교가 문 닫는 상황을 막아 보려고 이른바 생태 과학 특성화학교를 만들기로 하는데, 이 방안은 가욱이와 삼식이 모두에게 탐탁지 않다. 가욱이는 자유롭게 지내고 있는 숲속 동물들을 잡아들여 교내에서 사육하려 들까 봐 불안하다. 삼식이는 부모님이 애써 농사지은 조생찰벼를 다 쪼아 먹은 원수 같은 새들에게 먹이를 주고 터전을 준다니 말도 안 된다고 생각한다. 두 학교의 교장 선생님들이 갈등을 원만하게 풀어 보려고 애쓰지만 간단치 않다. 너와 내가 함께 잘 사는 세상을 만드는 일이 쉬울 리가 없다.

작가는 동물과 인간의 갈등이라는 문제를 집단의 대립으로 풀지 않았다. 두 개의 커다란 우주가 충돌하더라도 그 안에서 아픔을 겪는 것은 작은 생명들이다. "새집 짓는 거 싫어요! 새총으로 다 쏘아 버릴 거예요!"(49면)라는 삼식이의 울음이나 "지금 콩이 문제예요? 내 동생이 죽게 생겼는데!"(79면)라는 직박구리 삐옥이 언니의 비명에 귀 기울이지 않는 양측의 힘겨루기는 무의미한 것이다. 해법은 오히려 이들의 마음을 보살피는 가운데 나온다. 새장을 열어 새를 날려 보내고 새집을 지어 준다거나, 콩 세 알 가운데 한 알만 먹고 두 알은 남겨 둔다거나 하는 지혜는 작은 목소리를 무시하지 않았기 때문에 나올 수 있었다. 앙금을 풀기 위한 더 근본적인 방법은 상대방의 입장이 되어 보는 것이다. 그래서 까마귀 가욱이는 마법 열매에 관해 더 열심히 공부할 작정이다. 삼식이에게 직접 새가 되어 볼 기회를 마련해 주고 싶기 때문이다.

이 동화집은 사랑스럽다. 사람의 말을 하게 해 주는 '푸르죽죽 울퉁불퉁 열매'라든가 몸을 투명하게 변신시켜 주는 '불그죽죽 흐물흐물 열매'는 상상만 해도 유쾌하다. 딱딱하게 굳은 인물이 없고 이야기의 진행은 물 흐르듯 자연스럽다. 독자는 가욱이와 삼식이 어느 쪽에도 고개를 끄덕이게 된다. 작가는 갈등은 뚜렷하게 보여 주되 풀이 과정은 진행형으로 남겨 두었는데, 이런 결말 때문에 이야기가 남기는 인상은 강하지 않아 아쉽다.

초롱꽃분교의 고민은 생태 환경을 조성한다며 강을 파헤치고 물고기를 내쫓는 지금 우리의 문제이기도 하다. 대안을 제출하는 것은 독자의 몫이기도 하겠다. 이 동화집은 우리와 비슷한 다른 공간을 살펴 우리와 그들 모두가 처한 공통의 문제를 밝히고 극복해 보려는 의인동화의 본령에 충실한 작품이다. 작가가 그동안 의인동화에 기울여 온 노력이 하나의 정점에 이르렀다고 생각한다.

길을 걷다 보면 나를 알게 될 거야

루이스 새커 『작은 발걸음』

우리는 크게 멀리 보라든가, 큰 꿈을 가지라든가 하는 얘기를 많이 들
으며 자란다. 장차 무엇이 될지 모르는 바에 이왕이면 커다란 도전을 해
보라는 것이다. 그러나 성장의 줄을 아슬아슬하게 디디고 있는 청소년
의 입장에서는 이런 부추김이 사치스럽게 느껴지기도 한다. 그들에게
필요한 것은 더 섬세하고 손에 꼭 쥐어지는 구체적인 격려의 말이다. 루
이스 새커(Louis Sachar)의『작은 발걸음』(김영선 옮김, 창비 2011)에 나오는
인물들도 마찬가지다.

'겨드랑이'라는 별명을 가진 시어도어 존슨은 일하는 청소년이다. 시
간당 7달러 65센트를 받고 조경회사에서 인부로 일한다. 여름학교를 다
니며 뒤처진 학업을 보충하려고 애쓴다. 땀 흘리는 걸 질색하는 그의 친
구 '엑스레이'는 마땅한 벌이가 없다. 두 사람이 처음 만난 곳은 '초록 호
수 캠프'였다. 소년원 역할을 하는 그 캠프에서 겨드랑이와 엑스레이는
교관이 시키는 대로 날마다 네모난 구덩이를 팠다. '초록 호수 캠프' 시
절이 어땠는지는 전작『구덩이』(김영선 옮김, 창비 2007)에 나와 있다. 전편

에 해당하는 『구덩이』는 1999년 뉴베리상을 수상하였으며 『작은 발걸음』은 『뉴욕 타임스』와 『스쿨라이브러리언』에서 호평을 받은 바 있다.

주인공 겨드랑이는 얼토당토않은 일에 연루되어 소년원 캠프에 들어갔다가 겨우 풀려나온 지 오래되지 않았다. 그는 자기 자신을 위한 다섯 가지의 목표를 세우고 이를 '작은 발걸음'이라고 부른다. 첫째는 고등학교 졸업, 둘째는 취직, 셋째는 저축, 넷째는 싸움이 날 수 있는 상황 피하기, 마지막으로는 '겨드랑이'라는 이름 버리기다. 범죄 경력이 있는 흑인 소년이라는 낙인을 가진 채 시작한 그의 작은 발걸음은 몇 발짝도 떼기 전에 엉켜 버린다. 엑스레이는 겨드랑이에게 암표 장사 동업을 제안하고 겨드랑이가 애써 저축한 돈은 어두운 경로로 흘러간다. 무엇이 불법이고 무엇이 합법인지를 배우기도 전에 차별과 편견의 벽을 먼저 알았던 이 친구들은 입도선매한 소녀 인기 가수 카이라 딜리언의 콘서트가 놀라운 흥행을 해서 서러운 자신들을 견인해 주리라고 믿는다.

겨드랑이와 엑스레이가 인종차별과 소년원 이력에 대한 사회의 편견 때문에 더딘 걸음을 걸어야 했다면 겨드랑이의 이웃집 소녀 지니는 태어날 때 겪은 출혈로 뇌성마비가 되어 움직임과 말이 더딜 수밖에 없었다. 지니와 겨드랑이는 상대의 아픔을 한 뼘씩 더듬어 가며 우정을 쌓는다. 이들 세 사람의 작은 발걸음에 의외의 동행이 생기는데 그것은 바로 문제의 암표 콘서트 주인공인 가수 카이라다. 이라크 전쟁에서 아빠를 잃고 어린 나이부터 목소리 하나로 가장 역할을 떠맡은 카이라는 대중의 판타지에 갇혀서 한 발짝도 나아갈 수 없는 처지다. 그러나 예기치 못한 해프닝으로 이들과 엮이면서 비로소 스스로 떼는 발걸음을 경험한다.

『작은 발걸음』의 문학적 힘은 읽는 동안 문득 우리의 거친 걸음을 잠시 멈추게 만든다는 점에 있다. 아침부터 밤까지 쏟아지는 '너 그 일 안

할 거야?'라는 다그침은 우리를 얼마나 성급한 길로 내몰았던가. 겨드랑이와 엑스레이가 뛰어든 '암표 장사'는 오늘날 우리들의 삶이 스스로의 의지와 관계없이 엉뚱한 길로 가고 있음을 보여 주는 심오한 메타포다. "사람들이 우리한테 자기들 대신 줄을 서 준 대가로 1,000달러를 주는 거야. 다만 그 사람들이 누구인지 우리가 아직 모를 따름이지"(29면)라는 엑스레이의 말은 '보이지 않는 손'에 의해 궁지로 몰리고 이용당하면서도 그 끝 모를 대행자적 삶에 자신을 내맡기고 있는 우리들의 모습을 상징한다. 겨드랑이와 엑스레이는 암표 장사로 몇백 달러를 벌 수 있을 거라고 생각했지만 그들의 이익은 전문 암표업자 필릭스의 수익에 비하면 아무것도 아니다. 카이라는 감정을 가두고 무대에서 시달리는 대가로 엄마에게 옷과 보석과 새 남편 제롬을 안겨 주었지만 천문학적인 공연 수익은 제롬의 수중으로 건너간다. 누군가를 대행하는 삶을 받아들여서는 이 악순환의 고리가 달라지지 않는다. 아무리 좁은 보폭이더라도 자신만의 발걸음을 걸어야 하는 것이 인생인 것이다.

이 작품에는 인종차별, 교육 격차, 대중문화 산업의 그늘과 아이돌 팬덤의 문제, 장애인과 소수자의 인권, 재소자에 대한 편견 등 묵직한 주제가 포진하고 있다. 그러나 그 주제를 다루는 방식은 유쾌하고 낙천적이어서 좌절보다는 용기를 준다. 책을 읽으며 얻은 고민을 건강한 실천으로 이어 갈 수 있겠다는 희망이 생긴다. '웨이싸이드 학교' 시리즈나 『못 믿겠다고?』(바람의아이들 2005), 『개는 농담을 하지 않는다』(돌베개 2011) 등 기존의 역작을 통해서 잘 알려진 루이스 새커는 우리를 둘러싼 세상의 무수한 불평등과 왜곡의 구조를 냉철하게 다루면서도 독자들이 그 현실에 맞서 나갈 수 있는 단서 또한 마련해 준다. 저마다 다른 시선을 가질 수밖에 없는 이 복잡다단한 현대사회에서 과연 누가 보편적 진실의 존재를 캐묻고 그 길을 걸어갈 것인가. 루이스 새커는 그것이 '우리 자신'이어야 하며 어떤 영웅도 우리의 삶을 대행해 줄 수 없음을 이 작품을 통해서 알려 준다.

좋아하는 인기 가수와 가장 가까운 친구가 되는 일이라거나 돈의 변덕에 놀아나지 않아도 될 만큼 넉넉한 행운을 거머쥐게 되는 일 같은 것은 이 작품을 읽는 동안 만나는 소소한 재미다. 본격적인 문학작품 읽기를 두려워하는 청소년을 위한 통쾌한 성장담으로도 손색이 없다. 겨드랑이, 엑스레이, 지니, 카이라. 이 네 사람의 동료와 걸음을 떼다 보면 어느덧 문학과 삶의 '실마리'를 발견하게 되고 내가 누구라는 것을, 내가 진짜라는 것을 알게 될 것이다.

동학의 정신을 아이의 발걸음에 실어

한윤섭 『서찰을 전하는 아이』

　도교의 주술에 기원을 둔 '얼씨구절씨구 지화자 좋다'라는 추임새는 동학농민운동에 참여한 농민들의 구호이기도 했다. 나라가 태평하고 백성이 평안한 시대에 불리던 것이 혹정 속에서 구호로 쓰였다는 것은 역설적이지만 의미하는 바가 크다. 비탄에 빠진 농민들을 활활 타오르게 한 것은 새 세상에 대한 열망과 동지에 대한 신뢰였던 것이다.

　한윤섭의 『서찰을 전하는 아이』(푸른숲주니어 2011)에서는 그러한 동학의 정신이 한 아이의 발걸음과 노래에 실린다. 살아간다는 것, 혁명한다는 것은 까마득한 절망이 닥치더라도 동이 트면 마땅히 가야 할 길을 떠나고 나를 도와줄 사람과 내가 도와야 할 사람이 있다는 믿음을 놓지 않는 것이다. 청천벽력 같은 아버지의 죽음을 딛고 '사람과 세상을 구하는 편지'를 전하는 아이의 행보는 그 자체가 혁명적이다. 작가는 역사적 사건의 함의를 문학으로 풍부하게 형상화하는 데 성공했다. 전라도에서 일어났으나 전국을 뒤흔든 것이 동학농민운동이다. 그 가장자리에는 혁명의 조직화와 확산에 기여하고 성공을 염원했던 방방곡곡의 민초들이 있었다. 농민이 아닌 소상인, 어린 보부상을 동화의 주인공으로 택한 것은 민초들의 움직임까지 총체적으로 바라보게 하려는 선택이었다고 본다.

한편 동학농민운동을 모르는 어린이 독자에게 이 작품은 모험 이야기다. 아이는 열 글자의 단서를 풀어 가는 과정에서 비로소 동학과 전봉준의 실체에 접근하게 된다. 아이가 만나는 사람들은 한결같이 '대가(代價)'를 요구한다. 대가는 일단 통과의례의 의미이지만 상업 세력이 빠르게 성장한 조선 후기의 사회 분위기나 시대 사정을 전하는 역할도 한다. 노회한 책 장수의 냉정함에서는 영세한 농촌 행상의 생계를 위협했던 당시 거대 보부상과 외국 상인의 횡포를 느낄 수 있다. 아이가 양반 도령과 당당하게 거래하는 장면이나 김 진사가 아이의 노래를 듣고 신분을 넘어 감동하는 장면에서 '사람이 곧 하늘'이라 여긴 동학의 평등사상도 일면 드러난다. 아이에게 유일하게 대가를 요구하지 않고 평등을 강조하는 사람은 천주학 어른인데, 이 때문에 작품에서 '천주교회'가 윤리적으로 가장 높은 지위에 있는 것처럼 여겨질 우려도 있다. 작품의 주요 소재가 동학인데 천주학 어른이 구성상 중요한 지점에 놓여 있는 것은 주객이 전도된 면이 있지 않나 싶다. 인물들이 아이에게 글자의 뜻을 알려 주는 대신 대가를 요구하는 과정도 그렇다. 아이에게 '성장의 책임'을 지운다는 점에서는 자연스러우나 당시 사회를 잘 모르는 오늘날의 어린이 독자들이 자신에게 익숙한 '시장경제의 원리'로 치환해서 그 시대를 이해해 버리지 않을까 염려되기도 한다.

그러나 노랫소리에 약이 들어 있는 아이가 스스로 세상의 부조리를 깨닫고 임무를 완수하는 과정은 전봉준 이야기를 쓰지 않으려 했다는 작가의 말대로 '전봉준 이야기'를 넘어서는 감동을 일구었다. 아주 잠깐 등장하지만 "동지도 믿지 못한다면"이라는 말로써 커다란 존재감을 드러낸 전봉준의 최후도 구성상 뛰어난 배치라고 생각한다. 무엇보다 역사를 다루는 아동문학이 '지식의 연성화'에 기여하는 역사 자습서가 아니라는 것을 실증한 뜻깊은 작품이라고 본다.

작품 외적인 부분이지만 스포일러에 가까운 책 뒤표지 글은 유감이다. 역사적 정황을 모르고 읽는 어린이 독자가 적지 않을 텐데 그들에게 결정적인 정보를 미리 알리고 있으니 말이다. 작가가 공들여 배치한 글의 핵심 단서를 공개해 버려 읽는 재미를 해친다. 아쉬운 일이다.

가슴을 잃은 시대

마윤제『검은개들의 왕』

1. 귀신 같은 사람들, 가슴을 잃은 시대

마윤제의『검은개들의 왕』(문학동네 2012)에는 귀신 같은 사람들이 여럿 나온다. 그렇다면 귀신은? 얼마나 많이 나오는지 헤아릴 수조차 없다. '검은개'는 사람들이 만들어 낸 '귀신 같은 개'다. 현실에서 정체가 규명되지 않는 존재들이 영과 육의 세계를 들락거린다. 그러나 무정형의 공포를 헤치고 나가는 것은 평범한 세 소년이라는 점에서 어디까지나 이 소설은 담대한 모험 이야기다.

'나'는 엄마를 잃었다. 엄마는 유방암이었다. 엄마는 봄이 끝나 갈 무렵 남은 가슴을 제거하기 위해 집을 떠났고 그것이 마지막이었다. 엄마를 잃으면서 소년은 맘 놓고 파묻힐 가슴을 잃었다. 가슴을 잃은 것은 '나'뿐이 아니다. 동치의 엄마는 무허가 춤 교습소를 운영하는 춤 선생이다. 다른 남자를 기꺼이 품에 당겨 안고 그를 아버지라고 부르라 하는 순간부터 동치는 엄마의 가슴을 잃은 셈이다. 엄마가 약물에 가라앉을

수록 동치는 주먹을 들어 올린다. 자존심을 지킬 다른 방법이 없다고 생각했다.

이 작품의 세 소년 가운데 가장 눈길을 끄는 인물인 홍두도 마찬가지다. 뺑소니 사고로 어려서 한꺼번에 부모를 잃은 홍두에게 현실이란 엄마의 가슴이 없는 공허한 세계다. 그는 엄마 배 속에서부터 미처 자라지 못한 세 개의 짧은 손가락을 들고 온갖 귀신을 만나러 다닌다. 교회도, 절도, 성당도 홍두에게는 용한 귀신의 처소일 뿐이다. 태내에서 미처 자라지 못한 손가락을 다 자라게 만든다는 건 현실에서는 불가능한 꿈이다. 그것을 잘 아는 홍두는 악다구니 같은 오늘을 뛰어넘어 곧장 내일의 세계, 귀신의 세계로 달려간다. 그러나 귀신들의 가슴은 만질 수도 없고 뻥 뚫렸다.

이 작품에서 가슴을 지녔으며 가슴을 내어 주는 존재는 '할머니' 한 사람이다. 다들 쓸모없다고 버리는 색색의 천 조각을 모으고 정신을 놓았다 잡았다 하는 상황에서도 소년들만 보면 환하게 웃는 할머니는 작품 속에서 유일하게 '사람 같은 사람'이기도 하다. 누더기가 된 세상에서 찢어진 가슴을 깁는 할머니의 웃음은 마치 영혼의 바느질 같다. 이러한 할머니를 죽게 만든 '검은개'야말로 소년들의 최우선 공격 목표가 된다. 그러나 검은개로 향하는 길목에는 귀신이 있거나 귀신처럼 살아가는 사람들이 도사리고 있다.

우리들의 시대는 어떠한가. 세 소년의 이야기는 분명히 우리가 살아가는 시공간을 배경으로 삼고 있다. 그러나 작가는 여기에 새로운 배율의 렌즈를 갖다 댄다. 그 렌즈를 통해 우리는 우리가 사는 이 시대가 얼마나 귀신 같은 시대인가 깨닫는다. 왜 싸우는지 모르는 싸움이 도처에서 벌어지고 뒤에 숨은 그림자는 쥐도 새도 모르게 자취를 감춘다. 부모는 자식에게 식육점 주인은 손님에게 손님은 장사치에게 패악이 일상인 사람들. 그 마음속에 웅크리고 있는 분노의 정체는 무엇일까. 우리는 무엇 때문에 누구를 공격하고 있는가.

폭력의 정체가 모호하다는 점에서 이 시대는 귀신을 닮았다. 신출귀몰한 그 폭력들은 우리를 에워싼다. 두 개, 혹은 세 개 이상의 얼굴을 하고 두려움을 재촉한다. 참으로 검은개들의 왕답다. 어떻게 검은개들을 물리칠 수 있을까. 모든 공격성은 두려움의 소산이므로 두려움을 이겨 내면 평화를 되찾을 수 있다. 문제는 이 극복의 과정을 모두가 함께해야 한다는 것이다. 그런 점에서 세 소년의 동행은 거칠지만 믿음직스럽다.

2. 두 개의 달, 쌍둥이: 2의 의미

이 작품을 읽는 동안은 정신을 바짝 차려야 한다. 작가는 틀에 박힌 전개를 선호하지 않는다. 어느 구석으로 독자를 몰아넣는다. 마주치기 어려운 곳을 배경으로 삼고 있음에도 시각, 청각, 후각, 미각, 촉각을 넘나드는 풍부한 표현 덕분에 선명한 공간감을 느낄 수 있다. 모처럼 만난 흥미진진하게 읽히는 소설이다. 그 과정이 오직 이미지의 집적과 탈락만으로 이루어진다는 것이 더욱 놀랍다.

작가가 더불어 배치하고 있는 것은 강한 상징들이다. 읽는 과정에서 난해하다고 느낀다면 쉽게 풀이되지 않는 상징성 때문일 것이다. 예를 들자면 이 작품에서는 '2'가 어떤 숨은 의미를 갖고 있는 것 같다. 이 세계에는 밤하늘에서 '두 개의 달'을 보는 사람들이 있으며 '나'는 바로 그런 사람이다. 세계의 이면을 읽어 낸다는 의미일 수도 있고 현실에 드러나지 않는 무의식이나 환영을 바라본다는 뜻으로 받아들일 수도 있다. 세 소년을 공격하는 금속경찰은 저수지 노인의 쌍둥이 아들 중 한 사람이다. 생물학적 쌍둥이이면서 경찰인 동생의 직업을 그대로 본떠 제복을 입고 곤봉을 휘두르는 정신이상자다. 우리는 현실 사회에서 멀쩡한 것과 기괴한 것이 양립하는 장면을 얼마든지 목격한다. 듬직한 경찰력은 언제든지 포악한 공권력이 되기도 하는 것이다. '동치'라는 이름도 의미심장하다. 논리학 용어에서 동치(同値)는 '같다'는 의미다. 일란성쌍둥이 같은 두 개의 세계는 때로 우리를 위협하고 달래면서 적정 수준의 공포감 안에 가두어 둔다.

'2'가 부정적인 의미로만 쓰이는 것은 아니다. 두 개의 달은 '잃어버린 모성'과 '부활한 모성' 혹은 '새로 만난 모성'의 상징일 수도 있다. '달'은 종종 '엄마'를 상징한다. 모성을 잃은 소년들은 '그리운 엄마'와 더불어 어딘가에 있을 '평화로운 엄마'의 모습을 상상한다. 또한 무엇이 진짜이고 무엇이 가짜인지 고민한다. 성장 과정에서 겪는 둘 사이의 혼란이 반드시 나쁜 것만은 아니다.

건너편 미루나무 꼭대기에 보름달 두 개가 나란히 걸려 있었다. 두 개의 달은 마치 일란성쌍둥이처럼 하늘 높이 떠 있었다. 달 사이로 귀신 할머니의 활짝 웃는 얼굴이 떠올랐다가 사라졌다. 나는 두 개의 달을 쳐다보면서 할머니에게 배운 노래를 나지막하게 불렀다. (237면)

이 작품을 읽으면서 자꾸만 장면을 놓치게 되는 것은 어긋날 만큼 생소한 비유가 등장하거나 동선의 비약이 일어나기 때문이다. 신인 작가의 미숙함을 드러내는 것일 수도 있고 그만의 스타일일 수도 있겠다. 어떤 것일지는 그의 다음 작품을 보면 알 수 있지 않을까 싶다. 마윤제는 선이 굵은 이 첫 작품으로 '제2회 문학동네 청소년문학상 대상'을 수상하였다.

청소년기의 표면과 내면

크리스티네 뇌스틀링거 『나는, 심각하다』

1. '말하지 못한 변명들'의 시절, 청소년기

영유아기의 아기들은 실컷 말하고 싶지만 말할 수 없어서 답답함을 겪는다. 아직 언어 사용 능력이 충분히 발달하지 않았기 때문이다. 원하는 바를 정확하게 지칭할 수 없는 아기들의 안타까움은 종종 큰 울음으로 나타난다. 쑥떡이라고 읊어도 찰떡같이 자신들의 마음을 콕 짚어 이해하지 못하는 어른들에 대한 경고의 사이렌인 셈이다.

청소년기의 소년과 소녀들은 말할 수 있지만 말하고 싶지 않아서 입을 다문다. 어떤 말을 해도 성인들에게 정확히 이해받지 못하리라는 두려움이 있는 데다 스스로 생각해도 어떤 마음인지 혼란스러워서 말로 내뱉기 어려운 감정이 많다. 안타까움, 어색함, 부끄러움, 쓰라림, 비밀스러움, 억울함 등이 켜켜이 쌓인 이 심오한 감정을 고작 몇 마디 문장으로 기술한다는 것이 가당키나 하겠는가. 소년과 소녀의 눈에 비친 어른들의 언어는 소통의 도구라기보다 오해의 통로다. 그들이 침묵, 비어,

속어, 은어를 자주 활용하는 것은 기성세대와 나누는 대화에 대한 강한 불신 때문이다. 어차피 갖다 바쳐도 못 알아들을 말, 공들여 내보내지 않겠다는 저항의 사이렌이기도 하다.

크리스티네 뇌스틀링거(Christine Nöstlinger)의 『나는, 심각하다』(이미화 옮김, 한겨레틴틴 2012)는 언어로 충분히 표현되지 않았던 청소년의 마음을 솔직하고 대담하게 보여 주는 소설이다. 주인공인 소년 세바스티안은 작정하고 일기장을 열어 보이듯이 마음의 밑바닥까지 독자에게 공개한다. 작품은 모두 25장으로 구성되어 있는데 각 장의 제목을 길고 정성스럽게 붙였다. 예를 들면 '나도 미처 몰랐던 나의 큰 문제에 대한 엄마의 아주 신기한 반응', '겸손하게 표현한 내 실력과 시기적절하게 떠오른 유치하지만 번뜩이는 영감', '앞서 말한 엄마와 나의 안타까운 관계에 대한 추가 설명' 등이 소제목이다. 차례만 읽어도 이야기의 결을 짐작할 수 있다. 생각의 보폭이 촘촘하다.

세바스티안은 자신에게는 말하지 못한 변명들이 많다고 여긴다. 그 변명은 가슴에 쌓여 있다가 무기력하게 가라앉기도 하고 섬광처럼 별안간 번뜩이기도 한다. 청소년이라면 한번쯤 공감할 수 있는 모든 경로를 살살이 헤집어 가며 기록한 그의 '미공개 변명 일지'를 읽고 있으면 가슴이 뻥 뚫리는 카타르시스가 느껴진다.

2. 마음의 당김음과 몸의 늘임표

크리스티네 뇌스틀링거는 『불꽃머리 프리데리케』(1970), 『오이대왕』(1972) 등으로 잘 알려진 오스트리아의 대표적인 아동청소년문학 작가다. 그의 글은 활달하고 유쾌하면서도 예리한 비판을 머금은 것으로 정평이 나 있다. 그의 주인공들은 어떤 상황이나 처지도 절망으로 받아들이지 않고 세상을 향한 도전의 한 방을 날린다. 『나는, 심각하다』의 주인공 세바스티안도 마찬가지다. 남보다 키가 늦게 자라 성장판 검사를 받았지만 지켜보자는 의사의 모호한 답변만 들은 그는 또래보다 한 발짝 늦게 몸의 변화에 직면한다. 하지만 유예된 몸의 질주가 마음의 빠른 성숙을 가로막지는 못했다. 주변 문제에 대한 까다로운 관심, 종교적 심성에 대한 성찰, 철학적 이론과 사상가에 대한 몰입은 세바스티안을 좌충우돌하는 사색의 세계로 이끌었다.

『나는, 심각하다』는 한 걸음 먼저 정신적 성숙에 이른 소년이 몸과 마음의 부조화를 경험하면서 어떤 고민을 겪게 되는지 잘 보여 준다. 머릿속으로는 이미 세상의 문제에 다 통달한 것 같은 그에게 뒤늦게 찾아온 몸의 불뚝거림은 낯설면서도 신비한 것이다. 몽정, 성 정체성에 대한 고민, 매우 이성적인 친구이며 사촌지간인 줄로만 알았던 에바-마리의 느닷없는 고백과 사랑의 이면은 세바스티안을 의도하지 않았던 여러 가지 사건 속으로 데려간다. 싱글맘인 그의 엄마는 '하나의 성(性)'으로 또 하나의 탄생을 준비하는 아들을 아슬아슬하게 지켜보면서 아빠의 부재로 인한 공백을 어떤 식으로든 채워 주려고 다양한 시도를 거듭하지만 그 어설픈 시도는 늘 영민한 세바스티안에게 어이없이 들키거나 비웃음을 사고 만다. 세바스티안의 눈에는 헤어져서 재혼한 아빠든 자신에게 매달리며 살아온 엄마든 비밀이 탄로 나고 나면 허풍선이에 불과한 못 미더운 어른들로 보인다. 하지만 독자의 눈에는 세바스티안의 숨겨진 마음이 들여다보인다. 걸핏하면 더딘 자신의 몸을 주위와 비교하려는 주위의 시선은 짐이 된다. 자연스러운 변화를 갖가지 사회적 통념과 맞대어 놓고 근심하는 부모의 모습은 '내가 정말 어떤 사람인가'에 대한 세바스티안의 진지한 고민을 어지럽히기도 한다. 독자는 그런 그의 모습에 슬쩍 연민을 느끼면서도 당겼다가 늘였다가 자유자재로 구사하는 그의 통렬한 입담에 빠져들어 곧 웃고 만다. 이 책을 읽는 즐거움은 가장 심각한 문제를 가장 심각하지 않은 방법으로 처리하는 주인공의 능청스러움과 그런 그를 만들어 낸 작가의 능력에 있다. '나는, 심각하다'라는 한글판 제목은 아마도 그런 부분을 포착해 낸 것이지 싶다.

3. 청소년기라는 혹성 운행의 시기, 표면과 내면

이 작품은 표면적으로 청소년의 성에 대한 고민을 다룬 것으로 읽을 수 있다. 문화의 차이 때문이기도 하겠지만 아직 우리 사회에서는 충분히 이야기 나누지 못한 성 정체성에 관한 문제들이 한발 앞서 풍부하게 거론되고 있는 것도 분명한 미덕이다. 폐쇄적인 우리 사회의 성 문화에서는 미처 생각해 보지 못한 부분까지 거침없이 건드린다는 점에서 이 책을 읽는 교사나 부모는 다소 당혹스러움을 느낄 수도 있을 것이다. 그러나 그 문제들이 세계의 청소년이 함께 고민하는 자연스러운 부분들임은 틀림이 없다.

무엇보다 이 작품을 더욱 매력적으로 만드는 것은 성적 성숙과 성장이라는 소재를 청소년기 전반의 깊이 있는 사유와 고민으로 변주해 냈다는 점이다. 툭툭 내던지는 세바스티안의 이야기 내면에는 '몸과 마음', '유한성과 무한성', '관계와 단절', '성장과 성숙', '진실과 허위의식'에 관한 다양한 통찰이 담겨 있다. 그가 세상의 모든 사람들과 나누고 싶어 하는 이야기의 방식인 '시소 대화'에 대한 다음의 언급은 그런 점에서 상징성이 크다. '내 반대편 시소에 앉아 있는 사람이 아래에 있는 나를 위로 올려 주지 않거나, 혹은 내가 위에서 버둥거리며 아래로 내려오지 않는 것이다. 어쨌든 나는 대화를 하는 상대와 조화롭게 시소를 타지 못한다'라는 고백에는 평등하고 민주적인 대화를 열망하는 마음이 담겨 있다. 청소년들의 묵묵부답은 '말하고 싶지 않은 것'이 아니라 '말하기 어려웠던 것'이며 '말하더라도 진짜 귀를 가지고 들어 줄 사람이 없었던 것'임을 웅변하는 것이다.

성에 관한 문제를 다룬 청소년문학은 늘 호기심의 대상이지만 진지한 논의의 틀 안에서는 잘 이야기되지 않는 특성을 가지고 있다. 이 작품은 그런 경계를 무너뜨려 주지 않을까 싶다. 이러한 작품들의 출간을 계기로 몸의 질주 앞에서 어쩔 줄 모르는 소년, 소녀들과 그들을 지켜보기만 하던 어른 사이에서 지금보다 더 흥미로운 '시소 대화'가 이루어지기를 기대한다.

스스로 불을 때는 삶

구경미『우리들의 자취 공화국』

1. 2012년에 돌아보는 1990년대의 여러 얼굴

2012년 상반기 화제가 된 영화나 드라마를 보면 1990년대로 시간을 거슬러 올라가 추억하는 이야기가 많았다. 영화「건축학 개론」은 1995년의 대학 생활을 다뤘고 드라마「신사의 품격」이나「응답하라 1997」도 90년대 청소년·젊은이의 우정과 사랑을 그렸다. 이미 20년이나 지난 시절의 청춘 이야기가 왜 관심을 모으는 것일까.

1990년대의 젊은이들은 독특한 문화적 분위기 때문에 여러 가지 별칭으로 불렸다. '신세대', 'X세대', '오렌지족', '아이돌 팬덤'은 모두 이 세대가 만들어 낸 말이다. 길고 긴 냉전 체제가 해체되면서 사회 전체가 개방적인 분위기에 휩싸였다. 특히 당시 젊은이들은 이념 대립과 긴 독재정치의 터널에서 빠져나와 자유로운 관점, 자신만의 취향을 찾아 나서며 이전 세대로부터의 문화적 독립을 꿈꾸었다. 이들은 최초로 '들고 다니는 통신기기'를 개인적으로 소유한 세대이기도 하다. '전화받아라!', '집 좀 봐라!', '일찍 다녀라!'라는 어른들의 명령으로부터 젊은이들의 독립을 지원했던 것은 '삐삐'와 '휴대폰'이었고 PC 통신은 젊은이들끼리의 급속한 연대를 이루어 냈다.

그런데 텔레비전이나 스크린에서 비추는 90년대 젊은이의 모습은 하나같이 화려하고 근사하다. 고등학생 주인공은 수백만의 수험생이 몰려들었던 전무후무한 바늘구멍 대학 입시를 척척 통과하고 영화 속 대학생들은 캠퍼스의 낭만을 즐기기에 여념이 없다. 정치적 격변의 시기에 젊은 날을 보내면서 경험했을 상처나 고뇌, 계급 격차에서 오는 좌절은 잘 드러나지 않는다. 경제 위기에 고스란히 노출되면서 또래 사이에서 상대적 박탈감을 가장 냉정하게 체험한 것도 이 세대였는데 지방보다는 서울, 서민보다는 중산층 이상의 삶에 초점을 두는 이야기가 대부분이었다. 대중문화의 특성상 광고주의 입맛에 맞추어야 하고 무엇보다 소비자들이 현실의 어두운 이야기보다는 환상에 가까운 멋진 그림을 선호하기 때문일 것이다.

그럼에도 이제 30대가 된 1990년대 당시 젊은이의 삶을 지금 다시 조명하는 것은 중요한 의미가 있다고 생각한다. 왜냐하면 그들이야말로 개발독재와 산업화 시대를 살아온 50~60대 중장년층과 360도의 상상력을 자랑하면서도 빈곤과 장기 불황의 여파를 온몸으로 겪어야 하는 10~20대의 삶 사이의 놀랍도록 다른 세계 인식에 다리를 놓을 수 있는 세대이기 때문이다. 이들은 강퍅한 기성세대의 고집을 목격하면서 오직 개인의 열정으로 그들을 돌파해 다른 문화와 소통하는 통로를 열어 온 사람들이기도 하다. 무엇보다 그들은 지금의 청소년을 이해할 수 있는 가장 가까운 '신세대'였다. 우리 마음속의 1990년대를 다른 각도에서 정직하게 바라본다면 지금 청소년들이 겪고 있는 고민의 실마리가 풀릴지도 모른다. 구경미의 『우리들의 자취 공화국』(문학과지성사 2012)은 그런 점에서 소중한 책이다.

2. 엄마의 삶과 딸들의 삶, 그 연립방정식

작가 구경미는 1972년생이다. 작품 속 배경은 1991년이고 등장인물은 고1이다. 현재 작가와 정확히 한 세대의 차이가 난다. 엄마 시선의 삶을 살면서 딸 시선으로 살았을 때를 돌아보는 이야기를 쓴 셈이다. 이런 종류의 소설은 듣기 좋은 넋두리나 회고담에 머무르기 쉽고 대개 '엄마 세대의 관점'에 바탕을 두기 마련인데 이 작품은 좀 다르다. 인물의 움직임이나 시선이 여전히 '딸 시선'에 생생하게 머물러 있다. 공간이나 사물의 묘사 부분을 제외하고 읽으면 2012년 10대 자취생 이야기라고 보아도 거슬림이 없다. 연탄이 아니라 고시원 가스보일러를 돌리고 자취집 집밥이 아니라 편의점 컵밥을 사 먹지만 돈 없고 공부 못하고 집안 시끄러운 사정은 예나 지금이나 비슷하다. 친구끼리 의지 삼아 하라는 일, 하지 말라는 일 다 해 보는 것도 같다. 연애가 궁금하고 학교가 심심하고 가족보다 친구가 제일인 것도 그렇다. 각자 문제를 안고 있고 어디 손 벌릴 데가 마땅치 않은 다섯 여고생은 인간관계가 거의 말라붙어버린 한 할아버지의 집에 쪽방을 빌려 자취를 한다. 우습게 보이고 싶지 않아 센 척하지만 앞날에 덜컥 겁이 나는 것도, 어른에겐 대답 한 마디를 내주지 않으면서 또래에겐 속사포처럼 속마음을 털어놓는 것도 지금 여고생의 모습 그대로다.

일곱 명의 가족이 방 두 개에 나눠서 자는 영주네는 방 세 개짜리 집을 얻는 것보다 월 3만 5천 원의 자취방에 영주를 내보내는 것이 차라리 나을 정도로 어려운 형편이다. 반강제적으로 독립할 수밖에 없었던 영주는 전교 1등을 해서 악착같이 장학금을 유지해야 생존이 가능하다. 그런가 하면 이혼 후에 자폐적 삶 안에 침잠해 버린 아버지를 보다 못해 집 나와 자취를 시작한 정혜는 요즘 분위기로 딱 일진이다. 그러나 술도 담배도 자신의 고민을 몽롱하게 해 주는 데 한계가 있다. 치킨집 싱글맘의 딸인 명진이는 엄마의 재혼을 곧 받아들여야 하는 처지다. 부모의 기대 때문에 어떻게든 성적을 올리기 위해 전교 1등 영주에게 동거를 사정해야 하는 주애는 성적 압박으로 질식하기 직전이라는 점에서 요즘 청소년의 삶과 빼닮았다. 그리고 비운의 가족사를 모두 자신의 탓으로 돌린 아빠 때문에 집을 뛰쳐나와 몇 발 먼저 독립을 결심한 현진이가 있다.

이들은 어지럽고 답답한 현실에서 용케 틈을 찾아 다섯 친구들의 패기를 모아 길을 만들어 낸다. 그렇다고 해서 대단한 성장의 서사가 등장하는 것은 아니다. 동네 하숙집의 변태 공무원을 잡고, 39등 하는 친구를 위해 엉성한 족집게 노트를 만들고, '자기 연민'이라는 병을 고치라며 해열제를 사다 준다. 살아온 기간이 짧다고 고민이 짧은 것은 아니어서 폭탄 세일 하듯 위로의 말을 퍼붓고 싶지만 어설픈 위로가 된다는 것을 뻔히 알고 있고 친구를 위해 할 수 있는 일은 주말에 함께 있어 주는 것 정도다.

1991년을 다룬 이 작품이 2012년에도 여전한 사실감을 유지하는 이유는 공간적 배경이 서울이 아니라 지방 소도시의 변두리인 것과 관련이 깊다고 생각한다. 지난 20년 사이 대도시 청소년의 인간관계는 빠르게 변화했다. 어쩌면 빠르게 붕괴했다고 보는 것이 맞을 것이다. 밥과 반찬을 쏠어 담아 혼자 먹는 '컵밥'이 상징하는 것처럼 고립된 삶 속에서 10대들은 철저히 외롭다. 사람을 만나면 체온을 느끼기 이전에 상대의 경제적 힘을 먼저 느끼면서 성장한다. 대도시 청소년의 성장은 영하의 날씨를 밑돈다.

그러나 권력으로부터 먼 곳이라는 이유로 지나친 기대를 가지는 것일까. 『우리들의 자취 공화국』을 읽고 있으면 어딘가 아담한 소도시에 이렇게 따뜻한 집이 아직 남아 있을 것 같다. 관계가 덜 변했고 더 가깝고 한결 정다운 공화국이 있을 것 같다. '서울'로 간다며 휑 떠나 버리는 선배들을 지켜보면서도 안 읽히는 교과서나마 손에서 놓지 않고 내일 먹을 쌀이 떨어져도 친구는 흔쾌히 재워 준다. 도시의 친아들은 자취집 할아버지에게 점 찍듯 안부 전화를 걸지만 자취방 여고생들은 누전차단기를 내리러 나오는 할아버지의 숨죽인 발소리까지 귀 기울여 듣는다. 관계가 살아 있다. 무엇보다 가족과 세상과 나 사이의 뒤얽힌 방정식을 함께 풀어 보겠다는 의지가 남아 있다. 사람 사는 게 진짜 이런 건데, 없어도 힘들어도 뒤척이면서 토닥이는 건데, 아마 어딘가에서 지금도 이렇게 기대고 살아가는 청소년들이 있을 텐데 하는 생각이 든다.

3. 자취(自炊), 스스로 삶에 불을 때는 일

자취는 한자로 '스스로 자(自)'에 '불 땔 취(炊)'를 쓴다. 스스로 불을 때어 밥을 해 먹는 삶이라는 뜻에서 출발했을 것이다. 그러나 말 자체를 들여다보면 성장과 독립을 이렇게 정확히 설명해 주는 단어도 드물다. 내 삶과 고민, 내 미래에 스스로 불을 때는 일, 이것이 진정한 독립의 시작이다. 작품 속 다섯 여학생은 성냥과 불을 두려워하지 않고 홀로 서기를 시작했다. 누구 때문이든 자신의 선택이든 우리는 언젠가 내 힘으로 불을 때기 시작해야 한다. 그 순간을 두려워하는 자는 결코 성장할 수도 독립할 수도 없다.

딸에게 '엄마는 이렇게 살았어'라는 말을 전하는 건 참 구식이다. 그러나 이 책은 그런 구식의 이야기가 '오늘 네 삶과 이어진 연립방정식'이라는 것을 깨닫게 해 준다. 그리고 주인공들의 어떤 고민에 대해서도 섣부른 단언을 하지 않음으로써 '엄마도 어릴 땐 그랬어'라는 말로 읽히는 것을 피해 간다. 이 책을 통해 청소년 독자는 자신의 삶에 스스로 불을 땔 용기를, 부모 독자는 남은 열정에 군불을 지필 의욕을 얻을 수 있기 바란다.

즐거움의 박자

모리 에토『아몬드 초콜릿 왈츠』

1. 소리와 맛

우리는 음악을 무엇으로 듣는가. 흔히 귀로 듣는다고 생각하지만 만약 눈을 감는 것처럼 마음을 감을 수 있다면 아무리 귀를 열고 있어도 어떤 소리도 안 들릴지 모른다. 모리 에토(森絵都)의『아몬드 초콜릿 왈츠』(고향옥 옮김, 비룡소 2012)는 음악을 눈으로 듣는 소설집이다. 세 편의 단편소설이 실려 있는데 이야기 한 편에 한 곡씩 음악이 얽혀 있다.「어린이는 잠잔다」는 슈만의「어린이의 정경」을,「그녀의 아리아」는 바흐의「골드베르크 변주곡」을,「아몬드 초콜릿 왈츠」는 에릭 사티의「자질구레하고 유쾌한 담화」를 작품의 중요한 소재로 등장시킨다.

처음에 이 작품을 읽을 때는 음악 없이 오직 글에만 집중하여 읽을 것을 권하고 싶다. 모리 에토는 매우 섬세하고 독창적인 방식으로 소리의 느낌을 글로 빚어낸다. '엷은 초록빛 소파의 푹신푹신함'과 '빛바랜 파란 수건에 묻은 숨 막히는 바다 냄새'와 '음악실의 냉랭한 공기'와 '버터쿠키의 맛과 향', '아몬드 초콜릿의 부드러운 풍미' 같은 것이 문장과 공명을 이루어 내면서 표제 음악의 분위기를 풍부하게 전달한다. 작품 속 음악을 독자가 알고 있는 경우라면 작가가 찾아낸 절묘한 조화에 감탄할 수 있을 테고, 아직 들어 본 적이 없는 음악이라면 문장과 서사에 기대어 멜로디에 대한 상상을 펼칠 수 있을 것이다. 그러다가 두 번째 읽어 볼 때쯤 음악을 곁들여 읽어 보는 것이다. 불을 끄고 책을 덮은 채 주인공이 느끼는 환멸이나 외로움이 부드럽게 흘러가도록 가끔 음악만 들어도 좋겠다. 음악 없이 읽었던 첫 번째 독서와 사뭇 다른 감상을 두 번째 독서에서 맛볼 수 있을 것이다.

2. 소리와 성장

세 편의 단편에 등장하는 인물들은 각각 다른 삶의 음계를 밟는 중이다. 「어린이는 잠잔다」는 여름 바닷가 별장에서 벌어지는 소년들의 물밑 질투의 감정을 다룬다. 소년들의 캠프 생활은 「어린이의 정경」의 멜로디처럼 평온하게만 여겨진다. 그러나 그들 마음속에는 무엇을 하든 상대를 이기고 싶은 팽팽한 경쟁 심리가 자리 잡고 있다. 그들은 '나'의 사촌 형인 아키라가 왜곡된 승부사 기질을 갖고 있다고 추측하면서 앞에서는 그의 눈치를 살피며 뒤로는 흉을 본다. 그가 밤마다 슈만을 들려주는 것도 못마땅할 따름이다. 그러나 승부를 벌이고 싶어서 안달이 난 것은 사실 그들 자신이다. 소년들은 별장을 떠날 즈음이 되어서야 아키라의 진심을 알게 된다. 고독한 성장 과정을 이겨 내는 동안 '피아노 음색이 사람의 결핍된 마음을 채워 준다'고 믿었다는 아키라의 사연을 들으며 소년들은 자신들의 비겁함을 깨닫는다.

이처럼 감각적으로 소년들의 경쟁과 승부욕을 다룬 작품은 드물다. 작품에서는 더운 바다 냄새와 어우러진 건강한 소년들의 후끈한 몸싸움이 잘 표현되어 있다. 승리에 대한 욕망을 숨기고 강자 앞에서는 나약하게 물러서는 소년들의 모습을 보면서 우리는 '용기'의 진짜 의미에 대해서도 생각하게 된다.

「아몬드 초콜릿 왈츠」의 크림색 양옥집 피아노 교실은 소녀들의 성장을 보여 주는 공간이다. 이 작품은 좋은 마녀처럼 다정하고 엉뚱한 기누코 선생님과 소녀 수강생 나오와 기미에, 세 사람 간의 세대를 뛰어넘은 우정을 다룬 이야기다. 만나면 언제나 즐거웠던 이 세 사람의 관계에 변화가 찾아온 것은 프랑스에서 '스테판'이라는 선생님의 남자 친구가 찾아오면서부터다. 작곡가 에릭 사티를 닮은 그는 자유분방한 매력으로 기미에의 마음을 빼앗고 기누코 선생님에 대한 나쁜 풍문을 일으켜 피아노 교실을 존폐 위기에 몰아넣는다. 하지만 이들은 솔직하게 마음을 열고 오해의 벽을 무너뜨린다. 그리고 멋진 음악 발표회를 치러 낸다.

작품에서 가장 인상 깊은 부분은 기누코와 스테판, 기미에와 나오가 쌍을 이루어 왈츠를 추는 장면이다. 자연스럽고 쓸데없이 힘을 주지 않는 왈츠는 오직 나오의 발끝으로부터만 나온다. 나머지는 저마다 삶의 응어리를 숨기고 있었기 때문에 편안한 왈츠를 출 수 없었던 것이다. 왈츠는 나에게 무엇을 잊어야 하고, 무엇을 기억해야 하는지 가르쳐 준다는 나오의 깨달음이 뱅글뱅글 돌아가는 왈츠의 삼박자와 어우러져 독자에게 전해진다. 나오는 왈츠의 리듬에 빗대어 말한다. 우리가 모든 걸 다 기억할 수는 없다고, 회전목마처럼 빙글빙글 도는 인생에서 즐거웠던 일을, 좋아하는 사람들을 기억하라고 말이다.

3. 내가 스스로 연주하는 삶

「그녀의 아리아」는 바흐의 「골드베르크 변주곡」을 소재로 한 작품이다. 바흐는 이 작품을 불면증에 시달리는 한 백작을 위해 작곡했다고 알려져 있다. 가벼운 불면에 시달리던 주인공은 어두컴컴한 음악실에서 이 곡을 연주하는 소녀 후지타니와 마주친다. 후지타니는 자신도 불면증을 앓고 있다고 고백하면서 놀라운 비밀 사연을 털어놓는다. 이들은 방과 후 틈만 나면 음악실에서 만나 아슬아슬한 불면의 시기를 서로 다독거리며 치유해 간다.

작품의 반전은 후지타니가 들려준 모든 사연이 거짓이었다는 것이 밝혀지는 부분이다. 후지타니는 불면증이 아니라 '허언증' 환자에 가까운 거짓말쟁이였던 것이다. 그러나 후지타니의 거짓말이 악의 없는 것이었고, 사랑을 표현하는 그만의 방식이었다는 것을 알게 된 주인공은 금이 갔던 관계를 다시 이어 간다. 그들을 이어 주는 것은 낡은 업라이트 피아노와 음악이다.

모리 에토가 이 세 편의 단편을 통해서 우리에게 들려주는 것은 치열한 성장의 연주곡이다. 자란다는 것은 내 안의 욕망을 조절하는 법을 배우는 것이면서 반복되는 왈츠 속에서 즐거움의 박자를 발견하는 일이기도 하다. 그가 분명하게 말하고 있는 것은 '인생은 스스로 연주하는 것'이라는 단순하고 당연한 진리다. 작품 속 주인공들은 갓 열서너 살의 삶을 통과하고 있다. 그들의 인생에서 1악장에 불과하다. 누구도 이 연주의 성공과 실패를 함부로 의심하거나 재단할 수 없다. 무대에 선 연주자는 바로 주인공들 자신, 다시 말하자면 독자들 자신이다. 작품 전편에 흐르는 격려의 멜로디가 따뜻하면서도 매우 엄정한 이유는 바로 이 때문이다.

성장의 희비극 속에서

이진 『원더랜드 대모험』

  신기하고 화려한 것이 어딘가에서 기다리고 있다면 거기에 가 보고
싶은 것이 사람 마음이다. 성장기에는 더욱 그렇다. 새로움, 강함, 놀라
움 같은 요소는 도덕을 비롯한 다른 가치 기준을 압도하는 매력을 발휘
하며 청소년을 끌어당긴다. '대박', '쩐다', '헐'과 같은 청소년들의 은
어는 이전까지 보았던 것과 비교 불가능한 강렬한 공간의 규모, 시간의
속도에 감탄할 때 쓰이는 경우가 많다. 청소년기의 추억도 종종 당대의
규모가 큰 사건을 중심으로 배열되곤 한다. 프로야구 개막, 올림픽 개
최, 월드컵 4강 진출처럼 언론의 집중 조명을 받는 이벤트 언저리의 삶
은 그 사건이 남긴 선명한 인상과 혼재된다. '월드컵 거리 응원이 한창
일 때 나는 몇 학년이었고, 뭘 했더라' 같은 식이다. 그러나 성장이란 언
제나 희비극이어서 눈부신 이벤트가 기억의 중심에 있다 해도 그 무렵
의 삶은 더 어둡고 날카로운 그늘을 드리우기도 한다. 벚꽃 축제날 헤어
지는 사람이 많은 것처럼 말이다.
  이진의 『원더랜드 대모험』(비룡소 2012)은 1980년대 후반 서울을 배경

으로 한 청소년소설이다. 지금 청소년 독자의 부모님 세대가 청소년, 또는 청년기였을 무렵의 이야기다. 그러나 이 작품은 전 세대의 정체된 회고담이 아니다. 2013년의 청소년을 둘러싼 고민의 뿌리를, 바로 내 이야기처럼 들려주는 의미 있는 전사(prehistory)다. 오늘의 청소년들은 IMF와 벤처 호황의 시기를 롤러코스터처럼 오르내리며 유년기를 보냈지만 정작 욕망이 가장 뚜렷해지기 시작하는 나이에 세계경제 위기와 사회의 양극화를 경험하고 있다.

그들에게 이 책은 몇 발짝 앞선 예견처럼 생생하게 다가온다. 세대를 뛰어넘어 공감할 수 있는 '놀이공원'이라는 공통분모를 통해 소비와 욕망의 딜레마가 어디에서 어떻게 출발했는지를 보여 준다. 이 책을 읽고 나서 「강남스타일」이 흘러나오는 거리를 걸으면 하루하루의 삶이 쇼핑몰이자 테마파크여야 할 것 같다. 나도 주인공 승협이처럼 원더랜드가 주최한 게임에서 최후의 승자가 될 수 있을 것 같다. 전광판의 모델은 휴대폰 화면을 문지르면 나를 어디로든 데려가겠다고 매끈하게 유혹한다. 그러나 승협이의 부모님처럼 현실의 집안 형편은 날로 여의치 않고 내가 딛고 올라가야 할 경쟁의 문턱은 까마득한 오디션 결선 무대처럼 높다. 마치 승협이가 갓 문을 연 원더랜드의 현란한 경관 앞에서 대혼란을 느꼈던 것처럼, 평생 소원인 불꽃놀이를 구경하면서 불꽃 뒤에 숨겨진 꿈과 갈등을 이해하게 된다.

구로동 벌집 87호에 사는 승협이는 친구들에게 '모험이 가득한 꿈의 세계'라는 원더랜드의 개장 소식을 듣는다. 또래들은 '어떻게 원더랜드에 다녀올 것이냐'가 최고의 관심사였지만 건너서 들은 자유 이용권의 가격은 그들을 또 한 번 놀라게 한다. '왜 재미있고 좋고 맛있는 건 죄다 비싼가' 하며 통탄하지만 단념은 쉽지 않고 '갈 수 없다고 생각할수록 가고 싶다는 마음이 무럭무럭' 생겨난다. 불안한 아버지의 일자리에 여

동생은 심장병인데 수술도 못 받고 집을 지키고 있는 승협이네 형편에서 어림없는 일인데도 말이다. 승협이 엄마는 원더랜드 따위가 아니라 딸의 심장 수술이 소원 목록 1위다. 엄마는 새로 바뀐 대통령의 부인이 딸에게 심장 수술비를 지원해 줄지 모른다는 기대를 안고 날마다 청원의 편지를 쓴다.

이 책에서 '원더랜드'가 상징하는 바는 단순히 어린 시절 놀이의 욕망은 아니다. '세계 최초 실내 놀이공원'이라는 원더랜드가 '지하철 2호선을 타면 40분 거리'에 개장한다는 사실은 온 국민이 허리띠를 졸라매고 근대화에 매진해 왔던 하나의 시대가 다른 국면으로 갈아탄다는 것을 의미한다. 승협이는 산업 역군이 아니라 소비 주체로 양육되는 소년의 삶을 보여 주는 1번 타자다. 부반장네 집은 34평짜리 신축 아파트였고 아이들 대부분이 꿈에 그리는 물건들을 갖고 있었다. 30인치 대형 컬러텔레비전, 비디오데크, 그리고 재믹스를 가지고 있는 부반장을 바라보며 새 게임팩 들어온 것 없냐고 물어야 하는 승협이는 '소비하라. 고로 존재할 것이다'라는 보이지 않는 명령으로 괴롭다. 이미 승협이 무렵부터 '살(live) 수가 없어서 괴로워요'라는 청소년의 고민은 '살(buy) 수가 없어서 괴로워요'로 바뀌었지만 생사의 기로를 넘어왔던 기성세대에게는 승협이 때나 지금이나 이런 얘기가 한가한 투정처럼 들린다. 이 작품은 그러한 사회변동의 과정을 촘촘히 따라가면서 세대 간 갈등을 포용하고 이해할 수 있는 통로를 모색하고 있다.

비슷한 시기를 다룬 책이 여럿 있지만 이 작품이 인상적인 까닭은 사회변동이라는 묵직한 주제를 시종일관 패기 넘치는 방식으로 다루고 있다는 점 때문이다. 놀이공원 개장 기념 특별 경기인 '그레이트 파이브'는 분초 단위로 경쟁하는 현실의 압축판인 동시에 언젠가 저 유토피아의 중심에 우뚝 설 수 있으리라는 주인공의 판타지에 대한 잘 계산된 유비다. 승협이는 부반장 집 잡지에서 슬쩍 오려 낸 응모권을, 누이의 심장 수술 청원에 쓸 우표를 동원해 가며 접수하고 결국 원더랜드에 입성했을 뿐 아니라 그레이트 파이브 경기의 우승까지 노린다. 경기는 기이한 방식으로 아이들을 탈진시키고 승협이는 그 고비를 넘지만 정작 그를 좌절시키는 것은 '무겁고 무거운 백과사전'이라는 포상의 내용이다. 이 백과사전의 무게는 여전히 남아 있는 '삶의 무게'이기도 하고 승협이에게 사회가 권하는 '지식의 무게'이기도 하다. 백과사전은 승협이의 앞날에 놓인 질문의 답을 다 알고 있을까. 늘 욕하기만 하던 정치인으로부터 딸의 심장 수술비를 지원받게 되자 어쩔 줄 몰라 하는 승협이의 부모는 누구나 가질 법한 양가감정의 실체를 보여 주면서 독자가 마지막까지 냉정함을 잃지 않도록 돕는다. "별거 없어"(229면)라는 승협이의 마지막 말은 허무함으로 읽을 수도 있지만 이 거대한 상품 사회의 장벽에 대한 당당한 도전을 선언하는 말로 볼 수도 있다. 승협이의 대모험은 오늘날 우리에게도 다른 변주로 계속되고 있다. 생각할 거리가 많으면서도 재미있는 이 작품을 교사나 부모가 좀 더 깊게 읽어 보길 원한다면 사회학 서적인 『사당동 더하기 25』(조은, 또하나의문화 2012)를 병행하여 읽는 것도 좋겠다.

불임의 시스템과 창조적 자유

존 블레이크『프리 캣』

"제가 어제 우리 슈가를 집 밖에 데려 나갔다가 잃어버리고 말았어요. 절대 돌아올 수 없겠죠? 여아 1살이에요. 고양이는 주인을 정말 모르나요? 그리고 우리 슈가는 집에서만 살았는데 밖에서도 잘 살 수 있을까요? 지금도 동네 몇 바퀴 돌다 왔는데 고양이들이 한 마리도 안 보이데요. 어디들 다 숨어 있는지 어제 우리 슈가가 처음으로 나를 사람처럼 안아 줬는데, 그게 마지막이 돼 버렸어요. 고양이들은 집 밖이 더 편하겠죠?"

오래전 어느 인터넷 카페에 올라온 글이다. 고양이를 키우는 사람들이 가입한 이 카페에는 하루에도 몇 번씩 길 잃은 고양이의 집을 찾아주고 싶다는 글과 사라진 고양이를 애타게 기다리는 사람들의 사연이 엇갈린다. 고양이에게 사람과 함께 사는 집은 어떤 의미일까. 사람들의 삶에서 고양이를 비롯한 여러 반려동물은 어떤 자리를 차지하고 있는 것일까.

언제부터인가 우리는 삶 속에서 거의 모든 동물들과 헤어졌다. 사육장이 되었든 가정이 되었든 일정하게 통제된 환경이 아니면 살아 있는 동물과 우연히 마주치는 일이란 좀처럼 없다. 어슬렁어슬렁 골목을 돌아다니던 이름 없는 개똥이와 만나는 건 도시에서는 드문 일이 되었다. 우리 발치 어딘가에서 끊임없이 기어 다니던 벌레와 쥐는 월정액을 납부하면 박멸을 장담하는 사업체의 관리 대상이다. 대형 마트가 '어린이의 정서 교육'에 좋다는 이유로 집에서 키울 수 있는 동물을 형광등 불빛 아래 상품으로 전시하지만 이러한 물고기, 햄스터, 소라게가 살아 있는 동물의 모습이라고 할 수 있을까. 날마다 숨 쉬고 자라나는 생명과 내 마음대로 팔고 사도 상관없는 상품을 구분하지 못하게 된 것은 이 시대의 가장 큰 비극 가운데 하나이다. 우리는 자유로운 동물이 거리에서 하나 둘 실종되어 가는 것을 묵인하면서 스스로도 '자유'라는 말의 의미를 잊어 가고 있다. 동물의 삶이 인간이 마련한 거대한 시스템의 통제 속으로 들어온다는 것은 인간의 삶이 또 다른 시스템의 틀 안에서 제한적으로 움직이고 있는 모습과 크게 다르지 않다.

　존 블레이크(Jon Blake)의 『프리 캣』(김선영 옮김, 사계절 2012)은 가까운 미래 사회에 펼쳐지는 고양이의 삶을 통해서 동물의 자유와 인간 삶의 자유를 되짚어 보는 이야기다. 작품에 등장하는 영국은 기관에 등록되지 않은 고양이라면 한 마리도 마음대로 키울 수 없는 반려 고양이 통제 사회다. "증조할머니가 살아 계실 때, 할머니는 거의 누구나 고양이를 키울 수 있던 시절 이야기를 해 주셨다"(10면)는 표현을 보면 불과 수십 년 정도의 앞날을 배경으로 한 작품인 셈이다. 치사율이 높은 고양이 독감 HN51이 나타나면서 전 세계는 감염된 고양이를 도살 처분하였는데 그 후로는 교배와 예방 접종, 판매 일체를 전담하는 바이아파라와 첸이라는 두 회사를 통해서만 고양이를 공급받을 수 있게 되었다는 것이다. 길고양이는 사라졌고 고양이를 키우고 싶어 하는 사람을 대상으로 몇 마리 남지 않은 고양이를 엄청난 가격에 흥정하고 거래하는 대규모 고양이 판매상만 활개를 치고 있는 형편이었다. 한 마리에 2만 유로를 넘는 '가격이 붙은 고양이'들은 대단히 부유한 사람이 아니면 꿈도 꿀 수 없는 사치품이 되었다.

주인공 제이드는 우연히 자신의 정원에 숨어든 길고양이 필라를 발견한다. 목줄이 없는 이 고양이에게 마법처럼 애정을 느낀 제이드는 어떻게든 이 고양이를 살려 주고 싶다는 마음에 위험한 결정을 내린다. 등록시키지 않고 숨겨 주기로 한 것이다. 감염 관리 이력이 없는 필라가 바이아파라 회사에 끌려가게 되면 바로 죽음을 맞이하게 될 가능성이 높았기 때문이다. 제이드의 엄마는 제이드가 필라를 키우기로 결정한 이 순간을 두고 "저 고양이가 우리 마음을 결정해 버린 것 같구나"(19면)라고 말한다.

그러나 제이드의 고양이 키우기는 생각보다 더 큰 희생과 용기를 필요로 하는 것이었다. 유별난 동네 친구 크리스는 제이드 몸에 붙은 고양이 털을 보고 그가 고양이를 숨기고 있다는 것을 대번에 알아차려 버린다. 알고 보니 길고양이의 삶을 꿰뚫고 있었던 크리스가 제이드와 한편이 되어 고양이 필라를 수호하려고 하지만 이미 확고하게 뿌리내린 고양이 통제 시스템은 단 한 마리의 자유 고양이도 용납하지 않는다. 자유 고양이를 키운다는 이유만으로 범죄자가 된 크리스와 제이드는 기동대에게 쫓기는 상황이 되고 오직 필라의 생명을 지켜 주고 필라와 함께 있기 위해서 자신들의 목숨을 건 채 절박한 모험을 시작한다.

어느 순간부터 크리스와 제이드는 자신들과 고양이 필라의 생명이 하나처럼 연결되어 있는 것을 깨닫는다. 그러기에 더욱 고양이를 버린다는 것은 상상할 수조차 없다. 이들의 간절한 고민을 보면서 우리는 많은 생각을 떠올리게 된다. 크지 않은 별 지구에는 수많은 생명이 있다.

그들과 우리는 어떻게든 연결되어 있으며 그들의 목숨과 자유를 배제한 채 인간의 생명만을 유지하려는 계획은 어떻든 상상할 수조차 없어야 하는 부당한 것임에 틀림없다는 사실이다. 제이드와 크리스는 온갖 두려움과 유혹을 이겨 내고 한 마리 자유 고양이 필라의 삶을 지켜 주는 데 성공한다. 그러나 그들은 여전히 커다란 시스템 안에 있으며 필라의 자유는 언제까지 허락될지 알 수 없는 일이다.

이 책의 제목이 '프리 캣'인 것은 상징하는 바가 크다. 단순히 '고양이의 이야기'가 아니라 '자유로운 고양이'에 대한 이야기이며 그런 점에서 제이드와 크리스가 지키려고 노력했던 것은 한 생명의 가치를 넘어서는, 자유로운 세계에 관한 꿈이다. 자유를 찾은 필라가 옥수수밭 가운데에서 네 마리 아기 고양이를 낳고 젖을 먹이는 마지막 장면은 그런 점에서 상징성이 크다. 등록된 고양이는 아기 고양이를 낳을 수 없기 때문이다. 시스템의 통제와 구속은 다음 세대를 만들지도 키워 내지도 못한다. 작가는 이 책을 통해 불임의 시스템으로부터 창조적 자유를 지키는 일이 얼마나 중요한지, 그것이 왜 우리의 미래를 지키는 일인지를 선명하게 보여 준다.

1920년대 청소년들의 감각세포

윤혜숙『뽀이들이 온다』

지금으로부터 90여 년 전인 1920년대에는 무슨 일이 있었을까. 3·1 운동 이후 일제의 무단통치가 문화통치로 변신을 꾀하던 1920년대 중후반을 자세히 들여다보면 특히 대중문화의 영역에서 우리 백성들이 겪은 역동적인 전환의 기운을 느낄 수 있다. 나운규의 영화 「아리랑」이 인기를 모았으며 신문에는 「벤허」와 같은 해외 영화의 영화평이 실렸다. 조선의 영화 팬들은 찰리 채플린이 가난하지만 인간미 넘치는 연기를 선보이고 있다면서 그의 방한을 손꼽아 기다렸고 이와 같은 팬덤의 열망이 기사로 다뤄지기도 했다.

윤혜숙의『뽀이들이 온다』(사계절 2013)는 이 당시 서울을 배경으로 한 이야기다. '전기수(傳奇叟)'라는 낯선 직업이 등장하는데 이들은 글자를 모르는 사람들에게 책을 읽어 주는 일종의 '읽기 공연 예술인'이었다. 목청이 좋고 감정이 풍부했던 전기수들은 광통교 아래처럼 사람이 많이 모이는 길거리에서 청중을 모아 놓고『임경업전』,『흥부전』같은 옛이야기를 읽어 주었고 둘러선 관중들은 중간중간 동전을 놓아 주고 추임새를 넣으면서 이야기를 즐겼다. 전기수들은 관중이 던져 주는 동전으로 먹고살았는데 가장 긴박한 이야기의 절정에 말을 잇지 않아 관중을 애태운 다음 돈을 얻어 내는 영업 방법을 '요전법(邀錢法)'이라고 불렀다. 실력 있는 전기수라면 요즘 연예인 못지않은 인기를 누렸고 그중에 요령이 좋은 사람들은 길거리뿐 아니라 이야기의 재미에 눈을 뜨기 시작한 아녀자들의 회합에 초청되어 출장 책 읽기를 하면서 상당한 수입을 올렸다.

이 작품의 주인공은 전기수인 수한이와 동진이다. 두 젊은이는 도출이라는 당대의 전기수를 스승으로 모시고 탁월한 전기수로 성장한다. 스승 도출은 "이야기가 사람의 마음을 움직이는 거지, 눈이나 귀를 홀리는 것이 아니라는 말이다"(39면)라고 딱 부러지게 말하며 현란하거나 선정적인 공연을 경계한다. 수한은 그러한 스승의 가르침에 따라 듣는 이의 마음을 읽는 전기수가 되고자 애쓴다. 그러나 동진은 무성영화의 등장과 함께 전기수에 대한 호응이 예전 같지 않음을 직감하고 변사가 되겠다고 나선다. 관객이 찾지 않는 공연은 의미가 없다는 것이다.

"세상이 바뀌었는데 아직도 이야기 타령이나 하면 누가 알아줍니까?"
동진의 말투는 벼린 칼을 들이대듯 거칠었다.
"세상이 바뀌어도 변하지 않는 게 있는 법이다."
뜻밖에 도출의 목소리는 낮고 차분했다.
"아니요. 이젠 사람들의 입맛이 달라졌어요. 아무도 케케묵은 옛날이야기에 귀를 기울이지 않는다고요. 다른 나라 사람들은 어찌 사는지, 세상이 어떻게 돌아가는지, 사람들은 그런 데 더 관심이 많단 말입니다." (38면)

이 작품은 빛바랜 흑백 사진첩을 들추는 것처럼 호기심을 자극하는 장면으로 촘촘히 메워져 있다. 어쩌면 사진첩을 보는 것보다 더 실감 난다. 지금은 전혀 다른 모습이 된 청계천과 을지로 일대 시장통 사람들의 상기된 표정이나 피맛골의 왁자지껄함이 풍부한 음성 지원을 받으면서 펼쳐지기 때문이다. 작가는 과장되지 않은 정직한 문체로 훼손된 다큐멘터리 영상물을 복원하듯이 당시 사람들의 삶을 되살려 낸다. 그러나 복원된 공간 속에서 펼쳐지는 인물들의 치열한 갈등과 미래에 대한 불안, 척박한 삶의 조건을 딛고 일어나려는 의지는 2013년의 현재에도 고스란히 적용될 수 있는 생생한 성장의 서사다.

대학수학능력시험에서 역사가 선택과목으로 분류되면서 요즘 청소년들이 역사를 멀리한다는 이야기가 많다. 청소년들이 역사를 꺼리는 것은 그것이 시험을 앞두고 외워야 하는 박제된 지식이나 정보로만 여겨지기 때문일 것이다. 즐거운 비명, 괴로운 신음, 지금 나와 똑같은 고민과 설렘이 느껴지지 않는 역사 이야기는 지루하고 까다롭기만 하다.

그런 점에서 이 책은 해상도가 높은 렌즈와 마이크를 장착하고 구성해 낸 간접경험이다. 당시 베스트셀러였던 방정환의 세계 명작 동화집 『사랑의 선물』, 트렌드 세터들의 집합지였던 극장 우미관과 같은 흥미로운 요소들이 차곡차곡 배치되어 있다. 우리가 아이돌의 새 앨범이나 신작 개봉 영화에 열광하듯이 1920년대의 청소년들도 비슷한 감각세포를 지녔다는 걸 자연스럽게 느낄 수 있다. 더불어 '대중성과 예술성', '생계로서의 직업과 자아실현으로서의 직업', '민족문화와 세계문화' 등 깊게 고민해 볼 만한 문제들이 담겨 있어 문학적 밀도도 높다.

이야기의 절정은 '조선어연구회 사건'과 얽히면서 긴박한 국면으로 접어드는데 역사적 사실을 내세워 무리한 감동을 추출하지 않으려고 한 작가의 태도도 평가할 만한 부분이다. 우리가 역사를 기억하는 것은 흥분을 배우기 위한 것이 아니라 냉정을 되찾기 위한 것이라는 말도 있다. 같은 과오를 되풀이하지 않을 것이라는 다짐은 생각보다 차가운 온도에서 더 정교하게 생성되기 때문일 것이다. 모순된 것처럼 보이는 수한이와 동진이의 고민은 사실 동전의 양면이며 오늘날에도 정의와 불의의 대결 구도는 현재 진행형이다. 달콤하고 얇은 이야기에 지친 청소년들에게 모처럼 정통의 책 읽기가 무엇인지 일러 줄 수 있는 책이다.

로켓처럼 거침없이

한윤섭『짜장면 로켓 발사』

어린이는 어디에서 성장의 에너지를 얻을까. '저건 뭘까, 어떻게 하는 걸까, 내가 한번 해 보고 싶다'는 생각은 아이들을 날마다 달라지게 하고 자신만의 모습을 스스로 키워 나가게 돕는다. 유년기는 왕성한 호기심에 비해 실천할 역량이 아직 모자라서 여러모로 좌충우돌하기 마련인데 한윤섭 작가는 지금까지 이런 아이들의 부딪힘을 묵묵히 응원하는 작품을 써 왔다. 그의 작품 속 어른은 어린이의 말을 귀담아듣고 능동적인 결정을 수용하고 한 발짝 뒤에서 지원한다. 『봉주르, 뚜르』(문학동네 2010)에서 봉주의 부모가 그랬고, 『서찰을 전하는 아이』(푸른숲주니어 2011)의 약방 주인과 천주학 어른이 그랬다. 단편동화집『짜장면 로켓 발사』(문학동네 2013)의 표제작「짜장면 로켓 발사」에서는 열 살 성호의 가족과 이웃 사람들이 그 역할을 물려받는다. 힙합을 좋아하는 삼촌은 성호와 동등한 높이에서 악수를 나누고 아빠는 언제나 아주 좋은 생각이라며 성호의 판단을 존중한다. 어른과 어린이의 호흡은 매끄럽고 응원은 한결 시원시원하다. 온갖 간섭과 통제에 지친 어린이들의 뒤에서 믿음직하게 서 있는 이 작품의 존재는 소중하다.

　작가는 로켓이 하늘을 나는 것처럼 이야기를 거침없이 쏘아 올린다. 성호가 해낼 줄 알았던 로켓 발사대의 조립이 끝나고 가장 먼 곳 아프리카로 빵이 담긴 풍선 로켓을 보내는 것까지 일사천리다. 왜 그곳이냐고 묻는 아빠에게 성호가 음식이 필요한 아이들이 있는 곳이라고 답하는 장면은 적절하다. 성호는 가난한 아이들이라는 시혜자의 시선으로 말하지 않는다. 성호의 꿈은 근사하게 이루어지고 그게 가능한 일인지 의심하는 부자 신사 양반의 마음까지 움직인다. "시원한 구름 속을 지나와서"(37면) 신선한 빵은 상쾌하게 현지에 도착하고 짜장면, 치킨, 건빵의 발사로 이어진다. 세계와 대결하여 자신의 꿈을 증명하는 것이 성장이라면 이 작품은 신나는 성장기로서 손색이 없다. 그리고 한 어린이의 성장이 공동체의 성장이라는 큰 그림으로 이어진다는 점에서 대륙 간 로켓 발사라는 거대 사건과도 잘 어울리는 매력적인 서사다.

　하지만 읽는 동안 불편한 점이 몇 개 있었다. 첫 번째는 아프리카에서 온 답장이다. 하나의 대륙 전체를 '굶주린 곳'으로 지칭하는 것은 지리에 어두운 어린 독자를 고려한 것으로 이해한다. 그러나 "하느님이 보내 주신 거라고 믿었습니다"(37면)라는 표현과 낯선 구호 식품을 한 번의 주저함도 없이 받고 연달아 감사하다고만 말하는 상대편 어린이의 답장은 성호의 행위를 일방적인 것으로 만든다. 누구는 수혜자, 누구는 시혜자처럼 보이게 한다. 상대 어린이의 개성이 드러나는 좀 퉁명스럽거나 더 당당한 답장이었다면 로켓이 연결해 준 두 대륙 어린이의 우정은 좀 더 평등하고 생동감 있게 살아났을 것이다. 두 번째는 신사 양반과 군인 아저씨들이 쉽게 마음을 바꾸는 장면이다. 깐죽거리던 신사 양반은 대번에 짜장면 후원자가 되고 로켓 발사대를 전쟁의 도구로 쓰려던 군인들은 언론 공세로 엉겁결에 건빵 제공자가 된다. 언론 앞에서 빠르게 변심하는 어른들의 모습은 일종의 풍자로 볼 수 있다고 하더라도 결국 '좋은 게 좋은 것', '어쨌든 후원하면 결국 멋진 사람'이라는 귀결로 이어지는 건 아닐까.

다음 작품인 「진짜 엄마 찾기 대회」는 엄마의 전신 성형을 다룬 작품이다. 성호 엄마가 떠났던 '나 자신을 찾는 여행'이 성형수술이었다는 설정 자체는 흥미롭다. 작가는 '마음이 예쁘면 된다'는 성형에 관한 흔한 접근 방식에 정면으로 도전하고 있다. 다만 안타까웠던 부분은 '몸과 마음'을 거듭 분리된 것으로 강조하는 후반부 구성이다. '예쁜 엄마'와 '착한 엄마'를 대조적으로 바라보는 시선은 "얼굴이 저렇게 바뀌었으니", "이상한 여행"(91면) 등의 표현과 맞물리면서 작가의 의도처럼 '힙합 전사의 감동'으로 자연스럽게 용해되지는 않은 것 같다. 동네 이웃들의 '기억'으로 성형수술한 성호 엄마를 검증하는 장면은 자아의 동일성이 기억에 의존한다는 보르헤스(Jorge Luis Borges)의 입장을 택하는 것처럼 보이는데, 진짜 성호 엄마를 찾기 위해 열린 퀴즈 대회는 사실상 군중 재판의 모습을 띤다. 이는 끝내 마음의 우위를 확인해야겠다는, 몸에 관한 보수적인 시각으로 읽힐 수도 있어 조심스럽다. 왜 성호 엄마가 이웃 앞에서 성형 후 심경을 굳이 발표해야 했는지, 마지막에 "중요한 건 이 사람이 옛날부터 마음씨 좋은 진짜 성호 엄마"(111면)라고 강조한 이유는 무엇인지 궁금하다. 또 엄마가 수술을 했다고 해서 성호가 엄마 수술 전에 쓴 글이 거짓인 건 아니다. 그런데 성호가 상을 포기하고 사람들이 그것을 자연스럽게 받아들이는 부분도 의문으로 남는다. 전편에서 아빠, 삼촌이 직접 로켓 발사대를 만드는 동안 뽀뽀와 간식으로 후원하던 성호 엄마가 후편에서는 성형으로 행복을 찾고 성호를 비롯한 남성들의, 또는 남성적인 시선에 둘러싸인 채 퀴즈 대회 심판대에 섰다. 여성은 '아름답다'는 술어가 자신에게 귀속되기만 하면 만족하는 존재일까? 여성을 '정신이 없는 신체'로만 바라보았던 위계적 이분법이 오늘날 지나친 성형 열풍에 일조한 바가 있다면 이 작품은 그 이분법으로부터 얼마나 자유로운 지점까지 나아갔을까 고민이다.

그러나 저학년 동화에 잘 맞는 리듬감 넘치는 문체는 읽는 즐거움을 느끼게 해 주고 독자의 시선을 사로잡는 빠른 전환은 이야기의 안정감을 해치지 않으면서도 상당한 완성도를 지니고 있다. 두 편 모두 시종일관 놀이를 하는 것 같은 경쾌한 전개라든가 반어적 어법의 매력을 잘 살린 점은 반가웠다. 이만한 저학년 동화의 양식을 마련하기도 쉽지 않기에 이 작품을 둘러싼 호평이 이어지는 것이라고 생각한다.

위험한 세상, 모험하는 어린이

김선정 『방학 탐구 생활』

어린이가 한 번도 경험하지 않았던 어떤 새로운 행동을, 집 바깥에서 혼자 하려고 할 때 어른들은 "잘 해 봐라"라는 말보다 "안 돼!" 아니면 "지금은 말고"라고 대답할 때가 더 많다. "그래. 한번 생각해 보자"라고 말하는 경우도 있지만 바로 허락한다는 뜻은 아니다. 속마음은 '아이가 하고 싶다니 내가 어떻게 도와줄까'에 가까울 것이다. 세상은 위험하고 어린이는 아직 신체적·정신적으로 약한 존재이며 혼자서 무엇을 하게 두는 것은 어른의 방임이지 어린이의 자유가 아니라고 생각하기 때문이다.

그렇다면 어른이 허락할 수 있는 일이 아니라 어린이가 해낼 수 있는 일의 범위는 어디까지일까? 열한두 살의 어린이가 어른의 도움을 받지 않고 혼자 집을 나선다면 얼마나 멀리 갈 수 있을까? 살고 있는 지역을 벗어나는 건 괜찮을까? 어딘가에서 며칠쯤 잠을 자고 오는 건 어떨까? 잠잘 곳을 알아보고 제대로 값을 치를 줄은 알까? 세상이 위험해지면 어린이가 할 수 있는 모험의 영역도 줄어들게 될까? 당연하다. 모험은

'위험에 대한 안전한 경험'을 전제로 하는 것인데 그 위험의 수위가 너무 높아서 생명을 위협할 정도라면 허용하기 어렵고 영역은 축소될 수밖에 없다.

여기서 고민에 부딪히게 된다. 위험해지는 것은 어린이가 만들어 낸 문제가 아니며 그들의 책임도 아니다. 어린이의 자율적 역량과 호기심, 마음속 용기는 세상의 위험 수위와 독립적으로 무럭무럭 자라고 있고 스스로 멋지게 발휘할 순간을 기다리고 있다. 그러나 세상이 위험해지고 있기 때문에 그 모험의 순간은 늘 유예되고 금지당한다. 세상을 안전하게 만들어야 하는 것은 어른의 몫인데 그렇게 못 만들어 주는 어른 때문에 현대의 어린이는 모험 없이 자라난다. 그러나 성인이 되는 과정에서 모험은 필수적이다. 험한 세상을 겪지 않고 성장이 가능할 것이라는 기대는 그야말로 환상이다.

김선정의 『방학 탐구 생활』(문학동네 2013)은 위험한 현실과 모험의 필요성 사이에서 겪는 딜레마에 정면으로 도전한 작품이다. 그것도 매우 사실적인 방식으로 도전을 감행했다는 점에서 의미가 있다. 동화가 어린이들의 호연지기를 담아내지 못하는 것에 대한 안타까움이 제기될 때마다 많은 작가들은 판타지 공간을 설정하여 그 안에서 벌어지는 안전한 모험으로 아쉬움을 달래고자 했다. 판타지 안에서라면 얼마든지 어린이 독자들이 만족할 만한 통쾌한 경험을 안겨 줄 수 있기 때문이다. 현실을 다룬 동화는 갈수록 심리적인 위기를 고백하는 내용으로 축소되는 반면 판타지 동화는 더욱 거칠고 화려한 사건의 비약을 감행하는 양극단의 경향이 이어졌다. 그러나 어린이가 결국 맞부닥뜨리고 용기를 내야 하는 순간 그들 앞에 있는 것은 환상의 장막이 아니라 구체적인 현실의 시공간이다. 현실에서는 점점 더 낯선 사람을 경계해야 하므로 누구와도 말을 해서는 안 되고 몇 발짝만 나가도 어른의 도움을 요청해야 했던 어린이들에게 동화 속 모험담들은 어찌 보면 빛 좋은 개살구였다. 그런 점에서 이 작품은 이야기 안을 맴돌아야 하는 답답함이 없다. 아무렇지도 않은 듯 통쾌하게 눈앞의 위험에 스스로 부딪히고 진짜 사람을 만나는 아이들의 이야기다.

주인공 백석과 백호는 열세 살, 열한 살의 형제다. 형인 백석은 (자신은) 어마어마하게 능력 있고 똑똑하니까 (어른들은) 분명히 나한테 일을 시키고 싶어 할 것이라고 믿는 씩씩한 아이다. 무인도 탐험을 떠난 다음 그 탐험으로 유명해져서 스타를 만나 사인을 받겠다고 결심한다. 이런 용기로 "이번 방학에는 계획이 좀 많아서 학원은 못 다니겠다"고 아버지에게 큰소리도 탕탕 쳐 보지만 실천에 옮기자니 부모님의 허락을 받는 일이 만만치는 않다. 처음에는 백석의 말을 귓등으로도 듣지 않던 아버지는 아들의 진지함을 읽고는 민주적인 협상안을 제안해 오고 '백석의 힘'을 믿어 보기로 한다.

작가는 이 주인공 어린이가 꿈꾸는 모험이 가당치 않다고 비웃지도 않지만 얼마든지 해 보렴이라고 선뜻 길을 터 주지도 않는다. 피시방에서 우연히 만난 아저씨의 팬클럽 활동을 도우면서 스타와 팬덤을 둘러싼 싸한 공기를 슬쩍 맛보게 한다거나, 아빠의 만두 가게에서 일을 하며 막연하게 돈을 벌어야지라는 말이 얼마나 어설픈 생각인지 깨닫게 한다. 작가가 경고하는 세상의 위험은 과장되어 있지 않다는 점에서 인상적이다. '세상은 이 정도야. 하지만 그렇다고 해서 네가 세상에 나가지 않을 이유는 없어. 너는 할 수 있으니까'라는 탄탄한 믿음을 바탕에 깔고 있는 것 같다. 석이와 호의 모험을 주저앉히거나 일일이 간섭하지 않으면서 그들이 좀 더 위험한 세상 속으로 성큼 나가 볼 수 있게 등을 밀어 준다.

이 작품이 매력 있는 이유 중에는 이런 모험이 불가능할 이유가 뭐냐고 허용해 주는 심드렁하지만 배짱 있는 주변 인물들의 덕도 있다. 이들은 석이에게서 한 발짝 떨어져서 모험을 응원한다. 보통 어른 조력자가 바짝 따라붙어 챙겨 주는 다른 모험담들과는 차이가 있다. 한창 펄펄 뛸 나이에 학원에서 아침 아홉 시부터 저녁 여섯 시가 말이 되냐고 아버지에게 소리쳐 주는 김 작가, 학원 많이 다녀서 공부 좀 한 줄 알았더니 통 세상 물정은 모른다고 따끔하게 현실을 일러 주는 식당 종업원 한수형, "혹시 몰른께 느그들도 나가 놀 때는 조심해야 써"라고 당부하지만 아이들이 하려는 일은 가로막지 않는 할머니 등은 어린이의 모험을 응원하는 어른의 바람직한 자세를 보여 준다. 어린이들은 이런 든든한 눈길에 힘입어 바다 멀리 칠금도까지 자신들만의 여행을 떠나고 방학을 마칠 무렵에는 칠금도의 마젤란으로 성장하여 돌아온다.

무엇보다 이 작품의 미덕은 치밀한 구체성에 있다. 어디서 어떻게 차표를 끊고, 그날 끼니는 뭘로 때우고, 정류장에 잘못 내렸는데 배가 끊겼을 때는 누구한테 말을 붙여야 하고, 산에서 길을 잃으면 무엇을 이정표로 삼아 돌아가야 하는 건지 등은 모험 이야기의 기본적인 내용이다. 그러나 그동안 모험 이야기를 쓰던 동화작가들은 이런 부분에 대해 공들이기를 게을리했던 것이 사실이다. 아이들이 할 수 있다고 생각하는 영역에 대한 어른의 자기 검열이 작용한 결과일지도 모른다. 『방학 탐구 생활』의 작가는 아이들이 어디쯤에서 실수하고 어디쯤에서 막막해할지 알면서 그걸 그대로 지켜보아 준다. 주인공들은 저지를 법한 실수를 저지르지만 그걸로 포기하지 않는다. 휴게소에서 시간 계산을 잘못하면서 떡볶이를 먹다가 버스를 놓칠까 아슬아슬하게 만든다거나 할머니 반짇고리에서 가져온 바늘을 낚싯바늘로 쓰겠다며 덤벼들다가 바늘만 줄창 부러뜨린다든가 하는 에피소드들은 칠금도를 정복한다는 그들의 원대한 목표에 비하면 아무것도 아닌 일이지만 읽는 내내 그들과 일행이 되어 동행하는 것 같은 즐거움을 안겨 준다.

'너희들이 무슨!'이라는 호통에 맞서 '우리들이 했거든요!'라고 대답하게 만드는 그런 이야기가 필요한 때다. 위험하다고 말하는 세상은 곧 그들이 뛰어들어야 할 세상이고, 아무리 마음속 용기를 키운다 하더라도 경고만 듣고 움직여 행동할 수 있는 사람은 어디에도 없기 때문이다. 그런 점에서 어린이들에게 '경고'가 아니라 '경험'을 안겨 줄 수 있는 손에 잡히는 이야기가 나타난 것이 반갑다.

어린이가 바라는 진짜 사랑

유은실『나도 예민할 거야』

어린이가 겁내는 것에는 여러 가지가 있겠지만 그중 아무도 자신을 봐 주지 않는 것만큼 두려운 일은 없을 것이다. 어린이는 언제나 어른을 향해 '날 좀 봐요'라고 간청한다. 어른이 다른 어른에게 자신을 봐 달라고 한다면 거기에는 '잘못을 눈감아 달라'거나 '대충 너한테 매달리겠다'는 의존적인 의미가 포함되어 있을 때가 많다. 하지만 어린이가 어른을 향해 '나를 좀 잘 봐 달라'고 요청하는 것에는 글자 그대로 '보아 주세요'라는 건강한 바람이 담겨 있다.

물론 어린이는 가끔 자기를 봐 달라고 떼쓰거나 엉뚱한 일을 저지르기도 한다. 그러나 생존 신호로 해석할 수 있는 몇몇 위험한 상황을 제외하면 이 행동의 본질은 대개 명랑한 수신호 같은 것이다. 내가 무엇을 잘 먹는지, 얼마나 잘 자는지, 넘어져도 얼마나 아무렇지도 않게 털고 일어나 신나게 노는지 엄마도 봐 주고 아빠도 봐 주었으면 좋겠다는 씩씩한 마음이 담긴 것이지 돌보아 달라는 징징거림으로만 해석할 일이 결코 아니라는 것이다. 어린이는 애당초 자기가 할 수 있는 일을 어른에게 의지할 뜻이 별로 없다. '내가 할 거야!'라는 말을 입에 달고 다니지 않는가. 그런 점에서 '나를 보아 주세요'는 '나를 보여 주고 싶어요'라는 자기 표현 의지이기도 하다.

그러나 많은 어른들은 어린이가 자신을 '날 봐 줘요'라고 하면 '돌보아 달라'는 것으로 착각한다. 관심이나 사랑은 아이에게 무엇을 '대신해 주는 것'이라고 여긴다. 아이에게 지나칠 만큼 달려간다. 스스로 잘해내고 말 없는 아이는 소외된다. 돌봐 줄 필요가 없다고 봐 줄 필요가 없는 것은 절대로 아닌데도 말이다.

유은실의 『나도 예민할 거야』(사계절 2013)의 주인공 정이는 어지간한 일은 돌봐 줄 필요가 없을 만큼 척척 해내는 자립적이고 무던한 아이지만 사람들이 자신을 봐 주지 않아서 서운한 아이다. 엄마와 아빠는, 정이는 아무 데서나 잘 자고 맛있는 거면 다 풀린다고 말하면서 예민한 오빠만 지켜보느라 동동거린다. 정이는 억울하다. 정이는 사람들이 왜 날 봐 주지 않을까 내내 마음을 앓는다. 늘 잘 먹던 정이가 이런 고민으로 하루 종일 우유를 못 먹으니까 엄마는 그제야 정이의 배를 쓰다듬어 준다. "나는 예민을 못 한다"라는 정이의 말은 참 가슴 아픈 구절이다. 정이는 억지로라도 돌봐 줄 필요가 있는 예민한 아이로 변신하고 싶지만 그것은 맘먹는다고 쉽게 되는 일이 아니다.

이 책은 어린이가 바라는 진짜 관심과 사랑이 무엇인지를 솔직하면서도 정확하게 보여 주는 책이다. 유은실 작가 특유의 유쾌한 전개 때문에 읽는 내내 웃고 또 웃게 되지만 책 안에 담긴 비판과 풍자는 날카롭다. 정이처럼 털털한 아이에게도 관심이 필요하다는 애교 어린 호소는 거꾸로 아이가 예민하다는 이유로 아이의 행동 하나하나에 간섭하려 들지 말라는 경고이기도 하다. 좌충우돌하는 정이의 예민해지기 대소동을 보면서 '우리 애는 예민해요'라는 말을 앞세우면서 지나친 돌봄을 자청하는 일도, '우리 애는 둔해요'라는 평계로 시선을 거두는 일도 모두 아이의 행복과는 거리가 있다는 것을 알 수 있다.

그런 점에서 정이는 어른 독자가 보기에 깜찍하지만 어린이가 보기에는 통쾌한 아이다. 억지로 예민해져서라도 진짜 사랑을 받겠다는 정이의 애처로운 결심은 그만큼 진지한 배경에서 나온 것이다. 어린이들은 정이의 그런 마음을 잘 알기에 공감하고 시원해한다.

유은실은 전작 『나도 편식할 거야』(사계절 2011)에서부터 정이라는 '순한 아이'를 등장시켜 아이들의 속마음 대변인으로 나섰다. 그가 고학년 동화 『만국기 소년』(창비 2007)이나 『나의 린드그렌 선생님』(창비 2005)에서 보여 주었던 것도 '아이들의 억울함'과 '진짜 관심'에 대한 정직한 고찰이었던 것을 생각해 보면 정이를 통한 '나도 ~할 거야' 시리즈의 행보는 일관된 것이다. 정이 연작의 제목이 '나도 할 거야'로 이어지는 것은 흥미롭다. 아이의 행복은 억지 관심이 아니라 아이의 자유의지를 존중하는 여유로운 지켜봄에서 나온다는 것을 이 제목은 역설적으로 보여 준다. 이 책은 '예민한 아이'와 '무던한 아이' 모두에게 사랑받을 것이 틀림없다. 왜냐하면 이 작품은 어른의 시선으로 평가한 아이가 아닌 진짜 아이의 목소리를 담고 있고 아이들은 그걸 스스로 너무나 잘 알아차리기 때문이다.

공감의 힘

김남중 『공포의 맛』

　한 번도 이웃을 가져 보지 못한 사람들이 나라를 다스리고 있다. 세월호에 탑승하여 웃으며 수학여행을 떠난 수백 명의 아이들이 깊은 바닷물 속에 가라앉아 구조를 기다렸다. 그 부모들이 애끊는 통곡으로 도움의 손길을 요청하고 있지만 그들은 냉정하다 못해 냉담하고 무책임했다. 비극이 일어났지만 그곳에는 책임지는 주체가 없었다. 진도의 어민들은 생계를 의지하는 그물을 모조리 끊고 통통배를 몰아 아이들을 구하러 달려갔지만 현장 지휘 체계가 없어 되돌아와야 했다. 바다에 조명탄을 쏘는 데 40분이 걸린다는 말을 듣고 영화 촬영용 조명 장비를 싣고 한달음에 달려간 사람들도 마찬가지였다. 모두 대기하다가 되돌아왔다. 그 이웃들이 발을 동동 구르며 지켜보는 사이에 아이들은 생명을 잃었다. 달려갔던 이웃들은 절망하고 분노했다.

　이웃을 가져 보지 못한 자들은 아이들의 생명이 아니라 자신의 안위와 이익을 구조하는 일에 몰두했다. 홍보용 사진을 찍는 현장 방문 미션 완료 후에는 긴 침묵으로 일관하다가 국상 중에 바다색의 새 옷을 갈아

입고 나타난 최고 책임자는 국민을 아연하게 했다. 유족의 서러운 간청을 피해 차 안에서 눈을 감고 누운 총리, 그러한 유족들의 비명을 미개하다고 말하는 시장 후보의 아들, '왔으니 기념사진이나 찍고 가자'는 말이 서슴없이 튀어나오는 고위 공직자. 목숨 앞에서 돈을 세던 인양업자, 그리고 그들과 결탁한 검은 공무원들. 그들은 죽어 가는 이웃이 아니라 거울과 지갑을 들여다보며 자신을 돌봤다.

그들이 무능할 뿐 아니라 공감 능력도 없다는 것을 확인하는 일은 아픈 아이들을 기다리는 일 못지않게 고통스러웠다. 우리는 아마도 죽을 때까지 세월호를 잊지 못할 것이다. 재난이라는 말로 이 시간을 요약할 수 없다. 이것은 어떻게 말로 쓸 수 없는 공포의 경험이다. 맡겨서는 안 되는 자들에게 나라를 맡긴 죄책감으로부터 자유로운 어른들은 없었을 것이다. 좋은 게 좋은 거라고 또는 나 혼자서는 어쩔 수 없다고 뭉뚱그리고 지나간 일들이 저 해맑은 아이들을 앗아 갔다는 생각에 너도나도 밤잠을 못 이루고 있다. 지나가는 아이들 등짝만 봐도 눈물이 난다. 그래도 아이들이 덜 울어 주어서, 친구를 만나 주어서, 다시 학교에 나가고 웃어 주어서 고맙다. 그리고 눈을 감으면 또다시 서늘한 공포가 밀려온다. 이제 우리는 그들을 위해 무엇을 할 수 있을까에 대한 막막한 두려움이다.

이번에 나온 동화책은 공교롭게도 『공포의 맛』(문학동네 2014)이라는 제목을 달고 있다. 김남중은 2006년 『자존심』(창비)이라는 단편집에서 동물과 인간의 관계, 작은 생명의 권리와 힘에 대해 집요할 정도로 파고들었던 작가다. 그는 『자존심』에서 중병으로 죽어 가면서도 함부로 인간에게 자신의 의지를 내맡기지 않았던 늙은 개 도리도리의 마지막 자존심(「나를 싫어한 진돗개」), 애완용 새가 아니라 갖가지 밉상의 야생 조류를 데려와 키우는 아버지와 고역스럽게 그 새를 돌보는 아이의 갈등(「백한 탈출 사건」) 등을 통해서 생명을 대하는 인간의 이중성, 어린이가 동물을 대하면서 겪는 윤리적 딜레마에 대해서 그려 냈다. 그는 이번 신작에서도 동물과 인간 사이의 팽팽한 갈등을 날것으로 표면에 드러내어 어린이들이 생명을 바라볼 때 느끼는 공포와 경외감, 성찰의 과정을 사실적으로 추적하고 있다. 그런 점에서『공포의 맛』은『자존심』과 긴밀하게 연결되는 책이다. 다만 작가의 문제의식은 좀 더 깊고 감성적인 영역으로 들어왔으며 문장과 이야기 구조는 더욱 어린이를 위한 글에 가깝다.

8년 전 작품집『자존심』이 인간의 비정한 폭력성과 동물들의 마지막 저항에 초점을 맞추었다면 이번 작품집『공포의 맛』은 '인간과 동물은 늘 곁에 있다'는 수평적 인식을 바탕으로 한다. 여기서 '곁에 있다'가 의미하는 것은 따뜻한 우정을 의미하는 것만은 아니다. 우리가 마치 하늘과 땅 사이에서 숨을 쉬고 걸어 다니듯이 말벌과 칠면조와 토끼와 고라니와 멧돼지 사이에서 그들과 투쟁하며 공존하고 있다는 객관적 사실, 그 자체를 말하는 것이다. 작가는 이 지극히 평범한 사실을 외면하는 순간부터 우리에게는 '공포의 맛'이 기다리고 있다는 것을 짜릿하게 경고한다.

이 책에는 표제작「공포의 맛」을 포함해 모두 여섯 편의 단편동화가 들어 있다. 어린이 주인공은 다 다르지만 '동물을 만난다'는 같은 환경에 놓여 있다. 장난감 기관총으로 무장한 채 말벌과 가벼운 전투를 계획하지만 생각보다 엄청난 말벌 떼의 반격에 온몸으로 저항하다 겨우 생환을 경험한 아이들(「그대로 멈춰라」)은 동물을 총으로 이길 수 있다는 인간의 생각이 얼마나 오만한 것인지를 우리들에게 묻는다.

키우던 칠면조를 학교에 기부해 버린 우진이의 이야기(「공포의 맛」)는 우리가 사랑스러운 동반자로만 동물을 대하는 데에는 생태계에 대한 왜곡된 인식, 인간중심주의적 태도가 깔려 있음을 알려 주는 작품이다.

우진이는 목살이 징그러웠지만 깃털이며 가슴 털이 숭숭 난 신기한 칠면조를 은근히 아끼면서 키운다. 그래도 칠면조는 좀처럼 아이의 '지배' 아래로 들어오려 하지 않는다. 결국 우진이는 칠면조를 학교에 기부하는데 '기부'의 의미를 잘못 이해한 선생님들에 의해 '백숙거리'가 되어 버린다. 이날 우진이가 얻어먹은 백숙은 다시없는 '공포의 맛'이었다. 그러나 작가는 우진이가 이 칠면조 백숙을 바로 뱉어 내게 하지 않는다. 우진이는 꾸역꾸역 칠면조 고기를 씹어 삼키면서 부모님에게는 선생님과 친구들이 칠면조를 아주아주 좋아했다고 말씀드리기로 한다. 인간은 이렇게 처절한 순간과 마주하면서 자신도 무력한 하나의 생명이라는 현실을 두렵게 인식하고 그 안에서 생명에 대한 존중을 배운다.

김남중은 이 동화집을 통해 '사람은 동물을 사랑한다'와 '사람은 동물을 먹는다' 사이의 어려운 딜레마를 헤쳐 나가는 아이들을 보여 주면서 '나와 다른 생명 사이의 공감'에 대해서 이야기하고 있다. 앞서 말했듯이 이번 이야기는 8년 전 작품과 비슷한 주제를 다루고 있지만 훨씬 더 동화의 느낌이 강하다. 아이들의 삶은 명랑하게 살아 있고 이야기의 흐름도 더 부드러우며 읽기 편안하다. 하지만 '동물을 사랑하면서 어떻게 먹을 수 있는가'라는 철학적 문제와 '공감의 힘'에 대한 작가의 고민은 여전히 깊다. 돈의 위력을, 권력의 힘을 더 신봉하고 이웃의 아픔을 공감하지 못하는 자들에게 이 책을 주는 일이 소용 있을 것 같지는 않다. 하지만 우리들의 희망은 여전히 아이들에게 있기에 그들에게는 이 책을 건네주는 것이, 지금 이 순간에도 소중하다고 생각하는 것이다.

따뜻한 동화를 읽고 싶을 때

강정연『나의 친친 할아버지께』

따뜻한 동화를 날마다 읽고 싶다. 개인적으로 이런 기분은 전에 없던 일이다. 그동안 어린이에게도 희로애락이 있는데 듣기 좋은 얘기만 모아 놓은 작품만 쓰는 걸 마뜩잖게 여겼다. 어둡더라도 사실의 이면까지 정직하게 다룬 작품을 반겼다. 어린이가 어른의 모습을 다 들여다보고 있는데 '꿈은 결국 이루어지더라' 같은 말을 섣부르게 던지는 것은 조심스러웠기 때문이다. 무엇보다 그들 앞에서 천연덕스럽게 미래의 희망을 말하는 것은 무책임하다는 생각이 컸다. 그러나 최근 동화라도 부디 기운을 내 주면 좋겠다는 바람이 마음을 떠나지 않는다. 우리가 어떻게 사랑해야 할지를 동화가 찾고 열심히 말해야 한다는 생각이 부쩍 커진다.

'그렇게 열심히 살았는데도 다 황소 뒷걸음질이었어'라는 쓴 말을 내뱉고 싶지 않기 때문일까. 지금도 삶의 가역성을 믿고 하루하루 친구의 손을 잡는 어린이들의 마음을 생각하면 '저기요. 우리는 개미 뒷다리만큼이라도 좋은 곳으로 나아가고 있어요'라는 말을 하고 싶다. 아동문학사에 '양차 세계대전 사이의 판타지'라는 말이 있다. 공동체의 비극 앞에서 낭만적인 서사에라도 의지하려고 드는 이 마음은 자연스러운 일인가 싶기도 하다.

강정연의 『나의 친친 할아버지께』(라임 2014)는 할아버지와 손자를 둘러싼 환한 얘기다. 이 환한 얘기를 바짝 당겨 촘촘히 짜 넣고 있는 건 지금 이 순간에도 우리가 실체의 확인을 유보하는 무거운 문제들이다. 왕따, 치매 노인, 조손 가정, 사기, 파산, 빈곤, 이혼, 가족의 붕괴, 무책임한 사회와 나약한 개인의 희생. 웃음으로 피해 갈 수 있는 비극은 없다. 작가는 여기에 대해서만큼은 분명하게 사실적 태도를 취한다. 그러나 땅을 치고 애통해하는 방식은 이 작가의 방법이 아니다. 이 글을 읽으면서 우리는 잔잔하게 웃는다. 책 속의 주인공들이 이렇게 밝은데 우리가 그들보다 더 슬퍼하거나 쓸쓸해하는 것은 예의에 어긋나는 것 같다. 그 웃음 끝에 애잔한 마음을 가지는 것은 물론 독자의 자유다.

열두 살 남자 어린이 장군이가 있다. 장군이 아빠는 장군이 할아버지에게 아이를 덥석 맡겨 놓고 집을 나갔다. 동업자가 사기를 치고 도망하는 바람에 하던 일을 다 정리하고 그 사람을 잡으러 간 것이다. 장군이 할아버지는 누구보다 책을 좋아했던 은퇴한 교사다. 이제 좀 지긋하게 눌러앉아 책이나 보려고 하던 중에 사업에 실패한 아들의 짐을 떠안고 집에서 쫓겨나 손자까지 맡는다. 자상한 사람이지만 홀로 손자까지 돌볼 만큼 손끝이 엽렵하지는 않다. 여기에 더 큰 문제가 하나 있다. 할아버지는 손자 장군이를 만나고서 이렇게 말한다.

"할아버지를 좀 부탁해."
(…)
"나, 이제 글을 못 읽는다."

"네? 뭐라고요?"

"내 머릿속 스위치가 꺼져 버렸어. 글자만 보면 깜깜해. 쓸 수도, 읽을 수도 없어." (54~55면)

얼마 전 병원으로부터 치매 초기 판정을 받은 것이다. 아빠를 잃은 장군이는 할아버지의 도움을 받는 것이 아니라 도와 드려야 하는 처지가 된다.

그것도 모르고 장군이는 할아버지에게 늘 그랬듯이 이메일을 쓰고, 읽을 수 없는 할아버지는 답장을 보내지 못한다. 수신 확인도 없이 내버려진 여러 통의 편지들. 속이 깊지만 마음이 많이 여리고 움츠러들어 있기 때문에 장군이의 학교생활은 순탄치 않다. 기가 센 아이들이 거칠게 밀어붙여 오면 무섭고 답답해서 가슴이 터질 것 같다. 그럴 때마다 밤늦게 술을 마시고 들어와 엉엉 무너져 내리는 아빠의 마음을 생각한다. 그러나 고주망태가 되어 버리는 아빠가 두렵고 내일이 불안한 건 어쩔 수 없다.

여기까지는 뭐라 할 수 없이 아픈 얘기다. 그런데 장군이가 할아버지와 만나면서부터는 많은 것이 달라진다. 장군이는 할아버지를 '친친 할아버지'라고 부르는데 이것은 '친한 친구 같은 할아버지'라는 뜻을 담은 애칭이다. 치매는 친친 할아버지의 머릿속에서 글자 읽는 눈을 지워 버렸지만 멀리 떨어져 있을 때 그랬던 것과 똑같이 장군이는 날마다 편지를 쓴다. 친친 할아버지는 그 편지를 소리 내어 읽어 달라고 부탁하면서 장군이에게 앞으로 자신의 보호자가 되어 달라고 말한다. 기억과 더불어 한 군데 두 군데 몸이 주저앉는 할아버지를 보살피는 일은 쉽지 않다. 그러나 할아버지는 그 모두를 다 잃어도 사랑을 온전히 갖고 있다. 장군이는 그 사랑에 기대어 건강하게 자란다. 함께 수영을 배우고 또박

또박 편지를 써서 읽어 드리고 한글을 처음부터 가르쳐 드린다.

할아버지는 아빠의 가출로 힘들어하는 장군이에게 말한다. "모든 부모가 다 좋은 건 아니란다. 좋은 부모를 만난 아이들은 운이 좋은 거야." 동화가 이렇게 판도라의 상자를 열어도 되는 것일까 싶지만 작가는 열어야 하는 상자는 열고 그 안의 다른 빛을 보여 주는 길을 택한다. 장군이는 "할아버지가 계시니까 괜찮다"고 대답하고 할아버지는 "네가 있어서 얼마나 다행인지 모른다"고 말한다. 여기까지의 감동은 묵직하다. 다만 그들 두 사람의 사연이 기적을 일으키고 편지가 책이 되는 뒷부분은 가는 길이 너무 선명해서 읽는 이의 낯이 간질간질하다.

아직 어린 나이에 이런저런 사연으로 홀로 되거나 삶의 무게를 떠안게 되는 아이들이 있다. 그들에게 필요한 것은 '곁에 있어 주는 사람'일 것이다. 아무리 몸이 유약해도, 치매를 앓고 있어도 곁에 있어 주는 사람은 아이에게 힘이 된다. 아이는 세계에 대한 믿음을 다시 회복할 근거가 필요하고 어른은 그 버팀목이 되어 줄 수 있다. 그 존재가 부모일 수도 있지만 부모가 아니더라도 충분히 가능하다. 무기력하게 난파한 부모보다 건실한 사랑을 줄 수 있는 조부모, 친지, 이웃, 그 밖의 사회 공동체가 더 큰 지지대가 되는 경우도 적지 않다. 장군이가 자신의 기둥인 할아버지께 읽어 드리는 수십 통의 편지는 코끝이 찡해지는 촉촉한 장면으로 가득하다.

의사 선생님 말씀으로는 할아버지가 글자를 통째로 잊어버리신 상태라, 제가 어릴 적에 공부하듯 연습하는 게 그다지 효과가 없을 거라고 했잖아요.
하지만 제 생각에는 할아버지가 분명히 좋아지시고 있는 것 같거든요. 그리고 할아버지도 읽으실 수 있는 글자가 조금씩 많아지고 있다고 하셨잖아요. 아무래도 의사 선생님 생각이 틀린 것 같아요.

(…)

선생님이 즐겁게 놀이하듯 공부하는 건 아주 좋은데, 절대로 스트레스를 받게는 하지 말라고 당부하신 말씀이 자꾸만 마음에 걸려요. 그러니까 할아버지가 조금이라도 힘들다 싶으시면 꼭 말씀해 주세요. 아셨죠? (85면)

아동 학대 사건의 80퍼센트는 부모에 의해서 일어난다. 치매 노인을 돌보는 일은 가족 모두의 삶을 뒤흔든다. 이어지는 사건과 사고는 이 사회가 아이를 키울 만한 곳인가에 대한 회의를 불러일으킨다. 고립되는 아이가 늘어 간다. 그러나 어린이의 내면에는 놀라운 회복 탄력성이 있으며 우리는 그들의 성장을 돕는 가장 친한 친구가 되어 줄 수 있다. 아이 한 명을 키우려면 온 마을이 필요하다는데 이 말은 거꾸로 하면 온 마을이 아이 한 명이 전하는 기쁨을 같이 나눌 수 있다는 뜻이기도 하다. 『나의 친친 할아버지께』는 우리가 어떻게 사랑해야 할지 보여 준다. 장군이의 말처럼 우리는 분명히 앞으로 나아가는 중일 것이다. 아주 조금씩이라도 말이다. 다시 드는 생각이지만, 따뜻한 동화를 읽기로 결정한 것은 잘한 일이었다.

독자를 위한 사랑의 말

케이트 디카밀로 『초능력 다람쥐 율리시스』

1979년 8월 23일자 『경향신문』에는 당시 어린이들에게 대인기를 모았던 외화인 「원더우먼」의 선정성과 폭력성에 대해서 비판하는 칼럼이 한 편 실려 있다. 이 영화가 청소년들의 폭력성을 부추길 수 있으므로 방영 제한을 검토해야 한다는 것이 글의 요지다. 그러나 이 글에 어린이와 청소년이 왜 초능력 서사에 열광할 수밖에 없는지에 대한 분석은 보이지 않는다. 특히 '슈퍼맨'이라는 강력한 초능력 서사가 있는데도 왜 뒤이어 '원더우먼'이 등장할 수밖에 없었는지에 대한 얘기는 없다.

영화 「원더우먼」은 원전이 만화다. 원더우먼은 미국의 DC코믹스가 1941년에 『올스타 코믹스』 8호를 통해서 처음 선보인 캐릭터인데 이 회사는 1938년 슈퍼맨 만화 『액션 코믹스』 1호 출간으로 돈방석에 오른 이후 3년 만에 매력적인 여성 영웅을 세상에 내놓았다. 그동안 원더우먼은 남성 영웅의 커플로 설명되거나 관능적 외형만이 부각되었지만 내막은 좀 다르다. 원더우먼 캐릭터를 창조한 사람은 거짓말 탐지기를 발명했던 심리학자 윌리엄 마스턴(William M. Marston)이었다. 부부 심리학자이면서 페미니스트이기도 했던 마스턴 박사와 그의 아내는 당시 미국을 휩쓸던 슈퍼맨 신화에 우려를 갖고 있었다. 초능력이 오직 남성의 강력한 물리적 힘으로만 환원되고 정의를 내세운 무자비한 폭력으로 구현되는 것에 대해서 비판적이었다. 마스턴 부부는 여성이면서 가능한 한 비폭력적인 방식으로 초능력을 사용해 문제를 해결하는 영웅을 창조하기로 했다.

마스턴 박사는 1947년 임종 때까지 원더우먼의 전체 이야기 완성에 몰두했다. 그는 이미 1920년대에 여성이 남성보다 더 정직한 성향을 가지고 있으며 일을 더 정확하게 처리한다는 연구 결과를 발표한 바 있는데 이러한 그의 논지는 캐릭터에 그대로 반영되었다. 그는 여성 어린이들이 전형적인 여성상을 뛰어넘어 강인한 의지를 가진 존재로 성장하기를 바라면서도 '힘보다는 지혜'라는 더 평화적인 모델을 갖게 되길 원했다. 점토로 만든 작은 아기 인형에 신들이 생명을 불어넣어서 만들었다는 '원더우먼'의 신화는 그렇게 탄생했다.

21세기의 여성 작가 케이트 디카밀로(Kate DiCamillo)는 이 시대의 어린이를 위한 또 하나의 평화적이고 지혜로운 영웅 서사를 쓴다. 『초능력 다람쥐 율리시스』(노은정 옮김, 비룡소 2014)가 바로 그런 작품이다. 디카밀로는 이 작품으로 2014년에 생애 세 번째 뉴베리상을 수상했다. 이 새로운 영웅 서사를 1941년의 영웅 서사와 비교하는 것은 여러모로 흥미롭다. 영웅 서사의 창조자인 작가가 '여성을 이해하는 남성'이 아니라 '여성 자신'이라는 점, 주인공인 플로라가 여성 어린이이며 그의 파트너 율리시스는 작은 동물인 다람쥐라는 점, 무엇보다 초능력을 가진 다람쥐 율리시스가 만능 해결사 1인 영웅이 아니라는 점 등이다. 이 작품은 지금까지 나온 어떤 초능력 영웅 서사보다 수평적이고 소수자 상호 연대의 관계적 태도를 품고 있으며 비폭력적이다. 원더우먼이 치마

입은 여자의 힘을 보여 준다면 플로라와 율리시스 커플은 약한 존재들의 사랑과 그 위대한 능력을 보여 준다.

이야기는 대략 이렇다. 한 마리 작고 겸손한 다람쥐가 있었다. 그 다람쥐는 어느 가정집 잔디밭에 뛰어들었다가 목숨을 잃을 수 있는 아찔한 순간을 경험한다. 강력한 진공청소기 속으로 빨려 들어갔다가 겨우 살아 나온 것이다. 이 다람쥐는 청소기 사고로 몸의 털이 모조리 빠져 버렸지만 그 안에서 발생한 알 수 없는 작용 덕분에 초능력을 얻는다. 청소기에서 탈출한 뒤로는 자기 몸무게의 몇백 배가 넘는 무거운 물건도 번쩍 들 수 있게 되었고 마음만 먹으면 하늘을 잠시 날 수도 있었다. 타이프라이터 앞에 앉으면 몇 마디 짤막한 시를 쓸 수 있는 문학적 능력을 얻은 것도 청소기의 신비스러운 작용 덕택이었다.

이 한 마리 다람쥐를 죽음으로부터 구해 준 것은 로맨스 소설을 가장 싫어하며 세상 모든 일에 대해서 '쳇! 한심해!'라고 생각하는 냉소적인 소녀 플로라였다. 플로라는 털이 다 빠져 버린 이 한 주먹만 한 다람쥐에게 율리시스라는 이름을 붙여 준다. 누구에게도 먼저 손을 내밀어 본 적이 없는 플로라가 그에게 "율리시스, 가자, 율리시스"라는 말을 던지면서 손을 내밀고, 그 후로 두 존재는 뗄 수 없는 우정을 이어 가기 시작한다.

플로라는 회전하는 모터 안에서 생을 마감할 수도 있었던 다람쥐를 향해, 특별한 괴력이 아니라 오직 비명을 질러 그를 구했다. 이것은 가장 약한 자가 약한 자의 진정한 친구가 될 수 있다는 것을 보여 준다. 강자가 힘으로 약자를 구하는 구도와는 다른 것이다. 율리시스의 심장이 정지된 순간 책에서 배운 인공호흡법을 써서 그를 되살려 주었으며 어디서도 환영받지 못하는 흉한 다람쥐를 영웅으로 믿어 주고 그를 지키기 위해서 커다란 용기를 내는 생명의 은인이다. 이 작품에서 실제로 초능력을 발휘하는 것은 율리시스이지만 그를 통해서 자기 내면의 영웅적 능력을 발견하는 것은 플로라이다. 율리시스를 만나기 전까지 플로라는 가족조차 불신하며 미래에 대해서 두려워하는 시큰둥한 작은 소녀에 불과했다. 플로라가 얼마나 세상을 두려워했는지는 그가 가장 열심히 읽는 책의 제목이 '당신에게도 터질 수 있는 끔찍한 일들'이라거나 '범죄의 요인'이라는 것에서 드러난다. 그런 작은 플로라를 세상에 내보내고 용감하게 만들어 준 것은 다람쥐 율리시스를 향한 사랑이었다.

이 책은 플로라가 율리시스라는 다람쥐를 지키기 위해서 벌이는 소소한 모험과 플로라를 믿고 따르면서 어떻게 해서든 플로라를 지키기 위해서 필사적으로 애쓰는 율리시스의 초현실적 노력이 담긴 이야기다. 분명히 율리시스는 초능력 다람쥐이지만 그의 초능력이란 자신보다 수십 배 큰 존재인 일상의 인간을 놀라게 할 정도, 딱 그만큼의 힘에 불과하다. 사람들은 율리시스가 초능력을 발휘할 때마다 펄쩍 뛰거나 다람쥐를 프라이팬으로 때리거나 잡아 쥐어뜯는다. 모든 것을 쏟아부어 일구어 낸 약자의 힘이란 강자에게 종종 이런 식으로 우습게 유린당한다. 하지만 율리시스는 초능력을 뛰어넘는 초강력 폭력에 맞서서 플로라와 자신의 존재를 지킨다. 플로라는 율리시스가 행동할 수 있다는 것을 믿어 준 유일한 친구였기 때문이다. 이것은 플로라에게도 마찬가지였다.

케이트 디카밀로는 지난해(2013) TV드라마 「별에서 온 그대」에 소개된 『에드워드 툴레인의 신기한 여행』(비룡소 2009)이라는 책으로 잘 알려졌지만 사실 그녀의 작업은 그 인기 드라마 이전에도 이미 세계인의 주목을 받고 있었다. 디카밀로의 작업은 늘 조용하고 외롭고 부끄럼 많은 존재들을 다룬다. 이 책에서도 마찬가지다. 센 척하지만 소녀 플로라는 겁이 많고 다람쥐 율리시스는 진공청소기처럼 위험한 세상이 온통 자신을 겨누고 있는 가운데 생명을 부지해야 하는 한없이 약한 존재다. 약한 존재가 힘을 갖는다는 것이 영웅 서사의 전형이라면 이 동화는 분명히 그런 전형을 따르고 있다. 하지만 '초능력'이라는 명명을 얻어 가면서 갖게 된 그들의 힘은 세상으로부터 더없이 무력하게 짓밟힌다는 점이 이 영웅 서사의 다른 점이다.

그리고 또 하나의 큰 차이는 플로라와 율리시스를 엮어 주고 그들을 강하게 만드는 바탕이 문학과 예술에 있다는 것이다. 율리시스는 틈이 날 때마다 플로라를 향한 시를 쓰고 그 시는 아름다운 결실을 맺는다. 이 책의 가장 마지막에 실린 율리시스의 시는 두툼한 책 전권에 걸쳐서 율리시스가 보여 준 어떤 초능력보다도 우리를 전율케 하는 명문이다. 어떤 놀라운 힘보다 몇 줄의 글이, 한 편의 진심이 사람을 더 많이 움직이게 할 수 있다는 작가의 의도는 이런 경이로운 방식으로 나타난다. 초능력의 최종 단계는 사랑이고 문학이다. 그런 점에서 『초능력 다람쥐 율리시스』는 '원더우먼' 서사의 훌륭하면서 더 뛰어난 계승자다.

율리시스가 쓴 시 「플로라를 위한 말들」 전편을 찬찬히 읽어 내려갔던 독자는 자신들이 이 두 작은 영웅의 삶을 힘겹게 따라왔다고 느끼게 되며 그 마지막 선물로 시의 감동을 돌려받는다. 읽지 않은 독자는 이해할 수 없는 말이겠지만 단언컨대 이 시는 21세기에 내가 읽은 가장 아름다운 사랑의 시였다.

네가 없다면 / 그 무엇도 / 쉽지 않을 거야, / 너는 모든 것이니까, / 알록달록 사탕가루, / 쿼크, 자이언트 도넛. / 서니사이드 업 달걀 프라이. / 그게 다 / 바로 너니까, / 나한테 / 너는 / 영원히 팽창하는 / 우주니까. (281면)

내 목소리의 정체

전성현 『사이렌』

누군가가 아주 끔찍한 장면을 보았다. 마음속에서 그 장면에 대한 기억을 지울 수 없어서 고통받고 있다. 하지만 그 끔찍한 장면을 유쾌한 것으로 느끼도록 조작하는 일이 가능하다면 어떨까.

인간의 뇌를 둘러싼 비밀이 밝혀지면서 우리는 몸과 마음 사이에 놓인 의미 있는 연관성을 더 많이 이해하게 되었다. 최근 매사추세츠 공대의 한 연구팀에서는 신경을 직접 건드려서 불쾌한 기억을 유쾌한 기억으로 바꿔 주는 기술을 개발했다고 발표했다. 본래 저장된 기억은 그대로 두고 그 기억과 연결된 감정을 바꿔치기하는 방식인데, 현재 쥐 실험까지 성공한 상태라고 한다. 영화에서나 보던 일이라는 말은 과학의 발전 속도 앞에서 무력한 관용구가 된 지 오래다. 이미 인간의 예술적 감성이나 종교적 심성까지도 물리적으로 환원할 수 있을 거라는 주장이 나와 있다. 유전자 검사를 통해서 어린이의 적성을 분석해 진로 지도를 해 준다는 이야기는 더 이상 낯설지 않은 얘기다.

그럼에도 불구하고 우리는 '나'라는 자아 안에 낱낱의 신경계 작용으로 분해되지 않는 어떤 총체성이 있는 것은 아닐까 하는 믿음을 쉽게 버리지 못한다. 특히 의식의 모든 영역을 물리적으로 환원하는 입장이 전체주의의 시스템과 결합했을 때 어떤 결과를 불러올 것인지에 대한 염려도 크다. 그동안 자유의지라고 믿었던 부분이 물리적으로 결정되는 구조라면 개인의 미래는 예정된 것, 계획 통제할 수 있는 것이 된다. 그렇다면 저마다 다른 삶의 의미와 가능성은 어디에서 찾을 수 있을까.

전성현의 『사이렌』(문학과지성사 2014)은 그 의미와 가능성에 대해서 어린이의 시선에서 질문을 던지는 이야기다. 가까운 어느 미래가 시간적 배경이지만 사건 속의 인물은 바로 우리 곁에 있는 아이들의 모습과 크게 다르지 않다. 국가가 모든 인적자원을 철저히 통제하고 과학 환원주의적인 방법으로 개별 어린이에게 내재된 가능성을 분석하여 그들의 미래를 각각 설계해 준다는 가정을 바탕으로 삼고 있다. 국가는 개인의 삶을 치밀하게 관리, 통제하면서 효율적이고 안전한 사회를 만들어 주겠다는 것을 명분으로 내세운다. 이러한 국가 시스템으로부터 인정을 받기 위해 아이들은 나름대로 치열하게 경쟁하고 그 안에서 낙오자가 속출하지만 낙오자들은 결코 꿈을 회복할 수 없다. '재능'이라는 말로 귀결되는 분석 가능한 데이터를 내놓지 못하면 '재능 없음'으로 분류된다. 한 아이의 미래는 무수히 적립된 재능의 과학적 근거들로 채워진다. 평가와 기준은 아이들을 옥죄며 이 모든 방향을 결정하는 것은 거대한 내비게이션 프로그램이다.

사건은 사이렌이 울리고 내비게이션 프로그램에 치명적 오류가 발생한 며칠 동안에 벌어진다. 미래 직업관에 배치되어 시계태엽 같은 삶을 살면서도 유전공학자가 되기 위한 과정을 밟고 있는 주인공 하루호는 내비게이션의 정지와 함께 공동체의 틈새를 속속 목격한다. 문제없이 굴러가는 줄 알았던 모든 예정된 절차들이 삽시간에 균열을 일으킨다.

'청소년 보호소'라는 그럴듯한 명칭의 낙오자 그룹에서 상담사로 일하는 엄마는 사이렌과 함께 사라져 실종이 의심되는 상황이다. 서든이라는 낯선 동급생의 등장, 친구 태우의 발작적인 폭력, 이웃집 이루연의 묘한 침묵 등 내비게이션이 없는 하루호의 며칠 동안은 이해할 수 없는 일투성이다. 그러나 원형 감옥 속에 있던 아이들은 자신의 재능을 감시하는 빅브라더의 눈이 사라지자 더 치졸하게 경쟁하거나 아예 나태함 속으로 도피한다. 오류의 심각성을 달변과 논리로 위장하려는 왓슨 부총재는 미래 직업관을 방문하는데 하루호는 그의 충격적인 이면을 엿보게 된다.

이미 많은 영화가 이와 비슷한 설정을 다루었다. 그러나 『사이렌』은 단순히 설정으로 요약하기 힘든 섬세하고 복합적인 매력을 가진 작품이다. '오르골, 놀이동산, 풍선, 마술쇼'로 대표되는 자아에 대한 낭만적 이해는 '등급, 만족도, 표준, 성취도'와 같은 분석적인 용어와 대립을 이루면서 우리 자신의 내면은 무엇에 의존하고 있는지 날카로운 질문을 던진다. 사건보다는 끝까지 의문을 품게 만드는 인물들이 돋보이고 과학의 옷을 입고 있지만 문학적 감수성이 더 예민하게 느껴진다.

주인공의 꿈은 그의 내면을 보여 주는 거울이다. 그러나 이 꿈은 외부 사회의 통제 장치와 절묘하게 연결된다. 인물 구도에서는 선과 악이라는 장르적 공식을 유지하고 있으나 힘든 선택의 순간은 더 깊고 혼란스러운 지점에 두어 인물들의 전형성을 비껴간다. 이 작품을 훑어볼 때 눈에 띄는 몇몇 날 선 단어와 이론에 집중한다면 핵심을 놓치는 독해가 되기 쉽다. 작가는 재능이라는 말 뒤에 숨은 이 사회 운영 시스템의 무서운 협박을 고발한다. 격려인 듯 낙인이 되는 재능의 열풍 안에서 스러져 가는 오늘날 우리 아이들의 꿈을 보여 주기 위해서 「돈데보이」의 멜로디와 팬지꽃과 서커스의 오색 천막을 가져왔다. 그리고 내비게이션의 치명적 오류를 알리는 사이렌과 주인공의 자유의지에 대한 자각을 알리는 사이렌을 대비시키면서 우리는 어디로 가야 하는가를 묻는다.

『사이렌』은 하루호가 엄마의 실종 원인과 내비게이션 해킹의 범인을 추적하는 형태로 전개되기 때문에 추리물의 플롯으로 볼 수 있지만 거의 모든 장면이 현재 우리 사회의 경쟁 시스템에 대한 알레고리여서 사회 비판적 요소가 무척 강하다. 그런가 하면 하루호와 서든의 관계가 드러나는 대목에서는 가족 드라마의 요소도 짙게 느껴진다. 이야기는 결국 '행복'이라는 추상적 가치를 중심으로 모이지만 '개인의 행복'인가 '전체의 행복'인가를 묻는다는 점에서 결말을 읽고 나서도 생각의 여운이 긴 작품이다.

작가는 과학적 내용을 다루는 데 능숙하지 않은 사람이라는 생각이 든다. 과학 용어가 등장하는 장면에서 많은 검토와 고민을 거친 듯하지만 그럼에도 그 낱말들이 작가의 것으로 아직 완전히 소화되지 않았다는 아쉬움이 든다. 그러나 마술쇼 장면의 몽환적 구현이나 「돈데보이」라는 노래 한 곡의 가사와 멜로디로 전편을 아우르는 힘은 무척 인상적이다. 경고로서의 사이렌과 신화 속 사이렌(세이렌)의 이미지는 중첩되어 읽고 난 한참 후까지 머릿속에 떠오른다.

우리나라는 대입 전형 3년 예고제에 따라 입시안이 발표되면 수많은 어린이들의 삶이 그 축을 따라 이동한다. 부모들은 그 입시에 맞는 아이의 재능을 찾기 위해 사교육 시장을 전전한다. 얼마 전 한 미술평론가는 선천적으로 '이미지 뇌, 조형 뇌'가 발달하지 않은 사람은 미술을 전공하지 않는 것이 좋겠다는 입장을 내놓아 반대하는 사람들과 논쟁을 벌이기도 했다. 그는 조형적 뇌가 우수한지 아닌지는 초등학생 시절에도 그림을 그려 보면 스스로 알 수 있다고 했다. 어떻게든 돈으로 화가를 만드는 교육에 대한 비판이 담긴 말이었지만 '재능'이라는 키워드는 아이들의 삶에 큰 협박으로 자리 잡고 있는 것이 사실이다. 『사이렌』에서 울리는 산란한 경고음과 오르골의 간결한 멜로디는 그 협박 속에서도 내 안의 가능성, 내 목소리의 정체를 찾아가야 한다는 것에 대한 비유다. 결말이 그랬던 것처럼 오르골은 우리 손안에 있다.

우리가 삼켰던 돌과 못

송미경 『돌 씹어 먹는 아이』

송미경의 동화를 읽을 때마다 하는 일이 있다. 책에서 눈을 들어 잠시 방 안을 둘러보는 일이다. 작고 네모난 책 속의 이야기에 고개를 파묻고 있으면 어느새 작가는 어두운 천막을 치고 보랏빛 사막을 달리고 어딘지 모를 얼음산 허공 위에 나를 데려다 놓기 때문에 여기가 어디인지 내가 사라진 것은 아닌지 시시때때로 확인해야 한다. 방석도 그대로, 문도 그대로다. 이렇게 기기묘묘한 이야기를 읽으면서도 내가 잘 남아 있다는 사실은 큰 안심이 된다. 그러면 다시 송미경의 동화 속으로 느릿느릿 기어 들어간다. 그리고 남은 장면에 접속하는 순간 나는 그 안으로 빠르게 사라져 버린다.

그동안 『복수의 여신』(창비 2012), 『어떤 아이가』(시공주니어 2013)로 이어졌던 송미경 단편의 낯선 경향은 동화집 『돌 씹어 먹는 아이』(문학동네 2014)에서 비로소 기이한 친숙함을 획득한다. 작가가 서사의 스타일을 반복적으로 제시하여 그 힘으로 독자를 설득해 냈다고 볼 수도 있겠지만 그보다는 이제 그가 이야기 자체의 한 차원을 독립적으로 확보하고 있다는 생각이 든다. 독자가 송미경의 컴컴한 서랍에 들어가는 것을 두려워하지 않게 만드는 것에 성공했다고 할까. 전에는 첫 장면부터 어딘가 두려워서, 기분이 좋지 않아서 당겨 보고 싶지 않았던 그 서랍은 독자를 향해서 더 매끈하게 열리며 어서 들어오라고 손짓한다.

책 속의 인물, 공간, 사건은 여전히 생소하다 못해 징그럽다. 첫 번째 단편 「혀를 사 왔지」는 과감한 제목만큼이나 충격적인 초반 전개로 독자의 시선을 붙잡는다. '일 년에 한 번, 삼 일간 열리는 무엇이든 시장'에서 당나귀로부터 '혀'를 사는 주인공 어린이에게는 아끼고 아낀 돈을 털어서 하필이면 그 혀를 살 수밖에 없는 사정이 있었다. 그에게는 혀가 없었기 때문이다. 그가 이렇게 사 온 혀를 마음껏 쓰고 다시 시장에 혀를 되팔 때까지의 이야기는 내 입속의 혀가 잘 있는지 침을 삼키며 굴려 봐야 할 정도로 축축한 느낌으로 표현된다. 작가는 혀의 온갖 기능을 상기시키면서 잃어버린 내 존재의 딱딱하게 굳은 부분을 되살려 낸다. 온몸의 여러 부위를 다 놓아두고 "왜 혀였을까?"라는 질문은 작품이 끝날 즈음 "혀가 아니면 안 됐겠구나"라는 끄덕임으로 이어진다.

「지구는 동그랗고」에서는 멀쩡한 직장을 그만두고 집 안에 우주를 들여놓겠다고 시도하는 아버지가 나온다. 할머니와 구박덩어리인 아버지와 내가 그리는 우주는 내 눈과 허공 사이의 공간에 떠다니는 "가볍고 반짝거리는 먼지 같은 것들"처럼 가까이 있다. "할머니의 장갑이 내게는 크고 아빠에겐 작은 것처럼" 언제나 큰 것, 작은 것은 없다는 아빠의 말은 우주에 대한 비유이지만 어린이가 느끼는 수많은 절망에 대한 따뜻한 격려로 들린다. 동화를 다 읽고 나면 이 대우주의 기운은 중력과 자전·공전의 거대한 움직임이 아니라 주인공이 아빠와 함께 엄마를 기다리는 힘처럼 작고 간절한 바람, 다른 존재들은 못하는 속삭임들로부터 오는 것이라는 믿음이 생기는 것이다.

「나를 데리러 온 고양이 부부」는 주인공이 어느 날 자신이 친부모라면서 불쑥 찾아온 길고양이 부부를 만나면서 시작된다. 고양이 부부는 "그간 널 사람 손에 자라게 해서 미안하다"면서 자신들과 함께 가자고 말한다. 김장을 하느라 바쁜 주인공의 엄마와 전화 한 통 찬찬히 받지 못할 만큼 정신없이 사는 아빠는 고양이 부부의 난데없는 친권 주장에도 진지하게 대응할 겨를이 없다. 고양이 부부의 방문을 계기로 자기 자신을 하나하나 돌아본 주인공은 '길에서 살아가는 걸 잘할 수 있을까?'를 염려하지만 그래도 살다 보면 알아진다는 아빠 고양이의 말을 디딤돌 삼아 새 삶의 담장에 오른다. 이 작품 속에서는 '가출과 자립'이 고양이 가족으로의 전입이라는 매우 특이한 방식으로 그려진다. 가방 따위 필요 없는 담장 위의 삶을 향해 훌쩍 올라타는 주인공의 도전은 지금까지 양육되어 온 방식을 돌이켜 보고 스스로 주체적인 자아로 일어서고자 하는 어린이의 강렬한 욕망을 잘 표현하고 있다.

가장 문제작이면서 표제작인 「돌 씹어 먹는 아이」는 계간지 『작가들』(2013년 봄호)에 발표되면서 많은 화제를 모았던 작품이다. 돌, 못, 벌레, 흙, 발톱처럼 먹을 수 없는 것을 먹는 한 가족의 이야기는 우리의 씁쓸하고 쓰라리고 깔깔한 하루하루를 미각으로 환기시키는 정확한 유비다. 마지막 가족 나들이 장면은 '무엇을 먹든 우리는 너를 사랑한다'는, 매우 종교적 지점에 도착하면서 깊고 뜨끈하게 독자의 상처를 달래고 껴안아 준다. 우리는 이 작품을 통해서 어두운 심장이나 위장 어딘가에 파묻어 두었던 나만의 돌과 못과 발톱이 소화되는 경험을 하게 된다. 이 작품을 초등학생 여러 명과 함께 읽은 적이 있는데 그들에게 작품을 읽고 난 소감을 한 단어로 적어 보게 했더니 가장 많은 답변이 '후련하다', 그다음이 '편안하다'였다. 우리는 얼마나 많은 돌과 못을 숨어 삼켜 오면서 몸 안에서 녹이지 못했던 것일까.

송미경은 동화를 통해서 꾸준히 가족의 문제를 건드린다. 하지만 작가가 본질적으로 건드리고 있는 것은 어린이 자신의 본모습이다. '너는 누구니?'라는 질문은 고양이에게서 튀어나오기도 하고 우주의 별빛으로부터 내려오기도 한다. 오랫동안 작가들은 동화가 어린이의 삶이 진행되는 현장에 있어야 한다는 것을 잊지 않으려고 노력해 왔다. 송미경은 어린이가 있는 현장에서 이야기를 출발시키되 거기 머무르지 않고 아이를 데리고 다른 곳으로 휙 날아간다. 그 장소는 어리둥절하지만 한 번만 숨을 고르고 돌아보면 우리의 일상으로부터 전혀 멀지 않은 곳이다. 예를 들자면 못과 흙이 가득 들어 있는 우리 자신의 작은 창자와 같은, 오히려 본질적인 장소다. 작가는 『광인 수술 보고서』(시공사 2014)라는 청소년소설을 통해서 성장기 청소년의 자아 정체성에 대한 해부에 도전한 바 있다. 그 해부가 긴장감 가득한 날카로운 첫 수술 같은 느낌이었다면 이 작품집은 능숙하고 편안한 비수술적 처치를 통해서 상처 부위를 매만지는 느낌을 준다. 이 작가가 더욱 뻔뻔해져서 더 기상천외한 방식으로 어린이와 능청맞게 소통할 수 있기를 기대해 본다.

따라 부르고 싶은 노래 같은 동화

임선영 『내 모자야』

유년동화의 독자들이 가장 사랑하는 주인공을 둘만 꼽으라면 동물과
장난감일 것이다. 어린이와 가장 가까이 있지만 생명이 없는 장난감들
이 이야기 속에서 재미있는 말을 하고 눈물을 흘리면 독자는 그에 대해
남다른 애착을 느낀다. 장난감을 자기 또래의 '작은 인간'으로 여기면
서 서슴없이 그를 친구나 형제자매로 대하는 것이다. 동물 이야기의 주
인공들도 이와 비슷한 '아동의 대리인' 역할을 한다. 그러나 '동물은 내
친구'라는 낭만적 상상에서 한발 더 나아가 '나는 자연의 아이'라는 풍
요롭고 활달한 감각을 자극한다는 점에서 장난감 이야기보다도 확장성
이 뛰어난 것이 동물 서사다.

임선영의 『내 모자야』(창비 2014)는 유년동화가 동물을 의인화하여 주
인공으로 불러낼 때 어떤 규모의 사건을 안겨 주어야 하는지 정확하게
알고 있는 작품이다. 어린이 독자는 이야기에 등장하는 토끼와 쇠똥구
리와 멧돼지와 호랑이를 모두 자신의 친구라고 생각한다. 그들의 실제
몸집이나 행동의 물리적 반경은 그다지 중요한 문제가 아니며 행위와

생각의 유사성에 관심을 둘 뿐이다. 쉽게 말해서 '얼마나 내 친구 같은 가'가 동물 등장인물이 매력적인지 아닌지를 결정하는 핵심적인 요소라는 얘기다. 그래서 어린이 독자는 그들의 말투, 감정, 질문의 방향 등을 까다롭게 살핀다. 체격이 서로 다른데 어떻게 마주 보고 얘기를 하느냐, 호랑이는 토끼를 잡아먹는 동물인데 어떻게 사이좋게 지내느냐 등은 '우리는 다 친구다'라는 전제 아래서 아무런 고민거리가 되지 않는다.

이러한 동물 친구 만들기에 성공하고 나면 사건의 규모를 구성해야 하는데 그 규모는 어린이가 한눈에 파악할 수 있는 범위 안에 있는 것이 유리하다. 자신이 좋아하는 이야기를 다른 사람들에게 설명할 수 있다는 것은 유년기 어린이들에게 대단히 매력적인 일이다. 인물의 갈등은 스스로 또는 다른 동물 친구의 도움을 받아 안심하고 해결할 수 있는 범위 안에 존재해야 한다. '어른을 불러오는 것'은 자존심이 상할 뿐 아니라 재미도 없는 일이기 때문이다.

『내 모자야』에 실린 네 편의 작품은 이야기의 규모를 적절히 제어하면서 인물의 '친구다움'을 생생하게 표현하는 데 성공했다. 「내 모자야」의 토끼는 멋진 모자를 얻었지만 친구들이 모자를 비웃자 풀이 죽는다. 하지만 금방 신이 난다. '내 모자'가 있기 때문이다. 그런 토끼의 마음을 가장 잘 알아주고 따뜻하게 다독여 준 것이 쇠똥구리도 노루도 아니고 '어쩌면 무서울 수도 있는 친구' 호랑이라는 점은 '우리는 다 친구다'의 효과를 배가시킨다. '버리는 주머니'가 달린 모자라는 반전의 아이디어는 작가가 어린이로부터 확실한 친구 인증을 받는 결과를 낳는다. 어른들은 언제나 '버리지 못하게 하는 사람', '잃어버리지 말라고 하는 사람'이다. 그러나 동물 친구들은 '버리고 싶은 건 버려!'라고 격려해 주는 사람이다.

작가는 그 밖에도 「어흥을 찾아 주세요」에서 '어흥깜짝 장난'의 횟수를 센다거나, 「한겨울 밤의 외출」에서 눈 뿌리는 사람을 찾아서 하늘 나무에 올라간다거나 하는 행위를 통해서 친구 눈높이를 자연스럽게 보여 준다. 마지막 작품인 「호랑이 생일」은 전형적인 '기대 쌓기-무너뜨리기' 구조를 통해서 어린이에게 놀라움을 선사하는 방식인데, 익숙한 전개에서 오는 지루함을 오밀조밀한 입체적 동선으로 극복한 것이 흥미롭다.

좋은 노래는 따라 부르고 싶은 노래다. 유년동화는 노래의 성격을 가지고 있는데 그런 점에서 『내 모자야』는 따라 부르고 싶은 동화다. 동물들의 움직임은 율동처럼 흥이 있어서 어린이 몸이 움직이는 방식과 겹치고 다정한 대화도 노랫말 같다. '내 모자야!'를 외치면서 '눈덩이휙깜짝 장난'을 치고 "멧돼지처럼 처음 출발했던 곳으로"(76면) 오고 싶어진다. 이 시대 유년동화의 작가는 화려한 게임기와 애정 얻기를 겨뤄야 한다. 이에 대해 『내 모자야』는 '크고 멋진 이야기'가 아니라 '작고 친구 같은 이야기'를 통해 말을 거는 것이 더 현명한 일임을 보여 준다.

불편한 이야기의 의미

손서은 『컬러 보이』

　손서은의 『컬러 보이』(비룡소 2014)는 아직 다가오지 않은 먼 미래 사회, 2148년을 배경으로 한 상상 속의 이야기다. 인간과 동물이 지닌 큰 차이점 중의 하나는 동물이 현재만을 생각하면서 사는 데 비해서 인간은 미래를 예측하고 그 미래의 일을 앞당기거나 늦추려 한다는 점이다. 이 이야기가 백 년 뒤 지구에서는 무슨 일이 벌어질까를 다루는 것도 비슷한 이유다. 사람들이 지금처럼 살아갔을 때 앞으로 겪게 될 행복이나 불행의 방향을 짐작해 보고 더 나은 세계를 위해서 우리가 할 일을 생각해 보는 것이다.

　주인공 이상민이 살고 있는 미르국은 지구가 핵에너지로 인한 방사능 오염과 세계전쟁 이후 황폐해진 뒤 백 년 암흑기가 지나고 구성된 생존자 구역이다. 방사능에 오염되지 않은 지역을 찾아내어 살아남은 지구상의 모든 인종이 함께 건설한 나라다. 서로 죽이지도 미워하지도 않으며 집집마다 최첨단 로봇인 할리를 이용해서 사람이 하기 힘든 청소나 요리, 운전 같은 일을 대신 처리하는 이곳은 얼핏 보기에 아무런 걱정이 없어 보이는 유토피아다. 아이들은 아에로프트라는 개인 이동 수단을 타고 하늘을 날아서 등교한다. 그런 미르국 아이들에게 정부는 아침마다 알 수 없는 주홍빛 액체인 바누슈슈를 먹이기 시작하는데 그 액체를 마시지 않겠다고 거부하면 강제로라도 끝까지 마시게 한다. 균형 잡힌 건강한 사람으로 자라게 한다는 정체불명의 바누슈슈를 꼬박꼬박 받아 마신 아이들에게서는 조금씩 이상한 변화가 나타난다.

상민이와 친구 수랑이는 누구보다 먼저 아이들의 불안한 변화를 알아차리고 바누슈슈에 숨겨진 음모를 캐내려 한다. 하지만 그들에게는 아빠가 없으며 상민이의 엄마는 이런 고민을 털어놓고 이야기하기에는 너무 멀리 있다. 할리를 설계하고 제조하는 총책임자인 엄마는 아침저녁으로 연구에 몰두하느라 상민이를 돌아보지도 않으며 언젠가부터 무섭도록 차가운 사람이 되어 버렸다. 상민이는 학교의 방침에 저항하여 바누슈슈를 먹지 않기로 결심하지만 미르국에서는 그런 상민이를 협박하고 강도 높게 처벌하려 한다. 우연히 엄마의 충격적인 비밀까지 엿듣게 된 상민이는 더 이상 미르국에 발을 붙이지 못하고 그 땅을 떠나 금지된 구역인 우사카 섬으로 탈출한다. 엄마는 그런 상민이를 보호해 주는 것이 아니라 오히려 따라가서 죽여 버리라고 킬러 할리에게 명령한다. 상민이를 믿고 도와주는 것은 오랫동안 상민이의 편이 되어 주었던 운전사 할리 제이슨뿐이다. 상민이의 엄마에게는 무슨 일이 있었던 것일까. 그리고 목숨을 걸고 상민이를 끝까지 도와주는 제이슨은 누구일까.

본격적인 이야기는 상민이가 미르국을 탈출한 뒤부터다. 미르국의 바깥인 우사카 섬에는 누가 살고 있었는지, 미르국 안에서 진행되고 있었던 비밀스러운 계략의 실체는 무엇인지 독자는 상민이와 함께 한발 한발 진실에 접근하게 된다. 상민이는 우사카 섬에서 자신과 비슷하면서도 다른 처지에 있는 우니라는 친구를 사귀게 되고 자신을 죽이라고 명령했던 '엄마'의 정체를 알게 된다.

이 이야기를 움직이는 중요한 낱말은 '색깔'과 '엄마'다. 미르국에 살던 시절 상민이는 동네 아이스크림 가게 아저씨로부터 '컬러 보이'라는 별명을 얻는다. 누구보다 다양한 감정의 색깔을 지닌 아이라는 뜻이었다. 행복도 알고 기쁨도 알고 슬픔과 불안도 누구보다 빨리 느끼는 상민이는 생명의 본질에 가장 가까운 아이였다. 인간은 본래 마음의 색깔을 다양하게 지니고 있다. 그러나 로봇 '할리'를 중심으로 움직이는 미르국의 시스템은 자연스러운 것을 파괴하고 인공적인 것으로 세계를 통일하려고 든다. 대부분의 사람들은 이러한 시도가 자신들을 파멸로 몰아넣을 것임을 짐작하지 못한 채 눈앞의 편리와 안전을 이유로 시스템의 명령에 복종한다. 상민이는 자연의 색깔, 인간의 색깔을 잃어 가는 이 무채색의 세계에서 아직 '살아 있는 것'의 오색찬란한 빛과 푸름을 되찾는 일에 용기를 내어 뛰어든다.

이러한 상민이를 끝까지 위협하고 공격하는 것은 '엄마'의 존재다. 상민이가 목숨을 걸고 도전하는 것은 이상해져 버린 엄마의 비밀을 밝히고 그것을 제자리로 돌려놓는 일이다. 우리는 책을 읽는 내내 엄마라는 가장 사랑스럽고 따뜻한 단어와 차갑게 마주 서는 경험을 해야 한다. 이것은 무척 낯설고 두려운 경험이다. 우리는 어떤 이유로도 엄마를 부정하면 안 된다는 마음속 금기를 가지고 있다. 그러나 사람의 성장과 독립은 자신을 둘러싼 모든 금기에 의문을 던지면서 시작된다. 상민이가 엄마에게 쫓기는 순간부터 독자는 더 이상 자신이 의지할 것이 아무것도 없다는 사실을 깨닫게 된다. 이 충격적인 고립감은 이야기를 흥미롭게 읽을 수 있도록 하는 동력이 되는 것을 넘어서서 어린이 독자들이 누구에게도 의지하지 않고 나 자신의 모습을 바라볼 수 있도록 도와준다.

물론 상민이를 공격했고 상민이가 공격하는 엄마는 우리가 알고 있는 그 엄마와 다른 엄마다. 상민이는 그 비밀을 풀면서 큰 흔들림을 겪고 더 단단하게 성장한다. 2148년의 지구는 따뜻한 엄마의 모습이라고는 찾아보기 힘든, 엄마가 부쳐 주는 따뜻한 시금치 파이 한 장이 간절한 소원이 되어 버릴 만큼 냉혹한 사회가 되어 버렸다. 이것은 엄마들의 책임도 상민이의 잘못도 아니다. 작가는 우리 사회를 어떤 생산성의 이름으로 끝없이 줄 세우고 감시하는 '거대한 권력의 눈'을 '엄마'로 표현했다. 한 사회가 맹목적인 싸움판이 되지 않기 위해서는 이러한 무소불위의 거대 권력에 의문을 제기하고 한 사람의 삶을 생각하는 태도가 필요하다. 어른들이 너도나도 '마더 어셈블러 엄마'의 환상에 현혹되었을 때 상민이는 거기에 맞섰던 유일한 존재였다. 다른 사람도 아닌 어린이가 그 일을 해냈다는 것은 이 이야기가 매우 매력적인 성장 서사라는 것을 보여 준다.

이 작품을 읽으면서 우리는 그동안 가졌던 생각을 한 번 더 뒤집어서 살펴보게 된다. 아빠와 엄마에 대한 생각, 밥의 의미, 숲의 필요성, 진짜와 가짜, 살아 있는 것과 살아 있지 않은 것에 대한 성찰을 겪는다. 오늘날은 기계처럼 일하는 사람들이 가득한 사회다. 우리는 왜 기계가 아닌 인간으로 이 세계에서 함께 살아가는지, 마지막까지 기계가 되기를 거부해야 하는 이유는 무엇인지 생각해 봐야 한다. 그런 점에서 기계였으면서 기계가 아니었던 제이슨의 존재는 이 작품의 주제를 인상적으로 전달하고 있다. 우리는 제이슨을 통해서 누군가를 사랑한다는 일, 그것만이 우리가 기계가 되기를 끝까지 거부할 수밖에 없는 가장 큰 이유라는 것을 깨닫는다.

『컬러 보이』는 간단하고 쉬운 이야기다. 우리가 그동안 많이 읽었던, 거대하고 잘못된 무엇에 맞서서 싸우는 책들과 비슷한 구조다. 하지만 곰곰이 생각하면 복잡하고 깊은 이야기다. 내 가장 가까운 것들을 다시

들여다보아야만 하는 불편한 이야기이기도 하다. 거듭 읽다 보면 그 불편함을 넘어서면서 이야기를 읽는다면 새로운 보람을 발견할 수 있다. 상민이는 우리를 대신해서 미래의 최전선에 서 있는 아이다. 그리고 우리는 상민이가 맞이하게 될 미래를 만드는 오늘의 삶 앞에 서 있다. 그렇다면 지금 당장 용기를 가지고 나만의 색깔, 세계의 아름다움을 잃어버리지 않기 위해 도전해야 하는 컬러 보이들은 이 책을 읽는 우리들 모두일 것이다.

철벽같은 세상에 내는 작은 흠집

송미경『광인 수술 보고서』

모든 것에는 겉과 속이 있다. 물체에는 외부와 내부가 있으며 행위도 그렇다. 사과의 껍질은 붉으나 안은 희다. 이른 아침 딸에게 잔소리를 퍼부었던 어머니가 하교 시간에 맞추어 아이의 책상에 사과 한 알과 '미안하다. 든든히 먹고 가라'는 쪽지를 올려놓았다면 그가 가져다 놓은 사과는 단순한 오후 간식이 아닌 '사과'의 의미를 담은 것일 수 있다. 겉과 속은 분리되지 않고 제3의 의미를 형성하여 하나의 정체성을 만든다. '귤 한 알과 미안하다'와 '사과 한 알과 미안하다'가 마음에 다른 파장으로 와 닿는 것은 그런 까닭이다.

문학작품도 마찬가지다. 작품의 형식은 내용과 어우러져 고유의 정체성을 구성한다. 한 편의 소설에서 형식은 사용되는 낱말, 문장, 문단의 길이와 수사법 등 여러 가지 요소를 통해서 나타나는데 작가는 자신이 작품 안에 담고자 하는 내용을 가장 효과적으로 드러낼 수 있는 외연적 방법이 무엇인지 끊임없이 고민하고 썼다 지우면서 새로운 방식을 시도한다. 그런 점에서 글을 쓴다는 것은 가설과 실험의 결과물이다. 내용과 형식이 제3의 의미와 공감을 이끌어 내야 한다는 점에서 글쓰기는 매우 변증적인 실험이다.

송미경의 『광인 수술 보고서』(시공사 2014)는 작품의 겉과 속이 놀라운 일치를 향해서 나아가는 작품이다. 이 변증적 실험은 독자에게 '읽는다는 행위'에 대한 전혀 새로운 경험을 가져다준다. 작가는 '광인'으로 규정된 한 여학생의 부드럽고 치열한 고통을 드러내기 위해서 가장 딱딱하고 논리적인 서술 양식을 사용했다. 이 소설은 김광호라는 신경정신과 전문의가 '오만한 신경정신과전문의 협회'에 제출하는 의학 보고서 형식으로 되어 있기 때문에 서문과 논문 요약과 각종 주석이 달린 형식을 띤다. 보고서라는 객관적인 양식은 독자들에게 주인공이 겪는 혼란스러운 사건으로부터 일정한 거리를 유지하도록 틈을 만들어 준다.

그러나 독자는 보고서를 읽기 시작하면서 이 사건으로부터 자신을 쉽게 떼어 놓을 수 없다는 것을 깨닫는다. 보고서의 외피는 의사 김광호가 제공하고 있지만 그 내피는 다시 주인공인 환자 이연희의 독자적 서술로, 논리로 설명해 낼 수 없는 뭉클하고 울컥한 '말 너머에 숨겨진 속말'을 토하는 방식으로 진행되기 때문이다. 작가 송미경의 실험은 우리를 당황시킨다. 그러나 처음의 어지러움을 딛고 이 이야기에 본격적으로 접속하는 순간 겉은 딱딱하고 속은 말랑한 어둡고 거대한 공 안쪽으로 헤엄쳐 들어가는 느낌을 받는다. 우리가 만져야 하는 진실은 이 공의 깊은 안쪽 면에 있다.

독자는 환자 이연희 본인도 수술이라는 파격적인 경험이 아니었다면 결코 보여 주지 못했을 그의 비밀스러운 내면으로 스스로 헤엄쳐 들어가야 한다. 횡설수설하던 이연희는 수술이 진행되면서 점차 말의 결을 되찾고 생각을 선명하게 내놓기 시작한다. 독자는 그의 주관적 문법에 매료되면서 객관적이고 실체적인 진실을 이해한다. 일종의 해설자로 등장하는 수술 집도의 김광호는 이 변증적 상호작용의 중심을 잡아주고 있지만 어느 결정적 순간에는 주인공과 독자가 직접 만날 수 있도록 말을 아끼고 침묵해 버린다. 하얀 책상에 누워 '광인 수술'을 받은 것은 표면적으로 환자 이연희이지만 책을 다 읽고 났을 때 실제로 마음속을 수술받은 기분이 드는 것은 독자들이다.

간추리자면 이 작품은 광인 이연희가 의사 협회로부터 퇴출된 김광호로부터 특별한 수술을 받은 다음 정상인과 광인의 경계로 되돌아가는 과정을 이연희의 눈과 김광호의 보고서 양식이라는 이중적 장치를 통해 들여다본 글이다. 김광호는 이 수술이 속임수는 아니었지만 진실과 허구가 뒤섞여 있으며 진실과 허구 이상의 아름다운 것이었다고 기록하고 있다. 이 작품은 러시아 인형 마트료시카처럼 이야기를 한 겹 벗겨 내면 다른 사연이 기다리는 겹겹의 구조로 되어 있다. 광인 수술은 하얀 책상에서 진행되며 간호사와 의사들이 그가 입었던 더플코트의 박음질을 풀고 스웨터의 올을 해체하는 것과 함께 시작된다. '올을 푼다'는 행위는 문제의 '실마리를 푼다' 또는 맺힌 '한을 푼다'는 행위와 절묘하게 맞닿으면서 이연희의 엉켜 버린 과거를 하나하나 풀어낸다.

처음에 독자의 관심은 이연희가 왜 광인 수술을 받게 되었는가에 집중된다. 이연희에게 광기 말기 판정을 내렸던 의사 김광호는 광기의 종말은 짐승이 되는 것이라고 말한다. "인간이 불운한 이유는 인간 이외의 다른 것이 될 여지를 가지고 있기 때문"(10면)이라고 말한다. 그러자 이연희는 자신이 곧 짐승이 되는 것이냐고 묻지만 김광호는 그 말은 그런 의미가 아니라고 말한다. 이 모순된 대화는 정작 광기 어린 것은 이연희가 아니며 수술받아야 할 대상도 그가 아님을 암시한다. 이연희는 보지 않아도 되는 것을 보고 기억하지 않아도 되는 것을 세밀하게 기억하는 증세를 가지고 있는데 정작 이연희 주위에 있는 사람들, 아버지,

엄마, 언니, 담임교사 등은 반드시 기억하고 보아야 하는 것을 보지 않거나 못 본 것으로 여기면서도 버젓이 정상인으로 행세하며 살아가고 있다. 이연희가 이 낯설고 기이한 수술을 받기로 결정한 것은 더 이상 이런 사람들에게 둘러싸인 상태에서 자신을 고통스럽게 만든 문제를 누구에게도 고백하고 도움받을 수 없다는 절박한 심정의 표현이라고 볼 수 있다.

그렇다면 이연희의 문제는 무엇이었을까? 심한 곱슬머리였던 이연희는 같은 반 학생들에게 이유 없이 가혹한 집단 따돌림을 당한다. 그 공격의 선두에 서 있는 사람은 절친했던 세린이다. 세린이는 이연희를 푸들이라고 부르면서 개 짖는 소리를 내라거나 강아지처럼 기어 다니라고 요구하며 괴롭혔고 이를 견딜 수 없었던 이연희는 스스로 머리카락을 잘라 낸다. 그가 보인 고통의 몸부림은 누구에게도 이해받지 못했고 가진 옷과 물건을 빼앗기면서 털 깎인 푸들이 되어 더 지독한 놀림을 받게 된다. 이연희는 그 가운데 자신의 정체성과 자존감을 지키기 위해 안간힘을 쓴다. 자신에게는 이제 개 짖는 소리만 남았다고 절규한다. 그러나 그를 도와주는 사람은 없다. "움직이지 않아야 고통을 최소화할 수 있어요"(40면)라는 수술 중 간호사의 말은 이연희가 조언을 구했던 수많은 사람들이 이연희에게 무감하게 던졌던 말과 비슷했을 것이다. 학급 공동체가 모두 이연희를 제물로 삼을 때 전학생만이 이연희의 위기를 목격하고 고발한다. 그동안 침묵하던 담임교사는 "시간이 해결해 줄 거야. 모두 그렇게 살아왔거든"(80면)이라는 비겁한 답변을 내놓고 다시 묵인과 외면을 지속한다.

외로움의 절벽에 극도로 몰린 이연희가 유일하게 의지하는 것은 초록색 스웨터다. 따뜻한 초록색 스웨터만이 이연희가 당했던 모든 수모와 모욕을 기억하고 그를 따뜻하게 품어 주었기 때문이다. 수술진은 그

스웨터를 한 올 한 올 풀면서 이연희를 둘러싸고 돌림노래를 부른다. 노래를 마치고 초록색 스웨터를 다 풀면 반드시 원래대로 돌려놓아 주겠다고 말한다. 그 노래의 노랫말은 '서로 용납하라'이다. 이연희는 이것이 자신을 걱정하는 말인지, 그들은 무엇을 용서한 것인지 묻고 싶었지만 이런 위로와 염려의 처방조차 그동안 한 번도 제대로 받아 본 적이 없었기에 이 말에 귀를 기울인다. 딸의 일에 관심이 없는 아버지는 자격증도 박탈당한 의사 김광호에게 자신의 딸을 수술해 달라고 맡겨 두고 건물을 경영하는 일에만 몰두하고 있다.

이연희의 문제는 또 있다. 그는 외부에서 볼 때는 지극히 정상적으로 보이는 자신의 가족이 '허울'에 불과하다는 것을 알고 있다. 지금 이연희의 부모는 친부모가 아니며 그들은 어린 이연희를 큰아버지 댁에 맡기고 사라진 상태다. 이것은 단지 이연희가 '양자'였다는 출생의 비밀에 대한 이야기가 아니라 그만큼 자신을 '맡겨진 자'로만 대하는 가족 공동체의 허위의식을 상징하는 것으로 보인다.

가족조차 자신을 위기에서 구하지 못했다는 것에 대한 이연희의 절망은 광인 수술대에서 스스로 몸에 연결된 '핏줄'을 뽑아내는 행동으로 이어진다. 그의 핏줄인 작은언니는 현실적인 면을 고려하라고 냉정하게 충고해 왔다. 벽지의 반복되는 무늬를 세는 따위의 도움이 되지 않는 일을 하지 말고 동사무소에서 등본을 떼고, 초본을 뗄 수 있는 그런 일을 배우라고 말한다. 작은언니의 이 주장은 의아하지만 섬뜩한 결론으로 이어진다. 초본을 뗄 수 있게 되면 그다음에는 은행에서 부채 증명서도 뗄 수 있다는 것이다. 정작 쓸모없는 일에 몰두하고 있는 것은 작은언니였다. 가장 가까운 핏줄의 고통조차 이해하지 못하고 냉정한 현실의 논리를 들이댔던 작은언니의 말은 자신의 미래가 결국 '부채 증명서'를 떼는 삶으로 이어질 것임을 암시하고 있다.

이연희는 이렇게 하다가는 자신의 존재가 가루처럼 사라져 버릴지 모른다는 두려움에 할 수 있는 모든 것을 시도한다. 아이들이 던져 주는 개 사료를 받아먹으면서 생존이라도 유지하려고 애써 보기도 하고 머리를 박박 밀어서 저항해 보기도 한다. 수업 시간에 불쑥 욕을 해 보고 폭식을 하다가 비만이 되기도 한다. 그러나 이연희를 공격하는 외부자들의 태도가 달라지지 않는 한 그가 스스로 벌이는 노력은 무력한 몸부림일 뿐이었다. 정상인이 된다는 것이 무엇인지 모르겠다는 이연희의 고백은 당연하다. 애초부터 광기가 서렸던 것은 한 아이를 제물 삼아 공격하고 의례적으로 보살핌으로써 자신의 존재 영역을 확보하려 했던 그를 제외한 다른 사람들이었기 때문이다. 이연희가 자신의 존재를 지키기 위해서 얼마나 필사적으로 노력했는지는 수술 말미에 가면 좀 더 자세하게 밝혀진다. 학교에서 나온 이연희는 학생증 대신 청소년증을 만들게 되는데 자신이 '청소년 소속'임을 밝히기 위해서 청소년증 사진에 나온 옷만을 입는다. 준거집단인 학교를 벗어난 후에 만난 세상은 학교와 크게 다르지 않거나 더 차갑다. 외출할 때마다 나라는 것을 보여 주기 위해서 사진 속의 티셔츠라도 보여 줘야 한다는 이연희의 얘기는 우리가 도망칠 수 있는 곳이 짐작보다 많지 않다는 것을 알려 준다.

이 작품 속에 등장하는 어른들은 '논쟁'을 즐긴다. 그들은 한 사람의 여학생이 겪는 고통의 실체 따위에는 관심이 없다. 객관적 미와 주관적 미, 보편적인 것과 필수적인 것에 대한 관심만 드높다. 수술대의 이연희를 앞에 두고 벌이는 의사와 간호사들의 기상천외한 논쟁은 그러한 어른들의 모습에 대한 정확한 비유다. 작가는 김광호의 입을 빌려서 이연희가 다른 사람들과 다른 것을 더 많이 볼 수 있는 독창성을 지녔다고 평가한다. 그리고 자신은 이연희와 같은 광기를 지니지 못하고 정상인을 가장한 광인으로 살아가야 하는 것에 대해서 비참하다고 토로한다.

광인 수술은 코트를 다시 꿰매어 붙여 입고 스웨터를 다시 뜨개질해 입는 것, 그리고 박자를 알 수 없는 세계에 절망했던 이연희가 시계 소리의 박자에 맞추어 입을 열고 말을 하는 것으로 마무리된다. 의사 김광호는 주석을 빌려서 자신이 이연희를 대신한 모종의 복수를 시행했음을 밝힌다. 이연희의 실험적인 수술은 비교적 성공리에 끝났다. 그리고 수술을 마친 이연희는 말한다. 자신은 비웃음거리가 된 적은 있었으나 누군가를 비웃지 않았다고 말이다. 물론 그 모든 것은 김광호의 보고서에 나온 사실일 뿐이다. 진실은 이상한 수술대에서 발가벗겨지고 어느 외골수 무면허 의사가 유일하게 이연희의 상처를 이해했다. 책을 다 읽고 난 독자는 이 보고서가 부디 '오만한 신경정신과전문의 협회'로 상징되는 철벽같은 세상에 작은 흠집이라도 낼 수 있기를 바란다. 그렇지 않다면 자청해서 이 처절하고 아름다운 수술대에 오름으로써 수많은 '이연희들'을 구하려고 했던 주인공의 마음을 저버리는 일이 된다고 느낀다.

이 작품을 읽는 일은 고통스러우면서도 눈부신 일이었다. 작가의 표현을 빌리자면 진주 목걸이의 줄이 끊긴 것처럼 아찔했고 굴러가 버린 진주 알갱이를 주우러 소파 밑으로 기어 들어갈 때처럼 아득하고 안타까웠다. 이 새로운 독서 경험을 청소년 독자들도 함께할 수 있기를 바란다. 이것은 결코 객관적 미와 주관적 미의 논쟁이 아님을 밝힌다. 당신과 나는 이연희를 사이에 두고 서로 공감할 수 있을 것이라고 믿는다.

그 아이가 전학 온 이유

김경숙『초대장 주는 아이』

무서운 이야기는 대부분 바깥으로부터 안으로 어떤 존재가 들어서면서 시작된다. 똑똑 문을 두드리는 소리일 때도 있고 천장 벽을 타고 뱀이 쉬익 기어드는 경우도 있으며 빈집에 발을 디디면서 "거기 누구 없어요?"라고 묻는데 등 뒤에서 육중한 철문이 쿵 닫히기도 한다. 김경숙의『초대장 주는 아이』(푸른책들 2015)는 홍미령이라는 아이가 전학 오면서 시작된다. 어디 사느냐는 반 친구들의 질문에 미령이는 철거가 거의 완료된 산 아래 매구동이라고 대답하는데 그 이후로 아이들은 미령이에게 말을 걸어오지 않는다. 재개발 지구 아이에게는 차가운 꼬리표가 붙기 때문이다.

며칠 후 미령이와 같은 반인 준수, 은채, 하루는 미령이에게서 뜻밖의 초대장을 받고 '재미있고 신기한 이야기 하나씩 들려주기' 모임에 참석한다. 동화는 미령이네 집에 모인 아이들이 각각 들려준 네 편의 이야기가 번갈아 이어지는 액자 구조다.

'들어가지 마시오'라는 빨간 글씨가 적힌 대문 안으로 아이들이 들어선다. 사정이 생겨서 이런 곳으로 이사 오게 되었다는 미령이네 집은 이상하리만치 아늑했다. 갓 구운 따끈한 피자를 먹으면서 아이들은 저마다 재미있고 신기한 이야기를 꺼낸다. 매구산 근처에서 어느 할머니에게 수상한 여우 모양 반지를 받았던 준수의 이야기가 첫 번째다. 준수네 엄마는 우연히 그 반지를 손가락에 끼었다가 가족들 앞에 섬뜩한 면모를 드러낸다.

어느 날 잘못 배달된 휴대폰을 손에 넣고 그 안에 깔린 '여우 친구'라는 앱을 사용했던 은채의 두 번째 이야기는 더욱 흥미진진하다. 이 의문의 애플리케이션은 싫어하는 아이를 대신 괴롭혀 주는 메시지 발신 기능을 갖고 있다. 은채는 이 휴대폰 때문에 학교 폭력의 방관자에서 가해자로, 다시 피해자로 위치를 바꾸게 된다. 이 사건을 통해서 은채는 괴롭히고 싶지만 괴롭힘당하고 싶지 않았던 자기 마음속의 두 얼굴을 들여다보고 휴대폰을 던져 버린다.

세 번째 이야기는 하루가 주운 노란 반달빗에 얽힌 얘기다. 하루는 할머니와 함께 사는데 할머니는 갓 사춘기에 접어든 하루의 외모 고민을 이해해 주지 못한다. 할머니 몰래 립스틱을 발라 보았다가 된통 야단만 맞는다. 그런데 골목길에서 만난 낯선 언니가 하루에게 반달빗을 하나 건네주는데 이러한 장면 전개는 전형적인 공포물을 연상시키지만 무척 감각적이다.

'내가 할머니를 속상하게 하다니, 그깟 화장품 하나 때문에……'
나는 손바닥으로 바위를 쓰다듬었다.
"그래도 예뻐지면 좋겠다."
"그래. 예뻐지면 좋겠지?"
그때 느닷없이 누군가의 목소리가 들려왔다. 나는 놀라서 소리가 나는 쪽

을 휙 돌아봤다. 옆에 중학생쯤으로 보이는 언니가 있었다. (64면)

한창 돋아 오르는 연둣빛 새순을 배경으로 자줏빛 교복을 입은 언니가 노란 빗을 꺼내 손에 쥐여 주는 이 장면에서 우리는 몇 가지 시각적 공포를 경험하게 된다. 봄날의 연두색과 자주색, 거기에 노랑은 원래 썩 어울리는 색상이 아니다. 연상했을 때 비릿한 느낌이 들 만큼 부조화가 느껴진다. 그러나 사춘기 여자아이 하루의 성장을 상징하는 연두색 새순과 교복 언니의 신비로운 자줏빛은 앞서 들려준 이야기의 핏빛 여우 털의 이미지와 연결되면서 묘한 아슬아슬함을 자아낸다. 여우가 그려진 반달빗은 하필이면 노랑이다. 교복 언니는 이 빗으로 머리를 빗으면 아주 예뻐지는데 대신 뭐든지 솔직하게 말하게 된다고 일러 준다. 반달빗의 노랑은 숨겨진 욕망과 질투의 색이다. 빗은 소원대로 하루를 아름다워지게 해 주는 대신 하루의 욕망을 세상 사람들 앞에 숨김없이 털어 놓아 버린다. 하루를 아름답게 해 주었던 노랑 반달빗이 도리어 하루의 미모를 질투하고 파멸로 이끌어 가는 것이다.

공포감은 마지막 네 번째인 미령이의 순서에서 더 긴박하게 치고 올라가야 했겠지만 아쉽게도 미령이의 이야기 '잘려 나간 산'은 이야기의 긴장을 부쩍 완화해 버린다. 독자는 매구산 붉은 여우를 통해 들려주는 작가의 도덕적 메시지 앞에서 이성을 되찾기 때문이다. 이 부분은 주인공 미령이의 캐릭터에 개연성을 주기 위해서 필요했겠지만 한층 움츠러든 독자들을 한숨 돌리게 했다는 점에서 두고두고 아쉬운 구성이다.

결말은 전혀 감추는 것이 없어서 우리가 언제 공포 이야기를 읽었나 싶은 기분이 들 정도인데 이건 좀 새로운 방식이었다. 독자가 이미 미령이의 정체를 다 아는데도 여우 꼬리처럼 감추려고 들면서 '미령이는 사라졌고 그 뒤로도 미령이가 누군지는 아무도 몰랐답니다'같이 뻔한 거짓말을 늘어놓는 흔한 마무리와는 달랐다. '내가 귀신이다!'는 선언을 척 꺼내 놓는 대담함 때문에 이야기를 끝까지 주목하였다. 미령이가 머리를 빗고 휴대폰을 꺼내 들면서 "여우 반지를 준 것도 나였어!"라고 고백하더니 세 아이가 미령이와 대결하면서 귀신 이야기의 전통적 엔딩인 활극을 시작한 것이다. 여우와 아이들의 격투 장면이 더 거칠고 역동적이었으면 하는 생각은 든다. 이왕 귀신의 정체를 깨달았다면 필사적으로 맞서 싸우는 것이 더 설득력 있다. 중간중간 "얘들도 친구가 아니었어!"라는 여우의 탄식에 마음이 흔들리거나 서정적인 묘사가 끼어든 것은 '외로움과 우정'이라는 주제를 전달하는 데 효과적이었을지 모르겠지만 이야기의 탄성을 반감시키는 대목이었다.

준수, 은채, 하루는 미령이와 격렬하게 싸우고 살아 나왔지만 결국 미령이의 마음을 약간 이해한다. 작가는 이것을 "걷는 내내 각자 자기 생각에 빠져서 아무런 말도 주고받지 않았다"라는 문장에서 살짝 돌려 나타낸다. 여우라고 알고 싸웠던 미령이가 사실은 여우가 아니고, 적이 아니며, 친구였다는 사실을 깨닫는 순간이다. 여우에 홀린 것 같았다는 하루의 말은 '미령이를 되찾고 싶다'는 말의 다른 표현이다. 『초대장 주는 아이』의 미덕은 이런 대목에 있다. 우리는 적이 아닌 자를 적으로 알고 싸우고 후회한다. 반지, 휴대폰, 빗이라는 사물을 이용하여 원한 서사의 틀에 박힌 구조를 살짝 벗어나면서도 진지함을 잃지 않는 작품이다. 제12회 푸른문학상 수상작이다.

용감한 인물의 자격

김유 『겁보 만보』

유난히 몸의 감각을 민감하게 느끼는 아이들이 있다. 다른 사람은 잘 듣지 못하는 부스럭 소리를 듣고 작은 꿈틀거림도 금방 알아차린다. 익숙하지 않은 질감의 물건이 손에 닿으면 자지러지게 놀라기도 한다. 주위의 모든 신호를 잘 느끼기 때문에 남보다 신경 써야 하는 순간도 많고 행동 반응도 빠르다. 종합적 판단 능력이 발달하기 전까지는 감각에 대한 민감성이 생존에 중요한 역할을 한다. 하지만 앞뒤를 헤아리게 되고 경험적 판단이 가능해지면 한없이 예민하던 감각적 민감함은 조금씩 둔감해진다. 온통 몸의 감각으로만 낯선 세상 앞에서 자신을 방어하던 아이가 이성의 힘을 빌려서 막연한 두려움을 지혜롭게 운영할 줄 알게 되는 것이다. 까다롭고 겁 많던 어린이가 자라면서 점차 무던한 아이가 되는 것은 이런 성장의 과정과 관련이 있다.

태어나면서부터 용감했던 사람은 없다. 어린 시절 우리는 누구나 겁쟁이였고 마주치는 모든 것이 무서웠다. "저 아이는 겁이 없어"라는 평가를 들었다 하더라도, 어떤 이유로 남 앞에서 용감하게 보이려 하는 순간은 있었겠지만 속으로는 대개 떨고 있었을 것이다. 그렇기 때문에 일상생활 속에서 만나는 크고 작은 극복의 계기는 중요하다. 눈앞의 감각에 흔들리지 않고 자신의 생각을 신뢰하게 되려면 '이렇게 저렇게 해 봤는데 아무렇지도 않았다'는 경험이 쌓이는 것이 중요하다. 하지만 작은 일도 곧바로 느끼고 움츠러드는 아이가 스스로 모험에 뛰어들기는 어렵다. 남들 보기에는 대수롭지 않은 도전도 본인에게는 큰 결심이 있어야 가능하기 때문에 '딱지를 뗀다'는 표현이 있을 정도다. 무릎에 붙은 상처의 딱지를 직접 뗴는 순간은 얼마나 가슴이 울렁거리는가.

김유의 『겁보 만보』(책읽는곰 2015)는 주인공 만보가 뜻밖의 모험을 통해 '겁보'라는 별명 딱지를 뗴는 이야기다. 만보는 착한 부모가 평생 공들여 머리가 세고서야 겨우 얻은, 만 가지 보물보다 더 귀한 외아들이다. 하지만 맨날 "나두 몰러. 그냥 다 무섭단 말이여" 하면서 엄마 치맛자락을 꽉 잡는 소문난 겁쟁이여서 '겁보 만보'로 불린다. 아니나 다를까 만보는 개울에 그림자만 어른거려도 화들짝 알아차리고 목덜미에 바람만 스쳐도 소름이 돋는 감각 민감도 최고급 레벨의 소유자다. 부모는 그런 만보를 보고 "우리가 품에만 끼고 있어 그런가 봐유"라고 한탄하지만 만보는 워낙 겁이 많아서 집 밖에 내보내는 것 자체가 쉽지 않다. 텅 빈 개집 앞에서 검둥개가 있나 보다 하고 되돌아오기도 하고 도랑 하나를 못 건너면서 애먼 물귀신 타령을 하기도 한다. 어른들은 씩씩하고 용감한 말숙이와 만보를 비교하면서 혀를 끌끌 차지만 남과 견준다고 해서 없던 용기가 갑자기 생겨나는 것은 아니다. 결국 맘 단단히먹고 이 겁쟁이 아들을 멀리 장터까지 심부름 보낸 만보의 엄마 아빠는 만보의 실종이라는 상상치 못한 사태를 맞게 된다. 만보가 숲에서 길을 잃고 인적이 모두 끊긴 '용기내 마을'로 사라져 버린 것이다. 겁보 만보는 과연 무사히 살아서 돌아올 수 있었을까.

이 책의 작가는 세상은 겁쟁이 천지에다 이런 종류의 이야기도 수없이 많았다는 것을 잘 알고 있는 사람이다. 따라서 새로운 이야기를 만들려고 억지로 애쓰지 않는다. '간이 콩알만 해진다', '자라 보고 놀란 가슴 솥뚜껑 보고 놀란다'는 흔한 속담은 짐작처럼 곳곳에 등장하고 주요 배역을 맡은 떡 하나 주면 안 잡아먹는 호랑이, 고갯길에서 만나는 꼬부랑 할머니도 어린이 독자에게 익숙한 캐릭터다. '여기서 호랑이 나올 거야, 봐 봐. 호랑이 나와!', '나도 알아. 저 도깨비 팬티!' 하면서 만보와 함께 고개를 넘다 보면 어느새 장터에 다다르게 만드는 것은 초민감 고레벨 겁쟁이들도 스리슬쩍 이 무시무시한 모험에 동참하게 만들고자 하는 작가의 작전일 수 있겠다는 생각이 든다.

이 작품의 재미는 이야기의 신선함에 있는 것이 아니라 말과 서사의 장단이 살아 있는 능청스러움에 있다. 방바닥에 찰떡처럼 들러붙어서 "혼자 가면 무서운디!"를 읊던 만보는 한 고개, 두 고개, 세 고개를 넘으면서 점점 모험에 속도를 붙인다. 첫 모험은 엉금엉금 기어가던 만보가 두 번째 모험은 제법 잘 걸어서 넘어가고 세 번째에 이르면 고갯마루를 후다닥 달려 내려가는 모습에서 자연스러운 성장의 리듬을 보여 준다. 장터에 다다를 즈음이면 축축 늘어진 칡넝쿨 앞에서도 멈출 필요가 없었다고 할 정도로 우리의 만보는 많이 컸다.

세 번째 고개를 달려 내려온 만보가 대번에 엄마와 아빠를 만나 부둥켜안았더라면 짐짓 실망했을지도 모른다. 그러나 만보는 어둑어둑한, 가게마다 문 닫아 썰렁해진 장터를 한 바퀴 도는 마지막 숨 고르기를 통해 모험을 완성한다. 호랑이, 도깨비 다 무섭지만 역시 제일 무서운 건 이웃이 없는 것, 엄마 아빠가 기다리지 않는 것이다. 이 마지막 관문을 의젓하게 통과한 만보가 "엄니! 아부지!"를 부르는 순간 그는 비로소 '용감한 만보'의 자격을 획득한다.

걱정할 일이 많은 세상이다. 그럴수록 한 사람의 어린이를 용감하게 키우는 것이 얼마나 중요한가. 하지만 걱정과 모험은 등을 대고 있는 처지라서 어른들은 좀처럼 어린이를 세상에 내보내지 못한다. 만보의 모험은 어디선가 많이 들었던 겁쟁이 분투기에 불과할 수도 있지만 이 이야기가 새삼스레 믿음직하게 들리는 이유는 요즘 우리는 만보의 백만분의 일만큼도 용감하게 살지 못하고 있기 때문이다. "거기 사람 안 댕긴 지 백 년은 더 됐다"고 할지라도 가야 할 길이라면 부지깽이를 길동무 삼아 성큼성큼 걸어가려는 노력은 만보와 같은 어린이뿐만 아니라 우리 어른들이 되찾아야 할 덕목이기도 하다. 마지막 장면에서 용감하기로 헛소문 난 말숙이가 용기 내 마을에 들어서는 부분은 웃음을 자아낸다. 말숙이 다음에는 말만 앞선 우리 어른들도 이 고갯길을 한 번씩 넘어갔다 와야 하는 것은 아닐까.

잡고 잡아먹히는 이야기의 치명적인 매력

오주영 『거인이 제일 좋아하는 맛』

    수염이 숭숭 난 거인은 작은 소년을 손아귀에 넣은 채 쥐어짜고 거인에게 꽉 잡힌 소년은 발버둥을 치며 어떻게든 거기서 빠져나오려고 한다. 읽는 사람의 손에도 땀이 찬다. 거인은 소년을 들어 올리며 누런 송곳니가 박힌 커다란 입을 벌린다. 과연 소년은 잡아먹히지 않고 살아날 수 있을까.

    신화와 옛이야기에서 많이 보았던 장면이다. 이런 경우 어린아이는 무조건 살아남는다는 걸 독자들은 잘 알고 있다. 이야기 속의 소년은 거인보다 훨씬 지혜로울 것이 틀림없기 때문에 우리는 결말을 염려할 필요가 없다. 그러나 거인이 입맛을 쩝쩝 다시는 순간 독자는 온몸이 오그라드는 공포를 경험하면서 소년의 생사를 지켜본다. 언제부터인가 먹이사슬의 최고 지점을 차지한 인간은 다른 생명체를 무수히 잡아먹으면서도 자신이 잡아먹히는 일은 잘 상상하지 못한다. 게다가 거인이라면 몸집만 컸지 동족이 아닌가.

    이런 유형의 이야기에서 거인은 거대한 상대방으로만 존재한다. 거

인이 원래 어떤 악행을 저질렀는지에 대한 설명이나 사전 심판의 과정
은 따로 없다. 이야기의 초점이 어린이 쪽에 있다는 얘기다. 어린이가
얼마나 지혜롭고 용감한지, 곤경에서 어떻게 빠져나오는지가 관전 포
인트이며 아이를 잡아먹지 못한 거인은 곧장 패퇴한다. '거인과 소년'
계열의 이야기가 흥했던 중세의 유럽을 보면 수탈자인 영주들은 농민
들의 삶을 낱낱이 갉아 먹고도 죄책감 없이 입을 씻었다. 이야기 속의
소년은 잡아먹히지 않기 위해 무엇이든 해야 했던 약한 자의 대변인이
다. 소년의 승리는 힘을 가지지 못했던 모두에게 통쾌한 카타르시스를
안겨 준다.

그런데 거인과 맞서는 것이 왜 하필 어린아이인가? 거인이 아이를 잡
아먹었던 기원은 그리스신화까지 거슬러 올라간다. 제우스의 아버지이
기도 했던 농경의 신 크로노스는 자신의 아이가 태어날 때마다 잡아먹
는다. 크로노스 자신을 제외하고는 어느 누구도 불멸의 신들 사이에서
왕의 지위를 갖지 못하게 하려는 것이었다. 여섯 번째 아들인 제우스만
이 살아남았다. 크로노스가 돌덩이를 제우스인 줄 알고 대신 삼켰기 때
문이다. 겨우 살아남은 제우스는 나중에 아버지 크로노스를 지혜로 물
리치고 배 속의 다섯 형제와 돌덩이 하나를 다시 토해 내게 만들어 구출
한다. 제우스와 같은 어린이는 미래 세대, 크로노스와 같은 거인은 기득
권을 가진 기성세대를 의미한다. 제우스의 탈출은 어린이가 자신의 성
장을 질투하고 가로막는 기득권에 저항하여 자신의 자유와 권리를 되
찾는 이야기들의 수많은 뿌리가 되었다.

오주영의 『거인이 제일 좋아하는 맛』(사계절 2015)은 이러한 거인-소
년 식인 이야기의 틀을 흥미롭게 변형한 유년동화다. 이 작품에서는 우
선 거인의 손아귀에 잡히는 주체가 어린이가 아니라 꼬불머리 조 선생
님이다. 교단 경력 10년째로 권태기에 접어든 꼬불머리 조 선생님은 아

이들이 한여름밤의 모기처럼 싫다. 애들은 늘 선생님 옆에서 윙윙대며 거추장스럽게 굴기 때문이다. 조 선생님 반의 호두는 대표적인 학급의 말썽딱지다. 호두가 하는 일은 다 밉상이어서 하는 짓마다 약삭빠르고 시끄럽기 짝이 없다. 이따위 아이들을 가르치느니 차라리 텔레비전 속의 사람들이나 들여다보는 게 낫다고 생각한다. 어느 날 운동장 체육 시간에 조 선생님의 짜증은 극에 달한다. 쌀밥에 숨은 돌멩이 같은, 주스에 빠진 날파리 같은, 교실 물을 흐리는 망둥이 같은 아이들은 도무지 통제가 되지 않는다. 마침내 대표 강호두를 붙잡고 이렇게 말해 버린다. "네가 앞으로 말썽을 안 피우느니 바람에 날아가는 게 더 쉬울걸. 안 그래?"

조 선생님의 말은 그대로 실현된다. 아이들과 조 선생님은 한꺼번에 정체 모를 바람에 휘말려 거인이 사는 높다란 산봉우리에 떨어진다. 마침 새로운 맛의 음식을 찾고 있던 거인은 조 선생님부터 손에 움켜쥐는데 조 선생님은 필사적으로 자신은 맛이 없으므로 맛 좋고 영양가 많은 아이들을 먹으라고 권한다. 이 작품의 가장 재미있는 부분은 여기다. 선생님은 아이들을 구하지 않고 아이들을 자신 대신 거인의 먹이로 제공하려 드는 것이다. 어른은 어린이를 구해 주고 사랑해 준다는 공식은 무참히 깨진다. 아버지가 갓 태어난 자신의 자식들을 잡아먹었던 신화 속의 무의식은 '잡아먹는 거인-잡아먹히는 소년'의 이원 구조가 아니라 아이를 공물로 내놓는 조 선생님을 통해서 '잡아먹는 거인-잡아먹히지 않으려고 아이를 내놓는 어른 인간-잡아먹힐지도 모르는 어린이 인간'의 삼원 구조로 변형된다.

조 선생님은 조그만 놈들이 더 연하고 부드럽다면서 세상에는 다 똑같은 애들이 없으므로 맛도 다 다르다고 거인이 자기 대신 어린이를 잡아먹어야 하는 이유를 절절하게 설득한다. 그러나 거인은 연한 맛, 부드러운 맛, 순한 맛은 싫다면서 내뱉는다. 조 선생님이 스스로 고백한 어른들의 맛, "딱딱하고 얼얼하고 시금털털하고 짜고 구려서 입에서 썩은 내가 나는" 조 선생님의 맛이야말로 찾고 있던 그 맛이라면서 거인은 조 선생님을 먹잇감으로 정한다.

이야기의 뒷부분은 책을 읽을 독자를 위해서 남겨 둔다. 다만 어리석은 거인과 거인을 물리치는 소년이라는 구도는 변함없이 유지된다는 것만을 밝힌다. 이 책의 경쾌한 변주는 단순히 힘과 지혜의 구도에 그칠 수 있었던 이야기를 힘센 거인과 힘 앞에서 비겁한 꾀를 쓰는 어른과 지혜로 똘똘 뭉친 어린이의 모험담으로 바꾸어 놓는다. 작품의 말미에서 독자는 거인과 어린이에게서 비슷한 점을 발견한다. 바로 맛없는 건 싫어한다는 점이다. 이 대목에서 거인과 어린이는 같은 편이다. 그런데 또 다른 전선에 서서 살펴보면 조 선생님과 아이들의 마음이 하나가 되어 간다. 심술궂고 고약한 조 선생님은 아이들을 통해서 처음으로 간지럽고 따뜻한 기운을 경험한다. 얼핏 잘 연결되지 않을 것 같은 세 겹의 꽈배기가 매끈하게 이어진다. '맛없다'는 말의 의미를 성공적으로 뒤집어 놓은 작가의 공 덕분이다.

거인과 대결하면서 모험을 마친 아이들과 선생님의 관계는 변화한다. 생전 울렁대 본 적이 없는 조 선생님의 가슴에도 산들산들 사랑의 바람이 불어 든다. 거인의 털을 당겨 본 호두는 친구의 머리털 따위는 시시해서 이제 가만히 놓아두어 주기로 한다.

이 책에는 과장과 허풍이 가득해서 어린이 독자들이 장면마다 크게 웃으면서 볼 것이라고 예상하기 쉽지만 정작 어린이들은 서늘하고 진지한 눈으로 책장을 넘긴다. 거인의 위협만큼이나 생생하게 조 선생님과 같은 가까운 어른들의 무관심과 으름장을 경험하고 있었기 때문일까. 하지만 아이들은 끝내 우리 모두가 같은 편이고 거인을 물리쳐야 한다는 임무를 제대로 완수한다. 아이들은 짐작보다 어른들을 더 사랑하는 것이다. 이것이 아이들 앞에 부끄러울 일 많은 우리 어른들이 미래에 희망을 거는 이유이기도 하다.

오늘을 신음하는 옛 동화

강소천『호박꽃 초롱』
권정생『똘배가 보고 온 달나라』

얼마 전(2015년 7월) 미야자와 겐지(宮澤賢治)의 『은하철도의 밤』이 1934년에 출간되었던 판형으로 우리나라에서 복간 출간되었다. 디자인은 거칠었지만 당시 사용되던 표지와 세로쓰기 방식을 재현한 것만으로도 눈길을 끌었다. 『은하철도의 밤』은 미야자와 겐지가 1896년부터 1933년까지 길지 않은 인생을 사는 동안 일곱 차례나 교정을 거듭하면서 가장 공들여 완성했던 작품으로 '모든 생명체의 행복을 추구한다'는 그의 사상을 아름답게 응축한 걸작이다. 원고는 필기도구와 원고용지에 따라 1, 2, 3형과 최종형의 네 가지로 분류하는데 1974년에는 교정과정의 기록을 담은 『교본 미야자와 겐지 전집(校本宮澤賢治全集)』이 간행되기도 했다.

세상을 떠난 작가의 작품을 그 시대의 모습으로 복원하는 것은 작품이 창작되던 시기의 분위기를 되살려 최초의 감상에 가까이 다가간다는 점에서 뜻깊다. 한편 해묵은 걸작이 새로운 그림이나 판형을 만나 독자에게 전혀 다른 감동을 불러오는 경우도 있다. 출판 편집자는 지금 독자들이 선호하는 감각을 반영해 편집 틀을 바꾸는 것에서 나아가 텍스트 외부의 요소를 과감하게 도입하여 작품의 재탄생을 도모하기도 한다. 독자 입장에서는 옛 모습은 옛 모습대로, 새 모습은 새 모습대로 반가운 일이다. 문학사적으로 중요한 하나의 작품을 다양한 번역이나 판형, 그림과 함께 경험하고 비교해 보는 일은 연구자가 아니라고 해도 흥미로운 일이며 그 작가의 애독자에게는 수집 욕구를 자극하는 일이기도 하다. 하지만 어설픈 복간이나 재출간은 원작의 명성에 의지하여 손쉽게 독자를 모으려 한다는 비판을 피해 가기 어렵다.

그런 점에서 최근 나온 두 권의 책은 매우 인상적이다. 강소천 탄생 100주년을 맞이하여 출간된 『호박꽃 초롱』(재미마주 2015)은 1941년 2월 10일에 박문서관에서 간행한 초간본을 복간한 책이다. '권정생 문학 그림책 시리즈'의 첫 번째 책인 『똘배가 보고 온 달나라』(김용철 그림, 창비 2015)는 1977년 창비아동문고 4번으로 간행된 5인 동화집 『똘배가 보고 온 달나라』에 실린 표제작을 그림책으로 완전히 새롭게 만든 것이다. 두 권 모두 이미 잘 알려진 책을 지금 다시 출간하는 까닭을 충분히 이해할 수 있을 만큼 새로 나온 책의 완성도가 높고 이미 작품을 접했던 독자들에게도 그동안 느꼈던 것과 다른 차원의 감동을 준다. 특히 오랫동안 서가에 묻혀 있었기 때문에 아직 이 작품을 읽은 적이 없을 수많은 어린이 독자에게는 옷장 안 깊숙한 곳에서 숨은 보물을 발견하는 것 같은 신선한 즐거움을 안겨 줄 것이라고 생각한다.

복간된 『호박꽃 초롱』은 1941년 500부 한정판으로 나왔던 박문서관 출간본에 정현웅 화백이 그렸던 표지와 작품 배열을 그대로 살리면서 어린이 독자들의 가독성을 높이기 위해 세로쓰기를 가로쓰기로, 46판을 국판으로 바꾸었다. 지금은 쓰이지 않는 낱말을 풀이하고 오류를 바로잡았으며 맞춤법과 띄어쓰기도 오늘날의 것이다. 그 결과 손에 쉽게 잡히면서도 옛 정취가 물씬 풍기는 책이 되었다. 재미마주 출판사의 이와 같은 시도는 이번 책이 처음은 아니어서 '아동문학 보석바구니'라는 시리즈로 예전에도 여러 권이 출간되었다. 2008년에 최승렬 동시집『무지개』를 1955년판 표지 그대로 출간한 것이 첫 번째 책이었고 그 뒤로 윤석중 탄생 100주년을 맞아 2011년에 1966년판『바람과 연』을 복간하는 등 여섯 권의 복간본을 펴낸 바 있다.

그럼에도 강소천 탄생 100주년을 맞아 펴낸『호박꽃 초롱』이 눈길을 끄는 것은 다른 복간본에 비해서 훨씬 읽기 편안하고 아름다운 '복간본의 협의점'을 찾은 것으로 보이기 때문이다.『무지개』만 해도 당시 시인이 사용했던 시어를 고스란히 살림으로써 연구 자료로는 요긴하지만 어린이 독자에게는 낯선 느낌이 강했던 것이 사실이다. 고전 시가도 아닌데 하나하나 풀이를 봐야 이해할 수 있다면 가뜩이나 시대의 거리를 뛰어넘어야 하는 어린이가 읽기에는 어려울 수밖에 없다. 그러나 이번에 복간된 동요시집『호박꽃 초롱』을 비롯해『조그만 사진첩』,『꽃신』등의 복간 동화집은 지금 독자의 이해와 감상을 배려하여 잘 다듬은 문장으로 되어 있으면서도 원문의 의미와 가치를 충분히 간직하고 있다. 특히 당시에는 본문에 그림이 들어 있지 않았기 때문에 새로 그려 넣은 원로 서양화가 김영덕, 김영주 화백의 그림은 작품의 분위기를 1940년대의 시점으로 되돌리는 데 큰 몫을 담당한다. 예를 들어「숨바꼭질」이라는 동시의 경우에 '꼭꼭'이라는 요즘 말 대신 '꽁꽁'이라는 말을 살리고 짧은 어깨허리치마를 입은 어린이의 뒷모습을 한쪽 구석에 그려 넣어 놀이의 아련한 정취를 책 속 공간 안에 보존한다. 강소천의 스승이었고 영생고보의 우리말 교사였던 백석이 작품집 첫머리에 썼던「서시」도 이 책을 읽으면서 놓치지 말아야 할 부분이다. "이러한 시인이 누구인 것을 세상은 몰라도 좋으나/그 이름이 강소천인 것을 송아지와 꿀벌은 알을 것이다"라는 말에서 그가 얼마나 강소천을 아꼈는지 짐작할 수 있다.

그에 비하면 그림책『똘배가 보고 온 달나라』는 옛 작품을 조명하는 미래 지향적인 실험이다. '우리시그림책' 시리즈의 『낮에 나온 반달』(창비 2004)에서 윤석중의 동시를 현대적 감각의 이미지로 풀어낸 적이 있는 김용철 화백은 '권정생 문학 그림책' 시리즈의 첫 권을 맡아 작품의 부활에 결정적인 기여를 했다. 그림책의 장면으로 구성하기에는 부담이 큰 많은 분량의 원고를 온전히 책 안에 담으면서도 그림으로만 진행할 수 있는 이야기의 연결망을 놓치지 않았다. 이 작품의 중심적인 이미지인 '달'에 대한 작가의 해석은 놀랍다. 어느 집 벽장 병풍 속에서 만났을 것 같은 민화 속 풍성한 달과 지구인의 신발 자국이 남겨져 있는 21세기의 달이 하나의 작품 안에서 만난다. 권정생 원작의 장난기 어린 매력도 이러한 이질적인 장면이 똘배의 머릿속에서 마주치는 것에 있는데 김용철 화백은 그것을 정확히 포착하여 작품에 반영하였다. "아기별은 벌써 가물가물 사라져 가고 있었습니다"의 장면은 펼친 면 전체가 우주 공간의 기억을 머금은 똘배의 푸른 눈물처럼 먹먹하고 쓸쓸하다. 마치 미야자와 겐지의 『은하철도의 밤』이 이후 많은 애니메이션의 작업을 통해 이미지와 만나면서 현대적인 텍스트로 거듭났던 것처럼 이 그림책도 40년 가까이 흐른 권정생의 작품을 지금 아이들의 눈앞에 생생하게 데려다 놓는 데 성공했다.

『호박꽃 초롱』에 실린 강소천의 작품('돌맹이' 연작) 속 인물들은 지금 우리 청소년의 삶이라고 해도 어색하지 않다. 권정생의 '똘배'는 여전히 우리 곁에서 아픈 신음을 하고 있다. 옛 작품을 읽는 것은 그래서 소중하다. 그러기에 어떻게 읽게 할 것인가를 고민하는 이 두 권의 책이 더욱 반갑다.

우리가 동물의 마음을 알 수 있을까

김태호 『네모 돼지』

동물이 나오는 이야기는 어른 아이 누구에게나 인기가 많다. 사람의 말을 하지는 않지만 마음을 갖고 있는 동물들은 우리와 비슷하면서도 우리와 다르게 해맑은 모습으로 살아가기 때문이다. 작가는 이야기에 동물을 등장시켜서 사람 주인공 나올 때처럼 하고 싶은 이야기를 다 하면서도 훨씬 기분 좋은 서사를 만들 수 있다. 골치 아픈 일에 시달리고 있었다고 해도 동물이 나오는 동화를 펼쳐 든 순간만큼은 예민했던 감정이 무장해제된다. 현관문 앞으로 뛰어나와 귀가한 가족을 반기는 강아지에게 복잡한 사심이라는 건 없다. 고양이는 세속의 위계 따위는 대수롭지 않다는 듯이 식빵처럼 창틀에 웅크리고 앉아 우리를 바라본다. 소는 천천히 움직이지만 할 일은 잊지 않고 다 한다. 그리고 마지막까지 주인을 믿는다.

집에서 기르는 동물이 아니라 해도 동화 속 동물들은 친근하고 흥미롭다. 아무리 무섭고 험악하다고 해도 활자로 존재하는 동물이 책 밖으로 튀어나와 독자를 잡아먹을 일은 결코 없기에 느긋한 기분으로 맹수를 대할 수 있다. 현실에서 시베리아호랑이나 늑대의 최후가 어떠했든지 사람들은 알 바 아니다. 권선징악을 전달하는 서사에서 악역을 도맡고 인간에게 교훈을 주기 위해서 비참한 고통을 감당해 온 것도 동물들이다. 인간은 자신이 편하고 즐거워지는 방식으로 동화 속에 동물을 등장시켜 왔다.

언제까지 동물들은 인간보다 낮은 위치에서 인간의 잘못을 대리 시연해야 할까. 강아지, 고양이, 돼지, 토끼는 세계의 비정함을 중화하기 위한 깜찍이 역할에 지쳤을 법도 하다. 수많은 의인동화들이 보여 주었던 인간 중심적 전개를 버리고 과감한 전환을 시도하는 동화가 나왔다. 김태호 단편동화집 『네모 돼지』(창비 2015)가 그러한 책이다. 물론 예전에도 동물들의 비참한 삶을 사실적으로 그려 내거나 동물의 눈으로 세계의 부조리를 해석한 작품이 없었던 것은 아니다. 그러나 이 책은 이전까지 등장했던 작품들보다 한결 주체적인 자리에 동물 주인공을 세워 두고 있다.

김태호의 『네모 돼지』에 나오는 단편 「기다려」는 형을 기다리는 동생의 시선에서 진행된다. 형은 "기다리고 있어! 형 갔다 올게"라는 말만 남기고 집을 떠났고 그 뒤 이 바닷가 마을에는 큰 지진이 났으며 형으로부터는 아무런 소식도 없다. 텅 빈 집에서 어둠을 향해 "누구 없어요? 아무도 없어요?"를 외쳐 대면서 간절히 형을 기다리는 동생은, 실은 그 집의 개다. 독자는 동생이 개라는 사실을 알면서 책을 읽지만 읽다 보면 자꾸 잊는다. 두두두 반복적으로 울리는 엔진 소리만 들어도 형이 돌아온 것을 알 수 있다는, 따뜻한 손으로 목덜미를 쓰다듬어 주던 형의 손길을 떠올리는 것만으로도 굶주림을 물리치고 잠들 수 있다는 이 사랑스러운 동생을 두고 형은 어디에 간 것일까 함께 걱정하게 된다. 하지만 돌아온 형은 하얀 옷으로 몸을 칭칭 감싸고 모자에 마스크까지 뒤집어 쓴 채 나타나 "기다려!"라는 말만 반복한 뒤 매몰차게 떠나 버린다. 작품 속에 명시되어 있지는 않지만 짐작건대 이 동화는 후쿠시마 원자력 발전소로부터 멀지 않은 마을이 배경이다. 주인을 형처럼 믿고 따르던 한 마리 개가 처참하게 버려지는 과정을 다루면서 그동안 인간과 동물이 서로 얼마나 다른 방식으로 관계의 질을 생각해 왔던 것인지 냉정하게 드러낸다. 동물과 인간이 나란히 생존의 위협을 받을 때 '당연히 우리가 먼저다'라는 인간들의 사고방식이 드러난 사례는 너무도 많다. 구제역이 발생했을 때 영문도 모르고 파묻혔던 돼지들이 그랬고 전쟁이 발발하면 피난 전에 먼저 독살당하곤 하는 동물원의 동물들이 그랬다. 멀리 갈 것도 없다. 휴가철이면, 경기가 나빠지면, 이사를 하면, 심지어 귀찮아지면 동물은 쉽게 버려진다.

김태호의 동화집에는 그러한 인간들의 횡포를 철저하게 동물의 관점에서 다룬 단편들이 실려 있다. 「기다려」의 주인공 개를 향해, 죽어 가는 들개는 "기다리지 마"라고 말한다. 엄마가 있는 곳으로 소풍을 떠나는 걸로 알고 집을 나선 송아지 달구는 주인집 딸의 대학 등록금 마련을 위해서 도살장에 서고, 함께 갔던 다른 송아지 C4046은 목숨을 걸고 필사적으로 탈출하자고 한다. "한 번은 신나게 달려 볼 수 있잖아"라는 C4046의 설득은 도살장 안으로 들어가면 사라져 버린 그리운 엄마를 만날 수 있을지 모른다는 달구의 기대와 엇갈린다. 이 작품집의 이야기들이 새롭게 느껴지는 것은 동물들이 보여 주는 구체적이고 날카로운 저항의 힘 때문이다. 동물들은 사람들이 이럴 줄 몰랐다거나 실망했다는 수준의 넋두리가 아니라 사람들을 버리고 떠나야 한다고 말한다.

「고양이를 재활용하는 방법」은 한발 더 나아간다. 독자들은 작품 속 어린 주인공 수호에게 감정을 이입한다. 수호는 헌 옷 수거함에서 버려진 고양이를 발견하고 그 고양이의 안위를 걱정하면서 발을 동동 구른다. 사람들은 옷을 버리듯이 무감하게 아픈 고양이를 버렸고 그 생명을 발견해 내는 것은 고양이처럼 약하고 맑은 어린이의 눈이다. 그래서 수호의 발견은 수호와 마찬가지로 어린이일 가능성이 높은 독자의 가슴 아픈 공감을 얻는다. 그런데 이 고양이를 발견했던 수호가 고양이를 버린 사람이라는 것에서 이야기가 반전된다. 고양이를 키울 수 없다고 내치는 엄마 아빠의 눈을 피해서 헌 옷 수거함에 버리면 구조대가 데려가 키워 주지 않을까라는 생각에 수호 스스로 자신이 키우던 고양이를 버렸는데 그 고양이를 다시 발견했던 것이다. 전반부까지 아픈 고양이의 앞날을 걱정하는 수호와 자신을 동일시하면서 마음의 위안을 얻었던 독자들은 수호가 범인이라는 사실 앞에서 망연자실해진다. 우리는 위로가 필요할 때만 동물을 이용했고 이야기를 읽는 짧은 시간조차 그러했음을 새삼 깨닫는 것이다.

표제작 「네모 돼지」에는 인간이 먹기 좋은 상태의 돼지로 만들어지기 위해서 끔찍한 축사 생활을 견뎌야 하는 96마리의 돼지와 그들을 향해 책을 읽어 주는 돼지 '오스터'가 등장한다. 죽을 것 같은 축사 안에서 뻔한 죽음을 앞두고 사육되고 있는 돼지들을 '인간이 먹을 수 있는 적절한 상태'가 되는 날까지 살려 내야 하기 때문에, 돼지들에게 희망을 주기 위해서 투입된 책 읽어 주는 돼지 오스터는 작품 속에서 돼지들의 배반자이면서 희망의 증인이라는 이중적 역할을 수행한다. 그리고 최후의 순간에는 자신만의 선택을 향해 내딛는다.

이 동화집은 읽어 봐도 잘 연상되지 않는 몇몇 모호한 장면 때문에 의인화가 무리하게 이루어진 것이 아닌가 생각되기도 한다. 그러나 이 작품집의 의의는 다른 곳에 있다. 우리는 동물의 마음을 알 수 없고 알고자 하지도 않았다는 뼈아픈 고백을 하게 만드는 것이다. 작가는 그 고백의 순간 앞에서만큼은 정확하다.

좋은 소식이 있는 세상

응우옌 응옥 투언 『눈을 감고 창을 열면』
정승희 『최탁 씨는 왜 사막에 갔을까?』

　힘들고 어려울 때면 좋은 소식을 듣고 싶어지는 것이 사람 마음이다. 우리에게도 환한 날이 올까. 누구도 잘 안 됐다더라, 어디도 안 좋다더라, 이런 식의 동병상련으로 달래는 데는 한계가 있다. 조금이라도 따뜻하고 긍정적인 신호를 찾는 것은 자연스러운 일이다. 어린이책 출판도 시절이 어려울 때마다 더욱 고전적인 이야기로 되돌아가는 경향이 있었다. 어린이를 위한 책이면서 성인 가족의 위로를 위해서 구매하는 책이기도 한 동화의 특성과도 관련이 있다. 현실의 암울함을 디디고 일어설 지표를 적극적으로 드러내는 우화적인 작품이나 부모의 희생, 가족애, 끈끈한 이웃의 정을 그리워하는 낭만적 생활 서사가 힘을 얻는다. 2002년에 출간된 『마당을 나온 암탉』(황선미, 사계절)은 IMF 구제금융 시대를 겪으면서 깊은 좌절에 빠져 있던 국민들에게 큰 공감을 얻었다. 폐계 잎싹이처럼 세상에서 내동댕이쳐진 채 모진 어려움을 겪고 있던 사람들은 그가 당당히 멋진 엄마로 성장하는 이야기를 읽으면서 눈물을 흘렸다. 현실이 힘들다고 해서 동화가 도피처가 될 수는 없겠고 그것이 반드시 바람직한 일도 아니겠으나 사람들이 이야기 속으로 도피하기를 원하는 심리마저 막을 수는 없다. '노력하면 다 잘될 테니까 신경쓰지 말라'는 식의 주술적 최면은 경계의 대상이지만 건강한 낭만은 분명히 삶에 힘을 줄 수 있고 동화가 오랜 세월 그런 역할을 해 왔던 것도 사실이다.

요즘 핸드폰만 열면 어떤 소식이든 바로 볼 수 있다지만 인터넷 뉴스화면을 펼치기가 두렵다고 말하는 사람들이 많다. 절망의 총량이 있다면 이미 다 채워져서 "좋은 소식은 없나요?"라고 묻고 다니고 싶다. 사람들이 서로 돕고 의지가 되는 말을 나누며 착한 주인공은 마침내 오래오래 행복하게 살게 되는 이야기를 읽고 싶었다.

그래서 그런 동화책을 찾았다. 한 권은 1980년대 베트남 농촌 마을을 배경으로 한 응우옌 응옥 투언(Nguyễn Ngọc Thuần)의 장편동화 『눈을 감고 창을 열면』(김주영 옮김, 실천문학사 2015)이다. 이 작품은 전쟁의 그늘에서 벗어난 지 얼마 되지 않은 베트남 사람들이 남은 비명과 상처를 딛고 생활의 맥박을 회복해 가는 이야기다. 행복은 아직 머나먼 일인 것처럼 사방이 깊게 패어 있다. 그러나 다행인 것은 해는 다시 뜨고 꽃과 나무가 자라고 있으며 어린이의 기억 속에 끔찍한 전쟁이 없다는 사실이다. 그래서 작품 속 아이들은 다투지 않는 평온한 세상을 당연한 것으로 기대할 수 있고 그렇게 믿으면서 자라난다. 통곡을 물려주지 않으려고 결심한 어른들은 오직 사랑으로 아이들을 대하려고 애쓰고 그들의 희망과 온기는 죽을 줄 알았던 아이도 살려 낸다. 우리는 가슴을 쓸어내리면서 책을 덮는다. '세상은 원래 이랬어야 했어'라고 생각하면서 이야기 속 뭉클한 사람들처럼 내 곁의 이웃은 어디에 없을까 주위를 둘러보게 된다.

두 번째 책은 정승희의 장편동화 『최탁 씨는 왜 사막에 갔을까?』(바람

의아이들 2015)다. 실종 사건으로 6개월 전 엄마 아빠를 잃은 청년 최탁 씨
는 어른이지만 아직 성장하지 못한 아이나 다름없다. 미래가 보장되지
않는 경쟁적인 반복 노동은 그가 오늘을 사는 건지, 내일을 사는 건지,
몇 살인지, 어른인지 아닌지조차 잊게 만들었다. 일감에서 일감으로 떠
밀려 다녔을 뿐 제대로 된 사회적 성숙의 과정을 경험한 적이 없는 최탁
씨는 부모가 한없이 자신을 사랑해 주었던 어린 시절의 추억에서 한 발
짝도 벗어나지 못한다. 이 어지러운 세계에서 최탁 씨에게 남은 감각은
자신을 향한 잔소리와 세상의 소음으로 끝없이 예민해진, 듣는 귀뿐이
다. 그리고 그 사랑의 근원을 찾아서 부모가 실종되었던 사막으로 떠난
다. 최탁 씨는 '아무것도 없다'는 뜻이라던 사하라사막을 떠돌면서 뜻
밖의 다정한 친구들을 만나게 되고 무력하고 우울했던 자신의 모습을
모래바람 속에 하나 둘 묻어 버리고 따뜻한 손과 발과 눈빛과 목소리를
되찾는다. 잃은 줄 알았던 부모님을 다시 만나고 친구들까지 한 무리 신
나게 이끌고 무사히 원래 자리로 되돌아온다. 희망을 되찾은 최탁 씨가
사랑스러운 직장 동료였던 '오늘' 씨와 결혼하는 장면은 전형적인 해피
엔딩 같지만 색다른 면이 있다. 그의 반려자 오늘 씨는 키우던 다섯 딸
을 데리고 온다. 거북이 두 마리와 최탁 씨까지 식구는 아홉이 된다. 현
실은 이렇게 묵직한 것이지만 달라진 최탁 씨에게는 결코 무겁지 않다.
오히려 신이 난다. 최탁 씨가 갑자기 대단한 사람이 되었기 때문이 아니
라 사막 여행을 통해 그를 둘러싼 다른 세상의 가능성을 발견했기 때문
이다. 도저히 불가능한 환상적인 얘기라고 비난을 받는다 해도 이 경쾌
한 결말이 어쩐지 마음에 든다. 오늘 씨가 최탁 씨를, 더 정확히 말해 최
탁 씨가 오늘을 외면해 버리면 우리에게는 출구가 없다.

　두 권의 책에는 줄 긋고 싶은 말이 많다. 현대 동화는 이런 말을 드러
내지 않아야 한다는 것이 정설이다. 그런 점에서, 특히 『눈을 감고 창을

열면』에서는 유행을 지난 옷 같은 민망함이 느껴지기도 한다. 그러나 좋은 소식, 따뜻한 말에는 분명히 매력이 있다. 잠자는 아기는 들판보다 아름답다는 아빠, 네가 어떤 사람의 구두를 이해한다는 건 네가 그 사람을 이해한다는 뜻이라는 선생님은 이런 사람이 내 곁에 있었으면 좋겠다는 기대를 품게 만든다. 누가 준 건지 모르는 선물을 받게 되었을 땐 자기가 알고 있는 모든 사람을 사랑하게 된다는 말, 슬픈 사람에게서는 등을 돌려서는 안 되고 그 사람에게는 약보다 사람의 얼굴이 필요하다는 당부는 책을 덮어도 오래 남는다. 친구가 세상을 떠날지도 모른다는 것을 알게 된 주인공은 어린이 귀신은 변함없이 노는 것을 좋아해서 구슬치기나 깽깽이 놀이를 한 곳들을 떠나지 못할 테고, 자신도 더 이상 감히 구슬을 땅에 내려놓지 못할 것이라고 말한다. 우리가 잃어버린 마음이며 말들이다. 선인장은 고향이 사막이니까 꼭 그곳에 묻어 주겠다는 최탁 씨의 염원, 모래 폭풍에 사라진 사람들은 모래 밑의 마법의 마을에서 모두 다시 만날 수 있을 거라는 카멜라의 소망을 들으면서 독자는 제발 그렇게 되기를 함께 기도하게 된다.

어린이가 어떻게 하루를 살아가는지 어른들이 고개를 돌렸던 결과가 송곳처럼 날카롭게 찍히는 나날이다. 이제는 뉴스마저 힘겨워 외면하려고 한다. 그러나 어린 생명을 두고 살기 바쁘다고 말하는 것은 죄라는 걸 깨닫고 깊게 참회한다. 우리들은 공범이었다. 사막을 걸을 각오로 다시 길을 떠나면 달라질 수 있다는 건 동화가 말해 준다. 눈을 감고 창을 열면 좋은 소식이 많은 2016년이었으면 좋겠다.

일상이 쇼가 되어 버린 시대의 어린이

정수민『언제나 웃게 해 주는 약』

어른의 눈에 아이들의 삶이 자신들의 자랄 때와 다르게 보이는 건 어느 시대나 마찬가지겠지만 요즘 그 폭이 더 커졌다. 이른바 디지털 원주민이라고 불리는 Z세대는 1995년 이후 2010년까지의 출생자를 말한다. 알파벳의 마지막 글자를 사용한 이 세대에게는 실제 종착점처럼 보이는 특징이 있다. 태어났을 때부터 이미 디지털 기기와 함께 자라났으며 모바일 기기가 공책과 연필보다 익숙한 이들은 사회적 관계에서도 한 사람 한 사람이 각자 소통의 중심이 되는 개인별 네트워크(personal network)에 친숙하다. 랜스 베넷(W. Lance Bennett)의 연구에 따르면 이 세대는 사회 참여의 방식도 '의무적 시민'이 아니라 '자발적 시민'으로서 활동하는 양상을 띤다. 행동하는 어린 시민이기도 한 이들은 자신들이 늘 온라인으로 다른 사람들 혹은 세계와 연결되어 있다고 믿는다. 거꾸로 온라인의 연결에 장애를 겪거나 오프라인으로 사람을 만나야 하는 상황이 되면 급격한 위축과 불안을 겪는다. 자본주의적 거래에 능숙하며 간단한 이모티콘을 구입하면서도 '콩'이나 '도토리', '별사탕' 같은 전자화폐를 지불하는 일을 수시로 경험한 이들은 감정을 교류하는 일에도 일정한 대가를 지불해야 한다고 믿는 경우가 많다. 계산에 철저하고 '각자 지불'(dutch pay)의 방식을 선호한다. 온라인에 의존적인 생활양식 때문에 디지털 중독에 대한 우려를 안고 있지만 디지털의 따뜻함(digital warmth)에 대한 기대도 높아서 멀리 있는 낯선 사람들과 연결되는 것을 두려워하지 않으며 작은 단위의 연대를 통해 무언가를 바꿀 수 있다는 순한 희망도 품고 있는 세대다.

정수민 단편동화집 『언제나 웃게 해 주는 약』(문학과지성사 2016)에는 그런 새로운 세대의 특성을 읽을 수 있는 흥미로운 작품들이 실려 있다. 모두 짤막한 분량의 단편 아홉 편인데 작품에 등장하는 몇몇 인물은 성인들이 보기에 언뜻 당혹스러울 정도로 낯설고 불편한 모습이다. 그러나 잘 들여다보면 그들의 대화나 독백 안에는 여전히 비슷한 마음의 경로를 거쳐 성장하는 어린이의 보편적 고민이 콕콕 박혀 있다. 그뿐만 아니라 이 작품 속 어린이들은 더 저열하고 거친 방식으로 경쟁을 조장하는 이 사회가 어린 자신들을 어떤 방식으로 내치는지를 목격한 아이들이다. 그 안에서 어찌할 줄 몰라 우왕좌왕하면서 겪는 불안과 혼란은 도주나 은둔의 방식으로 표출된다. 세상 웃음은 다 가졌어야 할 것 같은 나이에 벌써 웃음이 귀한 세상을 살면서 '언제나 웃게 해 주는 약'을 먹고 도리어 펑펑 울기도 하고 반에서 가장 웃기는 아이가 되고 싶어서 유머의 비법을 찾아 헤매기도 한다.

무엇보다 이 동화집에서는 지금 아이들 교실에서 일어나는 범상치 않은 변화들이 잠깐잠깐 채널을 바꾸어 가면서 얼굴을 비춘다. 대산대학문학상으로 데뷔한 작가는 이 책이 자신의 첫 작품집이다. 동화의 문법과 어느 정도 거리를 둔 외곽의 상상력을 가진 이 작가가 조명하는 교실의 모습은 미디어를 통해서든 주위 이야기를 통해서든 짐작했던 것이지만 생경하다. 한 편의 문학작품으로서 장면이나 이야기를 처리하는 방식에서도 미숙함이 엿보인다. 그럼에도 물물 거래와 관계 교류의 혼동, 오디션 방식으로 진행되는 교실 내 우정의 서열화, '세상은 악해져도 어린 너희들만은 착해야 한다'는 사회의 도덕적 억압, 가족과 이웃의 해체에서 일어나는 극단적인 고립감, 개인으로서 자아에 대한 자각이 일찍 이루어지면서 생성되는 연애의 다양한 국면은 주목할 만한 것이다. 특히 미디어에 의존적인 모습이나 타인과 관계를 풀지 못해 어색해하는 요즘 아이들의 고충을 생생하게 그려 낸다.

「마이너스 친구」의 은주는 친구들의 어떤 부탁이든 처리해 주는 이른바 교실 안의 심부름센터다. 교실 밖 떨어진 공 주워 오기, 부모님 대신 가정통신문 사인해 주기 등 은주가 깔끔히 처리해 주지 못하는 일은 없는데, 대신 꼭 돈을 받는다. 이런 은주를 의아한 눈으로 바라보던 '나'는 은주의 내면에 접근하고 싶지만 쉽지 않다. 돈을 내고 일을 부탁하지 않는 한 이 일 저 일로 늘 분주한 은주와 가까워질 기회가 별로 없기 때문이다. 어느 날 은주가 먼저 다가와 말을 걸면서 은주의 삶에 드디어 '나'가 개입하게 되는데, 돈을 지불할 능력도 없고 이 모든 과정이 미심쩍다고 생각하는 주인공 '나'와 은주 사이에 벌어지는 '마이너스 통장' 같은 갈등 관계, 그 안에서 복원해 내는 우정의 서사가 긴장감 있게 펼쳐진다.

「언제나 웃게 해 주는 약」은 일상이 쇼가 되어 버린 아이들의 삶을 다룬 작품이다. 어린이 도전자들이 내놓은 우수 발명품을 선발하는 텔레비전 프로그램을 시청하던 재영이는 '언제나 웃게 해 주는 약'이 우승하는 장면을 지켜보고 그 발명품의 매력에 빠져든다. 그러나 이 약을 공짜로 받아서 복용한 아이들 중에 울음을 그치지 못하는 경우가 속출한다. 물과 함께 복용하면 도리어 눈물을 흘리는 부작용이 있었던 것이다.

이야기의 반전은 여기서부터다. 울기 위해서 이 약을 찾는 사람이 늘어나고 '언제나 웃게 해 주는 약'은 '마음껏 울게 해 주는 약'으로 기능하게 되어 버렸던 것이다.

교실 안의 공인된 왕따 문주가 사실은 그들을 지켜 주는 '수호 요정'이었다는 「수호 요정」, 밤의 지친 어른을 위로하는 역할을 담당했던 '야행성 아이'들이 빛나아파트에서 쫓겨나는 과정과 그 안에서 싹트는 야행성 아이 밤중이와 낮의 아이 환이의 우정을 그린 「야행성 아이」 등은 도덕적이어야 한다는 압박감 속에 정작 깊은 수렁으로 내밀쳐지고 있는 아이들의 삶을 아프게 그려 낸다. 웃겨야 한다는 강박, 또는 웃기고 싶은 욕망을 다룬 「안 웃기는 농담」, 돈이면 된다는 어른들의 말을 유머러스하게 비틀어 보는 「미다스의 비듬」, 초등학교 고학년의 경쾌한 사랑 이야기인 「바람의 여신」 등은 요즘 아이들의 모습에 상당히 가까이 다가서 있다.

아쉬움이 있다면 한 편의 이야기가 지니는 호흡이 길지 않음에도 이야기가 덜 다듬어졌다는 인상을 준다는 것이다. 작가가 드러내고 싶어 하는 주제가 이야기를 따라가기 위한 독자의 노력 가운데 소진되어 버리거나 오독을 일으킬 위험이 있다. 장면에 대한 감각적인 포착에 몰두하면서 충분히 인물이 선행하는 이야기의 감각을 따라잡지 못한 상태로 겉도는 부분도 군데군데 눈에 띈다. 하지만 이 작품집이 갖는 미덕은 끊임없이 아이들의 목소리가 들린다는 것이다. 열심히 연재하고 있던 연습장 만화 '러브 엔젤'을 내팽개쳐 버린 엄마에게 마음껏 분통을 터뜨리지도 못하는 심약한 민희나 어떻게든 웃겨 보려고 용을 쓰는 재우의 모습은 살아 있는 아이들처럼 빛난다. 아직 젊고 첫발을 내디딘 것이나 다름없는 이 작가가 앞으로 어떻게 Z세대 아이들의 모습을 그려 낼지 궁금하다.

가둘 수 없는 이야기

송미경 『통조림 학원』

예술가 앤디 워홀의 어머니는 아들에게 늘 통조림에 든 캠벨 수프를
먹였다고 한다. 아들은 자라서 캠벨 수프 깡통 연작을 잇달아 발표한다.
아마도 세상에서 가장 유명한 통조림일 것이다. 그 후로도 통조림은 기
하급수적으로 늘어났다. 먹을 것을 포함한 모든 신선한 것을 깡통 안에
넣을 수 있지 않을까 싶을 정도다. 통조림 모양의 알루미늄 캔에 든 손
목시계 디자인을 개발한 이탈리아의 한 디자이너는 제품을 불티나게
팔아 치웠다. 그가 만든 시계는 모두 똑같은 모양에 진공으로 포장되어
있어 먼지 한 점 묻지 않은 채로 보관할 수 있다. 고전적으로 손목시계
는 끊임없이 사람의 손을 타면서 해묵은 감정까지 같이 품고 가는 물건
이다. 언제든 캔을 따서 새것으로 갈아 치울 수 있는 통조림 시계는 흐
르는 자연의 시간마저 밀봉하고 싶어 하는 사람들의 마음을 반영한 것
일지 모른다.

송미경 장편동화 『통조림 학원』(스콜라 2016)은 무슨 말을 할 것인지
미리 알 것 같다는 점 때문에 아주 좋은 제목은 아니라고 생각했다. 그

러나 송미경은 그 의심을 뛰어넘는 길로 독자를 데려가는 작가라는 걸 전작의 경험으로 알고 있었기 때문에 주저함 없이 책을 펴 들었다. 통조림과 학원이라는 조합은 익숙하지만, 익숙하다는 이유로 우리가 애써 외면하고 있는 아이들의 고통스러운 현실에 대한 상징이기도 하다. 살아가려면 어쩔 수 없다는 핑계조차 잘 들리지 않을 만큼 너도나도 아이들을 틀에 가두는 일에 여념이 없다. 학교가 끝나는 시간은 가방을 멘 아이들이 노란 통조림 깡통이나 다름없는 셔틀버스에 오르는 시간이다. 합법적인 학원 마감 시간인 밤 열 시가 되면 알 만한 건물들에서는 어린 인파가 완전히 시든 채 쏟아져 나온다. 송미경 작가는 이미 관성이 되어 버린 이 쓸쓸한 장면에 주목한다. 대형 할인매장에 한 줄로 빽빽하게 진열된 통조림처럼 학원 간판 아래로 줄지어 걸어 나오는 아이들의 모습은 위협적으로도 보인다. 수많은 꽁치와 골뱅이는 그물에 잡힐 때만 해도 자신들이 이렇게 오래도록 좁은 통조림 안에 갇혀 있어야 할 것이라고 상상하지 못했을 것이다. 그들이 언젠가 튀어나올 것처럼 무섭게 웅크리고 있듯이 이 아이들의 마음도 그렇게 저항의 탄성을 가진 채 밀봉되어 있는 것일지 모른다. 작가가 주목하는 것은 가두어진 채 흐르지도 썩지도 못하는 어린 마음들의 폭발적 에너지다.

주인공 승환이네 동네에는 삐에로 박사라는 정체불명의 인물이 새로 문을 연 학원이 있다. 이 학원은 신입생을 받으면 작은 생활 습관부터 모조리 교정하여 학습과 경쟁에 최적화된 아이로 만들어 준다. 특수한 액체에 목욕을 시키고 아이들마다 감정을 조절하는 개별 처방을 담은 통조림을 먹이는 것이 이 학원의 마술적 비법인데 아이들은 모호한 부작용에 시달리지만 자신이 그렇게 되었다는 것조차 깨닫지 못한다. 일종의 기억 조작 과정이 들어 있기 때문이다. 우리가 참치캔을 딸 때 이것이 그 깊은 바다를 헤엄치던 참치의 어느 뱃살을 잘라 내 익힌 것인지에 대해 생각하지 않는 것처럼 부모들은 통조림 학원의 구체적인 과정에 관심이 없다. 그들이 열광하는 것은 오로지 결과다. 다른 아이들처럼 승환이도 자신의 의지와 상관없이 통조림 학원의 컨베이어 벨트에 발을 들여놓는다. 그리고 통조림을 순순히 받아먹지 않는 방식으로 삐에로 박사에게 저항하면서 비밀을 캐 나가기 시작한다.

학업 경쟁이라는 소재는 마트 계산대 앞에 쌓인 할인 통조림만큼 흔하다. 그러나 작가 송미경은 아이들을 둘러싼 훨씬 더 근원적인 포획을 간파하고 그 압착의 과정을 파고든다. 승환이가 한사코 거부하는 것은 각자 다른 역사를 거치면서 지니게 된 아이들 하나하나의 상처를 진공에 가두는 일이다. 승환이와 비슷한 아픔을 지닌 윤아는 승환이 대신 승환이의 기억이 깃든 통조림을 받아먹으면서 도벽을 이어받는다. 승환이가 다른 사람의 물건에 손대게 된 까닭은 그들이 소중히 여기는 것을 갖게 되면 자신도 소중한 사람이 될 수 있지 않을까 하는 기대 때문이었다. 승환이는 소중한 누나를 잃었고 누나가 사라진 뒤에는 자기 자신을 비롯해서 그 누구도 소중해질 수 없다는 상실감에서 벗어나지 못하고 있다. 딸을 잃고 나서 떡 찌는 일 외에는 무엇에도 무심해져 버린 승환이 엄마와 아빠도 마찬가지다. 오빠를 교통사고로 떠나보내고 웃음을 잃어버린 윤아도 마찬가지다. 윤아에게 필요할 거라고 생각해서 승환이가 학원에서 훔쳐 온 웃음 통조림은 윤아를 웃게 만들긴 하지만 그 웃음은 등을 펴지 못한 꼽추처럼 이상하게 일그러진 웃음이다.

삐에로 박사는 아이들의 감정과 기억이 오직 효율성을 극대화하는 방향으로 재편되어야 한다고 주장한다. 나쁜 습관은 삭제해야 하지만 성취도를 올리려면 우울을 넣어서라도 안정적인 결과를 만들어 내야 한다는 식이어서 일관성이 없다. 이러한 좌충우돌은 어디에서 많이 본 장면이다. 이 시대의 어른들은 아이들을 각종 영양제와 심리 치료와 학습 처방으로 에워싸면서 에너지는 넘쳐야 하지만 공부에 방해가 되지 않을 정도까지만 발휘해야 한다는 말을 반복한다.

우리는 모두 입체적인 몸을 갖고 있다. 이 몸에는 자연스럽게 상처가 생기고 피가 흐르고 그 피는 상처를 낫게 해 주기도 한다. 그러나 어른이든 아이든 우수한 순위의 납작한 결과물로 출력되어야 한다는, 이른바 '아웃풋'의 압력에 시달리고 있다. 작가는 아이들이 저마다 어떤 고치지 못하는 습관을 가지고 있는 건 그가 살아 있는 사람이고 심장 안에 숨겨진 상처가 있기 때문이라고 말한다. 작가는 그 기억과 상처를 묶음의 통조림 안에 꽁꽁 가두지 말고 꺼내서 이야기하라고 말한다. 힘들더라도 공기 중에서 썩을 수 있게, 발효되어 땅으로 바람 속으로 날아갈 수 있도록 개봉하라고 권한다. 마음속 이야기는 가둔다고 가두어지는 것이 아니기 때문이다. 작가의 이러한 권유는 어린 시절 남과 다른 외모로 놀림받은 상처 때문에 기억 조작 연구에 몰두하게 된 삐에로 박사에게도 유효하다.

아이들이 달려들어 다 함께 통조림을 개봉하는 장면은 통쾌해 보이지만 아슬아슬한 경계를 걷는 느낌이다. 강제 밀봉이 풀리고 흩어져 널브러진 통조림 속의 음식들, 아이들의 기억은 이제 어떤 길을 달려가게 될지 두렵다. 박사의 설계 속에서 완벽했던 공장은 엉망이 되었고 아이들은 탈출에 겨우 성공하지만 작가는 그 뒤의 경로를 섣불리 제안하지 않는다. 이것은 어찌 보면 결말을 작품 밖으로 던지는 방식처럼 여겨지는데 서사를 따라오던 독자로서는 이제 어쩌란 말인가 작가에게 되묻게 되는 것도 당연하다.

그런 점에서 이 작품을 이해하기 위해 송미경의 전작을 읽는 일은 중요하다. 작가의 최근 작업에서는 어떤 구성 요소와 인물들의 끊임없는 순회공연이 펼쳐지고 있다. 단편 「돌 씹어 먹는 아이」(『돌 씹어 먹는 아이』,

문학동네 2014)에서 채석장을 찾아가 맛 좋은 돌을 마음껏 씹어 먹었던 연수는 우표 수집상 할아버지가 가진 추억의 돌에 집착하는 승환이와 닮았다. "무엇을 먹으면 어때. 무럭무럭 자라서 신나게 뛰어다니렴"이라고 격려하는 채석장의 할아버지와 "너는 돌 구슬이 아니라 다른 사람이 소중하게 여기는 것을 갖고 싶어 하는 것"이라고 조언하는 우표 수집상 할아버지는 아이들의 상처를 이해하는 어른이라는 점에서 비슷한 인물이다.

『바느질 소녀』(사계절 2015)와 『통조림 학원』은 같은 상상의 양화와 음화가 아닌가 싶을 만큼 견주어 볼 대목이 많다. 두 작품은 선행하거나 후행하면서 상대 작품을 설명하기도 한다. 모두 초능력이 등장하는데 『바느질 소녀』의 거지 소녀는 마치 초월적 신을 대행하듯이 초능력을 공동체적 심판의 행위에 쓴다. 반면 『통조림 학원』의 삐에로 박사는 '일곱 개나 되는 박사 학위'로 상징되는 특수한 능력을 지녔지만 한없이 나약한 인간을 대행하는 것처럼 보인다. 그가 사용하는 능력은 대단해 보였지만 '개인의 아픔'이라는 좁고 깊은 영역을 벗어나지 못하는 것이었음이 밝혀진다. 이 두 작품에서는 모두 '바느질'이라는 행위가 중요한 요소로 등장한다. 거지 소녀는 아픈 강아지의 다리를 깁고, 다친 아이의 눈자위를 깁고, 굽어 버린 할머니의 등을 펴서 다시 꿰매 준다. 승환이는 가면 뒤에 너덜너덜한 아픔을 숨기고 있던 삐에로 박사의 낡은 돼지 인형 슬리퍼를 꿰매면서 그의 고백을 들어 준다. 어릴 때 부모가 떨어진 단추를 한 번도 다시 달아 준 적이 없다는 삐에로 박사의 말은 아픔을 충분히 위로받지 못한 채 성장한 어린이의 미래를 보여 준다. 또한 바늘과 실을 들고 타인의 상처를 돌보는 거지 소녀와 승환이를 보면 『광인 수술 보고서』(시공사 2014)에서 초록색 손뜨개 스웨터를 풀어 자신의 상처를 치유하던 주인공 이연희의 모습이 겹쳐서 떠오른다. 송미경 작가에게 바느질이란『광인 수술 보고서』에서 더플코트를 해체하는 것이나 『통조림 학원』에서 캔 뚜껑을 따 버리는 사건들 이후의 방향을 암시하는, 회복과 복원의 과정이다. 걸핏하면 식당에서 난동을 피워 엄마를 괴롭히는『바느질 소녀』의 재호는 작품 속에서 파란 실타래를 마구 풀면서 자신의 상처를 드러내는데 그를 보면『통조림 학원』에서 학원의 모범생으로 가장 먼저 길들여졌던 재호의 숨겨진 얼굴이 아닌가 싶기도 하다. 한편『바느질 소녀』의 수목이와『통조림 학원』의 승환이는 모두 떡집 아이다. 남편의 주취 폭력에 시달리는 수목이 엄마와 딸을 사고로 잃은 승환이 엄마에게 있어서 새벽부터 묵묵히 떡을 찐다는 행위가 공통적으로 의미하는 바는 무엇일까. 그 밖에도 송미경 작가는 작품 여러 곳에 독특한 기호를 감추어 두고 있다.

그동안 여러 단편동화에서 송미경 작가가 보여 준 이야기의 매력은 대단한 것이었다. 독자는 그 조준의 방향을 따라가는 것이 벅찰 정도로 새로운 서사를 경험했다. 간명하고 유보적인 결말이 이야기의 스타일이 되기도 하는 단편에 비해 장편동화 작업은 훨씬 폭이 넓고 장구한 옷감을 바느질하는 일이다. 작가는『통조림 학원』을 통해서 이야기의 해제경보를 발령하고 그간 발표한 다른 작품과도 엮이는 거대한 새 서사를 바느질하기 시작했다. 이 용감한 작가는 독자를 향해 당신도 조각난 채 방치해 둔 이야기가 있다면 어서 반짇고리를 꺼내라고 말한다. 그가 앞으로 어떤 작업을 계속하고 어디까지 가게 될지는 아직 짐작하기 어렵다. 다만 어린이들의 미처 말하지 못한 마음을 잇는 마법의 바느질이 시작되고 있다는 것밖에는.

불행 중 작은 행복

안미란 『참 다행인 하루』
김진나 『디다와 소풍 요정』

여덟 살의 세계는 어떤 세계일까. 그 어린이의 부모가 공무원이라면 법적으로 육아휴직을 쓸 수 있는 마지막 나이가 만 8세다. 평균 키는 약 125센티미터, 이 정도면 카메라 삼각대 정도의 높이와 같고 작은 텐트 안에 똑바로 서 있을 수 있다. 조선조 비운의 왕자 영창대군은 여덟 살에 정쟁의 한복판에 놓여 유배지에서 목숨을 빼앗겼다. 런던 근교에 살던 여덟 살 어린이 라이어널 킹은 히틀러의 V-1 폭탄 투하를 지켜보고 그 '윙윙이'가 휩쓸고 간 처참한 자리를 자신의 일기에 상세히 기록했으며 이는 훗날 2차 세계대전 관련 문헌에 수록되었다.

두 권의 유년동화집이 나왔다. 모두 여덟 살 이쪽저쪽의 어린이가 주인공이자 중심 독자다. 안미란의 『참 다행인 하루』(낮은산 2016)에는 세 편의 동화가, 김진나의 『디다와 소풍 요정』(비룡소 2016)에는 두 편의 동화가 실려 있다. 책 속 이야기들은 모두 유년기에 어린이가 골몰하는 문제를 섬세하고 솔직하게 다루고 있다. 무엇보다 행동 자립은 아직 못 했고 마음 자립은 시작되는 여덟 살의 딜레마를 생생하게 그려 낸다. 그

나이의 어린이는 아직 혼자서 멀리 갈 수는 없어서 부모와 함께 가는 소풍을 간절히 기다리지만 기상 상황과 탈옥범의 출몰과 전염병과 부모의 늦잠과 하여튼 날마다 발생하는 긴급한 형편 때문에 소풍의 꿈을 수도 없이 접어야 한다. 그런 점에서 의존적이다. 하지만 "나는 내가 챙길게요"라고 장담하면서 "도대체 뭐가 걱정이지? 나는 걱정이 없는데"라고 천연덕스럽게 용기를 낼 줄도 아는 씩씩한 자율적 주체다.

『참 다행인 하루』에 실린 「태풍이 다녀간 뒤」는 출근길이면 태풍이 한 차례 휩쓸고 지나간 것 같은 맞벌이 가정의 흔한 일상을 소재로 한 작품이다. 날마다 출근-등교 전쟁을 치르는 우람이 가족은 태풍 '꼬마'가 찾아온 그날도 빈 그릇을 설거지통에 슈팅하며 허겁지겁 집을 나선다. 그런데 기상 악화로 시내 초등학교가 모두 휴교에 들어간다는 뉴스가 흘러나온다. 우람이 엄마는 수돗물을 관리하는 공무원이어서 이런 날 더 바쁘고 우람이 아빠도 당장 휴가를 신청하기에는 너무 늦었다. 집에 혼자 남은 우람이네 현관문을 두드린 것은 낯선 꼬마 아기다. 우람이는 그 꼬마아기를 불러들인 다음 냉장고를 탈탈 털어 빙수를 만들어 주고 장난감을 줄줄이 꺼내어 놓아 준다. 해적선 놀이를 하던 두 사람은 어느새 파도에 올라타고 바다 한복판을 표류하다가 엄청엄청 센 바람과 맞닥뜨린다. 그때 "냉큼 올라와!"라며 하늘에서 불호령 소리가 들린다. 알고 보니 이 꼬마 아기는 태풍 '꼬마'의 아기였던 것.

작가는 임시 휴교일 빈집을 지키는 아이의 마음에 아슬아슬하면서도 박진감 넘치는 판타지를 불어넣고 씩씩한 자기 모습을 확인하도록 안내한다. 거짓말처럼 특별한 하루가 지나가고 우람이가 등굣길 물웅덩이에서 빙수 모양 구름을 만나는 장면은 어제의 모험이 환상으로만 끝나는 것은 아님을 알려 주는 우람이의 성장 신호다. 안미란 작가는 『내일 또 만나』(우리교육 2010)에서 작게 걷고 조금씩 자라는 어린이들의 건강한 얼굴을 잘 보여 준 바 있다. 큰 사건이 있는 것도 아니고 개성 강한 주인공이 나오는 것도 아니지만, 안미란의 유년동화를 읽으면서 우리는 이렇게 시나브로 성장하고 있다는 것을 굳게 믿을 수 있다. 이 작품집에 실린 그의 다른 단편 「참 다행인 하루」는 우연히 단팥빵 하나를 얻은 유기견 '나'가 그 빵을 놓치지 않기 위해 하루 종일 분투하는 이야기다. 앞만 보고 빵만 생각하면서 달리는 '나'의 동선은 학원 버스를 타든 골목 놀이터를 전전하든 엄마가 올 때까지 긴 하루를 혼자 버텨야 하는 쓸쓸한 도시 어린이의 하루와 빼닮았다. 낡은 고물 소파 안쪽에서 흰 개를 만나 위로받는 마지막 장면은 어쩔 수 없이 혼자인 줄 알았던 '나'에게 찾아온 뜻밖의 우정이기에 뭉클하고 다행스럽다. 쓸쓸하고 외롭더라도 친구가 있고 이웃이 있으면 우리는 단팥빵을, 자라는 일을 포기하지 않을 수 있다.

『디다와 소풍 요정』의 주인공 디다는 가족들과 함께 소풍 요정을 데리고 소풍 가는 것이 소원인 아이다. 그런데 바쁜 엄마와 아빠는 좀처럼 시간을 내지 못하고 어찌어찌 틈을 내어 겨우 떠난 나들이길에서도 의견이 엇갈려 사사건건 부딪힌다. 하지만 디다는 이 귀한 소풍의 시간을 잘 보내야 한다. 언제 또 이런 기회가 올 수 있을지 알 수 없기 때문이다. 그런 디다를 도와주는 건 피곤에 지쳐 나타난 소풍 요정이다. 행락철이어서 소풍 요정을 찾는 어린이가 많기 때문인지 소풍 요정은 옆모습이 없는 종이처럼 납작한 몸으로 디다를 찾아온다. 여기서 '옆모습이 없는 소풍 요정'이라는 설정은 놀랍다. 디다의 눈에 비친 바쁜 어른들의 모습을 고스란히 형상화한 것이기 때문이다. 앞을 보고 나타났다가 용무가 끝나면 등을 돌려 사라져 버리는 어른들의 생활은 아마도 그렇게 보였을 것이다. 소풍 요정이 잃어버린 옆모습이란 우리가 그토록 원하는 여유와 환대의 다른 이름이다.

디다는 소풍 요정 덕분에 그럭저럭 잊지 못할 나들이를 마친다. 한번 뒤집어 생각해 보면 이 소풍 요정은 외동인 디다에게는 없는 디다의 형제이자 친구이면서 디다의 엄마와 아빠가 마음속으로 바라고 있을 진짜 부모와 같은 존재다. 다른 동화에 나오던 요정과 이 작품 속 소풍 요정의 차이점이 있다면 여기서는 판타지마저 지쳐 있다는 것이다. 작가는 완벽한 환상과 불완전한 현실의 대조를 그리지 않는다. 어쩌면 어린이들도 선뜻 완벽한 환상을 믿기 어려울 정도로 현실이 각박해졌다는 것의 반증일 수도 있다. 그러나 "옆모습이 없더라도 소풍 요정의 의무를 소홀히 할 수 없다"고 말하면서 디다를 향해 최선을 다하는 소풍 요정의 모습은 잔잔한 위안이 된다. 우리는 그렇게 부족하지만 서로 기대고 다독이면서 힘든 나날을 이겨 내고 성장한다.

『디다와 소풍 요정』을 쓴 김진나는 몽환적이면서도 서늘한 판타지가 담긴 청소년소설을 쓰던 작가다. 그의 전작 『도둑의 탄생』(문학동네 2011)과 『숲의 시간』(문학동네 2014)을 읽은 독자라면 이 말랑말랑한 문체의 유년동화가 같은 작가의 작품임을 알고 고개를 갸웃거릴 것이다. 그러나 두 문학적 공간의 거리를 연결해 주는 하나의 키워드는 존재의 외로움이다. 우리는 그저 신나고 즐거운 줄만 알았던 여덟 살의 숨겨진 외로움을 읽어야 하는 처지에 이르렀다. 방문이 닫히고 텔레비전이나 컴퓨터를 켜지 않으면 아무 소리도 들리지 않는 도시 어린이의 공간이란 그런 것이다. 하지만 김진나와 안미란, 두 작가는 그 아이들의 먹먹한 외로움을 어떻게 달래어 주어야 할지 아는 작가들이다. 이렇게 다정한 작품들이 있어서 불행 중 참 다행이고 행복하다.

주먹 하나씩 품고 걷는 아이들

마영신 『삐꾸 래봉』

마영신은 숨 막히는 상황을 숨 막히도록 잘 그려 내는 작가다. 도시 전체가 정전된 7일간을 담은 박효미의 동화 『블랙아웃』(한겨레아이들 2014)을 읽으면서 마영신의 일러스트가 아니었다면 작품 속 상황이 이만큼 먹먹하게 느껴지지 않았을 것이라고 생각했다. 만화 『삐꾸 래봉』(창비 2015)의 주요 인물 은철이도 그 동화책 속 아수라장 장면에 살짝 등장한다. 은철이는 거기가 아니라 어느 암담한 국면에서 오늘을 살고 있다 해도 이상할 것이 없는 아이다. 거슬러 올라가면 '한겨레 훅'에 연재된 그의 만화 『벨트 위 벨트 아래』에 나온 고등학생 박지수와 권별도 갈 곳 없는 막다른 기분 그 자체였다. 『삐꾸 래봉』의 래봉이와 동관이가 훗날 고등학생이 된다면 어쩌면 지수와 별이의 모습이 아닐까 생각한다. 놓을수록 판이 어려워지는 바둑처럼 그의 인물들은 이야기가 전개될수록 구석으로, 더 비좁은 구석으로 몰린다. 어린 래봉이와 동관이와 은철이는 질식사할 것 같은 세계와 작은 몸뚱아리로 맞서면서 하루를 겨우 살아간다. 작가는 그들의 손을 끝까지 놓지 않으며 그들과 두들겨 맞으면서 내내 함께 있다.

『뻐꾸 래봉』은 어린이 잡지 『고래가 그랬어』에 인기리에 연재되었던 만화다. 주인공인 5학년 래봉이는 새끼손가락 하나가 옆으로 휘어서 '뻐꾸'라고 불린다. 그러나 흔히 짐작하는 왕따의 조건과는 거리가 먼 아이다. 엄마가 일하러 나간 사이에 몸져누운 할머니의 밥상을 챙기는 찬찬한 손자지만 학교에서는 좀처럼 눈에 뜨일 만한 반응을 하는 일이 없기 때문에 누가 그를 주목하지도 않는다. 키도 작고 싸움도 못하고 더없이 평범한 래봉이에게 신은 수학을 잘하는 능력을 주셨다. 래봉이는 '수학 따위를 잘하는 능력'을 받는 바람에 난데없이 반장의 눈에 걸려 하루 아침에 무자비한 학교 폭력의 피해자가 된다. 수학 문제를 물어보는 반장에게 뻐꾸 새끼 주제에 "반장이 이런 것도 모르냐?"고 대꾸했다는 이유다. 래봉이처럼 존재감 없던 아이가 왕따가 된다는 건 왕따는 아무나 될 수 있다는 얘기다. 작가는 책의 처음 몇 장면부터 래봉이가 사정없이 짓밟히는 장면을 통해 네가 언제 왕따가 될지는 아무도 모른다는 아찔한 경고를 던지며 시작한다.

싸움 짱인 반장에게 찍히면서 어딘지 모를 밑바닥에서 숨만 붙이고 살아가는 래봉이에게 전학생 은철이는 뜻밖의 구원자다. 은철이는 래봉이 때문에 싸우다가 머리에 피가 터져도 '아무렇지도 않게 일어나고' 아버지인 척하고 래봉이네 학원에 전화를 걸어 "우리 래봉이는 시골에 내려가서 학원을 쉰다"고 말해 준다. 은철이가 또 다른 학교 폭력의 피해자인 동관이의 편이 되어 주면서 세 사람은 단짝 친구가 된다. 괴롭힘에 지쳐 벼랑 끝에 매달린 것 같았던 래봉이와 동관이는 은철이 덕분에 산소호흡기를 단 것처럼 상쾌한 여름을 보낸다. 은철이가 이렇게 강한 아이가 된 뒤편에는 아픈 비밀이 감추어져 있다는 것을 눈치채게 되면서 셋은 더욱 단단하게 뭉친다.

이 작품을 우정으로 왕따를 극복하는 순순한 이야기로 읽는다면 그것은 절반만 이해한 것이다. 작가는 이 세 어린이의 우정을 가만히 내버려 두지 않는 가혹한 세계의 공습과 쓰라린 상처와 흉터 자국을 차근차근 보여 준다. 학교 폭력이 어떻게 가정 폭력과, 또는 성폭력과 얽히면서 약하디약한 삶을 위협하는지, 그 뒤에는 얼마나 견고한 벽이 진압을 예고하며 버티고 있는지 생생하게 그려진다. 은철이가 떠나기 전날, 함박눈 속의 소시지 파티는 바위를 얹어 놓은 것처럼 무겁게 슬프고 믿기지 않지만 행복하다. "야, 눈이다!", "진짜 눈 오네!", "으하하하!"로 이어지는 세 친구들의 환호 장면은 지상에 없는 눈송이들처럼 아름답다. 그러나 날이 밝으면서 학교 폭력의 가해자는 다시 반장으로 당선된다. 그 가해자 또한 성공만을 외치는 무자비한 아버지의 손아귀에 단단히 잡혀 있는 것이 현실이다.

오늘도 수많은 어린이들이 가슴에 작은 주먹 하나씩을 품고 혼자 걷고 있다. 주먹을 나무라는 사람만 있고 손바닥을 펴 보라고 말 걸어 주는 사람은 없다. 마영신은 "눈 딱 감고 돈 되는 만화 그려"라는 말과 맞서면서 끝끝내 수많은 래봉이들의 이야기를 그려 준 고마운 작가다. 이번 작품의 주인공은 래봉이지만 책을 읽고 나면 은철이에게도 무척 마음이 쓰이는데 이런 은철이에게서 작가의 얼굴을 엿본다. 『삐꾸 래봉』은 '다 이겨 낼 수 있어'라는 상투적인 위로 대신 '괜찮지 않을 수도 있지만 우리는 같이 있어'라는 든든한 기분을 안겨 준다. 이 책을 읽으면 기운이 난다는 말은, 세 친구의 함박눈 그날처럼 진짜다.

매일매일이 생일인 것처럼 살기

신운선『해피 버스데이 투 미』

10만 명이 넘는 저소득층 여학생이 생리대를 구입할 형편이 못 되어 곤란을 겪고 있다는 기사를 읽었다. 여학생들은 달마다 생리 기간이 되면 집에 두고 왔다고 말하고 학교 보건실에서 생리대를 받아 쓰기도 하고 그마저 여의치 않을 경우 공중화장실의 휴지나 깔창으로 생리대를 대신하기도 한다는 것이다. OECD 가입 국가로 선진국 진입에 성공했다고 근사한 말들을 한다지만 어린이와 청소년의 현실을 들여다보면 용돈은커녕 무상으로 제공되는 학교 점심 급식 외에는 마땅한 식사를 챙길 수 없는 경우가 적지 않다. 가정에 이들의 끼니를 챙겨 주는 사람이 없는 상황에서 생리대를 구입할 여력이 있을 리 없다. 게다가 여자 어린이가 생리를 시작하는 시점은 점점 빨라지고 있어서 요즘은 초등학교 4학년만 되어도 생리를 시작하는 학생들이 제법 있다. 당연한 어려움이 예상되는데도 기사를 읽기 전까지는 이 문제에 생각이 미치지 못했다는 것에 대해 죄책감이 들고 마음이 아팠다. 기사를 읽는데 그 나이, 그 무렵 생리를 시작했을 때의 암담함이 생생하게 떠올랐다. 달마다 찾아오는 이 힘겹고 곤혹스러운 일을 의논하고 도와줄 사람이 하나도 없는 상황에서 스스로 방법을 마련해야 하는 여자 어린이가 느꼈을 수치심과 두려움이라니, 가늠하기조차 쉽지 않았다. 나는 그 여자 어린이와 연대할 방법을 찾아야겠다고 생각했다.

신운선의 『해피 버스데이 투 미』(문학과지성사 2016)는 '천사아동일시보호소'에 맡겨진 초등학교 5학년 이유진, 일곱 살 이유민 남매의 이야기다. 아빠는 5년 전에 집을 나갔고 그날 이후 엄마는 술에 찌들어 살았다. 생활은 하루가 무섭게 붕괴되기 시작하고 유진이는 '부모라도 이상할 수 있다'는 것을 너무 일찍 알아 버린다. 그렇지만 유진이가 할 수 있는 일이라고는 삶을 포기한 채 비틀거리는 엄마를 아슬아슬하게 지켜보는 것밖에 없었다. 결국 유진이의 엄마는 모종의 사건을 일으켜 형사 입건되고 남매는 복지사와 경찰이 아이들을 발견하기 전까지 며칠 동안 쓰레기로 가득 찬 텅 빈 집에 굶주린 채 방치된다. 내 집, 내 가족이 무엇인지 제대로 느끼기도 전에 그것을 지키느라 안간힘을 써야 했던 유진이, 유민이의 새로운 삶은 그렇게 시작된다.

보호소에 들어간 유진이는 자신과 동생을 두고 구치소에 가 버린 엄마를 '못된 아줌마'로 부르면서 원망을 떠넘겨 보려고 애쓴다. 그리고 이렇게 불안을 안고 살아갈 바에는 장차 커서 나무가 되는 것이 좋을 것 같다고 생각한다. 나무는 최소한 새와 나비의 집이 되어 줄 수 있고 이리저리 옮겨 다니지 않으면서 한곳에서 쭉쭉 자랄 수 있기 때문이다. 유진이와 유민이는 보호소의 이름에 붙은 '일시'라는 말처럼 약 석 달 동안만 이곳에 머물 수 있다.

"아빠는 못 본 지 5년째, 엄마는 술이 아직 안 깨셨어요."

어떤 사정인지 묻는 사람들에게 유진이는 이렇게 대답한다. 아빠를 정확히 기억하지 못하는 유민이는 힘센 아빠가 구하러 오는 상상을 하지만 유진이는 이미 자신들 앞에 닥친 일이 그렇게 순탄치 않을 것이라는 점을 잘 안다. 보호소에 봉사자로 다녀가는 사람들은 저마다 자신을 위한 위로가 필요한 것처럼 보이고 유민이는 습관처럼 그들을 향해 '고맙다'고 수도 없이 대답하지만 그것은 '저절로 나오는 재채기'처럼 마음을 담기 힘든 말이었다. 누군가의 보호를 받아야 하는 나이에 일곱 살 동생의 보호까지 감당해야 하는 유진이는 아무리 이상한 엄마라도 엄마를 매일 볼 수만 있다면 어떤 비겁한 행동을 하더라도 엄마에게 매달려야겠다고 작정한다. 자신들에게 필요한 것은 '아빠가 없는 세상이 아니라 좋은 아빠가 있는 세상'이라고 담벼락 같은 세상을 향해 호소해 보기도 한다. 이모라도, 아니면 그 누구의 피붙이라도 자신을 찾아오지 않을까 염원하며 기다린다. 그러나 약속된 기한인 석 달이 다 지나가도록 이들을 찾아오는 사람은 아무도 없다.

유진이가 기억 속의 마지막 끈인 할머니 집을 찾아가기 위해서 상담 선생님의 지갑에서 돈을 훔치는, 유진이의 표현에 따르면 당분간 빌리는 장면은 이야기 속에서 절박한 타당성을 지닌다. 보호자가 될 사람이 자신을 찾지 않자 스스로 보호자를 찾겠다고 결심하는 것이다. 나이보다 더 야무진 누나가 되어 버린 유진이가 차비를 조목조목 계산해 일기장에 적고 그렇게 떠난 여행에서 돈을 털리고, 소천 할머니 집에 이를 때까지 우리는 유진이의 걸음에서 눈길을 뗄 수 없다. 고래도 아기를 잃어버리면 하늘까지 찾아 나선다는데 우리 엄마 아빠는 왜 오지 않을까를 곱씹으면서 어려움 끝에 할머니 집 마당에 도착하지만 그곳에서 유진이를 기다리는 것은 아주 낯설고 미약한 희망이다.

유진이는 어떻게 지나는지도 모르게 지나가 버린 자신의 생일을 뒤늦게 스스로 축하하면서 몇 살까지 이 일을 혼자서 해 나가야 하는지 셈해 본다. 이 작품의 슬픔과 아름다움은 마지막 5분의 1 정도에 꽉 차 있다. "내 생일을 축하해"라는 말이 서럽게만 들리지 않고 아프고 명확한 다짐으로 들리는 것은 작가가 현실의 날카로움을 냉정하면서도 담담한 태도로 그려 냈기 때문이다. 여기까지 마음속 고래를 타고 달려온 유진이의 의지를 믿기 때문이다. 미지와 맺은 우연하지만 따뜻한 인연은 실낱같은 희망이라는 것이 존재한다는 정도의 가냘픈 안도감을 준다. 누나가 보호소를 떠난 후에도 울지 않고 기다리며 사탕을 하나 남겨 두었다는 동생 유민이의 말은 그들이 하나가 아니고 둘이어서 다행이라는 어리석을 수도 있는 위안을 불러온다. 보호소로 돌아가는 차가 빨라지는 만큼 이제 살아 내야 할 현실적인 삶의 속도 속으로 던져지는 것 같았다는 유진이의 말은 이 책을 덮는 독자 가운데 누가 그의 편이 되어 줄 것인지에 대해서 똑바로 되묻는 것처럼 저릿저릿하다.

5학년 유진이도 생리를 할 것이다. 보육원은 유진이에게 어쩌면 안전한 장소일 수도 있다. '아직도 술에서 깨지 않은 엄마'가 놓쳤을지도 모르는 생리대를 지급받을 수 있을 테니까. 그러나 수많은 유진이와 유민이들은 언제 술이 깰지 모르는 엄마와 아빠 밑에서 홀로 견뎌서는 안 될 많은 고통의 순간을 감당하고 있다. 그리고 그렇더라도 가족이 있으면 좋은 거라고 믿고 살아간다. 여러 가지 위기의 신호를 겪고 있는 2016년 한국에서 가족이란 얼마나 부서지기 쉬운 달콤한 파이인가 다시 한번 생각한다. 그리고 매일매일이 생일인 것처럼 자신을 격려하고 살아야 하는 유진이의 삶에는 꾸준히 그의 생일 선물이 되어 줄 공동체의 사회적 마음이 필요하다는 것을 깨닫는다. 이 작품은 제12회 마해송문학상 수상작이다.

일곱 살을 위한 마당놀이

위기철 『초록고양이』

유년기는 여러 가지 알 수 없는 불안이나 공포와 싸우는 시기다. 아무래도 아직 세상에 대해서 믿을 만한 일관된 정보를 갖고 있지 않은 나이인 것이다. 문득 방금 걸어 올라온 계단이 되돌아보니 아찔하게 무섭고, 달걀을 사러 집 앞 가게에 나간 엄마가 돌아오지 않으면 어떡할까 두렵고, 멀쩡히 잘 입고 다니던 코끼리 그려진 비옷이 어느 순간부터 갑자기 낯설고 무섭게 여겨지기도 한다. 어린이의 경우 불안이 등 뒤를 겨누는 상황에서는 밥을 먹는 것도 편안하지 않고 운동량이 줄어들면서 자신이 애착을 형성한 물건이나 장소에만 매달려 있기 때문에 성장에도 적신호가 켜진다. 유년동화의 중요한 임무 중의 하나는 어린이가 세계를 신뢰하고 관계를 편안하게 받아들이며 자기 행동에 대한 자신감을 갖도록 돕는 것이다.

무엇보다 가장 큰 공포는 애착을 형성한 대상에 대한 분리 불안, 이른바 버려짐에 대한 것이다. 태어나면서부터 가장 가까이 있는 어른의 도움 속에서 문제를 해결해 왔던 어린이는 혼자 남겨지는 상황이 오지 않기를 간절히 바란다. 그래서 분리의 위기가 감지되면 이불이나 인형 같은 중간 대상을 정해 그것을 꼭 붙잡고 놓치지 않으려고 하기도 하고 상상 속의 근사한 친구를 호출하여 마음을 안정시키려고 할 때도 있다. 위기철의 『초록고양이』(사계절 2016)는 그런 어린이에게 매우 질 높은 탄탄한 안정감을 제공하는 유년동화집이다.

이 작품집에는 세 편의 짤막한 유년동화 연작이 담겨 있다. 주인공 꽃담이는 엄마가 없으면 엄마를 애타게 찾는 평범한 예닐곱 살이다. 어느 날 세면대에 수돗물을 틀어 놓은 채 꽃담이 엄마가 감쪽같이 사라지고 그 자리에는 빨간 우산을 쓴 초록고양이 한 마리가 걸터앉아 엄마의 신변을 두고 꽃담이에게 말을 걸어온다.

"너희 엄마는 내가 데려갔어."

초록고양이는 꽃담이를 미지의 동굴로 데려가 하얀 항아리 마흔 개를 보여 주면서 그중 하나에 엄마가 들어 있으니 맞혀 보라고 한다. 기회는 딱 한 번만이라면서 지금 놓치면 엄마를 영영 못 찾게 된다고 협박한다. 여기까지는 독자가 조마조마한 마음으로 듣는다.

그러나 반전의 고리는 꽃담이의 자신감에 있다. 꽃담이는 그 수많은 항아리를 눈앞에 두고도 엄마를 찾지 못할 것이라고는 전혀 걱정하지 않는다. '엄마를 찾을 수 있을까?'가 아니라 '내가 어떻게 우리 엄마를 못 찾아?'가 꽃담이의 생각이다. 당당한 꽃담이 앞에서 주눅이 드는 건 오히려 초록고양이다. 사라진 엄마와 빨간 우산의 가치를 견주어 흥정해 보려는 초록고양이에게 꽃담이는 따끔한 일침을 놓는다.

"아마 너는 엄마가 없는 모양이구나."

이 대목은 작품에서 아슬아슬한 부분이다. 지금은 엄마를 고양이에게 빼앗겼지만 이 세상에 '엄마가 있는' 꽃담이의 자신감은 꽃담이의 엄마를 데려갔지만 하늘 아래 '엄마가 없는' 초록고양이의 슬픔과 팽팽히 맞선다. 그리고 초록고양이는 냄새로 엄마를 찾아낸 꽃담이에게 짐 짓 아무렇지도 않은 척 내기로 걸었던 빨간 우산까지 내어 준다.

이어지는 사건은 돌아온 꽃담이의 엄마가 거꾸로 꽃담이를 잃어버리 는 것이다. 마찬가지로 초록고양이의 심술이다. 그런데 엄마도 초록고 양이가 생각지도 못한 방법으로 꽃담이를 찾아낸다. 초록고양이가 골 라 보라고 내놓은 마흔 개의 항아리를 모두 깨뜨려서 꽃담이를 구해 낸 것이다.

"엄마가 딸을 구하는 일에 물불을 가리겠니?"

엄마의 말은 책을 읽는 어린이 독자에게 큰 안도감을 준다. 내가 엄마 를 잃어버려도 엄마의 냄새로 얼마든지 다시 만날 수 있고, 엄마가 나를 잃어버려도 엄마는 어떻게 해서든 나를 찾아낼 거라는 믿음은 첫 장면 부터 계속된 실종과 미아의 위기 상황으로부터 독자를 진정시키는 중 요한 요소다. 그러나 여기를 두고 아슬아슬한 대목이라고 표현한 것은 어린이 독자가 감정을 나누어 주고 있을 또 다른 상대, 초록고양이를 몰 아붙였기 때문이다. 마법의 힘을 자랑하던 초록고양이는 꽃담이 모녀 와 벌인 내기 때문에 전 재산인 빨간 우산과 노란 장화를 잃고 '엄마가 없는 게 아니냐?'는 서러운 질문까지 감당해야 하는 상황이 되었다. 게 다가 "너는 엄마도 없니?"라는 말이 얼마나 오래된 잔인한 힐난의 질문 이었는지를 기억해 보자. 꽃담이와 엄마의 당당한 다그침을 본 독자가 지금까지 편들어 주었던 그들 곁을 떠나서 고양이 편으로 자리를 옮길 까 고민하는 것도 이상한 일은 아니다.

위기철 작가가 진정한 이야기꾼이라고 느낀 것은 바로 이 부분에서 다. 작가는 엄마를 빼앗긴 안타까운 아이와 기세등등한 심술쟁이 고양 이의 구도를 단번에 뒤집어 궁지에 몰린 외로운 초록고양이의 위기로 커다란 전환을 이루어 냈다. 연작의 첫 번째 작품 끝에서 초록고양이는 꽃담이네 집에 입양되어 새 가족을 이룬다. 꽃담이네 가족이 엄마가, 누나가 되어 주겠다는 말에 잔뜩 풀이 죽었던 초록고양이는 벽지를 긁으며 행복해한다. 초록고양이는 이제 심술을 부릴 까닭도, 세상 무서울 것도 없게 되었다. 시련이 닥쳐도 어떻게 해서든 자신을 찾아낼 수 있는 든든한 엄마와 누나를 갖게 되었기 때문이다.

이렇게 존재의 불안을 예상치 못한 안정감으로 메꾸어 주면서 시작된 초록고양이의 이야기는 이어지는 작품들에서 생동감과 매력을 더한다. 두 번째 단편인 「꼬마 도둑」에서 어린이 독자는 꽃담이에게서 초록고양이로 감정이입의 대상을 옮기면서 고양이의 모험에 신나게 동참한다. 대단한 마법의 가죽 자루를 지닌 꼬마 도둑으로부터 빈집을 지켜 내는 초록고양이의 일화는 어린이가 꿈꾸는 화려한 모험담의 전형이다. 동극 작가로도 활약했던 위기철은 "누룽지 바가지 망아지 핫바지, 아빠는 파랗고 엄마는 노랗고, 삿갓 쓴 할머니가 어흥"이라는 듣지도 보지도 못한 난센스 동요를 추임새로 넣으면서 마치 마당놀이를 보는 것처럼 이야기의 박자와 흥을 돋운다. 마지막 작품인 「빨간 모자를 쓴 괴물」은 엄마의 엄마로부터 내려온 비법으로 괴물을 물리치는, 아니 돕는 꽃담이가 나온다. 세 편의 작품에서 어린이를 붙잡고 지켜 주는 안정감의 토대는 거울처럼 아이를 지켜 주는 모성이지만 어린이는 그 대상과의 관계에 대한 확실성을 바탕으로 새로운 도전을 두려워하지 않는 존재로 나온다.

오랜 내공의 위기철 작가가 내놓은 이 신작은 동화란 결국 사랑스러운 '이야기'여야 한다는 것을 다시금 보여 준다. 어떤 복잡하고 멋진 플롯의 설계보다 더 중요한 것은 역시 작품 속의 주인공이 나라고 느끼게 만드는 이야기의 힘인 것이다.

어린이를 반기는 이는 많을수록 좋다

김중미 『꽃은 많을수록 좋다』

이곳에서는 어린이를 반기지 않는다. 어서 아기를 낳아야 한다는 목소리가 높은 것과 어린이를 반기는 태도는 다른 문제다. '어린이는 나라의 일꾼' 같은 낡은 슬로건에서 어린이를 미래의 가처분 인력으로만 보는 세계의 속셈이 드러난다. 문제 상황을 발생시킨 어린이에게 자주 던졌던 "네 부모가 누구냐?", "얼른 집에 들어가라"라는 말은 한 아이의 성장에 대한 책임을 그의 혈연 부모에게 귀속시키고 그 집 울타리에서 알아서 해결하라는 사회적 방치의 의미이기도 하다. 심지어 가정 폭력에 희생된 어린이를 학대했던 부모에게 돌려보내기 위해서 그 부모의 형량을 감경하기도 한다. 그런가 하면 대통령은 산간벽지 어린이를 청와대에 초청하는 어린이날 연례행사에서 발명가가 되고 싶은데 당장 무엇을 하면 좋겠느냐는 섬마을 어린이에게 17개 시도에 설치된 창조경제혁신센터에 가 보라고 조언한다.

오늘 그 어린이가 어떻게 행복할 것인가에 대해 관심을 갖는 사람이 없으며 그들을 향한 환대의 시선은 준비되어 있지 않다. 누가 공부를 잘

할 것인지, 돈을 잘 벌어 올 것인지, 향후 생겨날 유용성에만 신경을 곤두세운다. 그러나 미야자키 하야오(宮崎駿)는 어린이의 미래가 유감스럽게도 시시한 어른이라고 말한 바 있다. 자라는 일은 하루하루 시시해지는 것이다. 따라서 어떤 근사한 미래에 아이들의 삶을 저당 잡아 두기보다는 오늘을 지켜 주고 돌보는 일이 소중하다.

김중미 산문집 『꽃은 많을수록 좋다』(창비 2016)를 읽으면 어린이를 반기는 일, 한 존재를 환대하는 것이 무엇이고 어떤 의미를 지니는지 알수 있다. 이 책은 『괭이부리말 아이들』(창비 2000)로 이미 온 국민의 가슴에 만석동 사람들을 성큼 들여놓았던 김중미 작가가 그동안 아이들과 꾸준히 나누었던 심리적·육체적 포옹의 기록이다. 아이들 한 사람 한 사람의 몸은 작고 가볍지만 그 포옹의 무게는 환산 불가능하다. 김중미 작가는 지금으로부터 약 30년 전 인천 만석동에 '기찻길옆공부방'을 열고 지금까지 강화와 만석동 두 군데에서 아이들을 만나고 있다. 그동안 함께했던 수많은 꽃들, 어렵게 맺혔거나 꺾였거나 피었거나 시들고 말라야 했던 꽃송이 같은 아이들의 이야기가 이 책에 생생히 담겨 있다. 공부방 식구들은 한 사람이라도 충분하다는 마음으로 가지가 밟히든 샘이 마르든 꽃 한 송이도 포기하지 않았다. 더 가까이 부둥켜안고 함께 축구를 하고 인형을 만들면서 "외줄 타기 같은 학교생활" 속에서 "줄광대처럼"(48면) 하루를 버티는 외로운 아이들의 편이 되었다.

우리는 얼마나 어린이의 편이 되어 주었나. 이런 일은 성자의 소명을 가진 사람이나 하는 일 같아서, 편한 자리에 앉아 글이나 읽자니 미안한 마음이 들어서 표지를 들추다가 내려놓았다는 사람에게는 달려가서 붙잡고라도 가방에 다시 이 책을 넣어 주고 싶다. 우리는 더욱 가차 없는 도시의 주민들이었기에 지난 30년 동안의 만석동으로부터 배우고 도움받아야 한다. 만석동은 "집들이 다 붙어 있어서 불이 나면 적어도 다섯 집은 타고 소방차도 못 들어와서 위험"(66면)한 동네였다. 오늘날의 한국은 갓난아이를 잘 키워 보려고 마련한 가습기의 수증기가 목숨을 앗아 가고 수학여행을 간 딸이 기약 없이 돌아오지 않는 곳이다. 어디가 더 위험한가. 책 속 어린이들의 말을 들어 보면 만석동은 가뿐히 1승을 거둔다. 만석동은 "위험하지만 그래서 동네 사람들이 모두 힘을 모아서 (불을) 끄고 담장 너머 공장 아저씨들도 도움을 주는"(66면) 곳이라서 자랑스럽다는 것이다.

"밥을 공기에 덜어 먹는 법도 모르고, 속옷을 입는 법은커녕 신발은 짝을 맞춰 신어야 한다는 것도 모르는"(78면) 삼남매는 '기찻길옆공부방'을 만나면서 비로소 사람을 믿고 밥을 먹는다. 김중미 작가의 동화와 소설에는 유난히 먹는 장면이 자주 나온다. 잘 먹는 것, 너도나도 다 골고루 배부르게 먹는 것은 이 작가의 삶의 목적이자 글의 목적이다. "그냥 편안해지고, 막 놀고 싶고, 잠도 잘 오고, 밥도 많이 먹게 되고, 그리고 이상하게 오빠들도 착해"(287면)지는 것이 바로 아이들이 바라는 평화라고 말한다.

이 책 속 일화 가운데 첫아이를 낳고 젖을 먹이던 김중미 작가가 냉장고 옆 탁자 아래서 분홍빛 생쥐에게 젖을 먹이던 어미 쥐와 눈을 마주치는 장면이 있다. 어떤 생명도 돌봄 없이는 살아남지 못한다. 한 명의 아이가 어른으로 자라려면 궂은 환경 속에서도 자신만은 사랑받고 보호받았다는 기억을 가슴에 가지고 있어야 한다. 부모로부터 아픈 상처를 입은 아이에게 너희 부모에게 가라는 말은 답이 될 수 없을뿐더러 그 아이가 자라나 아이를 존중하는 부모가 되는 것도 불가능하게 만든다. 공부방의 아이들은 사회의 매몰찬 박대 속에서도 자신을 믿고 기다렸던 어른들의 눈빛을 품고 있기 때문에 커서 멋진 부모가 되었다. 작가는 우리에게 돌봄이 필요한 생쥐의 사정을 호소하지도 않고 어딘가에 가서 어미 쥐가 되라고 강요하지도 않는다. 다만 어린이는 반겨야 한다는 것, 반기는 사람은 꼭 부모일 필요가 없다는 것, 아이들의 마음에 버팀목을 세워 주는 사람이 있어야만 그들이 자랄 수 있다는 것을 조목조목 설득한다.

김중미의 소설 『모두 깜언』(창비 2015)에는 강화의 세 청소년이 나온다. 베트남에서 온 작은엄마를 둔 유정이는 여의치 않은 형편임에도 더없이 씩씩하고, 농사꾼이 되겠다는 광수는 유정이를 외바라기처럼 사랑한다. 서울에서 전학 온 유정이의 첫사랑 우주는 다시 큰 기숙학교로 떠나지만 강화에서 친구들이 보여 준 따뜻한 환대를 부적처럼 간직한다. 『괭이부리말 아이들』이 만석동의 13년이었다면 이 작품에는 강화의 13년이 담겨 있다. 실향 이주민들의 가난은 소농의 몰락으로 이어지고 작품 속 아이들은 여전히 아찔한 두려움을 안고 자란다. 『꽃은 많을수록 좋다』는 감명 깊은 두 소설의 시공간적 배경을 이해하게 하는 외전(外傳)이면서, 픽션 뒤편의 진짜 사람을 만나게 해 주는 빛나는 기록물이다.

김중미 작가는 어린이들과 함께하는 어느 인형극 워크숍을 마치고 이렇게 말한다. "우리가 아이들을 초대한 것이 아니라 우리가 아이들 곁으로 초대되었다는 것을 알았다."(253~54면) 우리가 어린이를 기쁘게 맞이하는 것이 아니라 어린이가 우리를 초대해 준 고마운 존재임을 아는 것, 여기에서부터 어린이라는 꽃을 반갑게 돌보는 일은 시작된다. 물론 당연하게도, 꽃은 많을수록 좋다.

위험한 짓은 언제까지

서진 『아토믹스』

"자신의 숨어 있는 초능력을 믿는 친구들에게."

이 책의 속표지를 넘기면 위와 같은 말이 적혀 있다. 성장기의 어린이는 언젠가 원하는 모습의 멋진 어른이 될 수 있을 거라고 믿는다. 하지만 복잡한 세상의 현실에 눈을 뜨면서 결국 자신도 특별할 것 없는 평범한 사람에 머무르게 될 것이라는 불안을 느끼기 시작한다. 열 살 이쪽저쪽은 그러한 두려움과 그 두려움을 상쇄하는 막연한 용기가 교차하는 시기다. 잘못된 것은 바르게 고치고 싶고, 더 강한 어른이 되어서 엄마와 아빠를, 나아가서 지구와 우주를 지키는 사람이 되겠다는 야무진 포부는 아직까지 그들의 것이다.

『아토믹스: 지구를 지키는 소년』(비룡소 2016)은 불의한 세상을 향해 도전하고자 하는 어린이의 정의감과 호연지기에 불을 지피는 작품이다. 초등학교 5학년인 주인공 오태평은 유치원에 다닐 때 원자력발전소 사고를 겪고 피폭된 이후 철저히 신분을 숨긴 채 살아가고 있다. 피폭자는 방사능을 전염시키지 않는다고 아무리 설득해도 사회의 외면과 냉대를 견딜 수 없었기 때문이다. 그런 태평이에게 한 남자가 찾아와 그를 지구방위본부 요원인 아토믹스로 스카우트하겠다고 말한다. 남자의 말에 따르면 방사능에 노출된 생명체 중 일부는 특별한 신체적 변화를 겪게 되는데 오태평도 이 과정에서 예상 밖의 초능력을 갖게 된 어린이라는 것이다. 태평이는 그를 따라가 지구방위본부의 집중 치료와 훈련을 받은 뒤 정밀하게 설계된 첨단 슈트를 입고 아토믹스의 일원이 된다. 원전 사고 이후 폐수에 오염된 바다에는 괴수 고래와 같은 기이하고 난폭한 생명체가 잇따라 나타나 사람들을 위협하고 있었다. 사람들은 지구의 안녕을 위협하는 괴생물체를 시원하게 처치하는 아토믹스의 활약에 열광하면서도 그들이 잘 훈련된 원격 로봇인 것으로 짐작할 뿐 피폭 어린이들이라는 사실은 알지 못한다.

아토믹스의 요원은 오태평만이 아니다. 자만심에 찬 중학생 서태풍을 비롯해 유치원 때 함께 피폭 피해를 겪은 오태평의 단짝 혜미 등 여러 명의 소년과 소녀들이 자칫하면 방사능의 위력 앞에 스러질 뻔했던 자신의 생명을 걸고 이 비밀 임무에 뛰어든 상태다. 원전을 반대하는 오태평의 아빠는 괴수의 생명도 하나의 생명이라면서 태평이가 아토믹스를 그만두길 바란다. 그는 방사능의 위력을 약화시킬 수 있는 '시그마워터'를 찾기 위해서 고군분투하며 연구에 매달리고 있다. 반면 지구방위본부를 이끌고 있는 김 박사는 위기에 빠진 지구를 지킨다는 대의를 거듭 강조하며 아토믹스 군단의 힘을 강화하기 위해서 노력한다. 아토믹스들은 치명적인 부상을 입기도 하고 목숨을 잃기도 하지만 모든 것은 비밀에 부쳐져 있고 태평이는 또래 친구들 사이에서 평범한 아이로 지낸다. 그러다가 괴수 문어와 괴수 해파리의 습격에 맞선 광안대교 앞바다의 위험한 싸움에 투입된다. 아무리 초능력을 가졌다고 해도 몸은 어린이이며, 위기의 순간에는 혼자만의 판단으로 싸워야 한다. 오태평과 아토믹스들은 이 대결에서 살아남을 수 있을까.

이 작품은 우리 아동문학에서 보기 드문 본격 히어로물이라는 점에서 우선 인상적이다. 상상할 수 없는 초능력으로 무게 200톤이 넘는 괴수와 싸워 이기면서도 정작 자신은 보통의 아이가 되기를 꿈꾸는 오태평의 캐릭터는 자신의 육체적 성장에 관한 판타지를 키워 가고 있는 어린이 독자를 단번에 사로잡는다. 괴수의 몸을 공격할 수 있는 비장의 무기인 헤드드릴과 85퍼센트의 명중률을 자랑하는 손목 어뢰, 고성능 흡착기가 달려 어떤 미끌미끌한 존재에도 달라붙는 발바닥, 초음파 목표물 추적기에 오줌과 방귀가 자동 배출되는 장치 등 아토믹스의 인공적 몸이 보여 주는 구체적 위력은 대단하다. 수많은 로봇물이 그랬던 것처럼 어린이들은 자신이 잘 먹고 열심히 운동한다면 이렇게 힘센 어른으로 자라날 수 있으리라는 희망에 부푼다.

그러나 이 이야기의 또 다른 매력은 주인공의 고뇌를 조명하는 진지한 방식에 있다. 아토믹스가 되겠다고 선택하지 않았더라면 피폭 치료 시기를 놓치고 생명을 잃을 수도 있었던 태평이의 과거는 독자에게 가슴 아프게 와 닿는다. 태평이도 처음부터 용감했던 것은 아니다. "나 자신도 지키기 힘든데 지구를 어떻게 지켜요?"라는 태평이의 울부짖음에는 자신의 미래에 대한 불안한 예감이 담겨 있다. 키 크고 멋진 아토믹스가 되는 것은 스타의 삶처럼 화려해 보이지만 비밀 요원이라는 존재는 본래 한없이 고독한 법이다. 선배 아토믹스로 활약하던 혜미가 부상을 입고 은퇴해도 세상은 혜미를 위로하지 않는다. 아토믹스 덕분에 살아가는 사람들은 지구를 지켜 주던 이 아이들이 출동 후 어떻게 되었는지에 대해서는 관심이 없고 교실에서도 정체를 감추고 있기 때문에 친구들은 아토믹스였던 아이들의 실체를 모르거니와 그리워하지도 못한다. 기억되지 못하는 영웅이란 얼마나 슬픈가.

나아가 이 작품은 2016년 대한민국이 겪고 있는 '핵'이라는 첨예한 문제와 정면으로 맞서고 있다. 방사능에 피폭되면 초능력을 얻는다는 기본 설정은 과학적으로야 별다른 설득력이 없는 것이지만 이 작품에서는 영웅의 탄생을 독자에게 납득시키기 위한 설화적 기적으로 작용한다. 과거 설화나 민담의 영웅들이 신비주의나 마법의 도움을 받았던 것과 비슷한 장치다. 작가는 이런 비현실적 설정을 마련해 놓고 시간과 공간에서는 과감하게 현실의 구체적 요소를 대입시킨다. 오류도, 광안대교 같은 지명을 보면 바로 고리 원전이 연상된다. 괴수와 대결이 잦아질수록 독자들도 근원적인 질문과 마주한다. 유한한 목숨은 사람의 것이지만 괴수의 것이기도 하다. 사람을 괴롭히는 생명은 죽어도 괜찮은가. 이 질문은 작살을 들고 괴수를 처치할 때마다 오태평의 마음을 뒤흔든다.

얼마 전 경주 일원에 큰 지진이 일어나면서 많은 사람들이 원자력발전의 안전성에 대해서 회의적인 태도를 갖기 시작했다. "무슨 일이 일어나고 있는 게 틀림없어"라는 아토믹스 요원들의 외침은 더 이상 책속의 것만은 아니기에 이 작품은 통쾌하면서도 서늘한 감상을 남긴다. 그런 위험한 짓을 언제까지 계속 시킬 것이냐는 태평이 아빠의 말도 또렷하게 귀에 남는다. 이 작품이 흥미로운 영웅담에 머무를 수 있도록 현실의 안전성이 확보되었으면 좋겠다. 어떻든 2016년 원전 인근의 강력한 지진이라는 의외의 현실을 만난 동화 『아토믹스』는 우리들에게 가장 생생하게 읽히는 작품이 되고 있음에 틀림없다.

수록글 발표지면

제1부

소년의 얼굴: 어린이문학에 나타난 남성 어린이 자아에 대하여 『어린이와문학』, 통권
25호, 2007년 8월호

디지털 세계와 동화의 주인공 『창비어린이』 통권 25호, 2009년 여름호

살아 있는 죽음을 이야기하기: 죽음을 다룬 어린이문학 『어린이와문학』 통권 51호,
2009년 10월호

유년동화에 담긴 말과 마음 『창비어린이』 통권 32호, 2011년 봄호

한국 아동문학, 폭력의 역사 『창비어린이』 통권 39호, 2012년 겨울호

말해도 괜찮니?: 유럽 청소년문학이 고민하는 성과 사랑의 문제 『어린이책이야기』 통권
22호, 2013년 봄호

어린이의 새 얼굴을 바라보다 『창비어린이』 통권 41호, 2013년 여름호

일을 준비하는 아이들 『창비어린이』 통권 44호, 2014년 봄호

어떻게 사랑할 것인가 『창비어린이』 통권 49호, 2015년 여름호

아동청소년문학의 대중성 『어린이와문학』 통권 135호, 2016년 10월호

기억은 어떻게 저장되는가: 4·16과 어린이책 『창비어린이』 통권 54호, 2016년 가을호

제2부

누구의 마음으로 생태 이야기를 쓸 것인가: 이상권론 『창비어린이』 통권 18호, 2007년
가을호

변증적 치유의 문학: 유은실론『기획회의』통권 198호, 2007. 4

다른 말을 거는 이야기: 이경혜론『도서관이야기』, 2008년 10월

내 뜨거운 아바타 쇼핑 후기: 임태희론『자음과모음 R』통권 4호, 2011년 봄호

거울로서의 아동문학: 김남중론 볼로냐 국제아동도서전 행사 '거울: 어린이를 비추다', 한국문학번역원 2012

보장되지 않는 해피엔딩의 매력: 구병모론 과달라하라도서전 자료집, 한국문학번역원 2015

고백의 권리: 미카엘 올리비에론『어린이와문학』통권 81호, 2012년 4월호

여자아이의 왕국을 찾아서: 이보나 흐미엘레프스카론『여/성이론』통권 28호, 2013. 6

제3부

『완득이』의 작가, 김려령을 만나다『list_books from Korea』, 한국문학번역원 2011

『만국기 소년』의 작가, 유은실을 만나다『창비어린이』통권 53호, 2016년 여름호

『거기, 내가 가면 안 돼요?』의 작가, 이금이를 만나다 사계절 블로그, 2016. 8

제4부

어린이의 도덕, 어른의 도덕: 오승희『그림 도둑 준모』, 김리리『왕봉식, 똥파리와 친구야』『창비어린이』통권 2호, 2003년 가을호

팥쥐 엄마의 재발견: 이금이 '밤티 마을' 연작『창비어린이』통권 12호, 2006년 봄호

없는 아버지와 있는 그들: 김양미『찐찐군과 두빵두』『어린이와문학』통권 13호, 2006년 8월호

소리가 들려온다: 최진영『땅따먹기』『창비어린이』통권 16호, 2007년 봄호

마음속의 불을 보라: 김옥『불을 가진 아이』『창비어린이』통권 21호, 2008년 여름호

우정의 혼합 계산: 김소연『선영이, 그리고 인철이의 경우』『책&』, 한국출판진흥원 2008

의인동화의 본령: 선안나『삼식이 뒤로 나가!』『창비어린이』통권 33호, 2011년 여름호

길을 걷다 보면 나를 알게 될 거야: 루이스 새커『작은 발걸음』『도서관이야기』2012년 1·2월호

동학의 정신을 아이의 발걸음에 실어: 한윤섭『서찰을 전하는 아이』『창비어린이』통권 36호, 2012년 봄호

가슴을 잃은 시대: 마윤제『검은개들의 왕』『도서관이야기』2012년 4월호

청소년기의 표면과 내면: 크리스티네 뇌스틀링거『나는, 심각하다』『도서관이야기』 2012년 6월호

스스로 불을 때는 삶: 구경미『우리들의 자취 공화국』『도서관이야기』2012년 9월호

즐거움의 박자: 모리 에토『아몬드 초콜릿 왈츠』『도서관이야기』2012년 11월호

성장의 희비극 속에서: 이진『원더랜드 대모험』『도서관이야기』2013년 1·2월호

불임의 시스템과 창조적 자유: 존 블레이크『프리 캣』『도서관이야기』2013년 4월호

1920년대 청소년들의 감각세포: 윤혜숙『뽀이들이 온다』『도서관이야기』2013년 6월호

로켓처럼 거침없이: 한윤섭『짜장면 로켓 발사』『창비어린이』통권 43호, 2013년 겨울호

위험한 세상, 모험하는 어린이: 김선정『방학 탐구 생활』알라딘 전문가 리뷰, 2013

어린이가 바라는 진짜 사랑: 유은실『나도 예민할 거야』알라딘 전문가 리뷰, 2013

공감의 힘: 김남중『공포의 맛』『기획회의』통권 367호, 2014. 5. 5

따뜻한 동화를 읽고 싶을 때: 강정연『나의 친친 할아버지께』『기획회의』통권 369호, 2014. 6. 5

독자를 위한 사랑의 말: 케이트 디카밀로『초능력 다람쥐 율리시스』『기획회의』통권 371호, 2014. 7. 5

내 목소리의 정체: 전성현『사이렌』『기획회의』통권 375호, 2014. 9. 5

우리가 삼켰던 돌과 못: 송미경『돌 씹어 먹는 아이』『기획회의』통권 383호, 2015. 1. 5

따라 부르고 싶은 노래 같은 동화: 임선영『내 모자야』『창비어린이』통권 45호, 2014년 여름호

불편한 이야기의 의미: 손서은『컬러 보이』『컬러 보이』작품 해설, 비룡소 2014

철벽같은 세상에 내는 작은 흠집: 송미경『광인 수술 보고서』『광인 수술 보고서』작품 해설, 시공사 2014

그 아이가 전학 온 이유: 김경숙『초대장 주는 아이』『기획회의』통권 385호, 2015. 2. 5

용감한 인물의 자격: 김유『겁보 만보』『기획회의』통권 391호, 2015. 5. 5

잡고 잡아먹히는 이야기의 치명적인 매력: 오주영『거인이 제일 좋아하는 맛』『기획회의』 통권 399호, 2015. 9. 5

오늘을 신음하는 옛 동화: 강소천『호박꽃 초롱』, 권정생『똘배가 보고 온 달나라』『기획회 의』통권 403호, 2015. 11. 5

우리가 동물의 마음을 알 수 있을까: 김태호『네모 돼지』『기획회의』통권 407호, 2016. 1. 5

좋은 소식이 있는 세상: 응우옌 응옥 투언『눈을 감고 창을 열면』, 정승희『최탁 씨는 왜 사 막에 갔을까』『기획회의』통권 409호, 2016. 2. 5

일상이 쇼가 되어 버린 시대의 어린이: 정수민『언제나 웃게 해 주는 약』『기획회의』통권 411호, 2016. 3. 5

가둘 수 없는 이야기: 송미경『통조림 학원』스콜라 블로그 2016. 3

불행 중 작은 행복: 안미란『참 다행인 하루』, 김진나『디다와 소풍 요정』『기획회의』통 권 413호, 2016. 4. 5

주먹 하나씩 품고 걷는 아이들: 마영신『삐꾸 래봉』알라딘 전문가 리뷰, 2016. 4

매일매일이 생일인 것처럼 살기: 신운선『해피 버스데이 투 미』『기획회의』통권 417호, 2016. 6. 5

일곱 살을 위한 마당놀이: 위기철『초록고양이』『기획회의 』통권 419호, 2016. 7. 5

어린이를 반기는 이는 많을수록 좋다: 김중미『꽃은 많을수록 좋다』『창작과비평』, 통권 172호, 2016년 여름호

위험한 짓은 언제까지: 서진『아토믹스』『기획회의』통권 425호, 2016. 10. 5

찾아보기

어린이, 세 번째 사람

초판 1쇄 발행 • 2017년 5월 30일
초판 4쇄 발행 • 2022년 4월 28일

지은이 • 김지은
펴낸이 • 강일우
책임편집 • 정편집실·서채린
조판 • 박지현·박아경
펴낸곳 • (주)창비
등록 • 1986년 8월 5일 제85호
주소 • 10881 경기도 파주시 회동길 184
전화 • 031-955-3333
팩스 • 영업 031-955-3399 편집 031-955-3400
홈페이지 • www.changbikids.com
전자우편 • enfant@changbi.com

ⓒ 김지은 2017
ISBN 978-89-364-6346-5 03810